Les liens du sang

Hilary Norman

Les liens du sang

Traduit de l'anglais
par Jean-Paul Martin

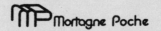 Mortagne Poche

Édition
Mortagne Poche
250, boul. Industriel, bureau 100
Boucherville (Québec)
J4B 2X4

Diffusion
Tél.: (514) 641-2387
Téléc.: (514) 655-6092

Tous droits réservés
Titre original: *Shattered Stars*
© 1991 by Hilary Norman
© 1992 Les Éditions Flammarion ltée
pour la traduction française
Mortagne Poche
© Copyright 1993

Dépôt légal
Bibliothèque nationale du Canada
Bibliothèque nationale du Québec
Bibliothèque Nationale – Paris
3e trimestre 1993

ISBN: 2-89074-539-2

1 2 3 4 5 - 93 - 97 96 95 94 93

Imprimé au Canada

L'ENFANCE

1951-1959

Lucchesia, Toscane

Le 17 août 1951

Cela commençait et se terminait toujours de la même façon.

D'abord le vin, élément vital de la famille. La passion ensuite, l'amour tendre et indestructible, ses grosses et solides mains brunes qui prenaient possession de ses seins lourds, qui prenaient possession d'elle. Sa semence, projetée en elle, prenant racine, s'épanouissant, la vidant de sa substance. L'éphémère extase d'une vie nouvelle dans ses bras. Et puis la tristesse, insondable et angoissante, l'incompréhensible et coupable souffrance que personne ne s'expliquait — et comment aurait-on pu se l'expliquer alors qu'elle-même ne l'avait jamais comprise?

Cela commençait et se terminait toujours de la même façon.

1

La petite maison de ferme se dressait au sommet de la colline, les tuiles rouges et craquelées de son toit, argentées par la pleine lune, les vignes en terrasses de *sangiovese* s'étendant le long de la pente comme un tapis noir, tandis que les oliviers éthérés et fantomatiques et les hauts cyprès marquaient les limites du domaine et se dressaient comme de noires sentinelles.

La campagne toscane était endormie; la terre, gorgée de l'épuisant soleil d'août, fumant un peu, même à minuit, reprenant son souffle sous le ciel étoilé, les *contadini* âpres au travail ronflant dans leur lit, refaisant des forces pour une aube nouvelle.

Serafina Cesaretti, à trente et un ans, avait déjà mis au monde cinq enfants, tous conçus par une nuit comme celle-là, où l'air encore torride et étouffant pénétrait par les fenêtres ouvertes et mêlait son parfum aux odeurs de cigares toscans refroidis de son mari, aux effluves de leur dîner et de la sueur.

La maison était silencieuse. En haut, les enfants dormaient, tous dans la même pièce à l'exception du bébé, Giacomo, dont le berceau était installé dans la chambre de ses parents. Vittorio, l'aîné, onze ans; Francesca, neuf ans; Luciano et Giulietta, les jumeaux, cinq ans — tous de bons enfants. Et leur père, Giulio, qui dormait certainement lui aussi, ivre de *vino rosso*.

Serafina, seule, regardait par la fenêtre. Dehors, d'invisibles cigales faisaient entendre leurs stridulations incessantes tandis qu'un chien, pas très loin, aboyait; mais Serafina ne les entendait pas.

Un peu plus tôt, ce soir-là, ils avaient dansé, une folle *tarentella*, Giulio plein de brio bien qu'il fût gavé de la *ribollita* qu'il aimait tant, ne s'arrêtant que pour remplir son verre et poser des baisers sur la large bouche de Serafina, tandis que les deux aînés riaient et applaudissaient. Jusqu'à ce que la danse fût devenue plus lascive et moins contrôlée, leur père transpirant et haletant d'un désir manifeste et grossier, tandis que leur mère s'excitait elle aussi, dans le crescendo hystérique de ce qui lui parut, soudain, être une *danza di morte* — une danse de la mort.

Mal à l'aise, Vittorio et Francesca avaient échangé un regard et s'étaient discrètement éclipsés. Peu après, Giulio avait évoqué, d'une suggestive poussée en avant du bassin, ce qu'ils allaient faire, et il avait grimpé en titubant les étroites marches pour attendre sa femme sur leur lit usé.

Et maintenant Serafina se tenait là, seule.

Née dans la région de Tremezzo, près des rives du lac de Côme, elle avait les cheveux blonds, les yeux bleus et la minceur de bien des habitants de l'Italie du Nord d'ascendance germanique; elle avait grandi avec, derrière elle, la douce brise qui soufflait depuis la Suisse, sans aucun désir d'évasion, jusqu'à ce que, à dix-huit ans, elle aille passer des vacances à Florence et y rencontre les frères Cesaretti, deux hommes aussi différents de caractère, de goût et de style qu'il est possible pour des enfants nés de mêmes parents. Bruno, la quarantaine et l'aîné de sept ans, était propriétaire d'une bijouterie sur le Ponte Vecchio et marié avec une femme d'une vieille et prospère famille florentine. Giulio, plus mince que son frère, plus chevelu, plus brun et avec des yeux plus brillants, était également moins mûr pour son âge. Il aimait le soleil, la terre, le vin, la liberté et l'amour. Son frère lui avait proposé une association dans son commerce, mais il avait refusé, préférant travailler son lopin de terre toscane. Serafina était tombée amoureuse de Giulio le premier après-midi de leur rencontre, et Giulio était tombé amoureux d'elle. Il lui offrait une vie rude mais intéressante. Elle voulait des enfants tout autant que son mari, souhaitait le bonheur dans leur mariage et jugea sa vie bien remplie quand elle eut son premier-né, Vittorio, dans les bras.

Jusqu'à ce que se manifeste le désespoir. «Dépression post partum» auraient diagnostiqué les médecins si elle avait accouché dans un hôpital ou avait été suivie par un bon obstétricien. Mais Vittorio était né dans le lit de ses parents, dans la campagne toscane, le 11 juin 1940, lendemain de l'entrée en guerre de l'Italie, et il n'y avait là aucun médecin mais seulement une sage-femme débordée, qui avait coupé le cordon et lavé le nouveau-né avant de le placer contre le sein de sa mère avant son départ. Aussi n'eut-on pas de diagnostic ni d'explication rationnelle au puits noir et sans fond dans lequel Serafina eut l'impression de se retrouver et d'où il lui fallut toute sa force pour émerger. Et à la naissance de Francesca cela avait recommencé — ainsi qu'avec les jumeaux — et avec le petit Giacomo, un an plus tôt à peine.

Elle se disait, maintenant, qu'elle pourrait bien être enceinte, encore qu'il soit trop tôt pour en être certaine. Et si elle ne l'était pas maintenant, cela ne tarderait guère avec un homme d'une libido aussi insatiable que Giulio. Notamment après une nuit comme celle-ci.

Cela commençait toujours de la même façon.

Serafina se leva de sa chaise dure. Dans sa tête, un tambourin fantôme commença à frapper le rythme insistant de la *tarentella*. Seule et en silence, elle se mit à danser.

Le tambourin semblait la presser. Mais de faire quoi? se demanda-t-elle. Et pourquoi? De remonter dans la chambre avec Giulio — d'écarter ses jambes et de s'ouvrir à lui une nouvelle fois, de le laisser se déverser en elle. De dormir, enfin, comme une morte, pour se réveiller et retrouver le même labeur, la même lutte.

Serafina s'arrêta de danser, demeura immobile au milieu du sol de pierre de la pièce.

— *Sono pazza*, murmura-t-elle. Je suis folle.

Elle craignait la folie plus que tout, s'éveillait chaque matin avec la terreur que ce puisse être le jour où elle allait finalement craquer complètement, où elle allait faire du mal à l'un de ses enfants. Pis encore, l'idée la tourmentait qu'elle pouvait leur avoir transmis sa folie. Elle n'avait pas le courage d'affronter une nouvelle grossesse, une nouvelle naissance. Elle craignait non pas la souffrance physique mais ce qui suivrait — une autre bouche avide, braillarde, qui se pendrait à ses seins — plusieurs mois, encore, de cette angoisse qui la taraudait, qui la vidait de toute pensée, et que personne ne comprenait.

Elle se remit à danser. Et continua, de plus en plus vite, haletant maintenant, gémissant de douleur, à peine capable de s'empêcher de hurler. Elle ne pouvait s'arrêter de danser. Comme la victime du poison de la tarentule, elle voulait continuer, continuer encore jusqu'à sombrer dans l'oubli. En deux coups de pied elle se débarrassa de ses chaussures souples, sentit le froid de la pierre sous ses pieds. Elle déboutonna son chemisier, le laissa glisser sur ses bras — la jupe ensuite, qui tomba au sol. Son image tourbillonnante et pâle, dans la fenêtre sombre, la railla. *Una pazza* — dansant toute seule en sous-vêtements.

— Je suis mauvaise, murmura-t-elle, tourbillonnant toujours. Le péché même. Il y avait plus de deux ans qu'elle n'était pas allée à la messe ni à confesse — pas même après avoir tenté, en vain, de mettre fin à sa dernière grossesse.

La sueur ruisselait sur son visage, sur son corps et tombait par terre. Dehors, dans la nuit, des nuages masquaient la lune et les étoiles, vivement poussés par un *scirocco* — un vent venu du sud, d'Afrique — hors de saison, qui rendait l'air encore plus intolérablement étouffant. La musique se fit plus forte dans la tête de Serafina, devenant une monstrueuse clameur, au point que, dansant toujours, elle se boucha les oreilles de ses mains.

— Je veux mourir, s'entendit-elle gémir.

Mais si elle mourait maintenant, si Dieu dans son infinie miséricorde la frappait, elle irait certainement en enfer pour l'éternité, punie pour sa méchanceté.

À moins de trouver un moyen de se purifier avant qu'il ne soit trop tard. S'il n'était pas déjà trop tard.

Toujours tournant, à bout de souffle, le cœur cognant, elle se mit à déchirer ce qu'il lui restait de vêtements — sa combinaison, son soutien-gorge, sa culotte, lacérant sa peau dans sa hâte. Il lui fallait être nue pour pouvoir expier, nue comme un nouveau-né innocent.

Serafina songea à l'embryon qui, déjà peut-être, commençait sa nidification en elle, dépendant totalement d'elle, et elle se protégea le ventre de ses mains, envahie par l'absolue conviction qu'il fallait épargner à cet enfant les souffrances de la vie, le sauver.

Soudain, elle s'arrêta de danser, titubante et prise de vertige, mais tout à fait éblouie par l'évidence de cette révélation. Cet enfant ne doit pas naître à la souffrance. Il doit aller à Dieu pur des péchés de sa mère.

Serafina sut ce qu'il lui fallait faire. L'ultime libération. La nuit chaude et humide lui pesait, suffocante, insupportable. Cela ne pouvait plus durer.

Le feu. Qui nettoie, purifie, sanctifie.

Elle était calme, maintenant, elle n'entendait plus l'incessant battement du tambourin. Ses mouvements étaient doux et décidés, son esprit torturé soudain apaisé, bercé par sa résolution, par la certitude du salut imminent. Elle se glissa, pieds nus, dans la petite cuisine, ouvrit la porte du cellier, y prit le bidon de pétrole et une boîte d'allumettes.

Et elle poursuivit son chemin vers l'arrière-cuisine, dévissant le bouchon du bidon de pétrole, versant déjà un peu de *paraffina* dans la paume de sa main droite pour s'en asperger le corps, s'en oindre les seins, le ventre, la toison pubienne et les cuisses.

À chaque pas, le pétrole se déversait sur le sol de l'arrière-cuisine, laissant une traînée tandis que Serafina sortait dans la petite cour derrière la maison où elle posa soigneusement la boîte d'allumettes et se redressa.

— *Santa Maria*, commença-t-elle, puis elle s'arrêta. Elle n'était pas encore prête à prier. Pas tant qu'elle se trouvait trop plongée dans le péché mortel pour que ses prières soient entendues. Ce ne serait qu'à travers cet ancien rituel, cette *purificazzione*, qu'elle pourrait, ou du moins que son enfant à naître pourrait obtenir l'absolution.

Serafina n'hésita pas. Elle leva très haut le bidon, à deux mains, et déversa sur elle jusqu'à la dernière goutte du liquide. Qui trempa ses cheveux, lui envahit les narines, dégoulina dans sa bouche. L'odeur en était infecte, étouffante. Serafina en eut les yeux emplis de larmes, mais elle ne faiblit pas car elle désirait ardemment cette ultime agonie, elle voulait la fin avec impatience.

En silence, elle reposa le bidon vide et ramassa la boîte d'allumettes. Un instant, elle leva les yeux au ciel, à la recherche d'une unique étoile, espérant quelque chose qu'elle ne pouvait vraiment définir, une minuscule parcelle d'infini susceptible de lui apporter la consolation, peut-être. Mais il n'y avait rien sinon le noir farouche de l'orage.

Le soupir de Serafina fut à peine plus qu'un souffle. De ses doigts glissants de pétrole, mais qui ne tremblaient même pas, elle ouvrit la petite boîte, en tira une allumette.

Elle perçut le grattement sur la boîte. Et puis le premier petit bruit, doux, précipité, quand elle la porta à ses cheveux. Et elle vit alors un kaléidoscope fou de couleurs qui lui éclatait au visage. Et les flammes qui glissaient rapidement, l'enserrant et la léchant comme des serpents glacés.

Serafina baissa les yeux, et la dernière chose qu'elle vit fut la chair ronde et blanche de ses seins qui fondait tandis que le feu commençait à la dévorer, et enfin, du plus profond d'elle-même, sortit un hideux et long cri de mort. Et dans ses ultimes instants de conscience, elle se mit à tourner de nouveau, reprenant *sa danza di morte*, dans un frénétique tourbillon humain de flammes.

Et le *scirocco* reprit force et se mit à souffler, à siffler comme un démon sur la petite ferme de Toscane, poussant le mur ondulant du feu par-delà le seuil, avalant gloutonnement les flaques de pétrole. Il enflamma les rideaux fanés que Serafina avait accrochés, pleine d'optimisme, une douzaine d'années plus tôt, à la fenêtre de l'arrière-cuisine.

Ce fut Vittorio qui s'éveilla le premier, tiré de son sommeil par un bizarre craquement sourd qui émanait d'en bas.

— *Cosa c'è*? demanda-t-il en se redressant, reniflant, instinctivement, comme un chien. Il comprit, bondit de son lit, terrifié. *Incendio*! cria-t-il tout en secouant rudement sa sœur. Francesca, réveille-toi, pour l'amour de Dieu, la maison est en feu!

Elle s'agita puis se réveilla brutalement.

— Qu'est-ce qui se passe? demanda-t-elle avec de la peur dans ses yeux bruns, presque noirs.

Vittorio courut à la porte, l'ouvrit à peine et la referma aussitôt.

— *Dio*! fit-il avec un coup d'œil sur les jumeaux. Francesca, fais-les lever, aussi vite que possible — essaie de ne pas les effrayer.

— Et maman et papa?

Vittorio se précipita sur la cuvette posée sur la commode, imbiba d'eau une flanelle et retourna à la porte.

— Lève-les, c'est tout. Et ensuite déchire tous les draps en bandes et attache-les ensemble!

Francesca, grande pour ses neufs ans, entreprit de tirer Luciano de son profond sommeil.

— Qu'est-ce que tu fais. Où vas-tu?

— Je reviens. Vite, maintenant! répondit son frère qui plaqua la flanelle mouillée sur sa bouche et son nez, rouvrit la porte et se glissa rapidement hors de la pièce avant de refermer la porte derrière lui. La fumée commençait déjà à envahir le palier et il pouvait voir les flammes au bas des escaliers.

— Papa! cria-t-il, et il ouvrit la porte de la chambre de ses parents, étouffant sous la fumée qui, beaucoup plus épaisse, l'engloutit. Son père était couché sur le dos, ivre et impossible à bouger. *Mamma!* cria Vittorio, mais il n'eut aucune réponse. Par pur instinct, il retourna vers l'endroit où il savait trouver le berceau du petit frère et l'y arracha. Le corps de Giacomo était tout mou dans ses bras et un frisson de terreur passa sur l'échine de Vittorio, mais il se contraignit à ne pas penser, à agir seulement.

De retour dans leur chambre, il vit que la fumée avait commencé à s'y infiltrer et tous les enfants toussaient malgré la fenêtre ouverte. Vittorio se brûla la main à la porte en la refermant rapidement, mais les premières flammes étaient passées, léchaient les murs, cherchaient de quoi se nourrir et, en quelques secondes, trouvaient un tapis sur le sol.

Les deux jumeaux de cinq ans étaient blottis l'un contre l'autre à côté de la fenêtre, Giulietta hurlait de terreur, Luciano regardait sans un mot sa grande sœur qui déchirait des bandes de draps. Vittorio déposa Giacomo, tendrement, sur le lit.

— Donne-le à Giulietta, dit Francesca sans s'arrêter. Cela l'occupera.

— Non.

À son ton morne, Francesca leva les yeux, surprise, mais sous la réalité accablante qu'exprimait le regard de son frère elle ne dit mot.

— *Dov'è Mamma?* demanda Luciano d'une toute petite voix.

— Dehors, en sécurité.

18

— Pourquoi ne pouvons-nous sortir? demanda Giulietta, s'arrêtant de crier.

— Nous allons le faire, *piccola*, dans un instant, répondit Vittorio. La tête lui tournait, ses yeux le piquaient et larmoyaient. Il prit une extrémité de la corde improvisée, l'attacha fermement au pied du lit de Francesca et gagna la fenêtre. Toi d'abord, dit-il à sa sœur.

— Je ne peux pas, répondit-elle avec un regard de peur sur la corde.

— *Fa presto*, ordonna Vittorio en balançant les lanières de draps nouées par la fenêtre dans l'obscurité. Descends!

— Les petits…, commença Francesca, avec un tremblement de sa lèvre inférieure.

— Je les descendrai après toi, *cara* — il faut que tu sois en-bas pour les aider, dit Vittorio qui lui prit les mains et les plaça sur la corde.

Le visage blême, tremblante, Francesca enjamba l'appui de la fenêtre.

— Va!

Francesca se lança dans la nuit, les yeux fermés, le cœur battant à éclater. Le monde tourbillonna autour d'elle, elle étouffait sous la fumée que vomissait maintenant la maison — et puis soudain il n'y eut plus de corde sous ses pieds pour s'aider à descendre et elle resta accrochée par les mains. Elle cria, s'agrippant avec force pour ne pas tomber.

— Saute! cria Vittorio d'une voix rauque, au-dessus d'elle. Ce n'est pas haut! Il faut que tu lâches, Francesca.

Elle lâcha et heurta le sol avec un bruit sourd.

— Francesca?

Le souffle coupé, elle ne put lui répondre. Elle fléchit ses membres avec précaution.

— Francesca!

Elle bondit sur ses pieds, son cerveau embrumé réalisant enfin.

— Ça va! cria-t-elle. Dépêche-toi!

Vittorio remonta vivement la corde et tenta d'en passer

une boucle autour de la taille de Giulietta, mais elle se débattit et hurla à un point tel qu'il renonça et se tourna vers son jumeau, priant pour que la porte de la chambre retienne encore la véritable poussée du feu.

— *Forza*, Luciano! pressa-t-il, encourageant son frère.

— Je ne peux pas, répondit l'enfant, qui s'accrocha à sa sœur.

— Mais si, tu peux. Montre à Giulietta comme c'est facile.

Le petit garçon, faisant confiance à son grand frère, lâcha sa sœur et laissa Vittorio lui passer la boucle sous les bras puis le hisser sur le rebord de la fenêtre.

— Francesca! Attrape Luciano et détache la corde!

Derrière lui, Giulietta se mit à pousser des cris perçants et Vittorio se retourna pour voir la chemise de nuit et les longs cheveux blonds de sa petite sœur en feu. Il se précipita sur elle, la renversa sur le sol et frappa les flammes de ses mains nues, sans ressentir de brûlure, uniquement conscient des cris de Giulietta qui, heureusement, cessèrent quand elle perdit connaissance.

Vittorio la prit dans ses bras et revint à la fenêtre, toussant et s'étouffant. Il tira sur la corde, sentit qu'aucun poids ne se trouvait plus au bout et la remonta.

Giulietta était toute molle dans ses bras douloureux et son cœur se crispa quand il vit les brûlures de ses épaules et de sa poitrine. Ses poumons lui faisaient mal au-delà du supportable, mais il noua la corde autour de la taille de sa sœur et posa l'enfant inconsciente sur le rebord de la fenêtre.

Avec un bruit de tonnerre, la porte s'ouvrit, éclata, et toute la puissance brûlante et dévastatrice du feu jaillit en rugissant dans la pièce. La corde improvisée, brûlée par le frottement et tendue au-delà du point de rupture, se déchira, précipitant Giulietta au sol.

— *Mamma*! cria Vittorio, des larmes d'angoisse, de terreur et d'indicible panique ruisselant sur ses joues. Il distingua vaguement le petit corps de Giacomo qui gisait, inerte, sur le lit. Il le prit et le serra contre sa poitrine.

— *Papa*!

La chaleur était insupportable. Vittorio passa une jambe par-dessus l'appui de la fenêtre, vit une mort certaine derrière lui et un vide terrifiant devant.

Il serra son petit frère étroitement dans ses bras et ferma les yeux. Et sauta.

2

Ils eurent vraiment beaucoup de chance.

D'être envoyés à Florence. Au Palazzo Speroza, chez Bruno et Livia Cesaretti, l'oncle et la tante des orphelins survivants de Giulio et Serafina.

Le Palazzo Speroza. Comme cela sonnait de façon grandiose, sévère — de façon si magnifique. Mais en vérité, dans une ville où l'on compte tant d'exquis et superbes *palazzi* gothiques, Renaissance et maniéristes, un seul de ces qualificatifs s'appliquait au Palazzo Speroza : sévère.

Jamais il n'avait fait partie des grands. Il s'agissait plus d'une vaste maison un peu lugubre que d'un palais. En outre, ajoutant encore à l'injure, on l'avait converti, pour des raisons financières, en appartements. La famille Cesaretti habitait le plus vaste mais aussi le plus sombre de ces logements, qui occupait le rez-de-chaussée et le premier étage, auquel s'ajoutait l'avantage d'une petite cour intérieure et l'inconvénient d'une cave humide et malodorante. Les Cesaretti étaient les propriétaires du plus grand des appartements car Livia était née Speroza. Et si, en secret et avec tout autant de ferveur que Bruno, son mari, elle aurait préféré vivre dans une villa plus ensoleillée et plus aérée en dehors de la ville, jamais son orgueil florentin inné ne lui aurait permis de l'avouer.

— Comme vous avez de la chance, les enfants, leur avait répété pour la énième fois le *principale* de l'orphelinat de Pise en les accompagnant au train de Florence, un mois après l'incendie. Il avait hoché la tête, comme devant un miracle. «Des paysans sans le sou, passant de l'indigence au luxe.»

Vittorio, sa jambe droite lourdement plâtrée, avait brûlé d'envie de faire un croc-en-jambe à l'insensible vieil homme avec une de ses béquilles, mais il avait jeté un regard lugubre à Francesca qui tenait Luciano par la main et s'était retenu.

— Est-ce qu'on va voir Giulietta aujourd'hui? demanda Luciano dès qu'ils furent installés.

— Pas aujourd'hui, *piccolo*, lui répondit Vittorio avec une grande douceur.

— Pourquoi?

— Elle est à toujours à l'hôpital, *caro*, lui rappela Francesca.

— Vittorio était aussi à l'hôpital mais il est maintenant avec nous, fit observer le gamin de cinq ans.

— Il n'était pas aussi grièvement blessé que Giulietta.

— Pauvre Giulietta.

Francesca, le visage pâle, ses longs cheveux noirs tirés en une tresse, assise et immobile, regardait par la fenêtre sans voir le paysage.

— Et quand pourrons-nous la voir? insista Luciano avec qui l'on ne pouvait esquiver bien longtemps le sujet de sa jumelle. Avec la simplicité de ses cinq ans, il était parvenu à accepter que sa mère, son père et son petit frère fussent morts — ou du moins que Dieu les eût ravis aux flammes qui avaient consumé leur maison et qu'il ne les reverrait que lorsque son tour viendrait de les rejoindre au *paradiso*. Après tout, il avait vu de ses yeux les ruines de leur maison et mieux valait imaginer Mamma, Papa et Giacomo au ciel que dans cette tombe noire et calcinée.

En ce qui concernait Giulietta, c'était une autre affaire. Elle n'était pas allée auprès de Dieu — elle était sortie du feu tout comme lui, sauf qu'elle était tombée au sol et qu'on l'avait emmenée dans l'*ambulanza* avec Vittorio. Mais Vittorio se trouvait là, dans le train, presque en bonne santé si ce n'était sa jambe et ses mains bandées tandis que de Giulietta on restait sans nouvelles.

— Je veux la voir, exigea-t-il, mécontent.

— Bientôt, *piccolo*, bientôt, lui répondit Francesca, tentant de le calmer.

— Non, maintenant!

— Ferme-la, intervint rudement Vittorio.

Ils ne comprenaient pas. Personne ne pouvait comprendre comment étaient les choses entre lui et sa jumelle. Il adorait ses aînés, parfois même il les aimait plus que Giulietta, car leurs personnalités étaient fort différentes et ils se battaient souvent. Mais c'était d'une autre manière qu'ils étaient plus proches, du moins en ce qui concernait Luciano, car il lui arrivait parfois de savoir ce que sa sœur pensait. Ils ne se quittaient pas — jamais encore ils n'avaient été séparés.

Il avait besoin d'elle.

Francesca et Vittorio avaient ressenti l'un et l'autre, depuis l'incendie, qu'ils se trouvaient étroitement pris dans un affreux cauchemar éveillé d'où, malgré eux, ils priaient de pouvoir sortir. C'était trop à endurer. La perte de leurs parents, d'un frère, de leur maison et de leurs biens — de tout leur univers familier, rassurant, normal. C'était trop.

Mais à l'instant où ils se retrouvèrent devant la grande maison de pierre sombre et sévère de la Via dei Vecchietti, ils se sentirent envahis, étouffés par toute la peur, l'horreur et la douleur que, jusque là, un mur d'incrédulité avait retenu en eux.

— Qu'est-ce que c'est? demanda Luciano d'une toute petite voix tandis qu'ils descendaient, silencieux, de la grosse voiture noire dans laquelle Guido, le chauffeur de leur oncle, les avait ramenés de la *Stazione Centrale*.

— *Questo è Palazzo Speroza*, lui répondit gentiment le chauffeur qui ressentait lui-même, maintenant, le choc et le désarroi des aînés.

— Mais ce n'est pas un palais!

La rue dans laquelle ils se trouvaient était une de ces belles rues florentines, et le *palazzo*, comme bien d'autres édifices en Toscane, voulait s'inspirer du célèbre Palais Médicis, de Michelozzi — et n'en était, en fait, qu'une piètre et pâle copie, impressionnante cependant. Pour un garçon de cinq ans, né à la campagne, habitué à l'infini d'un horizon naturel et qui tirait surtout des contes de fées sa connaissance du monde inconnu, cette bâtisse sombre ne pouvait tout simplement pas être un palais. Au mieux, ce ne pouvait être qu'un donjon.

— C'est un palais de ville, *piccolo*, tenta d'expliquer Francesca en prenant fermement dans sa main celle de Luciano et en parvenant à esquisser un sourire. Attends de voir l'intérieur.

Vittorio demeurait immobile, épouvanté et silencieux, lourdement appuyé sur ses béquilles.

Guido tira une sonnette sur le côté de la lourde porte de bronze.

Un long moment s'écoula. La voiture était confortablement garée contre le mur et les enfants se tenaient, dans une attente angoissée, sur un trottoir si étroit qu'il ne s'agissait de guère plus qu'un rebord autour des maisons.

La porte s'ouvrit. Francesca, tenant Luciano contre elle, se sentit un instant soulagée. Bien que leur oncle fût parfois venu leur rendre visite, sa femme ne l'avait accompagné qu'une seule fois et Francesca avait conservé le vague et déplaisant souvenir d'une femme élégante, froide et distante. La jeune femme, à la porte, était manifestement une servante vêtue de noir, mais elle était jeune et jolie.

— *Ciao, Maria*, lui dit Guido.

Elle s'effaça pour les laisser entrer. Guido fit les présentations, remit à Maria la petite valise de plastique qui contenait leurs quelques biens et se recula.

— Il faut que je parte. Je vous souhaite bonne chance,

dit-il, tendant la main à Vittorio qui la serra aussi fort qu'il le put, avant de se pencher vers Francesca et de lui murmurer à l'oreille : *Coraggio, signorina*. Puis il ébouriffa les cheveux de Vittorio et disparut.

Maria referma la porte. Avec un bruit solide et définitif. Les enfants se regardèrent.

— La signora Cesaretti est dans le *salotto*. Je vais vous conduire, leur dit la jeune femme avec un sourire.

Elle était vêtue d'une robe de lin crème, serrée à la taille sur une jupe évasée, et portait des chaussures à hauts talons bleu marine et crème. Suprêmement élégante. Et avec ses cheveux châtain foncé sévèrement tirés en arrière pour dégager son visage pâle et bien modelé, elle paraissait aussi glaciale que dans le souvenir de Francesca.

— *Buon giorno*, dit-elle d'une voix basse mais sans aucune douceur.

Vittorio regarda Livia Cesaretti et sut immédiatement qu'il la détestait. Francesca souhaita désespérément avoir pu faire un peu de toilette avant de rencontrer sa tante. Et Luciano se mit à pleurer.

— Le voyage a-t-il été fatigant? demanda-t-elle sans se soucier de l'enfant, comme s'il n'existait pas.

— Pas très, merci, répondit Francesca.

Ils se trouvaient dans une pièce vaste, avec un plafond voûté, et si longue qu'ils remarquèrent alors seulement un canapé, tout au bout, sur lequel étaient assis, immobiles, deux enfants plus âgés. Leurs cousins.

— Letizia, Fabio, dit Livia avec un geste gracieux de la main gauche, venez faire la connaissance de vos cousins, je vous prie.

Les enfants se levèrent et arrivèrent sans se presser, le visage dans l'ombre jusqu'à ce qu'ils se trouvent devant leur mère, près d'une fenêtre en arche et munie de barreaux.

— Votre cousine Letizia, dit Livia Cesaretti dont le visage s'adoucit légèrement pour la première fois, souriant et présentant sa fille qui avait les yeux marron, les cheveux bruns et le visage rond de son père.

— *Buon giorno*, dit poliment Francesca.

— Enchantée, fut la réponse sèche, hostile.

— Et voici Fabio, continua Livia.

Son fils, à treize ans, était plus attirant que sa sœur. Le visage bien modelé et plus pâle, plus aristocratique que Letizia, Fabio était manifestement un Speroza et ressemblait de façon marquée à deux portraits d'ancêtres au moins, accrochés aux murs du *salotto*.

Il fit un petit signe de tête mais ne dit rien.

— Où est notre oncle? demanda Vittorio, qui ouvrait la bouche pour la première fois depuis qu'ils étaient descendus de voiture.

— Il sera là bientôt. Pour le déjeuner, répondit Livia. Elle regarda Luciano qui avait cessé de pleurer mais paraissait toujours bien malheureux. Vous voudrez vous changer, je pense, ajouta-t-elle en s'approchant d'un mur où elle alla tirer sur un cordon à franges. Maria va vous montrer vos chambres.

On leur avait attribué au rez-de-chaussée, près de la cuisine, deux chambres qui faisaient manifestement partie des logements des domestiques bien que seule Maria y couchât désormais, ainsi qu'ils allaient l'apprendre. Avant la guerre, nombre de domestiques vivaient sur place, mais maintenant Louisa, la cuisinière et Guido, le chauffeur et homme à tout faire, arrivaient chaque matin pour repartir le soir.

Francesca et Luciano devaient partager une chambre, l'autre étant destinée à Vittorio.

— Où va dormir Giulietta? fut la première question que posa Luciano quand il ne vit que trois lits.

— On mettra un autre lit dès qu'elle ira mieux, lui répondit Francesca. Peut-être que tante Livia vous laissera partager une autre chambre.

— Elle nous a dit de nous changer, intervint Vittorio, avec un coup d'œil ironique sur la petite valise qui ne contenait que des sous-vêtements, robes de chambre et une Bible.

— Nous allons seulement nous laver, dit Francesca à qui il tardait de retrouver de l'eau et du savon car dans la maison, comme dans le reste de la ville qu'ils avaient traversée, il faisait une chaleur presque insupportable. Ils avaient trouvé leurs chambres sombres et tristes quand Maria les avait ouvertes, et Vittorio s'était empressé d'aller lever les stores de bois pour laisser pénétrer le jour, mais avec le maigre rayon de soleil s'étaient engouffrés une chaleur moite et le bruit de la rue.

— Que penses-tu d'elle? demanda Vittorio à Francesca.

— De tante Livia?

— *Si*.

Francesca défit ses cheveux et les laissa tomber sur les épaules. On ne lisait rien de particulier dans son regard.

— Elle est très belle, dit-elle seulement.

— Je la déteste, dit Vittorio qui s'assit lourdement sur le lit de Francesca et grimaça quand sa jambe plâtrée heurta le sol un peu trop violemment.

— Pourquoi? demanda Luciano, laissant Francesca le déshabiller.

— Parce qu'elle ne veut pas de nous ici.

Francesca jeta à son grand frère un regard d'avertissement.

— Ce n'est pas vrai, Vittorio. Nous ne serions pas là si elle ne voulait pas de nous.

— C'est l'oncle Bruno qui a décidé.

— Et nos cousins? demanda Francesca.

— Des snobs, dit Vittorio avec un haussement d'épaules.

— Je veux rentrer à la maison.

Luciano était de nouveau au bord des larmes.

— Eh bien, c'est impossible, lui répondit sèchement Vittorio.

— Pourquoi?

— Tu le sais bien, *stupido*.

— Ne sois pas méchant avec lui, le pria Francesca.

Allons, il faut nous préparer. L'oncle Bruno sera là dans un instant et il ne faut pas être en retard pour le déjeuner.

— Je n'ai pas faim.

— Mais si, tu as faim. Tu es seulement fatigué et tu as chaud, dit Francesca qui alla ouvrir le robinet d'eau froide. On entendit un gargouillis dans les tuyaux et arriva un filet d'eau, tiède et trouble. Elle eut envie de pleurer, tout à coup, mais n'en fit rien à cause de Luciano.

— Tu parles d'un *palazzo*, railla Vittorio.

— Nous allons à la salle de bains. Nous d'abord, *piccolo*, dit Francesca qui prit de nouveau Luciano par la main.

— *D'accordo*, fit sombrement Vittorio.

Timidement, Francesca se baissa et l'embrassa sur la joue. Elle disait rarement à son grand frère ce qu'il convenait de faire — toujours il avait été le chef, mais depuis le feu la terrible colère qui le minait semblait l'avoir affaibli, de sorte que, pour l'instant, c'était elle qui avait l'esprit le plus clair.

Vittorio leva les yeux, son air maussade ayant cédé à un désespoir, à un sentiment d'impuissance manifestes.

— Comment supporter cela, Francesca?

Elle se redressa, ferme, de toute la hauteur de son mètre trente-cinq.

— Nous sommes ensemble, *caro*, non?

Oui, fit Vittorio, d'un signe de tête pas très convaincu.

— Et bientôt Giulietta sera également ici, pas vrai, Luciano?

Le garçonnet lui sourit.

— Nous pourrons le supporter, Vittorio. Nous pourrons supporter n'importe quoi tant que nous serons ensemble.

L'arrivée de l'oncle Bruno, à l'instant où les trois enfants sortaient de leur chambre, quelque peu nerveux, fut une bouffée d'air frais.

— *Benvenuto, benvenuto, bambini*! leur dit-il, rayonnant, posant sa mallette et leur ouvrant les bras. Comme je suis heureux de vous voir.

Livia arriva dans l'entrée, suivie de Fabio et Letizia.

— *Buon giorno*, Bruno.

Son mari lui baisa la joue puis embrassa ses enfants.

— Alors ils sont arrivés, les petits.

— Oui, dit Livia avec un sourire. Puis, regardant les enfants : Je croyais que vous alliez vous changer pour le déjeuner.

— Nous n'avons rien d'autre à nous mettre, tante Livia dit Francesca, rougissant. Le feu...

— Peu importe, peu importe, coupa vivement Bruno. Votre tante vous emmènera faire des courses demain.

— Demain, c'est dimanche, Bruno, observa Livia avec une certaine raideur.

— Eh bien, un autre jour, bientôt.

— Oui, bien sûr.

Luciano se libéra de la main ferme de Francesca, courut vers son oncle, et encouragé par son évidente jovialité tira le bas de sa veste de soie.

— *Zio* Bruno, est-ce que tu as vu Giulietta?

— *Naturalmente*, Luciano.

— Est-ce qu'elle va mieux?

Bruno se baissa et posa un regard affectueux sur le visage de l'enfant.

— Je crains qu'il ne faille un certain temps.

— Combien de temps?

Maria, la servante, apparut discrètement dans le couloir, en tablier blanc impeccable et annonça :

— Madame est servie.

Heureux de cette diversion, Bruno se redressa et se frotta les mains.

— Parfait. J'ai faim et je suis sûr que vous devez être affamés, tous les trois. *Andiamo*, fit-il en tapotant l'épaule de Vittorio. Allons déjeuner.

On déjeuna dans la contrainte, mais le repas était excellent. La salle à manger, autre pièce très haute et voûtée, était

31

vraiment magnifique et Luciano, les yeux plus écarquillés que jamais, commença à croire, après tout, qu'il se trouvait bien dans un authentique *palazzo*. Les meubles et les portes étaient en noyer foncé, avec des ferrures de cuivre poli, et un tapis très beau, bien qu'assez âgé, couvrait le sol de pierre.

L'oncle Bruno prit place à l'une des extrémités de la lourde table ovale, tante Livia en face de lui, Fabio et Letizia entre eux d'un côté et les trois nouveaux venus en face de leurs cousins.

Les hors-d'œuvre, du *prosciutto* et du salami, avec une salade de champignons à l'huile d'olive, étaient déjà posés sur la nappe d'une blancheur immaculée quand les enfants vinrent s'asseoir, et on servit ensuite un *pollo alla cacciatore* — poulet chasseur — avec du riz.

— Est-ce que tu rentres déjeuner tous les jours, *Zio Bruno*? demanda Francesca qui commençait à revivre avec le repas et l'eau minérale.

— Hélas, non. Je suis souvent trop occupé par mon travail.

— Et nous ne faisons pas des repas aussi importants tous les jours, fit observer Livia. Aujourd'hui, c'est samedi, mais quand vous irez à l'école vous ne rentrerez pas avant l'après-midi.

— Sauf Luciano, dit Vittorio.

Un instant, Livia parut irritée, puis, peut-être du fait de la présence de son mari, elle dit, la voix adoucie :

— Maria ira chercher Luciano à la maternelle, bien sûr. Je sors souvent dans la journée mais il ne sera jamais seul.

Bruno regarda son fils et sa fille.

— Je suis certain que vous ferez tout pour aider vos cousins, dit-il, tirant la bouteille de vin du seau à glace pour servir Livia et lui-même. Ils vont avoir besoin de votre amitié, comme vous le comprenez bien.

Letizia, qui avait à peine ouvert la bouche pendant tout le repas, se racla la gorge mais ne dit rien. Fabio, faisant très «jeune gentleman», adressa un sourire à Bruno.

— *Certo*, papa, dit-il. Leti et moi comprenons parfaitement.

— *Bene*.

Au cours du dîner ce soir-là, ou plutôt du souper, les
nerfs des enfants ne furent pas mis à l'épreuve, car leur oncle
et leur tante avaient pris des places de théâtre et leurs cousins
avaient apparemment leurs propres projets. Vittorio, Francesca
et Luciano se contentèrent d'un simple plat de *spaghetti al
burro* à la cuisine avec Maria et Guido, revenu au *palazzo*
après avoir conduit ses employeurs au Teatro della Pergola. Il
faisait un peu plus frais, le soir, et la table de la cuisine, vieille
et maculée de taches, avait des échardes qui piquaient les
jambes des enfants, mais en quelque sorte, leur rappelait leur
maison. Cela leur noua la gorge, de sorte qu'ils n'osèrent pas
parler de crainte de pleurer, ce qui convenait parfaitement à
Maria et Guido qui n'avaient d'yeux que l'un pour l'autre.

Peu après que des cloches des alentours eurent sonné
minuit, on frappa doucement à la porte de Vittorio, incapable
de dormir sur son lit dur.

— *Avanti*, dit-il en se redressant.

— Est-ce que je te dérange? Puis-je entrer? demanda son
oncle en passant la tête par l'entrebâillement.

— Oui, bien sûr.

Bruno referma doucement la porte derrière lui et vint
jusqu'au lit.

— Asseois-toi, je t'en prie, dit Vittorio.

— Tu ne peux pas dormir?

— Non.

— Ça ne m'étonne pas. Je suis désolé que nous vous
ayons laissés ce soir, mais il y avait une première importante
et je ne voulais pas en priver ta tante.

— C'était sans importance, *Zio*.

— Pas pour toi, peut-être, mais pour moi oui, commença-
t-il, cherchant ses mots. Vois-tu, Vittorio, ma femme n'est pas
du genre à porter le deuil en public. Elle a perdu ses parents

il y a quelques années et son frère est mort pendant la guerre.

Vittorio ne dit rien.

— Elle en a été profondément affligée, à sa façon, mais elle est de ces gens qui pensent que la vie est faite pour les vivants. Bruno déglutit et continua : Je suppose qu'elle n'a pas tort mais... il se tut un instant et ajouta : J'ai perdu mon frère.

— Est-ce que tante Livia n'aimait pas mon père? Elle n'est jamais venue quand tu nous rendais visite. Sauf une seule fois.

— Elle ne le comprenait pas, dit Bruno avec un haussement d'épaules, ou plutôt elle ne comprenait pas la vie qu'il avait choisi de vivre.

— À la campagne, tu veux dire?

— Livia est une authentique enfant de Florence, tenta d'expliquer Bruno. La ville est peut-être la capitale de la Toscane, mais les Toscans sont chaleureux et accueillants, tandis que les Florentins paraissent souvent secs et fiers, peut-être un peu hautains.

Vittorio eut une grimace involontaire de la bouche en se rappelant l'accueil du matin.

— Fiers, surtout, Vittorio. Pour ta tante, la ville représente tout, même si elle admet ses imperfections. Jamais elle ne parviendrait à comprendre pourquoi ton papa a préféré une ferme à une association avec moi dans mon affaire.

— Et toi? Tu l'as compris?

— Parfaitement, dit Bruno avec un petit sourire nostalgique. Si je n'étais tombé amoureux de Livia, j'aurais peut-être fait comme lui, mais... C'est la vie, mon garçon.

Il se tourna un peu sur le couvre-lit, et un rayon de lumière tomba de la fenêtre ouverte sur son crâne, éclairant sa calvitie.

— Crois-tu que ta sœur et ton frère dorment? demanda-t-il.

— Ils sont épuisés.

Bruno se souvint de la jambe de l'enfant.

— Est-ce que tu souffres, Vittorio? Je peux aller te chercher un comprimé si tu veux.

— Non, merci, *Zio*, ça va.

— Je regrette de ne pas être venu vous voir plus souvent à Pise, dit Bruno, un peu gêné, tout en desserrant sa cravate et en défaisant son col dur. Nous avons eu tant de choses à faire, tant de dispositions à prendre, les obsèques, les questions légales, les soins à donner à Giulietta.

— À propos de Giulietta, *Zio*.

— *Si?*

— Pourquoi ne nous a-t-on pas autorisés à la voir, à Pise? demanda Vittorio, ses mains bandées jouant sans cesse et nerveusement avec le drap. Même quand je me trouvais dans le même hôpital, on ne me l'a pas permis.

— C'est le règlement, commença Bruno de plus en plus mal à l'aise. Ils pensent que ce serait trop pénible... Giulietta se trouvait dans une chambre spéciale. Elle n'allait pas très bien.

— Et maintenant?

— Son état est très grave, Vittorio, dit doucement son oncle, hochant la tête. Elle a été blessée au dos dans sa chute, et aux jambes.

— Et il y a les brûlures.

— Exactement.

— Je voudrais la voir.

— Tu la verras, dès que l'hôpital t'y autorisera.

— Je veux la voir bientôt. Cette semaine.

Bruno tapota gentiment le bras de Vittorio.

— Je vais voir ce que je peux faire. Vittorio, reprit-il après un instant, elle ne sait rien et ne reconnaît personne. Elle dort tout le temps, à cause des médicaments.

— Je veux quand même la voir.

— *Naturalmente*.

Ils restèrent un instant silencieux. Et puis Bruno, comme se souvenant, tira quelque chose de sa poche.

— Je t'ai apporté cela.

C'était une photographie, vieille et un peu cornée sur les bords. Vittorio la prit et la leva à la faible lumière arrivant de la fenêtre.

— Tes parents. La première fois qu'ils se sont rencontrés, à l'Accademia. En 1938, au pied du David, la plus célèbre statue du monde.

Vittorio regardait toujours la photo.

— J'ai pensé que tu aimerais avoir un souvenir de ton père et ta mère.

Vittorio le regarda, les larmes aux yeux.

— Merci, souffla-t-il à peine.

— Il n'y a pas de quoi, dit Bruno qui se leva, voyant bien que le gamin était épuisé. Vous êtes les enfants de mon frère. *Siamo di famiglia*. Nous sommes de la même famille. Il ouvrit la porte et ajouta sans se retourner : *Buona notte*, Vittorio.

— Bonne nuit, *Zio*.

Dans leur chambre, Lidia attendait Bruno, toujours dans sa robe de soie de chez Gucci qu'elle avait achetée à peine deux jours plus tôt, spécialement pour ce soir. Elle fumait, manifestement irritée.

— Tu étais avec ton neveu.

— Oui, répondit Bruno en retirant sa veste.

— Tu es resté longtemps.

— Il n'arrivait pas à dormir. J'ai pensé que nous devions parler. Ce sera très dur pour eux de se faire à Florence, ajouta-t-il, ouvrant un placard pour en tirer un cintre.

— Je crois que ce sera dur pour nous tous.

— Ils ont tout perdu, Livia, lui rappela doucement Bruno. Tous leurs parents et leur maison. J'ai donné à Vittorio une photo de Giulio et de Serafina. Il ne restait plus rien de la maison, pas même une photo.

— Je sais, je sais — Livia tira une bouffée nerveuse de sa cigarette. Tu me l'as assez répété, Bruno. Je sais que c'est une tragédie pour eux, je le sais. Je voudrais seulement que tu ne négliges pas tes propres enfants.

— Les négliger? fit Bruno, surpris. Qu'est-ce que tu veux dire?

— Rien pour le moment, répondit-elle avec un léger haussement d'épaules. Aller dans la chambre du gamin alors que tu aurais pu aller voir Letizia.

— Qui te dit que je n'en ai rien fait?

— L'as-tu fait?

— Non, dit-il, tout en suspendant son pantalon et en défaisant ses manchettes. Mais cela fait un certain temps que je ne suis pas allé dans la chambre de Letizia ni dans celle de Fabio. Leti se plaint que je la réveille et notre fils considère qu'il est trop grand pour que je passe l'embrasser.

Livia écrasa sa cigarette et demanda :

— Comment va le gamin?

— Il a un nom, *cara*.

— Je t'ai posé une question, dit-elle, ajoutant avec un regard quelque peu méprisant pour son mari : Faut-il que tu te promènes avec ta chemise qui pend ainsi?

Bruno soupira, retira sa chemise et passa une robe de chambre de soie lie de vin.

— Il est très malheureux, bien sûr. Comme les autres. Je n'arrive pas à imaginer quel choc cela a dû être pour eux.

— Ils sont jeunes, Bruno, dit Livia non sans bienveillance. Elle tourna le dos pour que Bruno tire sur la fermeture à glissière de sa robe. La Gucci en soie glissa à terre et Livia se baissa pour la ramasser, sous le regard admirateur de son mari. Pour une femme de quarante-deux ans, elle avait plutôt un corps de trente-cinq ans, entretenu par des exercices quotidiens.

Bruno, qui avait une dizaine d'années de plus que son épouse, prenait affreusement conscience que c'était sa femme et non lui que l'âge rendait plus séduisante. Il aurait accueilli avec joie des tempes grisonnantes, mais ses cheveux, toujours bruns et brillants, s'éclaircissaient avec les années. Son seul exercice physique consistait à faire le trajet à pied, aller et retour, entre son magasin de la Via della Vigna Nuova et celui du Ponte Vecchio, et, comme la plupart des Toscans, Bruno aimait la bonne chère et le vin alors que Livia, farouchement déterminée à rester mince, grignotait des *insalate* et buvait de l'*acqua minerale* chaque fois qu'il était possible. Bruno soupira.

— Il va nous falloir aider ces enfants de toutes nos forces.

— On croirait un disque rayé, à t'entendre, lui lança Livia depuis sa coiffeuse tout en se tamponnant les joues d'un geste irrité avec un coton et une crème du soir. Nous ferons ce que nous pourrons, les enfants et moi, *caro*, mais tu ne crois tout de même pas que le monde civilisé va s'arrêter de tourner pour trois petits paysans.

— Les enfants de mon frère ne sont peut-être pas des gens du monde, Livia, dit Bruno, luttant contre l'irritation qui le gagnait, mais ce ne sont pas des paysans. Et ils sont quatre, pas trois. As-tu oublié Giulietta?

Livia jeta son coton dans la petite corbeille brodée à ses pieds.

— Comment pourrais-je l'oublier?

Elle réprima un frisson. Elle n'avait vu Giulietta qu'une seule fois depuis l'incendie et, bien sûr, elle s'était apitoyée sur l'enfant, mais elle avait ressenti une telle répulsion devant ses blessures qu'elle avait essayé d'en chasser l'image de son esprit, convaincue que ce ne serait qu'une question de jours avant qu'on leur annonce sa mort.

Mais trois semaines s'étaient écoulées depuis lors et Giulietta n'était pas morte, du moins pas encore. Et si, en fin de compte, elle survivait, elle serait handicapée et marquée, comme un de ces infirmes abandonnés, pathétiques et laids, qui mendiaient autour de Santo Spirito. Si ce n'était que jamais Giulietta ne serait contrainte à la mendicité car Bruno tiendrait absolument à ce qu'elle vienne vivre au Palazzo Speroza avec sa sœur et ses frères. Et cela, Livia ne pourrait, ne *voudrait* jamais le supporter, elle ne l'admettrait jamais.

— Vittorio veut voir Giulietta. Au plus tôt.

— L'hôpital ne le permettra pas, répondit vivement Livia, tirée de ses pensées par les paroles de son mari.

— Je crois qu'il a raison. Francesca et lui devraient voir

leur sœur. Si elle venait à mourir…

Livia prit une brosse à cheveux à manche d'argent marquée du blason des Speroza et entreprit de se brosser les cheveux d'un geste ample et calme. Une idée commençait à germer dans son esprit et il lui fallait du temps pour y réfléchir.

— Je crois que cela les traumatiserait trop de la voir telle qu'elle est en ce moment, *caro*, dit-elle, songeuse, tout en continuant à brosser ses cheveux. Peut-être que si j'y retournais, dans quelques jours…

— Toi? Mais tu as été si impressionnée la dernière fois — tu as toujours détesté les hôpitaux.

— Qui les aime? demanda-t-elle avec un haussement d'épaules. Elle attendit un instant, puis : Mais il faudrait peut-être que je voie les médecins de l'enfant. Je pourrais peut-être juger, de façon moins passionnelle que toi, si Vittorio et Francesca doivent y aller ou s'il est préférable qu'ils attendent.

Bruno posa doucement les mains sur les épaules fermes et lisses de sa femme.

— Je t'en serai reconnaissant, Livia, plus que je puis le dire. Il m'est difficile de faire les allers et retours notamment à cette époque — et je sais combien ce serait important pour les enfants.

— Dans ce cas, c'est décidé, dit Livia, posant sa brosse.

Bruno croisa son regard dans l'antique miroir.

— Je sais combien cela t'est pénible, *cara mia*. Mais il n'y avait pas d'autre solution.

— C'est très bien, Bruno, fit-elle doucement.

Il poursuivit, profitant de cet instant de bonté :

— Je sais qu'ils ont l'air pauvrement vêtus et que leur façon de parler te gêne (ses neveux avaient l'accent toscan, avec leur «h» guttural au lieu d'un «c» au début des mots, et Bruno avait déjà remarqué la grimace de mépris à peine dissimulée de Fabio au cours du déjeuner en entendant ses cousins) mais ils s'adapteront très vite et jamais ils ne pourraient trouver meilleur professeur que toi pour leur apprendre à se tenir dans le monde.

Il faudra me passer sur le corps, se dit Livia. Peut-être avait-elle consenti à leur donner un toit et à les nourrir, et comme jamais elle ne pourrait empêcher Bruno de les présenter comme des membres de la famille, elle allait devoir leur apprendre les bonnes manières, mais elle n'irait pas au-delà. Fabio et Letizia étaient les seuls enfants Cesaretti susceptibles d'être acceptés par la bonne société florentine.

— Je m'occuperai de leurs vêtements lundi, dit-elle avec un sourire forcé.

— Peut-être pourraient-ils mettre de vieux vêtements de Fabio et Leti? suggéra Bruno.

Livia réprima un nouveau frisson. Ces superbes vêtements de chez Neuber et Principe, ces purs coton, soie et velours sur ces *contadini* vulgaires et noircis par le soleil...

— J'essaierai de leur trouver quelque chose, dit-elle doucement, mais je donne la plupart des vêtements de mes enfants à des œuvres de bienfaisance quand ils ne peuvent plus les mettre.

Elle demanderait à Maria de prendre leurs mesures, se dit-elle, et d'aller à l'UPIM pour leur trouver quelque chose de convenable. Ils ne disposaient pas d'une fortune illimitée, et avec trois bouches de plus à nourrir, Bruno devrait comprendre que Leti et Fabio passaient d'abord.

Trois bouches de plus à nourrir, se redit-elle, inquiète. Et restait encore la quatrième, entre la vie et la mort, nouveau coucou aspirant inconsciemment à faire son nid au Palazzo Speroza.

Il fallait bien tirer un trait quelque part.

3

Elle prit sa propre voiture, la Lancia, et choisit un jour où Bruno ne manquerait pas d'avoir besoin des services de Guido. Encore qu'il ne fût pas insolite qu'elle conduise. Bien qu'elle eût plaisir à se faire conduire en ville par le chauffeur, elle avait toujours beaucoup goûté l'aventure, notamment de caractère privé. Elle ignorait quelle forme prendrait l'*avventura* cette fois, mais elle savait bien quel en serait le résultat et, pour atteindre ce résultat, elle était prête à tout.

Il n'était pas indispensable qu'elle prenne sa voiture pour se rendre à Pise, car l'hôpital se trouvait à la limite de la ville, mais Pise présentait quelque chose de si tragique depuis la guerre que Livia ne s'y sentait curieusement pas à l'aise. Les monuments les plus célèbres avaient plus ou moins échappé aux bombardements, mais le centre de la ville, notamment les boulevards sur l'Arno, étaient désespérément ravagés. Certes, les dégâts subis par sa ville bien-aimée avait consterné Livia — avoir vu disparaître tous les ponts sauf le Ponte Vecchio et, pis encore, la glorieuse Santa Trinità — mais pour ce qui était de Pise, elle ne s'en était guère souciée dans le passé. La guerre, tout au moins pour elle, lui avait conféré un certain cachet excitant.

L'ospedale étouffa chez elle tout sentiment de liberté et

41

d'aventure. C'était un grand bâtiment profondément déprimant, avec d'interminables, sinistres et identiques couloirs. Livia ne perdit pas de temps et se rendit directement à la salle où elle avait vu la dernière fois la malheureuse nièce de son mari.

L'état de Giulietta ne parut guère, du moins au regard de répulsion de Livia, avoir beaucoup évolué. Elle était toujours maintenue immobile, les deux jambes en suspension, les greffes de peau pratiquées sur les épaules et la poitrine toujours sous des pansements : un pathétique cadavre vivant. Bien que l'infirmière qui avait apporté une chaise à Livia l'eût assurée que l'enfant n'était pas dans le coma, Giulietta était, fort heureusement, plongée dans un profond sommeil artificiel. Livia avait accepté la chaise, réprimant son désir de s'enfuir. Peut-être était-il préférable de montrer quelque inquiétude pour la malade.

Depuis l'enfance, Livia avait toujours ressenti de la répulsion pour la maladie et les lésions de toute nature. Ses parents étaient l'un et l'autre décédés rapidement et de mort naturelle, mais son seul et bien-aimé frère avait été atrocement blessé en 1941, et elle se souvenait, avec honte, avoir ressenti un véritable et monstrueux soulagement quand il était mort, les libérant l'un et l'autre d'une infirmité qui l'aurait presque certainement conduite à le détester.

Elle resta assise au chevet de Giulietta pendant ce qui lui parut être une éternité, luttant pour pouvoir regarder cette inconsciente bataille pour la vie, priant pour que l'enfant ne se réveille pas pendant sa visite.

Giulietta ne s'éveilla pas, gisant là sur son lit d'hôpital, en train de guérir ou de mourir, Livia n'en savait trop rien. Mais à l'instant où elle se levait, jugeant convenable maintenant de quitter la dure chaise de bois, Livia avait décidé de la prochaine étape de son plan et, en quittant la pièce, elle savait qu'elle partait à la recherche du collaborateur qui lui serait indispensable si ce plan devait, en fin de compte, réussir.

En moins de quatre-vingt-dix minutes, elle l'avait trouvé.

Un homme, bien sûr. Toujours, tout au long de sa vie, c'étaient des hommes qui étaient venus à son aide et l'avaient soutenue, qui avaient fait ses volontés, de bon gré ou autrement. Carlo Clemenza fut l'homme du moment, bien que lorsqu'il vit Livia pour la première fois, il ne se serait jamais douté que ses intentions n'étaient pas uniquement charnelles.

— On me dit, Signora Cesaretti, que vous avez l'intention de faire une donation à notre hôpital, dit-il, d'une voix douce et un peu haute pour un homme, mais Livia se dit qu'elle s'harmonisait parfaitement avec son visage pointu — un museau de renard — et son corps mince et élégamment vêtu.

— C'est exact, confirma-t-elle, souriant.

Il croisa les mains sous son menton, comme en une prière. Il avait les ongles manucurés, remarqua Livia, satisfaite de son choix. Carlo Clemenza avait des goûts de luxe, certainement exorbitants, étant donné sa situation d'administrateur de l'hôpital.

— Mais j'ai cru comprendre que vous souhaitiez mieux connaître l'hôpital.

— C'est également exact.

— En quoi pourrais-je vous être utile, Signora? Voulez-vous que je vous fasse visiter l'établissement.

Dieu m'en préserve, se dit Livia, réprimant une grimace.

— Je pensais plutôt que nous pourrions… parler… tout en déjeunant.

Les petits yeux de Carlo Clemenza l'évaluèrent, remarquant les cheveux brillants, le maquillage impeccable, le tailleur d'excellent goût. Il faisait chaud dans son bureau car son ventilateur était tombé en panne il y avait plusieurs mois, mais Livia Cesaretti paraissait fraîche et pimpante. Certes, il pouvait se tromper, et peut-être souhaitait-elle vraiment, sincèrement, savoir si son argent serait bien employé. Mais il avait déjà rencontré ce genre de femmes, et il se flattait de pouvoir se fier à son instinct. Pour l'instant, Carlo souhaitait, plus que tout, semer le désordre dans cette coiffure impeccable, faire transpirer cette femme — et quelque chose, dans ce calme regard marron, lui disait, clairement, que c'était une femme d'appétits considérables.

— Un déjeuner, répéta-t-il en se levant. Il avait déjà déjeuné — un triste poisson grillé dans la *mensa* du personnel — mais il pourrait se forcer. Peut-être cela en valait-il la peine, pour lui comme pour l'hôpital. Je connais justement l'endroit qu'il nous faut.

Il dut se contenter du déjeuner, pour cet après-midi du moins. Pour Livia, le temps comptait beaucoup, mais elle savait qu'il ne fallait pas brusquer une importante opération de séduction.

La rencontre suivante fut plus fructueuse. Livia arriva dans le bureau de Clemenza, épuisée et abattue par le peu de temps passé au chevet de Giulietta. De toute évidence, cette femme avait besoin de réconfort. Carlo suggéra gentiment un déjeuner plus intime, loin des regards curieux. Un endroit où elle pourrait se reposer un peu, peut-être se confier à un ami, se détendre avant de rentrer à Florence.

Livia lui en fut très reconnaissante. Elle avait beaucoup de chance d'être tombée sur un homme aussi sensible, aussi compréhensif. Elle s'assit, pâle et malheureuse, tandis que l'*amministratore* à museau de renard s'occupait des réservations au Grand Hôtel, ses doigts avides tremblant légèrement tandis qu'il composait le numéro au téléphone.

À trois heures ce même après-midi, ils étaient dans les bras l'un de l'autre dans une chambre de l'hôtel, Carlo séduit par le corps de cette femme superbement conservée. Il baisa chaque pouce de sa chair d'une bouche dure, mit le désordre dans sa coiffure comme il avait rêvé de le faire, tordit ses mamelons splendides, puis les suça, et enfin, quand il ne put plus tenir, se glissa entre ses cuisses ouvertes, gémissant frénétiquement et éjaculant au plus profond d'elle-même.

— *Dio*, murmura-t-il, tremblant encore.

Livia ouvrit les yeux.

— Il faut que je rentre, dit-elle, parvenant à mettre du

regret dans sa voix. Mon mari...

— Je comprends, dit Clemenza, qui se leva, sa voix douce un peu haut perchée prenant un ton de conspirateur dans la pénombre de la chambre d'hôtel.

Livia songea à la photo qu'elle avait vue sur son bureau. Une épouse souriante, devenue rondelette. Bien sûr qu'il comprenait.

— Je reviendrai dans deux jours. Si tu veux, proposat-elle.

Les lèvres dures et sèches de Carlo lui caressèrent l'épaule.

— Je le veux.

Elle arriva tard, la fois suivante, sachant qu'il serait difficile pour lui de se libérer, mais sachant aussi qu'il allait faire tout son possible.

Ce qu'il fit.

Elle le garda là, dans le grand lit d'hôtel, plus d'une heure de plus qu'il avait annoncé à sa femme.

— Demain? demanda-t-elle tandis qu'ils se levaient pour s'habiller.

— Bon Dieu, oui, dit Clemenza qui retrouva son érection.

— Mais en début d'après-midi, c'est plus facile pour toi, non, Carlo?

— Tu es non seulement belle et sensuelle, dit-il en l'attirant à lui, mais pleine de prévenance, en plus.

Livia le repoussa doucement, lui rappelant tacitement la famille qui l'attendait.

Une seule fois encore, songea-t-elle. Et cela suffira.

Trois jours plus tard, ils se retrouvaient dans le bureau de Carlo.

— Le moment des affaires sérieuses est arrivé, lui dit-elle.

— Des affaires?

Oui, fit Livia de la tête.

— Comme dans toutes les affaires, Carlo, les bénéfices doivent être réciproques. Toi, qui es un homme du monde, tu dois comprendre cela.

L'air quelque peu niais du visage de Clemenza disparut et le museau de renard se refit plus sévère, comme à leur première rencontre.

Elle lui expliqua.

En échange d'une substantielle donation à l'hôpital et, en outre, d'un petit présent personnel pour lui, Clemenza devait s'assurer de la disparition définitive de Giulietta Cesaretti de la vie de Livia.

— Je veux qu'elle quitte cet hôpital, précisa-t-elle, lissant sa robe de chez Balenciaga. Qu'elle quitte Pise.

— Pour Florence?

— Loin de Florence, loin de la Toscane. Aussi loin que possible.

— Dans quel but? demanda Clemenza, stupéfait.

— Ce n'est pas tout, ajouta Livia sèchement. Il faut que cela soit gardé secret. De mon mari, des autres enfants, du personnel de l'hôpital.

— C'est impossible.

Elle fit comme si elle ne l'avait pas entendu.

— Mon mari apprendra, dans quelques jours, que Giulietta est morte.

Clemenza la regarda, ahuri.

— Compte tenu de son état, la nouvelle ne sera pas une grande surprise.

Livia continua. On faisait quitter sa chambre à Giulietta plusieurs fois par semaine pour divers traitements. Il faudrait la faire disparaître. Clemenza devrait trouver deux individus compétents pour s'occuper de son transfert et les payer grassement pour leur collaboration et leur silence. Il devrait rédiger le certificat de décès...

— Tu es folle! coupa Clemenza. Je n'ai même pas le droit de signer les certificats de décès.

— Tu signeras néanmoins celui-là. Quant aux obsèques,

46

un cercueil lesté de pierres... tu verras cela également.

— Jamais!

Livia eut un petit sourire.

— Si tu fais cela pour moi, Carlo, dit-elle d'une voix douce, je te donne ma parole que ni ta femme ni tes supérieurs ne seront au courant de notre liaison.

— Ma femme sait que j'ai couché avec d'autres femmes, dit Clemenza, devenu tout pâle.

— Mais elle ignore peut-être que tu passes des après-midi et des soirées au Grand Hôtel — dépensant en champagne et en coucheries l'argent de la famille. Et pour ce qui est de l'argent, poursuivit-elle, impitoyable, quelle opinion tes employeurs auraient-ils d'un homme qui détourne pour lui une partie d'une donation charitable?

— Jamais ils ne le croiraient!

— Je suis très connue à Florence, et ma mère avant moi, pour mes dons à la communauté dont je suis un des piliers. Qui croiront-ils? Elle s'arrêta un instant puis reprit : Carlo, on ne fera aucun mal à l'enfant. Je suis bien sûre que quel que soit l'hôpital que tu choisiras, elle sera aussi bien soignée qu'ici.

Clemenza eut du mal à conserver son calme

— Et quand... ce sera fait, qu'adviendra-t-il de l'enfant?

— Quand ce sera fait, dit Livia en se levant, Giulietta Cesaretti aura cessé d'exister et une autre patiente, avec une autre identité, sera en route pour un nouvel hôpital et une nouvelle vie.

Il fallut huit jours. Le coup de téléphone arriva le vendredi matin, quand Livia était seule à la maison avec Maria. Elle attendit dix minutes, se composa un visage et appela son mari à son magasin de la Via della Vigna Nuova pour lui demander de rentrer immédiatement.

Quand il arriva, il trouva son costume et sa cravate noirs posés sur le lit.

— Je suis désolée, Bruno, dit-elle en allant l'embrasser dès qu'il entra dans la pièce.

47

— *La povera piccola*. Il hocha la tête, se laissa tomber dans un fauteuil et ajouta : Elle n'a pas connu la vie, mais une si terrible fin.

— Il faut que nous partions immédiatement, dit doucement Livia en regardant le costume noir.

— Oui, bien sûr. As-tu appelé les écoles?

— J'ai pensé que ce serait assez tôt si nous le faisions ce soir.

Bruno soupira et hocha la tête.

— Tu as raison. Ce sera terrible pour eux.

— Change-toi, *caro*, rappela Livia en regardant sa montre. Je t'attends en-bas.

Quinze minutes plus tard, il la retrouvait dans l'entrée.

— Je vais dire à Guido d'amener la voiture.

— Je lui ai déjà dit de rentrer — elle montra les clés de la Lancia — je veux conduire.

— Pourquoi? C'est trop fatigant.

— Je m'y suis habituée. Ce n'est pas loin.

— Tu as déjà fait beaucoup au cours de ces dernières semaines. Des choses que j'aurais dû faire moi-même.

— Tu as suffisamment de travail, dit Livia, qui lui prit le bras et le conduisit vers la porte. Et ne t'ai-je pas toujours aidé, mon chéri, pour les questions importantes?

— Oui, confirma Bruno en souriant. Il tendit la main pour qu'elle lui remette les clés de la voiture et demanda : Puisque tu as déjà renvoyé Guido, je vais conduire. C'est le moins que je puisse faire.

Livia garda la main fermée.

— Tu es trop fatigué et trop bouleversé, dit-elle en déposant un baiser sur sa joue. Au retour, peut-être.

Il était essentiel qu'elle conduisît, car Bruno se serait rendu tout naturellement à l'hôpital alors qu'elle avait en tête une autre destination.

Tandis qu'elle garait la voiture, Bruno sortit de sa torpeur et regarda autour de lui, troublé.

— Mais c'est un cimetière — que faisons-nous ici?

— Nous sommes venus assister aux obsèques, répondit-elle, posant vivement la main sur celle de son mari. Je sais ce que tu penses, je crois. Les enfants devraient être ici.

— Bien sûr! On aurait dû les consulter pour la cérémonie... ils...

— Il est trop tard maintenant.

— C'était leur sœur! insista Bruno, choqué. Livia, je ne comprends pas... comment as-tu pu faire une telle chose?

— Parce que c'était nécessaire — la soudaine brusquerie de sa voix était surprenante. Elle est morte au cours de la nuit, Bruno.

— Pourquoi n'ont-ils pas appelé immédiatement?

— Je ne sais pas. Un retard... qui sait?

— Mais, qu'est-ce que ça change quand elle est morte? demanda-t-il, fâché.

— On m'a dit qu'elle..., commença Livia qui s'arrêta, baissa les yeux, se mordit la lèvre inférieure.

— Quoi?

— Elle se décomposait, Bruno, lui dit-elle, le regardant de nouveau, les larmes plein les yeux. Très vite... c'était dû, je crois à la nature de ses blessures. Elle se racla la gorge. Il était nécessaire de faire vite.

— Je vois (Bruno se laissa retomber dans son siège). Tu aurais dû téléphoner aux écoles. On aurait dû aviser Vittorio et Francesca.

Livia tira de son sac un mouchoir brodé et se tamponna les yeux.

— J'ai pensé que ce serait trop cruel, un trop terrible cauchemar, trop soudain. Une larme glissa le long de sa joue. J'ai pensé qu'il serait préférable pour eux qu'ils assistent à un service funèbre, après.

Bruno ne dit mot.

— Je suis désolée, dit Livia d'une voix étouffée.

Il se tourna vers elle, le visage pâle, inquiet.

— C'est moi qui devrais être désolé, *mia cara*. Tu as fait

49

tout ce que tu pouvais.

— J'ai pensé faire ce qu'il convenait, Bruno.

Il y avait bien longtemps qu'il n'avait vu sa femme pleurer et il en fut terriblement ému.

— Mais bien sûr. Et tu as eu raison, dit-il, prenant sa main droite qu'il porta à ses lèvres. Je t'en suis reconnaissant, Livia. Tu t'es montrée si forte. Je sais ce que ces visites ont dû te coûter.

Plus que tu ne l'imagines, songea Livia avec une ironie désabusée, avant de se dégager.

— Il faut y aller, mon chéri. On nous attend. Le prêtre, et quelqu'un du personnel de l'hôpital.

En entrant dans le cimetière, Bruno s'arrêta soudain et regarda autour de lui.

— Giulietta devrait être enterrée avec ses parents et le petit Giacomo.

Pour la première fois, Livia connut la peur, mais elle se contraignit à demeurer calme.

— Si nous avions eu le temps, *caro*, bien sûr, cela aurait été préférable. Mais étant donné les circonstances, j'ai eu le sentiment que nous devions nous ranger aux conseils de l'hôpital.

Bruno demeura encore un instant immobile. Il semblait hébété.

Livia osait à peine respirer.

Et puis il soupira, le visage indiciblement triste.

— Comme tu le dis, Livia, étant donné les circonstances...

Il se remit en route et Livia, toute faible de soulagement, glissa sa main dans la sienne.

Moins d'une demi-heure plus tard, le petit cercueil de bois verni, convenablement lesté de pierres et de paille, était descendu dans le trou.

Avec la réconfortante idée d'un compte en banque bien garni et la pensée plus rassurante encore qu'il était, grâce au

Ciel, débarrassé de Livia Cesaretti, Carlo Clemenza retourna à son bureau à l'hôpital.

Et ce fut d'un cœur plus léger et avec un esprit plus généreux — provisoirement du moins — que Livia regagna le Palazzo Speroza.

Les enfants furent, comme il était prévisible, désespérés.

Luciano, notamment, était inconsolable. Il avait été quelque peu réconfortant pour lui de savoir que Mamma, Papa et Giacomo étaient allés au *paradiso*, et du moins savait-il qu'ils y étaient allés ensemble, mais sa jumelle bien-aimée et inséparable était morte seule, et aucune assurance de la part de Francesca que Giulietta aussi se trouvait au paradis, ne put le convaincre que, étant partie tellement de temps après eux et seule, elle pourrait retrouver le reste de la famille.

Francesca aussi en eut le cœur brisé et lutta pour vaincre son envie bien naturelle de pleurer librement, cela pour Luciano. Elle avait cependant su, en quelque sorte, que ce serait là l'aboutissement, que jamais ils ne reverraient Giulietta. Ce qui, toutefois, ne diminua en rien son chagrin.

Vittorio, de son côté, était trop plongé dans une fureur et une amertume qui le rongeaient pour pleurer convenablement sa petite sœur. Il était inconcevable qu'on ait pu être assez cruel, assez sauvage pour les séparer de Giulietta pendant les dernières malheureuses semaines de sa vie, et il ne pouvait pas l'accepter, il ne l'accepterait jamais. Pour lui, tante Livia était la seule coupable. Il savait instinctivement que si l'oncle Bruno l'était aussi, c'était sa femme qui dirigeait la famille.

Il ne pouvait rien pour Giulietta, rien pour revenir sur le passé. Mais jamais il n'oublierait, jamais il ne pardonnerait à Livia Cesaretti, et un jour, bientôt peut-être, elle allait lui payer cela.

On en était au début d'octobre quand fut tenu le service funèbre que Livia avait promis et qui ne fut guère plus que quelques prières dites par un prêtre local et l'occasion pour les

51

enfants de rester quelques instants sur la tombe de leur sœur.

— Je leur ai demandé s'ils souhaitaient quelque chose de particulier, avait dit Livia à son mari. Mais ils avaient trop de peine pour y songer, semblait-il. Je crois qu'ils souhaitaient quelque chose de simple.

Bruno avait approuvé, convaincu que sa femme avait raison. Depuis la mort de l'enfant, il lui avait été plus difficile de communiquer avec ses neveux, notamment avec Vittorio, qui s'était retiré dans une coquille glaciale.

Il en fut donc ainsi. D'une simplicité totale. Bruno, Livia, Fabio et Letizia d'un côté de la tombe; Vittorio, Francesca et Luciano de l'autre, avec Guido, sombre et embarrassé à côté d'eux.

Une pierre tombale blanche, toute simple, avait déjà été érigée, la seule de la rangée qui ne comportât pas la photo du défunt. Avant de partir, les enfants affligés déposèrent de petits bouquets de fleurs, achetés ce matin-là par Maria au marché de Santo Spirito, et qui déjà se fanaient sous la chaleur.

Francesca pleurait. Luciano, le visage blême et trop intimidé par le cimetière pour associer la cérémonie avec sa sœur jumelle, tenait Francesca de sa main serrée. Vittorio déposa son muguet et fixa les lettres austères gravées dans la pierre.

GIULIETTA ANNA CESARETTI
9.6.46-19.9.51
Con Gesù Cristo

4

À l'hôpital San Felice di Dio, pas très loin du Palazzo Madama à Turin, la patiente connue sous le nom de Giulietta Volpi, victime d'un accident de la route dans lequel ses parents et son frère avaient trouvé la mort, gisait, attendant, comme tous les jours et toutes les nuits, que quelqu'un vienne la tirer de l'enfer.

— Nous allons nous occuper de toi, lui avaient dit les sœurs. Nous sommes ta famille maintenant.

— *Mamma*, avait faiblement gémi l'enfant.

Des mains douces s'étaient posées sur son front.

— Elle ne peut venir, Giulietta. Mais nous sommes là. N'aie pas peur.

— Luciano...

— Il n'est plus ici, *piccolina*, lui avait dit la voix. Ils sont tous auprès de notre Seigneur. Essaie de te reposer maintenant. Essaie d'oublier.

La chambre dans laquelle elle se trouvait était une brume de gris. Tout était flou, nébuleux, vague. Et il y avait la souffrance, la terrible souffrance, et puis le sommeil, un sommeil de mort, lourd, ou encore léger et étourdissant. On lui avait dit d'oublier, mais même à travers la brume des médicaments et de la douleur, l'enfant revoyait une petite maison de pierre, une vigne et un bosquet d'oliviers et elle se souvenait du parfum de l'air, de l'herbe verte et des rires et de la tiédeur...

Et d'une mère et d'un père, ainsi que d'autres enfants.

Giulietta Volpi gisait là, coincée dans son lit, prisonnière du plâtre, des bandages, des drogues, et de ces gens qui ne voulaient pas l'écouter et qui, alors que s'écoulaient les jours, semblaient de plus en plus ne pas même l'entendre.

Totalement immobile, elle se disait que peut-être, si elle était très gentille et faisait exactement ce qu'on lui disait, elle pourrait encore être sauvée.

On l'avait aimée. Elle s'en souvenait.

Elle ne parvenait pas à croire qu'ils n'allaient pas venir.

5

Deux années passèrent, et les trois *orfani* du Palazzo Speroza étaient toujours aussi malheureux. Ou plutôt, à bien des égards, du moins pour les deux aînés, plus malheureux encore.

La Florence dans laquelle ils vivaient désormais, bien contre leur gré, n'avait rien de la ville brillante et romanesque qu'adorent les artistes et les touristes. Elle était bruyante et surpeuplée, renfermée et même taciturne; quand il n'y faisait pas une chaleur étouffante, le temps était ou bien désagréablement froid, ou bien trop pluvieux.

À l'intérieur du *palazzo*, la vie était détestable. Quand leur oncle était là, les choses allaient mieux — ils prenaient place à la table familiale pour le dîner et Bruno faisait de son mieux pour les faire participer à une conversation détendue. Mais il était rarement chez lui, préférant s'absorber dans son travail que passer trop de temps au sein d'une famille difficile. Quand il était absent, les *poveri* mangeaient à la cuisine et restaient dans leur chambre, corvée moins désagréable pour eux car tante Livia, d'une amabilité contrainte quand son mari se trouvait là, se faisait ouvertement hostile quand il était absent, plus résolue que jamais de ne pas voir l'avenir de ses enfants compromis le moins du monde par ces intrus.

Fabio et Letizia, incapables de considérer que leurs

cousins ne constituaient pas une menace, ne se montraient pas moins hostiles et pleins de ressentiment pour la moindre gentillesse manifestée par leur père, ne manquant pas une occasion de railler Vittorio, d'ennuyer Francesca ou de tourmenter Luciano.

Celui-ci s'était plus facilement adapté à la vie de la ville que son frère et sa sœur. Assez jeune pour supporter le changement, il s'était montré un élève avide d'apprendre, d'abord au *giardino d'infanzia* et, après son sixième anniversaire, à la *scuola elementare*, et il possédait le don de s'évader dans ses rêveries lors des moments de tension.

Jamais il n'avait pu s'accommoder de la perte de Giulietta. Certes, sa jumelle ne se trouvait plus proche de lui physiquement, mais elle quittait rarement ses pensées, où elle était aussi solidement enracinée — comme dans sa vie, par conséquent — qu'avant sa mort. Il la retrouvait dans la plupart de ses rêveries, elle participait à ses aventures imaginaires. Mais c'était la nuit que Luciano souffrait vraiment, car les cauchemars l'empoisonnaient — des cauchemars où il revoyait le feu et, pis encore, où il voyait les souffrances de Giulietta qui pleurait pour qu'il vienne vers elle.

— Ce ne fut pas la première fois que les ponts de Florence furent détruits, disait un des professeurs de Vittorio, parlant des dégâts provoqués par la guerre. Lors des grandes inondations de 1333, par exemple, ils ont été emportés, ainsi que plusieurs édifices et, dit-on, le Martocus, la statue gardienne de Florence.

Vittorio aurait souhaité que tout eût été emporté, jusqu'à la dernière statue, jusqu'au dernier sinistre édifice — et surtout le Palazzo Speroza. Tout cela l'ennuyait et il se sentait sans cesse morose, souhaitant ardemment retrouver l'air pur et la liberté de la campagne. Il se sentait isolé, surtout à l'école, et avec ce fardeau supplémentaire dont il avait conscience, qu'étant le plus âgé il devait également être le plus fort. Les rares fois où l'oncle Bruno avait trouvé le temps de les sortir, les emmenant aux Offices ou aux Jardins de Boboli ou encore manger une glace, Francesca et Luciano avaient paru s'amuser, mais pour Vittorio cela ne changeait rien. Tout était vieux, laid et triste. Il détestait Fabio et Letizia, il méprisait et haïssait tante Livia.

La vie était insupportable.

À la fin de l'été de 1953, l'atmosphère du Palazo Speroza frisait l'ébulition, la chaleur contribuant à l'échauffement des esprits, alors même que Fabio et Letizia se trouvaient bien mieux lotis que leurs cousins avec leurs chambres plus vastes et mieux aérées, leurs ventilateurs de plafond et leurs sorties quotidiennes à la piscine du Tennis Club ou au Parc Cascine, luxe que Livia se refusait à envisager pour Vittorio, Francesca ou Luciano.

En se rangeant du côté des orphelins, Bruno ne voyait pas qu'il leur rendait la vie plus difficile. Plus il se montrait bon et généreux et plus Livia usait de représailles, notamment en faisant de Francesca une domestique supplémentaire.

Et Letizia avait, plus particulièrement, une autre raison de détester Francesca. La fille de Livia, avec ses treize ans ingrats, encore grassouillette et même bouffie, se sentait toute gauche, notamment devant sa cousine de onze ans qui, tout naturellement, devenait une très belle femme-enfant aux longues jambes.

Francesca avait les yeux d'un marron éclatant, grands et légèrement obliques, avec des sourcils bien dessinés qui faisaient penser à des ailes de papillon; et le nez droit, les pommettes hautes, le menton légèrement pointu sous une bouche ni trop grande, ni trop petite.

— Les filles ordinaires révèlent souvent leurs plus belles promesses quand elles sont très jeunes, disait Livia pour consoler sa trop gourmande fille tout en tentant de la convaincre d'essayer un nouveau régime en lui offrant un luxe de vêtements trop petits d'une taille. Ce qui n'était pas très gentil, mais efficace.

— Francesca ne paraît pas ordinaire, boudait Letizia.

— Pas encore peut-être, Leti, mais elle ne manquera pas de devenir une souillon et tout cela va rapidement s'estomper.

Livia aurait voulu s'en convaincre, mais, à sa contrariété quotidienne, la nièce de son mari se faisait de plus en plus aristocratique avec le temps et ressemblait, plus que Letizia lui avait jamais ressemblé, à son beau garçon de fils.

Ce fut celui-ci, maintenant âgé de quinze ans et plus arrogant que jamais, qui porta l'animosité à son comble. D'une méchanceté innée, il avait récemment pris l'habitude de faire des remarques vulgaires à Francesca, des allusions grossières à sa poitrine naissante et à ce qu'il appelait sa «séduction paysanne». Il savait que, ce faisant, il rendait Vittorio furieux et poussait Letizia, plus jalouse que jamais, à se plaindre de Francesca.

Par un chaud après-midi de fin septembre, alors que Luciano était sorti avec Maria, que tante Livia et Letizia étaient allées faire des courses et que Bruno avait emmené Vittorio à son magasin du Ponte Vecchio, Francesca se trouvait dans la cour du *palazzo*, s'acquittant des dernières tâches qui lui avaient été assignées par sa tante pour qu'elle reste à sa place. Le plus souvent, ces corvées domestiques ne gênaient pas Francesca — elles l'occupaient, l'aidaient à ne pas trop penser, et en outre elle avait toujours aidé aux différents travaux chez elle, soit à la maison, soit à la vigne ou au verger. La cour n'était qu'un petit rectangle, avec une fontaine centrale et six citronniers dans des pots de terre. Elle était presque entièrement à l'ombre, abritée par les murs du *palazzo*, tout autour, mais on pouvait toujours regarder en l'air et voir le ciel, ou encore, bien que l'air n'y circulât guère, y goûter de temps en temps un filet de véritable air frais qui parvenait à filtrer.

Francesca balaya le pavage avec un balai à long manche puis fixa le tuyau au robinet rouillé qui se trouvait dans un coin et ouvrit l'eau. Elle aimait arroser les arbres et arracher les mauvaises herbes avant de laver le sol ou de nettoyer la fontaine. C'était cette chaleur desséchante des mois d'été qu'elle détestait le plus à Florence, et même les dérisoires et chétifs brins d'herbe qu'elle arrachait et portait à son visage, suffisaient pour lui rappeler les merveilleuses odeurs du sol et de l'herbe qui lui manquaient tant.

Francesca ferma les yeux et écouta l'eau du tuyau et les murmures de la fontaine. Dans son imagination, elle se retrouvait à Lucchesia, près du ruisseau qui serpentait depuis le verger de pommes de la ferme voisine.

— Tu vas noyer cet arbre.

Francesca ouvrit les yeux. Fabio était arrivé silencieusement dans le *cortile* et se tenait à un mètre d'elle à peine, vêtu d'un pantalon blanc, d'une chemise Lacoste et de chaussures de tennis — il paraissait frais, gracieux, détendu.

— Laisse-moi faire, dit-il, lui prenant le tuyau des mains.

— Tu vas te mouiller, dit Francesca, prudente, qui avait appris depuis longtemps que toute gentillesse de Fabio ne pouvait qu'être éphémère.

— Un peu d'eau n'a jamais fait de mal à personne. À quoi pensais-tu?

— À rien.

— Tu avais les yeux fermés. Tu rêvais?

— Peut-être, avoua-t-elle.

— À un garçon?

— Bien sûr que non! lança Francesca, rougissante et que quelque chose, dans le regard de Fabio mettait mal à l'aise. Laisse-moi finir ça.

— Leti pense sans cesse aux garçons.

— Vraiment?

— Mais elle a deux ans de plus que toi, non? demanda Fabio, arrachant une herbe et la jetant sur le sol avant de se rincer délicatement les doigts.

Francesca alla à la fontaine et regarda la petite statue d'un enfant nu, urinant éternellement dans la vasque qui l'entourait. Elle était censée vérifier que l'ouverture par laquelle l'eau s'écoulait était propre et passait bien, mais la présence de son cousin la gênait. Elle se détourna.

— Ta mère ne va pas être contente si elle voit que tu fais mon travail.

— Il est difficile de croire que tu n'as que onze ans, Francesca, dit-il, comme s'il ne l'avait pas entendue. Tu es très séduisante. Tu n'as rien d'une enfant, ajouta-t-il après un instant.

— Fabio, donne-moi le tuyau.

— On dit «s'il te plaît».

— Donne-moi le tuyau s'il te plaît, dit-elle, les joues empourprées.

— Tu sais que Leti est jalouse de toi, oui?

— De quoi peut-elle être jalouse?

— De ton visage, d'abord. Le sien ressemble à un pudding.

— Ne sois pas méchant.

— Et puis de ton corps.

— Fabio. Il faut que je finisse mon travail. Rends-moi le tuyau s'il te plaît, demanda de nouveau Francesca d'une voix qui tremblait un peu mais en tendant résolument la main.

— *Ecco* — Fabio fit comme s'il lui passait le tuyau et le jet d'eau froide arrosa Francesca, trempant son mince chemisier de coton. Il se frappa la joue, feignant d'être désolé — *Dio mio*, excuse-moi.

— C'est sans importance, dit Francesca, surprise et dégoulinante.

— Mais si, bien, sûr. J'ai tout abîmé ton chemisier, dit Fabio.

Il laissa tomber le tuyau qui s'enroula comme un serpent, projetant son eau contre un mur. Et il s'approcha.

— Ce n'est que de l'eau, dit Francesca.

En moins d'un battement de cil il était sur elle. Tâtant son chemisier mouillé.

— C'est frais, dit-il doucement.

Francesca fit un saut de côté.

— *Calma*. Il s'approcha, souriant, alors qu'elle reculait vers la fontaine. Laisse-moi — de nouveau il posa la main sur elle et serra. Ah, fit-il en riant, des seins d'enfant.

— *Basta*! lança Francesca. Elle essaya de se dégager de l'emprise de ses doigts, mais il lui serra fortement le bras. Tu aimes ça — ne va pas dire que tu n'aimes pas ça.

— Lâche-moi, haleta-t-elle, mais il n'en rit que plus fort. Elle gigota, se dégagea, se précipita sur l'arme la plus proche. Elle saisit le tuyau à deux mains et le braqua sur son cousin, le trempant des pieds à la tête.

— *Merda*! Donne-moi ça! hurla Fabio, furieux maintenant. Le jet d'eau froide le frappa en plein visage. Salope! lança-t-il, incrédule.

Francesca laissa tomber le tuyau et saisit le balai, le pointant vers son cousin.

— Tu vas me laisser tranquille, maintenant?

— *Pazza*! Tu es folle, comme ta mère!

— Je t'interdis de parler de ma mère! dit-elle, frappant de son balai dont une longue branche pointue atteignit la joue droite de Fabio, la faisant saigner. À demi-triomphante, mais à demi-terrifiée par ce qu'elle venait de faire, Francesca lâcha le balai qui claqua sur le sol humide.

— Excuse-moi, souffla-t-elle en voyant le sang qui dégoulinait sur la joue de Fabio.

Et elle fila en courant, de toute la vitesse de ses jambes, à l'intérieur du *palazzo*, ses chaussures mouillées glissant sur le sol de pierre, consciente qu'elle ne pouvait s'échapper que vers la chambre qu'elle partageait avec Luciano.

Elle arriva dans la pièce, claqua la porte, et comme il n'y avait aucune fermeture, elle poussa sous la poignée l'unique chaise branlante.

— *Santa Maria*, murmura-t-elle, fermant les yeux. Elle ne savait guère prier; ni Mamma ni Papa n'avaient particulièrement veillé à ce que les enfants disent leurs prières le soir, et ils avaient assisté à la messe plus fréquemment depuis leur arrivée à Florence que pendant tout le temps passé chez eux

— mais Francesca en connaissait assez pour savoir que l'on priait lorsqu'on avait des ennuis, et que Fabio se donne la peine de la suivre maintenant ou pas, elle avait certainement des ennuis.

Quand Livia et Letizia rentrèrent de la Via Tornabuoni, Fabio les attendait, ses vêtements trempés posés en tas sur le sol, un gros pansement adhésif collé sur sa joue.

— Fabio? *Cosa c'è*? Livia regarda le tas de vêtements. Que s'est-il passé?

Letizia ramassa le pantalon tout froissé, acheté un mois plus tôt à peine à Milan.

— Qu'est-ce que tu en as fait? Ils sont fichus.

— Moi, je n'ai rien fait.

— Qu'est-ce que tu veux dire? demanda Livia, irritée, fatiguée de faire tout ce qui était humainement possible pour la triste silhouette de sa fille. Ramasse cela immédiatement ou ça va laisser une tache.

Fabio se passa un doigt sur la joue.

— Et qu'est-ce que tu as fait à ta figure?

— J'ai été agressé.

— *Prego*? demanda Livia qui le regarda tandis que Letizia écoutait avec un intérêt nouveau.

— Par ma cousine.

— Francesca? demanda Livia, incrédule.

Letizia gloussa.

— Comment t'a-t-elle agressé?

— D'abord, elle a essayé de me noyer avec un tuyau, ensuite elle m'a frappé au visage.

— Avec quoi? voulut savoir Livia qui en avait oublié sa fatigue.

— *Una scopa*.

— Avec un balai?

Letizia gloussa de nouveau.

— À quelques centimètres près, elle aurait pu m'aveugler, dit Fabio, très digne. Je ne vois pas ce qu'il y a de risible.

— Moi non plus, dit sa mère, dont la colère croissait.

— Mais pourquoi a-t-elle fait cela? demanda Letizia d'une voix suave. Je veux dire que c'est déjà assez grave qu'elle l'ait fait, mais elle devait avoir une raison.

— Certainement, dit Fabio.

— Laquelle? demanda avidement Letizia.

— Elle flirtait avec moi, et je...

— Flirtait?! répéta Livia, les yeux écarquillés. Ce n'est qu'une enfant.

— Elle le fait souvent, Mamma... c'est une *puttana* née. Je te l'ai déjà dit. Elle était dans le *cortile*, prétendument pour le nettoyer. Elle s'est montrée très familière — je l'ai repoussée et elle est devenue furieuse, comme une mégère — une aliénée.

— Et elle t'a frappé avec le balai?

— Comme tu le vois.

— Que vas-tu faire, Mamma? demanda Letizia, impatiente.

— Mamma? demanda Fabio en écho.

— Je crois que nous devrions faire venir le médecin.

— C'est inutile.

— Cela pourrait s'envenimer.

— Mais non, fit Fabio, agacé. Mamma, qu'est-ce que tu vas faire à propos de Francesca? Tu va certainement faire quelque chose.

Livia frappa à la porte de la chambre des enfants.

— Francesca? Ouvre la porte.

Un petit bruit arriva de l'intérieur tandis que Francesca retirait la chaise.

Livia entra. Francesca, vêtue de coton blanc après s'être changée, se tenait là, le regard craintif.

— Veux-tu me suivre, je te prie, demanda Livia, tendant une main que Francesca prit à regret, le cœur battant.

En silence, Livia l'entraîna à travers le morne couloir des domestiques jusqu'aux escaliers de derrière et à une solide porte de chêne sous les escaliers.

— Tante Livia? demanda Francesca en regardant sa tante tirer une grosse clé de la poche de sa jupe, la glisser dans la serrure et la tourner, toujours sans lâcher la main de sa nièce. Où allons-nous?

Livia ouvrit la porte. On n'y voyait rien, que l'obscurité totale.

— Là-dedans, dit Livia, tirant Francesca par le poignet.

Francesca eut un mouvement de recul.

— Là-dedans! ordonna Livia, la poussant. Francesca se retrouva en haut de ce qui semblait être, à la faible lumière arrivant du couloir, un long et étroit escalier de pierre se perdant dans l'obscurité. Son cœur se serra sous la peur.

— *Zia Livia*, commença-t-elle, tremblante, les yeux dilatés.

— Tu as agressé mon fils, lui répondit sa tante, les bras croisés.

— Non!

— On devrait te chasser de cette maison, mais l'orphelinat ne voudrait pas d'une putain.

Livia cracha presque le mot. Elle se tenait, vertueuse et droite, barrant le seuil.

— Il ne voulait pas me laisser tranquille, se défendit Francesca, à bout de souffle. Il m'a pelotée...

— Menteuse! lança Livia qui, décroisant les bras, saisit la poignée de la porte. Tu ne vaux pas mieux qu'un animal. Nous t'avons recueillie chez nous et tu nous remercies par ta violence et tes mensonges...

— Non! Ce n'est pas vrai! se défendit Francesca qui commença à pleurer.

Les yeux de Livia parurent briller de fureur.

— On m'a dit qu'il y avait des rats dans la cave. J'espère qu'un petit séjour parmi eux t'apprendra à apprécier la bonté.

Elle entreprit de refermer la porte. Francesca s'accrocha à son bras, essayant de l'en empêcher, mais Livia se dégagea aisément.

— Non! cria Francesca tandis que la lourde porte se refermait sur elle et que diminuait puis disparaissait la faible clarté. Non!

Elle entendit la clé tourner dans la serrure, puis le bruit sec des talons de sa tante qui s'éloignait.

— Tante Livia! cria-t-elle encore, mais on ne lui répondit pas, les pas ne s'arrêtèrent pas.

Elle avait le cœur qui battait follement, le visage et le corps brûlant tandis que ses pieds semblaient de glace. Elle n'y voyait absolument rien, elle se trouvait plongée, soudain, dans la cécité totale. Elle tomba à genoux, approcha le visage du sol dans l'espoir qu'un rai de lumière pourrait filtrer sous la porte, mais celle-ci s'ajustait étroitement afin d'éviter les courants d'air ou les visiteurs indésirables venant de la cave.

Les rats.

Elle se releva, suffoquant presque de répulsion. Chez elle, ils avaient souvent eu des souris dans la maison, qui venaient des champs et des prés, et qui ne la gênaient guère, mais la seule idée d'un rat, gros, noir et mauvais, la rendait malade.

Francesca se redressa, resta près de la porte, bouleversée. Elle aurait voulu cogner sur cette porte, hurler, appeler et supplier, mais quelque chose lui disait que sa tante se montrerait encore plus sévère devant un tel comportement.

Peut-être valait-il mieux attendre, là près de la porte, en silence, fermer très fort les yeux et se montrer très brave. Son oncle allait bientôt rentrer, avec Vittorio. Lui voudrait savoir où elle se trouvait. Vittorio n'allait pas leur permettre de la laisser là.

Quelque chose lui frôla la joue. Francesca poussa un cri étouffé et se frappa le visage. Elle gémit et les larmes commencèrent à couler pour de bon. Jamais l'oncle Bruno ne s'était montré injuste, mais il serait davantage enclin à croire Fabio qu'elle et s'il se rangeait du côté de tante Livia, Vittorio ne pourrait rien pour elle.

Quelque chose glissa sur son pied gauche, et elle poussa un cri d'horreur. C'était trop petit pour être un rat, ou même pour une souris, mais…

Una blatta. Une blatte.

Les mains sur la bouche, elle frappa des pieds. Les cafards ne mordaient pas, mais c'étaient des créatures dégoûtantes, répugnantes, sales.

Elle entendit un bruit, juste sur sa droite. Elle tourna la tête et écouta, dans une terreur croissante. Un froissement… non, comme un battement d'ailes, plutôt.

Quelque chose glissa contre ses cheveux. Avec un autre petit cri étouffé, Francesca cingla l'air de ses mains autour de sa tête, mais de nouveau le fantôme vint effleurer ses cheveux, puis son oreille droite.

En sanglots, Francesca abandonna la porte et descendit vivement dans le noir total. Les escaliers — il fallait faire très attention de ne pas tomber car si elle se cognait la tête, elle pourrait bien perdre connaissance et peut-être sa tante ne dirait-elle jamais à personne où elle se trouvait, et…

Le bruit bizarre, le grattement l'arrêta sur la troisième marche. Le petit crissement démoniaque, juste au-dessous, faillit lui faire perdre l'équilibre. Gémissant de désespoir, elle se retourna et revint à son point de départ.

Et de nouveau elle perçut comme un glapissement. Elle tomba à genoux, s'écorcha la peau. Elle se releva vivement et se précipita en avant, cognant de l'épaule sur la porte de chêne.

Et puis il la mordit.

Elle le vit dans son imagination, massif, poilu, avec des yeux de fouine et des dents comme des aiguilles, dégouttant de son sang.

Son cœur battait à tout rompre, elle pouvait à peine respirer. L'impression d'être glacée, qui avait commencé par les pieds et les mains, gagnait tout le corps, lui donnant la nausée et la sensation que ses membres étaient de plomb.

— Au secours! crut-elle crier, mais sa voix ne fut qu'un souffle.

Et elle perdit connaissance.

Il était un peu plus de six heures quand Bruno et Vittorio rentrèrent au Palazzo. Les magasins fermaient à l'heure du déjeuner, mais Bruno avait voulu voir ses stocks et consulter quelques livres, et, à son grand plaisir, son neveu avait pour une fois manifesté quelque intérêt pour les magasins *Cesaretti*. En fait, Vittorio ne s'en souciait guère, mais son oncle, bien que faible, était un homme bon et généreux, et pour autant que Vittorio détestât le Palazzo Speroza et le reste de la famille, il ne voulait pas blesser les sentiments de Bruno.

Letizia traînait dans l'entrée, brûlant d'annoncer la nouvelle de la honte de sa cousine.

— Bonsoir, Papa, dit-elle avec un baiser chaleureux à son père.

— *Ciao*, Leti.

— Vittorio, se borna-t-elle à dire à son cousin.

— As-tu passé une bonne journée? Les emplettes ont été bonnes? s'enquit Bruno qui connaissait parfaitement les difficultés que rencontrait Livia pour habiller Letizia.

— Merveilleuse, Papa, dit-elle avant de prendre un visage grave.

Bruno, qui allait s'engager dans les escaliers la regarda.

— Qu'y a-t-il, Leti?

— C'est Fabio et... là, elle marqua une hésitation... et Francesca.

— Quoi, Francesca? demanda vivement Vittorio.

— Elle a agressé Fabio.

— Foutaises.

Bruno, qui avait chaud et était fatigué, posa sa mallette de croco.

— Qu'est-ce que tu racontes, Letizia?

— Sa sœur, dit-elle méchamment, a arrosé Fabio avec le tuyau du jardin, ses plus beaux vêtements sont fichus, et elle l'a attaqué avec un balai.

— Avec un balai? répéta Bruno, incrédule.

— Tu devrais voir son visage, Papa. Elle lui a fait très

mal. Il y avait du sang partout!

— Tu es une menteuse.

Letizia se retourna pour voir le visage livide de Vittorio à quelques centimètres à peine du sien.

— Non, protesta-t-elle. Demande à Mamma et tu verras. Il a fallu qu'elle enferme Francesca. On aurait dit une harpie, à vouloir donner des coups de pied et griffer...

— Elle l'a enfermée?! éclata Vittorio en se précipitant vers leurs chambres.

— Pas là, lui cria Letizia.

Vittorio s'arrêta.

— Où, alors? Où est ma sœur? demanda-t-il, marchant sur sa cousine.

— *Calma, calma*, intervint Bruno. C'est bon, mon garçon, laisse-moi faire.

— C'est un tissu de mensonges, s'exclama Vittorio, la haine dans le regard. Et maintenant ils l'ont bouclée quelque part et je veux qu'on lui ouvre!

— Vittorio, du calme, je te prie. Bruno se tourna vers Letizia : Où est Francesca?

— Dans la cave.

— Quoi?! éclata Vittorio, qui empoigna sa cousine par le bras, la faisant hurler.

— Arrête immédiatement! intervint de nouveau Bruno, furieux comme rarement. Je t'ai dit que j'allais m'en occuper.

Vittorio lâcha Letizia et resta là, tremblant de rage.

— Elle est dans la cave à vin? demanda Bruno à sa fille.

— Non, répondit Letizia avec, pour la première fois, une véritable hésitation. Elle regarda son bras, rouge où Vittorio l'avait attrapé. Mamma l'a enfermée sous les escaliers.

— Elle n'aurait pas fait une chose pareille, dit Bruno, incrédule.

— Pourquoi? Qu'y a-t-il sous les escaliers? demanda Vittorio.

Bruno lui passa la main dans les cheveux.

— Réponds-moi!

Letizia recula d'un pas avant de répondre :

— Il y a des rats, en-bas.

Avec un cri de fureur, Vittorio se précipita vers les escaliers.

— Pas ceux-là, *idiota*, lança Letizia. Au fond de la maison.

Une seconde plus tard, Vittorio cognait à la porte de chêne fermée à clé.

— Francesca! Personne ne lui répondit. Où est la clé? cria-t-il par dessus son épaule avant de secouer la poignée de la porte. Francesca! Ça va? Réponds-moi!

Bruno arriva en hâte, suivi de Letizia.

— Elle ne répond pas! cria Vittorio, avec des larmes de rage et de crainte dans ses yeux sombres.

Bruno frappa lourdement à la porte.

— Francesca, *piccola*, tu m'entends?

— Oh, bon Dieu, où est la clé?

Bruno se tourna vers Letizia :

— Où est ta mère?

— Elle est allée prendre un bain.

Bruno se dirigea vers les escaliers mais fut dépassé par son neveu.

— Vittorio, attends!

Vittorio était déjà à la porte de la chambre de maîtres.

— Je t'ai dit d'attendre! Je vais prendre la clé.

Il ouvrit la porte de la chambre. Livia, seulement drapée dans une serviette blanche, était couchée sur le lit, une revue à côté d'elle.

— *Ciao, caro*, lui dit-elle en souriant.

— Où est la clé? demanda Bruno.

— *Prego*?

— La clé de la cave. Où l'as-tu mise?

La porte s'ouvrit violemment.

— Donne-la-moi! exigea Vittorio, tremblant de rage.

Livia se drapa davantage dans sa serviette.

— Sors d'ici!

69

— Fais ce qu'elle te demande, dit Bruno d'une voix calme.

— Pas avant qu'elle ne m'ait donné la clé!

— Bruno, fais-le sortir!

— Où est-elle? Dans son sac? fit Vittorio qui se dirigea vers l'un des fauteuils où était posé le sac en chevreau de Livia.

— Je t'interdis de toucher à mon sac! cria Livia en bondissant de son lit. Bruno, empêche-le!

Vittorio ouvrit brutalement le fermoir et vida le contenu du sac sur le tapis.

— Dis-lui de me donner la clé!

— Comment oses-tu?

— *Vai, vai*! ordonna Bruno, furieux. Descends, je vais apporter la clé.

— Sors d'ici! hurla Livia.

Vittorio gagna la porte.

— Si tu n'ouvres pas cette porte dans les minutes qui viennent, dit-il, la voix rauque, je la démolis comme je pourrai.

— Essaie donc, lui dit Livia, le fixant, et j'appelle la police pour te faire arrêter. Toi et ta putain de sœur, ajouta-t-elle après un instant.

Quand on ouvrit la porte et que Bruno, braquant avec prudence une torche électrique devant lui, jeta un coup d'œil dans la pénombre, il ne put dissimuler son horreur et sa honte. Francesca, gisait, blottie sur elle-même, à un mètre de l'entrée à peine, pleurant et trop effrayée pour bouger.

— *Dio*, murmura Bruno, qui se baissa pour la prendre dans ses bras et vit et sentit qu'elle avait vomi et uriné sur elle. Heureusement qu'il avait ordonné à Vittorio d'attendre dans sa chambre. Il caressa les cheveux humides de sa nièce, lui murmura des paroles apaisantes et la prit dans ses bras.

— Je suis désolée, gémit Francesca contre son épaule.

— Et de quoi, grand Dieu? demanda-t-il entre ses dents

serrées.

— De tous ces ennuis.

Bruno baissa les yeux sur le visage de la fillette, atrocement pâle, marqué de traînées de larmes et de poussière.

— Ne t'inquiète pas, lui dit-il, et il la serra davantage contre lui.

Dans le petit couloir sombre, devant leurs chambres, Vittorio faisait les cent pas, tendu. En voyant arriver Bruno, il se précipita et prit sa sœur des bras de son oncle.

— *Piccolina*.

Un instant, la compassion et l'affection l'emportèrent sur la fureur, et il l'emporta dans sa chambre et la transporta avec tendresse sur son lit.

— Où est Luciano? demanda doucement Bruno, espérant épargner cette vision à l'enfant.

— J'ai demandé à Maria de le garder à la cuisine.

Ils regardèrent l'un et l'autre, en silence, Francesca allongée sur le couvre-lit, les yeux clos et profondément cernés. Bruno se baissa et ôta de ses longs cheveux une toile d'araignée sale. Il entendit l'exclamation de Vittorio.

— Qu'est-ce que c'est?

— Sa cheville, répondit Vittorio, qui se baissa et examina attentivement les marques juste au-dessus du pied droit de sa sœur. Il n'y avait guère de trace de sang

— *Uno ratto*, dit-il, la rage revenue dans son regard.

Bruno avait les lèvres pincées.

— Je vais téléphoner au médecin, dit-il. Reste avec elle.

— Tu crois que je la laisserais? lança Vittorio d'une voix pleine d'amertume.

Si l'atmosphère du Palazzo Speroza était désagréable avant ce soir de septembre, elle était devenue presque insupportable maintenant. Francesca, malade pendant une semaine, dut garder le lit sur ordre du médecin, désapprobateur, qui demanda également que l'on prenne soin d'elle. Bruno, sachant tout aussi bien que sa femme que leur fils était un menteur, menaça de battre Fabio si jamais il posait de nouveau le doigt sur Francesca. Mais, pour ce qui concernait Livia, il était complètement perdu. Sa cruauté et sa méchanceté l'avaient profondément choqué, et il supportait difficilement de partager sa chambre.

Bruno se tenait pour tout aussi responsable que les autres. Il avait failli, s'était montré incapable d'imposer son autorité sur cette famille, trop occupé par son travail pour assumer ses responsabilités. Peut-être avait-il trop demandé à Livia; après tout, elle n'avait pas souhaité ce fardeau supplémentaire que représentaient ses neveux et sa nièce, et souvent elle l'avait sermonné sur les risques qu'il courait à négliger ses enfants pour les autres. Letizia et Fabio étaient naturellement égoïstes et arrogants, convaincus de leur supériorité sur leurs cousins. Ce n'était pas entièrement leur faute — ils étaient le produit de l'influence de leur mère et de l'orgueil florentin. Comme Bruno s'en rendait compte maintenant, c'était sur lui que s'exerçaient désormais toutes les pressions — et aussi difficile que cela se révélât, il résolut de se partager davantage et d'accorder son attention, ses soins et son exemple à toute la famille.

Au fur et à mesure que les jours passaient, Vittorio se sentait davantage comme un animal en cage. Il détestait plus que jamais l'école et les interminables préoccupations de ses professeurs pour leur précieuse ville et les pierres avec lesquelles on l'avait bâtie. Des pierres portant des noms différents — *pietra serena, macigno*, marbres de Carare et de Prato — mais toutes aussi dures, mortes et inhumaines.

Bien que leur vie à Lucchesia n'eût pas toujours été la sérénité même, Vittorio avait, depuis l'incendie, coloré ces années du rose de la mémoire sélective. Florence pesait sur lui, étouffante; la cacophonie des rues, la foule menaçante, les motos, scooters et camions — souvent le renvoyaient en hâte vers l'abri du *palazzo*. Mais dès qu'il se retrouvait dans la pénombre et la tristesse, l'oppression de sa vie ressurgissait en lui, comme une maladie, lui donnant envie de fuir.

Jamais il ne lui était venu à l'idée qu'il pouvait fuir, jusqu'à ce que, au début de l'automne, il aille en promenade avec sa classe à Bellosguardo, d'où l'on jouissait d'une des vues les plus célèbres sur la ville.

Le professeur avait parlé de beauté, et Vittorio avait remarqué que ses camarades étaient véritablement touchés par cette gloire. Mais tandis qu'ils regardaient vers le bas les pierres d'ocre et d'or, le regard de Vittorio se portait au-delà de la ville et vers le haut, vers le ciel, et il s'était rendu compte à cet instant, alors que les autres étaient totalement absorbés, combien il lui serait facile de simplement partir et le désir de s'enfuir avait été si fort, si impératif, qu'il en était devenu presque insupportable. Seule la conviction qu'il ne pouvait abandonner Francesca et Luciano avait maintenu ses pieds au sol, avait empêché le reste de son corps de suivre son esprit à la *campagna*, de retourner là où poussaient les cyprès et où les enfants étaient libres et l'air si doux.

Ce fut à la fin octobre, après avoir entendu une querelle entre Francesca et sa tante à laquelle elle reprochait d'avoir grondé Luciano, que Vittorio prit la décision qui allait irrévocablement changer le cours de leurs vies.

— Tu l'as fait pleurer, disait à Livia une Francesca qui se montrait prudente avec sa tante ces temps-ci, mais qui retrouvait des réserves de courage quand il s'agissait de défendre son petit frère.

— Il pleure pour un oui ou un non. Il faut l'en empêcher.

— Il n'a que sept ans.

— Les garçons doivent apprendre à ne pas recourir aux larmes à la moindre occasion, même à sept ans. Fabio était bien plus fort, à cet âge.

— Luciano est un enfant gentil et sensible.

— Gentillesse n'est pas faiblesse, Francesca.

— L'oncle Bruno est gentil.

— Ne sois pas impudente!

— Je ne le suis pas!

73

— As-tu déjà oublié la leçon que je t'ai donnée, Francesca? demanda Livia dont les yeux lançaient des éclairs.

Francesca n'osa pas répondre.

— La cave est toujours là si tu dépasses les bornes, menaça Livia. Ne l'oublie pas.

Jamais, se jura Vittorio qui se tenait tout près, hors de leur vue. Plus jamais.

Il entendit claquer les hauts talons de Livia sur le sol de pierre et crut percevoir un petit gémissement de peur de la part de sa sœur.

Il retrouva dans son esprit l'horizon au-delà de Florence, ressentit à nouveau le désir brûlant, douloureux, quotidien, de s'enfuir du Palazzo Speroza et de Florence pour toujours.

C'est le moment, songea-t-il. Il est trop tard pour Giacomo et Giulietta, mais nous pouvons encore le faire.

Et pour la première fois depuis des mois, Vittorio sourit.

6

Il existait une petite aire de jeux pour les jeunes enfants dans les emprises de l'hôpital San Felice di Dio, où, tous les après-midi, des jeunes de cinq à douze ans, en traitement ou en convalescence, couraient, glissaient ou sautaient. Certains semblaient trop en forme et en santé pour être à l'hôpital; d'autres se déplaçaient timidement ou avec difficulté, d'autres encore restaient simplement dans leur fauteuil roulant à profiter de l'air pur.

Parmi ces derniers, on pouvait voir dans un coin du terrain de jeux, une enfant de sept ans et quatre mois, grande pour son âge, fine, avec de longs cheveux blonds et raides retenus par un mince ruban bleu. Enfoncée dans son fauteuil, elle regardait vers les autres, mais en observant mieux il était manifeste qu'elle ne regardait que le vide, qu'elle ne voyait pas vraiment.

La visiteuse, accompagnée d'une infirmière, remarqua l'enfant presque immédiatement. Il y avait en elle quelque chose qui attirait l'attention.

— Qui est-ce? demanda-t-elle.

— Giulietta Volpi. Brûlures au troisième degré à la poitrine et aux épaules, fractures multiples des deux jambes.

— Cela fait combien de temps? demanda la visiteuse,

regardant plus attentivement. Elle semble bien rétablie.

— Je crois qu'elle est chez nous depuis deux ans.

— Pourquoi cela? demanda la visiteuse, surprise.

— Elle n'a nulle part où aller, d'abord.

— Pas de famille?

— Non. Tous sont morts dans l'accident de la route qui l'a amenée ici.

— Pourquoi le fauteuil?

— Giulietta est une enfant très repliée sur elle-même. Jamais nous ne sommes parvenues à pleinement communiquer avec elle. Jamais elle n'a vraiment collaboré avec les kinésithérapeutes. Elle n'en avait pas la volonté.

— Dans ce cas, pourquoi est-elle toujours ici? Pourquoi ne l'a-t-on pas envoyée dans une institution?

— Je crois qu'elle doit nous quitter pour un orphelinat le mois prochain. Je ne sais pas très bien pourquoi on l'a gardée ici si longtemps. L'infirmière s'arrêta un instant et demanda : Je crois que vous déjeunez avec les *direttori*... vous pourriez leur poser la question, pour Giulietta.

— Je n'y manquerai pas, dit la visiteuse dont le regard revint à l'enfant. Mais j'aimerais lui parler d'abord, si c'est possible.

— Mais certainement.

La fillette ne leva pas les yeux à l'approche de la visiteuse, elle continua à fixer le vide.

— *Buon giorno*, Giulietta.

— *Buon giorno*.

— *Mi chiamo* Elizabeth Austen, dit la visiteuse qui attendit un instant avant d'ajouter : *Sono inglese*.

Et sans un autre mot elle s'assit sur le muret à côté de l'enfant.

Giulietta se tourna vers l'étrangère. Elle était très vieille mais jolie, avec ses cheveux châtains ondulés et ses yeux gris. Elle semblait différente des autres.

— Vous êtes docteur? demanda-t-elle.

— *Si*.

— Oh.

Elizabeth Austen perçut la déception. Encore un autre docteur, simplement.

— Mais je viens d'Angleterre, répéta-t-elle, comme si cela pouvait changer quelque chose.

Giulietta garda le silence.

— Est-ce que tu te plais ici, Giulietta?

— C'est très bien, dit la fillette d'une voix neutre.

— Tu veux bien me parler? demanda gentiment Elizabeth.

— Oui.

— Bien. Qu'as-tu aux jambes?

— Elles ont été cassées.

— Mais elles sont réparées maintenant, non?

— Elles ne marchent pas, dit Giulietta avec un petit haussement d'épaules.

— Tu n'aimes pas les béquilles?

Non, fit la fillette de la tête.

— Pourquoi cela?

Giulietta eut un petit geste de frustration.

Elizabeth réfléchit un instant. Les mains et les bras de l'enfant demeuraient curieusement immobiles, surtout pour une Italienne. Elle se rappela les brûlures. Giulietta portait une robe bleue à manches longues, de sorte qu'on ne pouvait voir ses cicatrices.

— Tes bras non plus ne marchent pas? demanda-t-elle doucement.

Nouveau haussement d'épaules de Giulietta.

— Peux-tu attraper une balle?

— Non.

— Ou nager?

— Je ne sais pas.

— Peux-tu me serrer la main? demanda Elizabeth en descendant du muret.

Giulietta leva le bras droit, mais pas assez pour arriver à

la main d'Elizabeth.

— *Bene*, dit celle-ci.

— *Perchè*? demanda Giulietta, inquiète.

— Je dis «bien» parce que je crois savoir comment faire marcher correctement tes bras.

— *Si*?

— *Si*, confirma Elizabeth avec un sourire.

Ce fut comme si une étincelle, de reconnaissance presque, était passée entre elles, les liant l'une à l'autre.

Giulietta Volpi regarda les yeux gris, amicaux, honnêtes. Et elle aussi sourit.

— Je voudrais l'emmener en Angleterre, dit Elizabeth Austen au *direttore* de l'hôpital.

— Vraiment? demanda l'homme, surpris.

— Dès que possible.

L'Italien en costume sombre la regarda, perplexe.

— Vous êtes touchée par cette enfant, docteur.

— C'est exact, confirma Elizabeth qui n'avait rien à redire à la familiarité de la remarque. Elle était venue voir Giulietta tous les jours depuis sa première visite, dix jours plus tôt, et il n'était donc guère surprenant qu'elle eût soulevé la curiosité.

— Puis-je vous demander pourquoi? C'est une enfant tellement banale.

— Il n'y a pas d'enfant banal, signor.

— Non, bien sûr, et notamment pour un pédiatre, ajouta-t-il en souriant. Mais vous ne voudriez tout de même pas emmener tous les enfants en Angleterre, docteur.

— Non.

— Dans ce cas, pourquoi celle-ci?

— Parce que je crois pouvoir aider Giulietta. Et parce que j'ai le sentiment qu'elle est... particulière.

— Pour vous?

— Oui.

— Vous n'avez pas d'enfants, n'est-ce pas, docteur?

— Non.

— Et songeriez-vous à adopter Giulietta?

— C'est possible, si c'est faisable. Et si elle le désire, ajouta-t-elle après une pause.

Le *direttore* sourit.

— Dans ce cas, Giulietta a bien de la chance.

— Elle n'en a guère eu jusqu'à présent.

— Eh bien, c'est une leçon pour nous tous, de ne jamais renoncer.

Il demeura assis là, longtemps, après que l'Anglaise eut quitté son bureau, réfléchissant au petit problème qu'elle lui avait posé.

Tous les trimestres depuis que Giulietta était arrivée ici, ils avaient reçu de l'argent dont l'origine demeurait anonyme, et la seule condition que l'on avait mise à ce don — généreux et supérieur au montant de l'entretien de l'enfant — était que l'on ne chercherait pas à en connaître l'auteur. Si Giulietta était partie pour l'orphelinat, comme prévu, l'argent l'aurait suivi, bien sûr, à cette institution. Mais là les choses se présentaient différemment. Elizabeth Austen était une pédiatre anglaise financièrement à l'aise, veuve d'un éminent chirurgien. Elle n'aurait nul besoin de cet argent et elle ne souhaiterait pas, il en était convaincu, en priver l'*ospedale*.

Eh bien, tout était là. On n'avait pas grand chose dans le dossier Volpi, et on en savait moins encore sur son passé. En un sens, songea le *direttore*, cela pourrait se révéler utile pour le Dr Austen car, en l'absence de parents, personne ne pourrait s'opposer à son départ pour l'Angleterre et à une éventuelle adoption.

Elizabeth était parfaitement consciente des effets d'un long séjour en milieu hospitalier sur les patients. Un séjour de deux ans pouvait se révéler assez nocif pour un adulte, mais, pour un enfant, au cours de ses années de formation, tout changement pouvait être traumatisant.

Elle avait tenté d'expliquer à Giulietta, simplement et clairement, ce qui allait se passer si elle était d'accord. Quand elle avait demandé à la fillette si elle voulait aller en Angleterre, Giulietta avait aussitôt dit oui, mais Elizabeth savait bien que, pour cette enfant, l'Angleterre ne représentait guère plus qu'une petite tache sur une carte de géographie. Il était peu vraisemblable qu'elle eût déjà voyagé autrement qu'en voiture, bus, train ou ambulance. On ne pouvait savoir comment elle allait réagir à un voyage en avion, dans un «Viscount» de la B.E.A., sans parler d'une langue étrangère, d'un climat et de gens nouveaux.

— Tu comprends que je veux t'aider, n'est-ce pas, Giulietta? demanda Elizabeth le matin de leur départ de l'hôpital.

Oui, fit Giulietta.

— Et tu as bien compris que lorsque nous serons en Angleterre il te faudra aller dans un autre hôpital?

Elle lui avait expliqué, autant que faire se pouvait, ce qu'elle espérait qu'on pourrait faire pour elle, lui avouant franchement qu'on ne pouvait savoir avec certitude dans quelle mesure on pourrait l'aider à marcher et à se déplacer plus librement avant que le spécialiste ne l'ait examinée.

— Tu auras peut-être mal, lui dit Elizabeth, sachant que, dans ce domaine au moins, elle avait affaire à un vétéran. Avec le type de brûlures dont Giulietta avait souffert, elle avait dû connaître une longue période de souffrance intense, en partie seulement atténuée par les drogues.

— Je comprends, lui dit Giulietta, les yeux fixés sans ciller sur le regard gris et bon qui soudain, depuis quinze jours, était devenu pour elle un élément vital.

— Et il te faudra te montrer très patiente et très gentille.

— *Si, Dottoressa*, avait répondu Giulietta, comme résignée.

— Je t'ai déjà dit tout cela une douzaine de fois, non, *piccola*?

— *Si.*

— Eh bien, nous partons demain.

De nouveau, Giulietta avait approuvé.

Elizabeth l'avait regardée un moment, pensivement.

— Dis-moi, Giulietta, est-ce qu'on a été gentil avec toi ici.

— Oui, avait répondu Giulietta, son regard bleu, solennel, toujours fixant celui d'Elizabeth.

— Mais tu as été malheureuse.

Première hésitation... puis un autre signe de tête, plus timide cette fois.

Elizabeth elle aussi eut l'impression de ressentir des choses qui n'étaient pas exprimées, comme une humilité.

— Je crois... j'espère... que nous serons de grandes amies, Giulietta.

Tout cela était assez insolite pour Elizabeth. En sa qualité de médecin, elle avait passé les dix dernières années de sa carrière à lutter contre tout sentiment d'attachement envers ses patients, ce qui était particulièrement difficile pour un pédiatre. Mais là était la différence et une différence essentielle. Giulietta Volpi n'était pas une de ses patientes. Elle était une enfant du mystère, une jeune orpheline italienne, maigre et blonde, qui allait certainement devenir une beauté, malgré les horribles cicatrices sur son corps et son infirmité. Elizabeth ne comprendrait jamais complètement ce qui s'était passé cet après-midi-là sur le terrain de jeux, mais on aurait dit que l'enfant, aussi lointaine qu'elle ait pu sembler, l'avait touchée d'une baguette magique, l'appelant de ses yeux tristes et de sa ravissante bouche qui ne souriait pas.

Giulietta n'avait posé aucune question à Elizabeth, semblant lui faire confiance simplement sur sa mine. Si elle avait voulu savoir, Elizabeth aurait répondu à toutes ses questions. Elle lui aurait parlé de sa vie, de son enfance heureuse, de son mariage non moins heureux et de la fin atrocement prématurée de celui-ci. Elle lui aurait dit que jamais elle n'avait eu d'enfant, parce que ni elle, ni Edward, son mari, n'en avaient ressenti le besoin; elle avait toujours eu autour d'elle, par son travail, tous les enfants qu'elle souhaitait, et Edward n'avait voulu qu'elle.

Mais jamais Giulietta n'avait posé de questions, et à cet instant n'existait entre elles que ce lien mystérieux et précieux — celui d'une confiance inexplicable, aveugle.

— Je crois, dit doucement Elizabeth, que tu es pour moi quelqu'un de très particulier. Je ne sais pas pourquoi, car nous nous connaissons à peine, mais c'est ainsi.

— Oui, dit gravement Giulietta.

— Tu le ressens toi aussi? demanda Elizabeth, dont le cœur se serra.

L'enfant ne répondit pas par des mots. Elle leva sa main droite de ses genoux — sa main toujours inerte — et la posa dans la main ouverte d'Elizabeth.

Celle-ci eut envie de pleurer, de chanter, mais elle se retint.

— Il faut que je parte maintenant. Mais je reviendrai avant l'heure de dormir pour faire tes bagages.

— Pour l'Angleterre.

Le regard bleu brilla, plein d'espoir. Elizabeth hocha la tête.

— *Si, Giulietta.*

7

Vittorio avait tout arrangé.

Il avait tout prévu tout seul, envisagé toute sa stratégie sans même en parler à Francesca. Elle était trop fragile, en ce moment, trop nerveuse pour qu'il la charge trop tôt d'un aussi formidable secret.

Il lui avait fallu un certain temps et beaucoup de travail. Jamais il ne s'était appliqué à une tâche avec une telle diligence et une telle énergie, mais jamais, aussi, il ne s'était senti aussi motivé. Aussi difficile, aussi dangereuse que soit l'aventure, jamais il ne laisserait sa sœur endurer une autre fois une telle horreur. Ils étaient nés pour le soleil, l'air pur, pour l'herbe et les arbres. Si seulement ils pouvaient se sortir des eaux boueuses de l'Arno, des rues sombres et sinistres, ils pourraient recommencer à respirer, à vivre.

Sa première idée, bien sûr, avait été de retourner à Lucchesia, peut-être même sur les ruines de leur ancienne maison, mais ce serait le premier endroit où on les rechercherait. Non, il fallait que ce fût loin, très loin — là où personne ne les reconnaîtrait et où ils seraient en sûreté.

Certain de trouver une solution, il se mit à rapporter subrepticement de l'école à la maison des livres et des cartes, et à les étudier la nuit sous ses draps, s'éclairant d'une lampe de poche. Et peu à peu, péniblement, son plan prit forme.

Ils quitteraient Florence de nuit, quand tout le monde dormirait, et se dirigeraient vers l'ouest, à bicyclette, en suivant l'Arno en direction d'Empoli et Cascina, vers la côte, d'où ils piqueraient au sud par la Maremme, une plaine sauvage et marécageuse qui s'étendait de Livourne jusqu'à Civitavecchia, presque. Les livres de Vittorio lui apprirent que c'était là, jadis, une partie de la Toscane infestée par le paludisme et interdite, jusqu'à ce qu'ait commencé un programme d'assèchement et de défrichement, mais bien que la maladie eût été éradiquée, les photos montraient toujours un paysage morne et désolé.

— *Perfetto*! se dit-il, triomphalement. La Maremme pouvait ne pas séduire les touristes, mais elle présentait trois caractéristiques qui en faisait pour eux un lieu idéal. On y trouvait beaucoup de gibier — cerfs, sangliers, moutons, faisans et toutes sortes de poissons. On y trouvait des abris — tours de guet croulantes le long de la côte, d'où, aux temps anciens, on surveillait l'arrivée de l'envahisseur sarrasin. Et, surtout, qui irait les chercher là?

La Maremme n'était, bien sûr, qu'une étape dans le vaste projet de Vittorio, son *grande progetto*. Ce serait Naples, ensuite, le plus grand port du pays et — pour Vittorio, Francesca et Luciano — la porte de la liberté.

Le plan allait marcher. Il était certain que cela marcherait.

Il en parla à Francesca.

— Mais nous n'avons pas de bicyclettes.

— Nous en trouverons.

— Cela signifie qu'on les volera.

— Peut-être, répondit Vittorio, rougissant de frustration. C'est tout ce que tu trouves à dire — les bicyclettes? Je viens de t'expliquer comment nous pouvons quitter ce foutu lieu et tout ce que tu sais me dire c'est que nous n'avons pas de bicyclettes!

Francesca le fit taire. Il était plus d'une heure du matin

et elle s'était glissée hors de sa chambre, prenant bien garde de ne pas réveiller leur plus jeune frère.

— Luciano n'est jamais monté à bicyclette.

— Eh bien, nous lui apprendrons. Il se tut un instant et lui prit les mains. Francesca, cela lui fera tellement de bien — à nous tous! dit-il, le regard brillant. Il y a des chevaux à demi-sauvages dans les plaines. Peut-être pourrons-nous monter sur l'un d'eux, et nous nagerons et nous serons libres!

— Luciano va avoir peur.

— Nous veillerons sur lui.

Elle semblait toujours sceptique.

— Il n'est pas aussi malheureux ici que nous, tu sais. Il ne semble pas détester Florence, et il adore l'école. Elle réfléchit un instant — Et l'école?

— Qui se soucie de l'école?! Je vais avoir quatorze ans en juin et je ne serai plus obligé d'y aller, de toute façon.

— Luciano a besoin d'instruction, insista calmement Francesca.

— Il aura toute l'instruction qu'il voudra quand nous serons en Amérique.

Elle le regarda.

— Bien sûr, lui dit-il avec un grand sourire, ravi de la surprise. Où croyais-tu que nous irions une fois arrivés à Naples?

— Je ne sais pas, en Sicile?

— Trop proche.

— L'Amérique, murmura Francesca, songeuse.

— C'est plein d'Italiens. Je l'ai lu, continua Vittorio, enthousiaste. C'est toujours là qu'on cherche à se rendre quand on s'enfuit, comme nous. *«Il paese della opportunità»*, qu'on l'appelle, ajouta-t-il, impatient, rêveur.

Francesca le regarda, émerveillée.

— Tu crois vraiment que nous pouvons y arriver?

— Nous le devons. Je le dois, *carissima*. Si je ne pars pas bientôt d'ici, je vais exploser! De nouveau, il lui prit les mains : Dis oui, Francesca, implora-t-il. Nous pouvons réussir, je le jure!

— Il y a tant de choses auxquelles il faut penser. Les bicyclettes — apprendre à Luciano à monter — Le dire à Luciano.

Vittorio secoua énergiquement la tête.

— Nous le lui dirons seulement le plus tard possible. Tu sais qu'il est incapable de garder un secret.

— Je ne sais toujours pas...

— Francesca, la coupa-t-il. Pense à la cave. Elle t'en a menacée de nouveau et elle le fera. Rappelle-toi!

Francesca ferma les yeux. Le rat de ses cauchemars éveillés apparut instantanément, brun, énorme, plein de vie. La bile lui monta dans la gorge et elle frissonna.

— *Allora*? la pressa Vittorio.

— Quand pouvons-nous partir?

Le plus difficile fut d'apprendre à Luciano à monter sur la petite bicyclette que son frère avait volée au jardin de Boboli, sans que personne ne la découvre.

— C'est pour faire une surprise à l'oncle Bruno, lui avait murmuré Francesca. Il va t'acheter une bicyclette pour Noël, et pense comme ce sera merveilleux si tu sais aussitôt monter.

— Mais il n'a pas besoin de m'en acheter une, j'ai celle-là.

— Nous l'avons seulement empruntée et si on le découvre, Vittorio va avoir de gros ennuis.

— C'est loin, Noël, fit observer Luciano. Il y a longtemps que j'aurai appris.

— Je l'espère bien, dit Francesca en lui ébouriffant les cheveux.

Il leur fallut attendre jusqu'à la fin de la deuxième semaine de décembre, bien qu'ils fussent prêts depuis déjà une bonne dizaine de jours. Francesca était horriblement nerveuse. Luciano était inconscient et Vittorio d'une humeur massacrante, nerveux et dangereusement irascible.

— Tu dois te montrer plus prudent, lui conseilla Francesca un soir après un dîner où, assis à la gauche de son oncle il avait serré son verre au point d'en briser le pied. Tu vas tout faire découvrir.

Vittorio se rongeait le poing.

— Je ne peux m'en empêcher, *cara*. Je n'en peux plus.

— Plus que quelques jours.

— Toute une vie, dit-il, et il se leva pour aller et venir dans la chambre comme chaque nuit.

Ils s'étaient décidés pour cette fin de semaine bien particulière, car Livia avait persuadé Bruno de permettre à Fabio et Letizia de les accompagner à Rome pour une exposition de bijoux. On y passerait quelques jours dans le luxe et la prodigalité; on descendrait au Hassler et Livia et les enfants voudraient sans aucun doute passer quelques heures Via Condotti. On avait demandé à Maria de reporter un week-end chez ses parents pour éviter de laisser le palazzo sans gardien.

Les trois bicyclettes volées avaient été cachées dans un vieil abri, à l'école. Sous le lit de Vittorio se trouvait la canne à pêche et le filet qu'ils avaient réussi à acheter, ainsi qu'un sac de toile un peu déchiré contenant les jumelles offertes par son oncle à Vittorio pour son anniversaire, une boussole, deux cartes et un couteau.

Le premier signe d'une catastrophe apparut le vendredi matin.

— *La signora* est malade, annonça Maria aux enfants au petit déjeuner.

— Qu'est-ce qu'elle a? demanda Vittorio.

— Le docteur est venu dans la nuit, il a dit que c'était un empoisonnement.

— Un empoisonnement? répéta Francesca qui, déjà pâle, devint encore plus blême.

— Par les huîtres qu'elle a mangées hier au restaurant.

— Qu'est-ce que c'est des huîtres? demanda Luciano,

levant la tête de son *caffè lungo*.

— Est-ce qu'elle ira suffisamment bien pour aller à Rome? demanda Francesca, d'un ton qu'elle essaya de rendre désinvolte.

Maria haussa les épaules.

— Ce n'est pas grave, un empoisonnement par les huîtres, observa Vittorio, véhément. Un garçon, à l'école, a dit que son père en avait eu un et qu'il était tout à fait bien le lendemain.

— Mais ils partent aujourd'hui, lâcha étourdiment Francesca, incapable d'éviter la panique dans sa voix.

— Aujourd'hui, demain, dit Maria, haussant de nouveau les épaules, qui peut dire?

— Qu'est-ce que c'est des huîtres? redemanda Luciano.

Personne ne lui répondit.

Bruno, Fabio et Letizia quittèrent la maison à six heures du soir. Tante Livia, dirent-ils, étaient trop faible pour supporter le trajet en voiture, mais elle espérait les rejoindre demain.

— Tu crois qu'elle partira? demanda Francesca à Vittorio dès qu'ils furent seuls, car les deux enfants avaient rapporté les bicyclettes de l'école dans une ruelle voisine.

— Il le faut.

— Mais si elle ne part pas?

— Ça ne change rien, dit Vittorio, résolument, après s'être mordu la lèvre.

— Comment ça, ça ne change rien?

— Nous attendrons qu'elle soit endormie, demain soir.

— J'espère qu'elle partira, dit Francesca avec ferveur.

— *Gesù*, moi aussi.

Livia ne partit pas pour Rome. Après s'être plainte toute la journée de son infortune, elle n'en annonça pas moins à Maria qu'elle n'aurait pas à passer la nuit au *palazzo*, du moment qu'elle serait là le lendemain matin.

— Mais Louisa est en congé jusqu'à lundi, fit observer Maria. Qui va vous faire la cuisine, *signora*?

— Qu'on ne me parle pas de manger.

— Mais les enfants.

— Ma nièce est certainement capable de faire un petit souper. Cessez d'en faire toute une histoire et laissez-moi me reposer, dit Livia, toujours au lit, se laissant aller contre une pile de gros oreillers blancs.

Maria referma doucement la porte, un sourire aux lèvres. Elle avait déjà dit à ses parents de ne pas l'attendre, et maintenant Guido et elle auraient toute la nuit pour eux.

À minuit et demie le samedi soir, une heure après que se fut éteinte la lumière sous la porte de Livia, Vittorio descendit à la cuisine pour une incursion dans le garde-manger. À son retour, quinze minutes plus tard, il regarda sa sœur et resta stupéfait.

— Qu'est-ce que tu t'es fait?

Francesca montra une paire de ciseaux posés sur le lit à côté d'un tas de cheveux bruns.

— Je me suis dit que si on nous recherchait, on n'irait pas s'occuper de trois garçons.

Vittorio la considéra avec une certaine révérence. Francesca n'était plus la même. Jamais il n'avait remarqué à quel point elle était féminine — elle était simplement sa sœur — mais maintenant, en regardant cette étrangère, avec ses cheveux de garnement et un pantalon à lui aux jambes remontées, la différence était frappante.

— *Uno ragazzo*, dit-il. Un garçon.

— *Si*.

Pendant un instant, les yeux de Francesca, plus grands que jamais maintenant que son visage de lutin se trouvait privé de son cadre, s'emplirent de larmes, mais elle se reprit rapidement et elle aida son frère à mettre sur le lit les fruits de sa razzia dans la cuisine : trois miches de pain, deux *salami toscani*, une grosse tranche de fromage *pecorino*, un sac de pommes et le doux et réconfortant *panforte* que Louisa avait cuit la semaine précédente à peine et où l'on n'avait taillé que deux tranches.

— Est-ce qu'on réveille Luciano maintenant?

— Pas encore. Il me reste encore une chose à faire, dit Vittorio.

— Quoi?

— L'argent. Il nous faut un peu d'argent. Nous en aurons besoin pour payer nos billets pour l'Amérique — nous ne pouvons aller nulle part sans argent.

— Non, pria doucement Francesca. On ne vole plus.

— Encore une fois.

— Non.

— Je ne vais pas le prendre à l'oncle Bruno, — je ne ferais pas ça, dit Vittorio, sincère. Fabio garde de l'argent dans sa table de nuit.

— Il l'aura emporté avec lui à Rome.

— Il ne le prend jamais. Il n'en a pas besoin, sa mère veille à ce qu'il en ait plus qu'il ne lui en faut. Il m'a montré une fois comment il retournait ses poches tous les soirs et fourrait ce qu'il lui restait d'argent dans le tiroir. Tu sais combien Letizia et lui adorent fanfaronner devant *les poveri*, ajouta Vittorio, amer.

— Quand même, je crois que nous ne devrions pas...

— Pourquoi cela? Pourquoi ne devrions-nous pas?

— Parce que nous ne sommes pas des voleurs, et c'est bien ce qu'ils vont dire de nous.

— Je le renverrai. Pas pour Fabio, mais pour notre oncle. Quand nous serons en Amérique et que nous aurons de l'argent à nous, je le rendrai. Il regarda le visage malheureux de sa sœur et insista : Francesca, il le faut.

Elle resta un instant sans rien dire puis soupira, haussa les épaules.

— D'accord. S'il le faut.

Vittorio lui plaqua un baiser bruyant sur la joue.

— Je n'en ai que pour un instant, et ensuite nous réveillerons Luciano et nous partirons.

— Je vais ranger la nourriture.

— Ramasse tes cheveux. Ils ne doivent pas savoir que tu les as coupés, conseilla Vittorio avant d'ouvrir silencieusement la porte.

— Vittorio, appela doucement Francesca.

— Quoi?

— Sois prudent.

Il avançait sans bruit sur la moquette devant la chambre de Fabio, mais il remercia tout de même la providence que les appartements de son oncle et sa tante se trouvent à l'autre bout de la maison.

La poignée, fraîche, s'ouvrit docilement. Une fois dans la pièce, il referma la porte et alla tout droit à la table de nuit. Inutile d'allumer une lampe, la lune filtrait par la fenêtre où les volets n'étaient pas fermés, éclairant le mobilier d'acajou vernis.

Il essaya d'ouvrir le tiroir. Bouclé.

Il jura doucement.

Il avait passé le couteau de la cuisine à sa ceinture. Rapidement, il le tira, s'agenouilla, glissa la lame entre le tiroir et son cadre et l'agita. Le tiroir s'ouvrit. L'argent s'y trouvait bien : quelques billets jetés là, avec la désinvolture d'un adolescent trop gâté et arrogant.

Il remit le couteau à sa ceinture et, à deux mains, fourra l'argent dans ses poches. Qui parurent bien gonflées. Un instant, pensant au visage rond et bon de son oncle, il rougit de honte. Et puis, tout aussi rapidement, il pensa à Fabio, Letizia et leur mère, et le sentiment de culpabilité s'évanouit.

Il se tourna et marcha doucement vers la porte.

Il y eut un petit bruit sec, un jet de lumière et il resta figé sur place, comme un animal piégé.

— Un voleur.

La voix de Livia rompit le silence, dure, sévère, entendue.

Vittorio fut incapable de répondre.

— Un simple petit voleur. J'avais prévenu mon mari,

mais il est trop bon.

Elle portait un peignoir de soie blanc, avec un léger désordre dans sa coiffure.

— Vide tes poches, ordonna-t-elle.

— Non.

— J'ai dit vide tes poches, répéta-t-elle.

— Non, redit Vittorio, le cœur battant furieusement.

Le visage de Livia s'empourpra de colère.

— Très bien — il est peut-être préférable que ton oncle se rende compte par lui-même que tu l'as volé.

— Ce n'est pas lui que je vole, lança Vittorio d'un ton de défi qui masquait une peur grandissante.

— Tu voles dans sa maison, c'est donc lui que tu voles. Et tu sais ce qui arrive aux voleurs, j'en suis sûre. Ils vont en prison.

Vittorio se mit à réfléchir, fiévreusement. Il était aussi grand que sa tante; il aurait pu facilement la repousser et filer, mais Francesca et Luciano n'étaient pas prêts.

— Viens avec moi, ordonna Livia.

Il hésita.

— Tout de suite.

Vittorio eut un haussement d'épaules, insolent et désinvolte. Livia le saisit par le bras gauche, ses ongles s'enfonçant dans la chair.

Ils gagnèrent l'escalier, à travers le couloir toujours plongé dans l'obscurité. Ils descendirent en silence, Livia tenant la rampe de la main gauche et le bras de son prisonnier de la droite.

— Tu vas appeler la police? demanda Vittorio, toujours docile, mais brûlant de haine et de détermination.

— Certainement. Quand ton oncle sera rentré.

— Mais il ne rentre pas avant lundi.

Elle n'ajouta rien, l'entraînant derrière elle, son peignoir traînant un peu, bruissant avec un souffle de brise. Ils traversèrent l'entrée et Vittorio crut un instant qu'elle le conduisait à sa chambre; et puis il vit les escaliers du fond et la porte de chêne, et il sut ce qu'elle avait l'intention de faire.

— *Un sapore di priggione*, siffla Livia. Un avant-goût de la prison, avant de connaître la vraie.

Ils s'arrêtèrent devant la porte. La clé était sur la serrure.

Si elle me boucle là-dedans, se dit Vittorio. Tout est perdu.

Un sentiment de refus, décisif, tranchant, l'envahit, comme une rapide et violente transfusion de force. Il ne permettrait pas cela, il n'allait pas la laisser les arrêter.

Sans le lâcher, Livia tourna la clé.

Il n'allait pas la laisser faire.

Elle ouvrit la porte.

— Et voilà. Une cellule pour un voleur.

Il ne résista pas, laissant Livia lui faire passer le seuil, l'odeur infecte et humide lui montant aux narines. Elle se tenait juste derrière lui et semblait goûter cet instant.

Vittorio ne bougeait pas. Le sang lui cognait aux oreilles, presque assourdissant. Il attendait encore une fraction de seconde que la poigne de Livia se relâche un peu sur son bras. Et alors...

— As-tu quelque chose à dire?

— Non.

— *Bene*.

C'était l'instant. La main se fit moins ferme sur son bras. Il entendit le glissement de sa pantoufle quand sa tante recula d'un pas...

— Non!

Ce seul mot fut un véritable cri alors qu'il se retournait, tous ses muscles tendus sous l'effort, et il la saisit. Sa main droite empoigna le poignet gauche de Livia, l'autre main la robe de chambre, d'abord à hauteur de la taille puis remontant vivement au col.

Livia poussa un cri, le frappa du pied droit, rata son but et sa pantoufle, projetée, alla heurter le mur.

— Non, *zia* Livia! lui souffla Vittorio à l'oreille. Tu ne me feras pas ce que tu as fait à ma sœur!

— Lâche-moi!

— Tu vois ce qu'on ressent, garce! lui dit-il, et d'une autre violente poussée il la tourna, de sorte que c'était elle, maintenant, qui se tenait sur le seuil, à l'intérieur de la cave, le dos aux escaliers.

— Comment oses-tu!

Vittorio la regarda, méprisant.

— Ne sois pas stupide — pense aux conséquences.

Vittorio y pensa : Livia bouclée dans le noir et l'humidité avec les cafards et les rats pour compagnie jusqu'à ce qu'arrive Maria, le lendemain — un instant par rapport à ce qu'elle lui avait promis — et il sentit la pulsation victorieuse de son sang dans ses veines. Il rejeta la tête en arrière et rit.

— Tu es fou! cria Livia, le regard horrifié.

— Pas du tout, dit-il, s'arrêtant de rire, sa poigne plus ferme que jamais. Comme ça nous serons quittes.

— Au secours! Quelqu'un!

La peur de Livia était palpable, maintenant.

— Personne ne viendra à ton secours.

— Tu es fou, répéta Livia, blême. Ta mère était folle...

— La ferme!

— Est-ce qu'une femme saine d'esprit se suicide par le feu et tue la moitié de sa famille?

Elle essaya le sarcasme et, au moment où il s'y attendait le moins, elle lui lança un nouveau coup de pied qui, cette fois, atteignit son but.

Vittorio, pris par surprise, eut un petit cri de douleur. Livia en profita et, d'une secousse, libéra son bras droit et lui laboura le visage de ses ongles rouges.

— Non! hurla Vittorio, les yeux embrumés par le désespoir, ne voyant plus sa tante que dans un brouillard, comme à travers un voile de fureur. Non!

Il projeta ses deux mains en avant, la heurtant à l'épaule et à l'estomac, et il la repoussa de lui avec force.

Livia Speroza poussa un cri.

Les yeux exorbités, bouche bée sous l'horreur, elle

trébucha, sa pantoufle restante se tordant sous son pied gauche.

Et elle tomba.

Vittorio recula dans le couloir et referma la porte. Il avait le souffle coupé, il ne voyait plus.

La clé était demeurée sur la serrure et, machinalement, il la tourna.

Le cri sembla durer une éternité, étouffé par la solide porte de chêne, mais lui parvenant tout de même, assourdissant.

Et puis il entendit le choc sourd — lourd, mou.

Et puis le silence.

Francesca était dans sa chambre, le visage crispé par l'angoisse de l'attente. Elle ne jeta qu'un seul coup d'œil sur les marques de griffes sanglantes sur la joue de Vittorio et devint toute pâle.

— Que s'est-il passé?

Vittorio ne répondit pas, un tic agita sa mâchoire et il se passa la langue sur les lèvres.

— Mon Dieu, Vittorio, que s'est-il passé? demanda de nouveau Francesca qui porta la main au visage de son frère et la ramena poisseuse de sang.

— Elle… commença-t-il, puis il déglutit.

Francesca lui prit les mains.

— Tu trembles. Pourquoi est-ce que tu trembles? Tante Livia t'a surpris, ajouta-t-elle, réalisant soudain.

Au nom de sa tante, Vittorio reprit ses esprits et dégagea ses mains de celles de sa sœur.

— Va réveiller Luciano, dit-il.

— Pas avant que tu ne m'aies dit ce qui s'est passé. Où est-elle? — Elle tremblait, elle aussi — Où est tante Livia?

— Dans la cave, dit-il, si doucement que Francesca dut tendre l'oreille pour l'entendre.

— Quoi?

— Je l'ai enfermée dans la cave. Elle allait m'y boucler

jusqu'à lundi, mais je me suis échappé.

— Et tu l'as enfermée. Francesca le regarda avec un mélange de doute et de crainte : Tu ne lui as pas fait mal, hein?

— Va réveiller Luciano.

— Vittorio, tu ne lui as pas fait de mal?

— Je ne crois pas.

— Tu ne crois pas?

Soudain, il la prit par les bras.

— Francesca, je t'ai dit d'aller réveiller Luciano. Va l'habiller et prépare-le à partir.

— Mais on ne peut la laisser comme ça dans la cave!

— Pourquoi pas? Elle t'y a laissée assez longtemps, non? Et je t'ai dit qu'elle voulait m'y boucler jusqu'au retour de l'oncle Bruno — il se tourna pour cacher ses larmes et feignit de vérifier le contenu du sac de toile. De toute façon, Maria sera là dans quelques heures. Elle lui ouvrira.

Francesca se mordait les lèvres.

— Tu crois vraiment qu'on devrait toujours partir?

Il la retourna face à lui.

— Tu es dingue? Maintenant plus que jamais. Et, pour la dernière fois, va t'occuper de Luciano.

— Où vas-tu?

— Je retourne dans la chambre de Fabio.

— Pour quoi faire.

— Peu importe.

À l'étage, la lumière brûlait toujours dans la luxueuse chambre. Vittorio ne perdit pas de temps. Il tira de sa poche un mouchoir avec lequel il essuya la table de nuit, éteignit puis gagna la fenêtre, s'enveloppa la main dans ce même mouchoir et brisa la vitre d'un coup de poing. Si tante Livia était sauve, on l'accuserait sans aucun doute de vol avec violence. Sinon, peut-être, peut-être seulement, l'oncle Bruno pourrait croire à un cambriolage.

Sinon...

Vittorio frissonna violemment et passa une main fiévreuse sur ses yeux, refoulant des larmes soudaines de panique à retardement. La pensée qu'il avait pu tuer sa tante l'emplit d'une indicible horreur. Mais plus terrifiante encore était l'idée que Livia pourrait le condamner.

Dans les deux heures qui suivirent, ils étaient sortis de Florence, filant vers l'ouest le long de l'Arno, gonflé par un formidable orage. Le jeune Luciano, en pleine confusion d'avoir été tiré de son sommeil, sorti comme un paquet du *palazzo*, planté sur sa bicyclette avec l'ordre de pédaler aussi vite qu'il le pourrait, tremblait à chaque éclair et suppliait Vittorio de les laisser s'arrêter.

— Je veux rentrer à la maison! cria-t-il alors qu'un autre violent coup de tonnerre grondait autour d'eux.

— Continue à pédaler! lui lança Vittorio par-dessus son épaule.

— Mais où est-ce qu'on va?

— À un endroit où on sera en sécurité, lui dit Francesca, qui fermait la marche.

— Mais on est en sécurité à la maison!

— Ce n'était pas notre maison et on n'y était pas en sécurité! dit Vittorio, qui cligna des yeux contre la pluie tandis qu'un nouvel éclair illuminait le paysage. Arrête de parler *piccolo*, et garde tes forces.

— J'ai froid!

— Je le sais, *caro*, dit Francesca.

— Je veux retourner!

Vittorio, le visage fermé, luttant contre le vent, grinça des dents.

— On ne peut pas retourner, dit-il. Jamais.

Un peu avant quatre heures et demie du matin, Vittorio leur permit de s'abriter dans un bosquet, pas très loin de la route d'Empoli.

— J'ai faim, gémit Luciano, les jambes douloureuses de

cet effort auquel il n'était pas habitué.

— Je vais lui donner un peu de *panforte*, dit Francesca, commençant à fouiller dans le sac de toile.

— Pas encore, dit Vittorio.

— Mais il a faim.

— Si on commence à manger maintenant, nous allons manquer de nourriture avant d'arriver dans la Maremme.

— Alors quand pourrons-nous manger?

— Quand nous nous arrêterons pour une vraie pause, pour une étape. Il nous faudra un endroit où nous cacher pendant la journée : nous ne pouvons risquer d'être vus.

— Pourquoi? demanda Luciano. C'est dangereux ici?

— Non, mon chéri, on y est tout à fait en sécurité.

Luciano se mit à pleurer et Francesca le prit dans ses bras et jeta un regard accusateur à Vittorio.

— Tu attends trop de lui. Il est épuisé, il a faim et il a peur.

— D'accord, céda Vittorio, de mauvaise grâce. Tu peux lui donner du *panforte*, mais juste un peu.

L'orage s'était fait moins intense, laissant de longues périodes d'obscurité que rien ne venait dissiper, tandis que le tonnerre avait cessé également, et pour la première fois depuis leur départ de la ville, les enfants pouvaient entendre les myriades de bruits nocturnes que la campagne lançait dans l'air après le coucher du soleil. Des criquets stridulaient, des hiboux hululaient et criaient, on percevait l'écoulement du fleuve, l'aboiement lointain de chiens et les cris d'oiseaux nocturnes inconnus.

— Est-ce que c'était toujours comme cela à la campagne? demanda Francesca, mal à l'aise, à Vittorio. Je ne me souviens pas.

— Cela fait plus de deux ans.

— Je pense qu'on devait toujours dormir à cette heure.

Un nouveau bruit les interrompit, un étrange et sinistre hurlement, et Luciano, terrifié, laissa tomber la tranche de gâteau qu'il mangeait et s'accrocha à la manche de Francesca.

— Qu'est-ce que c'était? demanda celle-ci, qui ne parvint pas à conserver une voix calme, même pour ne pas inquiéter Luciano.

— Sais pas, murmura Vittorio.

— Je veux rentrer à la maison, gémit Luciano.

— Je te l'ai dit. On ne peut pas, répéta Vittorio, grincheux.

Le hurlement reprit.

— C'est un chien, dit Vittorio.

— Vraiment? murmura Francesca, dubitative.

— Est-ce que c'est un loup? voulut savoir Luciano.

— Bien sûr que non.

Un hibou passa en hululant au-dessus d'eux, bien trop proche pour qu'ils restent sereins et ils sursautèrent tous les trois. Luciano recommença à pleurer, et Francesca se leva.

— Où vas-tu? demanda Vittorio.

— Nulle part, répondit-elle. Elle distinguait à peine sa bicyclette et elle alla fouiller dans la sacoche.

— Qu'est-ce que tu fais?

— *Aspetta*.

Elle trouva ce qu'elle cherchait, le tira et se tourna vers les autres.

— Allume la lampe, souffla-t-elle.

— Il faut l'économiser.

— Allume-la.

Vittorio alluma la lampe et regarda.

— *Gesù*!

— Un revolver! s'exclama Luciano avec un regard de ses grands yeux bleus qui paraissaient inquiétants dans la flaque de lumière. C'est un vrai, Francesca?

— Oui, fit-elle.

— Où diable as-tu trouvé ça? demanda Vittorio, ébahi. C'est à l'oncle Bruno, non?

— Je savais où il le gardait, expliqua Francesca, un peu timidement. Je l'avais vu le nettoyer et j'ai pensé qu'on pourrait en avoir besoin pour la chasse.

— Donne-le-moi.

Elle passa le revolver noir à son frère avec un certain soulagement.

— J'ai des balles, aussi, ajouta-t-elle, tirant deux pleines poignées de projectiles des poches de son pantalon.

Vittorio était penché sur l'arme.

— Il est chargé maintenant, non?

— Je ne sais pas.

Il tripota l'arme un instant et trouva le moyen de faire basculer le barillet pour voir les chambres.

— Non, dit-il.

— Est-ce que je peux le toucher? demanda Luciano qui avait cessé de pleurer.

— Non! lança vivement Vittorio. C'est dangereux, tu ne devras jamais le toucher. Il regarda Francesca avec un respect nouveau : Tu as volé quelque chose, toi aussi.

— Je sais, dit-elle, heureuse que l'obscurité cache le rouge de ses joues.

— *Grazie*, dit doucement Vittorio.

— *Niente*.

Vittorio lui prit les balles, en mit la moitié dans ses poches et le reste dans le fond de sa sacoche de bicyclette. Puis il éteignit la lampe et scruta l'obscurité de la nuit.

Le fait de posséder un revolver était un véritable avantage. Il servirait à les protéger, si nécessaire, et leur permettrait de chasser, ainsi que l'avait fait observer Francesca.

Pour Vittorio, ce fut aussi une nouvelle et glaçante prise de conscience. La possession d'une arme volée ne pouvait qu'aggraver leur situation. En l'espace de quelques brèves heures, il était devenu, à treize ans, un criminel recherché. Impossible de savoir ce qui les attendait.

Il savait seulement qu'il ne retournerait pas.

Maria arriva au Palazzo Speroza à huit heures, après une merveilleuse nuit romanesque avec Guido, suivie par la messe du matin. La maison était calme — même les enfants, qui d'ordinaire se levaient tôt, semblaient dormir encore.

— *Innocenti*, se dit-elle, se demandant à quelle heure la Signora Cesaretti voudrait prendre son petit déjeuner. Pas avant neuf heures, décida-t-elle en gagnant la cuisine.

Il était neuf heures dix quand, avec un plateau joliment arrangé, espérant mettre sa maîtresse de bonne humeur pour la matinée, Maria découvrit le lit vide.

Il lui fallut encore quinze minutes pour découvrir que Vittorio, Francesca et Luciano avaient disparu.

Et il était un peu moins de dix heures quand son attention fut enfin attirée sur la porte de la cave par l'un des chats du *palazzo* qui grattait à la porte de chêne.

Uno ratto, se dit-elle, et n'y pensa plus. Mais un instant plus tard, devant la fureur de l'animal cependant bien nourri, elle ouvrit la porte.

Il régnait un noir de poix à l'intérieur, et Maria maudit Guido de n'être pas venu avec elle ce matin. C'était bien des hommes, ça : jamais là quand on a besoin d'eux.

Elle alla prendre une lampe-torche à la cuisine et revint à la porte ouverte. Le chat avait disparu. Maria passa timidement la porte, tendant le cou pour mieux voir dans l'obscurité. Elle promena le faisceau de la lampe tout autour, se demandant ce qu'elle s'attendait à trouver à part des rats ou autres nuisibles.

— Idiot de chat, murmura-t-elle.

Et puis elle la vit.

— *Madre mia*.

Livia Cesaretti gisait au bas des escaliers, comme une poupée rejetée, les jambes tordues, les yeux grands ouverts et vitreux de terreur.

Et la nuque brisée.

8

— Pourquoi ne pleures-tu jamais, Giulietta?

— Je ne sais pas, répondit la fillette, et ses yeux bleus ne trahirent rien.

— Tu souffres, n'est-ce pas, *piccolina*?

L'enfant haussa les épaules.

— C'est bien d'être brave, *cara*, mais tu peux parfaitement pleurer si tu en as envie. Elizabeth Austen ajouta, après un instant : On m'a dit, à l'hôpital, que tu pleurais, au début, peu après ton arrivée.

— Ah oui? fit Giulietta, pas très curieuse.

— C'est ce qu'on m'a dit.

— Je ne m'en souviens pas.

L'Angleterre se révéla pluvieuse, froide et grise. Les habitants y étaient pâles et posés, et ils parlaient une langue incompréhensible. La cuisine était lourde et, au goût de Giulietta, insipide.

Mis part le fait qu'elle se retrouvait plongée dans le monde familier et aseptisé de l'hôpital, elle aurait pu tout aussi bien être sur une autre planète.

Et elle songea — simple vue de l'esprit puisqu'elle ne se souvenait pas avoir connu cela déjà — que peut-être elle pourrait presque être — heureuse.

L'hôpital Stoke Mandeville, près d'Aylesbury, dans le Buckinghamshire, était sans doute le plus célèbre du pays ou même de toute l'Europe, car on y trouvait le Centre National des Traumatismes Spinaux, unité créée et dirigée par un réfugié de l'Allemagne nazie, Ludwig Guttmann. L'unité avait vu le jour en 1944, dans une baraque Nissen convertie en salle d'hôpital. Avec son unique appareil de radioscopie posé sur un buffet retourné, l'unité avait révolutionné l'avenir des polytraumatisés de la colonne vertébrale, changeant ce qui, avant Guttmann, n'aurait été qu'une mort lente, en un retour au monde des vivants.

Il existait cependant, à Stoke Mandeville, bien d'autres services que ce centre remarquable. C'était également un hôpital général très actif, avec certains des meilleurs chirurgiens et médecins du pays. Elizabeth voulait pour Giulietta ce qui se faisait de mieux. Si on lui avait posé la question, elle n'aurait toujours pas pu expliquer pourquoi tout cela : c'était ainsi, simplement. Sa détermination à voir la fillette italienne remise sur la voie d'une vie normale était tout aussi inébranlable et obsédante que l'avait été son ambition, à vingt ans, de devenir pédiatre. Elizabeth avait rencontré bien des gens qui n'avaient aucun but dans la vie pour les stimuler, et elle s'était dit que c'était une bénédiction que de pouvoir diagnostiquer un désir comme une douleur, et de parvenir à soigner cela avec succès. Son mariage avec Edward Austen avait constitué un défi de même nature; elle avait su, dès l'instant où elle l'avait rencontré, qu'elle l'aimerait jusqu'à la mort.

Les sentiments qu'elle portait à Giulietta Volpi étaient différents, et cependant elle avait ressenti la même curieuse impression de bonheur, à cet instant, sur le terrain de jeux. Et peut-être le plus grand miracle, le plus inquiétant aussi, avait été que l'enfant, qui avait toutes les raisons au monde de se méfier de la vie, avait paru, totalement, lui faire confiance.

Les spécialistes qui examinèrent Giulietta se montrèrent très directs dans leurs recommandations. Il ne fallait pas trop toucher aux cicatrices de ses brûlures, mais on pouvait tout de même intervenir pour éliminer les contractures qui, comme l'avait soupçonné Elizabeth, lui attachaient le bras au corps. Sa colonne vertébrale, grâce au Ciel, n'avait pas été atteinte, mais du fait que Giulietta était demeurée des années à ne pouvoir marcher sans être aidée, si on pouvait envisager l'avenir avec optimisme, ce serait néanmoins long et pénible.

— Ce sera surtout une question de rééducation, expliquait Elizabeth à Walter Schuster, un avocat canadien vieil ami de la famille. Beaucoup de travail, de déceptions et de larmes.

— Est-ce qu'elle sera d'accord?

— Je le crois — pour tout sauf les larmes, comme je te l'ai déjà dit.

— Peut-être n'a-t-elle pas envie de pleurer, suggéra Schuster, un homme de forte carrure à l'abondante chevelure blanche.

— Mais c'est si peu naturel. Au cours des dernières semaines, cette fillette a été arrachée à son pays natal, terrorisée par son premier voyage en avion, piquée et repiquée par des aiguilles...

— Elle t'avait.

— Elle avait mal, et elle n'a pas versé une larme.

— Elle a peut-être l'habitude de la douleur.

— Elle a peut-être si longtemps pleuré en vain, dit tristement Elizabeth, qu'elle a simplement renoncé. Elle réfléchit un instant : Giulietta a complètement rejeté son passé, l'accident de voiture qui a tué sa famille, tout ce qui a précédé, même ce qui a suivi.

— N'est-ce pas une réaction naturelle?

— C'est probablement ce qui lui a permis de s'en sortir pendant toutes ces années, mais je ne sais pas s'il serait judicieux, maintenant, de tenter de retrouver ce passé. En fait, nous ne saurons peut-être jamais si cette enfant a été heureuse avant son accident, ou si elle était désespérément malheureuse.

Schuster haussa les épaules.

— C'est certainement son avenir qui compte davantage

désormais. Il me semble un peu barbare d'essayer de la faire regarder en arrière.

— Je suis d'accord, je crois. Je préférerais essayer de lui donner une nouvelle vie normale et heureuse. Ainsi, quand elle sera plus âgée et plus sûre d'elle, nous pourrons l'encourager à fouiller le passé, à retrouver ses racines.

Ils parlèrent du désir d'Elizabeth d'adopter Giulietta et des éventuelles difficultés juridiques, mais malgré tous les problèmes, Elizabeth se sentait tout excitée.

— J'ai du mal à croire ce que je ressens, confia-t-elle à son ami. Bien sûr, j'ai toujours beaucoup aimé les enfants, mais je n'ai jamais désiré avoir de bébés à moi. Il y en avait tant dont il fallait que je m'occupe...

— Mais cette *bambina* a tout changé.

— Oui, fit Elizabeth d'une voix douce. Giulietta devra affronter tant de problèmes — ses cicatrices, d'abord. À sept ans, elle ne s'en soucie peut-être pas, mais à dix-sept elle se regardera dans le miroir et son corps lui paraîtra bien laid.

— Quand va-t-on l'opérer pour libérer son bras?

— Il s'agit d'une intervention bénigne; elle sera sortie de l'hôpital pour Noël. Elle pourra faire sa rééducation comme malade externe.

— Et où va-t-elle vivre? demanda Schuster d'une voix douce.

Elizabeth rougit.

— Elle est d'accord pour venir vivre avec moi à Dorking. Elle va avoir besoin de toute notre aide, Walter.

— Elle va avoir besoin d'une mère.

Elizabeth garda le silence.

— Jamais elle ne pourra en trouver de meilleure, ajouta Schuster avec un sourire.

Giulietta Volpi ignorait tout d'une éventuelle adoption par Elizabeth Austen, et du traumatisme qu'elle pourrait connaître ou pas au cours des années à venir. Elle ignorait tout des interrogations de la dame anglaise, de ses espoirs et de ses craintes.

Elle savait que la seule vie dont elle se souvenait était une vie terne et solitaire, sans aucun bonheur, et que la *dottoressa* était venue pour la sauver, l'avait secourue et l'avait emmenée dans ce curieux pays étranger afin de l'aider encore et de changer sa vie.

Elle n'avait pas envie d'en savoir davantage.

Et elle n'avait pas envie de pleurer.

9

— Assassin! sanglota Letizia pour la énième fois.

— *Assassino*! cracha Fabio. Un voleur et un assassin!

— Assez, les enfants, pria Bruno, comme il n'avait cessé de le faire depuis cinq jours. Il n'y a pas de preuves.

— Pas de preuves? dit Fabio, égaré. Ils se sont enfuis, non? Avec la moitié de ce que contenait le garde-manger et mon argent! Quel autre preuve veux-tu, papa? Il a tué Mamma, pour l'amour de Dieu, et tu le défends!

Bruno se sentait désespérément déchiré. Aussi souvent qu'il montrât la vitre brisée à la fenêtre de la chambre de Fabio et songeât à la possibilité que les enfants aient été effrayés par des voleurs, il savait qu'il se raccrochait à des brindilles. On n'avait constaté aucune effraction, bien que l'*agente di polizia* eût été assez poli pour laisser place à cette hypothèse. La simple et horrible vérité, c'était qu'on n'avait volé qu'un peu de nourriture et un minimum d'argent, et que Livia, dont le bras était marqué par la poigne d'un tiers, était morte.

Bruno était suffisamment choqué par la mort brutale de celle qui était son épouse depuis seize ans, sans que l'on y ajoute une accusation contre Vittorio. Livia s'était montrée difficile à vivre, hautaine, dure, souvent méprisante; mais elle avait été forte et fidèle, vibrante, aimant l'amour, intelligente... et si vivante.

Cela devait être un accident.

C'est ce qu'il se répétait sans cesse, follement désireux d'y croire. Et cependant, Fabio et Letizia, plongés dans leur chagrin et faisant observer avec fureur que Vittorio avait toujours été un violent, avaient incontestablement raison eux aussi.

Mais il ne pouvait croire, ne croirait jamais que Vittorio était un assassin. Ses enfants montraient la cave comme preuve qu'il s'agissait d'une vengeance de leur cousin de ce qu'avait fait Livia à Francesca, mais Bruno se demandait si sa femme n'avait pas voulu infliger la même punition à Vittorio qui aurait renversé les rôles et bouclé la femme qu'il détestait.

La mort de Livia était un accident, sans doute. Due à un instant de colère, peut-être. Mais un meurtre de sang-froid, jamais.

On enterra Livia et l'on fit dire une messe pour le repos de son âme en l'église de la Santissima Annunziata, la plus huppée de Florence, et Letizia, sans les conseils de sa mère, acheta pour la circonstance une très coûteuse et très peu seyante robe noire qui la faisait paraître plus grassouillette encore et magnifiait son chagrin, déjà véhément et bruyant.

La police n'avait aucune piste mais demeurait confiante : les jeunes disparus ne tarderaient pas à être découverts. Après tout, il était essentiel qu'on les retrouve aussi vite que possible, car le moins que l'on puisse dire était qu'ils devaient avoir d'importantes déclarations à faire concernant la mort de leur tante. Même s'ils avaient trouvé refuge quelque part, les enfants allaient manquer de nourriture, de ressources. On avait fait distribuer à tous les *posti di polizia* des communiqués avec leurs photos. Le Signor Cesaretti devait essayer de ne pas trop s'affliger car on allait les retrouver.

— J'espère qu'ils pourriront en prison, dit Fabio, et Letizia fit écho en pleurant encore, mais Bruno se tourmentait plus que jamais.

C'est moi, le coupable, se disait-il.

Il avait échoué avec tous ceux qu'il aimait. Après le cauchemar de Francesca dans la cave, il avait juré de se montrer davantage responsable en ce qui concernait ses neveux et sa nièce, de veiller sur ce qui se passait dans la maison et de soulager Livia de la pression qui pesait sur elle et ses enfants pour limiter les potentiels d'explosion de la vie au Palazzo Speroza. Mais il n'en avait pas fait assez. Il était autant à blâmer que quiconque.

Il était trop tard pour Livia et, un jour, Fabio et Letizia verraient leur chagrin s'estomper et retrouveraient une vie normale, mais alors que s'écoulaient les jours et les nuits sans sommeil, une chose devint claire pour Bruno. Si la police parvenait à retrouver Vittorio et les autres, leurs jeunes vies seraient brisées à jamais. Peut-être prouverait-on que Vittorio avait agi seul, mais quoi que leur frère ait fait, Francesca et le jeune Luciano étaient certainement innocents.

Bruno devait retrouver les enfants de son frère avant la police et pour cela, il alla trouver, cinq jours avant Noël, un *investigatore privato* du nom de Ludovico Lippi, qui avait son cabinet sur l'autre rive de l'Arno.

— Pourrez-vous les retrouver? demanda Bruno après avoir raconté l'histoire et le passé des enfants au détective privé d'une quarantaine d'années qui, chose surprenante, paraissait fort à l'aise.

— C'est pour moi une question d'amour propre, dit Lippi d'une voix rauque. Si je ne suis pas capable de retrouver trois enfants qui ont peur, qui sont seuls et sans argent, je suis bon à rien.

— Il faut que vous les trouviez avant la police, rappela nerveusement Bruno.

— *Naturalmente*.

Sur le chemin du retour, Bruno s'arrêta dans une église pour faire brûler un cierge pour Livia, afin d'apaiser un peu son sentiment de culpabilité.

Il alluma un premier cierge, puis un autre, et un autre encore; et puis un nouveau pour Giulio, son frère, et pour Serafina et le bébé, et pour la pauvre Giulietta et puis encore trois pour ses neveux et sa nièce disparus. Après quoi il s'agenouilla pour prier.

Il ne savait pas quoi faire d'autre.

10

Incapables de rouler à plus de dix kilomètres par heure, et ne jugeant prudent de s'aventurer sur les routes ou près des voies ferrées qu'entre dix heures du soir et cinq heures du matin, ce ne fut que lorsqu'ils eurent évité Livourne au petites heures du mardi, que Vittorio pensa pouvoir permettre à Francesca, et surtout à Luciano, de se reposer un peu.

— *Forza*, paresseux, le pressait-il régulièrement, chaque fois que l'enfant était fatigué ou effrayé. Ils avaient assez de temps, se disait-il, pour masser le dos de Luciano et apaiser ses craintes quand ils se trouvaient loin des routes au cours de la journée, à se cacher dans des granges ou des abris, osant à peine souffler de crainte qu'on signale leur présence.

Ce fut la mer qui leur remonta le moral. Même en pleine nuit, avec pour les guider une lune qui annonçait la pluie, le bruit des vagues les berça, les rassura. On était en décembre et la mer serait glacée, avec des courants des plus dangereux, mais malgré cela, les enfants idéalisaient ses pouvoirs de protection; de petites embarcations vides montaient et descendaient à leur mouillage, au gré de la houle. Si un policier jaillissait de l'ombre pour se saisir d'eux, ils avaient là un moyen de s'échapper. Cette idée, pour folle qu'elle fût, les rassura tous, même Vittorio, et désormais ils collèrent le plus possible à la côte.

Luciano ne comprenait pas vraiment pourquoi ils s'étaient enfuis, ni pourquoi ils ne pouvaient parler à personne, pas même à un fermier ou à un pêcheur tout banal, mais Vittorio était leur chef, et Francesca, sa douce protectrice, lui expliqua que mieux valait pour lui ne pas trop en savoir.

— Pourquoi?

— Parce que si tu ne sais rien, personne ne pourra t'accuser de quoi que ce soit, *caro*.

Un autre enfant se serait peut-être senti frustré, mais Luciano, le rêveur, était également une sorte de fataliste naturel, et en tout état de cause il faisait trop confiance à son frère et à sa sœur pour remettre en question leurs décisions importantes.

— Quand vas-tu redevenir une fille? demanda-t-il à Francesca. La perte des cheveux de sa sœur, le soir de leur départ, avait été pour lui un choc presque aussi grand que leur fuite.

Elle sourit, lui caressa la joue.

— Quand nous serons en Amérique.

— On ne nous poursuivra plus en Amérique, hein?

— Non, *piccolo*.

— Et nous serons toujours ensemble? insista Luciano avec un léger froncement de sourcils qui trahissait sa peur. Nous habiterons de nouveau dans une maison, comme des gens normaux?

— Nous ne nous quitterons pas, Luciano, lui promit Francesca, tenaillée par un sentiment de culpabilité.

— *Veramente*?

— Croix de bois, croix de fer, si je mens je vais en enfer.

L'Amérique était bien loin. Entre Livourne et Naples s'étendait la Maremme, cette vaste plaine qui, dans le *grande progetto* de Vittorio, avait constitué un tel atout. Tout comme la mer Ligure était apparue aux enfants, à leur premier regard, comme auréolée d'une bienfaisance qu'elle ne possédait pas, la désolation de la Maremme parut à un Vittorio allègre et certainement dans l'erreur, comme un refuge.

La vérité leur apparut très rapidement, même à Luciano. C'était bien une plaine, évidemment plate, vaste et, parut-il, infiniment menaçante.

— Je veux rentrer! lança la voix plaintive de Luciano, exprimant ce que les autres se disaient aussi sans oser l'avouer.

— C'est impossible, *piccolo*.

— Mais c'est comme le désert!

— Ce n'est pas du tout comme le désert, répliqua Vittorio, rendu irritable par la lourde responsabilité qui pesait sur lui comme un énorme poids. Il y a la mer et des moutons, des chevaux, et du bétail et...

— Où?

— À quelques kilomètres d'ici, expliqua Vittorio, qui tenta de se montrer plus aimable. Ce sera tout à fait différent, avec des forêts de pins et de belles plages.

— Et des animaux?

— *Si, piccolo*. Et des animaux, confirma Vittorio, qui porta les jumelles à ses yeux pour regarder vers la mer. Il nous faut trouver la Via Aurelia et nous diriger vers Grossetto.

— C'est loin? demanda Francesca.

Il consulta de nouveau la carte.

— Une quarantaine de kilomètres, dit-il avec un sourire forcé. Encore quelques heures et nous pourrons jeter toute ces vieilles provisions et avoir de la viande fraîche.

— À la *macelleria* de Grossetto? demanda Luciano.

— À la chasse.

Tard cette nuit-là, ils trouvèrent une tour de guet, à quelques kilomètres au sud d'Alberese, après avoir quitté la Via Aurelia, l'antique route qui suivait la côte, sauf où elle se trouvait séparée de la mer par les collines d'Uccelina.

Il faisait noir comme dans dans un four et il bruinait. Malgré le froid de l'hiver, la plaine avait semblé conserver une odeur de moisi, mais ici on aurait dit que la végétation rejetait de l'oxygène frais dans l'atmosphère.

— Maintenant, nous allons pouvoir nous reposer un peu sans que personne ne nous découvre, déclara Vittorio, triomphant.

Il alluma la lampe torche, trouva l'entrée et avança la tête dans le noir. Cela sentait l'humidité et le froid, comme la cave du *palazzo* et Francesca, qui suivait, frissonna et recula.

— Est-ce qu'on ne peut pas attendre demain matin? demanda-t-elle, mal à l'aise. Je pense que nous ne devrions pas gravir les marches avant le jour.

— Mais il pleut, se plaignit Luciano.

La bruine s'était faite plus dense et plus insistante, et le vent soufflait de la mer, cinglant les joues.

— Il y a de la place là, au bas des escaliers. Au moins nous serons au sec, annonça Vittorio, en éclairant l'intérieur avec sa torche.

Il s'éveilla le premier, le lendemain matin, et grimpa avec précaution, mais avidité aussi, au sommet de la tour. Les marches s'éboulaient par endroits, mais elles supportèrent facilement son poids.

Il émergea au sommet et découvrit que près de la moitié de ce qui avait dû être une plate-forme d'observation était depuis longtemps éboulée et les bords des fractures polis par les éléments. On pouvait cependant s'y tenir, sans risque, et voir jusqu'à la mer. La matinée s'annonçait magnifique et ce qui, selon sa carte, était maintenant la mer Thyrénienne, s'étendait comme un miroir, bleue, seulement ridée de quelques vagues qui se brisaient au soleil. Vittorio porta les jumelles à ses yeux et, lentement, regarda tout autour de lui.

Il ressentit comme un coup au cœur. À un kilomètre à peine, vers le sud-est, s'étendait une route toute nouvelle et brillante.

— *Dio*! fit-il, les yeux embués de larmes. Près de la route il apercevait deux longues et larges tranchées creusées dans le sol et destinées soit à l'irrigation, soit à la pose de tuyaux. Pour le moment, on ne voyait pas le moindre signe de vie,

116

mais l'aube s'était levée depuis moins d'une heure. Dans quelques instants, le coin allait grouiller d'ouvriers.

— Ce n'est pas juste! cria Vittorio qui, de désespoir, cogna les jumelles sur le parapet, étoilant la lentille gauche.

— Qu'est-ce qui ne va pas? demanda Francesca, en haut des marches.

— Il faut partir. Tiens, regarde par là, dit-il, lui passant les jumelles.

— Elles sont cassées.

— Ferme un œil.

Elle scruta le paysage un instant.

— Tu vois? demanda Vittorio, pâle et abattu.

— Je vais réveiller Luciano.

— Non. On ne peut aller nulle part avant la nuit, quand ils auront arrêté le travail. Alors, ce sera plus sûr, ajouta-t-il avec un long soupir. Je vais revoir la carte. Je crois que les collines s'élargissent un peu, vers le sud. Il va nous falloir trouver un autre endroit.

Francesca posa avec précaution les jumelles à ses pieds et serra son frère contre elle.

— Ne t'en fais pas, *caro*, dit-elle doucement. Tout ira très bien.

— Je n'aurais pas dû vous emmener, dit-il, la voix rauque, son visage soucieux caché par l'épaule de sa sœur, luttant contre l'envie de pleurer. Tout va aller de travers.

— Non, *caro*.

— Il va nous falloir perdre encore une journée à rester là dans cette tour puante à manger nos précieuses provisions! Je pensais pouvoir aller à la chasse aujourd'hui, je pensais que nous pourrions nous reposer, que je pourrais apprendre à pêcher à Luciano.

— Tu pourras faire tout cela, le consola Francesca qui espéra de tout cœur paraître plus confiante qu'elle ne l'était vraiment. Qu'est-ce qu'un jour de plus dans un plan aussi vaste? Nous repartirons ce soir et nous trouverons une autre tour, dans un coin plus désert, cette fois, toujours aussi humide, où les *zanzare* bourdonnent et piquent tout autant.

Quelque part, pensa-t-elle sans oser le dire, où jamais trois enfants ayant tout leur bon sens n'oseraient s'aventurer. Quelque part où personne ne viendrait les chercher.

Ce fut au cours de la nuit du samedi, assez tard, une semaine après leur départ du *palazzo*, qu'ils trouvèrent ce qu'ils cherchaient.

C'était une abbaye du XIe siècle, abandonnée depuis plus de trois cents ans, en partie en ruines et presque entièrement dissimulée par des chênes et des fourrés, dans une petite vallée sur le faîte de la colline.

Leur joie fut immense. C'était parfait! Vaste, avec une splendide tour. Avec un peu de travail, ils en feraient un séjour provisoire idéal. Quand Vittorio grimpa au sommet de la tour et jeta un regard plein d'appréhension tout autour de lui à travers les jumelles, il ne découvrit ni route, ni machines, ni fossés et il en fut immensément soulagé.

— Il fait noir, observa Francesca, prudente.

— C'est la pleine lune. Je peux voir partout et il n'y a rien! se réjouit Vittorio qui prit les mains de sa sœur et se mit à danser. Demain j'irai chasser!

Blottie à l'abri des collines, l'abbaye se trouvait à moins d'une demi-heure de marche de la mer, et les enfants avaient l'impression d'avoir trouvé une véritable oasis au milieu du «désert» de la Maremme.

Avec du fromage sentant le moisi et un peu de *panforte* qui restaient de leurs provisions, Vittorio savait qu'il n'avait plus de temps à perdre, et le dimanche matin il emporta sa canne à pêche et son filet jusqu'au rivage, mais il ne tira, de l'eau peu profonde, que quelques minuscules poissons avec plus d'arêtes et d'écailles que de chair.

Le lendemain matin, il s'essaya à la chasse. Avec son couteau passé dans sa ceinture et le revolver dans la main droite, il ne tarda pas à se rendre compte que la forêt dépouillée et glaciale ne grouillait pas de gibier ainsi qu'il l'avait espéré.

— *Morto*, dit-il tout fort, écœuré après deux heures passées à scruter sans résultat les branches et les broussailles, et en se laissant tomber sur l'épais tapis humide de feuilles pourrissantes.

C'est alors qu'il vit le lapin. Jeune, innocent et succulent, manifestement tout aussi peu expert en matière de survie que Vittorio dans l'art de la traque, il se tenait là, parfaitement immobile, à moins de trente mètres. Un mince rai de soleil filtrant à travers les arbres caressait ses oreilles baissées, paraissant souligner encore son innocence. Vittorio le regarda pendant plusieurs secondes, espérant à demi qu'il allait le voir et s'enfuir.

Et puis l'estomac vide du garçon gronda doucement. Avec le plus grand soin et sans le moindre bruit, il leva son arme, tenant fermement la crosse froide. Et il pressa la détente.

— La veine du débutant, dit-il, modeste mais rayonnant de son triomphe, en présentant à sa sœur et à son frère le petit corps inerte et flasque.

Francesca déposa un baiser sur sa joue et regarda le lapin.

— Qu'est-ce qu'on en fait?

— On le dépouille et on le fait cuire, bien sûr.

Ils levèrent les yeux sur un faible bruit et virent que Luciano s'était détourné, pleurant manifestement.

— Qu'est-ce qu'il a, maintenant? demanda Vittorio, excédé.

— *Il coniglio*, dit doucement Francesca en caressant la douce fourrure de l'animal. Cela lui a fait de la peine.

— Il a mangé de la viande toute sa vie, pour l'amour de Dieu.

— Mais jamais avec des oreilles et une queue.

— Eh bien, il va falloir qu'il s'y habitue, dit sèchement Vittorio. Si on ne tue pas, on ne mange pas.

Ce jugement tranchant lui amena le rouge aux joues et un rapide éclair de nausée à l'estomac. Il avait raison, il savait qu'il avait tout à fait raison. Un chasseur, comme un paysan, devait se montrer pratique. Il était parfois nécessaire de tuer.

Ce qui ne fit pas disparaître son léger écœurement.

Ce n'était pas au lapin qu'il pensait.

Le mardi après-midi, la faim était revenue. Francesca, improvisée bouchère et cuisinière à la fois, s'était rapidement rendu compte qu'elle ignorait tout de l'art de dépouiller le gibier et qu'elle avait gâché autant de viande qu'elle en avait tiré, bien qu'elle eût été délicieuse une fois cuite sur le feu qu'ils avaient allumé dans le *cortile* moussu.

De fait, le lapin avait été un coup de chance de débutant. Les deux jours suivants, ils durent se contenter de ces petits poissons peu nourrissants que Francesca et Luciano pêchaient tandis que leur frère partait à la recherche de quelque chose de plus substantiel. Le vendredi, la chance tourna de nouveau en leur faveur quand apparut un cerf et que Vittorio l'abattit à son troisième coup.

— De la viande pour une semaine! jubila-t-il.

— Il faudra m'aider à la découper, dit Francesca, heureuse que Luciano fût de garde en haut de la tour, car même elle se sentit peinée à la vue des pattes gracieuses et de cette beauté mutilée par le projectile.

— De la venaison rôtie! chantonna joyeusement Vittorio en brandissant son couteau. *Delizioso*.

Et, de nouveau, la chance se montra inconstante. Le temps se fit d'une douceur insolite et, comme ils n'avaient aucune expérience de la conservation de la viande, elle commença à pourrir après leur second repas. Le lundi après-midi, ils étaient devenus irritables et grognons.

— Des agneaux, des faisans, murmura Francesca alors qu'ils étaient assis, un peu avant le coucher du soleil, sur un muret à demi-écroulé devant l'abbaye.

— Quoi? demanda Vittorio, tout en donnant un coup de pied dans une motte de terre.

— Que tu nous avais promis. Où sont-ils? Et les vaches que nous devions traire. L'eau de pluie fait mal au ventre à Luciano. De toute façon, il n'a pas plu depuis trois jours et nous allons probablement mourir de soif.

— Je suppose que c'est ma faute, aussi. Tout comme l'abattement de Luciano et le fait que tu ne puisses concevoir la vie sans une baignoire.

— Je me fiche pas mal de pouvoir prendre un bain. Si seulement tu avais pensé à emporter du savon, je ne me plaindrais pas.

Ils se lavaient tous les jours dans un ruisseau proche de l'abbaye, mais l'eau était trop trouble pour qu'on envisage de la boire, et Francesca ne se sentait jamais vraiment propre.

— Eh bien, pourquoi n'as-tu pas pensé au savon? demanda Vittorio, non sans logique.

— Parce que c'était ton précieux plan.

Incontestablement, Luciano était abattu. Vittorio ne comprenait pas pourquoi un enfant de sept ans ne se montrait pas éclatant de santé dans cette aventure, puisque, notamment, la plupart des fardeaux reposaient sur ses épaules, mais Francesca ne fut pas longue à saisir ce qui n'allait pas chez son jeune frère. Il regrettait la sécurité du *palazzo*, il regrettait l'école et les livres qu'il avait pris l'habitude d'aimer, il regrettait la civilisation et, surtout, il avait faim.

Deux jours plus tard, le temps changea de façon spectaculaire. Le froid se fit très vif, avec un vent du nord piquant, et les trois enfants furent contraints de rester à l'intérieur.

Dans le courant de la nuit, Francesca s'éveilla pour voir Luciano debout, fixant le ciel par la fenêtre voûtée et lézardée, son souffle visible dans l'air frais, les bras serrés autour du corps pour se protéger du froid. Quand elle posa sur lui une main douce, il se retourna et elle vit qu'il avait pleuré.

— Qu'est-ce qu'il y a, *caro*? Es-tu malade?

— Giulietta, murmura-t-il, ses yeux bleus tout ronds, les pupilles dilatées.

— Tu as rêvé? demanda Francesca qui lui passa un bras autour des épaules.

Luciano n'avait cessé de rêver à sa jumelle, et, en général, il se réveillait tout affligé.

Non, fit-il de la tête.

— Ce n'était pas comme un rêve. C'était réel.

— Les rêves font souvent cela.

— Là, c'était différent, insista Luciano qui paraissait sûr de lui.

— Comment cela?

— Je ne sais pas... il hésita : c'était... bizarre. J'avais l'impression d'être à l'intérieur de Giulietta... je voyais des choses... je sentais des choses... mais ce n'était pas moi...

Francesca était fascinée.

— Quel genre de choses?

— J'ai vu une dame, et une drôle de maison... et il neigeait.

Ses yeux brillèrent.

— La plupart du temps, quand je rêve de Giulietta, c'est triste, tu sais.

— Je sais.

— Mais cette fois...

Il s'arrêta, essayant de trouver les mots pour décrire ce qu'il avait ressenti.

— C'était bon. Je me sentais heureux en moi... mais ce n'était pas moi... c'était elle.

— C'est un très joli rêve, dit doucement Francesca.

— Mais ce n'était pas réel, hein? demanda l'enfant, redevenu sombre.

— Non, mon chéri.

Francesca essaya de l'attirer contre elle mais il se dégagea.

— Je suis désolée.

— Ça ne fait rien, dit-il, mais d'une voix étouffée.

— Non, dit-elle, la gorge serrée par les larmes. Non, ça ne fait pas rien.

À midi, le lendemain, elle fit un effort pour secouer l'apathie générale.

— Vous vous rendez compte que c'est la veille de Noël?

Vittorio ne bougea pas et ce fut à peine si Luciano changea de position.

— Allons, vous deux! Vous n'avez pas entendu ce que je viens de dire?

Vittorio haussa les épaules.

— C'est la veille de Noël. Et alors?

— Alors, il faut fêter ça.

— Comment? demanda Luciano, avec un début d'intérêt.

— Qu'avons-nous à fêter? fit amèrement Vittorio.

— La liberté. Le fait d'être ensemble. De toute façon, puisque c'est Noël, il faut que nous fassions quelque chose.

— Quoi, par exemple?

Luciano regarda son frère et sa sœur, attendant des paroles de sagesse. Jamais il ne s'était senti aussi fatigué, aussi léthargique. Il savait qu'il avait faim, mais cela paraissait désormais sans importance; rien ne paraissait très important.

— Nous devrions au moins manger, suggéra Francesca.

— Il fait trop froid pour aller chasser, dit Vittorio, laconique. Et de toute façon il n'y a rien à tuer.

— On ne mange jamais de viande à Noël, fit observer Francesca. Donc on peut aller pêcher.

— J'en ai assez du poisson, grommela Vittorio.

— Moi aussi, dit Luciano en écho.

— Eh bien, il faut manger quelque chose ce soir. C'est la tradition, et je ne vais pas laisser cette famille mourir de faim pour Noël.

Elle chercha sa veste des yeux

— Si vous ne venez pas avec moi, j'irai seule.

— Mais non, dit Vittorio, boudeur. Tu n'attraperas rien.

Francesca prit la canne à pêche et le filet et demanda, une

main sur la hanche.

— Alors?

Le sort semblait s'acharner contre eux. Ils pêchèrent pendant trois heures, sans pouvoir s'aventurer bien loin à cause de l'eau glacée, et ils rentrèrent à l'abbaye avec une misérable poignée de créatures écailleuses qui n'auraient même pas pu constituer un premier plat décent pour une seule personne. Dès qu'ils allumèrent le feu, les écluses du ciel s'ouvrirent et l'éteignirent, et finalement Francesca fut contrainte de s'avouer battue.

— *Merda*! jura-t-elle de désespoir, et elle éclata en larmes.

— Je veux rentrer à la maison, reprit Luciano.

— Tu n'as pas de maison! gronda Vittorio, affligé par les larmes de Francesca, mais sans savoir comment y porter remède.

— Alors je veux aller en Amérique! répliqua Luciano, frottant son nez humide et rouge d'un revers de manche.

— On ne peut pas! cria son frère. Pas encore.

— Pourquoi?!

— Parce qu'on nous arrêterait! Tu n'écoutes donc jamais, idiot?!

Luciano se jeta sur le sol moussu et se mit à sangloter à s'en rompre le cœur. Vittorio le regarda, puis regarda Francesca qui, pour une fois, demeurait immobile, sans tenter de réconforter son petit frère, les yeux toujours pleins de larmes.

— *Cara*? essaya-t-il.

Elle ne répondit pas.

Vittorio se souvint, quelques instants plus tard, d'avoir glissé quelque chose dans la sacoche de sa bicyclette deux semaines plus tôt. Deux semaines, se dit-il, hochant la tête. Comment avait-il pu imaginer, même dans ses rêves les plus fous, qu'ils pourraient se cacher par ici pendant des mois?

C'était folie... pure folie.

Les bicyclettes étaient rangées côte à côte, contre le mur, de l'autre côté de l'abbaye. Il partit sans un mot et alla défaire la courroie de sa sacoche.

Elle était bien là, intacte au fond. Il la tira, de ses deux mains. Une bouteille de verre, presque pleine d'un liquide doré. «Haig», disait l'étiquette. «Scotch Whisky».

Vittorio n'avait jamais bu de whisky, mais il avait vu son oncle en boire, d'ordinaire lorsqu'il était fatigué ou lors d'un de ses rares accès d'humeur sombre, et toujours cela avait paru le rendre rapidement plus gai. «Médicament d'urgence», plaisantait-il. Si jamais quelqu'un avait besoin d'un médicament d'urgence, c'était bien Vittorio ce soir.

Après un coup d'œil furtif autour de lui, il ouvrit la bouteille, la porta à ses lèvres, en avala une gorgée et faillit s'étouffer.

— *Gesù*! haleta-t-il, la gorge en feu.

Mais en quelques secondes le miracle commença à se produire et il se sentit empli d'une délicieuse et revigorante chaleur.

De nouveau, il leva la bouteille.

Une demi-heure plus tard, sa décision était prise.

— Nous allons partir. En route.

Les deux autres le regardèrent.

— Sans nourriture, nous allons mourir de faim, expliqua-t-il avec un haussement d'épaules. Ce coin n'est peut-être pas si formidable, après tout. Je crois qu'il faut plier bagages et filer vers le sud.

C'était la bonne solution. Le whisky lui avait donné un nouveau courage, une nouvelle vision des choses.

— Vers Naples? demanda Francesca, interdite.

— Oui, tout de suite.

— Ce soir? Dans la nuit?

— Nous avons toujours voyagé de nuit, non? Comme cela personne ne nous verra, dit Vittorio, déjà plus gai, presque invincible.

— Partons maintenant! dit Luciano, s'animant soudain et bondissant sur ses pieds.

— Je ne sais pas... Francesca demeurait encore sceptique. Il nous a fallu si longtemps pour trouver ce coin.

— Et il était parfait, mais l'heure est venue de partir. Fais-moi confiance.

Quand ils furent de nouveau sur leurs bicyclettes et loin de l'abbaye, le moral remonta et le nouvel optimisme de Vittorio se révéla contagieux. Une heure plus tard, ils trouvèrent une plage. Longue, large et blanche au clair de lune qui filtrait maintenant à travers la couverture nuageuse en train de se dissiper. C'était là un des plus beaux endroits qu'ils découvraient depuis le début de leur voyage. En voyant que leurs roues laissaient dans le sable humide d'élégantes traces, les trois enfants parcoururent la plage de long en large, éclaboussés par les vagues, ne se souciant plus du froid de l'eau maintenant, ni de leurs estomacs qui grondaient.

— On fait la course! lança Vittorio, le sang brûlant dans ses veines.

— Je parie que tu ne me rattrapes pas! contra Luciano, déjà vingt-cinq bons mètres plus loin et pédalant furieusement dans l'obscurité en direction de la forêt de pins qui bordait la plage.

— Attention! cria Francesca sans résultat. Vittorio, arrête-le!

— Luciano, ne fais pas l'idiot! hurla Vittorio en lui donnant la chasse, mais déjà son frère avait disparu dans l'obscurité des arbres.

— Tu vas te perdre! cria Francesca.

La forêt les arrêta, noire, menaçante, humide.

— Où est-il?

On entendit un cri perçant.

— *Dio*, dit Francesca qui s'accrocha au bras de Vittorio.

— Où es-tu, *caro*? lança celui-ci.

— Par là! dit Francesca qui lui tenait toujours le bras. Laissons les bicyclettes.

Ils se précipitèrent dans les fourrés, sans rien y voir, lançant des appels frénétiques. Des fougères les griffèrent, des branches les firent trébucher, des bruits les inquiétèrent.

— Au secours! cria Luciano d'une voix perçante.

— On arrive, *piccolo!*

Vittorio tira le couteau de sa ceinture et se mit à en frapper des branches basses.

— Là! indiqua Francesca, et ils l'aperçurent à peine, battant des bras, dans un fossé abrupt.

— Je suis tombé de ma bicyclette! sanglota Luciano.

— Ne pleure pas. Nous allons te tirer de là.

— Ça m'aspire!

— Oh, mon Dieu, le marécage! souffla Francesca.

Vittorio avança prudemment au bord de ce qui parut être un grand trou boueux, plein d'eau noire et de vase.

— Je ne peux pas l'atteindre, d'où je suis. Il faut que je descende.

— Fais attention, conseilla Francesca.

Vittorio montra un buisson bas et rabougri.

— Si tu t'agrippes à ce buisson, je vais essayer de m'accrocher à toi pendant que je descendrai.

— Je m'enfonce davantage! geignit piteusement Luciano.

— Mais non... c'est seulement la boue.

— Sois brave, *piccolo.*

Francesca s'accrocha au buisson, d'abord assise puis étendue de tout son long.

— Il va falloir que tu t'accroches à mes pieds.

— Dépêche-toi! supplia Luciano.

Vittorio saisit fermement les chevilles de Francesca et, en rampant, passa par-dessus le bord du trou, les jambes en avant. Ses chaussures crevèrent la surface visqueuse avec un petit bruit sourd.

— Tu y es? demanda Francesca, qui ne pouvait voir.

— Il va falloir que je m'étende complètement, répondit

Vittorio, glissant davantage encore et augmentant la traction sur les chevilles de Francesca. Est-ce que je te fais mal?

— Non, prétendit-elle. Vas-y.

— Bon. Je vais lâcher ma main gauche. Tiens bon...

Il lâcha. Le poids supplémentaire fit pousser à Francesca un cri de douleur, mais elle tint bon, serra les dents... et la poignée de petites branches qu'elle tenait dans sa main droite céda.

— Ça a cassé! cria-t-elle, et elle poussa un nouveau cri quand Vittorio lâcha sa cheville et disparut, chutant dans le trou marécageux avec un hurlement qui se termina en gargouillis quand sa tête s'enfonça sous la surface.

— Vittorio! Vittorio! lança Francesca.

Il émergea, toussotant et crachant furieusement pour chasser de son nez et de sa bouche l'horrible liquide vaseux et puant.

— Ça va? demanda Francesca.

Vittorio ne put que tousser. Il avait envie de vomir et était furieux contre lui.

— Tu es tombé, constata Luciano.

Vittorio regarda le visage blême de son frère.

— Oui, dit-il, et il cracha de nouveau.

— Maintenant on ne va jamais sortir de là, hein?

— Mais si.

— Comment?

Vittorio l'ignorait. Il essaya de bouger les pieds mais, comme celles de Luciano, ses chaussures semblaient fermement collées dans la vase épaisse du fond.

— En tout cas, observa-t-il d'un ton aussi enjoué que possible, nous ne nous enfonçons pas.

Ils levèrent la tête l'un et l'autre. Le visage pâle et effrayé de Francesca apparut au-dessus du trou.

— Je ne sais pas quoi faire, souffla-t-elle.

— Il nous faut une corde.

— Nous n'en avons pas.

— Et alors, qu'est-ce que tu vas faire? demanda

Francesca.

Une rafale de vent passa sur la forêt, faisant craquer et bruire les arbres et frissonner Francesca. Elle n'avait pas le choix. Elle respira profondément et s'allongea de tout son long sur le ventre.

— Qu'est-ce que tu fais? souffla Vittorio.

— Peut-être que si je peux atteindre ta main...

— Ne sois pas idiote. Jamais tu ne pourras me tirer de là.

— Il n'y a pas d'autre moyen. Il faut que tu essaies d'attraper ma main.

Elle se pencha au maximum au-dessus du trou.

— Et alors j'essaierai.

— Arrête!

Elle crut, tout d'abord, que c'était Vittorio qui avait crié, mais elle le regarda, vit son expression et comprit qu'il était tout aussi surpris qu'elle.

— Ne bouge pas!

La voix ferme, claire, une voix d'homme, était plus proche.

— Reste absolument immobile!

— *Gesù*, dit Vittorio, blême dans son trou.

Un bruit de branche cassée. Une lumière qui les aveugla.

— *Allora, bambino* — Rauque et profonde, la voix émanait juste de derrière la tête de Francesca, et une grosse main solide lui saisit le bras gauche.

— Lève-toi, gamin, tu es sauvé.

Quand elle fut debout, Francesca s'abrita les yeux, essayant de voir. Pour Vittorio et Luciano, au-dessous, le choc était trop fort pour qu'ils puissent dire quelque chose.

La lumière quitta le visage de Francesca et se posa sur les deux garçons. Elle plissa les yeux. Un homme solide, au teint basané et aux cheveux noirs, avec un long nez droit et un foulard noué autour du cou, se tenait à côté d'elle.

Elle essaya de dire quelque chose mais ne le put, tant sa gorge était serrée.

— N'aie pas peur, gamin, lui dit l'homme, regardant

toujours au fond du trou. On va les sortir de là.

— Je ne suis pas un garçon, dit Francesca, retrouvant sa voix.

La lumière revint éclairer son visage et une autre voix, plus jeune, confirma :

— Non, en effet.

— *Andiamo*, dit le plus âgé des deux hommes. Allons-y avant qu'ils gèlent.

— Qui êtes-vous? demanda Vittorio, parlant pour la première fois.

— Vous êtes des policiers? demanda Luciano.

— Oh, que non! dit l'homme en riant. Déjà, il avait ôté de sa taille une ceinture fine comme une corde. La tienne aussi, demanda-t-il au plus jeune.

Francesca regarda les deux inconnus — le deuxième était un garçon de l'âge de Vittorio — attacher ensemble les deux ceintures et faire une large boucle.

— Toi, lança sèchement le plus âgé à Vittorio. Passe ça sous les bras du petit!

Vittorio attrapa la corde improvisée et la tint fermement de ses doigts gourds.

— Vite, ajouta d'une voix impatiente le plus jeune, les mains aux hanches, tandis que Vittorio assurait la boucle. Le père et le fils, se dit Francesca. Ils se ressemblaient, bien que même dans le noir elle pût voir que le fils avait le teint plus clair et était plus beau que le père.

— Prêt! lança Vittorio.

Ils firent une chaîne humaine, l'homme nouant ses jambes autour d'un tronc d'arbre et tenant le garçon par les pieds tandis que celui-ci passait deux fois la corde autour de son poignet et de sa main droite.

— Quand nous allons tirer, cria l'homme à Luciano, essaie de nous aider, viens avec la corde!

Après quatre tractions, les jambes de Luciano étaient libérées, et un instant plus tard il se retrouvait sur le sol à côté de Francesca.

— Réchauffe-le, dit le jeune inconnu, détachant la boucle de la poitrine de Luciano. Puis il dénoua son foulard de son cou et ajouta : Tiens, pour lui essuyer le visage et les cheveux.

Tout comme son père, il avait les yeux noirs et le regard bon.

— Merci, murmura Francesca, s'agenouillant à côté de Luciano, les yeux clos, avachi contre elle. Elle essuya ses cheveux trempés sans cesser de regarder les étrangers qui retournaient porter secours à Vittorio.

Ce fut une bien curieuse et silencieuse procession qui reprit le sentier à travers la forêt, récupérant au passage les bicyclettes abandonnées. Sur la plage, la lune, qu'aucun nuage ne masquait, était haute. Le plus âgé des deux hommes, qui avait porté Luciano dans ses bras, le posa sur le sable.

— Maintenant, dit-il tranquillement, s'adressant aux trois enfants, vous avez le choix. Vous pouvez prendre vos bicyclettes et filer.

Ou bien? demanda Vittorio.

— Ou vous pouvez venir avec nous à notre camp, où on vous donnera à manger et un lit chaud pour la nuit.

Francesca regarda Vittorio, souhaitant qu'il choisisse la deuxième solution.

— À votre camp? s'enquit celui-ci, soupçonneux.

— *Siamo Zingari*, expliqua l'homme en souriant. Nous sommes des bohémiens.

— Des bohémiens? répéta Luciano qui regardait l'homme avec une surprise révérencielle. C'est vrai?

— C'est vrai. Je m'appelle Emilio Dante, et voici mon frère, Niccolo.

— Je pensais que vous étiez son père, bredouilla Francesca qui rougit.

— Ça se comprend — le visage d'Emilio Dante, buriné par les éléments, paraissait amical — je t'avais bien prise pour un garçon.

Francesca rougit davantage encore, et elle se souvint de

ses horribles cheveux qui avaient commencé à repousser et se dressaient comme des épis et en désordre sur sa tête, la faisant ressembler à un hérisson.

— Comment vous appelez-vous? demanda Niccolo, le garçon.

— Moi, c'est Francesca dit-elle avec un coup d'œil furtif vers Vittorio, se disant qu'il aurait peut-être préféré qu'elle se taise.

— Moi, c'est Luciano, lança gaiement le petit frère qui récupérait rapidement, ravi de voir qu'un adulte avait pris les choses en main.

Niccolo Dante se tourna vers Vittorio, n'obtint aucune réponse et revint à Francesca.

— D'où venez-vous?

— De Naples, répondit vivement Vittorio. Et je m'appelle Vittorio.

— *Molto lieto*, Vittorio, dit Emilio Dante en lui tendant la main.

Vittorio la serra brièvement, soudain conscient de se sentir tout nauséeux et puant comme une porcherie après son bain dans l'eau croupie.

— Alors, qu'est-ce que vous avez décidé? demanda Emilio. Vous continuez votre voyage tout de suite ou vous êtes nos hôtes?

— Simplement pour ce soir?

— À moins que vous ne choisissiez de rester un peu plus longtemps.

Vittorio regarda Francesca et Luciano. Ils avaient l'air suppliants. Il regarda ensuite les bicyclettes, sur le sable, et songea à leurs estomacs vides. Une nuit ne pourrait leur faire de mal.

— Merci, dit-il. Nous irons avec vous.

Le camp se trouvait à un peu plus d'un kilomètre de là, de l'autre côté de la colline, dans une vallée abritée, avec un ruisseau bien clair qui coulait juste à côté.

Jamais aucun des enfants Cesaretti n'avait vu pareille chose. Ils avaient déjà vu quelques bohémiens, à Florence, mais il s'agissait d'enfants en guenilles qui mendiaient dans le quartier de l'Oltrarno; là, c'était totalement différent — c'était une révélation.

Il devait y avoir au moins cinquante roulottes, dont certaines assez tristes avec leur bois fendu et leur peinture écaillée tandis que d'autres étaient beaucoup plus belles, sculptées et décorées. Promenant tout autour d'eux des regards ébahis, les nouveaux arrivants remarquèrent un va et vient curieux d'hommes, de femmes et d'enfants au drôle de visage, et de chats, chiens et chevaux. Tout le camp était éclairé de feux bien ordonnés et brillants avec, autour de chacun, ce qui semblait être un grand groupe familial : Des vieux à la barbe blanche et aux longs cheveux, de vieilles femmes, un fichu noué sur leurs chevelures grises, leurs visages ridés encadrés par de grandes boucles d'oreilles. Des plus jeunes, également, en vêtements colorés et bizarres, hautes bottes, pantalons collants et toutes sortes de gilets, du velours élimé pour les hommes, tandis que les femmes étaient en jupes amples et en châles brillants. Et puis d'autres encore, qui ressemblaient davantage à des citadins ordinaires avec leurs costumes et leurs robes à la mode. Certains hommes portaient même des cravates, insolites en ces lieux.

— Qu'est-ce que tu en penses? demanda Niccolo Dante à Francesca.

— C'est merveilleux, murmura-t-elle, avec l'impression de pénétrer dans un autre monde. L'air était plein de parfums divers : feux de bois, différents tabacs de cigarettes et de pipes, et odeurs de cuisine, des odeurs alléchantes arrivant de grands chaudrons de fer pendus au-dessus de plusieurs feux. Il régnait une atmosphère heureuse, fiévreuse. Des enfants de tous âges jouaient et riaient et les accords lancinants d'un violon arrivaient on ne savait d'où exactement.

— C'est toujours comme ça? demanda Francesca à Niccolo. On dirait une espèce de fête.

Le jeune bohémien sourit et elle découvrit que ses yeux étaient d'un beau marron foncé.

— C'est la veille de Noël, rappela Niccolo. *La vigilia di Natale*.

Elle se souvint, soudain, du début de cette soirée, de leur pêche ratée, de l'horrible épisode dans la forêt, et elle se sentit un instant toute pâle.

— Francesca? s'inquiéta Vittorio.

— Respire profondément, conseilla calmement Niccolo Dante en lui posant une main sur le bras. Il faut venir à notre *tsara*. Il vit la question dans ses yeux et expliqua : c'est une roulotte, dans notre langue.

— Mais vous parlez italien, observa Vittorio tout en gardant un œil sur Luciano qui s'approchait de l'un des feux pour mieux voir.

— Nous parlons deux langues. Celle du pays, et le romani, la nôtre. Maintenant il faut venir, Emilio est en train de dire à nos grands-parents que vous êtes ici.

Francesca vit soudain que ceux qui se trouvaient les plus proches d'eux la regardaient, ainsi que Vittorio.

— C'est parce que vous êtes des *Gadje*, expliqua Niccolo qui remarqua son malaise. Des étrangers. Quiconque n'est pas un bohémien est pour nous un *Gadja*.

— Comme c'est passionnant! cria Luciano en arrivant en courant.

— On dirait presque un des nôtres avec toute cette boue, observa Niccolo en souriant.

— Mais non, bien sûr, dit Vittorio, mécontent, attirant son frère contre lui. Les bohémiens avaient mauvaise réputation; on prétendait toujours que la plupart étaient des voleurs et qu'ils vendaient même leurs enfants pour en faire des voleurs à la tire.

— Papo et Mami disent que vous devez venir maintenant, dit Emilio Dante. Antonia fait chauffer de l'eau pour que vous puissiez vous laver et ensuite vous pourrez manger quand vous voudrez.

134

— La plupart d'entre nous ne dînerons que beaucoup plus tard, après la messe, ajouta Niccolo.

— Vous allez à la messe? s'étonna Francesca.

— La veille de Noël, bien sûr, répondit Emilio, amusé. Tu nous prends pour des païens, Francesca? Nous sommes chrétiens dans la famille. Nous avons nos propres traditions et cérémonies, mais nous sommes également catholiques.

— Où irez-vous à la messe?

S'il y avait une église pas loin, ils étaient plus proches de la civilisation que l'avait cru Vittorio et cette idée l'inquiéta.

— Il y a une église à Talamone, à quelques kilomètres au sud, répondit Emilio. Ce n'est qu'un village de pêcheurs.

— Mais célèbre du fait de Barberousse et de Garibaldi, ajouta Niccolo.

— Mon frère, le savant, commenta Emilio en riant. Toujours en train de lire ou d'écouter des histoires.

— Luciano est comme lui, dit Francesca.

— Comment allez-vous vous rendre à Talamone, s'enquit Vittorio.

— À cheval.

— À cheval? répéta Luciano, enthousiaste.

— Bien sûr, confirma Emilio en ébouriffant les cheveux blonds de l'enfant. Mais seulement pour une heure ou deux.

Il se tourna vers Francesca qui redevenait toute pâle :

— *Andiamo*, allons voir Antonia.

— Qui est-ce? demanda Luciano.

— Ma femme.

C'était le paradis. Antonia Dante, une jeune femme d'une beauté saisissante, aux longs cheveux noirs, s'occupa d'eux avec la plus grande gentillesse. Leur roulotte était l'une des plus belles du camp, peinte en bleu roi avec d'élégantes gravures dorées. Les trois enfants Cesaretti furent particulièrement fascinés par l'intérieur lambrissé qui brillait au point de pouvoir soutenir la comparaison avec certains meubles du Palazzo Speroza. Quand ils eurent pris un bain, dans une baignoire en fer blanc discrètement placée derrière la roulotte, Antonia les conduisit auprès du feu où on leur donna des bols d'excellent ragoût de poisson tout fumant.

Pendant qu'ils mangeaient, ils virent deux paires d'yeux noirs qui les regardaient gravement, à bonne distance.

— Nos *bambini*, expliqua Antonia. Ils vous trouvent très intéressants.

— Parce que nous sommes des *Gadje*? demanda Francesca qui se souvenait de ce que lui avait dit Niccolo.

— Tu apprends vite.

Luciano sauça son assiette à l'aide d'un morceau de pain.

— Je suis content d'être tombé dans le marécage, déclara-t-il.

— Pas moi, protesta Francesca.

— Mais si je n'étais pas tombé, et si Vittorio n'était pas tombé lui aussi, jamais nous ne serions venus ici et nous serions morts de faim.

— Je ne crois pas que ton frère vous aurait laissés mourir de faim, dit doucement Antonia. Et elle ajouta, énigmatique : De toute façon, vous seriez arrivés ici à temps.

— Non. On aurait continué notre route.

— Finis ton assiette, coupa Vittorio.

La bohémienne sourit.

Quand ils eurent fini de manger, les trois visiteurs eurent bien trop sommeil pour parler ou bouger, et Antonia les conduisit dans la *tsara* et leur montra où ils allaient dormir.

— Mais est-ce que ce ne sont pas vos lits? demanda Francesca.

— Ne vous inquiétez pas pour nous, nous n'allons pas nous coucher avant plusieurs heures.

— Vous allez à Talamone? demanda Vittorio qui se sentait las.

Le risque n'était pas grand que les Dante ramènent la police au camp. Après tout, les bohémiens étaient toujours plus ou moins hors la loi, non? Et il était tout simplement trop épuisé pour s'en soucier davantage...

Il se réveilla quelque quatre heures plus tard, en sursaut, et il lui fallut un instant pour se souvenir du lieu où il se trouvait. Il avait mal à la tête et il entendait de nouveau de la musique, de l'accordéon cette fois, et d'autres bruits — des gens qui frappaient dans leurs mains, qui riaient. Il se redressa. Les deux autres dormaient profondément. Doucement, il descendit de la couchette de bois et chercha ses vêtements autour de lui, mais la femme d'Emilio les avait emportés pour les laver. Il prit une couverture, s'en drapa et sortit de la roulotte.

Une trentaine de personnes étaient assises autour du feu des Dante, parlant et buvant en agréable convivialité tandis que, plus loin, d'autres groupes riaient, chantaient et dansaient. Emilio et Antonia le virent et aussitôt Emilio se leva et vint vers lui.

— Ça va?

Vittorio fit oui de la tête.

— Je voudrais vous parler, commença-t-il, tout gauche.

— Ce n'est rien. Nous sommes heureux de rendre service. Nous, tout particulièrement, savons ce que c'est que d'être persécutés... Il s'arrêta un instant et ajouta : Ou traqués.

Vittorio leva les yeux, inquiet.

— N'aie pas peur. J'ignore tout de votre histoire, et sauf si tu veux partager ton fardeau, je ne te poserai plus de questions.

Il fit un geste de la main tenant sa pipe.

— Pour nous, il était évident que vous étiez traqués pour vous cacher dans l'abbaye.

— Vous nous avez vus?!

Vittorio en était stupéfait.

— Nous avons vu la fumée de vos feux et entendu les coups de feu de votre pistolet.

Vittorio ferma les yeux.

— Nous ne voulions pas être importuns, mais nous

savions combien ce devait être difficile pour vous, alors nous vous avons surveillés.

— Vous nous avez espionnés?!

— Nous étions inquiets pour votre sécurité, dit Emilio avec un haussement d'épaules.

— Vous nous avez suivis quand nous avons quitté l'abbaye?

— Nous avons surveillé, répéta simplement le bohémien. Il y a quelque temps que nous vivons ici. Nous connaissons bien le coin, et la forêt.

— Et le marécage, observa amèrement Vittorio.

— Naturellement. J'ai parlé à mes grands-parents et à notre *baro manush* — notre chef — et nous aimerions vous inviter à rester quelque temps avec nous.

Vittorio allait dire quelque chose, mais Emilio l'arrêta d'un geste de la main.

— Si vous croyez devoir continuer votre voyage, qu'il en soit ainsi, mais comme tu es un garçon intelligent, tu dois savoir que vous aurez bien du mal, tous les trois.

— Nous nous en sortirons.

— Peut-être. Mais si vous décidez de rester quelque temps au camp, peut-être pourrions-nous vous faire partager un peu de nos siècles d'expérience, et vous partiriez mieux lotis pour survivre.

— Pourquoi feriez-vous cela pour nous?

— Pour des *Gadje*, tu veux dire? demanda Emilio avec un nouveau haussement d'épaules. Parce que vous êtes des enfants — Luciano, du moins.

Vittorio, heureux de savoir qu'on le considérait comme un adulte, garda le silence.

— Parce que vous êtes courageux, continua Emilio. Mais surtout parce que vous avez besoin de notre aide.

Il tapa sa pipe.

— Niccolo est allé à l'abbaye ce soir.

— Pourquoi?

— Pour effacer les traces de votre passage. Vous avez

quitté les lieux sans beaucoup de prudence, vous vous êtes montrés insouciants.

Vittorio rougit.

— Niccolo a tout nettoyé, enterré les cendres de vos feux et les reliefs d'animaux et de poissons que vous avez pris. Il a également effacé la plupart de vos traces de bicyclette sur le chemin.

Il s'arrêta un instant. Première leçon : si tu crains d'être découvert par un ennemi, ne te permets jamais la moindre négligence, pour quelque raison.

De nouveau il eut son petit sourire chaleureux qui découvrit plusieurs dents en or.

— Tu n'as pas à t'inquiéter, Vittorio. Personne ne vous a suivis jusqu'à votre arrivée à la Maremme.

— Comment le savez-vous?

— Nous le savons, dit simplement Emilio Dante dont le souffle s'échappa en buée dans l'air glacé de Noël. Ne crains rien, *amico mio*. Quoi que vous ayez fait, qui que ce soit qui vous recherche, vous êtes en sécurité avec nous.

11

Giulietta rentra à Dorking avec Elizabeth six jours avant Noël. Bien que passant le plus clair de son temps dans son deux pièces de Wimpole Street, commodément situé à deux pas de son cabinet, Elizabeth jugeait surtout son appartement de Londres confortable et très pratique. Sans lui, la vie eût été plus compliquée, car elle était souvent trop lasse après une longue journée de travail pour envisager de conduire jusque dans le Surrey et se lever très tôt le lendemain matin pour retourner à Londres. Ce serait la désorganisation totale si jamais elle était contrainte d'abandonner l'appartement, mais cela ne lui briserait pas le cœur. Tandis que sa maison, à bien des égards, était son cœur.

Edward et elle avaient acheté Kaikoura, leur superbe demeure à colombage blanchie à la chaux, trois mois après la fin de la guerre. Le premier propriétaire, qui l'avait fait construire, était un vieux Néo-Zélandais plein d'imagination qui n'avait profité que neuf ans de sa maison de rêve, tandis qu'Edward n'y avait vécu que quatre ans avant sa mort en 1949. Elizabeth aurait pu détester la maison, mais les années passées à Dorking avaient été les plus heureuses de sa vie, et elle avait appris à aimer chaque pouce de son élégant intérieur et de son merveilleux jardin.

— Qu'en dis-tu?

Elizabeth observait anxieusement le visage de Giulietta, assise silencieuse à côté d'elle sur le siège de cuir brun de la vieille Rover 16 d'Edward, autre possession dont Elizabeth refusait de se séparer, même si le temps et les kilomètres commençaient à prélever leur tribut.

— Giulietta? répéta-t-elle, la poussant doucement.

L'enfant tourna vers elle son grand regard bleu étonné et demanda.

— C'est votre maison?

— Oui.

Et elle observa l'enfant qui contemplait la douce pelouse de devant, le splendide épicéa et les sapins d'Ecosse.

— C'est Kaikoura, chez moi... Elle sentit son cœur battre plus vite : Et chez toi, si tu le veux.

Giulietta se rembrunit légèrement.

— C'est un hôpital?

— Non. Je t'ai dit que c'était une maison normale. Pour habiter.

— Mais c'est si grand.

— Pas tellement, *cara*, dit Elizabeth en souriant, pas quand tu la connaîtras.

Kaikoura n'était certainement pas une des maisons les plus vastes de Deepdene, le quartier paisible et plutôt résidentiel de Dorking où elle se trouvait. Elle ne comportait que cinq chambres et deux salons, mais paraissait très impressionnante au premier regard, du fait de sa situation au sommet d'une éminence superbement paysagée.

Très lentement, Giulietta hocha la tête, une seule fois, en un geste plus expressif que bien des paroles.

— On entre? demanda Elizabeth, les mains sur le volant. Elles paraissaient calmes, observa-t-elle avec une ironie désabusée, ces mains de médecin qui prenait la vie comme elle venait et non celles d'une femme un peu insensée, énervée, dont le pouls battait follement et dont l'estomac se nouait sous l'anxiété.

Elle s'efforça de conserver cette sérénité apparente, démarra et pénétra dans l'allée circulaire pour s'arrêter juste devant la porte d'entrée.

— Ne bouge pas, dit-elle, rassurante. Je fais le tour et je viens t'aider.

Elle tira de la malle une valise toute neuve et une paire de béquilles de bois. Elizabeth avait acheté la valise de cuir pour Giulietta chez Harrods une semaine plus tôt, se disant qu'il ne s'agissait pas d'obtenir la gratitude de l'enfant par des cadeaux coûteux, mais qu'elle voulait simplement qu'à sa sortie de l'hôpital elle possède au moins un objet d'excellente qualité et qui soit bien à elle. En fait, la fillette ne l'avait pas même pas remarquée, trop plongée dans l'aventure que constituait son départ de Stoke Mandeville pour se soucier de savoir si l'on glissait ses affaires dans une valise ou un sac de papier.

Bien plus importantes étaient les béquilles. Il était bien tôt, beaucoup trop pour que Giulietta les considère avec un autre sentiment que la répugnance, puisqu'elles avaient remplacé son fauteuil roulant et ne lui procuraient que souffrance. L'opération pratiquée sur ses contractures, d'un autre côté, avait parfaitement réussi et libéré ses bras, de sorte qu'il lui était physiquement possible de se servir des béquilles, et Giulietta avait fait clairement savoir à Elizabeth et à son kinésithérapeute, à l'hôpital, qu'elle était prête à coopérer, malgré toute la peine que cela pouvait lui coûter.

— *Dottoressa*?

Elizabeth se redressa. La voix était tremblante mais impatiente.

— Je viens.

Elle regarda de nouveau les béquilles avec un léger sentiment de crainte. Et si Giulietta allait tomber en entrant dans la maison? Il y avait deux marches à gravir avant d'arriver à la porte d'entrée : si elle trébuchait et se faisait mal, peut-être allait-elle détester Kaikoura avant même d'y pénétrer? Peut-être Elizabeth devrait-elle demander l'aide de quelqu'un — Mme Loom était sortie aujourd'hui, mais peut-être le jardinier se trouvait-il quelque part derrière la maison...?

— Qu'est-ce qu'il y a, *Dottoressa*?

— Rien, répondit Elizabeth, fâchée contre elle-même. Tu ne vas pas devenir névrotique, se réprimanda-t-elle, et elle tira fermement les béquilles du coffre. Parfait, dit-elle gaiement en ouvrant la portière, côté passager. Va doucement. Tourne... les jambes d'abord, ensuite je t'aiderai pour sortir.

La main de Giulietta était étonnamment ferme sur la manche de son manteau.

— *Non aver paura*, dit-elle doucement. N'ayez pas peur.

Elizabeth se sentit rougir et ses yeux s'embuèrent de larmes.

— Tu n'as pas peur, toi? demanda-t-elle.

Giulietta sourit.

— Pas quand je suis avec vous.

À la veille de Noël, Giulietta croyait être au paradis. Kaikoura était l'endroit le plus merveilleux qu'elle eût jamais vu, avec ses murs lambrissés de chêne ou peints en blanc et son parquet étincelant, Elizabeth ayant provisoirement retiré la plupart de ses tapis persans du fait que les extrémités de caoutchouc des béquilles de l'enfant trouvaient sur le bois un terrain moins glissant. Le rez-de-chaussée se composait de deux vastes pièces, d'un long salon et d'une imposante salle à manger avec ses poutres de chêne. Le salon était doté de vitraux sur le devant et le côté de la maison, avec de petites vitres en forme de diamant et des portes-fenêtres qui s'ouvraient directement sur le jardin, derrière; ensoleillé toute la journée, il y faisait frisquet le soir malgré les épais rideaux et deux feux de cheminée. L'architecte de Kaikoura avait dédaigné le chauffage central, et jamais les Austen n'avaient trouvé le temps de s'occuper de son installation. Mais maintenant, en regardant Giulietta recroquevillée sur elle-même et soufflant régulièrement sur ses doigts froids sans toutefois se plaindre, Elizabeth se dit qu'il lui faudrait prendre contact avec le plombier tout de suite après Noël.

Elles passaient le plus clair de leur temps dans la cuisine, une grande pièce bien éclairée, avec un vaisselier en pin rempli de porcelaines et une solide table assortie, rendue plus sympathique encore par de nombreuses marques, brûlures et autres. Mais la pièce que, sans aucun doute, Giulietta préférait entre toutes était sa chambre. Elizabeth disposait de deux chambres — la troisième, bien pratique, étant devenue un fouillis d'objets divers, du fait que le grenier était plein et difficile d'accès. L'une des deux pièces était plus grande que l'autre, mais elle avait choisi la plus petite car elle était juste à côté de celle d'Elizabeth et elle craignait des cauchemars et prévoyait des visites nocturnes, de sorte que la plus proche serait la mieux. En fait, sachant la *dottoressa* juste à côté, et avec la joie qu'elle éprouvait chaque fois qu'elle embrassait du regard la douillette petite chambre avec son plafond légèrement incliné, son armoire blanche presque vide mais qui était la sienne, et les jolis rideaux de chintz, Giulietta se sentait en sécurité comme jamais. En outre, et même si elle avait connu la peur ou l'angoisse, ces années passées à l'hôpital où les équipes de nuit s'occupaient nécessairement davantage des malades plus récents et qui en avaient davantage besoin, avaient enseigné à Giulietta une sorte d'auto-discipline rare chez un enfant de sept ans; et dès la deuxième nuit, alors qu'Elizabeth dormait paisiblement et que le vent s'était mis à souffler avec violence dans la Glorieuse Forêt, qui commençait juste derrière les jardins de Kaikoura, Giulietta était demeurée immobile et silencieuse dans son lit, à regarder les ombres menaçantes projetées sur le plafond par les branches agitées, et à attendre qu'arrive l'aube.

L'après-midi de la veille de Noël, il se mit à neiger, silencieusement et avec régularité, sans que la neige semble vouloir s'arrêter. Giulietta, qui avait déjà vu de la neige à Turin mais ne se souvenait pas avoir jamais vu un vrai paysage de campagne sous la neige, restait collée à la fenêtre, regardant le jardin avec des yeux ravis.

— Est-ce que je peux sortir, *Dottoressa*? demanda-t-elle

à Elizabeth. C'était la première fois qu'elle manifestait le désir de sortir de Kaikoura, avec son bel arbre de Noël et sa solide sécurité, mais soudain elle brûlait d'aller dehors.

Elizabeth hésitait.

— C'est très glissant, fit-elle observer. Et tu es encore bien novice avec tes béquilles.

— Je ne tomberai pas. Et la neige est molle, non?

Avidement, elle regardait ce monde transformé. Hier, le jardin de Kaikoura était plein de majesté, mais nu si l'on exceptait ses arbres à feuilles persistantes et ses buissons de houx. Maintenant, chacune des branches dépouillées était revêtue de blanc et la pelouse apparaissait comme une bien tentante étendue vierge et brillante.

Elizabeth céda. Et une heure plus tard, en regardant l'enfant qui poussait des cris de joie en glissant pour la troisième fois sur le derrière et, presque sans effort, ramassait une poignée de neige au sommet d'un rhododendron, elle sut que tout ce qu'elle avait fait, tout ce temps, ces soucis et le chagrin qui, inévitablement, l'attendait, en avaient valu la peine.

Les différences les plus marquantes entre un Noël italien et un Noël anglais étaient que la veille on devait faire un repas de poisson et non de viande et que l'on ouvrait les cadeaux au retour de la messe de minuit. D'ordinaire, Elizabeth assistait au service à Saint-Martin, mais cette année elle décida d'aller à l'église catholique de Saint-Joseph.

Mais en découvrant que quinze marches glacées séparaient la route de l'entrée, elles furent contraintes de demeurer dans la Rover, avec le chauffage en marche et les vitres baissées, à écouter du mieux qu'elles le pouvaient les chants du chœur et des fidèles.

— Vous voulez entrer, *Dottoressa*? proposa Giulietta. Je peux vous attendre ici.

— Si nous sommes venues ici, c'était pour être ensemble, expliqua Elizabeth, qui sourit et ajouta : Encore que, pour cette fois, il serait peut-être plus simple d'aller à mon église, simplement jusqu'à ce que les marches te deviennent plus accessibles.

— Ce n'est pas votre église, ici? demanda Giulietta, perplexe.

— La mienne est une église anglicane, pas catholique.

— Et il n'y a pas de marches?

— Non. Je ne crois pas.

— Vous ne priez pas Notre Seigneur et la Vierge Marie?

— Nous croyons en Jésus-Christ. C'est simplement un peu différent.

— *Voglio andare a sua chiesa*, décida Giulietta. Je veux aller à votre église. S'il vous plaît.

Elizabeth prit les mains gantées de la fillette dans les siennes et les serra affectueusement.

— Nous irons demain.

Giulietta était satisfaite. Peu lui importait l'église, peu lui importait, même, qu'elles y aillent ou pas, sauf peut-être pour remercier la Bienheureuse Vierge Marie de lui avoir envoyé Elizabeth. Elle avait l'impression que sa vie venait de commencer, que pendant toutes ces années elle se trouvait au *purgatorio*, jusqu'à ce qu'Elizabeth l'en libère.

Elle n'avait plus besoin d'aller à l'église. Kaikoura était la demeure d'Elizabeth — et la doctoresse anglaise son sauveur.

Il faisait un froid glacial quand elles rentrèrent, les deux feux de cheminée du salon s'étant éteints, mais malgré l'heure tardive Elizabeth entreprit de les rallumer, conseillant à Giulietta de garder son manteau jusqu'à ce que la pièce soit un peu plus chaude.

— Attends-moi ici, *piccola* — je reviens tout de suite.

Quand elle revint, avec toute une pile de paquets aux papiers de couleurs vives, Giulietta demeura assise, silencieuse, raide soudain, l'air malheureuse.

— *Che cosa c'è*? demanda doucement Elizabeth en s'agenouillant à côté d'elle. Pourquoi as-tu l'air si triste?

147

Giulietta se mordit la lèvre.

— Dis-le-moi, *cara*, s'il te plaît.

— Je n'ai pas de cadeau pour vous, dit l'enfant en rougissant.

Elizabeth se sentit coupable, tout à coup. Elle avait si longtemps et ardemment réfléchi à ce qui conviendrait le mieux à une enfant de sept ans, qui ne possédait virtuellement rien, qu'elle n'avait pas songé à la fierté de Giulietta.

— C'est sans importance, dit-elle pour essayer de rassurer la fillette. Comment aurais-tu pu avoir un cadeau pour moi alors que tu n'es pas allée dans un magasin depuis ton arrivée en Angleterre? Et elle ajouta, après un instant : En outre, tu m'as donné le plus merveilleux des cadeaux.

— Ah oui?

— Mais oui, *tesoro*. Tu es ici, non? Avec moi.

Il faisait toujours bien froid dans le salon, mais Giulietta sentit une grande chaleur l'envahir.

Elle ouvrit ses cadeaux : une petite maison de poupée, un tricot en laine d'agneau, bleu, assorti à la couleur de ses yeux, un dictionnaire italien-anglais, un *Beano Annual* et un nounours. Elle ne parvenait pas à réaliser, elle n'avait pas de mots pour exprimer ce qu'elle ressentait.

Ce fut l'ours, avec ses yeux brillants en boutons de bottine et son bon sourire figé qui lui fit pousser le plus grand cri de plaisir et la fit serrer contre elle Elizabeth avec le plus de ferveur.

— J'ai encore autre chose — quelque chose dont il faut que nous parlions, dit Elizabeth, qui se dégagea des bras de Giulietta, se leva du canapé et alla jusqu'au secrétaire en acajou, dans le coin à l'autre bout de la pièce. Elle l'ouvrit, tira une enveloppe d'un tiroir intérieur et revint au canapé.

— Giulietta, dit-elle à l'enfant qui jouait avec la maison de poupée, ouvrant et refermant les minuscules fenêtres et la porte d'entrée.

— *Si*.

— Viens t'asseoir là un instant.

Giulietta, obéissante, se redressa avec une béquille.

Elizabeth sentit son estomac se nouer.

— Giulietta, je sais que tu n'es ici que depuis quelques jours.

— Six jours, dit avidement la fillette.

— Oui... Elizabeth hésita... J'ai eu l'impression que, dans l'ensemble, tu te plaisais bien à Kaikoura.

— Je l'adore, *Dottoressa*.

— J'en suis heureuse, dit Elizabeth en souriant. Elle se tut de nouveau un instant, se passa la langue sur ses lèvres sèches, puis : Je sais bien que tu ne peux pas savoir si tu te sentiras toujours aussi heureuse quand tu seras ici depuis quelques mois...

— Pourquoi pas? demanda simplement l'enfant.

— Parce que la vie ne sera pas toujours ainsi. Ce ne sera pas toujours Noël et nous ne serons pas toujours à Kaikoura.

— Pourquoi? s'enquit Giulietta, le visage soudain inquiet.

— Parce que je suis médecin et que la plupart de mes patients habitent Londres. Tu te souviens, je t'ai parlé de mon appartement...

— Dans Wimpole Street, précisa Giulietta qui se souvenait de tout ce que lui disait Elizabeth.

— C'est cela. Il faut que j'y aille chaque semaine, quelques jours. Parfois, si mes patients sont très malades, je dois rester à Londres tout le temps.

— Je ne pourrais pas venir avec vous?

— Oui, parfois, bien sûr, dit Elizabeth, prudente. Mais si tu restes ici, en Angleterre, tu vas aller à l'école, et tu vas avoir ta rééducation, et il y aura des fois où nous ne pourrons pas être ensemble.

— Est-ce que je vais rester ici toute seule? demanda Giulietta, l'air grave.

— Certainement pas. Mme Loom sera là pour s'occuper de toi.

— J'aime bien la Signora Loom.

— Parfait.

Elizabeth avait vu Hilda Loom, qui s'occupait de la maison, jouer avec Giulietta, et s'était émerveillée de la façon dont elles étaient parvenues à communiquer sans comprendre un seul mot de leur langue.

— *Dottoressa*?

— Oui, Giulietta.

— Est-ce que vous allez me permettre de rester ici?

— Mais, bien sûr, dit Elizabeth, surprise.

— Mais vous avez dit que vous deviez me parler. J'ai cru...

— Que je ne voulais pas de toi? demanda Elizabeth en attirant la fillette contre elle. Je veux de toi, beaucoup, beaucoup, *tesoro*.

Giulietta se détendit un peu.

— Qu'est-ce que c'est? demanda-t-elle, montrant l'enveloppe dans la main gauche d'Elizabeth.

— C'est une lettre de mon avocat. Elizabeth prit une profonde respiration : Tu sais ce que c'est qu'une adoption, Giulietta?

— Je ne suis pas bien sûre, répondit Giulietta, les sourcils froncés.

— Cela signifie qu'une personne devient, de par la loi, un parent de l'enfant qui n'a ni père ni mère.

Giulietta garda le silence. Elizabeth se sentit trembler.

— Giulietta, j'aimerais beaucoup t'adopter. J'aimerais devenir ta mère.

Un silence.

— Parce que mes parents sont morts? demanda Giulietta d'une toute petite voix.

— Oui, mais surtout parce que je... Elizabeth prit la main de l'enfant et la serra très fort... parce que je t'aime beaucoup, Giulietta, et je voudrais que tu deviennes ma fille.

Les joues de Giulietta s'empourprèrent.

— Si tu décides, poursuivit Elizabeth, essayant de garder une voix calme, que tu veux bien que je devienne ta mère, ce sera assez compliqué. Tu viens d'un autre pays, et selon la loi tu es italienne, et je n'ai pas de mari pour devenir ton père...

— Cela m'est égal, dit vivement Giulietta.

— Peut-être pas toujours.

— Toujours!

— Même ainsi, ceux qui font les lois doivent décider ce qui sera le mieux pour toi, si tu dois rester en Angleterre, ou aller vivre en Italie.

— Je ne veux pas retourner en Italie!

— Pas pour retourner à la vie que tu as connue, bien sûr, *cara*. Mais si tu devais être adoptée par des gens de ton pays, qui parlent ta langue et comprennent...

— Vous parlez italien! observa l'enfant, au bord des larmes.

— Oui, bien sûr, *tesoro*, et en outre tu vas apprendre l'anglais très vite. Tu dois seulement comprendre qu'il nous faut obtenir l'autorisation.

Elles restèrent silencieuses quelques instants et Giulietta, avec une nouvelle fièvre dans le regard, leva les yeux sur Elizabeth.

— Si vous pouvez... m'adopter, est-ce que vous serez vraiment ma mère?

— Oui, bien sûr.

— Et je t'appellerai Maman au lieu de *Dottoressa*?

— Bien sûr.

Giulietta réfléchit un instant encore.

— Dans combien de temps?

— Je ne sais pas, répondit franchement Elizabeth. Peut-être assez longtemps.

Le regard de Giulietta revint à ses cadeaux.

— Jamais je n'ai rien eu de pareil, *Dottoressa*, dit-elle doucement.

La vieille pendule de l'entrée sonna deux heures, et Elizabeth s'étira.

— Il faut aller nous coucher — il est très tard.

— Est-ce que je peux emporter mon nounours?

— Bien sûr, dit Elizabeth en souriant. Comment vas-tu l'appeler?

— Luciano, dit Giulietta après réflexion.

— C'est un très joli nom pour un nounours. Pourquoi l'as-tu choisi?

Giulietta ferma les yeux. Il y avait quelque chose tout au fond de son esprit — faible, lointain, très lointain — mais l'effort était trop grand pour qu'elle s'en saisisse.

Elle rouvrit les yeux.

— Je ne sais pas, dit-elle.

12

Le mois de février fut froid et pluvieux à Florence, et l'atmosphère du Palazzo Speroza triste et hostile. Fabio et Letizia poussaient sans cesse leur père à secouer la police pour qu'elle obtienne des résultats, mais bien que Bruno téléphonât au *commissario* chaque semaine, l'enquête n'avançait guère. Les jeunes fugitifs, lui dit le fonctionnaire de police, devaient avoir trouvé refuge quelque part, mais tôt ou tard ils devraient se montrer. Ce n'était qu'une question de temps.

— C'est scandaleux, fulmina Fabio. Trois enfants, avec des signalements précis. Où qu'ils se trouvent, on doit pouvoir les repérer à un kilomètre. Tu n'as pas fait assez, papa — tu te contentes d'accepter tout ce que te raconte la police.

— Je crois que la police les a laissés quitter le pays, dit Letizia d'une voix sombre.

Elle avait maigri lors du premier mois ayant suivi le décès de sa mère, mais elle n'avait pas tardé à se remettre à beaucoup manger pour se consoler, et maintenant, sans l'influence et les conseils avisés de Livia, elle achetait n'importe quoi, et son physique était de plus en plus ingrat.

— Le *commissario* m'a donné l'assurance qu'ils se trouvaient toujours en Italie, leur répéta Bruno pour la centième fois. Ils surveillent tous les ports depuis le premier jour, et de toute façon ils n'ont pas d'argent.

— Ce sont des voleurs. Ils auraient pu facilement voler encore, fit observer Fabio, non sans bon sens.

Bruno soupira.

Ludovico Lippi, le détective privé de Bruno, n'avait eu guère plus de succès que la police, mais si Bruno était bien conscient que les recherches officielles avaient perdu de leur élan, Lippi paraissait de plus en plus décidé, alors que passaient les semaines, à retrouver la trace des fugitifs.

— *Poveri bambini*, dit-il, hochant la tête. Espérons qu'ils ont trouvé de l'aide.

— Vos agents n'ont rien découvert? Pas le moindre indice?

— Rien de bien sérieux. Je vous l'aurais dit.

— Bien sûr, dit Bruno qui paraissait abattu. Si seulement j'étais sûr qu'ils sont sains et saufs et que la police ne les retrouvera pas.

Lippi alluma un cigare.

— Vous n'aimiez pas tellement votre femme, Signor Cesaretti, non?

— J'adorais ma femme, répondit Bruno, guère offensé par la question. Au cours des deux mois écoulés, il avait appris à respecter le détective à la voix rauque et il ne lui tint pas rigueur de sa franchise brutale. Je l'admirais également, ajouta-t-il. Puis, avec un haussement d'épaules : Mais je ne l'aimais pas, non.

— Cela arrive, commenta Lippi en soufflant un nuage de fumée par-dessus son bureau.

— Et alors, dit Bruno, revenant à la question, croyez-vous que vous aurez plus de chance que la police?

— Certainement, parce que jamais je ne renoncerai, sauf si vous me le demandez.

Il fit pivoter sa chaise et montra une carte de l'Italie accrochée au mur derrière lui.

— D'après ce que vous m'avez dit de Vittorio, lui non plus ne renoncera pas, et du fait que sa liberté lui est essentielle, il ne va pas vouloir rester cloîtré plus longtemps qu'il sera utile. Aussi vont-ils, s'ils le peuvent, essayer de quitter le pays.

— La police dit qu'elle surveille tous les ports.

— Je suis sûr qu'ils le font... d'un œil. Ils ont probablement le signalement des enfants épinglé aux tableaux des services portuaires, dit Lippi en souriant. J'ai des agents à Gênes, Civitavecchia, Naples — il montra du doigt plusieurs endroits de la carte — Ancone et Pescara. Ils sont là quasiment en permanence, surveillant vraiment, parce que je les paie pour surveiller, et parce que, s'ils les trouvent, ils percevront une prime substantielle.

Bruno se pencha en avant.

— Je ne veux pas qu'on leur fasse peur. Si on les repère, je veux que vous m'avisiez immédiatement.

— Bien sûr, dit Lippi, se tournant de nouveau vers son client. Combien de temps allez-vous les faire rechercher? Cela coûte cher.

Le visage rond de Bruno était bien sombre.

— C'est la vie de trois enfants — des enfants de mon frère — qui est en jeu, Signor Lippi, répondit-il, songeant à Letizia et Fabio, et à leur fureur si jamais ils apprenaient que leur père dilapidait leur héritage, et il en ressentit, comme toujours, un sentiment de culpabilité.

Son regard revint se poser sur Lippi.

— Nous chercherons jusqu'à ce que nous les trouvions.

13

Francesca pensait que Niccolo Dante était le garçon le plus beau qu'elle eût jamais vu. Ses cheveux, longs et encore plus bruns que les siens, brillaient comme les crinières des plus élégants chevaux de la Maremme; ses yeux étaient foncés comme du chocolat amer, son corps grand pour son âge, mince, presque maigre mais bien musclé par le travail physique. Niccolo était fort et courageux, mais calme et bon, et son merveilleux rire plein d'exubérance éclatait fréquemment dans le camp, démentant l'impression que, sans cela, il aurait pu paraître trop sérieux.

Depuis deux mois qu'ils vivaient avec les Dante et leur nombreuse famille, Francesca, Vittorio et Luciano découvraient un monde dont ils n'avaient jamais rêvé qu'il pût exister.

Vittorio avait pleinement fait confiance à Emilio et Niccolo, et l'on avait demandé à Antonia de veiller à ce que les étrangers se fondent, autant que faire se pouvait, au milieu des enfants bohémiens. On avait de nouveau coupé les cheveux de Francesca comme ceux d'un garçon et dissimulé sa poitrine naissante sous des chemises amples, tandis que la peau des trois Cesaretti avait été teinte à l'aide d'une teinture végétale. Chaque jour apportait sa nouvelle leçon, enseignée le plus souvent par Niccolo; tout ce qu'ils ignoraient mais devraient savoir s'ils devaient se débrouiller seuls : chasser et pêcher avec succès, effacer leur piste, et, le plus merveilleux de tout, monter les chevaux à demi-sauvages de la Maremme que Vittorio avait découverts dans les livres, à Florence. Niccolo, qui possédait un don tout particulier pour communiquer avec ces animaux solides, montrait aux enfants comment gagner leur confiance, comment les monter sans bride, selle ou étriers, et, surtout, comment chevaucher à cru, en mouillant la face interne des jambes de leurs pantalons pour mieux coller aux flancs de l'animal.

— Depuis combien de temps montes-tu? demanda Francesca qui regardait, admirative, Niccolo sauter sur le dos de son cheval.

— Je montais avant même de savoir marcher, répondit-il, tout en caressant la crinière d'une jument alezane. Les chevaux sont ma *grande passione*. Je donnerais n'importe quoi pour pouvoir travailler tout le temps avec des chevaux.

— Tu le feras peut-être.

— Peut-être, dit Niccolo avec un haussement d'épaules. Les bohémiens s'occupent de chevaux de course ou en font le commerce.

— De quoi vivez-vous?

— Nous sommes de vrais nomades. Parfois nous travaillons sur les champs de foire, parfois nous fabriquons et vendons des marmites et des poêles.

Il jeta un coup d'œil à sa montre.

— Il est l'heure de rentrer. Je veux que tu me montres si tu sais maintenant dépouiller un lapin comme il faut.

— Je déteste ça, dit Francesca avec une grimace.

— Je le sais. Il est plus facile d'être une *Gadja* et d'aller chez le boucher, observa-t-il, avec une ironie mêlée de gentillesse.

— Beaucoup, convint Francesca, et elle entendit Niccolo rire tandis qu'il faisait faire demi-tour à son cheval pour rentrer au camp.

Francesca se rendait compte que Niccolo était différent

des autres. Presque tout de suite, elle avait ressenti pour lui une sympathie particulière, s'était sentie moins étrangère avec lui qu'avec les autres bohémiens, mais elle n'avait pas vraiment compris, jusqu'à ce qu'il la lui raconte, un jour en fin d'après-midi, l'histoire de la famille Dante; l'histoire la plus triste, la plus merveilleuse et la plus romanesque qu'elle eût jamais entendue.

Emilio, semblait-il, était le demi-frère de Niccolo. Leur père, Giuseppe, avait épousé sa première femme, Maria, selon la traditionnelle cérémonie bohémienne, en 1919, et Emilio était né un an plus tard. Trois ans après sa naissance, sa mère était morte d'une chute, et Giuseppe en avait eu le cœur brisé. Il lui avait fallu vingt ans pour tomber de nouveau amoureux, mais d'une fille de Sienne, cette fois, une *Gadja*. La fureur de la famille de Giuseppe tout autant que celle de la famille siennoise de la jeune fille s'abattit sur les amoureux; le mariage avec une étrangère se traduisait souvent, pour le pécheur, par le bannissement de la tribu, et la jeune fille, Andrea, apparte-nait à une famille bien imbue des traditions de son antique cité toscane. L'amour et l'obstination l'emportèrent, et Giuseppe et Maria furent, tout compte fait, plus heureux qu'on n'aurait pu le prévoir. Niccolo était né en 1940, dans un bon lit d'une maison siennoise — l'unique concession d'Andrea à ses parents avait été la promesse qu'elle reviendrait mettre ses enfants au monde chez elle — et ce début insolite dans la vie devait faire de Niccolo un enfant différent des autres enfants de sa tribu.

— Un enfant qui naît de parents bohémiens, expliqua-t-il à Francesca, est plongé dans le rituel dès qu'est coupé le cordon ombilical. Il faut lui couvrir la tête d'un chapeau rouge, lui entourer les bras d'un morceau de laine rouge et lui donner une amulette comme porte-bonheur. Je n'avais rien de tout cela et la famille de mon père craignit pour mon avenir.

Andrea avait été bien décidée à respecter les coutumes de son mari, mais son mariage avait, inévitablement, été difficile. Giuseppe Dante était un homme à l'esprit large, mais il n'en demeurait pas moins un bohémien — Andrea était une femme spontanée, sensible, amoureuse, mais restait une *Gadja*. Elle voyageait volontiers avec Giuseppe, Emilio et Niccolo, mais leur roulotte était toujours pleine de souvenirs de son passé et de ses désirs inexprimés. Les livres, notamment, étaient ses biens les plus chers, car Andrea avait été une élève pleine de promesses à l'école, et elle se faisait maintenant une petite vie bien à elle à travers les pages des romans emportés de Sienne, ou qu'elle achetait à la première occasion.

— Elle m'a appris à lire et à écrire, ainsi que la valeur de l'instruction, et de certains biens, dit Niccolo à Francesca. Elle me parlait en chuchotant, quand les autres ne pouvaient entendre, de ce qu'elle avait laissé derrière elle et qui lui manquait.

— Quoi, par exemple?

— La maison de ses parents, surtout : le jardin, derrière, les tableaux et les photos sur les murs, le gramophone, les livres qu'elle n'avait pu emporter...

— Et sa famille, sûrement?

— Elle aimait mon père bien davantage, dit simplement Niccolo.

Andrea avait été heureuse avec sa nouvelle famille, mais elle n'avait pu s'empêcher de semer des graines d'insatisfaction chez son fils et de l'encourager à suivre son cœur, mais aussi à garder le sens pratique quand il serait grand.

— Je veux des choses, dit Niccolo, le regard brillant.

— Des chevaux?

— Pas seulement des chevaux. Je veux une maison, et un jardin. Et je veux... il chercha le mot... *l'indipendenza*. Mais c'est impossible. Je n'aurai rien de tout cela.

— Pourquoi pas? demanda Francesca, peinée.

— Parce que je suis ce que je suis, dit-il, haussant les épaules.

Andrea Dante était décédée de fièvre typhoïde au cours de l'été 1950 et Giuseppe moins d'une semaine plus tard, victime de cette épidémie qui avait coûté la vie à plus de soixante bohémiens de leur communauté. Certains, parmi les plus vieux et les plus superstitieux des survivants, avaient prétendu que l'union des Dante n'ayant donné qu'un seul enfant, était marime, ou impure, et avait fini par amener le mauvais sort sur eux tous, mais Emilio et sa jeune femme, Antonia, avaient traité ces rumeurs par le mépris alors que le chagrin d'un Niccolo âgé de neuf ans était encore rendu plus vif par l'ignorance.

Les larmes avaient ruisselé sur les joues de Francesca tandis que Niccolo terminait son récit.

— Es-tu très malheureux? avait-elle demandé.

— Plus maintenant. Quand Papa et Mamma sont morts, cela a été terrible, mais il me restait Emilio — et je suis capable de me débrouiller.

Certainement, s'était dit Francesca. Et il était curieux de l'entendre dire que jamais il n'aurait cette *indipendenza* à laquelle il aspirait tant, car Niccolo Dante était le garçon le plus indépendant qu'elle eût jamais rencontré.

Alors, Francesca avait commencé à se demander s'il ne pourrait envisager de partir en Amérique avec eux, le moment venu, et en se sentant tellement malheureuse à l'idée de dire adieu à Niccolo, elle s'était également demandé si elle n'était pas un peu amoureuse de lui.

Il y avait un miroir sur la paroi de la *tsara* d'Emilio, et parfois, quand personne ne la voyait, Francesca examinait son image, ses cheveux coupés, son visage bronzé par le soleil et ses vêtements de garçon, et elle fermait les yeux et pensait à Niccolo, souhaitant plus que tout pouvoir de nouveau ressembler à une fille.

Tous les ans, vers la fin mai, les bohémiens du monde entier se rendaient dans le sud de la France, à un village appelé les Saintes-Maries-de-la-Mer, pour y fêter Sarah la Noire, leur sainte patronne. Cette année, pour la communauté à laquelle appartenaient les Dante, ne ferait pas exception. Leur voyage allait commencer au début du mois, pour leur permettre d'arriver à destination à temps pour le début des festivités, le 24 mai.

L'heure était venue pour les enfants Cesaretti de prendre une décision.

— Nous avons toujours su, leur dit Emilio au début avril, que chacun devrait partir de son côté, mais c'est à vous qu'appartient la décision.

Vittorio baissa la tête. Certes, il savait bien, comme Emilio l'avait dit, que cet instant viendrait, et jamais il n'avait renoncé à son plan originel de gagner Naples et de quitter l'Italie, mais l'instant de vérité n'en était pas moins douloureux. Ils avaient tous tellement été heureux avec leurs nouveaux amis. Ils avaient bien mangé, dormi paisiblement, appris, en trois mois à peine, des règles de vie plus utiles qu'en des années d'école, et ils avaient su qu'ils se trouvaient avec des humains auxquels ils pouvaient faire confiance.

Les trois enfants gardèrent le silence.

— Je crois que le mieux est de revoir ta stratégie, Vittorio, lui dit gentiment Emilio. Nous savons que les choses ont mal commencé pour vous, mais vous n'aviez aucune expérience. Maintenant vous en avez. Il tira sur sa pipe et demanda : Crois-tu que ce soit toujours une bonne idée d'aller en Amérique? Et avez-vous vraiment une autre solution?

— Ils pourraient rester avec nous, proposa Niccolo.

— Oui, ils le pourraient, convint Emilio. Mais ce ne sont pas des bohémiens, Niccolo, ils ont leur propre destin, différent du nôtre.

Il regarda tour à tour les trois enfants Cesaretti.

— Parlez-en ensemble, et si vous décidez que c'est toujours un bon plan, nous avons des amis à Naples qui vous aideront.

Vittorio hocha la tête, toujours sans un mot. Il se rendait compte que, depuis la veille de Noël, il avait pu abandonner son rôle de chef pour redevenir un enfant, au milieu d'adultes plus sages ou ayant simplement davantage d'expérience et auxquels on pouvait faire appel. Maintenant, le fardeau de la responsabilité lui retombait sur les épaules et il hésitait.

— Est-ce qu'on ne pourrait pas rester avec eux encore un peu? demanda Francesca qui supportait mal l'idée de se séparer de Niccolo.

— Oui, pourquoi pas? pressa Luciano, qui avait profondément changé. L'enfant plutôt pâle et nerveux qui avait suivi sans joie son frère et sa sœur depuis Florence jusqu'au trou marécageux avait cédé la place à un gamin au regard vif, bronzé par le soleil, plus sûr de lui que jamais.

— Emilio a raison, dit Vittorio à regret. Nous ne sommes pas comme eux et nous ne le serons jamais. Nous ne sommes pas chez nous ici.

— Serons-nous chez nous en Amérique? demanda tranquillement Francesca.

— Je ne sais pas, *cara*. Mais du moins aurons-nous une chance, si nous y arrivons. Je te l'ai dit, je l'ai lu — ils sont bons pour les immigrants, beaucoup d'Italiens vivent là-bas. Si nous restons avec les bohémiens, nous serons comme eux, d'une certaine façon : jamais nous n'aurons un foyer.

Tard cette nuit-là, alors que les autres dormaient, Emilio annonça à Vittorio ce qu'il avait appris quelques semaines plus tôt : que Livia Cesaretti était morte, et que la police de Florence les recherchait depuis décembre.

Vittorio blêmit sous son bronzage.

— As-tu envisagé de retourner?

— À Florence? demanda Vittorio, consterné. Impossible.

— Ton oncle me paraît un homme juste, observa Emilio en tirant sa pipe. Il te pardonnera peut-être, si tu lui en donnes l'occasion.

Non, fit Vittorio avec véhémence.

— Aucun homme au monde ne pourrait se montrer aussi clément.

— Il se rappela la bonté et la générosité de Bruno qui lui permettait de venir aux magasins de bijouterie contre l'avis de Livia, et les larmes lui vinrent aux yeux sans qu'il les retienne.

— J'ai perdu tout droit à la protection de mon oncle le

soir où...

Il fut incapable de continuer. Il s'ensuivit un long silence.

— Et les autres?

— Quoi, les autres?

Emilio parut mal à l'aise.

— Ils pourraient retourner. Luciano, du moins, qu'on n'accuserait jamais d'avoir eu quoi que ce soit à faire avec la mort de ta tante.

— Jamais! coupa Vittorio, sèchement. Jamais je ne laisserai quiconque ni quoi que ce soit nous séparer. Nous sommes une famille.

— Je comprends, dit Emilio avec un sourire en lui tapotant l'épaule. Je dirais comme toi. La famille compte plus que tout pour les bohémiens.

En une semaine, les plans furent faits. Ils avaient installé leur camp juste au sud de Tarquinia, sur la côte, où leur communauté allait demeurer jusqu'au 7 mai, lendemain de la Saint-Georges, que les bohémiens fêtaient partout dans le monde. Quelques jours avant, Emilio et Niccolo accompagneraient les Cesaretti. On éviterait Rome et l'on gagnerait Anzio.

Là, alors qu'Emilio se rendrait à Naples pour arranger leur voyage vers l'Amérique avec un contact qui lui devait beaucoup, Niccolo les emmènerait par le ferry jusqu'à Ponza, d'où ils prendraient un petit bateau pour Palmarola, une île où ils pourraient rester sans crainte d'être découverts, jusqu'à leur embarquement à Naples, sur le *Vulcania*, un paquebot de l'Italia Line partant pour Boston vers la mi-mai.

— Avez-vous entendu parler du Palio?

— Non, firent les enfants Cesaretti.

— C'est mon ambition, leur dit Niccolo Dante, le regard lointain.

Ils se trouvaient à Palmarola, leur île-refuge, depuis sept jours, et devaient y rester encore six jours. C'était un lieu sauvage et magique, avec des criques aux formes étranges et des grottes désertes où ils dormaient la nuit et pouvaient se cacher si quelque touriste égaré s'approchait un peu trop.

Toutes les tensions et les craintes qui avaient ressurgi quand ils avaient compris que l'heure était venue de partir s'étaient évanouies sous ce soleil, cette tiédeur et ce calme. Le paysage était extraordinaire, la pêche excellente, les oiseaux de mer superbes et pleins d'exubérance. Les enfants se baignaient et restaient étendus, nus et sans la moindre gêne, pour se sécher au soleil, tandis que Niccolo leur racontait des histoires de sa vie. Il aimait tout particulièrement Sienne, ville où il était né et où il n'était retourné que trois fois au cours des dix années ayant précédé la mort de sa mère.

— Le meilleur moment, c'était à l'époque du Palio.

— Qu'est-ce que c'est? demanda Luciano, intrigué.

— C'est une course qui n'a pas sa pareille, qui se court deux fois l'an dans la ville, une course fantastique, sauvage, à cru sur le dos des chevaux, avec ses fêtes et ses rituels. Croyez-moi, jamais vous n'avez rien vu de semblable.

Son regard brillait.

— Je suis, évidemment, un bohémien, mais aussi un Siennois pour la vie, et un jour j'y retournerai, si possible pour courir dans le Palio.

— J'adorerais voir ça, dit Francesca, extasiée.

— Mais tu seras en Amérique, observa Niccolo, dont la voix douce et désabusée la ramena brutalement à la réalité.

Elle regarda Vittorio, couché sur le dos, les yeux fermés, peut-être dormant, peut-être écoutant.

— Je ne veux pas aller en Amérique, annonça-t-elle tranquillement.

— Qu'est-ce que tu veux?

Rester avec toi, songea-t-elle. Grandir avec toi, et te regarder monter dans le Palio. Mais ce n'étaient que rêves et elle n'en dit rien.

Encore six jours, qui passèrent comme un éclair, et ce fut terminé. Leur humeur se fit sombre, ils devinrent irritables.

Plus ils descendaient vers le sud et plus Vittorio devenait morose, Luciano plus craintif qu'il l'avait été depuis des mois, et Francesca avait souvent envie de pleurer. Même Niccolo se montrait sombre et inquiet.

Francesca savait que tous avaient peur.

Naples fut un vrai choc pour leurs sens. Si Florence leur avait semblé bruyante après le calme de Lucchesia, jamais on n'y avait connu un tel vacarme. Les rues grouillaient de véhicules et de gens, certains se précipitant pour vaquer à leurs affaires, d'autres laissant tranquillement le temps s'écouler, bavardant, criant et chantant, même, sur le seuil des maisons.

Une heure après leur arrivée, Niccolo avait rencontré le contact d'Emilio. Celui-ci leur avait appris qu'il ne serait possible, pour Vittorio, Francesca et Luciano d'embarquer à bord du *Vulcania* que trois heures avant le début de l'embarquement officiel le lendemain matin. Il leur fallait donc se garder de tout danger pendant la soirée et la nuit, mais Niccolo connaissait déjà Naples et savait qu'ils pourraient passer la nuit sur la Piazza Garibaldi sans attirer spécialement l'attention.

— C'est toujours plein d'épaves humaines et de gosses des rues.

— Tu sais tout, observa Luciano avec un regard admiratif.

— Je suis déjà venu ici, c'est tout, dit Niccolo en haussant les épaules.

— Tu as été partout!

— Pas en Amérique, dit doucement Niccolo, et Francesca crut voir dans ses yeux une lueur d'envie.

Ils étaient convaincus que, pour le moment du moins, personne ne faisait attention à eux.

Ils se trompaient.

Le détective avait reconnu Vittorio et Luciano près de la *Stazione Centrale*. Quelques minutes plus tard, en les suivant, il avait remarqué que l'un des deux garçons avec eux n'était pas du tout un garçon. Il observa le bas de son dos, ce léger mouvement de balancement guère important mais suffisant pour la trahir.

Francesca Cesaretti. Ils étaient là tous les trois.

À la première occasion, alors que les enfants, partageant une unique bouteille de Coca-Cola, se reposaient sur la Piazza del Mercato, le détective passa un coup de téléphone à Florence.

Moins de quinze minutes après, Bruno Cesaretti était appelé au téléphone à son magasin de la Via della Vigna Nuova.

— *Pronto*.

— Lippi à l'appareil. Ils sont à Naples. Nous les surveillons.

— *Dio*. Enfin, dit Bruno, qui tira une grande pochette de soie de sa veste et s'épongea le front.

— Il faut partir immédiatement.

— J'appelle l'aéroport.

— Et vous allez perdre du temps à gagner Pise en voiture? Il faut louer un avion et partir directement de Florence.

— Je m'en occupe.

— Signor Lippi, on ne doit pas les approcher avant notre arrivée, ajouta doucement Bruno. On ne doit pas leur faire peur et les faire fuir. Vous êtes bien sûr que vos gens ne se sont pas trompés, qu'il s'agit bien d'eux?

— J'en suis à peu près certain, dit Lippi avec un haussement d'épaules qui se remarqua même au téléphone. Tant que vous ne les avez pas vus vous-même, on ne peut être à cent pour cent sûr.

Les enfants avaient passé une nuit inconfortable et agitée. Un peu après huit heures du matin, mangeant gloutonnement des morceaux de pizza achetés à l'une des *bancarelle*, ils émergèrent de la Piazza Garibaldi, les membres gourds, les yeux chassieux. La pizza était bonne et elle contribua quelque peu à apaiser les crampes d'appréhension de leur estomac. Ils avaient tous la frousse, mais Vittorio était particulièrement tendu.

— Bientôt, dit Niccolo, essayant de l'apaiser, vous serez à bord du *Vulcania*. Et dans quelques heures, en route pour l'Amérique.

— Je ne serai pas tranquille tant que nous n'aurons pas quitté Gênes. Peut-être même tant que nous ne serons pas arrivés en Amérique.

Le *Vulcania* devait faire escale à Gênes, Barcelone, Lisbonne et aux Açores avant de traverser l'Atlantique.

— L'ennui avec toi, Vittorio, c'est que tu ne sais pas vraiment te détendre, lui dit gentiment Niccolo.

— Oui, il le sait, dit Francesca. Il l'a bien fait sur l'île.

— Mais là, c'était le *paradiso*. Ce n'était pas réel, dit Niccolo qui regarda sa montre et ajouta : *Andiamo*. C'est l'heure de gagner les quais.

Il y avait un café au coin du large Corso Umberto où des gens, principalement des touristes, sirotaient leur premier café de la journée en goûtant le tiède soleil matinal.

À une table proche du trottoir, Ludovico Lippi regarda Bruno.

— Ce sont bien eux, hein?

Bruno, pas rasé, la gorge serrée par des émotions contradictoires, lui répondit :

— Ce sont bien eux. Ils paraissent... changés.

— Plus âgés.

— Beaucoup... et plus... vifs que quand ils étaient à la maison.

— Ce n'était pas leur maison, observa Lippi qui avala son café noir. Vous reconnaissez le plus âgé?

Non, fit Bruno de la tête, ajoutant :

— Vous croyez qu'ils vont sur les quais?

— J'en suis sûr.

— Allons-y, dit Bruno en se levant.

— Attendez! Lippi le tira en arrière : ils vont vous voir.

— Cet homme, dit Niccolo. Il vous regarde.
— Quel homme? demanda Vittorio.
— Au café... cette table près de la rue.
Tous regardèrent.
— C'est l'oncle Bruno! cria Luciano.
— C'est lui, souffla Francesca.
— *Merda*! fit Vittorio, stupéfait.
— Venez, dit Niccolo, essayant de rester calme. Avan-
çons, doucement.
Les trois enfants Cesaretti restèrent figés.
— Allons! pressa Niccolo.

— Ils vous ont vu, dit Lippi, qui jura.
Bruno se leva de nouveau. Il ouvrit la bouche et cria, sa
voix portant par-dessus la cacophonie de cette heure de pointe :
— Vittorio!

— Non! hurla Vittorio, frappé de panique. Non!
Il tira Luciano par la main, se tourna et se mit à courir.
— Suivez-moi! lança-t-il aux autres par-dessus son épaule.
— Vittorio, doucement! dit Niccolo, essayant de le
ralentir.

— Venez, dit Lippi à Bruno, ou nous allons les perdre,
ça c'est sûr!
Il jeta quelques billets sur la table.
— Pour l'amour de Dieu, vite!
Ils se précipitèrent dans la rue, Bruno maudissant son
excès de poids et son corps maladroit.
— Arrête! cria-t-il de tous ses poumons. Vittorio, pour
l'amour de Dieu, arrête!
Juste au coin du Corso Umberto, deux *carabinieri*, alertés
par les cris de Bruno et voyant deux hommes d'âge respectable
poursuivre un groupe d'enfants sur le Corso Garibaldi,

pensèrent qu'il s'agissait d'une bande de *lazzaroni* venant de commettre un vol et se joignirent à la poursuite.

— La police! cria Luciano dans l'aigu.

— Nous l'avons aux trousses, dit Niccolo, s'arrêtant un instant, regardant autour de lui à la recherche d'une voie de salut mais n'en trouvant pas.

— Que faire? demanda Francesca, suppliante.

Vittorio, avec les sifflets des policiers et les cris de la foule, n'avait jamais connu une telle peur. Tout lui revint d'un seul coup, l'incendie, Giulietta, le *palazzo* et les cris de tante Livia, la femme qu'il avait assassinée.

Si on le mettait en prison, se dit-il, terrorisé, il en mourrait. Il ne pourrait le supporter.

— Je ne les laisserai pas faire! souffla-t-il, accélérant sa course, laissant les autres derrière lui.

Niccolo, qui vit le danger, lui cria après.

— Pas dans la rue, Vittorio! Attention!

Si Vittorio entendit, il n'y prêta aucune attention. Il se retrouva à courir au milieu de la rue, tentant d'échapper, sans se soucier d'autres dangers que celui représenté par ces hommes en uniforme et les portes de cellules qui ne manqueraient pas de se refermer sur lui s'il s'arrêtait.

Il ne regarda ni à droite ni à gauche. Il ne vit pas la fille à moto qui fit un écart pour l'éviter, ni la Fiat contrainte de quitter sa file, ni le lourd camion avec une peinture représentant deux pneus peints sur les côtés, dérapant, le conducteur perdant le contrôle de son véhicule, actionnant furieusement son avertisseur.

Francesca hurla de routes ses forces.

Le camion heurta Vittorio par la gauche, le projetant en l'air pour l'envoyer s'écraser sur le macadam tiède.

— *Gesù Cristo*, non! dit Bruno, haletant désespérément, fixant la scène d'un regard horrifié et incrédule.

Ludovico Lippi, habitué aux tragédies, se figea sur place,

étreint par un sentiment de culpabilité.

Les deux *carabinieri*, tels des chiens de chasse sentant le sang, arrivèrent en trombe.

Francesca, en pleine hystérie, était auprès de Vittorio.

— Lève-toi, supplia-t-elle. Il faut qu'on gagne le bateau!

Lourd, immobile, il gémissait doucement, et elle vit le sang qui s'écoulait d'un côté de la tête et d'une oreille.

— Je t'en prie, essaie de te lever, lui souffla-t-elle, de grosses larmes lui inondant les joues. Nous avons besoin de toi, nous ne pouvons partir sans toi je t'en prie, Vittorio.

Derrière elle, Niccolo retenait Luciano de toute sa force, ignorant ses supplications. Il toucha l'épaule de Francesca.

— Il faut continuer, lui dit-il, le visage gris sous l'horreur. La police...

— Je ne partirai pas sans lui, dit Francesca qui se tourna vers son frère. Je ne le laisserai pas!

Mais il est en train de mourir, songea Niccolo, sans le lui dire.

Dans ses bras, Vittorio essayait, de toutes ses dernières forces, de parler, mais il n'avait plus de voix.

— Quoi, *tesoro*? demanda Francesca.

Elle colla son oreille contre la bouche de son frère.

— Qu'est-ce que tu dis?

Elle l'entendit, alors. Un seul mot. Et elle fit comme si elle n'avait pas entendu, de sorte que Vittorio essaya encore une fois.

— Pars.

Son expression ne changea pas, son regard demeura fixé sur elle, mais elle le sentit s'affaisser un peu contre elle, et le petit râle, dans sa gorge, dit à Francesca ce qu'elle se refusait à croire.

— *E morto*, dit Niccolo, souhaitant se montrer plus gentil mais sachant qu'on n'avait pas le temps. Tenant Luciano de la main gauche, il prit le bras de Francesca et la fit lever.

— Non! cria-t-elle.

— Pour Vittorio, dit-il, la voix tremblante.

Elle regarda le corps de son frère, et quelque chose en elle se brisa.

— D'accord.

Ils se remirent à courir, et les poursuivants, qui s'étaient arrêtés pour porter secours à Vittorio, levèrent les yeux et reprirent leur chasse, soufflant dans leurs sifflets.

— Je ne peux pas! sanglota Luciano.

— Ce n'est plus très loin, le pressa Niccolo.

Et puis Luciano trébucha, aveuglé par les larmes, et tomba, et Niccolo s'arrêta pour l'aider — et pendant qu'il perdait ces quelques instants, les carabiniers furent sur lui.

Francesca, folle de chagrin et de douleur, ne s'arrêta qu'une fraction de seconde. Elle n'entendit pas vraiment Luciano crier, ni les appels suppliants de son oncle, pas plus qu'elle ne vit le visage figé et lugubre de Niccolo.

Elle ne vit que le visage de Vittorio, en train de mourir — mort.

Elle n'entendit que son dernier mot. Son ordre.

— Pars.

14

Le quinzième jour du mois de juin de cette même année 1954 prit fin la procédure légale complexe destinée à faire d'une petite orpheline italienne la fille d'une pédiatre anglaise. Et le même jour, Giulietta Volpi prit le nom dont elle rêvait depuis la veille de Noël — Juliet Austen.

Elle eut l'impression de renaître.

— Où allons-nous fêter cela? demanda Elizabeth après le petit déjeuner, ce matin-là.

— Restons ici, je t'en prie, dit Giulietta qui faisait des progrès spectaculaires en anglais grâce à ses cours particuliers et qui, même lorsque Elizabeth lui parlait en italien, essayait de faire un effort.

— Il faut aller quelque part, ma chérie.

— Pourquoi le faut-il?

— Parce que c'est un jour exceptionnel. N'aimerais-tu pas aller à Londres? Nous pourrions déjeuner dans un très bon restaurant, où tu voudras.

Elle serra contre elle sa nouvelle enfant.

— Ma chérie, je voudrais vraiment te sortir.

— D'accord.

Giulietta alla contempler par la fenêtre de la cuisine les superbes rhododendrons de Kaikoura. Depuis le début du mois de mai, tout Deepdene éclatait de merveilleuses couleurs.

— Ne pourrions-nous aller faire un pique-nique, s'il te plaît?

— Encore un pique-nique? soupira Elizabeth. Tu ne préfèrerais pas aller au restaurant?

Giulietta se retourna, ses yeux bleus suppliants.

— S'il te plaît? — elle marqua une pause — maman!

Giulietta détestait quitter la maison, pour quelque raison que ce fût. Puisqu'elle était bien décidée à se débarrasser de ses béquilles honnies à la première occasion, elle coopéra avec le kinésithérapeute de l'hôpital londonien qu'elle fréquentait en patiente externe, et elle s'était habituée à l'appartement de Wimpole Street, soulagée par la proximité d'Elizabeth; mais elle n'était vraiment heureuse qu'à Kaikoura.

Quand vint septembre, elle savait qu'il allait lui falloir aller à l'école, et que souvent elle serait séparée d'Elizabeth cinq jours par semaine. Mme Loom allait venir vivre à Kaikoura du lundi au vendredi pendant le trimestre scolaire. Giulietta savait que tout cela allait arriver, malgré ses craintes et ses appréhensions, mais elle savait aussi qu'elle ferait tout et n'importe quoi si Elizabeth le lui demandait.

Elizabeth — sa mère.

Cette seule idée la faisait rayonner d'orgueil.

Elle se trouvait dans sa chambre quand elle entendit Elizabeth l'appeler depuis le bas des escaliers.

— Giulietta, veux-tu aller à l'étang de Nower ou de Forewents?

Giulietta ne répondit pas. Elle arriva en boitillant, sur son pied nu, en haut des escaliers.

— Giulietta!

Elle ne répondit toujours pas, attendant, se mordant la lèvre.

Au-dessous, Elizabeth perçut un mouvement à l'étage et se sentit un instant confuse. Giulietta était si obéissante, d'ordinaire.

Et elle comprit son erreur. Pour elle, c'était peut-être l'un des plus beaux jours de sa vie, mais pour une fillette de huit ans, traumatisée, qui avait effacé de sa mémoire la plus grande partie de son existence, ce jour était sans doute quasiment sacré.

Elizabeth se sentit envahie par un grand élan d'amour.

— Juliet, dit-elle, d'une voix claire et ferme.

L'enfant qui descendait, toujours péniblement, les escaliers, arborait un grand sourire de ravissement.

— Je viens, maman, dit-elle.

15

Bruno avait fait fi de la fureur et de l'écœurement de ses enfants et avait ramené Luciano chez lui à Florence. Vittorio avait échappé à leur châtiment et Francesca avait disparu. Même Fabio et Letizia ne pouvaient croire que ce jeune garçon malheureux avait pu jouer un rôle dans la mort de Livia. Et qu'ils soient d'accord ou pas, Bruno ne souffrirait aucune discussion.

Il avait pris deux décisions majeures. Tout d'abord, pour leur bien et si Bruno ne voulait pas finir par mépriser ses propres enfants, il fallait qu'ils s'en aillent. Letizia irait dans une école en Suisse où, il en était sûr, elle allait devenir une parfaite jeune fille, malgré toutes ses protestations, tandis que Fabio rejoindrait une école militaire avant son service.

La seconde décision de Bruno fut de vendre leur appartement du Palazzo Speroza. Jamais il ne l'avait beaucoup aimé, mais il avait accepté d'y vivre pour Livia, et s'il savait bien que ses enfants allaient le condamner pour avoir vendu ce qui leur revenait de par leur naissance, il restait convaincu qu'un déménagement serait salutaire pour eux tous.

Fabio et Letizia allaient être traumatisés par ces décisions, ce qui ne laissait aucune paix de l'esprit à Bruno. Mais il fallait aussi penser à un autre enfant — un jeune garçon seul, vulnérable et perdu. Luciano avait pleuré presque sans arrêt pendant une semaine après leur retour de Naples, mais il était demeuré les yeux secs et le visage blême quand on avait enterré Vittorio à côté de sa sœur. Depuis lors, il n'avait jamais ouvertement pleuré.

— Ne peux-tu deviner où a bien pu aller Francesca? demandait Bruno à l'enfant presque chaque jour, de toutes les façons et avec toute sa gentillesse, mais Luciano secouait la tête, serrait les lèvres et refusait de répondre, car bien que regrettant l'absence de Francesca de toutes les fibres de son être et souhaitant désespérément la retrouver, il avait entendu les menaces de ses cousins contre elle et il était certain que si on la trouvait on la jetterait en prison.

Comme cela, du moins, il pouvait l'imaginer à Boston, attendant qu'il la rejoigne dès qu'il serait assez grand. Luciano était certain que Francesca avait réussi à embarquer à bord du *Vulcania*, car si elle était encore en Italie, elle aurait trouvé un moyen de le tirer du Palazzo Speroza — mais, simplement en cas, il attendait chaque soir, assis sur une chaise de sa nouvelle chambre, luttant contre le sommeil aussi longtemps qu'il le pouvait afin de ne pas la rater si elle venait.

On était à la mi-août quand Luciano, pris par surprise, laissa échapper que Vittorio avait projeté de partir pour l'Amérique.

Bruno fut envahi à la fois par un sentiment de soulagement et de panique. Lippi leur avait dit qu'un navire avait quitté Naples pour l'Amérique, ce jour du mois de mai, bien que le nom de Francesca n'ait pas figuré sur la liste des passagers. Par Dieu, qu'était-il arrivé à l'enfant? Avait-elle pu, par hasard, se glisser à bord — et dans ce cas où se trouvait-elle maintenant?

Ayant eu confirmation par Lippi que le *Vulcania* avait été à quai à la fois à New York et à Boston, Bruno fit paraître des annonces hebdomadaires dans le *Daily News* de New York et le *Boston Globe*, priant pour que, par quelque miracle,

Francesca tombe dessus ou en entende parler et prenne contact avec eux. Lippi lui dit, morose, que sans autre précision même le plus tenace des détectives privés ne la retrouverait pas, et après tout ce qu'avait connu Francesca, Bruno répugnait à faire appel à la police américaine. La seule personne susceptible d'aider à retrouver Francesca était le jeune étranger qui se trouvait toujours en prison à Naples.

Le gamin, arrêté sur le Corso Garibaldi, avait refusé de donner son nom et, n'ayant aucun papier sur lui, avait été accusé de rébellion et de coups et blessures à agent ainsi que de complicité d'aide à un suspect d'homicide.

Bruno essaya de nouveau avec Luciano.

— Ce garçon vous a aidés, non?

— Oui, confirma Luciano.

— Et maintenant il est en prison. N'aimerais-tu pas qu'il soit libéré?

— Bien sûr.

— Dans ce cas, veux-tu simplement me dire son nom?

Luciano resta muet.

— Si tu ne me le dis pas, je ne peux pas l'aider.

— Niccolo, avoua l'enfant, qui finit par céder. Niccolo Dante.

— Joli nom, dit Bruno en souriant.

— C'est un bohémien.

— Vraiment?

Pour Bruno il était manifeste que le jeune bohémien méritait une récompense plutôt qu'une peine de prison. Il savait maintenant que Niccolo et son frère aîné avaient sauvé Luciano et Vittorio et que les Dante avaient protégé les enfants Cesaretti et s'en étaient occupé pendant près de cinq mois. Bruno essaya, en vain, de persuader la police de libérer Niccolo, mais on argua que c'était un délinquant et qu'il ne manifestait pas le moindre remords ni la moindre volonté de coopérer.

Au cours de la première semaine de septembre, Bruno

prit l'avion pour Naples afin d'aller voir Niccolo. Le gamin était maigre, mais solide. Bruno ne savait pas par où commencer. Il se rendait bien compte qu'il avait envers la famille Dante une immense dette de reconnaissance, et que Niccolo était injustement puni. Légalement, on ne pouvait malheureusement rien pour lui, mais si, par ailleurs...

— Quoi, par exemple? demanda tranquillement Niccolo.

— Veux-tu que je prenne contact avec ton frère? Je serais très heureux de faire la connaissance de l'homme qui a sauvé la vie de ma nièce et de mes neveux.

— Ce n'est rien.

— Mais si. Bruno hésita. Puis-je faire rechercher ton frère?

— Je ne crois pas qu'il souhaiterait qu'on le trouve, Signor Cesaretti. Et ni moi ni ma famille ne demandons de remerciements.

Bruno se sentit congédié. Le gamin faisait montre d'assurance et d'une grande dignité.

— Il faut que je te pose une autre question.

— Oui.

— Sais-tu où est Francesca?

— Non.

La réponse fusa, rapide et définitive.

— Sais-tu où elle pourrait être?

— Non, *Signor*.

— Je ne lui veux aucun mal, insista Bruno. J'ai peur pour elle. Je me fais du souci.

Il resta silencieux un instant puis ajouta :

— Je sais qu'elle est à Boston, mais sans autres précisions, il n'y a pas la moindre chance de la retrouver.

Il observa les yeux noirs et impénétrables du garçon.

— Je pourrais fournir son signalement à la police de Boston, mais je ne veux pas qu'elle soit expulsée comme une criminelle.

— Elle a déjà eu assez d'ennuis, dit doucement Niccolo.

— Tu vas donc m'aider? demanda Bruno, qui entrevit une

lueur d'espoir.

— Je le voudrais.

— Tu le pourrais, le pressa Bruno, si tu me disais simplement ce que tu sais.

Niccolo Dante le regarda longuement, d'un regard pénétrant, avant de répondre :

— Je ne sais rien. Je suis désolé.

— Pas autant que moi, dit Bruno en soupirant.

Le bohémien lui adressa un petit sourire contrit.

— Je n'y compterais pas trop.

— Es-tu sûr, demanda de nouveau Bruno en se levant de sa chaise dure, que je ne puisse rien pour toi? Tu dois certainement avoir besoin de quelque chose?

Niccolo se sentit désolé pour cet homme.

— Merci, dit-il, avec une certaine chaleur dans sa voix. Mais je n'ai rien besoin de vous.

Profondément soucieux pour Francesca, et ne sachant quoi faire pour le jeune homme injustement emprisonné, Bruno se rendit à la succursale de Naples de sa banque et y ouvrit un compte au nom de Niccolo Dante où il fit transférer une somme de un million de lires depuis son compte personnel à Florence. Il expliqua les circonstances insolites de l'ouverture de ce compte au directeur et lui donna pour instruction d'expédier les relevés et correspondances au *direttore* de la prison jusqu'à la libération de Dante.

— C'est tout à fait irrégulier, lui dit le directeur, courtois mais manifestement désapprobateur.

— Certainement pas, répondit sèchement Bruno. L'ouverture de comptes nouveaux est certainement de pratique quotidienne.

Le directeur haussa les épaules, heureux que le Signor Cesaretti vive à Florence et que la majorité de ses clients ne soient pas, pour autant qu'il le sût, des condamnés de droit commun.

— Encore une chose, ajouta Bruno en se levant. À sa

libération, si le Signor Dante vient vous voir, je compte sur vous pour lui donner les meilleurs conseils.

S'il les accepte, se dit-il en sortant dans la rue surchauffée. Niccolo Dante se montrerait peut-être trop fier pour accepter l'argent. Bruno espérait qu'il n'en serait rien. Luciano et les deux autres enfants avaient, de toute évidence, aimé le bohémien et lui avaient fait confiance.

Il comprenait pourquoi.

16

Au cours des heures qui s'étaient écoulées après qu'elle eut senti Vittorio mourir dans ses bras, et après avoir vu Luciano et Niccolo capturés par les *carabinieri*, Francesca avait, littéralement, perdu l'esprit.

«Pars», lui avait ordonné Vittorio, et elle avait réagi, à demi comme une machine, à demi comme une folle. Elle était allée, comme ils l'avaient prévu, sur les quais où elle avait trouvé le contact d'Emilio qui les attendait, qui attendait trois enfants et n'en vit arriver qu'un seul.

— Tu veux partir seule? lui avait-il demandé, indifférent, parce qu'il aurait moins de soucis avec un qu'avec trois et qu'on l'avait payé d'avance. Francesca, incapable de s'expliquer de façon cohérente, avait hoché la tête, la dernière parole de Vittorio se répercutant sans cesse dans sa tête.

Le *Vulcania* était un navire impressionnant, et les passager qui firent la queue pendant trois heures pour embarquer après que l'on eut fait monter clandestinement Francesca, se préparaient à un merveilleux voyage.

Francesca, pendant ce temps, était accroupie dans un réduit où elle allait vivre pendant près de trois semaines. Aucune lumière naturelle ne filtrait, elle ne disposait que de la petite lampe de poche remise par le marin nerveux qui serait le seul être humain qu'elle allait voir pendant tout le voyage, un homme du nom de Fredo Lombardi — mais peu lui importait. Assise dans le noir, elle ne se souciait guère d'allumer la torche, ni du fait qu'il y avait à peine assez d'air pour respirer, ni qu'elle ne disposait que d'un seau pour tout sanitaire. Au cours de ces premières heures à bord du *Vulcania*, elle ne ressentit rien.

Après un jour à la mer, bien sûr, tout cela avait changé, car au choc initial, fou, s'était substitués l'horreur, la douleur et l'intense désir de mourir le plus tôt possible.

Elle ne mourut pas, ni ce premier jour, ni le deuxième, ni le troisième, ni aucun autre jour du voyage. Fredo Lombardi lui apportait des restes de repas et de l'eau pour boire et se laver et, tous les deux jours, un peu de désinfectant pour enlever la puanteur du seau. Mais Francesca se rendait à peine compte de son inconfort. Quand elle faisait le compte de tous ceux qu'elle avait perdus, sa douleur était si grande, si intense, si insupportable, et sa lutte quotidienne pour survivre malgré elle si douloureuse, qu'elle dressa un mur imaginaire, impénétrable, contre tout souvenir, toute introspection ou sentiment.

— Où sommes-nous? murmurait-elle, à chacune des visites quotidiennes de Lombardi.

Elle savait quand ils faisaient escale dans un port, car le roulis du navire cessait presque complètement, et au cours de la première partie du voyage, la marin répondait : «Gênes» «Barcelone» ou «Lisbonne». Et puis le navire se mit à terriblement tanguer et rouler, et lorsqu'elle demandait à Lombardi où ils se trouvaient, entre deux pitoyables haut-le-cœur, il se contentait de hausser les épaules et de lui répondre qu'ils étaient en route pour leur destination.

Quand arriva finalement le jour de quitter son réduit, lorsque le marin vint la chercher, le visage et la voix tendus, Francesca était trop ankylosée et trop faible pour pouvoir bouger.

— Il le faut, insista Lombardi. Nous sommes à Boston. J'ai une heure pour te faire débarquer.

Mais Francesca ne pouvait marcher, et Lombardi, jurant dans sa barbe, fut contraint de la porter pour quitter le *Vulcania*, priant tous les saints pour qu'on ne les voie pas. Sa famille et lui étaient redevables d'une vieille dette à Emilio Dante, et on l'avait bien payé, mais il ne voulait pas perdre son emploi et sa liberté pour une gamine décharnée et mangée par les puces.

Francesca se souvenait peu de son premier jour en Amérique. Le marin l'avait conduite à Salem Street, dans le quartier de Boston connu sous le nom de North End, à l'appartement surpeuplé loué par son cousin Anthony.

— Tu es fou?! Pourquoi l'avoir amenée chez nous?

Anthony et sa femme, Maria, regardaient Francesca, assise toute tremblante sur une chaise près de la porte d'entrée.

— Qu'est-ce que tu voulais que je fasse? Que je l'abandonne dans la rue? En outre... Fredo fit signe à Anthony de venir continuer cette discussion dans la petite cuisine qui sentait fortement l'oignon et l'ail et tira la liasse de billets de sa poche... Quatre-vingt mille lires.

— *Gesù*, dit Anthony, le regard soupçonneux. D'où tu les sors?

— Emilio Dante.

— Dante? répéta Anthony, surpris. Pourquoi ce putain de bohémien te refilerait-il quatre-vingt mille lires?

En fait, Emilio en avait donné cent mille à Fredo, mais le marin avait déjà effectué un prélèvement sur la somme, à son profit.

— Il devait y avoir trois gosses, expliqua-t-il, mais les autres sont restés derrière. Dante voulait que ce soit pour leurs débuts ici.

Il haussa les épaules.

— Mais puisqu'il n'y en a qu'une...

— Tu penses qu'elle n'aura pas besoin de tout ça.

Anthony se gratta la tête.

— Dante ne serait pas content s'il l'apprenait.

— Qui va le lui dire? La gamine n'est pas au courant pour le fric.

— C'est bon, convint Anthony en tendant la main.

— Comment je saurai que tu vas lui remettre? demanda Fredo, soupçonneux.

— Bien sûr que je lui remettrai — moins les frais. Il jeta un coup d'œil dans le couloir et ajouta : Elle a l'air à demi morte de faim.

— Elle l'est sûrement, elle n'a pas mangé grand-chose depuis trois semaines.

— Maria va être ravie d'avoir une autre bouche à nourrir, railla Anthony. Pour une mère de cinq enfants, elle est un peu en panne d'instincts maternels.

Fredo laissa tomber les billets dans la main tendue de son cousin.

— Assure-toi seulement qu'elle lui donne à manger — nous n'avons pas besoin d'un cadavre sur les bras.

Bien que Maria aurait bien aimé que Francesca soit jetée dans le port de Boston pour être débarrassée d'elle, elle savait qu'il allait lui falloir remettre la gamine sur pieds avant de pouvoir espérer la voir déguerpir.

— C'est dégoûtant, se plaignit-elle à son mari le premier soir. La fille a des poux.

— Donne-lui un bain.

— Le savon ne tue pas les poux.

— Qu'est-ce qu'il faut?

— *Disinfettante*.

— Eh bien, vas-y et fous-moi la paix.

— Nous n'en avons pas.

Anthony se couvrit le visage du journal qu'il venait de lire.

— Eh bien, va en acheter.

— Il me faut de l'argent.

— Tu en as des tas.

— Pour mes gosses, j'ai de l'argent — si tu veux que je

m'occupe des gosses des autres, faut m'en donner davantage, dit Maria, fermement plantée, les bras croisés sur la poitrine. Tu veux que tes enfants attrapent des poux?

Son mari ne lui répondit pas.

— Tu veux attraper des poux?

Anthony lui donna cinq dollars.

— Achète du désinfectant et ce qu'il lui faudra — à manger, des médicaments, n'importe quoi. Maintenant fous-moi la paix et ne me parle plus de ces foutus poux.

— Il va me falloir davantage.

— Mon cul, répliqua son mari, en se couvrant de nouveau le visage.

Pendant deux jours, Francesca ne put rien garder de ce qu'elle avalait. Après quoi, Maria, sachant qu'elle n'avait d'autre choix si elle ne voulait pas voir mourir la gamine, fit du bouillon et acheta du poisson frais, et très doucement, peu à peu, Francesca commença à avaler quelques gorgées et quelques bouchées, son estomac bouleversé commença à se calmer, et le cinquième jour elle mangeait normalement et se déplaçait dans l'appartement exigu, et puis — pitoyablement — elle commença également à penser et à se souvenir.

— Où sommes-nous? demanda-t-elle à Maria Lombardi.

— Tu le sais bien, à Boston, fut la réponse agacée.

Ce n'était pas parce qu'elle savait en quelle ville elle se trouvait que Francesca comprit. Peut-être que si elle n'avait pas fait ce voyage dans un trou obscur et puant, peut-être que si elle avait pu voir l'Atlantique dans toute son immensité et se trouver sur le pont du *Vulcania* quand on avait aperçu la terre d'Amérique, elle ne se serait pas sentie aussi perdue, aussi désorientée, mais...

— Est-ce que vous avez une carte pour que je puisse voir? demanda-t-elle timidement.

— Qu'est-ce que tu veux que je foute d'une carte? répondit sèchement Maria, davantage irritée encore du fait que son petit dernier l'avait tenue éveillée toute la nuit. Et pourquoi en veux-tu une?

— Pour apprendre à connaître la ville.

— Tu apprendras à connaître la ville comme je l'ai fait — avec tes pieds. Tu te trouves à Boston, que beaucoup de gens considèrent comme une grande et belle ville, mais pour moi c'est un dépotoir. Et tu habites dans Salem Street, au nord-est, un quartier où vivent beaucoup d'Italiens et qui est aussi un dépotoir. C'est tout ce que tu as besoin de savoir jusqu'à ce que tu passes cette porte, là — Maria montra la porte d'entrée d'un signe de tête —, ce qui ne tardera pas, j'espère.

— *Grazie*, dit faiblement Francesca, de nouveau envahie par une immense panique, un immense désespoir. Bien que cette maison fût une bénédiction en comparaison du réduit sur le navire, les Lombardi étaient durs et odieux — mais Francesca était terrifiée à l'idée de se retrouver dehors, dans l'inconnu total, sans Vittorio, Luciano ou Niccolo.

Anthony était bien décidé à se débarrasser de Francesca aussi vite et, avec un peu de chance, aussi profitablement que possible.

— Commence à la préparer, dit-il à sa femme le huitième jour. Je vais l'amener à une entrevue pour un boulot.

— Quel genre de boulot?

— Qu'est-ce que ça peut te faire? Tu veux qu'on t'en débarrasse, non?

— Bien sûr, dit Maria, haussant les épaules.

— Trouve-lui quelque chose à mettre — une robe, serrée, et des sous-vêtements, un soutien-gorge, des bas, un porte-jarretelles, je ne sais pas.

— Ce n'est qu'une gosse.

— Elle a des nénés, ce qui en fait une nana, précisa Lombardi qui réfléchit un instant et ajouta : Et fais-lui arranger les cheveux — je n'ai jamais vu ça — et trouve-lui du rouge à lèvres.

Deux jours plus tard, Francesca se retrouvait en haut des

escaliers de la véranda des Lombardi, serrant contre elle un petit sac rouge dans lequel Maria avait glissé un tube de rouge à lèvres, quelques pièces pour payer le bus, un petit plan de la ville et un dictionnaire de poche italien-anglais.

— Parfait. Voilà un mot pour le patron — si tu lui plais — dit Lombardi, tout joyeux en lui remettant une enveloppe fermée. L'adresse est dessus. Tu peux la lire?

— Scollay Square? dit Francesca.

— C'est ça.

— Mais comment est-ce que je vais trouver l'endroit?

Il la poussa au bas des escaliers et lui montra la rue.

— Tu pars par là, d'abord, et tu regardes le plan. Si tu te perds, tu demandes ton chemin.

— Est-ce que les gens parlent italien?

— Peut-être que oui, peut-être que non, répondit Lombardi avec un haussement d'épaules. C'est pour ça que tu as un dictionnaire.

Il lui pinça la joue, se disant qu'elle était bien séduisante. Elle avait fait une bonne toilette et sa peur la rendait en quelque sorte plus séduisante encore, rendait ses grands yeux encore plus grands :

— Ecoute, môme, tu as réussi à trouver Boston depuis l'Italie, tu trouveras Scollay Square, facile.

Francesca déglutit nerveusement.

— Sinon, est-ce que je peux revenir?

— Rien à faire, dit Lombardi avec un mouvement de tête pour bien insister. Désormais, tu te débrouilles seule, môme. Tu trouves l'endroit où je t'envoie, tu obtiens le boulot — on va s'occuper de toi, et même te trouver où habiter.

— Et si je n'obtiens pas le travail? demanda Francesca, qui avait essayé de nombreuses fois de savoir de quoi il s'agissait, mais sans succès, Anthony et Maria s'étant montrés très évasifs.

— Tu l'auras, gamine, affirma Lombardi avec un regard dur. Va pas faire de chichis, va pas faire ta mijaurée. Fais seulement ce qu'on te dit et tu auras ce foutu boulot.

— Mais...

Lombardi remontait déjà les escaliers et ouvrait la porte.

— Et si tu fous tout en l'air, dit-il, presque menaçant, en se retournant, ne te soucie pas de revenir ici parce qu'on ne t'ouvrira pas. À partir de maintenant, *ragazzina*, on ne t'a jamais vue ici. Tu frappes à notre porte, elle reste fermée. On demande après toi, tu n'existes pas.

Et la porte se referma.

Francesca avait connu plus de vraie peur au cours des trois dernières années de sa vie que la plupart des enfants dans leurs cauchemars, mais jamais elle n'avait été tout à fait seule. Même aux pires moments, même au fond de la cave du *palazzo*, elle avait su que Vittorio finirait par venir la sauver; même dans le réduit du navire, elle avait su que ce Fredo Lombardi, un inconnu, mais néanmoins un contact humain, allait s'occuper d'elle. Mais maintenant, là dans l'étroite Salem Street, elle était seule.

Consciente qu'elle n'avait pas le choix, elle se mit à marcher dans la direction indiquée par Lombardi. Elle avançait lentement, d'une démarche maladroite, les pieds serrés dans ses chaussures rouges à talons hauts, les cuisses et les genoux emprisonnés dans la jupe étroite de sa pauvre robe.

C'était une tiède et lumineuse matinée de juin, et Francesca entendait les oiseaux chanter — des oiseaux américains — mais elle n'en ressentait aucune joie. Jamais, se dit-elle, elle ne connaîtrait de nouveau le bonheur et le plaisir. On allait l'arrêter ou la tuer, d'un instant à l'autre, ou elle allait se perdre et errer dans Boston jusqu'à mourir de faim. La seule pensée qui lui procurait un bizarre sentiment de soulagement était que Luciano ne se trouvait pas avec elle, car son petit frère était certainement plus en sûreté avec l'oncle Bruno qu'avec elle dans un pays étranger. Elle descendit la rue d'un pas hésitant, passa devant une *panetteria* italienne, puis essaya de se repérer sur le plan. À gauche, il lui fallait tourner à gauche dans Prince Street, et ensuite — elle cligna des yeux sous le soleil — à droite dans Hanover Street. Elle tira le dictionnaire de son sac et chercha le mot «*Street*» «*Strada, via*», disait-il cela, au moins, était assez simple.

Au moment de tourner dans Hanover Street, Francesca remarqua, sur le trottoir d'en face, un homme en uniforme bleu foncé. *Polizia!* Son cœur se mit à battre de terreur, elle fit demi-tour et s'enfuit, aussi vite que le lui permirent ses chaussures et sa jupe, remonta une rue latérale, convaincue qu'on la poursuivait toujours et que, d'une minute à l'autre, on allait l'arrêter, tout comme Luciano et Niccolo à Naples.

Une heure plus tard, trempée de sueur, le visage marqué par les larmes, elle arriva à destination. Elle avait tourné une fois dans la mauvaise direction et avait décrit un large cercle, impuissante, trébuchant sur les pavés, évitant les regards des gens qu'elle croisait, toutes sortes de gens, certains pauvrement vêtus, d'autres élégants — des citadins, mais avec quelque chose d'indéfinissablement différent des Napolitains ou des Florentins. Elle en entendit quelques-uns qui parlaient italien et se sentit moins perdue, mais la plupart parlaient anglais. Elle ne parvenait pas à s'imaginer comprenant jamais cette langue étrange, impénétrable, et moins encore la parlant.

La ville était pleine de contrastes — à un instant, Francesca se trouvait dans une rue étroite, à la pente raide, avec des volets peints aux fenêtres, et de la mousse qui pointait entre les pavés, et l'instant d'après elle passait dans une grande rue animée, avec des boutiques, des maisons de brique rouge et d'énormes voitures et autobus — mais elle oubliait tout, sauf qu'il lui fallait arriver à Scollay Square sans être obligée de demander de l'aide.

— Éviter les gens, répétait sans cesse Vittorio quand ils se trouvaient dans la Maremme. Les inconnus sont dangereux.

Un gros sanglot s'échappa de ses lèvres et, pour la millième fois, elle se sentit envahie par un sentiment de totale misère — et puis elle vit la plaque. *Scollay Square*.

C'était un vieil immeuble délabré dans lequel elle venait d'entrer, avec un escalier étroit et pentu desservant à chaque étage trois portes aux plaques de métal rouillées, avec des noms aux consonances bizarres. Au troisième étage, en regardant la porte à droite des escaliers, Francesca reconnut le nom écrit sur l'enveloppe que lui avait remise Anthony Lombardi.

Ruby & de Santi
Imprésarios

Elle réunit tout son courage, pria pour que le Signor de Santi soit un homme bon et frappa à la porte. Sans réponse, elle recommença et, toujours sans résultat, se décida timidement à ouvrir la porte.

La pièce dans laquelle elle pénétra était envahie de gens de tous âges, couleurs et aspects — un troupeau d'hommes, de femmes et d'enfants, parlant tous à la fois une langue incompréhensible, à l'exception de quelques individus qui, assis sur des bancs contre les murs, l'air morose, fixaient le vide.

Luttant contre son désir de s'enfuir, sachant qu'elle ne pouvait s'enfuir nulle part, Francesca s'approcha d'un homme maigre, au nez accusé, assis derrière un bureau au fond de la pièce, lisant le journal et semblant ne voir personne.

— *Mi scusi, signor*, dit-elle doucement.

Il tourna la page, regarda quelque bande dessinée.

— *Signor*, essaya-t-elle de nouveau, plus fort cette fois.

— Oui? fit-il sans lever la tête.

— *Ho una lettera per Signor de Santi*, dit-elle, posant la lettre sur le bureau.

— Parlez anglais, demanda l'homme, grincheux.

— *No capisco. Dov'è Signor de Santi, per favore? Ho già un appuntamento*.

— En anglais, répéta l'homme d'un ton las, levant les yeux sur elle.

Francesca se souvint du dictionnaire, tira celui-ci du sac rouge, faisant tomber le plan sur le sol dans sa confusion.

Frénétiquement, elle chercha un mot qui permettrait à cet homme désagréable de se rendre compte qu'elle avait une raison de se trouver là.

— Ren-dez-vous, dit-elle, presque triomphalement. Con *Signor de Santi*.

— Ah ouais?

Francesca chercha rapidement un autre mot.

— Lettre, dit-elle, montrant de nouveau l'enveloppe.

— C'est bon, c'est bon.

Il prit la lettre, l'ouvrit avec un coupe-papier et la lut rapidement.

— Attendez ici.

Francesca parut déconcertée.

Il montra le dictionnaire et répéta :

— Attendez.

Une heure et demie plus tard, il vint lui toucher l'épaule.

— Venez, dit-il, et il la conduisit à travers un couloir, passant d'autres portes sur le même palier. Et une fois arrivé :

— Asseyez-vous.

— *Prego*?

Deux chaises et deux lampes ordinaires meublaient la pièce, vide sans cela. Il poussa Francesca vers l'une des chaises.

— Asseyez-vous.

Il s'écoula encore quinze minutes avant que s'ouvre la porte et qu'entrent un homme et une femme. Francesca se leva, nerveuse.

— *Signor de Santi*?

— Non.

L'homme, les cheveux noirs brillantinés, portait une chemise au col ouvert et des lunettes de soleil, bien que la pièce fût pauvrement éclairée; la femme, au teint mat, semblait très flegmatique dans sa robe grise à manches courtes serrée à la taille et son visage rendu plus sévère par des lunettes sans élégance.

— Marche, demanda l'homme.

— *Scusi*?

Francesca vit que la femme tenait dans sa main la lettre de Lombardi. Le cœur battant, elle demanda :

— *Parla italiano, per favore*?

— *Un poco*, répondit la femme et Francesca se sentit soulagée.

— Dis-lui de marcher, demanda l'homme, et la femme traduisit.

— *Dove*? demanda Francesca.

— Nulle part, expliqua la femme, faisant un geste circulaire de la main. Simplement autour de la pièce.

Une demi-heure plus tard, Francesca n'était pas moins déconcertée. On l'avait regardée, on lui avait planté des lumières aveuglantes dans les yeux, on lui avait ordonné de relever sa jupe et de montrer ses jambes, on lui avait ébouriffé ses cheveux encore courts, et l'homme l'avait photographiée, ses lunettes sur le front. On n'avait guère répondu aux questions qu'elle avait osé poser et, finalement, on avait demandé à une jolie blonde, en jupe encore plus moulante que la sienne, de l'emmener.

— Moi, c'est Suzy, lui dit la blonde.

— *Parla italiano*?

— Merde, non.

Elles se retrouvèrent dans la rue, dans l'agitation de Scollay Square à l'heure du déjeuner.

— Viens, on va prendre le bus... J'ai un de ces mal aux pieds!

Le bus s'ébranla, la blonde mâchait du chewing-gum et Francesca, assise, regardait son propre corps — la robe qui n'était pas à elle, le sac rouge, puis ses chaussures. Elle eut le sentiment que seul son esprit subsistait de sa véritable personnalité, comme si on avait collé sa tête sur un autre corps et, en sentant dans sa bouche le goût insolite du rouge à lèvres, elle se demanda si même son visage lui appartenait encore.

Elle se sentit nauséeuse.

— On y est presque, dit Suzy.

Francesca reprit ses sens. Elle tira vivement le dictionnaire de son sac, le feuilleta, puis prit une profonde inspiration
et demanda :

— Quel... travail?

— On ne t'a pas dit?

Francesca parut perdue.

— Tu vas être une vedette de cinéma, lui dit Suzy en
souriant.

Elle attendit un instant et, devant l'absence de réaction,
répéta :

— Vedette de cinéma.

Francesca replongea dans le dictionnaire. Après quelques
instants, elle releva les yeux, incrédule.

— *Una stella di cinema*?

— Si c'est ce que te dis ton bouquin, c'est ce que tu vas
être, confirma la blonde en tapotant la joue de Francesca.
Viens, môme, on y est.

Un entrepôt à l'abandon près du Quai Long. Suzy poussa
une lourde porte. Deux hommes, solides et renfrognés, se
tenaient juste à l'entrée mais les laissèrent passer. Francesca
s'arrêta.

— Qu'est-ce que tu as?

Il faisait noir comme dans un four. Francesca se mordit
la lèvre.

— Allez, viens, dit Suzy qui lui prit la main et la tira à
travers le bâtiment humide et désolé. Elles tournèrent un coin
et soudain, pas très loin devant elles, Francesca vit une flaque
de lumière et entendit des voix.

— Chut, fit Suzy, un doigt sur les lèvres. Attends ici que
je trouve quelqu'un. Elle montra le sol du doigt et répéta :
Attends ici.

Francesca attendit. Il faisait froid. Elle songea de nouveau à filer; elle se redit, comme bien des fois déjà, combien il avait été fou de quitter l'Italie toute seule. Elle songea à y retourner — si seulement elle savait comment — et elle pensa à Letizia et à Fabio, et à Niccolo et à...

— *Avanti*.

C'était la femme aux lunettes et qui parlait italien, celle qu'elle avait vue au bureau de Scollay Square. Sans un autre mot, elle prit le bras de Francesca et la conduisit à travers l'entrepôt.

— Vous faites vraiment un film? demanda Francesca.

— Oui. Ils sont en train de faire un film.

Dans un coin, un homme les attendait, en tricot à col roulé et pantalon noir, les cheveux roux, le visage pâle à la lumière de l'unique ampoule, au-dessus.

— Enlève ta robe, ordonna la femme.

— Pourquoi? demanda Francesca, gagnée par la chair de poule.

— Parce que je te le demande.

La réponse était sèche, glaciale.

Francesca eut l'impression de se sentir aspirée dans un grand trou sans fond. La vie, la vraie vie, venait de s'arrêter. Elle se sentit exsangue. Sans un mot, elle déboutonna sa robe et resta là, frissonnante, dans ses sous-vêtements nouveaux. Le soutien-gorge, auquel elle n'était pas accoutumée, la serrait, mais elle fut fugitivement reconnaissante envers Maria Lombardi de le lui avoir fait porter, maintenant que l'homme pâle la détaillait avec ce regard.

— Assieds-toi.

La voix de l'homme était à peine plus qu'un murmure. Francesca en fut davantage terrorisée encore.

— Assise, répéta-t-il gentiment en la poussant sur une chaise et en lui posant sur les épaules une cape d'étoffe légère. Il tira un tabouret, s'assit en face d'elle et ajouta : C'est bon, mon chou, voyons ce qu'il nous faut.

— Qu'est-ce que vous faites? demanda Francesca, qui se retourna pour s'adresser à la femme, mais celle-ci avait disparu. Qu'est-ce que vous faites? répéta-t-elle, paniquée.

— Doucement, murmura l'homme, d'un ton apaisant. Avec des gestes adroits et doux, il remonta les cheveux de Francesca de son front, les fixa avec une épingle et alluma une lampe pour lui éclairer le visage. Je vais te maquiller, mon chou, expliqua-t-il.

Francesca cligna des yeux quand les doigts de l'homme se posèrent sur ses joues.

— *Non capisco*, dit-elle, toute tremblante.

— Je regrette, je ne comprends pas l'italien.

Il ramassa une boîte et la posa sur la table :

— Bon, mettons-nous au boulot, dit-il, tirant une petite éponge de sa boîte.

Pendant une quinzaine de minutes, il lui tamponna le visage et le cou avec tout un assortiment de brosses et d'éponges, ainsi qu'avec ses doigts, et, peu à peu, Francesca sentit ses pires craintes s'estomper. Elle était tout engourdie, curieusement plus détachée encore du monde extérieur qu'auparavant. On aurait dit que cet homme la considérait comme une toile sur laquelle il devait peindre, et pendant tout le temps que ses doigts caressaient sa peau, elle n'avait pas à penser, n'avait pas à s'inquiéter de ce qui allait se passer quand il aurait terminé.

— Tu veux voir?

La voix de l'homme la ramena sur terre, et il lui tendit un miroir pour qu'elle juge de son travail. Francesca regarda et ne découvrit pas son image mais celle d'une bizarre femme-enfant.

Elle se sentit saisie d'une horreur toute nouvelle.

— Tu n'aimes pas, soupira l'homme. Évidemment que tu n'aimes pas.

Gentiment, presque tendrement, il la tira sur ses pieds, ôta la cape de ses épaules et prit un vêtement sur la tringle à laquelle la femme avait accroché sa robe.

— Ils veulent que tu portes ceci, dit-il en lui mettant dans la main le cintre de fil de fer glacé. Et rien d'autre.

197

Francesca regarda la chemise de nuit blanche fermée au col et garnie de dentelle et se mit à trembler. Elle regarda l'homme et il hocha la tête. Elle sut qu'elle n'avait pas le choix.

— Tu devrais retirer tes chaussures, mon chou, conseilla-t-il, montrant les pieds de Francesca qui comprit et se débarrassa des terribles chaussures avec un soulagement qui était bien plus qu'une simple libération de son inconfort; toute la journée elle avait été prisonnière de ces odieuses choses; maintenant, si elle le voulait, s'il le fallait vraiment, elle pourrait courir.

Le maquilleur brossa ses cheveux courts et y pulvérisa de la laque.

— C'est bon… nous sommes toute prête, lui dit-il avec un sourire rassurant. Tu es superbe, mon chou.

Il s'arrêta, reprit, doucement :

— Tu-es-très-bien. Il leva le pouce et ajouta : maintenant on y va.

Il faisait chaud dans le coin brillamment éclairé, même loin des lumières, où Francesca attendait derrière un paravent.

Le maquilleur était parti. Elle était seule.

Elle entendit gémir.

Ses petits cheveux se dressèrent sur sa nuque. Elle avança sans bruit à la limite du paravent. Le sol lui parut glacé sous ses pieds nus. Un instant, la lumière l'éblouit, et puis elle distingua un groupe où l'on s'agitait. Un homme tenait une grosse caméra, un autre réglait un projecteur — un troisième donnait des ordres d'une voix rude.

Francesca regarda au-delà des lumières — posa un regard fixe sur le grand lit rond aux draps de satin noir. Suzy y était allongée.

Le visage de Francesca devint exsangue.

Suzy était nue, son corps très blanc se détachant sur les draps. Et un homme, énorme, les cheveux noirs, bronzé par le soleil et luisant de sueur, était accroupi au-dessus d'elle.

Francesca avait le souffle coupé.

L'homme à la caméra s'approcha. Francesca voulut détourner les yeux mais ne le put. Le couple sur le lit s'agitait rapidement; les seins de Suzy se soulevaient, elle se tordait contre les coussins noirs tandis que l'homme enfouissait son visage entre ses cuisses rondelettes et écartées sans pudeur.

Le metteur en scène lança un autre ordre et Suzy, obéissante, se tourna. L'homme s'agenouilla derrière elle, se positionna et la pénétra sauvagement.

Suzy poussa un cri.

Francesca ferma les yeux, cherchant à retrouver son souffle, son cœur battant violemment, la transpiration lui dégoulinant dans le dos.

Et une main vint toucher son bras.

Elle se débattit, follement, ses bras battant l'air.

— Du calme, du calme, lui dit le jeune qui réglait le projecteur et qui, à côté d'elle, la fixait intensément. Ils sont prêts pour toi, ajouta-t-il doucement.

Le regard de Francesca revint au lit. Suzy et l'homme, séparés maintenant, gisaient, se reposant. Le maquilleur les essuya avec une serviette et poudra le visage de Suzy. Francesca sentit ses jambes trembler et des nausées lui montèrent à la gorge.

— Où est-elle, bordel? brailla une voix.

— Vas-y, lui dit le jeune en la poussant dans la zone de lumière aveuglante, et la main droite de Francesca se porta machinalement à son visage pour s'abriter les yeux.

— Va sur le lit, mon chou!

Elle ne bougea pas.

— Elle ne parle pas anglais, lança Suzy.

— Eh bien, que quelqu'un lui montre, pour l'amour de Dieu!

Une main, plate et dure, se posa sur son dos et la projeta d'une poussée vers le grand lit intimidant, vers Suzy et l'homme aux cheveux noirs. Il tapota le lit à côté de lui et sourit à Francesca. Il avait les dents fortes et blanches. Ses yeux, bleus et clairs, brillaient comme des glaçons.

Suzy leva le bras droit et lui fit signe.

— Viens, mon chou — N'aie pas peur!

Et tout sombra dans le noir.

— Bon Dieu de bon Dieu, qu'est-ce qui se passe!

— La caméra est morte, aussi.

— Personne n'a apporté une putain de lampe de poche?

— Ouais!

On entendit un bruit sourd, puis un juron à voix basse et, à une dizaine de mètres, apparut un mince rayon de lumière. Aussitôt, des ombres s'en approchèrent.

Francesca, tremblant toujours violemment, jeta un coup d'œil vers le lit et vit que Suzy et l'homme avaient disparu.

Un instant encore, elle demeura immobile, et puis son cerveau se remit à fonctionner. C'était là, elle en était certaine, sa dernière chance de s'échapper. Même si elle n'avait nulle part où s'enfuir, même dans la rue — même le risque d'être arrêtée valait mieux que ce cauchemar!

Luttant contre son envie de se mettre à courir, elle s'éloigna lentement et silencieusement de la scène, essayant de se souvenir du chemin pour retrouver ses vêtements. Elle se cogna le tibia contre une arête vive, étouffa un cri — oh, mon Dieu, où était le porte-vêtements?

Là.

La table, la chaise et le tabouret s'y trouvaient toujours, mais pas trace du maquilleur à la voix chuchotante. Les mains tremblantes, priant pour que personne ne s'inquiète d'elle pour le moment, Francesca se dépouilla de la chemise de nuit et tira ses vêtements de leur cintre.

Elle se battait frénétiquement avec les boutons quand un autre doigt léger se posa sur son épaule gauche, la faisant hurler de frayeur. Elle se retourna — le jeune électricien se trouvait à côté d'elle, un doigt sur les lèvres pour la faire taire.

Ni l'un ni l'autre ne dirent mot, mais elle sut, instinctivement, qu'il était venu à son secours. Il lui fit signe de ramasser ses chaussures et son sac et de le suivre. Ils évitèrent le groupe qui s'agitait près de la scène plongée dans le noir et continuèrent sans bruit à travers l'obscurité, l'humidité et le froid, jusqu'à ce que, soudain, le jeune homme pousse une barre de fer et que s'ouvre une porte.

Le soleil les éblouit l'un et l'autre, et pendant quelques secondes ils demeurèrent immobiles dans la tiédeur de l'après-midi.

L'air était frais et chargé du sel de l'océan, mais Francesca se sentait encore malade de peur, convaincue que d'un instant à l'autre elle allait entendre des pas — que la porte allait s'ouvrir et qu'on allait sauvagement la tirer à l'intérieur.

Sans un mot, elle regarda son sauveur — maigre comme un coucou, les cheveux bruns, un regard doux et chaleureux de ses yeux étroits, et un long nez fin. Il ne ressemblait en rien à Niccolo, et cependant il y avait chez lui quelque chose qui le lui rappela.

Les mains encore tremblantes, elle sortit le petit dictionnaire, y chercha un mot.

— Merci, dit-elle d'une voix qui tremblait aussi.

Il hocha la tête et sourit. Ses lèvres, comme le reste de sa personne, étaient minces, étroites, mais son sourire était doux et bienveillant.

— Où vas-tu aller? demanda-t-il, puis, comprenant que ses paroles ne signifiaient rien pour Francesca, il lui prit le dictionnaire et essaya de traduire.

— *Dove*? commença-t-il, et il renonça. Il remit le dictionnaire dans le sac de Francesca et tendit sa main.

— Fais-moi confiance, dit-il doucement.

Ils s'éloignèrent du quai, aussi vite que le permettaient les chaussures rouges, pour retrouver le tohu-bohu de la ville puis un quartier plus calme connu sous le nom de Beacon Hill.

— J'habite sur Revere Street, dit-il lentement, et quand ils arrivèrent au bas de la côte abrupte portant ce nom, il lui montra la plaque de la rue puis pointa son doigt sur lui, disant : Ma maison. Il reprit le dictionnaire, le feuilleta et répéta, en italien : *La casa mia*.

Francesca se sentit envahie par une foule de sentiments et d'émotions qui menaçaient de l'étouffer. La journée avait commencé de façon effrayante, et les choses n'avaient fait qu'empirer, de façon déconcertante, pour atteindre les sommets de l'horreur. Et voilà qu'elle se trouvait maintenant avec un autre homme, un autre inconnu, qui l'avait sans doute sauvée d'un sort qu'elle imaginait à peine, mais ils se retrouvaient soudain devant la porte de chez lui et comment savoir ce qui se trouvait derrière?

C'était une rue très agréable, pavée, avec des réverbères à gaz et de charmantes petites maisons de brique et des volets aux fenêtres.

C'est dangereux, les inconnus, lui avait dit Vittorio, la mettant en garde; mais quel choix lui restait-il? Des rues inconnues, des gens terribles, comme l'invisible Signor de Santi, des policiers, une langue qu'elle ne parlait pas...

Et puis ce jeune homme au visage étroit et bon.

Il avait toujours le dictionnaire en main.

— *Il mio nome*, dit-il, pointant de nouveau un doigt sur lui, Johnny Chase. Et toi c'est Francesca.

Il avait entendu son nom dans l'entrepôt.

— Johnny, répéta-t-elle.

Il tira un petit trousseau de clés de la poche de son jean et en glissa une dans la serrure de sa porte d'entrée peinte en noir.

— S'il te plaît, fais-moi confiance, dit-il, gentiment.

Doucement, il poussa la porte et entra, conscient de la crainte de Francesca, ne voulant pas qu'elle se sente coincée d'aucune manière.

Francesca avança la tête pour jeter un coup d'œil à l'intérieur. La maison était fraîche et sentait la cire.

Une odeur de sécurité.

Elle entra.

Moins d'une demi-heure après que Johnny Chase eut fait entrer Francesca chez lui — deux pièces bien éclairées et aérées, une petite cuisine et une salle de bain d'une propreté impeccable à l'étage — sa femme, Della, arriva.

Ce fut à cet instant précis que le cauchemar commença à s'estomper et que commença vraiment la véritable vie de Francesca en Amérique.

Della Chase était professeur dans un lycée. Elle enseignait les langues européennes et parlait couramment l'italien.

Peut-être les Lombardi avaient-ils pu se faire comprendre de Francesca sans difficulté, mais ils ne lui avaient pas manifesté une once d'intérêt. Dès l'instant où Della vit Francesca, assise toute droite dans sa chaise cannée, vêtue de sa monstrueuse robe de prostituée, son beau visage juvénile barbouillé du grotesque maquillage, ses yeux marron légèrement obliques encore craintifs sous les sourcils bien arqués, elle s'intéressa à elle.

La première chose qu'elle fit fut d'emmener Francesca dans la chambre, de lui faire passer une robe de chambre en éponge à la place de sa robe, et une paire de chaussettes blanches pour remplacer les chaussures rouges. Après quoi elle la conduisit dans la salle de bain où, très doucement, elle ôta toute trace de fond de teint, poudre, mascara et rouge à lèvres. Et enfin, elle passa dans la cuisine pour faire chauffer une soupe de poissons.

— C'est une très bonne soupe, assura-t-elle à Francesca qui venait soudain de se rendre compte, à l'odeur qui montait du fourneau, qu'elle avait très faim. C'est une spécialité de la Nouvelle-Angleterre, faite avec du poisson, du lait, des oignons et des pommes de terre.

Elle avait envoyé Johnny à l'épicerie du coin pour prendre du pain, du lait, des œufs et tout ce qu'il pourrait imaginer.

Francesca regarda Della depuis le canapé où celle-ci avait insisté pour qu'elle s'installe confortablement. La jeune femme avait des cheveux d'un roux flamboyant et frisés, un visage légèrement bronzé et constellé de taches de rousseur et de grands yeux verts.

— Vous êtes si gentille, lui dit Francesca tandis que Della posait un plateau sur une petite table basse à côté d'elle. Je ne sais pas quoi dire.

— Tu n'as rien à dire à moins que tu le souhaites, répondit Della avec un sourire. Et même si tu le souhaites, cela devra attendre que tu aies fini ta soupe.

Francesca plongea sa cuillère dans la soupe et en avala un peu.

— *Deliziosa*, souffla-t-elle, continuant à manger avec un appétit vorace.

— Il m'a aidée, dit-elle à Della quand le bol fut vide. Johnny m'a sauvée.

— Il m'a raconté ce qui s'était passé.

— C'était un miracle... les lumières se sont éteintes.

— Ce n'était pas un miracle. C'était Johnny Chase. Il a fait sauter les fusibles.

— Par accident?

— Non.

— Est-ce qu'il ne va pas perdre son emploi?

Della haussa les épaules.

— Ce n'était qu'un emploi occasionnel. Jamais encore il n'avait fait cela... elle grimaça et ajouta : et jamais il ne le refera.

Elle regarda les photos en noir et blanc accrochées au mur dans des cadres, et de toute évidence elle en était très fière.

— Johnny est photographe.

— C'est son métier? demanda Francesca, incrédule. De prendre des photos?

— C'est bien ça, dit Della en ramassant le plateau. Encore un bol de soupe de poisson?

Francesca avait encore très faim, mais elle parvint à réprimer son avidité.

— En avez-vous assez?

— Plus qu'assez.

On entendit un bruit de clé dans la serrure et Johnny rentra, un gros sac de papier brun sous le bras gauche.

— Ça marche?

La lueur dans le regard de Francesca fut une réponse éloquente.

— Elle mourait de faim, lui dit Della.

— Est-ce qu'elle t'a dit quelque chose?

— Il n'y a rien de pressé, Johnny.

Il mit au réfrigérateur le lait, le beurre et le fromage et en referma la porte.

— Elle ne sait pas où aller, non?

— Je ne crois pas, en effet.

— Et alors? demanda Johnny en lui passant les bras autour de la taille par derrière.

— Alors quoi?

— Est-ce qu'elle peut rester ici?

Della se retourna, toujours dans les bras de son mari. Ils regardèrent l'un et l'autre Francesca qui, dans l'autre pièce, sur le canapé, la tête penchée sur l'un des coussins, s'était endormie, complètement épuisée.

— Pauvre enfant, murmura Della. Pauvre enfant.

— Il aurait fallu la voir. Elle avait si peur.

— Je suis heureuse de n'avoir rien vu. Ces salopards... Je leur aurais dit ce que j'en pensais.

— J'en suis bien persuadé, dit Johnny, lui ébouriffant ses boucles rousses. Donc, elle peut rester? Quelque temps du moins?

Della se pencha en arrière et le regarda dans les yeux.

— Croyais-tu que je l'aurais laissée retourner à la rue?

Johnny Chase, fils d'un ouvrier de filature de Lowell, Massachusetts, était arrivé à Boston six ans plus tôt pour faire des études à la New England School of Photography, travaillant le soir dans des bars ou des restaurants pour joindre les deux bouts. Après avoir terminé ses études, il avait trouvé un travail consistant à nettoyer le studio et à aider dans tous ses travaux un photographe spécialisé dans les portraits, jusqu'à ce qu'il rencontre Della qui l'avait encouragé à travailler seul. Depuis lors, il s'efforçait de gagner sa vie, parfois contraint d'arrondir leurs revenus avec des «petits boulots» comme celui de l'entrepôt. Mais après son acte de sabotage, il n'était plus question d'y retourner, pas plus que Francesca. Celle-ci pouvait rester avec eux aussi longtemps qu'elle le voudrait, dirent-ils à la fillette et personne ne viendrait lui faire d'ennuis.

— Mais je ne peux tout simplement pas accepter, protesta Francesca qui avait peine à croire à sa chance après toutes ces angoisses et ces craintes. Mais quand elle eut raconté l'histoire de sa vie à Della et Johnny, ils l'avaient assurée que ce serait la fin de ses souffrances.

— Tu peux aider Johnny au studio, lui dit Della.

Souvent, Johnny faisait des photos dans l'appartement ou sur la terrasse, mais il louait également une autre pièce à l'étage au-dessous, qu'il avait divisée en studio d'une part et chambre noire de l'autre.

— Mais oui, bien sûr, confirma Johnny. Dis-lui qu'elle peut faire bien des choses pour nous, au studio et à l'appartement — si elle veut bien.

Della transmit la proposition à Francesca

— Elle veut bien, annonça-t-elle avec un grand sourire.

Ils avaient déjà décidé que Della enseignerait l'anglais à la jeune italienne ainsi que, avec le temps, autant d'autres matières essentielles que possible. Della se rendait bien compte qu'une fillette de douze ans, manifestement très intelligente, devait, par obligation morale autant que légale, recevoir une éducation convenable. Mais Johnny et elle savaient aussi que si les autorités apprenaient l'existence de Francesca dans ces conditions, elle serait probablement internée ou expulsée.

Francesca gagna son gîte et son couvert. Fascinée par le métier de Johnny, elle observait avidement tout ce qu'il faisait, rangeant tout derrière lui, chassant la poussière du studio et de la chambre noire et apprenant à nettoyer les appareils et les objectifs avec de fins pinceaux; elle s'occupait aussi du ménage de l'appartement, de leur repas du soir et, quand on eut la certitude que personne ne la recherchait, elle commença à faire de petites courses.

Là encore, Johnny et Della décidèrent qu'il serait plus sage de tirer profit du fait que Francesca faisait plus vieille que son âge. Beacon Hill était un quartier respectable de Boston, et une enfant que l'on voyait plus régulièrement dans la rue qu'à l'école ne manquerait pas de soulever des questions.

Alors que personne ne remarquerait une jeune fille de seize ans.

— Vous pouvez me faire paraître seize ans? demanda Francesca à Della avec une certaine crainte révérencielle.

— Ça ne me plaît pas du tout, mais je crois que je peux le faire, dit Della qui fit asseoir Francesca à sa coiffeuse et regarda les divers pots et tubes posés dessus.

— Vous allez me maquiller?

— Très légèrement, dit Della en prenant un pinceau à mascara — pas plus que ne se maquillerait une mignonne adolescente. C'est davantage une question de vêtements, Francesca. Tu es déjà beaucoup plus mûre que toutes les fillettes de douze ans que j'ai pu voir, du fait de ce que tu as connu — elle se recula un peu pour mieux la voir —, et Dieu sait que tu as une silhouette magnifique.

— Est-ce qu'il va falloir que je porte de nouveau un soutien-gorge?

— Pas si cela te gêne, dit Della en prenant un rouge à lèvres très pâle. Et n'oublie pas, c'est seulement quand tu sortiras. À la maison, avec nous, tu as de nouveau douze ans — et tu es vraiment toi-même.

— La vraie Francesca Cesaretti.

— La seule et unique, confirma Della qui appliqua le rouge à lèvres et hocha la tête, satisfaite, avant d'examiner de nouveau, songeuse, Francesca qui faisait la moue. Je sais qu'il est bien tôt, mon chou, lui dit-elle, mais as-tu une idée de ce que tu voudras faire à propos de ton frère? Plus tard?

207

Francesca se rembrunit aussitôt.

— Je ne sais pas. Je n'y ai pas vraiment réfléchi.

Certes, elle ne savait pas, mais elle y avait beaucoup songé. Elle pensait chaque jour à Luciano, et à Vittorio, et à Niccolo — à tout ce qui leur était arrivé. Mais il était trop pénible d'y penser trop longtemps car elle savait que, pour le moment du moins, elle n'y pouvait rien.

— Un jour, dit-elle à Della, le visage toujours aussi grave, je retournerai à Florence chercher Luciano pour le ramener à Boston. Elle secoua la tête. Mais il me faudra attendre longtemps, hein?

Della eut les larmes aux yeux. Elle avait raison. Francesca était mûre, terriblement mûre pour son âge, et cela lui donnait envie de pleurer de rage.

— Oui, mon chou, convint-elle, prenant une brosse pour essayer une nouvelle coiffure aux cheveux de la fillette qui repoussaient très vite. Il te faudra attendre longtemps.

— Mais j'irai un jour, dit Francesca, d'une voix soudain farouche. Je le jure.

Sur la tombe de Vittorio, ajouta-t-elle silencieusement.

17

Cinq années s'écoulèrent. Une nouvelle décennie s'annonçait. La vie des trois enfants Cesaretti, ballottés et séparés, devint de plus en plus une vie normale.

À l'automne de 1955, au bar de l'Excelsior Hotel, sur la Piazza Ognisanti, Bruno Cesaretti avait vu une belle femme blonde d'une quarantaine d'années renverser le contenu de son sac à main sur le sol. Alors qu'il se précipitait pour l'aider, leurs têtes se heurtèrent assez fort, et pendant un instant ils titubèrent, voyant trente-six chandelles, s'accrochant l'un à l'autre pour ne pas tomber, jusqu'à ce qu'ils se redressent et que Bruno offre un verre à la femme. Le soir venu, ils savaient qu'ils étaient tombés amoureux l'un de l'autre. À la fin de la semaine, ils savaient que c'était mieux encore : ils s'aimaient et se respectaient aussi.

Ils se marièrent au printemps suivant. Kate, la nouvelle épouse de Bruno, était une riche Américaine, divorcée, menue, aux cheveux courts et frisés, au regard bleu et franc, très enjouée et bonne. Tout comme Bruno, elle voulait refaire sa vie; l'un et l'autre souhaitaient, ardemment même, retrouver des racines et s'établir dans un milieu différent. Jusqu'à son mariage, Kate avait vécu à Philadelphie, mais elle avait voyagé dans toute l'Europe et marquait un goût particulier pour la

Côte d'Azur.

Ils passèrent leur lune de miel à Antibes et Monte-Carlo et, six mois après leur mariage, Bruno vendit son appartement de Florence; jamais il n'avait trouvé la volonté et le goût de partir à la chasse à la villa après avoir quitté le *palazzo*, et il s'était installé dans un appartement moderne de sept pièces qu'il n'aimait pas particulièrement. Kate avait une forte influence sur lui, mais pas à la manière dominatrice de Livia. Kate comprenait simplement Bruno et l'encourageait à suivre ses instincts et ses désirs. Quand il eut trouvé Kate, les instincts et les goûts de Bruno furent d'acheter un élégant appartement pour Fabio et Letizia, maintenant âgés de dix-huit et seize ans, de vendre le magasin du Ponte Vecchio et de mettre celui de la Via della Vigna Nuova au nom de ses enfants. Et, enfin, de s'installer, avec Kate et Luciano, dans une idyllique villa baignée de soleil près d'Eze, sur la Côte d'Azur.

— Fabio et Letizia ne me pardonneront jamais, avoua-t-il à Kate lors d'un de ses accès d'auto-critique. Et leur mère, si elle le peut, doit me maudire depuis sa tombe.

— Tes enfants auront tout ce qu'ils désirent, lui dit Kate, sincère, car elle n'avait pas tardé à comprendre Fabio et Letizia aussi bien que Bruno. Et si jamais ils en arrivent à aimer leur père plus que l'argent, la villa est assez spacieuse. — Elle l'embrassa. — Quant à leur mère, si elle veut hanter notre maison il lui faudra compter avec moi.

Pour ce qui était des sentiments de Luciano, on ne pouvait nourrir aucun doute. Jamais il n'avait été heureux de retrouver la vie florentine sans Francesca, bien que, les mois passant, il avait peu à peu cessé de l'attendre et s'était replongé dans la routine citadine à laquelle il avait souvent aspiré aux heures de danger, mais qui lui semblait maintenant bien morne et pesante comparée à sa vie de bohémien et aux splendeurs de Palmarola.

Cependant, l'oncle Bruno s'était montré un ami et un allié sûr et bienveillant. Tous les matins, à Florence, il emmenait

Luciano à l'école; tous les après-midi, quittant son travail, il revenait le chercher. Comme il s'était rendu compte des aptitudes de l'enfant pour la langue et la lecture, il l'encourageait, et sachant que certains des souvenirs les plus heureux de Luciano étaient ceux des jours d'insouciance passés loin de la ville et sur la petite île de la Pontine, Bruno l'emmenait régulièrement au bord de la mer, à Viareggio, et à la campagne pour pique-niquer.

Tout de suite, Luciano adora la France, et Le Rocher, leur villa, dès qu'il posa les yeux sur ses parfaites proportions et sa couleur crémeuse. Sa seule crainte avait été que Francesca ne puisse le retrouver s'il déménageait, mais l'oncle Bruno l'avait assuré que des instructions avaient été laissées aux nouveaux occupants de l'appartement. Le Rocher était tout ce que le Palazzo Speroza n'avait jamais été : d'une beauté insolente mais cependant distinguée; clair et aéré, frais en été et douillet en hiver; il possédait une charmante piscine, creusée au-dessus des rochers qui donnaient son nom à la maison, une grande terrasse et des balcons à chacune des pièces, un jardin planté de mimosas, jasmins, rosiers et bougainvillées — et, surtout, c'était une maison confortable et facile à vivre pour un gamin qui pouvait y jouer et y rêver à son aise.

Les années passant, Luciano prit davantage conscience des fortunes étrangement diverses qu'il avait connues. Cinq années ordinaires, heureuses — quatre de tragédie, de douleur et, finalement, de résignation — et les quatre dernières d'harmonie et de plaisir remarquables. Tante Kate était une personne chaleureuse, détendue, peu exigeante, et l'oncle Bruno le traitait comme un fils. Le chagrin ressenti à la perte de Vittorio et Francesca s'était estompé dans une espèce de filtre de brume à travers lequel il considérait maintenant la plus grande partie de son passé, y compris les mois extraordinaires avec Niccolo Dante et les bohémiens. Il se demandait parfois, alors qu'il rêvait au soleil, une orange pressée et un livre ouvert à côté de lui, dont les pages bruissaient sous la brise, si tout cela était vraiment arrivé ou si, peut-être, ces souvenirs appartenaient en partie à cet éternel imaginaire qui débordait de lui.

Parfois, il se souvenait à peine du visage, de la silhouette de Giulietta. Il la revoyait cependant fréquemment dans des rêves qui lui laissaient l'impression qu'il s'était glissé dans sa tête — il avait conscience de ressentir ses émotions, comme cette nuit dans l'abbaye, comme si elles étaient ses propres émotions. Les rêves rendaient une réalité à Giulietta qui devenait étrangement vivante — et le fait qu'il sût qu'elle gisait depuis des années dans sa tombe ne changeait rien à ce surprenant sentiment de réalité.

Tous étaient morts, sauf Francesca, Francesca qui s'était toujours occupée de lui, l'avait protégé et compris. Il savait qu'elle n'était pas disparue à jamais — tous les soirs il priait pour qu'elle revienne : des prières intenses, sincères... et cependant, malgré tout, il était heureux. Souvent, il se sentait tout surpris de penser à quel point il était heureux.

À l'école, il ne tenait pas ses premières promesses. Peut-être, suggéra Bruno pour l'excuser, cela était-il dû à toutes ces interruptions dans sa scolarité, mais Kate, toujours réaliste, savait que c'était surtout à cause de son manque d'application, d'attention.

— Il n'y a que les langues et la fiction qui l'intéressent, dit-elle à Bruno. Quand une matière l'ennuie, il coupe les maths, la chimie ou autre et se branche sur une de ses histoires ou un de ses rêves.

— Est-ce grave? demanda Bruno à sa femme. Faut-il être plus dur avec lui?

— Un peu plus strict parfois, peut-être, dit Kate, qui sourit bien vite et ajouta : J'ai lu une de ses rédactions, hier, et pour un gamin de treize ans elle était vraiment merveilleuse.

— Tu crois qu'il peut devenir écrivain?

— Je l'espère. C'est inné chez lui, dit Kate en passant de l'Ambre solaire sur le dos de son mari.

Jamais Luciano n'avait été plus heureux qu'assis là, sur le balcon de sa chambre, à écrivailler de brèves histoires. Il écrivait sur toutes sortes de sujets, toutes sortes de gens et, parfois, d'animaux — mais, régulièrement, il écrivait de curieuses histoires, débordantes d'imagination et aigres-douces sur de mystérieux enfants vivant dans des pays lointains. Kate, intriguée, lui demandait périodiquement l'origine et l'explication de ces histoires, mais Luciano était incapable de répondre.

— Tu dois tout de même bien savoir où tu trouves tout cela?

Et Luciano souriait et secouait la tête.

— Je ne sais pas, tante Kate. Cela arrive, comme ça.

En 1959, en Angleterre, Juliet Austen, treize ans, montrait également qu'elle pourrait avoir un avenir dans l'écriture, bien que ses talents fussent davantage orientés vers la réalité que la fiction et son travail plus articulé et structuré que celui de son frère jumeau, qu'elle avait depuis longtemps chassé de sa mémoire.

Il ne restait pas grand chose de Giulietta Volpi. Après une nouvelle naissance spirituelle, elle avait presque totalement cessé de penser à sa vie avant son adoption, que seules lui rappelaient une très légère claudication quand elle était fatiguée et les vilaines cicatrices qui marquaient ses épaules et sa poitrine. Elle avait fini par s'y accoutumer, surtout en s'appliquant à les ignorer. Tout le temps elle demeurait couverte, même avec Elizabeth — même quand elle était seule. Quand elle prenait un bain, elle ne regardait pas son corps; quand elle s'habillait, jamais elle ne se regardait dans le miroir tant qu'elle n'en avait pas terminé; quand elle devait passer ou ôter ses vêtements de gym, à l'école, elle emportait ses affaires aux toilettes. Bien que la natation eût constitué une part importante de sa rééducation, elle refusait catégoriquement que ses camarades la voient en maillot de bain.

Les inquiétudes nourries par Elizabeth concernant les premiers jours de sa fille à l'école avaient été justifiées, car le premier trimestre de Juliet à l'école de Dorking avait été très pénible. Juliet avait eu peur des autres filles, et elle s'était défendue en affichant un air de supériorité alors qu'en fait elle se sentait misérablement inférieure et, surtout, différente, la pire des tares chez les enfants. Bien des détails concouraient à ce sentiment de différence. Très tôt, Juliet en compta six, des plus importants :

Enfant adoptive. Sans père. Une mère qui peut rarement venir me chercher à la sortie, écrivit-elle dans un journal secret. Mon accent. Ma claudication. Et les cicatrices.

Juliet s'était appliquée plus durement que jamais, après cela, à éliminer les deux problèmes pour lesquels elle ne pouvait rien. Tous les matins et tous les soirs, elle faisait le programme complet d'exercices de rééducation prescrit par son kinésithérapeute, bien décidée qu'elle était à finir par marcher comme tout le monde.

Et puis son accent — le fait d'être étrangère. Elle bénéficiait déjà de cours de diction privés à Kaikoura, mais elle commença à lire à haute voix et pour elle seule, le soir, tout ce qui lui tombait sous la main, des bandes dessinées à Enid Blyton et aux ouvrages de la Chalet School, jusqu'à sa Bible et son dictionnaire anglais.

En 1957, Juliet avait passé l'examen d'entrée au Queen's College de Londres, l'école qu'Elizabeth souhaitait lui voir fréquenter, un peu parce qu'elle-même y avait fait sa scolarité et en partie du fait de sa situation dans Harley Street, à deux pas de l'appartement et du cabinet de Wimpole Street.

Le Queen's College avait été le premier établissement d'enseignement huppé pour les filles en Angleterre, et il avait excellente réputation. Nombre d'élèves déploraient que la directrice, Miss Kynaston, fût intraitable sur la discipline, tandis que les plus sportives enviaient à d'autres écoles moins citadines leurs courts de tennis et leurs installations sportives généreuses.

Peu importait à Juliet, enchantée de se trouver si proche d'Elizabeth, et qui avait le sentiment de n'aller à l'école que pour apprendre et réussir, pour faire plaisir à sa mère. À la fin de la deuxième année, elle marchait presque normalement et s'était débarrassée de son accent; avec ses cheveux blonds et ses yeux bleus, elle défiait quiconque de douter de son origine anglaise, encore que Queen's College fût réputé pour l'accueil qu'il réservait aux jeunes filles de toutes nationalités. Après avoir appris à être «comme les autres», Juliet se rendait maintenant compte que sa nouvelle ambition était d'être supérieure aux autres.

C'était le besoin de faire la fierté d'Elizabeth qui régissait la vie de Juliet. Le plus grave péché qu'elle pourrait commettre serait, selon elle, de décevoir sa mère, et il lui devint donc de la plus grande importance de réussir dans ses études et d'être populaire dans sa classe.

Elle était trop sérieuse pour être populaire, et si les autres filles se regroupaient par petites coteries et nouaient des amitiés étroites, Juliet restait distante et solitaire. Personne ne comprenait que cette introversion trouvait son origine dans une vulnérabilité et une profonde méfiance qu'elle-même ne comprenait pas pleinement. Avec sa mère, Juliet se montrait douce, gentille et confiante. Dans le monde extérieur, malgré son incontestable séduction et son intelligence, elle demeurait toujours, secrètement, effrayée. Elle ne voulait pas qu'Elizabeth sache qu'elle n'avait pas d'amies, et elle mentit donc.

— Mes amies, répondait-elle quand Elizabeth lui suggérait de les inviter à venir prendre le thé, habitent trop loin. Il faut qu'elles rentrent directement.

— Ça ne se fait plus, déclara-t-elle quand Elizabeth lui demanda si elle aimerait donner une fête pour son anniversaire. Sauf pour les tout petits.

Parfois, elle rentrait même se changer et ressortait, disant à sa mère qu'on l'avait invitée à prendre le thé. Quand Elizabeth allait faire ses visites à ses patients, elle mettait Juliet dans un taxi et celle-ci demandait à descendre devant Regent's Park où elle allait marcher pendant deux heures avant de rentrer à Wimpole Street et de prétendre qu'elle s'était bien amusée.

Pour ce qui était du travail scolaire, Juliet, comme la plupart des élèves, avait des points faibles. Elle excellait en anglais et aimait les langues mais guère les sciences et avait peur du labo de chimie avec ses becs Bunsen et ses odeurs, et elle n'était guère douée pour les mathématiques. Quand, vers la fin du dernier trimestre de 1958, elle ramena sur son livret scolaire de médiocres résultats en ces matières, Juliet lut de la tristesse dans le regard d'Elizabeth, et elle se sentit le visage brûlant de honte.

Elle commença à tricher. L'important, se disait-elle, était de ne pas être prise; une autre fille de sa classe s'était trahie en copiant parfaitement sur sa voisine pendant tout le trimestre pour échouer lamentablement aux examens de fin d'année. Cela n'allait pas arriver à Juliet — elle préférait mourir plutôt qu'Elizabeth découvre la vérité. Et Juliet ne trichait pas pour tirer au flanc — elle voulait travailler dur, s'améliorer. Si elle copiait sur une autre, elle s'évertuait à analyser ce qu'avait fait sa compagne pour en arriver à cette solution.

Elle frisa la catastrophe, une seule fois, quand les équations qu'elle était parvenue à «pomper» sur sa voisine se révélèrent fausses.

Les deux jeunes filles furent convoquées par le professeur après la classe.

— Manifestement, l'une de vous a copié sur l'autre.

Sa compagne nia énergiquement — Juliet demeura calme et conserva tout son sang-froid.

— Je jure sur la Bible, dit-elle d'une voix sourde, pleine de ferveur, fixant le professeur droit dans les yeux, que je n'ai rien fait de mal.

On ne put rien prouver. Le trimestre suivant, Juliet changea de place et copia sur une fille qui jamais ne faisait d'erreur.

Si quelqu'un l'avait accusée de mentir ou de tricher, elle n'aurait pu nier. Mais son amour passionné pour sa mère, et sa soif insatiable de l'approbation d'Elizabeth lui semblaient justifier toutes les mesures, même les plus extrêmes. Quoi qu'il en coûtât, elle était décidée à s'imposer. Elle allait travailler, elle allait se battre, et si nécessaire elle tricherait et mentirait — elle ferait n'importe quoi pour qu'Elizabeth soit la mère la plus fière de toute la Grande-Bretagne.

Francesca, à dix-sept ans, nourrissait deux ambitions : devenir une excellente et célèbre photographe, et, surtout, gagner assez d'argent pour lui permettre, légalement tout autant que financièrement, de faire venir Luciano en Amérique.

Dès le début de son installation chez les Chase, elle avait écrit des lettres à son frère, veillant soigneusement à ne donner aucun détail qui aurait pu faire savoir où elle se trouvait, attendant que Johnny rencontre quelqu'un qui allait partir pour une autre région des États-Unis afin de poster sa correspondance aussi loin que possible de Boston. Les restrictions qu'elle s'imposait rendaient ses lettres désespérément vagues, mais l'important était que Luciano sache qu'elle avait toujours la même affection pour lui et qu'elle pensait à lui chaque jour — et que viendrait un autre jour où elle pourrait aller le chercher en Italie, — et, enfin, que Vittorio avait eu raison, que l'Amérique était bien un pays merveilleux qu'elle brûlait de lui faire connaître.

Johnny et Della lui avaient donné ce qu'elle avait pensé ne jamais connaître — la stabilité. Johnny lui avait enseigné, de grand cœur et avec générosité, tout ce qu'il savait de l'art de la photographie, tandis que Della n'avait rien négligé pour lui donner le vernis d'une jeune fille bien élevée.

Ce qui n'avait pas été facile. Francesca vivait depuis un an déjà comme une jeune fille de seize ans lorsqu'elle avait eu ses premières règles. Depuis quatre ans déjà elle se défendait contre les entreprises des hommes quand elle connut ses premiers émois physiques. Jamais elle n'avait pu partager la vie et les distractions normales d'une adolescente, et ce fut Della Chase qui, pour le vrai seizième anniversaire de Francesca, se battit pour qu'elle se retrouve en harmonie avec son âge réel.

— Je sais qu'il t'est difficile de croire que c'est si important alors que cela fait déjà quatre ans que tu as cet âge, lui dit
Della, mais tu dois me croire sur parole. C'est important
d'avoir seize ans — c'est là que se terminent bien des choses
de l'enfance et que commencent bien d'autres de l'âge adulte.

C'était à cette occasion que Johnny avait fait une série de
photos de Francesca, avec toute son affection et sa parfaite
compréhension de la beauté rare et naturelle de la jeune fille.
Ces photos avaient été saluées comme d'étonnantes images de
la sensualité innocente quand, au début de 1959, Johnny avait
exposé une partie de son œuvre à une galerie de Black Bay.

Après quoi il avait reçu un grand nombre de demandes
concernant l'identité de Francesca, émanant d'autres photographes et d'une ou deux agences de mannequins, mais le
souvenir de ses premiers jours à Boston était resté trop bien
gravé dans l'esprit de Francesca pour qu'elle envisage seulement de poser pour quelqu'un d'autre que Johnny.

— Je reste de ce côté-ci de l'objectif, déclara-t-elle, l'œil
au viseur du Leica que Johnny lui avait prêté pour son usage
personnel.

— Pourquoi? demanda Johnny. Il y a des centaines
d'autres choses que tu pourrais faire, dont la plupart te permet-
traient de gagner plus d'argent, à moins que tu sois sensation-
nelle et que tu aies de la chance.

— Ce n'est pas simplement à cause de Johnny, non?
voulut savoir Della, craignant toujours qu'ils exercent une trop
forte influence sur la jeune fille.

— Non, je ne crois pas, répondit Francesca, songeuse,
tout en essuyant un «grand angle». Bien sûr, sans Johnny je
n'aurais peut-être jamais su que c'était là ce que je voulais
faire — et c'est parce qu'il est si bon que je sais combien
durement il me faudra travailler, mais...

— Mais?

— Mais je crois que c'est important, la photo, vital,
même, expliqua-t-elle, ses yeux sombres étincelant. Pouvoir
capturer les gens, leurs pensées, leurs gestes, leurs humeurs...

ou un arbre ou un jardin, ou un merveilleux paysage, ou un événement, une tragédie ou une joie, et peut-être de le faire avec vérité et bien — elle les regarda tous les deux : Je crois que cela doit être merveilleux.

— Oui, convint Della, pleine de tendresse. C'est merveilleux.

Francesca n'avait pas terminé.

— Je n'ai aucune photo de mon père ni de ma mère, ni de ma sœur ni de mon petit frère. Ni de Niccolo.

— Mais tu les as en toi, lui dit Johnny, avec gentillesse.

— En un sens, oui, ou du moins leur... elle chercha le mot exact... leur essence.

— Leur essence, confirma Della avec un hochement de tête.

— Mais ce serait différent si je pouvais les regarder, comme je peux le faire avec Vittorio et Luciano, simplement parce que l'oncle Bruno a pris des photos de nous à Noël, une année.

Elle se rendit compte qu'elle était en train de serrer fortement l'objectif et le reposa.

— C'est important.

Elle était devenue, entre-temps, une précieuse assistante pour Johnny, notamment en ce qui concernait l'aspect commercial de son travail, qui consistait surtout à photographier des acteurs pour leur «livre de presse». Et maintenant qu'il pouvait lui confier son matériel le plus précieux, elle projetait de se déplacer à travers la ville et jusque dans les environs. Boston, avait-elle appris avec les années, était une ville vibrante, excitante, et Cambridge, où se trouvait l'université Harvard, juste de l'autre côté de la rivière Charles, était le lieu le plus bouillonnant de vie qu'elle ait jamais connu, avec sa jeunesse, sa sagesse, sa science.

Mais, bien que sachant qu'elle en apprendrait davantage sur son nouveau métier parmi les gens, c'était la campagne de la Nouvelle-Angleterre qui l'attirait le plus. Dans quelques semaines on serait en octobre; l'automne allait arriver sur l'Etat de New York et le Massachusetts, et les érables, frênes, saules, bouleaux, cerisiers et chênes allaient déployer toute la gamme glorieuse de leurs couleurs; et Francesca allait rester bouche bée, les yeux pleins de larmes, remerciant Dieu de se trouver là, saine et sauve en Amérique, souhaitant plus que tout que Vittorio et ses bien-aimés aient pu se trouver là à côté d'elle pour goûter avec elle cette splendeur.

Septembre 1959...
Dans trois pays différents, les trois enfants survivants de Giulio et Serafina Cesaretti vivaient des vies séparées, complètement différentes, grandissant en dehors de leurs racines, et en dehors les uns des autres.

LA SÉPARATION

1967-1974

18

Par un frais après-midi de mai 1967, dans la salle de lecture de la bibliothèque de l'Université du Sussex, Juliet Austen, à un mois de son vingt et unième anniversaire, tomba amoureuse pour la première fois.

Depuis une heure et demie, elle lisait *Women in Love* — Femmes amoureuses —, tellement absorbée qu'elle ne leva les yeux qu'une fois sa lecture terminée de la description par Lawrence de Rupert et Gerald en train de lutter, nus, sur le tapis à Shortlands. Elle ne se rendit guère compte que son cœur battait plus rapidement que d'habitude et que ses joues s'étaient empourprées — et qu'elle l'avait vu à travers un brouillard de désir érotique réprimé.

Peut-être n'avait-il cessé d'être là, lové dans sa chaise, ses cheveux bruns et brillants lui tombant sur le front, ses longs cils projetant des ombres sur ses joues, la bouche grimaçant légèrement sous la concentration, mais Juliet était certaine de ne l'avoir encore jamais vu.

Jamais je ne l'aurais oublié, se dit-elle, se replongeant dans son livre, confuse et surprise, troublée par l'intensité de ce qu'elle ressentait et s'inquiétant qu'il remarque qu'elle le regardait.

Les doigts tremblants, elle ramassa ses affaires, se leva et essaya de trouver une voie de sortie qui ne nécessite pas de passer près de lui en le frôlant, mais il était impossible de faire autrement. Ne lève pas les yeux, je t'en prie, se dit-elle désespérément en commençant son interminable trajet vers la porte.

Elle baissa les yeux et se hâta, en passant. Le premier livre de la pile qui se trouvait sur sa table s'intitulait *Mind, Self and Society* — L'Esprit, le moi et la société — tandis qu'il était en train de lire *From Russia with Love* — Bons baisers de Russie. Juliet sourit malgré elle.

Il leva les yeux, s'étira comme un chat et lui fit un clin d'œil.

Juliet se mit à courir.

Bien que partageant une maison à Woodingdean avec quatre autres filles, Juliet était demeurée une solitaire. Après des résultats brillants au Queen's College, elle avait espéré continuer ses études à Londres et rester à l'appartement de Wimpole Street, mais Elizabeth l'avait doucement mais fermement poussée vers le Sussex.

— Il faut que tu passes davantage de temps avec les jeunes, ma chérie. Le Sussex sera important et bon pour toi et nous ne serons pas très loin l'une de l'autre, que je me trouve à Kaikoura ou en ville.

Cela ne lui disait rien, mais c'était ce que souhaitait Elizabeth, et Juliet plaçait toujours la satisfaction de sa mère et sa fierté au-dessus de tout, et elle avait accepté.

Elle avait su que cela lui serait pénible. Elle avait ignoré à quel point.

Le pire, c'était les «parties», incessantes, où l'on se payait du bon temps et qu'appréciaient tant ses condisciples. À la fin de la première année, Juliet était parvenue à convaincre Felicity, Cathy, Rachel et Marina, les filles avec lesquelles elle vivait, que les hommes ne l'intéressaient vraiment pas, qu'elle aimait vraiment passer ses loisirs à étudier — et qu'elle détestait sincèrement et de tout cœur ce genre de réunions.

Mais aujourd'hui, c'était le vingt et unième anniversaire

de Cathy, et l'on se préparait, à la maison, à une invasion d'étudiants et d'amis de Cathy venant de la ville d'où elle était originaire. Cette soirée, même Juliet ne pouvait l'esquiver, et elle l'appréhendait.

— Pourquoi ne t'es-tu pas changée? lui demanda Felicity, des fleurs dans ses cheveux roux et vêtue d'une robe mini.

— Je me suis changée, répondit Juliet, continuant à découper du cheddar en cubes.

— Un polo noir à col roulé?

— Pourquoi pas?

— C'est une soirée, pas une veillée funèbre. À part ça, tu vas mourir de chaleur.

— Mais non.

Juliet s'était sentie soulagée quand le temps avait fraîchi au début de la semaine. Elle portait toujours ses cheveux blonds longs et raides, avec une frange, ainsi que des pulls à col roulé ou des chemisiers fermés au cou pour que personne ne puisse voir les cicatrices de ses épaules.

— Pourquoi ne pas changer ton jean pour une mini — tu as de si longues jambes.

— Je suis très bien comme ça, Fliss.

— Mais tu as l'air si glacial, observa Felicity avec un hochement de tête. Mets au moins ma jupe de cuir — comme cela tu auras l'air sexy.

— C'est très bien, Fliss.

— Foutaises.

Felicity finit par l'emporter. Quinze minutes plus tard, les jambes de Juliet étaient gainées d'un collant, son pull était rendu plus gai par une chaîne imitation or prise sur la coiffeuse de Marina, et elle portait des boucles d'oreilles en anneau et un rouge à lèvres rose pâle.

— Il te faut des faux cils.

— Non, fit Juliet.

— Allons, tu vas avoir l'air sensationnel.

— Fliss, je t'en prie, écoute ce que je te dis. Pas de faux

cils.

— J'en ai de très courts...
— Non.

La soirée durait depuis deux heures quand elle l'aperçut qui passait la porte, une bouteille de vin et un paquet-cadeau à la main. Le cœur de Juliet se mit à battre plus fort.

Elle était assise au milieu des escaliers, avec un verre de punch, et son premier réflexe fut de fuir. Mais il n'y avait nulle part où aller, nulle part où elle pourrait être seule.

Il la vit presqu'aussitôt, lui sourit et lui lança un :
— Hello.

Juliet répondit par un signe de tête, incapable de parler.
— Où est Cathy? Je voudrais lui donner ceci.

Juliet essaya de ne pas regarder. Il avait un léger accent irlandais et il était plus séduisant encore qu'elle l'avait pensé la première fois, avec ses yeux bleu sombre qui se plissaient au coin.

— Je vais le prendre, si vous voulez. — Sa voix n'était qu'un souffle. — Je vais le mettre avec les autres.

— Parfait, dit-il en lui tendant le paquet. Merci.

Juliet se leva. Ses longues jambes lui semblaient nues sous la mini de Felicity.

— Y a-t-il un mot? Saura-t-elle d'où il vient?

— Désolé, non, je n'y ai pas pensé.

— Voulez-vous que je l'écrive?

— S'il vous plaît, dit-il, regardant autour de lui.

— Qu'est-ce que je dois mettre? demanda Juliet, qui se sentait très gauche.

— Pardon?

— Quel nom?

— Ray, dit-il en souriant. Ray Donnelly.

— Parfait, dit-elle, grimpant les escaliers, les joues brûlantes.

— Et vous?

Elle s'arrêta, se retourna. Il la regardait.

— Votre nom.

— Juliet.

— Parfait, dit-il. Et il sourit de nouveau.

Et, de nouveau, Juliet fila.

Quand elle eut trouvé le courage de redescendre, Ray Donnelly avait disparu. Lorsqu'elle le revit, il parlait avec une autre fille. Ou, plus exactement, il lui tenait la main et la regardait dans les yeux. Elle était petite et brune, avec des cheveux frisés et un visage rond agrémenté de fossettes. Le contraire de Juliet. Elle aurait voulu devenir invisible.

— Tu t'amuses? demanda Rachel, glissant près d'elle, fascinante dans sa robe de tricot blanc serrée à la taille par une ceinture en chaînons.

— Formidablement, dit Juliet qui parvint à prendre un ton enjoué.

Elle aurait voulu s'enivrer, mais elle n'appréciait guère les effets de l'alcool. Elle détestait tout ce qui faisait perdre la maîtrise de soi. Peut-être était-ce une autre séquelle de ses années d'hôpital, mais il lui fallait rester parfaitement maîtresse d'elle-même, tout le temps; c'était essentiel pour réussir.

Du coin de l'œil, elle aperçut Ray Donnelly et sa petite amie qui flânaient dans le minuscule jardin envahi par les herbes. Malgré elle, elle les imagina en train de s'enlacer, de s'embrasser, de tomber sur l'herbe épaisse.

Elle se hâta de grimper les escaliers, enjambant des couples soudés dans diverses positions. À l'étage, l'atmosphère était enfumée et puait la cigarette et la marijuana. Juliet ouvrit la porte de sa chambre pour y trouver refuge et s'arrêta net. Un couple se trouvait sur son lit, nu, ne se souciant nullement d'elle et plongé dans des rapports joyeux et agités.

La fureur qu'elle ressentit s'estompa aussitôt et, vaincue, elle referma la porte, envahie par une indicible misère. Elle regarda sa montre et vit qu'il était à peine plus d'onze heures — ce n'était pas près d'être fini.

Et puis elle entendit la voix de l'homme dans la chambre

d'en face. La chambre de Rachel.

— Laura, qu'est-ce que tu fais, bon Dieu?!

«Passons la nuit ensemble!» chantaient les Rolling Stones au-dessous.

— Pour l'amour de Dieu, Laura!

Juliet sentit des picotements dans la nuque. La voix n'était pas seulement pressante ni fâchée, elle était terrifiée. Elle hésita un instant puis frappa à la porte. Aucune réponse. Elle entendit un bruit de lutte puis un petit cri étouffé.

Quand elle ouvrit la porte, la fille se trouvait déjà en équilibre sur le rebord de la fenêtre, nue à part un ruban rouge autour du cou, les yeux vitreux. Et plus que défoncée. Elle avait perdu l'esprit.

— Oh, mon Dieu.

L'homme, également nu, se tenait là, à deux mètres, paniqué. Sa voix n'était plus qu'un murmure et il n'osait plus bouger devant la fenêtre grande ouverte.

Le cœur de Juliet se mit à battre la chamade. Elle regarda la fille.

— S'il te plaît, lui dit-elle doucement. Descends.

Le regard de la fille changea, comme si ce qu'elle voyait était devenu soudain merveilleux et sa bouche s'ouvrit sur un sourire presque béat.

— Oui, dit-elle, sans bouger.

— Laura! lança le garçon, une terreur nouvelle dans la voix.

Lentement, très lentement, elle commença à se retourner, ses ongles des pieds impeccablement faits agrippant toujours le rebord de la fenêtre, ses fesses brillant à la lueur de la chandelle.

— Oh, oui, souffla-t-elle, soudain extatique.

Juliet regarda, désespérée, le jeune homme, toujours aussi figé qu'une statue.

— Pour l'amour de Dieu, lança-t-elle. Attrapez-la!

Elle vit l'expression de son visage passer de la panique à l'horreur, à l'incrédulité et enfin à l'angoisse. Elle vit la fille

228

fléchir les genoux, comme un athlète, vit son corps s'élancer du rebord de la fenêtre, loin, dans le vide, en un parfait plongeon, les jambes bien tendues, les pieds dans le prolongement.

«Dieu seul sait», chantèrent les Beach Boys.

Et, pendant un bref instant, Juliet eut l'impression qu'elle aussi plongeait dans le vide.

Juliet ne sut pas où elle trouva ce sang-froid pendant les heures qui suivirent. Elle savait qu'elle devait être sous le choc, et cependant ce fut elle qui appela l'ambulance, qui essaya de consoler le jeune homme effondré, qui expliqua clairement et de façon concise ce qui s'était passé à la police quand elle arriva.

Elle les suivit à l'hôpital général de Brighton, où l'on constata la mort de Laura à son arrivée, et elle y resta pour les sinistres formalités. Elle savait qu'elle avait toute liberté de partir, mais elle resta, à observer les policiers, toujours aimables malgré leur quasi-certitude que le LSD était la cause de l'accident, regardant et écoutant jusqu'à l'arrivée des parents de la fille, éperdus et confondus.

Ce ne fut que beaucoup plus tard, après son retour à la maison de Woodingdean qui avait retrouvé son calme, dans sa chambre vide de manteaux et de son couple en train de faire l'amour mais toujours imprégnée de l'odeur fade et écœurante de la marijuana, que Juliet comprit soudain ce qui lui trottait dans la tête depuis des heures, ce qui l'avait fait rester à l'hôpital avec une fascination presque morbide. C'était, comprit-elle brusquement, ce qui faisait toute la différence entre les journalistes et les autres écrivains, ce qui l'avait séparée, ce soir, de tous les autres.

Toute sa fatigue et son abattement disparurent, balayés par cet éclair d'absolue certitude. Elle était restée parce qu'elle avait senti, en quelque sorte, qu'il y avait là un métier pour elle. Elle allait écrire un récit de la tragédie, un compte rendu des événements, non seulement avec précision et en s'en tenant aux faits, mais de telle façon que le lecteur puisse comprendre la folie, l'horreur et le gâchis que représentait la mort de la fille.

Elle écrivit jusqu'à l'aube, assise devant la fenêtre ouverte, oublieuse du froid de la nuit, dormant deux heures avant de reprendre la plume. Elle rata ses deux premiers cours ce jour-là, elle qui jamais n'avait raté même la plus ennuyeuse des conférences; et quand elle eut terminé, elle relut son récit avec toute l'acuité critique dont elle était capable.

C'est bon, se dit-elle. Mais est-ce assez bon?

Elle le relut. Les faits étaient présentés clairement, avec un mélange réussi et émouvant de compassion et de condamnation. Je crois que c'est bon.

Elle le relut encore une fois.

Bien que la fille qui était morte ne fût pas étudiante, on accepta de publier l'article de Juliet dans le *Wine Press*, l'un des deux journaux de l'Université. Aucun étudiant de l'Université du Sussex n'avait connu des ennuis avec la loi pour une question de drogue, et la plupart étaient opposés à plus dur que le cannabis. Quand le *Brighton Evening News* reprit l'article, Juliet fut ravie. Son ambition, jusqu'alors, s'était limitée à un bon diplôme, mais soudain, le flou entourant son avenir se dissipa.

À Kaikoura, Elizabeth colla le premier article de sa fille dans un album à la reliure de cuir et décrocha le téléphone.

— N'est-ce pas merveilleux? lui demanda Juliet, enthousiaste.

— C'est la chose la plus formidable que j'aie jamais vue, répondit Elizabeth en souriant.

— Je sais. Qu'en penses-tu vraiment? Est-ce que c'est bon?

Elizabeth ne marqua aucune hésitation :

— C'est clair, c'est vigoureux, c'est direct et c'est dépourvu de sensationnel. — Elle parcourut l'article pour la centième fois. — Je n'aurais pas du tout aimé que tu écrives quoi que ce soit qui aurait avivé la douleur de ses pauvres parents.

— C'est l'un des aspects qui m'ont le plus gênée. Je me suis sentie tellement glaciale, ce soir-là. J'avais l'impression de regarder la fin du monde de quelqu'un d'autre et de la garder pour moi seule. Est-ce que cela ne me rend pas insensible?

— Pas si tu en es consciente. Pas si tu conserves ta bienséance.

Juliet se sentit soulagée et laissa la chaleur l'envahir de nouveau.

— Je vais le faire, maman, vraiment. Je vais devenir journaliste. Elle attendit un instant puis : Es-tu fière de moi?

— Toujours.

— Je veux dire particulièrement fière.

Elizabeth fut sensible à l'avidité dans la voix de sa fille.

— Je ne pensais pas qu'il était possible de me sentir plus fière de toi que je l'ai toujours été, ma chérie. Mais je le suis.

Quand Juliet raccrocha le téléphone, elle rayonnait et débordait d'idées pour l'avenir.

Elle avait complètement oublié Ray Donnelly.

Un mois après la soirée d'anniversaire, Juliet était assise, seule, à la Mocca Coffee House de Hove, quand elle le vit entrer.

En cherchant une place, il l'aperçut immédiatement et lui sourit. Juliet, remuant son *cappuccino*, se sentit rougir.

— Merveilleux, un visage ami, dit-il, s'asseyant en face d'elle. Vous permettez?

— Bien sûr.

Il s'installa confortablement et commanda un café.

— Vous vous souvenez de moi, oui?

— Ray Donnelly. Qui lit des ouvrages de sociologie et des James Bond.

— Pas dans cet ordre-là, dit-il, tirant de la petite valise qu'il avait avec lui et montrant à Juliet un livre en édition de poche.

— *Goldfinger*, lut-elle, et elle sourit.

— À propos, accepteriez-vous de venir au cinéma avec moi?

— Quand? demanda-t-elle, surprise.

— Maintenant. J'allais voir le film de René Clair.

— Les Belles de Nuit.

— C'est cela. Vous venez?

Son cœur se mit à battre plus fort.

— En fait, j'y allais.

— Superbe.

Il avala son café et se leva.

— Eh bien, allons-y.

— Vous vous souvenez de mon nom? demanda brusquement Juliet en le regardant.

— Tout le monde connaît votre nom, répondit-il, ses yeux bleu foncé étincelant.

— Qu'est-ce que cela veut dire?

— Les lignes que vous avez écrites — Juliet Austen — et la vôtre.

De la main il dessina une silhouette imaginaire dans l'air.

— Superbe.

Elle rit, avec plaisir, et se leva.

— Ça ne vous arrive pas souvent, hein?

— Quoi donc? demanda-t-elle en le suivant vers Bedford Place.

— De rire.

— Comment le sauriez-vous? Vous ne m'avez vue que deux fois?

— Oh, non. Je vous ai vue des dizaines de fois sur le campus.

C'était vrai. Il l'avait remarquée à de nombreuses occasions, admirant ses longs cheveux qui se balançaient, son ravissant visage ovale et ses jolies jambes. Il avait également remarqué son air fermé, grave, et qu'elle était presque toujours seule. Ce qui l'avait conduit à garder ses distances jusqu'à aujourd'hui, car Ray était trop sociable et populaire pour se soucier de perdre du temps et de l'énergie en allant au plus difficile.

Mais soudain, en regardant de plus près cette curieuse beauté, il se dit qu'elle en valait peut-être la peine. Ou tout au moins le prix de deux places de cinéma.

Juliet avait été persuadée qu'elle ne connaîtrait jamais le romanesque, que cela n'arrivait qu'à des filles comme Rachel, ou Fliss, ou Cathy — mais pas à elle.

Comme elle s'était trompée, quelle merveilleuse erreur!

Ray représentait tout ce dont elle avait pu rêver chez un homme. Séduisant. Non, pas seulement séduisant, il était beau. Et il se souciait d'elle.

Jusque là, elle était sortie quatre fois avec lui, deux fois au cinéma et deux fois au restaurant, et chaque fois il avait insisté pour payer, bien qu'il n'eût pour gîte qu'une chambre en demi sous-sol dans une maison lépreuse de Kemp Town, et que ses finances fussent toujours tirées au plus juste.

Dieu, qu'elle était heureuse, ou du moins aurait-elle été formidablement heureuse si la fin du trimestre n'avait pas été si proche. Dans moins de quinze jours, Ray allait rentrer chez lui, dans le comté de Wicklow, et Juliet retournerait à Kaikoura. Comment croire que quelque chose ou quelqu'un la ferait hésiter à rentrer à sa bien-aimée maison?

Le soir de leur cinquième sortie ensemble, Ray arriva à Woodingdean House avec une grande boîte plate sous le bras.

— Qu'est-ce que c'est? demanda Juliet.

— Plus tard, répondit Ray sans lâcher sa boîte.

Au restaurant, devant une bouteille de vin, il l'invita à l'accompagner au bal de l'été.

— Moi? demanda Juliet, rose d'émotion. Vraiment?

— Pourquoi pas toi? Pourquoi es-tu toujours surprise quand je veux sortir avec toi?

— Je ne suis pas... c'est que...

— Quoi?

— Rien.

— Alors, tu viendras.

— Cela me plairait beaucoup.

Ray se souvint de la boîte, par terre à côté de lui. Il la prit et la posa sur la table.

— Autant que tu prennes cela maintenant.

Juliet le regarda.

— Vas-y, ça ne mord pas.

De ses doigts nerveux, elle souleva le dessus et découvrit un papier de soie.

— Qu'est-ce que c'est?

— Il n'y a qu'un seul moyen de le savoir, dit-il.

Elle souleva le papier et étouffa un petit cri. Elle avait sous les doigts le plus merveilleux des tissus — soyeux et très fin, comme un fil de la vierge, avec, en impression, des nuages de bleu, de mauve et de rose.

— C'est une robe pour le bal, dit Ray. Mi-longue, avec un dos nu, et tu seras un vrai rêve dedans.

Juliet reposa le dessus de carton sur la boîte. Elle se sentait nauséeuse.

— Est-ce qu'on peut partir, s'il te plaît?

— Qu'est-ce qui se passe?

— Il faut que je sorte. Je ne me sens pas bien.

— Une seconde, le temps que je règle, dit-il, cherchant la serveuse autour de lui avant de revenir à Juliet. Elle était blême. Tu as l'air terriblement secouée.

— Je suis désolée, dit-elle, les jambes tremblantes. Je t'attends dehors.

Quand il vint la retrouver, elle était parvenue à faire meilleure figure.

Ray lui prit le bras.

— Que s'est-il passé?

— Je ne peux pas aller au bal, Ray.

— Mais tu viens de me dire...

— Je suis désolée. La robe est merveilleuse, je suis certaine qu'on la reprendra.

Elle évita son regard.

— Tu diras qu'elle ne m'allait pas.

— Mais comment le savoir tant que tu ne l'as pas essayée? demanda Ray, soudain conscient que la robe était la clé de ce qui tourmentait cette étrange et charmante fille.

— C'est inutile.

— Oh, que si! Allons, viens, dit-il, lui prenant fermement le bras.

— Où?

— Chez moi. Essayer cette foutue robe.

— Ce n'est pas une foutue robe. Elle est magnifique.

— Eh bien, la magnifique foutue robe.

Dans sa chambre qui sentait l'humidité, il s'assit sur le canapé au cuir craquelé et ouvrit une bouteille de vin rouge.

— Je n'en veux plus, dit Juliet.

— Tu en as à peine bu.

Il lui tendit un verre et vint s'asseoir à côté d'elle, pas trop près, sentant qu'il n'arriverait à rien avec elle si elle se sentait trop pressée.

— C'est la robe qui a provoqué cela chez toi, hein? demanda-t-il.

Juliet ne répondit pas.

— Tu ne me fais pas confiance?

— Bien sûr que je te fais confiance.

— Alors dis-moi ce qui s'est passé?

Il s'approcha un peu plus, hésita et demanda :

— Qu'est-ce que tu as donc avec ton corps?

Juliet sursauta, surprise.

— Qu'est-ce que tu veux dire?

— Tes vêtements. Tu es toujours emmitouflée, même quand il fait chaud.

— J'ai froid.

— Je vois...

Il resta un instant silencieux et, avec douceur, très gentiment, il lui caressa la joue de sa main droite.

— Je suis ton ami, Juliet. Laisse-moi t'aider.

Elle le regarda, vit ce si beau visage, son regard si bon, si inquiet, et soudain elle sut qu'elle allait lui dire, qu'il n'y avait pour eux aucun avenir si elle ne le lui disait pas.

— D'accord.

— Pauvre gosse, dit-il.

— Plus maintenant.

Elle se sentait tellement plus légère, tellement soulagée. Il allait comprendre, maintenant qu'il savait, pourquoi elle ne pouvait porter sa robe, ou quoi que ce soit d'autre qui expose sa laideur.

— C'est vraiment moche? demanda Ray.

— Quoi donc?

— Les cicatrices.

— Très moche, dit-elle, haussant les épaules. Hideux.

Un instant, Ray demeura immobile et puis il se leva et alla ramasser la boîte de carton qu'il avait abandonnée.

— Une suggestion, dit-il. Pourquoi ne pas aller dans la salle de bain et passer la robe...

— Non! s'écria Juliet, choquée. Je viens de t'expliquer. Tu dois sûrement comprendre, maintenant, que je ne peux pas.

— Il y a un excellent miroir, continua-t-il, comme si elle n'avait rien dit. Prends tout ton temps, et si tu décides que tu ne veux pas que je te voie dans cette robe, c'est d'accord. — Il lui tendit la boîte. — Fais-le pour moi, Juliet. — Il lut l'hésitation dans son regard. — Et si tu ne peux le faire pour moi, fais-le pour toi.

Il fallut près de trente minutes avant que ne s'ouvre la porte, qu'elle s'entrebâille à peine.

Ray bondit de son canapé.

— Eh bien? demanda-t-il. Qu'est-ce que ça donne?

— La robe est très jolie, Ray.

— Est-ce qu'elle te va?

— Comme si on l'avait faite pour moi.

— Est-ce que je peux voir?

Elle ne répondit pas.

— J'aimerais tant te voir dedans, mon chou.

— Je me suis dit...

— Oui?

— Que peut-être, si j'achetais un châle, ça ne serait pas trop moche, dit-elle, timide et pleine d'espoir. Qu'est-ce que tu en penses?

— Cela me semble une merveilleuse idée.

Il attendit un instant, puis insista :

— Mais je ne peux vraiment rien te dire sans avoir vu, non?

— D'accord, dit-elle après un autre long silence.

La porte s'ouvrit et Juliet sortit, timide, les épaules drapées dans une serviette de toilette d'un bleu fané.

— Ça remplace le châle, dit Ray en souriant.

Elle hocha la tête.

— Laisse-moi voir.

Doucement, il s'approcha et lui posa la main sur le bras droit.

— Tu sais que tu multiplies ce problème par cent en faisant ce que tu fais.

— Peut-être.

Juliet se mordit la lèvre et lui permit de retirer la serviette qu'il laissa tomber sur le sol.

— Eh bien? demanda-t-elle, la voix tendue.

Il recula d'un pas et la regarda, appréciateur.

— Eh bien? répéta Juliet, luttant contre l'envie de filer dans la salle de bain.

— Elle te va. — Il s'arrêta, la regarda intensément. — Tu fais très romantique. Et tu es très belle.

— Mais les cicatrices?

— Ce ne sont que des cicatrices, dit-il, hochant la tête et s'approchant encore. Juliet, ma chérie, est-ce que tu voudras bien croire ce que je te dis si je te jure que c'est la vérité de Dieu?

— Je le pense, oui.

Il tendit la main et lui caressa l'épaule gauche.

— Ce côté-ci est manifestement pire que le droit. — Il retira ses doigts et demanda : Ça fait mal?

— Non.

— Ce ne sont que des cicatrices, redit-il. Elles montrent que tu as été très gravement brûlée et que tu as une sacrée chance d'être encore en vie. Mais c'est tout. — De nouveau il recula. — J'essaie de te regarder d'un œil critique, Juliet, ce qui m'est foutrement difficile puisque je pense que tu es l'une des plus jolies filles que j'aie jamais connues.

— Vraiment?

— Tu le sais bien, dit-il, haussant les épaules. Bien sûr, ces cicatrices gâchent tes épaules. Mais ce n'est qu'une si petite, si négligeable partie de toi-même que ça ne change vraiment pas grand chose. — Il continua à regarder. — S'il s'agissait du visage, je serais désolé pour toi — et même alors, j'espère que je pourrais voir au-delà, mais je n'en suis pas sûr. Je suis franc, chérie.

Juliet avait les genoux qui tremblaient, tout le corps qui frissonnait et les larmes aux yeux.

— Merci, parvint-elle à dire.

— Pour t'avoir dit la vérité? Je voudrais seulement t'avoir rencontrée des années plus tôt, pour pouvoir t'inculquer un peu de bon sens.

— Je ne sais comment te remercier, murmura-t-elle.

Ray sourit.

— De deux manières. D'abord, tu vas venir au bal.

Il leva la main pour prévenir toute objection.

— Nous trouverons le châle parfait si tu as le sentiment que tu en as besoin. Tout ce que tu voudras. — Il lui prit la main. — Viendras-tu?

Elle se regarda, regarda la robe — puis revint à Ray.

— Oui.

— Dieu merci! dit-il, la ramenant au canapé. Pour ce qui est de l'autre façon de me remercier... — Il la fit asseoir. — Tu peux me laisser t'embrasser.

Juliet le regarda dans les yeux. À cet instant, embrumée par l'amour, la gratitude et le vin, elle eut le sentiment de pouvoir faire confiance à Ray Donnelly au point de lui confier sa vie. Et elle ne souhaitait rien tant qu'il l'embrasse. Aussi, elle ferma les yeux et approcha son visage du sien. Et ce baiser! Plus merveilleux que tout ce qu'elle avait pu imaginer — et quand elle sentit la force de sa langue humide, la fermeté de ses lèvres, elle sentit aussi ses propres jambes mollir et sut que si elle ne l'arrêtait pas bientôt, plus rien au monde ne lui ferait demander de s'arrêter...

Il s'arrêta, mais elle demeura sous le charme, du baiser, de sa gentillesse, du léger tissu de la robe magique; et quand il se tourna vers son tourne-disque et que Frank Sinatra se mit à chanter *In the Still of the Night*, elle avança, joyeuse, dans les bras ouverts de Ray, et là, dans la pauvre piaule chichement éclairée de Kemp Town, Juliet connut la première danse vraiment romantique de sa vie.

Quand il passa la prendre, le soir du bal, Juliet était nerveuse mais rayonnante, et bien consciente, malgré ses appréhensions, que jamais elle n'avait été aussi jolie, et qu'elle allait faire des envieuses ce soir, simplement parce qu'elle était avec Ray. Une heure plus tard, le châle qu'elle avait acheté dans une nouvelle boutique de mode des «Lanes» gisait, rejeté et oublié, sur le dos de sa chaise, et Juliet dansait avec une joie et un soulagement croissants, goûtant le rythme de la musique la plus rapide mais plus encore les ballades, quand Ray la serrait contre lui et qu'elle se mettait à faire des rêves pour l'avenir — leur avenir — où toutes ses ambitions semblaient avoir sombré, et où seuls comptaient le jour où elle présenterait Ray à Elizabeth à Kaikoura... le jour où ils se fianceraient... et, en son temps, le jour où elle se marierait en blanc en l'église Saint-Martin de Dorking...

Il lui parut tout à fait normal, quand ce fut fini, de retourner à Kemp Town avec lui, que la première nuit de complet bonheur d'adulte qu'elle eût jamais connue, s'achève en faisant l'amour avec Ray. Elle n'était pas nerveuse; il n'y avait pas à avoir peur, du moment que Ray l'aimait. Et il avait été si évident, au bal, qu'il l'aimait tout autant qu'elle l'aimait. Et alors qu'il lui prenait la main et la conduisait dans sa chambre, Juliet se surprit à souhaiter, comme toujours aux moments importants, la bénédiction de sa mère. Mais ce ne fut que fugitif car elle savait qu'Elizabeth comprendrait mieux que quiconque, car n'avait-elle pas passionnément aimé Edward, au point que personne n'avait jamais été jugé digne de prendre sa place?

Le bras de Ray était ferme et solide autour de sa taille, et elle attendait qu'il la soulève dans ses bras et la dépose sur le petit lit étroit.

— Es-tu certaine? demanda Ray, le regard intense, son accent irlandais plus marqué que jamais par sa voix devenue rauque.

— Oui, souffla Juliet.

— Je veux que tu sois tout à fait, tout à fait certaine.

Évidemment qu'elle en était certaine, plus certaine de ce qu'elle voulait que ce qu'elle en avait lu, dans Lawrence et, de façon plus gentille, dans Waugh et dans Bates — elle voulait les mains de Ray sur ses seins et entre ses cuisses, elle le voulait en elle, elle voulait être aimée par lui. Mais, en même temps, sa retenue semblait repousser cet amour, de sorte qu'elle se dressa, prit le visage de Ray dans ses mains et lui baisa la bouche.

— Ne perdons pas une autre seconde, murmura-t-elle.

La robe — la robe magique — était retenue par un minuscule bouton recouvert de tissu, là où était accroché le décolleté du dos, sur la nuque. D'une main, Ray défit le bouton, et la robe, comme une complice, tomba au sol, laissant Juliet frissonnante dans son soutien-gorge sans bretelles qui entrait dans sa chair et dans sa petite culotte de dentelle qu'elle avait achetée l'après-midi même.

La main droite de Ray descendit directement vers la

culotte, suivant la courbe des reins, traçant une ligne vibrante vers ce qui, pensa-t-elle, était l'objectif...

Il retira sa main et recula d'un pas.

— Qu'est-ce qui se passe? demanda-t-elle, son affliction perceptible dans sa voix.

— Rien, répondit Ray, retirant ses chaussures, et marchant vers la porte. Je pensais aller éteindre la lumière.

Il hésita, essayant de comprendre si c'était bien là ce qu'elle voulait.

— S'il te plaît, dit-elle, le cœur plein de gratitude.

Pendant un instant, l'obscurité fut si complète qu'il eut du mal à la retrouver, et Juliet souhaita presque qu'il ne se soit pas montré si prévenant, car elle avait presque — presque, pas tout à fait, bien sûr — oublié ses cicatrices. Et puis il la frôla de nouveau et le désir revint, pareil à une grande flamme, et elle entendit le froissement du tissu, sentit la tiédeur du corps de Ray tandis qu'il retirait sa chemise.

— Tu veux m'aider? demanda-t-il, et Juliet ne comprit pas, jusqu'à ce qu'il trouve sa main et la guide à la ceinture de son pantalon, et elle comprit qu'il voulait qu'elle le déshabille. Un nouveau frisson la secoua, car elle pouvait sentir sa chaleur à travers le tissu et savait qu'il brûlait de se sentir libéré, tandis qu'elle avait du mal à attendre un instant de plus qu'il la prenne dans ses bras et qu'elle ressente cette force, cette pulsation...

— Bon Dieu, dit doucement Ray, tu es sûre de n'avoir jamais fait cela?

Juliet poussa un petit cri indigné.

— Je blaguais. C'est merveilleux.

Soudain pressé, il la prit dans ses bras, tout comme elle l'avait rêvé et la laissa tomber sur son édredon. Ses yeux s'accoutumant de plus en plus à la faible clarté qui arrivait de la fenêtre, elle le regarda retirer son slip et venir sur elle. La tiède pression, le choc soudain et délicieux du corps nu de Ray sur le sien lui fit pousser un petit cri étouffé et hisser instinctivement ses hanches vers lui.

— Ne bouge pas, chérie. Ne nous pressons pas.

Pour la première fois, il lui caressa les seins, et pendant un bref instant elle se tendit, car malgré l'obscurité elle savait combien différent au toucher était le tissu cicatriciel de sa poitrine comparé à une chair normale. Mais s'il le remarqua, il ne le manifesta pas, sauf peut-être qu'après ses premières caresses il parut privilégier le seins droit, mais peu importait à Juliet car elle savait, il le lui avait assez souvent dit, qu'il y avait en elle plus que suffisamment de beauté et de perfection. Et maintenant, comme pour le souligner, il se mit à l'embrasser, partout : le nez, les paupières closes, la bouche, le cou, et plus bas sur le nombril, le ventre et le doux triangle de sa toison blonde, et Juliet, encouragée, se mit à le caresser et à l'embrasser elle aussi, avec le sentiment de l'avoir toujours su, qu'il s'agissait là d'un aspect de la vie pour lequel point n'était besoin d'apprendre, pour lequel aucun don personnel n'était nécessaire...

Une fois, les doigts de Ray étaient descendus juste un peu plus, cherchant, fouillant, prenant, et Juliet sut qu'elle ne pourrait attendre davantage encore.

— Je t'en prie, dit-elle. Prends-moi, je te veux en moi!

Ray fit entendre un petit rire, un rire tremblant de plaisir et de désir et, lui écartant les cuisses de l'un de ses genoux, il la trouva, humide et tiède comme il l'était lui-même et, d'un seul coup de rein, puissant et constant, il la pénétra.

Juliet poussa un petit cri, mais pas de douleur. Oui, cela fit mal, comme s'il l'avait percée d'une lance, mais elle n'ignorait rien de la douleur, de la vraie douleur, insupportable, et cela, c'était un million de sensations en une seule, comme si tout son corps venait de se transformer en une unique terminaison nerveuse, frissonnante et terriblement sensible.

— Oh, mon Dieu, cria-t-elle, reconnaissant à peine sa voix qui était changée tout autant qu'elle, je t'aime, Ray!

Et il répondit, non pas avec des mots, mais avec une poussée plus forte encore, profondément en elle, et l'un et l'autre se soulevèrent, replongèrent, s'abîmèrent dans leur orgasme, le petit lit étroit grinçant, s'agitant puis, enfin, s'immobilisant.

— Si je ne l'avais pas senti, lui murmura Ray un instant plus tard, alors qu'ils gisaient encore, mêlés l'un à l'autre, jamais je n'aurais cru que tu étais vierge.
— Je l'étais, murmura-t-elle.
— Je sais. Mais tu étais faite pour l'amour; c'est très rare. Il s'arrêta et ajouta : je crois.
Elle soupira, de bonheur et d'amour.
— Pense un peu, continua-t-il, à ce que tu as raté.
— Non, je n'aurais pas voulu le faire avec quelqu'un d'autre, dit-elle, lui caressant la poitrine de la paume de sa main. C'était seulement parce que c'était toi.
Ray roula sur lui-même, se redressa.
— La salle de bains, dit-il, la voix encore rauque.
— Ne pars pas.
— Je reviens, dit-il en riant.
Les ressorts du lit protestèrent quand il se leva.
Et puis il alluma.
Juliet cligna des yeux et se les abrita un instant. Quand elle eut retrouvé sa vision, elle regarda vers la porte et vit qu'il se tenait là, immobile, comme une magnifique statue, et la regardait.
Elle demeura allongée, aussi impudique qu'elle se sentait, languissante, jambes écartées, et pendant un instant elle sourit. Et puis, en un éclair, le bonheur s'évanouit.
Pour la première fois, il la voyait nue et en pleine lumière. Pour la première fois, il venait de voir ses seins. L'instant ne dura qu'une fraction de seconde, mais on ne pouvait s'y tromper. Ray la regarda, regarda son sein gauche et la cicatrice mutilante et haïe, et on ne pouvait se leurrer sur l'expression de son regard.
L'espace d'un éclair, pas davantage, mais sans équivoque.
La répulsion.

243

Elle avait su, bien avant que n'arrive le matin, bien avant qu'ils retournent s'asseoir sur le canapé craquelé pour boire du café instantané, que c'était fini. Ray paraissait le même, gentil, prévenant, chaleureux, mais Juliet savait la vérité et elle s'étonna de pouvoir se comporter et parler avec calme.

— Demain je rentre chez moi, dit-il, avec pour elle un regard de regret. Mais elle savait qu'il ressentait du soulagement, qu'il pensait que les longues vacances allaient le débarrasser d'une liaison qu'il ne pouvait supporter.

— Tu vas me manquer, ajouta-t-il.

Juliet regarda sa tasse de café, au bord de la nausée.

— Je ne vais pas te manquer? demanda Ray, lui prenant la main.

— Oui, bien sûr, répondit-elle, se disant, tristement, qu'un seul était sincère.

Ce ne fut qu'une fois de retour chez elle, à Kaikoura, que le doute insensé, languissant, commença à entamer sa résignation. Peut-être avait-elle imaginé ce regard, peut-être était-ce sa trop grande sensibilité? Peut-être Ray avait-il été sincère, peut-être allait-elle lui manquer?

Un timide espoir retrouvé, Juliet se mit, comme elle le lui avait promis, à lui écrire dans le comté de Wicklow, prenant bien soin de conserver à ses lettres un ton léger et heureux, et priant pour qu'il réponde.

Il répondit, une fois, sur une carte postale de Dublin.

J'espère que tu t'amuses bien.
N'oublie pas de danser!
Affectueusement, Ray.

Elle s'efforça de lire entre les lignes, essaya de trouver sous ce griffonnage hâtif davantage d'amour, de sentiments, mais elle n'y vit que le résultat d'une corvée sans grande signification. Une carte postale, achetée en vitesse, écrite à la hâte et postée plus rapidement encore.

— Des nouvelles de Ray? demanda Elizabeth un vendredi soir du début septembre.

— Rien depuis la carte, répondit Juliet, sans ressentir de gêne. Mais il prétend qu'il déteste écrire, alors je ne m'en fais pas.

— Pourquoi ne lui téléphones-tu pas? Tu as son numéro, non?

— Il n'est peut-être pas là.

— Dans ce cas tu rappelles, ou tu laisses un message, suggéra sa mère en souriant. Oh, vas-y, essaie. Je sais que tu brûles de lui parler, et il sera probablement ravi.

Il n'était pas chez lui et Juliet laissa son nom à une femme à la voix douce.

— Est-ce que je dois lui dire de vous rappeler?

— S'il vous plaît. Et s'il a le temps.

Il ne trouva pas le temps.

La haine ne commença vraiment que le dernier jour de septembre, avec le début du trimestre d'automne.

Elle le vit, à Falmer House, dès le premier matin. Impulsivement, elle courut à lui, souriante.

— Comment vas-tu?

Sa gêne était palpable, bien qu'il essayât de la cacher.

— Magnifiquement, et toi? Comment va ta mère?

— Très bien, merci.

Elle attendit, muette d'angoisse, qu'il en dise davantage. Il regarda sa montre.

— Il faut que j'y aille, dit-il. J'ai un cours.

Il prit un classeur sous le bras, ramassa quelques livres.

— Prends bien soin de toi.

Et il disparut.

Juliet fut incapable de travailler, de se concentrer, de lire, de manger, de dormir. C'est simplement le coup de surprise, essaya-t-elle de se dire, comme si, avec la banalité de la chose, elle allait se sentir mieux. Mais ce fut pire encore, car cela sembla mettre davantage en relief la seule et impardonnable vérité : ce qu'ils avaient connu, leur nuit d'amour, les jours passés ensemble, tout cela ne signifiait rien pour Ray. Elle ne signifiait rien pour lui.

Mais Juliet n'avait jamais eu qu'un seul petit ami, n'avait jamais aimé qu'un seul homme, n'avait jamais fait l'amour qu'à un seul homme. Ne s'était jamais montrée qu'à un seul homme.

Elle ne recommencerait plus jamais.

Cette pensée lui minait l'esprit. Elle avait cru pouvoir lui faire confiance, mais maintenant qu'il savait, qui pouvait dire que Ray ne racontait pas cela à tous ses amis? Sa naïveté, son ardent désir de se donner à lui, son sein mutilé.

Nuit près nuit, elle tournait dans son lit, les doigts plantés dans l'oreiller ou dans le matelas, essayant de chasser sa haine dont elle savait qu'elle était plus dommageable pour elle que pour lui, mais c'était inutile. Tous les matins, en se levant, chancelante d'avoir trop peu dormi, elle demeurait encore là avec elle, amère dans sa bouche. Sa stupidité, à elle. Sa trahison, à lui.

Trois semaines après le début du trimestre, elle le vit avec une mignonne étudiante en histoire du nom d'Ann Walker, bras dessus, bras dessous, apparemment très amoureux. L'écœurement de Juliet atteignit des sommets.

Ray leva les yeux, la vit qui regardait et lui adressa un petit sourire timide. Puis il revint à la fille, cheveux roux et teint pâle, et lui dit quelque chose. Ils se mirent à rire tous les deux.

Pour Juliet, le moment de la décision était arrivé. Il allait payer pour ce qu'il lui avait fait.

Elle avait souhaité, dès le premier jour, que Ray disparaisse, qu'il s'en aille simplement pour qu'elle puisse de nouveau se concentrer sur son travail, penser à écrire et oublier qu'il avait jamais existé. Si seulement il partait, ou mieux, s'il commettait une faute d'une telle gravité qu'on le renvoie, pour que la disgrâce fasse voler en éclat son aura pleine de complaisance... mais Ray Donnelly était bien trop brillant, trop malin, trop astucieux pour faire un pas de travers.

À moins qu'on ne l'y pousse.

Ce ne fut pas difficile à organiser. Il y avait une boutique, aux Lanes, à Brighton, que touristes et étudiants aimaient bien et qui vendait tout ce qu'on voulait, depuis des plans et cartes, des rocs peints et des bibelots jusqu'à des foulards de soie et même de la petite bijouterie d'or. Les articles de meilleure qualité, les plus lourdes gourmettes, les médaillons et les montres étaient enfermés dans une vitrine, les chaînes de moindre valeur et autres boucles d'oreilles étaient suspendues ou accrochées à des présentoirs de velours et on pouvait facilement les essayer. Ou les voler.

Ray venait souvent à cette boutique, parfois pour y flâner, mais plus fréquemment pour y acheter des cadeaux. Il était bien connu pour sa générosité malgré ses moyens limités. Il y avait acheté un porte-clé en forme de fer à cheval, pour Juliet, un après-midi de juin. Il n'allait pas tarder à y retourner, probablement pour y faire l'emplette d'un cadeau destiné à sa nouvelle petite amie. Rachel avait dit à Juliet que Ray et Ann devaient aller faire du ski ensemble en Ecosse à Noël.

L'humiliation de Juliet ne connut pas de bornes. Couchée dans son lit, la nuit, elle était toujours incapable de dormir, imaginant la fille rousse blottie dans les bras de Ray tandis qu'il caressait et baisait ses seins pâles et parfaits.

Dieu, ce qu'elle les détestait.

Elle se mit à le suivre, comme une espionne. Elle en oublia tout le reste, les études, les cours, les repas, même, vivant d'une tasse de café par-ci, d'un toast ou un morceau de chocolat par-là.

Quinze jours plus tard, il lui tomba pratiquement dans les bras, quand Juliet le vit se diriger vers l'appartement d'Ann, à Ovingdean, tenant un paquet-cadeau. Il y resta jusqu'à deux heures du matin. Dix minutes après son départ, la fille, en chemise de nuit, apparut brièvement à sa porte pour déposer un sac d'ordures dans la poubelle, dehors. Dix minutes plus tard, la lumière de sa chambre s'éteignait.

Juliet attendit pour s'assurer que personne ne l'observait, puis elle alla jusqu'à la poubelle, souleva le couvercle, prit le sac de plastique jeté par la fille et rentra chez elle. À l'abri de sa chambre, elle étendit un journal sur le sol et sortit les ordures. Le papier d'emballage s'y trouvait bien, froissé mais propre, avec son étiquette manuscrite encore après et qui disait Pour Annie, avec tout l'amour de Ray.

S'il lui avait été destiné, Juliet ne l'aurait jamais jeté.

Dix jours plus tard, un samedi après-midi, Ray retourna à la boutique. Le jour où il y avait le plus de monde, le jour idéal pour un voleur.

Surveillant avec attention, étrangement calme, Juliet attendit l'arrivée de Ray avant d'y aller. L'après-midi était frais et pluvieux et elle portait un ample imperméable avec de grandes poches profondes. Tous les employés étaient occupés à servir tandis que le patron essayait de vendre une montre en or à un couple de personnes âgées et que d'autres clients attendaient. Deux hippies qui flânaient attiraient un coup d'œil occasionnel de l'un des employés, mais personne ne parut remarquer Juliet.

Quelques minutes plus tard, elle ressortait au milieu de la foule avec, dans la poche de son imperméable, une jolie chaîne en or et un petit «A» doré.

De retour chez elle, elle enveloppa soigneusement le tout dans du papier de soie et fit un joli petit paquet, utilisant le papier du cadeau de Ray, soigneusement repassé, ainsi que la petite étiquette avec son écriture.

La jouissance anticipée lui donna faim, soudain. Elle prit un paquet de biscuits dans le buffet de la cuisine et s'installa pour attendre.

Il quitta sa chambre à huit heures moins le quart et se dirigea vers l'arrêt du bus. Juliet attendit quinze minutes.

Comme toujours, la fenêtre de la salle de bain était ouverte. Elle gagna directement la chambre, ouvrit le tiroir inférieur de la commode et y dissimula le petit paquet au milieu des tricots les plus épais.

Ce fut seulement quand elle s'apprêta à partir que son regard tomba sur le lit étroit et qu'elle remarqua le mélange d'odeurs familières : l'eau de Cologne de Ray, des restes de cuisine, l'humidité des murs, et elle vacilla un instant. Mais quand elle vit la photo d'Ann sur la table de nuit, sa haine et sa détermination revinrent avec force.

Quelques minutes plus tard, depuis la cabine téléphonique du coin de sa rue, elle appela la police.

Il ne restait plus qu'à attendre.

Ce lundi, en fin d'après-midi, quand Ray rentra chez lui, il trouva deux policiers et le propriétaire du magasin qui l'attendaient. Quoi qu'il pût dire, malgré ses plus véhémentes protestations, nul ne voulut le croire.

Les preuves parlaient d'elles-mêmes.

Un article de Juliet rapporta la triste chute d'un étudiant populaire et irréprochable qui venait de voir un brillant avenir brisé. Sans passion, là encore, mais avec précision et compassion, elle fit d'un sordide délit mineur un exposé des contraintes financières et émotionnelles de nombre d'étudiants de l'université, et, avec deux photos, l'une de Ray, joyeux et souriant après avoir remporté une compétition de squash, l'autre où on le voyait quitter le tribunal, la tête basse, elle soumit son article au *Sussex Outlook*, au *Wine Press* et à l'*Evening Argus*.

À Kaikoura, Elizabeth remplit trois nouvelles pages de son album à la reliure de cuir avec les articles de Juliet, le cœur gonflé d'orgueil parce que sa fille s'était montrée capable de faire fi de ses sentiments personnels et d'écrire un article d'un professionnalisme admirable et dépourvu de toute amertume.

Juliet, depuis le quai, regarda Ray hisser ses deux valises dans le train de Londres, première étape de son voyage de retour dans le comté de Wicklow. Ann, ses cheveux roux flottant au vent vif, l'embrassa et partit sans même un regard derrière elle.

Ray ferma la portière et la suivit des yeux jusqu'à ce qu'elle disparaisse. Après quoi, au moment d'aller chercher une place, son regard tomba sur Juliet. Il eut l'air stupéfait.

Juliet aussi, regarda. Une dernière fois elle regarda ses cheveux bruns et brillants, le nez droit, la bouche sensuelle. Et les yeux bleus qui l'avaient rendue folle.

Et elle leva la main droite, lentement, et l'agita pour un adieu, tandis qu'il quittait la gare, qu'il quittait Brighton, qu'il quittait sa vie.

Ce soir-là, en se couchant, épuisée, elle se mit à pleurer pour la première fois depuis des semaines. Elle pleura pendant près d'une heure, avec de gros sanglots déchirants qui secouaient tout son corps et lui irritaient la gorge.

Après quoi elle dormit comme un bébé.

19

Boston avait été bonne pour Francesca. Sous la tutelle constante de Johnny et son patronage, et avec son talent croissant pour la photo, elle s'était peu à peu constitué une clientèle personnelle qui lui permettait de payer son écot de façon plus réaliste à la chaotique famille Chase; au début de l'année 1960, Della avait eu un fils, prénommé Billy, et Francesca s'était sentie gênée d'amputer leurs ressources et d'occuper un espace précieux.

Ce ne fût que lors de la journée d'Action de grâces de 1967 qu'elle calcula, enfin, que ses économies étaient suffisantes pour qu'elle puisse payer un avocat spécialisé dans les questions d'immigration.

Robert Stern, trente-huit ans, trapu, blond et deux fois divorcé était un homme de loi de premier ordre qui, au cours de sa carrière, avait prêté son talent à toutes sortes de gens qui voulaient devenir américains, mais jamais il n'avait été autant touché par un client que par Francesca Cesaretti et ses vingt-cinq ans.

— Pourquoi m'avoir choisi? demanda-t-il tout d'abord.

— Parce qu'on m'a dit que vous étiez le meilleur, lui répondit-elle, sincère. Le problème, c'est que cela signifie que vous êtes peut-être trop cher pour moi.

— La politique de ce cabinet, lui dit Stern, est de

n'accepter aucun paiement d'une provision de l'un de nos clients si nous n'avons pas la conviction de pouvoir lui être utile. Dites-moi quels sont vos ennuis, ajouta-t-il de sa voix chaleureuse et sympathique, et je vous dirai aussitôt ce que j'en pense.

Quand elle eut fini de raconter son histoire, Robert Stern était plus qu'ému, il était tombé stupidement, idiotement amoureux.

Son visage ne le trahit pas.

— De quelle somme disposez-vous, miss Cesaretti?

Francesca se rembrunit.

— Il est indispensable que je le sache, sans quoi je ne vous le demanderais pas.

— Un peu moins de cinq mille dollars, avoua-t-elle, relevant fièrement son menton pointu. Je sais que ce n'est pas beaucoup, mais j'ai eu beaucoup de mal à économiser cette somme.

— Il est remarquable que vous ayez pu économiser quoi que ce soit étant donné les circonstances.

— Sans M. et Mme Chase, cela ne m'aurait pas été possible. Elle resta songeuse un instant et ajouta : Il est vrai que sans eux j'aurais été expulsée des États-Unis il y a des années.

— En effet.

— Pouvez-vous m'aider? demanda Francesca après un silence.

— Je réfléchis, lui dit-il.

Et, lentement, il fit tourner son fauteuil pour se retrouver face à ses rayons de livres et ne pas être distrait par ces grands yeux un peu obliques au regard étincelant, ou cette chevelure brillante ou cette bouche appétissante. Stern ferma les yeux. Sa décision lui avait été tout de suite évidente, mais il ne voulait pas réagir de façon trop impétueuse. Ce qu'il avait en tête était tout à fait contraire à ses principes et à son professionnalisme; cela signifiait qu'en l'espace d'une demi-heure, Robert Stern avait été ensorcelé et avait, de ce fait, perdu son solide équilibre.

J'ai capoté, se dit-il, ouvrant les yeux.

Ses associés allaient être furieux s'ils apprenaient cela et ses ex-femmes allaient organiser un lynchage.

Songe à tes responsabilités.

Puis il se retourna, lui fit face, et sut qu'il avait perdu.

Au diable les principes! Il allait non seulement lui faire obtenir son permis de séjour, mais également tout faire pour qu'elle tombe amoureuse de lui.

Il lui fallut une semaine pour la convaincre que sa proposition, en ce qui le concernait, était une affaire et qu'elle n'avait rien de contraire à l'éthique.

— Mais vous ne pouvez pas me prêter cinq mille dollars!

— Pourquoi pas? Je vous prendrai des intérêts, comme le ferait une banque; je puis seulement vous offrir des arrangements plus souples.

— Mais, est-ce que cela ne ferait pas de nous des associés?

— Pas forcément.

— Mais je ne..., bredouilla Francesca. Je ne sais rien de vous.

— Que voulez-vous savoir? demanda Stern en souriant. Voulez-vous des références? C'est simple, miss Cesaretti. Vous possédez cinq mille dollars d'économie. Si je vous prête encore cinq mille dollars pour investir dans un studio de photographie, votre situation au regard de l'immigration pourra très certainement s'arranger rapidement. — Il s'arrêta, la regarda : Vous vous demandez pourquoi je fais cela?

— Je le crois, oui, dit-elle en rosissant. Puis elle se mordit la lèvre. Excusez-moi, ajouta-t-elle.

— Ne vous excusez pas. C'est votre droit. — Il réfléchit un instant. — Et si je passais au studio de M. Chase pour voir un peu en quoi cela consiste et aussi ce que vous savez faire, si vous êtes d'accord l'un et l'autre.

— Et si vous n'aimez pas ce que je fais? demanda Francesca, soudain nerveuse. Si vous pensez que je n'ai aucun talent?

Robert Stern passa une main apparemment désinvolte dans ses cheveux ondulés et ses yeux gris-vert brillèrent.

— Eh bien, je crois que vous vous serez montrée optimiste.

Il aima beaucoup son travail, ainsi qu'il s'en doutait, et il admira la façon dont Johnny et elle s'étaient débrouillés pour installer le studio, à l'étroit à l'étage au-dessous de leur appartement. Les Chase lui plurent, également, et il fut charmé par leur fils, Billy, enfant extraordinairement séduisant, qui avait hérité de son père ses yeux marron et étroits et ses cheveux noirs, ainsi que le nez impertinent, le visage pâle et les taches de rousseur de Della.

— Quel homme charmant, confia Johnny à Francesca quand Robert fut parti. Et il a été manifestement impressionné par ton travail.

— Il est fou d'elle, observa Della. Il l'aurait prise pour une nouvelle Cartier-Bresson même si elle lui avait montré une photo floue et prise à l'envers avec une boîte à savon!

— Merci, dit sèchement Francesca.

— Ce qui ne signifie nullement qu'il n'est pas un homme aux goûts parfaits. C'est manifestement le cas puisqu'il est si dingue de toi.

Francesca parut encore plus troublée qu'avant la visite de Robert.

— C'est pourquoi je pense que je ne peux accepter son offre.

— Pourquoi pas? demanda Billy, que l'on excluait rarement des conversations des adultes malgré ses sept ans, car il savait écouter en silence et apporter une opinion utile et rationnelle.

— Pour deux raisons, Billy. Si Robert est amoureux de moi, il ne serait pas juste que j'en profite. Et, en second lieu, il n'est pas sage de mêler les affaires et les sentiments. Elle se hâta d'ajouter : Non pas que j'éprouve le moindre sentiment pour lui, si vous voyez ce que je veux dire.

— Bien sûr, dit Billy.

— Si je comprends bien, résuma Della, il veut seulement te prêter de l'argent pour t'aider.

— S'il prêtait de l'argent à tous ses clients, il serait sur la paille avant six mois!

— Mais il ne souhaite pas aider tous ses clients de cette façon, observa Johnny. C'est toi qu'il veut aider. Il marqua une pause et ajouta : Et, franchement, je crois que tu serais idiote de refuser.

— Vraiment?

— Puisque je te le dis.

Della regarda d'abord son mari, puis son amie.

— Tu sais que ce que je pense des conseils de Johnny, non?

— Tu crois qu'il est Moïse, Abraham Lincoln et l'Oracle de Delphes réunis. Ainsi vous pensez l'un et l'autre que je devrais accepter.

— Nous pensons que tu dois faire ce que tu juges bon, corrigea Johnny. Tu es pleine de bon sens. Que te dit-il?

Elle resta un instant à se mordre la lèvre inférieure.

— Que si je refuse l'offre de Robert, je vais non seulement perdre une occasion rare d'avoir mon studio, mais aussi la meilleure d'obtenir un statut de résident légal.

Billy regarda Francesca et lui demanda, choqué :

— Si tu refuses l'argent de ce type, est-ce qu'on pourrait t'obliger à quitter l'Amérique? Je ne veux pas que tu partes.

— C'est la seule solution? demanda Della. Il n'y en a pas d'autre?

— Pas aussi nette, ni avec autant de chances de succès. Robert dit qu'il pourrait soumettre ma demande au ministère du Travail et obtenir mon autorisation en quelques mois, peut-être moins. L'ennui, c'est qu'il n'y a aucun autre moyen de trouver l'argent.

— Tu veux que je te dise ce que j'en pense? demanda Billy.

— Oui, bien sûr.

— Je crois que tu devrais accepter l'argent, acheter un grand studio pour toi et papa et rester pour toujours en Amérique. Il s'arrêta un moment, puis il dit : Mais moi je ne suis qu'un gosse.

— Et quel gosse, dit Della en ébouriffant les cheveux de son fils.

Francesca fixait le vide.

— Alors? demanda Johnny.

— Je pensais à Vittorio. Il était si fier et si méfiant. Mais même lui savait quand accepter.

— C'est ce que tu vas faire? demanda doucement Della.

— Je crois, répondit Francesca avec un sourire tremblant.

Il fallut que Robert Stern la revoie plusieurs fois pour finir de la persuader, et il fut heureux que Francesca ne paraisse pas être gênée qu'ils se retrouvent chez Locke-Ober, ou devant un homard chez Sanborn, ou sur un banc du Jardin public de Boston : mais, bien qu'il en apprît davantage sur elle à chaque occasion, elle ne parut pas montrer le moins du monde qu'elle le considérait comme autre chose que son avocat et son ami.

— Des nouvelles de votre frère? demanda-t-il quelques semaines après qu'ils furent tombés d'accord et que la demande eut été déposée. Robert s'était montré profondément choqué d'apprendre que bien que Francesca eut régulièrement écrit à son frère, jamais elle ne s'était sentie assez rassurée pour lui faire connaître son adresse, craignant toujours la haine de ses cousins. Ils auraient pu lui faire davantage d'ennuis, ainsi qu'à Luciano — et peut-être même à Johnny et Della.

Robert avait proposé de donner l'adresse de son cabinet quand elle enverrait sa prochaine lettre à Luciano, mais en janvier elle n'avait toujours rien reçu d'Italie et elle voulait plus que jamais se rendre à Florence.

— Combien de temps cela va-t-il prendre encore, d'après vous? demanda-t-elle à Robert, anxieuse.

— Pas trop longtemps. Avez-vous déjà trouvé un local?

— Oui, un appartement sur Joy Street. Deux pièces et une formidable salle de séjour, très longue, avec des fenêtres à chaque bout.

— Vous permettez que j'aille voir?

— Pas question que vous n'y alliez pas.

— Belle chambre?

— La deuxième ferait une parfaite chambre noire.

— Je ne parlais pas de la chambre noire, dit-il sans la lâcher des yeux. Bien que s'étant juré sur une pile de Bibles que cela ne changerait rien à ses devoirs d'avocat envers elle, Robert n'avait aucun scrupule à laisser Francesca voir ce qu'il ressentait pour elle en tant que femme. Il serait hypocrite de sa part, et même malhonnête, de dissimuler le profond désir qu'il avait d'elle.

Mais hélas, l'esprit de Francesca était ailleurs.

— Qui se soucie de la chambre? Je peux dormir n'importe où, pas vous?

Et Robert garda le silence.

La vie de Francesca avec les Chase, pratiquement dans leur intimité, ne lui avait pas permis de nouer des relations trop étroites avec les personnes de l'autre sexe. Elle n'avait connu aucun ami de collège ni d'université, et la plupart des clients du studio étaient des acteurs, en général séduisants, quelques-uns «gays», la plupart ayant déjà une liaison, bien que cela ne les eût nullement empêchés de tenter leur chance avec Francesca. Elle se savait séduisante, mais elle ignorait qu'elle était belle — et sexy. Sa première rencontre avec le sexe — les horreurs de l'entrepôt de Boston — ne l'avait pas effrayée mais n'avait guère contribué à lui donner confiance, et à vingt-cinq ans, elle était toujours vierge.

Johnny et Della la taquinaient gentiment, lui disant qu'elle n'était qu'une Italienne comme on n'en faisait plus, que les vierges, dans les «folles années soixante», étaient aussi rares que les licornes. Et encore ne disait-on rien, à propos de Robert Stern, d'un avocat juif si gentil et libre, mais Francesca ne se laissait pas influencer. Elle saurait parfaitement, disait-elle, quand l'instant serait venu et, plus important, quand l'homme qui lui conviendrait serait venu. Et pour l'instant, même si cela faisait d'elle un anachronisme, cela n'était pas encore arrivé.

Robert Stern croyait fermement qu'il fallait abattre les murailles. Un jour, au début mars, il la prit fermement par la main et l'entraîna de son cabinet à la taverne de La Cloche dans la Main. Il commanda une bière pour chacun, l'emmena dehors et lui demanda de regarder de l'autre côté de la rue.

— Scollay Square, dit-il.
— Plus maintenant.
— Précisément.

Scollay Square, tel que Francesca l'avait connu à son arrivée à Boston, avec ses boîtes de strip-tease, ses bordels et ses salons de tatouage avait quasiment disparu sous les démolitions et à sa place se dressait le Centre administratif.

— Où voulez-vous en venir? demanda Francesca.

Robert la regarda. Quand Francesca portait des talons hauts, il lui fallait lever les yeux, ce qui, en d'autres circonstances l'aurait gêné, mais pas avec elle — avec Francesca, tout était différent. Seigneur, ce qu'il voulait cette femme, mais le plus déconcertant était qu'elle se montrait si foutrement gentille qu'il ne l'en aimait que plus.

— Quatorze ans, dit-il, levant un peu la voix pour se faire entendre par-dessus les bruits de la circulation. Il est temps d'arracher tous les vieux souvenirs et de les écraser sous le talon, de les balayer comme on a balayé Scollay Square, et de refaire du neuf.

— Je m'y emploie, lui dit Francesca, souriant. Tout doucement.

— D'un jour à l'autre, maintenant, continua Robert, les

yeux toujours dans les siens, vous allez devenir une résidente permanente aux États-Unis. Dans quelques années, si vous le désirez, vous pourrez devenir citoyenne de ce pays.

— Grâce à vous.

— Je ne prétends pas que jamais plus vous ne pourrez avoir mal ou peur, Francesca. Mais ce passé sordide, ces gens qui vous ont fait tant de mal, continua-t-il sérieusement, ne pourront plus vous atteindre. — Il lui prit doucement la main. — Vous êtes en sécurité.

Elle avait failli succomber, à cet instant, séduite et émue par l'avocat si bienveillant, si sûr de lui, consciente qu'au moindre signe de sa part les somptueux déjeuners, les thés pleins de bienséance et les verres pris en toute décontraction se changeraient en dîners romanesques dans les meilleurs restaurants de la ville et qu'après cela, bien sûr, tout pouvait arriver... Mais, quelque chose la retint — la peur, la prudence, ou peut-être simplement le désir de quelque chose qui lui paraîtrait totalement parfait.

Cependant, la délicatesse de Robert finit par l'emporter. Le 5 avril, Francesca obtint le statut légal qu'elle avait si longtemps attendu, et il lui fit la surprise de l'emmener à une bruyante petite *trattoria* du quartier italien plutôt que dans l'un des endroits les plus huppés, les plus somptueux de la ville qui aurait pu avoir sa préférence.

— J'ai pensé que vous pourriez avoir besoin de vous sentir rassurée, dit-il, après plusieurs toasts au chianti rouge.

— De quoi?

— Du fait que quel que soit votre avenir comme citoyenne américaine, jamais vous ne perdrez votre véritable moi, votre identité fondamentale.

Il était si séduisant, si impressionnant même, en continuant à jouer les avocats malgré le désinvolte polo blanc qu'il portait au lieu de ses habituels costume et cravate — et il se montrait si sincère quant à ses sentiments pour elle, si vulnérable, que Francesca découvrit qu'elle le regardait, pour la première fois, avec un vague mais réel désir. Que ressentirait-on, se demanda-t-elle, à coucher avec un homme comme lui, à s'abandonner, à sentir sa peau contre la sienne?

— Voulez-vous un dessert? demanda doucement Robert.

— Le gâteau au fromage me tente assez, bien que ce soit pure gourmandise, dit-elle, essayant de garder un ton léger.

Robert fit un signe au garçon.

— Ce soir, on peut tout se permettre, dit-il, et on plaça devant elle une grosse portion de gâteau. Pour moi, simplement un *espresso*, s'il vous plaît.

— Partageons le gâteau.

— J'ai d'autres envies, dit-il doucement.

— Je sais.

— Vraiment? dit-il, en la regardant droit dans les yeux.

Dehors, sur le trottoir, ils restèrent un instant immobiles, à goûter la fraîcheur de l'air nocturne, mélange entêtant d'odeurs venues de l'océan, d'ail et de circulation.

— J'ai pris une liberté, dit soudain Robert.

— Vraiment?

— Vraiment, dit-il, tirant de sa poche une clé qu'il lui montra.

— Une clé?

Une expression curieuse passa sur le visage de Robert, forcée, presque timide.

— C'est la clé d'une suite au Ritz-Carlton, expliqua-t-il, très vite, avec une tension dans la voix. Nous ne sommes pas obligés de l'utiliser, je me suis seulement dit... (Même sous l'éclairage de la rue il avait les joues manifestement empourprées.) Mes gosses sont chez moi cette semaine, et j'ai pensé que nous pourrions souhaiter être seuls — simplement pour bavarder, si c'est là ce que vous voulez.

Il se tut brusquement et fourra la clé dans sa poche.

— Bon Dieu, quel idiot je fais!

— Pourquoi dites-vous cela?

Francesca ne savait pas très bien si c'était le vin, ou

l'occasion, ou la clé de la chambre d'hôtel, ou l'étonnante confusion de l'avocat d'habitude si assuré, mais elle ne put se souvenir d'avoir été si touchée, si ensorcelée, si délicieusement tentée.

Le temps qu'ils se retrouvent dans l'ascenseur du Ritz-Carlton, avec son groom discret dans son uniforme, Robert était, du moins en apparence, redevenu lui-même, mais Francesca avait les jambes qui tremblaient.

Dans le salon, vaste et parfumé par l'odeur des fleurs, ils s'embrassèrent pour la première fois, et les lèvres de Robert étaient fermes et avides. Francesca remarqua cependant qu'il se maîtrisait, désireux de ne pas la pousser à faire quelque chose qu'elle pourrait regretter ensuite.

Mais comment regretter une nuit dans les bras d'un homme aussi romanesque, prévenant et aimant que Robert? Il se montra aussi expert et plein d'égards lorsqu'il lui fit l'amour qu'il l'était en toute autre occasion; il traita chaque pouce de son corps avec tendresse, révérence et passion, caressant, embrassant et adorant sa poitrine pleine, son cou élégant, sa taille si fine qu'il pouvait la tenir entre ses deux mains.

Il s'était arrêté avant d'ôter la lourde courtepointe de l'immense lit, pour lui demander à nouveau si elle était sûre et il s'était contraint de s'arrêter encore, quand, agenouillé au-dessus d'elle, en pleine et impérieuse érection, il avait regardé ce merveilleux visage de lutin tout empourpré et vu ces yeux légèrement obliques à demi-clos, les cils battant, et s'était senti soudain effrayé qu'elle puisse craindre ce qui allait se passer.

— En es-tu tout à fait sûre? avait-il murmuré, les mains tout à coup figées, le cœur battant, le souffle court.

— *Certo*, avait répondu Francesca avec une absolue conviction, l'attirant de nouveau à elle et lui ouvrant ses cuisses car tout son corps semblait s'être épanoui à une nouvelle vie cette nuit-là. Et si son cœur et son esprit demeuraient vierges, sa chair savait exactement quoi faire et ce qu'elle voulait que Robert lui fasse...

— Ça va? lui demanda-t-il plus tard, pour la troisième fois, et ses yeux, plus verts que gris maintenant, reflétaient son angoisse d'en dire trop et de faire fuir cette femme si chérie.

— Je t'assure que je me sens parfaitement bien, lui dit Francesca, souriant, sachant qu'elle disait la vérité car elle se sentait merveilleusement bien et apaisée, et même si n'avaient pas carillonné les cloches ni éclaté des feux d'artifice, aucune femme avec tout son bon sens n'aurait préféré cela à un homme aussi délicat et bon que Robert Stern.

Ils sortirent du lit à cinq heures du matin, regrettant de ne pouvoir prendre le petit déjeuner ensemble, mais Robert se sentait contraint de rentrer chez lui avant le réveil des enfants, et Francesca voulait quitter l'hôtel comme elle y était arrivée, au bras de Robert.

— J'ai quelque chose pour toi, lui dit-il, comme s'il n'y pensait qu'à cet instant, quand ils furent l'un et l'autre douchés et habillés. Il tira de sa poche intérieure une longue enveloppe blanche.

— Quoi donc?

— Un cadeau.

— Ne m'en as-tu pas fait assez?

— C'est différent. C'est pour tous les deux.

Intriguée, elle l'ouvrit et regarda les deux billets d'avion.

— Qu'est-ce que c'est?

— Regarde.

Elle ouvrit un billet, les doigts tremblants.

— Boston — New York — Rome — Pise, lut-elle, sa voix montant, se faisant plus incrédule à chaque nom de ville. *Pisa*?! Est-ce que tu es fou? demanda-t-elle, le cœur battant, agitant les billets.

— Je croyais que tu voulais partir dès que cela serait possible.

Francesca regarda de nouveau les billets.

— Le 12 avril. Le douze? C'est la semaine prochaine!

— Il te reste assez de temps pour faire quelques courses et il va te falloir un passeport.

Les jambes soudain molles, elle se laissa tomber dans le fauteuil le plus proche.

— C'est impossible, Robert.

— Qu'est-ce qui est impossible?

— Que j'accepte cela de toi. Tu es l'homme le meilleur et le plus généreux que je connaisse, et je te remercie de tout mon cœur, mais je ne peux pas, je ne peux pas, c'est tout.

Robert s'assit sur l'accoudoir du fauteuil.

— Tu veux toujours aller à Florence, non?

— Oui, bien sûr, mais…

— Mais tu as peur. De retourner. De te retrouver en face de ton oncle et de tes cousins.

Timidement, Francesca regarda le second billet.

— Tu veux venir avec moi?

— Je t'ai dit que c'était un cadeau pour tous les deux. C'est ton anniversaire le mois prochain.

— Je ne peux vraiment pas, c'est trop. Beaucoup trop, dit-elle en secouant la tête.

Doucement, Robert posa sa main droite sur la main gauche de Francesca.

— Trop d'argent ou trop d'engagement de ma part?

Francesca hésita puis répondit, en toute franchise :

— Les deux.

— Bien, dit Robert, qui essaya de cacher sa déception. Que dirais-tu de quelqu'un d'autre. Della?

— Elle travaille, Robert, et elle a une famille.

— Elle le regarda, navrée de lui faire du mal mais il lui fallait être sincère.

— Et j'ai toujours eu l'intention de faire ce voyage seule.

Robert sut qu'il était inutile de discuter.

— Si j'annule ma réservation, accepteras-tu ce billet comme cadeau d'anniversaire?

— C'est un billet de première, observa-t-elle, regardant de nouveau les billets.

— J'aime bien voyager confortablement.

— Ça ne m'est pas indispensable, dit Francesca avec un

petit sourire tremblant. Il me suffit que ce soit plus confortable que le voyage qui m'a amenée ici. Disons, un billet de seconde classe.

— Classe économique, corrigea-t-il.

— Peu importe. Et ajoute cela à ce que je te dois déjà. Alors j'irai.

— Mais il s'agit d'un cadeau, pas d'un prêt.

— Je t'ai dit, Robert, que c'est trop généreux. Elle ajouta après un instant : Ou c'est un prêt, ou tu annules les deux billets.

— Aurais-tu les moyens de payer toi-même ton billet en ce moment?

— Non, pas tout à fait. Mais c'est mon problème, dit-elle, redressant le menton. Quand je suis arrivée à ton cabinet, c'était pour un conseil juridique, pas pour un billet gratuit.

— Crois-tu que je ne le sache pas? Il s'agit d'un billet, pas d'une injure.

Francesca bondit de son fauteuil et alla se blottir dans ses bras.

— Je le sais. Bien sûr que je le sais — mais je t'en prie, s'il te plaît, faisons comme je le souhaite, sans quoi il s'écoulera peut-être encore des mois avant que je puisse aller en Italie, et Luciano et moi avons suffisamment attendu!

Robert soupira et lui prit les billets des mains.

— Pas de voyage pour moi. En économique pour toi. Il haussa les épaules et continua : Et j'ajoute cela à ce que tu me dois.

Elle l'embrassa, pleine de gratitude.

— Je ne te mérite pas, lui dit-elle, les yeux soudain brillants de larmes. Je n'arrive pas à y croire.

— Tu peux le croire. Il attendit un instant et ajouta : Il y a une condition.

— Tout ce que tu voudras! dit-elle, se reculant, inquiète. Qu'y a-t-il?

— Est-ce que je pourrais au moins t'accompagner à l'aéroport?

20

Comment exprimer le plaisir — le plaisir inaltéré — que l'on ressent à découvrir que quelque chose qui vous a donné des mois de pure joie, peut soudain devenir la source d'une carrière des plus lucratives?

— Je n'arrive toujours pas à y croire. C'est trop extraordinaire! exultait Luciano, au téléphone avec Victor Pillement, son agent littéraire à Paris.

— Croyez-y, répondit Victor. Dieu sait combien de manuscrits ils vous ont refusés. Si Laurent-Fournay sont assez futés pour reconnaître que notre ami Holt est tout bonnement trop bon pour qu'on le refuse, vous pouvez aussi bien le croire.

Luciano se mit à rire, habitué à la franchise de l'homme qui, malgré les nombreux refus des éditeurs depuis qu'il était devenu l'agent littéraire, avait persisté à croire qu'il connaîtrait le succès quand il aurait fini de se fourvoyer.

— Et maintenant? demanda Luciano.

— Cela dépend de vous, mon ami. Avez-vous l'intention d'aller vous remettre tout droit au travail ou de venir déjeuner à Paris?

— La question ne se pose pas, dit Luciano, consultant sa montre. Il est trop tard.

— Des huîtres. Chez Prunier.

Luciano regrettait profondément. Il était sans précédent que Victor se permette une aussi mauvaise influence, et il était dommage de laisser passer l'occasion.

— Rien ne me ferait plus plaisir, mais il est plus de dix heures.

— Air Inter peut probablement vous amener ici à temps. Ou peut-être votre oncle et votre tante pourront-ils vous arranger un vol non commercial. Quoi qu'il en soit, nous vous attendons.

— Nous?

— François Poiret est très désireux de faire votre connaissance dès que possible. Votre futur éditeur.

Les joues de Luciano s'empourprèrent. Cela se passait vraiment — ses rêves se réalisaient. «Prenez l'avion pour Paris immédiatement!» — «Partez pour New York tout de suite!». Tandis qu'il appelait l'aéroport de Nice au téléphone, son esprit gambadait follement. Prochain arrêt, Hollywood!

Et puis il s'arrêta et sourit. Dans ses rêves, les éditeurs et les magnats du cinéma envoyaient des billets de première classe. Dans la réalité, Victor Pillement l'encourageait seulement à payer de son propre argent.

Il réserva une place d'avion pour Paris et appela un taxi.

Après tout, à quoi servait l'argent sinon à se permettre d'aller goûter les huîtres de la Maison Prunier?

Depuis son baccalauréat, Luciano s'était plongé dans la seule chose qu'il savait vraiment vouloir faire dans sa vie — écrire de la fiction. Tout n'avait pas été refusé; on avait accepté de publier suffisamment de nouvelles dans diverses revues et journaux pour qu'il conserve le moral. Il avait également trouvé de quoi gagner sa croûte avec des travaux de traduction — Kate lui avait appris un anglais parfait, et le fait d'être trilingue avait ses avantages. Mais il était un jeune homme très riche et il le savait. Il n'avait pas besoin de gagner sa vie car il vivait merveilleusement heureux au Rocher et son oncle et sa tante aimaient bien l'avoir avec eux.

Ce qui était tout aussi bien, car mises à part les nouvelles publiables, Luciano risquait fort de devenir comme l'un de ces artistes dilettantes de l'avant-guerre à Paris, qui barbouillaient d'inutiles toiles simplement parce qu'ils brûlaient de devenir artistes et parce que personne ne leur avait dit qu'ils n'avaient aucun talent. Luciano savait qu'il était bien un écrivain — et même qu'il lui fallait écrire — mais il se débattait désespérément à la recherche du bon créneau. Il s'était essayé à la tragédie, à la comédie, à l'horreur, la satire et même à un roman politique — sans résultat.

Jusqu'à ce qu'il découvre Zachary Holt.

Zachary était un jeune détective américain aux vêtements chiffonnés, qui vivait dans le Paris contemporain, en homme insouciant et plein de charme, avec un cœur d'or et un chic pour dénicher les ennuis.

Quand Luciano fut tombé sur son nouveau héros, ce fut comme s'il avait trouvé un ami. Pour la première fois de sa vie d'écrivain, il s'amusait. Et cela se sentait.

— Nous souhaitons changer le titre. Nous pensons que Zachary Holt est excellent, dit François Poiret, un homme au visage rond, jovial, qui aimait manifestement déjeuner dans la grande tradition de ses compatriotes, avant d'avaler sa onzième huître.

— Merci, répéta Luciano pour la énième fois.

— Je voulais dire en tant que titre.

— Oh. Luciano avala une gorgée de Meursault et haussa les épaules : D'accord, si vous le pensez. Je ne tenais pas précisément à l'autre, de toute façon.

— C'est lapidaire, ça intrigue, et en outre, comme nous espérons que l'on retrouvera Holt dans de nombreux autres romans, cela constitue une parfaite introduction à une série.

— Dieu! fit Luciano, dont le ravissement atteignit de nouveaux sommets.

Ils passèrent à des aspects plus pressants, plus pratiques.

— Nous sommes déjà d'accord, dit Poiret, sur le fait que

267

le livre doit être sérieusement «revu» — c'est-à-dire qu'il lui faut un élagage salutaire. Quand êtes-vous libre pour des réunions éditoriales?

— Je suis complètement libre.

— Bon. — Poiret fixa soudain Luciano d'un regard d'acier. — Et êtes-vous un lièvre ou une tortue? Je veux dire, écrivez-vous vite ou lentement?

— C'est selon. J'arrive parfois à pousser une bonne pointe — parfois, en revanche, je ne suis pas même une tortue, plutôt un escargot.

— Dans ce cas il faut apprendre à vous discipliner, dit Poiret qui se pencha pour bien insister : Les escargots, mon ami, se font manger.

Victor Pillement, qui s'amusait beaucoup, se carra dans sa chaise et regarda Luciano redescendre sur terre.

Celui-ci, toujours bien trop heureux pour laisser quoi que ce fût gâcher son humeur, ne put s'empêcher d'avoir une pensée désabusée pour son défaut le plus inquiétant. Sa vieille tendance à rêver éveillé le ralentissait toujours, perturbant souvent son processus de création assez pour le mettre en panne. En fait, reconnaissait-il maintenant, jamais il ne s'était vraiment agi de rêveries ordinaires. Pour être plus précis, il s'agissait davantage de songes qui filtraient, de pensées curieuses, sans rapport aucun avec ses pensées et ses sentiments, involontaires et apparemment sans lien avec son travail, mais cependant assez forts pour le contraindre à lâcher Zachary Holt et les noter de son mieux. De toute évidence, se disait-il pour se consoler, cela faisait partie de sa vie d'écrivain; ces pensées ne présentaient peut-être aucune utilité pour le moment, mais il était bien convaincu qu'il convenait de ne rien gâcher, aussi vague et futile que cela pût sembler.

Devant un café cognac, François Poiret fit tomber la cendre de son cigare en le roulant sur le bord du cendrier.

— Laurent-Fournay espèrent que vous nous céderez les droits de l'ouvrage pour la Grande-Bretagne et les États-Unis.

— Moyennant un pourcentage acceptable, coupa

Pillement.

— Naturellement, confirma Poiret qui n'avait pas lâché Luciano du regard. En principe, vous n'avez rien contre cette idée?

— Il me faudra voir cela avec mon agent, bien sûr, dit Luciano qui se rappela à la réalité et regarda Victor, lequel lui adressa un imperceptible signe de tête. Mais oui, en principe je trouve que c'est une excellente idée.

Il regagna Eze pour découvrir que Bruno et Kate avaient organisé une soirée impromptue pour fêter cela, invitant une dizaine de leurs amis communs à un dîner sans formalisme.

Jamais Le Rocher n'avait paru plus parfait à Luciano. Bien qu'on fût à la mi-octobre, le temps était exceptionnellement doux, et l'on installa une fois de plus sur la terrasse la grande table pliante qui servait pour les dîners et les barbecues.

Presque miraculeusement, si l'on tient compte du court laps de temps, Kate avait veillé à ce que leur soit servie une sublime bouillabaisse, et à dix heures du soir, tous les invités, y compris Amélie, la petite amie du moment de Luciano, étaient joyeusement plongés dans les parfums et les saveurs, tandis que les conversations allaient bon train autour de la table.

Entre la poire et le fromage, Bruno, le chef un peu plus dégarni mais plus en forme physiquement et plus heureux à soixante-huit ans qu'il l'avait été de toute sa vie, se leva pour dire, brièvement mais avec tout son cœur, sa fierté du succès de Luciano.

— Nous pourrions être tentés de revendiquer un certain crédit à l'épanouissement de ce délicieux jeune homme qui vient de faire la preuve, après des années de dur labeur, de tout son talent.

Amélie pressa la main de Luciano.

— Mais ni Kate, ni moi n'avons le droit de le faire, car bien que Luciano nous soit aussi cher qu'un fils, toute la gloire en revient à mes défunts frère et belle-sœur, continua Bruno en levant son verre. J'aimerais porter un toast à leur mémoire — Sa voix chevrota un peu. — À Giulio et Serafina, la mère et le père de Luciano, qui n'auraient pu être plus fiers de leur fils que nous le sommes.

Quand Luciano eut suffisamment retrouvé sa sérénité pour répondre, il se leva lui aussi.

— Je ne fais pas de discours, dit-il, la voix rauque. Mais il faut que je vous dise, ici et maintenant, que j'ai bien conscience d'avoir plus de chance qu'aucun homme sur terre a le droit d'en avoir.

Il regarda son oncle et sa tante :

— Kate et Bruno ne m'ont peut-être pas donné naissance, mais ils m'ont amené là où je me trouve, à cet instant, avec tout leur amour, leur attention et leur affection. Et c'est bien là ce qui compte, non? De vrais amis et une famille.

On entendit des murmures d'assentiment.

Luciano n'en avait pas tout à fait terminé.

— Nous étions cinq, à l'origine, à Lucchesia — j'avais deux frères et deux sœurs. Il me reste une sœur et je ne sais où elle se trouve. — Il avait les larmes aux yeux. — Ils me manquent tous, malgré mon bonheur, mais je ressens davantage encore la perte de Francesca car elle est vivante, quelque part et je sais que, où qu'elle se trouve, je lui manque aussi.

On n'entendit, pour tout bruit sur la terrasse, que celui des vagues de la Méditerranée qui se brisaient sur les rochers au-dessous. À la table, nul ne fit un geste, ne dit un mot. Luciano sourit.

— Je ne voulais pas apporter une note de tristesse, surtout pas ce soir. Ne soyez pas tristes, car il n'y a pas lieu de l'être.

Il leva son verre et ajouta :

— Car je vais retrouver Francesca grâce à mon nouvel et précieux ami, Zachary Holt. Buvons à lui.

La fête terminée, Luciano se mit au travail avec une énergie et une rigueur qu'il n'avait encore jamais connues.

Renonçant aux nouvelles qui étaient en cours, encouragé par Bruno et Kate à se couper d'eux et de ses amis pour s'absorber dans les révisions à apporter à son livre, il vécut dans la peau de Zachary Holt jusqu'à Noël où il put remettre le manuscrit à un François Poiret ravi.

En mars arrivèrent les épreuves au Rocher. Dans sa chambre, le cœur battant furieusement, Luciano contempla les feuilles volantes, ses mots à lui, nets et propres, en noir sur le blanc du papier et, bien que la pièce fût toujours pleine de lumière, les épreuves lui parurent attirer davantage de soleil encore sur son bureau.

S'il ressentait cela maintenant, que ressentirait-il quand il aurait en main le livre imprimé et broché?

Rien ne pouvait être aussi important que cet instant.

Sauf, bien sûr, de voir Zachary Holt sur les présentoirs et les rayonnages des librairies de Nice et de Paris.

Et, plus tard, de Londres et de New York.

C'était plus que de la simple ambition, encore qu'elle fût en lui, intense, incontestable, qui le rendait impatient de se voir édité en Amérique. C'était la possibilité, l'inébranlable espoir qu'un jour, dans quelque librairie ou bibliothèque, ou peut-être même chez un particulier, le regard de sa sœur tomberait par hasard sur une traduction de Zachary Holt, et qu'elle verrait son nom, osant à peine y croire, et qu'elle l'ouvrirait et le lirait.

Et qu'elle verrait, sur la première page, la dédicace :

À Francesca, où que tu sois, avec toute mon affection.

21

Son retour à Florence, au volant de sa petite Fiat de location, fut pour Francesca l'expérience la plus insolite de sa vie. Elle avait l'impression d'être quelqu'un de totalement différent, elle ne parvenait pas à se rattacher au passé. Elle était adulte maintenant, avec un œil incisif pour la beauté, et la ville qu'elle avait détestée enfant, et où ses frères et elle avaient connu tant de misère, lui semblait maintenant totalement différente. Le soleil brillait dans toute son intensité, mais sans la férocité de son souvenir; encore fallait-il dire, en toute franchise, que dans son souvenir elle revoyait surtout les étés torrides ou les hivers exceptionnellement froids et pluvieux; si jamais ils avaient connu des journées d'avril comme celle-ci, elle ne les avait guère remarquées.

Après avoir garé sa voiture et défait sa valise à la charmante *pensione* voisine de la Piazza della Signoria, Francesca ressortit avec son cher Leica. Elle était fatiguée de son voyage, mais comme elle avait décidé de ne pas se rendre au *palazzo* avant le lendemain matin, ce serait peut-être là l'occasion de voir Florence avec un œil neuf. On était maintenant à la fin de l'après-midi, le soleil se couchait et une agréable atmosphère baignait les rues, car la plupart de ceux qui travaillaient étaient rentrés chez eux et ne restaient à flâner que ceux qui en avaient envie.

Elle dîna ce soir-là à l'*Antico Fattore*, sur la Via Lambertesca, à une table commune, savourant le traditionnel *bistecca*, avant d'aller s'écrouler sur son lit pour y dormir d'un sommeil sans rêve jusqu'à huit heures le lendemain matin, heure à laquelle elle fut réveillée par le vieux vacarme familier des Vespa, Lambretta et autres bruyantes camionnettes de livraison ainsi que par des voix plus bruyantes encore. Elle se redressa, des martèlements dans la tête, se rendit compte qu'à Boston c'était encore le milieu de la nuit et elle grogna.

Une heure plus tard, après un petit déjeuner qu'elle avait été incapable d'avaler, Francesca quitta la *pensione* et se dirigea, les jambes soudain tremblantes, vers la Via dei Vecchietti.

Le Palazzo Speroza apparut tout aussi sinistre que dans son souvenir, ses vieux murs marqués par le temps, toujours aussi rébarbatifs et intimidants qu'à son arrivée dix-sept ans plus tôt avec Vittorio et Luciano.

Elle s'avança à la grande porte, sonna et attendit.

En un sens, Francesca avait été soulagée d'apprendre que la famille Cesaretti n'habitait plus le *palazzo* depuis longtemps, car cela lui avait du moins épargné le désagrément d'y entrer. Mais sa visite ne l'avait guère rapprochée de Luciano, car la femme de chambre qui lui avait ouvert la porte n'avait pas d'adresse de Bruno, et ses employeurs, qui auraient pu lui être de quelque utilité, étaient, ironie du sort, en voyage en Amérique.

Sa démarche suivante, aller consulter l'annuaire du téléphone à la poste principale sur la Via Pietrapiana, ne lui apporta guère plus de réconfort, car le seul Cesaretti qu'elle y trouva fut Fabio. Gardant toujours espoir, Francesca gagna le Ponte Vecchio, mais la boutique de son oncle avait disparu, remplacée par celle d'un autre bijoutier. Sauf à appeler son détestable cousin, il ne lui restait qu'une seule chance.

La deuxième boutique de Bruno, sur la Via della Vigna Nuova, était toujours là, quoique modernisée et avec un nouveau nom sur la devanture qui emplit Francesca d'appréhension. Disparues les vieilles lettres dorées indiquant le nom du propriétaire, B. Cesaretti. À la place, ne restait sur la vitrine blindée, en lettres cursives d'or, qu'un seul prénom, Fabio. L'estomac serré, mais sachant qu'elle n'avait guère le choix, Francesca appuya sur le bouton électrique, attendit qu'on lui ouvre et poussa la lourde porte.

Elle le reconnut immédiatement, car l'arrogance et le mépris de ses traits étaient demeurés presque intacts malgré les quatorze années écoulées depuis la dernière fois qu'elle l'avait vu.

— *Signora*?

Elle sursauta en entendant la voix douce et discrète. Celle d'une femme brune, luxueusement vêtue qui lui souriait poliment. Francesca, agacée, se tourna vers son cousin qui s'occupait d'une cliente avec tout le charme et l'onctuosité dont il savait déjà faire montre quand il était adolescent.

— Je voudrais parler au Signor Cesaretti, répondit Francesca à la collaboratrice de son cousin, et elle vit le regard de Fabio quitter le collier de diamants et d'émeraudes qu'il montrait pour se poser sur elle. Elle vit l'instant précis où il la reconnut car l'amabilité du regard se changea en glace.

Francesca s'assit et attendit, jambes croisées, les mains calmement posées sur ses genoux tandis que faisait rage en elle la bataille contre l'intimidation et les vieilles peurs. Tout le plaisir ressenti la veille venait de s'évanouir; tout signe de solide assurance avait disparu de son visage lorsque Fabio l'avait regardée. Elle fut heureuse que Robert eût insisté pour lui offrir le tailleur Cacharel à la coupe impeccable qu'elle portait maintenant, consciente que le moindre signe de mauvais goût dans cette antre d'élégance eût mis les chances davantage contre elle.

Une fois encore, le collier fut amoureusement manipulé, les pierres une nouvelle fois examinées avant qu'on ne le retire, cérémonieusement, pour l'essuyer et le coucher dans un écrin. La cliente, manifestement bien connue de Fabio, rédigea un chèque, on échangea une poignée de main, on adressa à la dame un sourire d'admiration, de déférence et de ravissement et, finalement, la porte s'ouvrit et se referma.

Et fut refermée à clé.

— *Vada mangiare, Tina*, ordonna Fabio à son assistante qui, sans un mot, disparut dans l'arrière-boutique, laissant seuls son patron et la visiteuse.

— Mon horoscope prévoyait pour moi des surprises, dit-il enfin.

— Je ne t'aurais jamais cru superstitieux.

— Tu as donc pensé à moi?

— Aussi rarement que possible.

Fabio tira une autre chaise et s'assit en face de Francesca.

— Pourquoi es-tu venue?

— Pour retrouver mon frère.

— Il n'est pas ici.

— Mais tu sais où il est.

Il ne répondit pas, continuant à la regarder jusqu'à ce que, brusquement, il se lève et aille au téléphone derrière le comptoir de verre.

— Il faut que j'annonce à Letizia que tu es ici.

— Inutile de la déranger. Je ne suis venue que pour avoir l'adresse de Luciano.

— Leti ne me le pardonnerait jamais si elle te ratait — elle a attendu si longtemps.

Il composa un numéro et parla rapidement et si doucement que Francesca n'entendit pas ce qu'il dit.

— Elle te demande de l'attendre. S'il te plaît.

— Je suis plutôt pressée, dit Francesca, la bouche sèche. Si tu voulais bien simplement me donner l'adresse de mon frère, ou un numéro de téléphone où je puisse le joindre...

— Letizia a tous les détails.

Ils attendirent, pratiquement sans un autre mot, trente-cinq minutes. Le cœur de Francesca se mit à battre plus vite, les paumes de ses mains se firent moites et elle se prit à souhaiter, plus que tout, de n'avoir pas accepté que Robert l'accompagne. Elle était stupide, stupide et entêtée d'avoir refusé. Mais il était trop tard. Si jamais elle voulait revoir Luciano, et elle savait que, malgré tout, elle se trouvait plus proche de son but qu'elle l'avait jamais été depuis quatorze ans, il lui fallait rester assise là et attendre.

Quand Fabio ouvrit finalement la porte et que la femme entra, Francesca crut un instant qu'il s'agissait d'une autre cliente car elle était mince et exquisément chic, vêtue de soie et coiffée d'un séduisant chapeau à large bords incliné comme il convenait.

— Francesca, se borna à dire Letizia avec un petit signe de tête.

Francesca se leva et ne put s'empêcher de la détailler. Où donc était passée l'adolescente grassouillette, mal fagotée et gauche dont elle se souvenait?

— Comment vas-tu, Letizia? demanda-t-elle, remarquant une large alliance en diamant et, pendant un bref instant, elle en fut heureuse pour sa cousine. C'est gentil à toi d'être venue.

— La gentillesse n'a rien à voir.

Subsistait toujours, intérieure et amère, la vieille dureté, la rosserie et, plus glaciale encore, la vieille jalousie.

Letizia gagna lentement la porte et l'ouvrit.

— *Avanti, signori, per favore*, dit-elle à deux *carabinieri*, superbes dans leurs uniformes.

Les yeux de Francesca s'arrondirent et elle fit involontairement un pas en arrière. Des souvenirs lui revinrent brutalement : les *carabinieri* leur donnant la chasse, à Naples, la terreur de Vittorio, l'instant où le camion l'avait heurté, celui où les policiers s'étaient emparés de Luciano et Niccolo...

— Vous êtes bien Francesca Cesaretti?

— Oui.

— Voulez-vous nous suivre, je vous prie.

Francesca regarda Letizia et son frère. Fabio paraissait un peu gêné, comme s'il lui tardait que tous ces désagréments cessent dans son magasin.

Letizia souriait.

Cela commença par de l'incrédulité, se poursuivit par de la colère, monta avec de la rage, éclata en frustration et culmina avec la peur.

— Pour quelle raison me retenez-vous? ne cessait-elle de demander et de redemander au commissariat de Borgo Ognissanti. Vous ne pouvez arrêter une personne innocente sans aucune raison. Est-ce que vous m'arrêtez? Sur quelle accusation?!

Personne ne lui prêta attention. On se borna à lui dire qu'elle devait apporter son témoignage dans une enquête concernant un crime.

— Quel crime? demanda-t-elle, bien que le sachant déjà.

— *Un omicidio.*

On la transféra à Santa Verdiana, la prison de femmes proche du marché de San Ambrogio et on l'y boucla. Elle demanda à exercer ses droits — expliqua qu'elle résidait aux États-Unis, insista pour appeler son avocat à Boston. On lui fit remarquer, laconiquement, que selon son passeport, que l'on avait récupéré à la *pensione*, elle était citoyenne italienne et, de ce fait, soumise à la loi italienne.

— Même ainsi, j'ai le droit de parler à mon avocat.

— Avez-vous un avocat à Florence?

— Non, mais...

— Un avocat vous sera donc commis d'office.

— S'il vous plaît, tout de suite.

— Dès que possible, lui dit l'homme, qu'elle commençait à ennuyer.

— *Subito, per favore*!

Elle se retrouva dans une petite cellule, avec un lit, une cuvette et un seau. La petite fenêtre avec ses barreaux, bien haute au-dessus d'elle, offrait la seule possibilité d'aération et, tandis que tombait le soir, après la matinée et l'après-midi,

Francesca regarda le soleil disparaître et se refusa d'envisager l'instant où l'on éteindrait l'unique ampoule nue suspendue au-dessus d'elle.

Si elle pensait à l'obscurité, elle allait revoir le réduit du *Vulcania*, se souvenir des puces, de la puanteur, du chagrin et de la peur.

Et de la cave du *palazzo*, et des cafards, du rat et...

Elle se mit à crier pour appeler quelqu'un. Elle cria jusqu'à en avoir la gorge douloureuse. Elle demanda, menaça, supplia, mais il ne vint qu'une seule personne pour lui apporter un souper qu'elle ne put manger. Elle les supplia de trouver son frère ou son oncle, ou de prendre contact avec le consulat des États-Unis. Elle cogna sur sa porte et on lui ordonna de cesser. Vidée de ses forces, épuisée, elle s'arrêta.

Et puis l'on éteignit les lumières.

L'*avvocato* arriva avant le petit déjeuner.

— Qu'est-ce qui vous a pris si longtemps? demanda Francesca, les yeux secs de pleurer. Cela fait près de vingt-quatre heures que je suis là!

— En quoi puis-je vous aider?

— En téléphonant à mon avocat, à Boston. Il s'appelle Robert Stern, et son numéro est — Elle regarda l'homme qui semblait à peine écouter. Voulez-vous le noter, je vous prie.

— C'est le milieu de la nuit à Boston, *signorina*.

— C'est son numéro personnel, chez lui — peu importe — je vous en prie!

— C'est cher, le téléphone pour les États-Unis, *signorina*, observa-t-il tout en notant le numéro.

— Je paierai, pour l'amour de Dieu. Dites que c'est de ma part et appelez en PCV.

— C'est tout ce que vous voulez de moi? demanda l'*avvocato*.

— Non, ce n'est pas tout.

— Quoi d'autre?

— Sortez d'ici!

On l'interrogea, enfin. On lui posa des questions sur la nuit de leur fuite du *palazzo*, elle dit la vérité, pour autant qu'elle la sût; que Livia Cesaretti avait tenté d'enfermer Vittorio dans la cave, où elle-même avait été cruellement bouclée quelques jours plus tôt, et que Vittorio, en se débattant pour sortir, avait poussé sa tante.

— Dans les escaliers de la cave?

— Il l'a simplement repoussée — il ne voulait pas la faire tomber dans les escaliers.

— Et vous étiez témoin?

Non, fit Francesca de la tête. Tout cela lui semblait si irréel, si inutile.

— Je faisais un paquet de la nourriture que nous avions...

— Volée.

Oui, fit-elle de la tête.

— Répondez, je vous prie.

— Oui, dit-elle d'un ton las. Volée. Un morceau de fromage, trois miches de pain, du salami — et du *panforte*. Il a fallu du temps.

— Pourquoi la Signora Cesaretti voulait-elle enfermer votre frère dans la cave?

— Parce qu'elle l'avait surpris dans la chambre de son fils.

— Qu'y faisait-il?

— Il... empruntait de l'argent.

— Il volait.

— Il empruntait, insista-t-elle, les yeux brûlants. Il l'aurait renvoyé.

— Et vous ne saviez pas, en quittant le *palazzo*, que votre tante était morte.

— Aucun d'entre nous ne le savait. Nous ne l'avons appris qu'au printemps.

— Comment l'avez-vous appris?

— Par un ami.

— Niccolo Dante?

— Non, par son frère, répondit Francesca, regardant le mur, droit devant elle.

Elle demanda, quand ils eurent terminé, si elle pouvait partir. On lui répondit, avec cordialité, que certains faits exigeaient une vérification, et que, en conséquence, on devait la garder quelques heures encore.

Peu importait désormais à Francesca.

Robert arriva le lendemain matin. Comme toujours, on aurait dit qu'il se trouvait dans son cabinet, rasé de frais et impeccable. Près de quarante-huit heures s'étaient écoulées depuis l'arrestation de Francesca.

— Robert!

Elle avait rêvé de cet instant, avait eu la certitude qu'elle volerait dans ses bras et pleurerait de soulagement et de joie, et voilà qu'elle pouvait à peine parler, se sentait trop épuisée pour quitter même le lit dur sur lequel elle était assise.

Il s'assit à côté d'elle et la prit par les épaules.

— Partons d'ici, lui dit-il doucement.

— Je ne peux pas.

— Mais si, tu le peux.

— Letizia, fit-elle, secouant la tête.

— Elle a fini de s'amuser, dit sèchement Robert. C'est terminé.

— C'est vrai? demanda Francesca, les lèvres tremblantes.

— Est-ce que tu préfères rester? demanda Robert en lui prenant la main. Le lit est affreusement étroit.

— Je dois avoir l'air terrible.

— Affreuse.

Après avoir récupéré ses affaires à la *pensione*, Robert l'emmena à la Villa Médicis, dans la Via Il Prato, près du parc des Cascine. La façade était celle d'une villa du dix-huitième siècle, mais l'hôtel était moderne, construit au cours de la dernière décennie.

— Cet endroit n'existait pas lorsque tu habitais ici, lui expliqua Robert en la conduisant à son *appartamento*. C'est un peu masculin, avec tout ce bois sombre, mais on y est bien et c'est propre, avec de grandes salles de bain.

Il ouvrit la porte de celle de Francesca.

— Tu peux te plonger dans les bulles pendant des heures, dormir, ou commander quelque chose au service d'étage.

Francesca passa la porte puis se retourna.

— Tu n'entres pas?

— J'ai pensé que tu souhaiterais avoir ta propre chambre. Je suis juste à côté dans le couloir, dit-il, montrant sa clé. Il te suffira de décrocher le téléphone et je serai là. Est-ce que j'ai eu tort? Préfèrerais-tu que je reste?

Francesca le regarda, consciente que jamais elle ne rencontrerait un autre homme comme Robert Stern, solide, loyal, sur lequel on pouvait compter et prêt à n'importe quoi pour elle. Mais tout son corps lui faisait mal, et elle sut qu'il avait raison, qu'elle avait besoin d'être seule quelques instants.

— Tant que je sais que tu es juste à côté, lui dit-elle doucement.

— Et comment!

Sa première idée fut de mettre au panier le tailleur Cacharel tout froissé, mais un peu de bon sens l'en empêcha et elle appela le service des chambres. Après quoi, suivant le conseil de Robert, elle prit une bonne douche chaude, se frottant sur tout le corps avant d'aller s'allonger dans un bain de mousse plus thérapeutique. Extérieurement purifiée et un peu plus détendue, elle se rendit compte pour la première fois qu'elle mourait de faim.

Après avoir commandé de quoi manger, elle appela Robert.

— Ça va? demanda-t-il, inquiet.

— Ça va. Je viens de commander à déjeuner. Je dois être plus américaine que je le pensais : je meurs d'envie de manger des côtes premières.

— Ils savent faire cela?

— Ils sont en train. Elle resta un instant silencieuse puis ajouta : Robert, je t'aurais bien demandé de venir te joindre à moi, mais je ne me sens pas d'une compagnie agréable.

— Je comprends, dit-il, après une imperceptible hésitation.

— Vraiment?

— Je ne puis nier que j'ai envie d'être avec toi, observat-il, piteusement, mais après ce que tu as connu il te faut un peu de repos. Si tu as besoin de paix et de tranquillité, tu les as.

— Robert?

— Oui?

— Merci.

— À ton service.

Elle avait failli lui dire qu'elle l'aimait, mais elle s'était arrêtée à temps. Elle était pleine d'affection pour lui, bien sûr — comment ne pourrait-il en être ainsi, après tout ce qu'il avait fait pour elle. Mais elle ne l'aimait pas, et Robert Stern était un homme qui méritait que l'on soit franc avec lui.

Le temps que le déjeuner arrive, elle tremblait de faim et, une fois seule, dévora tout ce qui se trouvait sur sa table exquisément dressée, comme un petit animal vorace. Puis elle se brossa les dents, s'assura que le *Non Disturbare* se trouvait accroché à sa porte, tira les rideaux sur le soleil de l'après-midi et se glissa dans le somptueux lit doux et propre.

Elle dormit huit heures, et quand elle se réveilla, brièvement, il faisait très sombre et elle entendit des voix devant sa porte. Elle se dit, vaguement, que l'une de ces voix était celle de Robert et elle referma les yeux et se rendormit.

Elle attendit 8 h 30 du matin pour appeler Robert au téléphone.

— Alléluia, dit-il, je pensais que tu n'allais jamais te réveiller.

283

— Je suis réveillée depuis une heure, lui répondit-elle d'un ton léger. J'ai commandé mon petit déjeuner et pris une autre douche, et je me sens en pleine forme.

— Parfait. Peux-tu recevoir des visiteurs?

— Seulement des gens que j'affectionne.

— Tu n'en auras pas d'autres.

La première sonnerie, à la porte, fut celle d'un chasseur qui apportait un vase de roses rouges à longues tiges.

Elle rappela Robert.

— Elles sont superbes, merci. Quand viens-tu?

— Bon sang, tu es impatiente.

— Viens, tout de suite.

— J'accours.

Cette fois, elle le serra dans ses bras comme il le méritait.

— Tu sens merveilleusement bon, murmura-t-il, lui taquinant l'oreille du bout du nez un instant avant de fermer la porte et de l'attirer au salon. Assieds-toi.

Ils s'assirent, l'un contre l'autre, sur le canapé, et Robert la regarda en se disant que jamais elle n'avait paru plus extraordinairement belle qu'en ce jour, avec ses cheveux d'ébène fraîchement lavés sur le blanc de sa sortie de bain en éponge.

— Comment te sens-tu?

— J'ai l'impression de renaître.

Robert lui prit la main et lui annonça :

— J'ai trouvé l'adresse de ton frère.

— Vraiment?! éclata Francesca en bondissant. Où est-il?

— Il vit en France depuis 1956. Il semble que ton oncle se soit remarié — avec une Américaine divorcée — et qu'ils aient déménagé, avec Luciano, pour aller habiter une villa dans le sud.

— Où? répéta Francesca, debout.

— Un coin qui s'appelle Eze. C'est très beau. Pourrais-tu t'asseoir?

— Bien sûr que je peux m'asseoir! — Son regard brillait

d'excitation. — Quel est son numéro? Nous pouvons l'appeler!

— Je l'ai déjà fait. Il n'est pas là.

— Où est-il?

— En voyage, avec ton oncle.

Francesca gémit de déception et se laissa retomber sur le canapé.

— Combien de temps?

— Cela dépend.

— De quoi?

Robert ne répondit pas. Il se leva et marcha jusqu'au bout de la pièce.

— De quoi, Robert? Est-il en voyage d'affaires?

Robert frappa au mur du fond.

— Que fais-tu? demanda Francesca, déçue. Robert, je t'en prie, dis-moi ce que tu sais. Comment va-t-il? Que fait-il? Est-il étudiant? Dis-moi, insista-t-elle, se levant de nouveau.

Il y avait dans le mur une porte de communication que Francesca n'avait pas remarquée. Robert, bizarrement, en avait la clé et il ouvrait cette porte.

— Robert, qu'est-ce que tu fais?

Et puis elle sut, avant même d'entendre le bruit du verrou dans la chambre voisine, avant que la poignée ne bouge et que s'ouvre la porte...

Et elle vit le jeune homme.

Sa joie fut presque insupportable.

Francesca ferma les yeux, les rouvrit aussitôt, le regarda.

— Luciano? fit-elle d'une voix qui n'était qu'un murmure. Et elle ne bougea pas.

— *Si*.

Lui aussi la regardait, ses yeux bleus baignés de larmes.

Francesca demeurait toujours incapable de bouger.

Luciano sourit, la bouche tremblante.

— Tu n'as pas changé.

— Toi oui, parvint-elle à dire après avoir dégluti.

Ils s'avancèrent, s'arrêtèrent quand ils furent tout

proches, et se jetèrent dans les bras l'un de l'autre, leurs larmes se libérant en grands sanglots de bonheur, et ils restèrent étroitement enlacés, le frère et la sœur, incapables de dire un mot.

Conscient qu'il n'avait rien à faire là, Robert quitta la pièce très discrètement.

Ils étaient des étrangers sans en être.

Les jours qui suivirent furent pour eux comme un rêve, ainsi que pour Bruno qui, avisé par Robert, avait pris l'avion pour Florence avec Luciano pour s'assurer de la prompte libération de Francesca et pour que tombe le rideau sur la vieille tragédie que Letizia avait tenté de prolonger.

Le temps était aux retrouvailles, plus spectaculaires peut-être pour Francesca qui, malgré ses douze ans, avait été, à bien des égards, «la grande» de la famille, tandis que Luciano avait été le moins mûr, l'enfant que dirigeaient son frère et sa sœur aînés.

Et voilà qu'il était devenu un homme, plein de séduction et de confiance.

— Raconte! ne cessait de lui demander Francesca. Elle se sentait frustrée, consciente qu'on leur avait volé quatorze ans d'expériences partagées. Elle avalait avidement tout ce que lui disait Luciano, aussi avidement que son premier repas après sa libération. Kate, admit-elle, paraissait une femme merveilleuse, tout le contraire de tante Livia, de même que Le Rocher semblait faire un total contraste avec le Palazzo Speroza.

La nouvelle de son succès comme romancier lui apporta une joie nouvelle. Inlassablement, elle regardait les épreuves de Zachary Holt, dépitée de ne pouvoir goûter la version française, mais s'émerveillant du talent de son petit frère et profondément touchée par la dédicace qui, comme l'avait espéré Luciano, devait les réunir.

— Mais il ne sera pas publié en Amérique avant six mois, dit-elle. Et si je ne l'avais jamais vu, jamais eu en main...

— Arrête, la coupa Luciano car, pour lui comme pour sa

sœur, leur réunion lui semblait toujours miraculeuse et terriblement fragile. Ses nombreuses lettres, apprirent-ils grâce à
l'obstination de Robert, avaient été interceptées par Letizia et
jamais retransmises à Luciano. Ce qui leur parut un acte d'une
rare cruauté. Et cependant il fallait bien avouer, pour être
honnêtes, que Letizia et Fabio avaient souffert eux aussi,
avaient perdu une mère qu'ils aimaient sans aucun doute.

— Parle-moi encore de ton voyage — du *Vulcania*,
demanda Luciano, fasciné par toutes les histoires de Francesca.
Plus elle lui parlait des horreurs de son isolement forcé, de ses
terreurs, du réduit noir, des Lombardi, de ses terribles premiers jours à Boston et plus il était fasciné, car s'il comprenait
combien elle avait souffert, ses récits constituaient la matière
de romans d'aventure, et la fiction, de plus en plus, était
devenue toute sa vie.

— Et ces types qui faisaient des films, et Johnny Chase,
la poussait-il, les yeux tout ronds, lui rappelant l'enfant qu'elle
avait adoré.

— Je te l'ai déjà dit, Johnny est venu à mon secours, il
m'a donné un nouveau départ.

— Comme Emilio et Niccolo, coupa Luciano.

— À bien des égards, oui.

— Et ta carrière! dit-il, fasciné que Francesca se sépare
rarement de son cher Leica, par sa façon de toujours braquer
son appareil sur lui, captant des instants précieux, tout comme
lui-même la poussait à lui raconter ses histoires, fiévreux l'un
et l'autre, comme s'ils craignaient d'être contraints de se
séparer à nouveau d'un instant à l'autre.

Ce fut Bruno qui les calma, qui comprit que l'atmosphère
de l'hôtel était bien trop irréelle, bien trop fugitive pour
satisfaire leur soif d'émotions.

— Rentrons au Rocher, les pressa-t-il. Kate se proposait
de venir, mais ce serait tellement mieux pour nous tous de
rentrer chez nous.

Il hésita, conscient que pour Francesca, «chez elle» se
trouvait désormais à des milliers de kilomètres de là.

— Tu resteras aussi longtemps que tu le voudras, *cara*, lui proposa-t-il gentiment avant de se tourner vers Robert qui, depuis plusieurs jours, demeurait sur la touche, simplement heureux pour Francesca. Vous aussi, il faut vous joindre à nous. Nous avons beaucoup de place, et ma femme serait ravie de faire votre connaissance.

Robert finit par décider de rentrer à Boston seul, après avoir accompagné les Cesaretti, sombres ce jour-là, jusqu'à Pise pour que Francesca puisse voir où reposait Vittorio et déposer des fleurs sur sa tombe.

— Il serait heureux pour nous, dit doucement Luciano. Et fier, je crois.

Ils restèrent là un moment, silencieux, songeant au passé, laissant leur esprit vagabonder dans l'air calme du printemps.

— Le temps nous joue des tours bizarres, murmura Francesca. Je pensais que cet endroit était le plus horrible, le plus sinistre de la terre quand nous sommes venus assister au service à la mémoire de Giulietta, tandis qu'il me semble plein de sérénité maintenant et...

Sa voix se brisa et elle ne put poursuivre.

— C'est plus vivant que dans mon souvenir, dit Luciano. Les fleurs, les cyprès, tous ces oiseaux qui chantent.

Il haussa les épaules.

— Ce n'est pas mal pour y reposer.

La pierre tombale de Giulietta les attirait toujours, les troublait plus profondément que celle de Vittorio, peut-être parce que leur sœur était morte dans la solitude.

— Quand elle est morte, je ne savais pas ce qu'était la solitude, dit Francesca. Jusqu'à Naples, nous avons toujours été ensemble. — Elle se tourna vers Luciano. — Je voudrais qu'ils soient tous réunis, maman, papa, et Giacomo aussi. C'est trop triste, comme cela. Et pas normal.

— Mais nous n'y pouvons rien, quels que soient nos sentiments.

Ils se retournèrent et virent Bruno et Robert, qui

attendaient, côte à côte.

— Pourquoi Robert ne vient-il pas en France? demanda doucement Luciano. Nous serions très heureux de l'avoir parmi nous.

— Il pense que nous devons rester seuls ensemble quelque temps.

— C'est un homme remarquable.

— C'est grâce à lui, tout cela.

— Il t'aime.

— Je le sais.

— Et toi?

Francesca sourit.

— Je crois que nous aurons tout le temps d'en parler quand nous serons au Rocher.

Ils se tournèrent de nouveau vers les tombes.

— Je me demande quand nous reviendrons ici, dit Francesca. J'avais décidé, quand Robert m'a fait libérer, de ne plus jamais remettre les pieds à Florence, que cette ville était un poison pour moi.

— Ce n'est pas Florence, ici, observa Luciano. Ce n'est même pas Pise. C'est quelque chose d'entièrement différent.

— Oui, convint-elle. Tu as raison.

Ils passèrent ensemble un mois merveilleux sur la Côte d'Azur. Francesca se rendit compte que jamais elle n'aurait pleinement compris l'homme que Luciano était devenu si elle n'avait pas vu Le Rocher, ni rencontré Kate, ni connu la chaleur et la force que l'Américaine toute menue avait apportées à cette branche de la famille Cesaretti.

Luciano, bien sûr, avait espéré que Francesca viendrait vivre avec eux en France, mais elle avait su, presque tout de suite, qu'elle refuserait. Elle avait connu une joie et une paix intérieure inimaginables à retrouver son frère et à partager son existence presque idyllique, mais elle se rendait compte, maintenant, de tout ce qu'elle devait à l'Amérique. Certes, elle demeurerait toujours profondément européenne, tenta-t-elle d'expliquer, mais elle avait un pays adoptif, et une famille également, avec les Chase.

— Et il y a mon studio. Il me tarde de le faire démarrer. Tu vas l'adorer quand tu le verras, dit-elle à Luciano, rayonnante de plaisir anticipé. Et tout comme Le Rocher et cette côte pour toi, ma vie est parfaite ainsi.

Ils firent des projets, notèrent des dates dans leurs agendas : Luciano viendrait en Amérique pour un jour d'Action de grâces comme on les fêtait en Nouvelle-Angleterre; Francesca reviendrait à Eze pour Noël; Luciano devrait se trouver à New York pour la sortie de son Zachary Holt en Amérique. Ils avaient besoin de concret dans leurs projets, afin de pouvoir, l'un et l'autre, se raccrocher à quelque chose après leur séparation, afin que leurs retrouvailles ne leur apparaissent pas comme comme quelque impossibilité abstraite.

— Merci mon Dieu pour mon appareil-photo, dit Francesca à l'aéroport de Nice, alors que toute la famille se retrouvait autour d'une table de Formica, à boire un ultime calvados avant son départ. Elle regarda le bon visage rond de Bruno et sa tête toute bronzée malgré les prières répétées de sa femme pour qu'il porte un chapeau, et Kate, si facile à vivre et si sage, et qui convenait si parfaitement à Bruno, et Luciano, qui, de nouveau, lui rappela vivement le petit garçon dont elle se souvenait, car elle savait, à ses yeux trop brillants, qu'il était au bord des larmes.

— Je t'enverrai les meilleures photos, dit-elle doucement en lui pressant la main.

Avant le contrôle des passeports, après qu'elle eut fait ses adieux à Bruno et Kate, Francesca et Luciano se regardèrent.

— J'étais fâché contre moi, dit-il, parce que je me rendais compte que j'avais tant de choses, et si j'en étais content, jamais je n'ai pu être complètement heureux, car comment l'être alors que je ne savais même pas où tu étais?

— Tu le sauras toujours, désormais, lui promit Francesca, les joues ruisselantes de larmes. Nous nous appellerons toutes les semaines — plus souvent si nous en éprouvons le besoin. Et nous partagerons tout, le bon et le mauvais et...

Sa voix se brisa et elle ne put finir.

Luciano était incapable de parler, lui aussi, et ils se jetèrent une nouvelle fois dans les bras l'un de l'autre, s'étreignirent très fort, et quand Francesca se dégagea elle envoya un baiser à son oncle et à Kate.

— Je t'appelle à mon arrivée, souffla-t-elle.

— Quelle que soit l'heure.

Ce soir-là, Luciano resta assis très tard dans sa chambre du Rocher, songeant à l'importance des photos pour sa sœur et regardant celles qui se trouvaient dans leur cadre tout autour de lui et auxquelles il avait ajouté un mauvais instantané de Francesca à Antibes qu'il changerait pour l'une des meilleures, prises par Bruno avec son appareil, de sa sœur et de lui.

Inconsciemment, le passé avait été séparé du présent. À gauche, sur une étagère, on pouvait voir deux photos : l'une, de leur mère et de leur père, que Vittorio avait conservée sur lui jusqu'à sa mort, l'autre de Vittorio, prise par l'oncle Bruno pour un Noël au *palazzo*. Sur la commode, à droite, il y avait des portraits de lui-même, de Bruno et Kate et, maintenant, de Francesca.

Les morts séparés des vivants. Et cependant on ne trouvait aucune photo de Giacomo et Giulietta. Bien qu'elle eût été sa jumelle, il se souvenait à peine d'elle, sinon par la ressemblance de leurs cheveux blonds et de leurs yeux bleus.

Le téléphone sonna, troublant le calme de la maison. Francesca, se dit-il en souriant.

Et il retourna dans la salle de séjour.

22

Il n'y a pas de place pour la fiction dans le journalisme.

Cette règle d'or, l'une des nombreuses que l'on avait enseignées à Juliet durant ses premiers mois de stage dans le monde réel des journaux, était l'une de celles qui lui pesaient le plus, bien qu'elle la respectât.

Il était insupportablement frustrant de se retrouver journaliste stagiaire dans un journal de province quand on aspirait à remporter un prix. Juliet se rendait compte qu'elle suivait la voie déjà bien patinée par des milliers de journalistes avant elle, mais elle ne pouvait s'empêcher de rêver, comme la plupart des autres, à l'exclusivité, au «scoop» qui la propulserait sous le feu des projecteurs.

Combien de temps pourrait-elle attendre? Si elle ne sortait pas bientôt une solide histoire originale, et ne la sortait pas la première, elle pourrait bien commencer à en imaginer une, quelles qu'en soient les conséquences.

Après tout, elle se devait d'être la meilleure. Elle le devait à Elizabeth.

Après être sortie de l'Université du Sussex, elle était entrée comme stagiaire au *Daily Record* de Bournemouth. Ce qui lui avait semblé parfait; elle s'était accoutumée à la côte sud et comprenait ce qui faisait vibrer une ville anglaise de bord de mer, et le journal acceptait de la prendre. Dans une année environ, s'était-elle dit en souriant, elle se retrouverait à sa place, à Londres, dans Fleet Street.

Cela devait se révéler moins simple qu'elle ne le pensait. Si Brighton avait été une ville assez policée, on pouvait la considérer comme un foyer de drames et de scandales à côté de Bournemouth où, comme Juliet l'apprit bien vite, il ne se passait jamais rien qui vaille la peine d'être rapporté. Ses habitants y vivaient heureux, paisiblement, ses touristes s'y amusaient calmement et avec une certaine élégance, et, de toute façon, s'il se produisait quelque chose d'intéressant, ce n'était pas à Juliet que l'on confiait l'article. Son lot était d'être envoyée aux expositions florales, aux mariages, obsèques et baptêmes ainsi qu'au tribunal local pour rendre compte d'histoires d'amendes impayées pour stationnement interdit ou de vélos roulant sans lumière.

Au cours de l'été de 1969, le *Daily Record* envoya Juliet à un cours de journalisme de huit semaines au Highbury College de Portsmouth. Voilà qui allait tout changer, se dit-elle — plus elle en apprendrait et plus compétente elle deviendrait, et plus grosse serait sa part du gâteau des reportages. De retour à Bournemouth, elle se demanda pourquoi elle s'était donné ce mal. Alors qu'on lui avait permis, une fois, de rendre compte de la tragique mort par noyade d'un bambin, le chef de pupitre avait fait sauter tout ce qu'elle avait pu péniblement ajouter d'émotion et de commentaires personnels aux faits tout nus.

— Ils l'ont gâché, gémit-elle auprès d'un collègue. Il y avait des leçons à en tirer, et je me montrais pleine de compassion. Il en a fait une histoire banale. C'est si morne!

— C'est ainsi que cela doit être. Il ne s'agit pas d'écrire une histoire, Juliet, mais de rapporter un fait divers. Les faits disent tout. Les parents du bambin sont sous calmants, leur enfant de deux ans est mort et enterré. Que veux-tu dire de plus?

Juliet s'efforça davantage encore de s'y faire, de

supprimer ce qui, elle commençait à s'en rendre compte, pourrait être considéré comme de la morgue par ses collègues. Après tout, sa carrière ne faisait que commencer. Elle ne devait pas trop espérer trop tôt. Mais elle faisait constamment des erreurs. Durant toute sa première année au *Record*, et dans son deuxième emploi à l'*Edinburgh Star*, Juliet parut vouloir enfreindre toutes les règles d'or.

— Tu amplifies, tu embellis, tu ne donnes pas de noms. L'une des règles était que les noms, notamment dans un journal local, faisaient vendre.

— Ta technique d'interview ne vaut rien, et par trois fois tu as raté la foutue heure de tombée!

Juliet, malheureuse, regarda Archibald McCullough, son rédacteur en chef, un homme grand, au teint fleuri, et attendit que tombe la hache. Comment pourrait-elle rentrer chez elle à Dorking si elle était virée? Comment pourrait-elle se retrouver devant sa mère?

Non seulement elle ne fut pas renvoyée mais McCullough l'emmena déjeuner pour essayer de lui remonter le moral et de la remettre dans le droit chemin.

— Il faut que tu apprennes à mettre les gens à l'aise avec toi, lui dit-il devant un café cognac à l'hôtel George. S'ils ont l'impression, même erronée, que tu te crois supérieure à eux, ils vont se refermer et tu n'en tireras rien de bon et moins encore une bonne interview.

McCullough finit son cognac et en commanda un autre pour chacun.

— Quels journaux lis-tu, Juliet?

Elle avait les joues brûlantes et se sentait de nouveau comme une écolière, gênée et humiliée.

— Je lis *The Scotsman* et le *Times*.

— Pendant que tu es ici, tu devrais lire toutes les publications écossaises, l'*Edinburgh Evening News*, bien sûr, et n'oublie pas de lire John Gibson. Il peut t'apprendre des tas de choses sur l'art d'écrire des articles. C'est ce que tu veux faire, non, fillette?

Oui, fit-elle.

— Tu y tiens beaucoup?

— Plus qu'à tout au monde.

— Qu'est-ce que ça te ferait de perdre ton boulot?

— Je me sentirais brisée, répondit Juliet avec un regard plein d'appréhension.

— Et que ferais-tu? demanda McCullough, le regard vif malgré le vin rouge et le cognac. Tu abandonnerais?

Juliet le regarda.

— J'ai abandonné une seule fois, dit-elle calmement, quand j'étais enfant. Jamais plus je ne renoncerai à quelque chose d'important, pas sans me battre.

Elle se disait qu'Edimbourg était la plus noble et la plus belle des villes qu'elle avait jamais connues, mais Elizabeth lui manquait plus que jamais, et jamais elle n'avait eu si froid. Son appartement n'avait pas le chauffage central et les radiateurs électriques qu'elle avait installés aux points stratégiques semblaient ne pas parvenir à chasser le froid et l'humidité ambiants, avec pour résultat une série de rhumes depuis son arrivée, qui l'empêchaient de satisfaire comme il aurait fallu aux exigences de son métier.

Par un matin glacial de mars 1970, Walter Schuster, vieil ami et avocat d'Elizabeth, l'appela au téléphone.

— Votre mère est à la London Clinic.

— Oh, mon Dieu.

— Pas de panique, mon chou, lui dit Walter de sa grosse et bonne voix de Canadien. Elle n'est entrée que pour quelques examens et se reposer un peu.

— Des examens de quoi? Pourquoi ne m'en a-t-elle rien dit?

— Elle se sent un peu abattue depuis quelques semaines, rien de particulier, quelques symptômes grippaux sans plus...

— Elle ne m'a rien dit! répéta Juliet qui n'en croyait pas ses oreilles. Nous nous téléphonons deux fois par semaine, parfois davantage, et elle n'a rien dit.

296

— Vous connaissez Elizabeth, elle n'a pas voulu vous inquiéter.

— Elle est à l'hôpital et elle ne veut pas que je m'inquiète. La voix de Juliet monta, frisa l'hystérie : J'arrive demain.

— Cela va la contrarier.

— Je viens quand même.

— Je crois que vous feriez bien, dit Walter après un instant de silence.

Si elle était inquiète avant cela, elle était maintenant terrifiée.

— Leucémie aiguë, annonça-t-elle, glacée, quand elle appela Archie McCullough depuis Londres une semaine plus tard. On lui fait de la chimiothérapie.

— Il va te falloir un boulot là-bas, lui dit le rédacteur en chef, qui ajouta, sans attendre de réponse : Je pourrai peut-être t'aider, glisser un mot ou deux à l'oreille de quelqu'un.

— Merci, Archie.

Elle savait qu'elle aurait dû lui en dire davantage, paraître plus reconnaissante, mais depuis qu'elle avait appris la maladie de sa mère plus rien ne comptait. Elle était de retour à Londres, loin du climat glacial du nord, mais c'était dans ses os, maintenant, que coulait la glace, et dans son cœur.

Archie tint parole. En quinze jours, Juliet avait l'emploi promis au *Daily Post*, pour commencer trois semaines plus tard.

— Ils vont créer une rubrique hebdomadaire sous le titre le *Post* explique, dit Juliet à une Elizabeth affaiblie par son traitement mais néanmoins avide de nouvelles. Cela fait un peu sec — en fait il s'agira surtout de recherches — mais du moins j'y serai.

Ce fut surtout un travail monotone. Le *Post* souhaitait qu'elle explique aux lecteurs les tenants et les aboutissants de tout, depuis la philatélie jusqu'aux courses de lévriers, les greffes d'organes et la vie des pilotes d'essai, l'assurance-vie et l'héraldisme. Juliet passait une bonne partie de son temps dans les bibliothèques, plongée jusqu'aux yeux dans des manuels, mais du moins, se disait-elle, elle était à Fleet Street.

Elle aurait dû se sentir heureuse. Mais sa mère était en train de mourir.

Au début de l'été, Elizabeth connut une période de rémission, et Juliet en fut presque euphorique car l'amélioration de l'état de santé de sa mère avait coïncidé avec l'évolution qu'elle attendait depuis longtemps dans sa carrière, un poste à la rubrique quotidienne du journal. Mais un mois plus tard, son moral retombait. Elle ne faisait guère plus que les «chiens écrasés», passant le plus clair de son temps au téléphone, à vérifier des faits et des tuyaux, autorisée parfois à aller faire un tour à l'aéroport d'Heathrow pour voir si arrivait ou partait quelque personnalité importante.

— Je faisais un travail plus intéressant quand j'étais dans le Sussex, avoua-t-elle à Hilda Loom, à Kaikoura, la première semaine de septembre. Je suis simplement une bonne à tout faire.

— Un peu comme moi, lui dit Hilda en souriant. Chef cuisinier et laveur de bouteilles.

Son sourire s'effaça.

— Nous souhaitons tous faire plus que nous le pouvons, mon chou. La vie peut se montrer très déprimante.

L'une et l'autre savaient ce qu'elle voulait dire. Elizabeth était de nouveau malade, et le fait qu'on ne l'eût pas hospitalisée, sauf pendant deux jours pour une transfusion, les remplissait davantage encore d'appréhension.

Cela avait également exacerbé le sentiment de désespoir de Juliet. Sa mère, l'être le plus précieux de sa vie, allait mourir, et soudain sa volonté de réussite commença à friser l'obsession. Il lui fallait réussir quelque chose, un grand coup, alors qu'elle avait encore Elizabeth.

Elle se mit à travailler nuit et jour, jusqu'à se surmener. Tant qu'elle faisait ce qu'on lui demandait à sa rubrique, on ne pouvait lui reprocher de tenter d'améliorer sa situation. Tout y passa : l'obstination, la patience, la ténacité. Elle traqua les personnalités, à la recherche d'une histoire, fréquenta les tribunaux, les commissariats de police, les postes de pompiers; elle écouta les conversations de ses collègues dans l'espoir de piquer un tuyau; elle glissa des pots-de-vin aux personnels des plus luxueux hôtels de Londres, n'importe quoi pour tomber sur une exclusivité. Elle ne trouva rien.

Au début d'octobre, Elizabeth retourna à la London Clinic, et Juliet sombra dans une nouvelle dépression. La peur la rongeait, la peur de perdre Elizabeth, de la décevoir. Elle avait perdu aussi presque toute sa confiance en elle, elle était sur le point d'abandonner quand, deux jours plus tard, elle se retrouva plus proche que jamais d'une authentique exclusivité, son «scoop» personnel pour le journal.

On l'avait envoyée, avec un photographe, couvrir l'arrivée à Heathrow d'une actrice américaine. Du fait que tous les autres journaux connaissaient son heure d'arrivée, il ne fallait pas compter sur une exclusivité pour le *Post*.

Ce fut une bizarrerie du destin qui fit que Juliet détourna un instant son regard de la meute de journalistes et surprit Brian Brayfield, le député de Claybury Nord, en train de planter un baiser maladroit et fugitif sur la joue d'une jeune femme brune.

Juliet observa, avidement. Qui qu'elle soit la jeune femme brune n'était pas l'épouse de Brayfield, car lorsqu'on lisait les magazines ou la presse féminine on savait que Margaret Brayfield était une femme grande, blonde, au visage mince.

Tout le monde s'accordait pour penser que Brayfield était un homme politique d'avenir. Avant de se lancer dans la politique, il avait été l'acteur populaire d'un feuilleton à la télé, et quand il avait annoncé son intention de se présenter à la députation, sa séduction avait joué un rôle incontestable dans son succès. Un an plus tôt à peine, il avait à grand tapage, épousé une aristocrate. En regardant Brayfield maintenant, en conversation avec la femme brune et fort désireux, apparemment, d'échapper aux regards, Juliet ressentit, pour la première fois de sa carrière, une véritable, une formidable intuition.

— La voilà!

Journalistes et photographes se précipitèrent vers l'actrice. À une centaine de mètres sur la droite de Juliet, Brian Brayfield prenait la valise de sa compagne.

Sans un seul regard pour le photographe du *Post*, Juliet suivit Brayfield hors du terminal et jusqu'à la file d'attente pour les taxis, prit le suivant et demanda au chauffeur de suivre celui du député.

Sur la banquette arrière, elle réfléchissait à toute vitesse. S'il ne s'agissait que d'une innocente rencontre, Brayfield se dirigerait soit vers l'est et Westminster, soit vers l'ouest et sa demeure de Maidenhead, soit encore vers le nord et sa circonscription. Ne sachant pas exactement ce qu'elle espérait, elle croisa les doigts.

Au carrefour de Chiswick, le taxi de Brayfield prit la direction du sud.

— Jusqu'où allons-nous, miss? demanda le chauffeur tandis qu'ils passaient Richmond. Je veux dire, c'est bien O.K. tout ça?

— Tout à fait, le rassura Juliet en lui glissant un billet de dix livres.

Il se mit à siffler.

— Ils s'arrêtent, annonça le chauffeur à Juliet, un peu en dehors de la route principale entre Cheam et Epsom. Qu'est-ce que vous voulez que je fasse?

— Attendez un instant, s'il vous plaît.

C'était une clinique, comme l'indiquait une plaque discrète. Juliet regarda Brayfield aider la jeune femme brune à descendre du taxi, paya le chauffeur, reprit la valise et gagna la porte de la vaste demeure de style georgien.

— Et maintenant?

Il y avait un petit hôtel, juste de l'autre côté de l'A-24.

— Je descends là, dit Juliet.

Elle pouvait se fier à son intuition, elle en était certaine. Après dix minutes passées au téléphone, elle savait que la clinique était spécialisée dans les interruptions de grossesses.

Elle continua sa surveillance depuis une des fenêtres en saillie du salon de l'hôtel. Le préposé à la réception, qui semblait s'ennuyer ferme, avait réagi chaleureusement au pourboire généreux de Juliet. Il avait dépêché un coursier à Epsom pour acheter un appareil photo muni d'un zoom et deux rouleaux de pellicule, et il lui avait apporté du café et des sandwichs. Impossible de savoir si la jeune femme brune allait passer la nuit à la clinique ou si elle n'était qu'une patiente externe — ni si Brayfield allait rester avec elle ou repartir.

Juliet attendit pendant six heures. Brayfield et la jeune femme ressortirent un peu après cinq heures. La femme avait le teint cireux et s'accrochait au bras du député comme si elle allait se trouver mal.

Depuis le parc à voitures de l'hôtel, Juliet prit une douzaine de photos, les regarda s'éloigner dans une conduite intérieure bleu foncé, puis traversa l'A-24 pour pénétrer dans la clinique.

Elle sut, en remettant son article au chef de rubrique, qu'elle avait commis une terrible erreur. La clinique avait déjà téléphoné au journal pour se plaindre d'une tentative de corruption.

— Tu es folle ou simplement foutrement stupide? lui demanda le chef de rubrique après avoir lu ses pages. On nous a assuré, quand nous t'avons embauchée, que tu connaissais ton boulot!

Il déchira les feuillets et jeta les morceaux au panier.

— Tu n'as pas sérieusement cru qu'on allait publier ça, non?

— Les photos, dit Juliet d'une voix hésitante. On est en

train de les développer.

— Je me fous qu'on soit en train de les encadrer! Tu n'es pas payée pour prendre des photos. Tu as déjà entendu parler des syndicats? Ce qui me fout en boule, c'est que tu tenais un scoop — tu avais une fabuleuse histoire bien dégueulasse et tu l'as bousillée pour le journal.

Juliet le regarda, le visage blême.

— Tu sais foutrement bien qu'on ne publie rien qu'on ne puisse prouver, dit-il, furieux et frustré. Pourquoi as-tu fait cela?

Elle prit une longue respiration tremblante.

— Il me fallait une histoire, ma propre histoire, dit-elle enfin.

— Tu avais une histoire. On t'avait envoyée à l'aéroport pour que tu en reviennes avec un article sur l'arrivée d'une grande vedette. Tu avais un boulot et non seulement tu ne l'as pas fait mais tu t'es conduite en irresponsable, en folle. Ce qui aurait pu valoir au journal un sacré procès!

— J'ai essayé de faire montre d'initiative, dit Juliet d'une petite voix. Je n'avais plus le temps...

— Je ne saurais vraiment pas dire, en ce moment, si tu es dingue ou simplement idiote. Quoi qu'il en soit, le *Daily Post* ne veut plus de toi. On ne peut se le permettre.

Allongée sur son lit ce soir-là, dans l'appartement d'Elizabeth, elle pensait à sa mère en train de mourir lentement. Elle songeait à son échec, elle songeait qu'elle avait été virée. Sa dignité s'effondra avec sa dernière chance de donner à Elizabeth un ultime plaisir.

Elle pensait à Brian Brayfield et à la triste jeune femme brune, et au fœtus, massacré. Et de nouveau elle songea à ce que lui avait coûté cet homme politique, et à toute sa haine pour lui.

Et puis, enfin, elle pleura, le visage dans l'oreiller, bien que personne ne pût l'entendre. Et, peu à peu, elle pleura plus farouchement, brûlant de rage dans sa peine, elle frappa l'oreiller de ses poings, lacéra le tissu de ses ongles en se disant que c'était le visage de Brian Brayfield qu'elle lacérait.

Finalement, juste avant l'aube, elle s'endormit.

Elle sut, en avalant sa première tasse de café quelques heures plus tard, ce qu'elle allait faire. Elizabeth vivait toujours et c'était là tout ce qui comptait, outre la fierté de sa mère.

Il dépend de toi que les choses arrivent.

Ces mots du passé lui étaient revenus à son réveil. C'était un de ses kinésithérapeutes qui les lui avait dits, des années plus tôt, quand son moral était particulièrement bas.

Les mots résonnaient dans son esprit. C'était ainsi qu'elle s'en était tirée avec Ray Donnelly à l'Université du Sussex : elle avait provoqué l'événement. Peut-être ne pouvait-elle réussir que de cette façon.

Brian Brayfield lui avait coûté son emploi et sa réputation, et il allait payer pour cela. Elle allait de nouveau provoquer l'événement, et alors elle serait la seule journaliste sur place pour en rendre compte.

Il s'agissait simplement de réfléchir, de monter un scénario, presque comme s'il s'agissait de fiction. C'était immoral, elle en avait conscience, et contraire à l'éthique.

Mais elle faisait cela pour Elizabeth.

Pendant plus d'une semaine, Juliet mena une double vie. Elle passait la moitié de son temps avec sa mère, à la clinique, et le reste du temps à espionner Brian Brayfield.

Elle le suivit, de son appartement dans Westminster jusqu'à la Chambre des Communes, puis de là à son club où il allait déjeuner, ou chez Simpsons-in-the-Strand, à des dîners au Savoy, au Rules ou à l'Ecu de France. Les deux vendredis consécutifs où Juliet le suivit et l'espionna, il dîna à Londres avant de partir en voiture, au volant de sa Jaguar lie-de-vin, vers sa circonscription de Claybury la première fois, et vers sa maison près de Marlow la seconde. Elle vit Margaret, sa femme, à son bras, mais elle ne revit pas la jeune femme brune. Il l'avait laissée tomber, supposa-t-elle, en même temps que l'encombrant fœtus, quelque part du côté d'Epsom. Elle remarqua que Brayfield était, dans l'ensemble, un homme tout à fait prévisible, avec ses heures régulières, sa fréquentation d'un nombre limité mais choisi de restaurants, boîtes de nuit et bars, faisant son travail, mangeant et buvant de bon cœur, goûtant — avec cette faculté de l'acteur pour le plaisir que, pensait Juliet, il avait dû conserver — une vie pleine et agréable.

Jamais un faux pas, pour autant que Juliet pût le dire. Il menait, maintenant que la clinique spécialisée dans les avortements n'était plus qu'un mauvais souvenir, une vie bien complaisante pour lui, mais apparemment irréprochable sans cela.

Elle en aurait presque raté son ultime chance et abandonné, si elle n'avait, par hasard, remarqué que la police arrêtait une jeune femme dans King's Road, probablement pour excès de vitesse.

L'esprit de Juliet fit aussi de l'excès de vitesse.

Il avait été bien difficile de prévoir ce que les appétits de Brian Brayfield allaient lui dicter pour ce troisième vendredi, et Juliet avait donc réservé dans six restaurants pour être certaine de trouver une table dans le bon.

Il était un peu plus de 20 heures quand elle gara sa Mini de location dans Maiden Lane, à une vingtaine de mètres de la Jaguar rouge — il avait laissé sa voiture sur une ligne jaune alors qu'elle avait parfaitement rangé la sienne dans une place de stationnement payant qui venait de se libérer — et suivit le parlementaire au Rules.

Les deux heures qui suivirent s'écoulèrent péniblement tandis que Juliet grignotait sa sole grillée et buvait son eau minérale, pendant que Brayfield et son compagnon, après deux «gins and tonic», avalaient tranquillement leur potage et leur rôti de bœuf accompagné d'une bouteille de bordeaux.

Juliet régla sa note et traversa le restaurant, s'arrêtant, hors de la vue de Brayfield, pour parler au maître d'hôtel. En quelques instants, on tomba d'accord pour que le dom pérignon payé par Juliet soit apporté au député et à son invité comme offert par quelqu'un désirant garder l'anonymat. Une petite assurance, se dit Juliet avec satisfaction.

De retour derrière le volant de sa Mini, elle continua à attendre.

Quand Brayfield sortit du restaurant, dit au revoir à son compagnon et se dirigea vers sa Jaguar, ce fut avec l'air placide et un peu trop sûr de soi d'un homme qui avait bien dîné et, sans aucun doute, plus qu'apaisé sa soif.

De toute évidence, il se dirigeait vers Marlow. Juliet suivit la voiture plus puissante sur Western Avenue, le pied presque au plancher, tous les nerfs tendus sous l'excitation.

L'occasion se présenta sur Hanger Lane.

Lors d'un ralentissement, Juliet doubla la Jaguar, changeant de file par deux fois et se glissa devant Brayfield. Elle regarda autour d'elle : on était à un carrefour où la circulation était toujours intense. Un endroit parfait.

La file s'ébranla devant elle. Juliet attendit un instant, accéléra, s'assura dans le rétroviseur que Brayfield suivait et freina brutalement. La voiture de Brayfield heurta violemment la Mini tandis qu'une autre voiture percutait l'arrière de la Jaguar.

— Vous êtes blessée? demanda Brayfield, tout pâle, en se penchant pour regarder à la portière de Juliet qui, immobile et ravie, feignait d'être sous le choc.

— Qu'est-ce qui s'est passé, bon Dieu?! demanda le troisième conducteur en arrivant vers eux.

Lentement, Juliet baissa sa vitre.

— Pourquoi diable vous êtes-vous arrêtée? demanda Brayfield.

— Pourquoi étiez-vous si près? répliqua-t-elle. Et vous

rouliez manifestement trop vite.

Elle ouvrit sa portière et descendit pour voir les dégats avant de se retourner vers le député furieux.

— Et vous avez bu, dit-elle à haute voix.

— Foutaises, dit Brayfield dont les joues pâles virèrent au rouge. N'essayez pas de rejeter la faute sur moi, ma jeune dame, c'est vous qui êtes responsable et vous le savez.

— Il est ivre, dit Juliet à l'autre conducteur. Je crois qu'il faut appeler la police.

Brayfield, sa Jaguar coincée au milieu des autres voitures, ne pouvait s'échapper et le second conducteur reprenait du poil de la bête.

Quand la police arriva, Juliet raconta calmement qu'un chat lui avait coupé la route, raison pour laquelle elle avait freiné, tandis que le conducteur qui la suivait n'avait manifestement pas été en état de freiner à temps.

On sortit l'alcootest. Juliet tira de sa Mini amochée son appareil photo et prit une série de clichés du député, stupéfait et furieux, en train de souffler dans le ballon.

— Qu'est-ce qu'elle fait, nom de Dieu?! grogna-t-il dès qu'il put parler.

Juliet le regarda, le visage grave.

— C'est pour ma mère, lui dit-elle.

Il fallut à Juliet quatre coups de téléphone pour vendre son «exclusivité». L'article sembla presque s'écrire tout seul tant il coula facilement. Quand elle l'eut remis, avec son rouleau de pellicule, à la rédaction d'un journal du dimanche, elle se rendit à la London Clinic. On avait fait à Elizabeth une nouvelle transfusion et elle était très fatiguée.

— Tu as l'air épuisée, ma chérie, murmura-t-elle, remarquant les cernes sous les yeux de sa fille. Tu ne devrais pas travailler autant.

Juliet l'embrassa et lui caressa les cheveux.

— Cela en valait la peine, maman, dit-elle doucement.

Avec un peu de chance, je devrais avoir quelque chose à te montrer demain.

Pour la première fois depuis des semaines, elle dormit paisiblement cette nuit-là, après avoir mis son réveil afin de se trouver au kiosque de Marylebone Lane pour acheter au moins une douzaine de numéros du journal.

L'article paraissait superbe. La prose de Juliet était claire et hardie, la photo choisie par le rédacteur montrait bien la honte et la fureur de Brayfield. On avait quelque peu coupé l'article, mais il demeurait incisif et parfaitement analytique, rapportant d'abord les faits, puis, brièvement, faisant ressortir les pressions qui poussaient un homme aussi comblé et privilégié que Brian Brayfield à violer la loi et à compromettre son avenir.

Il n'y avait qu'elle-même et le rédacteur en chef du *Post* pour lire l'intention de nuire entre les lignes, mais Juliet ne ressentit pas le moindre sentiment de culpabilité. C'était son tout premier titre dans la presse nationale, et son cadeau très particulier à Elizabeth.

Elle arriva à la London Clinic avec une brassée de journaux et un bouquet de pois de senteur, les fleurs favorites de sa mère.

Elle fut arrêtée, à sa sortie de l'ascenseur, par la sœur de l'étage, le visage plein de compassion.

— Je suis désolée, dit-elle.

Elizabeth était décédée, subitement mais paisiblement, une heure plus tôt. On avait essayé, en vain, d'appeler Juliet au téléphone.

Elle savait que cela devait arriver, mais elle savait maintenant que jamais elle ne l'avait vraiment cru.

La plupart des personnes qui perdent un être cher ont du chagrin à la perspective d'une vie sans lui. Juliet, elle, se souvenait de ce qu'avait été sa vie avant Elizabeth. Elle avait connu la souffrance, la solitude, la peur, mais pendant dix-sept ans, sa mère l'avait presque persuadée que les mauvais jours étaient finis à jamais.

Juliet savait maintenant qu'il n'en était rien.

Sans cesse ils étaient demeurés là, à l'attendre.

23

Par un chaud après-midi d'août, l'année suivante, en 1971, un homme grand et brun flânait à travers la galerie de Newbury Street, à Boston, où se tenait l'exposition des œuvres de Johnny Chase, quand il tomba sur une des vieilles études de Francesca par Johnny.

Longtemps, l'homme regarda la photo, comme fasciné, jusqu'à ce que la directrice de la galerie, qui laissait en général les visiteurs regarder tranquillement et aussi longtemps qu'ils le désiraient, se crût obligée de demander à l'homme si elle pouvait le renseigner.

L'inconnu sursauta, comme tiré d'un rêve.

— Excusez-moi, dit-il, lointain, perdu dans le vague.

— C'est moi qui devrais m'excuser de vous avoir dérangé, monsieur. Connaissez-vous les œuvres de Chase?

— Pas du tout, répondit l'homme qui regarda de nouveau la photo. La fille, dit-il, d'une voix empreinte d'une intense avidité maintenant. Sauriez-vous par hasard qui elle est?

— En fait, oui, dit la directrice en souriant.

Elle s'approcha d'un vieux bureau en acajou, y prit un catalogue et l'ouvrit à la page 3.

— Le numéro 27, dit-elle, tendant le catalogue à l'inconnu.

Ses yeux, d'un noir profond, parurent brûler.

— Francesca, lut-il à haute voix.

— Oui, monsieur. Francesca Cesaretti, la photographe, prise en 1959.

Les mains, noircies par le soleil, tremblèrent un peu, faisant frémir les pages du catalogue.

— Vous la connaissez? demanda la directrice, curieuse.

L'inconnu hocha la tête, lentement.

— Je l'ai connue, dit-il. Il y a longtemps.

— J'ai cru, pendant un instant, qu'il allait pleurer, dit la directrice de la galerie à Francesca quand elle vint plus tard avec Robert, son fiancé depuis trois semaines. C'était un un homme très séduisant mais un peu étrange, ajouta-t-elle.

— Et qui était-ce?

— Il a laissé un mot pour vous.

La directrice fouilla dans un tiroir.

— Il voulait votre adresse, mais naturellement je ne la lui ai pas donnée. Le voilà.

Francesca regarda la feuille de papier blanc, à en-tête de la galerie. Une écriture ferme, penchée, aux boucles généreuses mais sans fioriture.

Son cœur bondit dans sa poitrine.

Si tu veux me voir, et si tu le peux, viens à Sonora Farm, Route 41, à cinq kilomètres au nord de Salisbury, Connecticut, vers midi n'importe quel jour de cette semaine. J'attendrai.

Niccolo Dante.

— Dites-moi encore à quoi il ressemblait.

— Je vous l'ai déjà dit cinq fois!

— Je le sais, mais redites-le-moi, s'il vous plaît. Vous disiez qu'il était en costume, et bien habillé, insista Francesca, les joues brûlantes, tremblante d'excitation.

— Il était très bien habillé, précisa la directrice de la galerie en soupirant. C'est pour cette raison que j'ai remarqué ses mains, des mains de travailleur, rudes et brûlées par le soleil.

— Et des cheveux presque noirs?

— Laisse-la respirer, chérie, intervint Robert, elle t'a dit tout ce qu'elle savait.

— De quoi s'agit-il, Francesca? demanda la directrice, intriguée. Manifestement, vous êtes tout aussi troublée par cette histoire qu'il l'était par le portrait de Johnny. Quand avez-vous vu cet homme pour la dernière fois?

Francesca ne parvenait pas à parler. Ses yeux s'étaient brusquement emplis de larmes. Ce fut Robert qui répondit.

— En 1954, à Naples, un matin de mai.

— Il avait un léger accent, dit la directrice. Vous ai-je dit qu'il avait un accent?

— Oui, vous nous l'avez dit, répondit Francesca avec un sourire.

— Quand iras-tu? demanda Robert alors qu'ils flânaient, main dans la main, dans un jardin public, près de l'endroit où les vieux bateaux en forme de cygnes glissaient sereinement sur le plan d'eau.

— Demain.

Francesca se sentait toute chargée d'électricité. Elle se demanda si son agitation se transmettait à Robert et elle songea à lui lâcher la main, mais elle se dit qu'il pourrait mal interpréter le geste. C'était un homme si sensible, si attentif aux sentiments de Francesca, si facilement blessé malgré l'air flegmatique qu'il affichait devant le monde.

— Veux-tu que j'aille avec toi?

Francesca ne répondit pas.

— En fait, j'ai beaucoup de travail demain, se hâta de dire Robert. Mon agenda est rempli jusqu'à quatre heures. Tu voudras partir dans la matinée.

Francesca lui pressa la main. Il savait toujours quand elle désirait être seule; c'était l'une des nombreuses raisons pour lesquelles elle avait fini par consentir à l'épouser, plus d'un an après qu'il le lui eut demandé pour la première fois. Elle avait refusé, alors, craignant de dire oui pour de mauvaises raisons. Robert avait, en un sens, trop fait pour elle; Francesca s'était en quelque sorte sentie son obligée, à un point incompatible avec un mariage sain, avait-elle pensé. Mais quand il lui avait de nouveau posé la question, quelques semaines plus tôt, le soir où elle avait emménagé dans son appartement de Mount Vernon Street (juste au coin après le studio de Joy Street), elle s'était rendu compte que jamais elle ne trouverait un homme meilleur, plus gentil, plus merveilleux, et elle avait accepté, avec joie.

— Je vais avoir besoin d'une voiture, lui dit-elle alors qu'ils sortaient du jardin dans Boylston Street, son esprit fonctionnant fiévreusement.

Elle aussi avait une journée bien remplie le lendemain, et il lui faudrait revoir tout cela dès qu'elle rentrerait au studio.

— Tu peux prendre la Cadillac, proposa Robert.

— Non. Tu peux en avoir besoin. Et puis tu sais que je déteste emprunter ta voiture, j'ai toujours peur de rayer une aile ou autre chose. Je vais en louer une.

— Tu ferais bien de rentrer, dit Robert en regardant sa montre. Tu vas avoir des choses à faire, j'imagine.

Oui, fit Francesca. Il allait lui falloir téléphoner, annuler des rendez-vous, se laver les cheveux, décider de ce qu'elle allait porter, et, surtout, il lui fallait s'asseoir, seule, et penser à Niccolo.

— Vas-tu appeler Luciano?

— Je crois que je vais attendre d'avoir vu Niccolo. Il ne sera peut-être même pas là.

— Il y sera, dit tranquillement Robert qui lui souleva le menton et tourna son visage vers lui. Es-tu sûre de vouloir y aller seule? demanda-t-il, désabusé. Je sais ce que tu ressens à propos du passé, mais je ne peux m'empêcher de penser à ce qui est arrivé quand tu es retournée seule à Florence.

— C'est tout à fait différent.

— Comme tu voudras, dit-il, et il héla un taxi pour elle.

Rappelle-toi seulement que je t'aime.

— Moi aussi, je t'aime.

Elle l'embrassa et grimpa dans le taxi. Ce ne fut que quelques minutes plus tard qu'elle se souvint de la raison pour laquelle Robert et elle étaient venus à Newbury Street cet après-midi : ils étaient tombés d'accord pour prendre le temps d'aller acheter une bague de fiançailles.

Elle se mit en route de bonne heure le lendemain matin, les nerfs tendus par la joie anticipée, le plaisir et l'appréhension. Le temps humide de ces derniers jours s'était dissipé et c'était une belle matinée d'été, idéale pour rouler. Elle prit l'autoroute du Massachusetts jusque dans les Berkshires, tourna vers le sud et Great Barrington puis descendit vers le Connecticut par la Nationale 41, vers la ville de Salisbury.

Francesca ne remarqua pratiquement rien, ni les agréables routes en lacets, ni les hauts épis de blé, ni les pentes boisées près de Becket. Elle vit à peine le bétail et les chevaux dans les champs, ou la biche égarée près de la route. Elle ne s'arrêta pas, non plus, pour apprécier le charme des villages ou petites villes qu'elle traversait. Elle conservait le regard fixé sur la route devant elle, et son esprit sur sa conduite, essayant d'empêcher les souvenirs d'affluer.

Si c'est bien Niccolo, se répétait-elle sans cesse, il ne sera plus le même. On change, avec le temps. Rien ne demeure éternellement semblable.

C'était Salisbury, surtout, qui lui laissait à penser qu'elle se dérangeait pour rien. La ville était si extraordinairement jolie, l'archétype de la ville de Nouvelle-Angleterre telle qu'on la trouve dans les livres, si propre et si blanche, avec des touches de bois gris et de parfaites bordures de gazon, qu'il lui paraissait absurde d'imaginer y retrouver Niccolo à quelques kilomètres. C'était un bohémien, un voyageur et, essentiellement, un Italien. Comment pourrait-il se trouver quelque part en Amérique, et surtout dans ce solide vieux fief yankee?

Et puis Francesca sourit, d'un petit sourire ironique et

désabusé car, bien sûr, on pouvait dire à peu près la même chose en ce qui la concernait.

Elle vit le pannneau juste à temps, pour sortir de la 41 : Ferme de Sonora. Elle ralentit, tourna vers une route plus étroite mais toujours bien asphaltée, bordée de chaque côté par des champs à l'infini. Loin sur la droite, à près de deux kilomètres de là peut-être — il était difficile d'apprécier les distances dans ce chatoiement de chaleur qui montait au-dessus des luxuriantes étendues d'herbe — un cavalier solitaire galopait dans la même direction que sa voiture, les sabots du cheval faisant s'élever dans l'air un nuage de poussière.

Francesca continua à travers plusieurs kilomètres de prairie, puis de champs de maïs, mais sans les moindres ferme, maison ou être humain. Jusqu'à ce que la route oblique vers l'ouest; Francesca dut alors freiner brutalement pour laisser la place à une grosse Jeep qui arrivait dans sa direction.

Elle fit des appels de phare et de grands signes au conducteur qui s'arrêta, son visage bruni et marqué par les intempéries arborant un air de surprise.

Francesca baissa sa vitre.

— Je cherche Niccolo Dante. Je crois qu'il travaille par ici.

— Nick? Sûr, Nick est ici, répondit l'homme dont le visage tanné se fit plus avenant.

— Où pourrais-je le trouver?

L'homme indiqua du pouce la direction d'où il venait.

— Continuez jusqu'à l'embranchement, ensuite prenez à droite jusqu'à ce que vous tombiez sur des chevaux.

— Des chevaux?

— Quand vous verrez les chevaux, Nick Dante se sera pas bien loin.

Tous les doutes de Francesca s'évanouirent.

Lorsqu'elle arriva à l'embranchement et prit à droite, comme indiqué, elle respira avec plaisir, car soudain elle put

314

voir, par delà les immenses champs et les prés, jusqu'au fond d'une vallée qui semblait presque bleue et qui remontait sur d'exquises collines nimbées de brume.

Et puis elle vit les chevaux.

À l'horizon, apparaissant à peine, trois chevaux qui galopaient sur la crête d'une colline, sauvages et libres, secouant leur crinière et agitant la queue. Francesca accéléra, son cœur se mit à cogner, son regard parcourut cette colline.

Des enclos, des clôtures aux piquets blancs, encore de l'herbe grasse, et d'autres chevaux, une trentaine au moins, tous de la même race que les premiers, élégants, robustes, musclés, certains bais ou alezans, d'autres brun foncé, d'autres encore noirs. Ils se tenaient dans un grand pré, à brouter ou simplement immobiles au soleil.

Francesca freina et se redressa sur son siège.

Il y avait un homme, tout au bout du champ, un pied sur la clôture, en chemise de travail à carreaux et jean; il avait les cheveux noirs.

Et, alors qu'il quittait la clôture et s'approchait de l'un des chevaux, une brosse dans la main droite, il remarqua la voiture, vit la portière qui s'ouvrait, regarda la conductrice descendre… et son bras retomba.

Francesca avança. L'homme demeura immobile.

Dans un instant d'incertitude, elle s'arrêta à un piquet de la clôture; puis elle vit qu'il ne bougeait toujours pas et elle enjamba la barrière. Il se trouvait à moins de deux cents mètres, grand, mince, les cheveux brillants, et toujours immobile.

Elle s'approcha jusqu'à n'être plus qu'à quelques mètres et s'arrêta. Et elle vit son visage. Très bronzé par le soleil, mince, avec un nez droit et une bouche sensuelle. Il la regardait, et ses yeux étaient comme des charbons ardents, ils voyaient à travers elle.

Elle ne se rendit pas compte qu'elle pleurait déjà.

— Francesca, dit-il, et sa voix, toujours aussi sonore, lui parut cependant bizarre.

— *Si*, Niccolo, répondit-elle doucement.

Un univers d'émotion pure, si intense qu'il en était presque douloureux, passa entre eux dans ce premier et long regard, un regard de joie totale, de surprise, de communion, d'immense soulagement, de retour chez soi.

— Je n'arrive pas à y croire, murmura-t-elle.

— Moi non plus.

Ils étaient incapables de parler. Et, toujours sans une parole, ils s'approchèrent et tombèrent dans les bras l'un de l'autre, s'étreignant doucement d'abord, puis plus fort tandis que déferlaient en eux des vagues de bonheur. C'étaient d'autres retrouvailles, pour Francesca, avec le passé, avec un être aimé, et elle songea un instant à Luciano, se disant combien il serait heureux lui aussi. Les choses étaient cependant différentes, car avec son jeune frère Francesca s'était toujours montrée protectrice, responsable, tandis que, dès le début, Niccolo avait été son protecteur, son héros adoré.

Ils se séparèrent et se regardèrent, notant chaque changement, s'efforçant de saisir et de comprendre l'évolution naturelle intervenue en dix-sept années. Francesca avait chéri le souvenir d'un Niccolo jeune bohémien libre aux cheveux longs, l'être le plus romanesque qu'elle eut jamais connu, et voilà qu'elle se trouvait devant un homme accompli, surprenant, un adulte remarquablement séduisant.

— Je crois que je t'aurais reconnu n'importe où, murmura-t-elle enfin, incapable de détacher ses yeux de son visage, craignant qu'il puisse s'agir d'un mirage dû à la chaleur et qui risquait de disparaître d'un instant à l'autre. Et je suis cependant terrifiée à la pensée que j'aurais pu passer à côté de toi, dans une rue, quelque part, et ne pas te reconnaître...

— Et toi, dit-il, hochant la tête, n'en croyant pas ses yeux qui lui souriaient toujours, tu es exactement aussi belle que je savais que tu le deviendrais. C'était si évident, même à douze ans.

— Même avec mes cheveux de gamin abandonné?

Elle pleurait, de nouveau.

— J'avais l'air d'un garçon, tu m'as prise pour un garçon...

— Un instant seulement.

Le hongre alezan foncé qu'il allait brosser s'approcha et lui poussa du mufle la main droite qui tenait toujours la brosse.

— Plus tard, *bellezza*, lui dit-il gentiment, sans quitter Francesca des yeux, et l'animal hennit doucement. Plus tard, je te le promets; maintenant laisse-nous seuls.

Et l'animal partit en trottant.

— Il te comprend, Niccolo.

— Est-ce qu'ils ne m'ont pas toujours compris? dit-il, haussant les épaules.

Ils se mirent à marcher et à parler, surtout en italien, et Niccolo voulut tout savoir de ce qui lui était arrivé, depuis leur séparation à Naples jusqu'à ce jour, et chaque fois que Francesca s'arrêtait, et essayait de le faire parler, voulant elle aussi savoir, Niccolo secouait la tête et la pressait, avide, jusqu'à ce qu'elle en eût terminé et qu'il sache à peu près tout ce qu'il y avait à savoir.

— À toi maintenant, dit-elle, la voix rauque d'avoir tant parlé. Ils étaient assis dans un pré désert, à l'ombre d'un grand chêne, et elle serrait ses genoux de ses bras, vidée de ses souvenirs mais avide d'entendre ceux de Niccolo.

— Comment es-tu arrivé ici? Je veux tout savoir, tous les détails.

— Par où veux-tu que je commence?

— Comme moi, par Naples. J'ai su, par mon oncle, qu'on t'avait traité comme un criminel. Il m'a dit combien il avait voulu t'aider, mais sans y parvenir. Il s'était senti inutile, et terriblement responsable.

— Est-ce qu'il t'a parlé de l'argent?

— Non, dit Francesca, curieuse de savoir.

— Ton oncle est un homme remarquable, dit Niccolo

317

avec un sourire.

C'était l'argent, bien sûr, tellement plus d'argent qu'il n'avait pu en rêver, qui avait changé sa vie. Il débordait encore de fierté et de colère à sa sortie de prison, mais quand le *direttore*, comme Bruno l'avait demandé, lui avait remis le relevé de son compte en banque, un peu de bon sens lui avait soufflé de ne pas refuser. Il avait donc retiré son argent et était parti à la recherche de son frère et de sa famille.

C'était Emilio, sage et compatissant, qui avait écouté Niccolo, entendu sa fureur et son ressentiment, et compris les changements que ce temps passé avec les enfants Cesaretti, puis en prison, avait apportés en lui. Il avait eu raison d'accepter l'argent, lui avait dit Emilio. Cela pouvait changer bien des choses, modifier le cours de son existence, le destin de Niccolo Dante.

— Cela dépend de ce que tu veux, lui avait dit son frère. De ce que tu veux vraiment, plus que tout.

Ce que Niccolo voulait, avait-il dit à son frère, c'était se libérer des lois et d'un système qui pouvaient le faire jeter en prison pour avoir été l'ami de trois enfants désespérés. Il aimait profondément sa famille, mais il s'était toujours senti différent, avait toujours brûlé, ainsi qu'il l'avait dit à Francesca, de trouver l'*indipendenza*. Il avait rêvé, dans sa cellule, de devenir quelqu'un d'autre, un homme qui pourrait s'élever au-dessus du préjugé qui collait encore à tous les bohémiens, et d'être libre comme il ne le serait jamais vraiment s'il demeurait un membre d'un plus vaste groupe familial.

Et Niccolo nourrissait encore une autre ambition. L'argent laissé par Bruno Cesaretti n'était pas vraiment le sien. Restait une tâche qu'il avait laissée inachevée et qu'il avait bien l'intention de mener à bien : suivre Francesca en Amérique, la retrouver et s'assurer qu'elle était sauve et heureuse, et lui remettre l'argent dont il avait le sentiment qu'il lui revenait de droit.

— J'ai pris un billet pour l'Amérique. Sur le *Vulcania*.

318

J'avais une cabine, je m'asseyais à une table dans la salle à manger. J'avais acheté un costume à Salerne — Emilio et Antonia m'avaient aidé à le choisir — et j'écoutais l'orchestre, et je regardais les couples danser tous les soirs. Tu vois? Tu comprends pourquoi je me sentais si coupable, pourquoi j'avais l'impression qu'il y avait quelque chose de mal dans ma bonne fortune. J'étais là, bien douillettement, bien confortablement installé, alors que toi...

— Tu ne pouvais savoir dans quelles conditions j'avais fait le voyage.

— Bien sûr que je le savais. On ne donne pas de cabine aux clandestins, et je savais que les Lombardi n'étaient pas des anges. Je savais que ce serait dur pour toi.

Francesca hocha impatiemment la tête.

— Dis-moi ce qui est arrivé ensuite.

Cette traversée de l'océan avait constitué pour Niccolo un événement crucial, car il y avait appris qu'il possédait un talent de joueur. Il n'y avait pas de casino à bord du *Vulcania*. Le seul jeu de hasard était une innocente course de petits chevaux de bois sur lesquels les passagers pouvaient miser mais Niccolo avait fait la connaissance de joueurs de cartes et tous les soirs ils jouaient au poker en secret dans diverses cabines. Le temps qu'ils arrivent à Boston, Niccolo avait regagné le montant de son billet.

Il était allé trouver Anthony et Maria Lombardi qui, désinvoltes, ne lui avaient rien appris d'utile. Et bien que Niccolo eût fait tout ce qui était en son pouvoir pour retrouver Francesca dans une ville de plusieurs centaines de milliers d'habitants, cela s'était révélé impossible. Surtout que, comme il venait de l'apprendre, Francesca vivait dans la clandestinité chez Johnny et Della Chase.

Il s'était efforcé de trouver du travail, passant de Boston à Providence et de là à New York, et il en avait trouvé, mais jamais pour bien longtemps car il perdait souvent patience avec ceux qui profitaient qu'il travaillait illégalement pour abuser de lui sans trop essayer de lui cacher leur mépris.

— Et alors, qu'as-tu fait? demanda Francesca.

— J'ai joué aux cartes, répondit Niccolo avec un haussement d'épaules.

— Tu es un joueur?

— Plus maintenant. Mais partout où je suis passé, notamment à Manhattan, j'ai trouvé des gens qui voulaient jouer, alors je jouais. C'est là que je suis devenu Nick Dante, parce que c'était plus facile d'être accepté.

En le regardant, maintenant, dans son jean et sa chemise de travail, sainement bronzé par le soleil et marqué par le vent, Francesca avait du mal à le voir en joueur acharné.

— Le jeu n'était pour moi qu'un moyen d'arriver à une fin, expliqua Niccolo. Je voulais, tout comme toi, gagner assez d'argent pour me prouver que je pouvais m'en tirer, pour pouvoir obtenir le statut de résident permanent et travailler avec les chevaux.

— C'est toujours ce que tu as souhaité. Depuis combien de temps travailles-tu ici?

— Je ne travaille pas vraiment ici. J'ai vécu un certain nombre d'années dans un ranch en Californie, et je m'occupe du transfert de certains chevaux ici.

— Tu es une sorte de directeur? demanda Francesca, impressionnée.

Niccolo se leva.

— Les chevaux que tu vois sont des Morgans. Tu en as déjà entendu parler?

— Non, fit Francesca.

— La race remonte au dix-huitième siècle. Un instituteur gallois du nom de Justin Morgan, qui vivait en Nouvelle-Angleterre, avait reçu un petit étalon noir qui s'appelait Figure en paiement d'une dette. L'animal était petit mais solide, docile et intelligent, et c'était un fameux trotteur.

— Et Figure a été à l'origine de toute une nouvelle race?

— Oui. Plus ou moins. Quoi qu'il en soit, les chevaux que j'ai amenés de Californie sont des arabes, et nous avons l'intention de faire des croisements.

— Est-ce qu'on l'a déjà fait?

— Avec grand succès. On appelle la nouvelle race des Morabs. C'est du bois dont on fait les rêves, dit-il, le regard brillant.

— Toujours dans tes rêves. Comme avec le Palio de Sienne. Est-ce que tu rêves toujours d'y retourner?

— Je rêve toujours. Bien sûr.

— Combien de temps vas-tu rester ici? demanda-t-elle d'un ton détaché tandis qu'elle se sentait déjà atterrée à l'idée des milliers de kilomètres qui allaient les séparer alors qu'ils venaient juste de se retrouver.

— Je repars dans un jour ou deux, mais à partir de maintenant je reviendrai régulièrement.

Ils se rendirent, dans la voiture de location de Francesca, à une auberge près de Salisbury et Francesca se sentit soudain toute drôle et curieusement timide. Elle était contente qu'il eût pris le volant, car elle aurait eu du mal à se concentrer sur la route. Elle avait toujours su que leurs retrouvailles, si jamais elles avaient lieu, seraient un moment privilégié, mais maintenant elle se sentait secouée jusqu'au plus profond d'elle-même.

Elle avait aimé Niccolo si passionnément lorsqu'elle était enfant, et même alors elle avait su que cet amour était différent de celui qu'elle portait à ses frères. Mais là encore, les choses étaient totalement différentes, car depuis l'instant où elle l'avait vu dans le pré, Francesca avait eu conscience d'un trouble, d'une sensation explosive qu'elle n'avait encore jamais connus.

J'ai envie de lui, se dit-elle, assise immobile dans son siège de vinyle et elle sentit ses joues s'empourprer. Ce n'était plus son bien-aimé Niccolo. Il était devenu un homme fort, excitant, un étranger du nom de Nick Dante.

— *Va bene*? demanda-t-il avec un coup d'œil en coin.

Elle ne put répondre, trop assaillie par ses émotions tandis que la réalité commençait à s'insinuer dans son esprit, luttant avec son désir. Il n'existait aucune substance à leur relation, sauf leurs précieux souvenirs et l'éternel amour d'enfant qu'elle lui portait, et cependant l'instant où ils s'étaient retrouvés avait été, pour Francesca, beaucoup plus la réunion de deux amants séparés que d'amis chers.

Pour la première fois, elle se contraignit à penser à Robert. Son fiancé. Elle se sentit coupable. Et si perdue! Elle ne comprenait pas ce qu'elle ressentait, elle ne comprenait pas ce qui lui arrivait. Elle aimait Robert. Elle allait l'épouser et être heureuse, et le rendre heureux. Et cependant...

L'instinct lui soufflait de se montrer prudente. L'homme assis à côté d'elle en ce moment n'était plus le gamin avec lequel elle avait partagé Palmarola. C'était un étranger dont elle ne savait à peu près rien, et , cette journée terminée, ils seraient de nouveau séparés par l'immensité de l'Amérique.

Mais dans la salle à manger de l'auberge, la puissante personnalité de Nick Dante la subjugua à nouveau rapidement, lui ôtant tous ses doutes. Dans son souvenir, le charisme de Niccolo avait été quelque chose de rare, de magique, mais maintenant, en l'observant, Francesca se rendait compte qu'elle ne s'était pas souvenu exactement de son immense différence avec les autres bohémiens du camp.

L'influence d'Andrea, sa mère, au plan physique et émotionnel à la fois, en avait fait dès sa naissance un être à part. Son demi-frère Emilio, comme nombre de ses semblables, avait le teint basané tandis que Niccolo, s'il avait les mêmes yeux et cheveux noirs, était d'un teint plus pâle. Et puis toutes ces différences dans son caractère qui avaient tant intrigué Francesca quand elle était fillette, son amour des livres et du savoir, son plaisir à posséder de petites choses qu'il avait peiné pour réunir au cours des années, sa soif d'indépendance.

— Parle-moi de chez toi en Californie.

— Ce n'est pas vraiment chez moi, répondit-il et Francesca crut voir s'estomper un peu de la lumière de ses yeux, mais il ajouta aussitôt : Je voudrais que tu me parles davantage de Luciano.

— Il va être fou de joie lorsque je vais lui dire. Il va

probablement vouloir sauter dans un avion pour venir te voir.

— Impulsif, hein? C'était pourtant un enfant timide.

— C'est toi qui l'as rendu plus audacieux. Il pense que le temps que nous avons passé avec vous a été le plus palpitant de sa vie, et cependant ta famille et toi lui avez donné la sécurité. Il avait eu tellement peur, avant.

— Vous aviez tous une bonne raison d'avoir peur. Surtout Vittorio.

— Il se sentait responsable. Je voudrais ne pas me sentir si terriblement triste quand je pense à lui. Je voudrais pouvoir me souvenir de lui lorsqu'il était heureux.

Nick était soudain devenu sombre.

— C'est à cause de Vittorio que je me suis dit que peut-être tu ne voudrais pas me revoir.

— Pourquoi cela? demanda Francesca, surprise.

— Parce que c'est moi qui vous avais tous emmenés à Naples. À ce stade, c'était moi le responsable, et j'ai failli.

— Mais ce n'était pas ta faute! dit Francesca avec ferveur. Ce ne fut la faute de personne. Si Vittorio s'était arrêté pour t'écouter, s'il n'avait pas couru...

Elle fut incapable de poursuivre. Jamais elle n'avait pu évoquer la mort de Vittorio sans craquer, et elle ne voulait pas pleurer maintenant, dans cette charmante auberge du Connecticut, pas alors qu'elle se sentait heureuse.

Pendant tout le repas, un repas solidement américain, de bœuf saignant, pommes au four et haricots verts, arrosé d'un vin rouge de Californie, ils évoquèrent leur passé italien, ceux qu'ils avaient aimés, débordant de récits, d'anecdotes, de peines et de joies anciennes qui les unissaient, mais surtout, planant au-dessus d'eux comme un nuage plein de tentation, balayant tout le reste, était le désir, intense, érotique et réciproque.

De retour dehors, dans la lumière de cette fin d'après-midi, le chant rauque des grillons et la circulation qui se faisait plus intense sur la route, la dure réalité des choses, de la séparation prochaine, firent passer un nuage entre eux.

— Tu es sûr de ne pas vouloir que je te ramène? demanda doucement Francesca.

Nick secoua la tête, à contrecœur.

— J'ai quelques affaires à régler à Salisbury. Je me ferai raccompagner.

Leur étreinte d'adieu fut tendue. Ils se sentaient un peu vidés de toute leur joie, de toute leur sensation de bien-être.

Francesca ouvrit la portière de sa voiture.

— Je ne sais pas quoi dire.

Elle se sentait tremblante, de nouveau; de nouveau elle avait envie de pleurer.

— Je sais, dit-il, avec un sourire forcé.

— Cela semble idiot de se séparer encore.

Nick Dante évita son regard.

— La vie est idiote, dit-il.

De retour sur la Nationale 41, Francesca essuya ses larmes du revers de la main et essaya de se concentrer sur la route devant elle.

— Merde, dit-elle à haute voix.

Nick ne lui avait laissé ni une adresse ni un numéro de téléphone. Elle ignorait jusqu'au nom du ranch, en Californie. Elle lui avait tout dit de ces années de séparation, et elle avait vu sur son visage qu'il brûlait de savoir, mais lui n'avait raconté qu'une partie de son histoire, n'avait répondu aux questions directes de Francesca que par des réponses indirectes. Si Niccolo avait été une sorte de mythe dans son esprit, Nick était une énigme.

Et voilà qu'elle se retrouvait seule, avec l'horrible sensation qu'il n'avait été qu'un mirage, qu'elle avait imaginé tout cela.

Et puis revint le désir, de façon si violente et stupéfiante que Francesca fut contrainte de s'arrêter sur l'accotement étroit.

Elle eut un sourire piteux.

Pouvait-on désirer un mirage?

Bien avant de retrouver la sécurité de Vernon Street, la confusion de Francesca en ce qui concernait Nick avait cédé la place à un trouble plus immédiat et profondément affligeant.

Elle n'allait pas épouser Robert.

Elle entra tranquillement dans l'appartement, boucla la porte, décrocha le téléphone et se versa un grand cognac. La nuit était calme et tiède, mais elle se sentait glacée jusqu'aux os.

Elle revit le visage de Robert. Séduisant, intelligent, prévenant. Elle avala une gorgée de cognac et frissonna. La liste de tout ce qu'avait fait Robert pour elle se déroula dans son esprit : Robert la sauvant de l'expulsion du pays, lui permettant de posséder son propre studio, lui évitant Dieu savait combien de semaines ou de mois à pourrir dans une prison de Florence.

Et de plus petites choses, de celles qui comptent vraiment dans la vie quotidienne. Son humour, sa patience, sa tolérance, son respect, sa passion.

La passion de Robert, pas la sienne. Elle le savait maintenant.

Elle avala une autre gorgée de cognac, appréciant sa chaleur. Elle était folle, sans aucun doute. Quelques heures avec Nick Dante, un homme dont elle ne savait à peu près rien et elle s'armait de courage pour détruire un avenir sûr, heureux, avec un homme parfait. Folie.

Et c'était cependant ce qu'elle allait faire. Même si rien ne se passait entre Nick et elle, même si elle ne le revoyait jamais, le fait de le retrouver avait mis en lumière, douloureusement, tous ses doutes refoulés à propos de son mariage avec Robert. Elle aimait Robert et l'aimerait toujours. Mais elle n'était pas amoureuse de lui. C'est pourquoi elle avait attendu si longtemps avant d'accepter de l'épouser. Parce qu'elle avait toujours su que c'était une erreur.

— C'est fou.

Il était pâle sous le choc et la fureur. Jamais Francesca ne l'avait vu aussi furieux.

— Je sais que ça doit sembler fou, c'est aussi ce que je ressens.

Ils se trouvaient au cabinet de Robert, dans State Street. Francesca avait passé une longue et pénible soirée chez elle, buvant plus de cognac qu'elle avait coutume de le faire, ne répondant pas au téléphone. Après quoi elle avait passé une nuit agitée, douloureuse, et dès le matin elle était venue le voir, sachant qu'elle ne pourrait remettre l'inévitable.

Robert la regardait, essayant de comprendre.

— Jusqu'à hier, tu étais restée dix-sept ans sans voir Dante, vous étiez des gosses l'un et l'autre.

Francesca ne répondit pas. Elle voyait bien qu'il tremblait et elle avait envie de le serrer contre elle, mais elle savait que ce serait mal et injuste.

— Un repas pris ensemble. Quelques heures à évoquer des souvenirs, et tu veux jeter aux ordures tout ce que nous avons partagé.

— Non. Seigneur, non, Robert, tu m'es aussi précieux que tu l'as toujours été. Je t'aime toujours...

— Mais tu ne veux pas m'épouser.

La colère avait disparu, et soudain il paraissait plus vieux, usé. Les mèches argentées de ses cheveux blonds brillaient au soleil qui arrivait à travers la vaste fenêtre derrière lui, et les ombres sur son visage accentuaient la lassitude de ses yeux et de sa bouche.

— Je suis si désolée, murmura Francesca, refoulant ses larmes. Je ne sais pas quoi te dire d'autre.

Jamais elle ne s'était autant détestée.

— Mais en es-tu bien sûre? demanda Robert, qui vit combien elle était malheureuse, et avec un dernier espoir dans la voix. Est-ce que tu ne réagis pas trop violemment au choc que tu as ressenti en revoyant Niccolo? Cela a dû te faire un coup de te retrouver devant ta propre histoire.

Il avait toujours senti, au fond de son cœur, que son pire ennemi était le passé de Francesca, cette enfance passionnante, lumineuse, qui l'avait tellement fasciné la première fois qu'il l'avait rencontrée, ici-même, dans ce stérile cabinet d'avocat, il y avait presque quatre ans de cela.

— Que veux-tu que je te dise, Robert? Que tu es le meilleur ami que j'aie jamais eu? lui dit-elle, désespérée. Que j'aurais été si fière d'être ta femme, comme le serait toute femme.

— Je ne veux pas d'autre femme.

— Ce n'est pas seulement Niccolo, tu sais, c'est moi, lui dit-elle, son calme retrouvé. Je ne peux supporter de te faire mal ainsi, mais je ne vois pas comment faire autrement. Ce serait mentir, et tu mérites mieux.

Des larmes brillèrent dans les yeux gris-vert de Robert.

— Et tu considères le mariage avec moi comme un mensonge, c'est bien ça.

Elle se détestait.

— Oui, dit-elle.

— Crois-tu que cela s'arrangerait avec le temps? Que peut-être tu changerais d'avis?

Francesca avait passé la nuit à se poser et se reposer la même question, et elle connaissait la réponse.

— Non, dit-elle.

Nick l'appela un mois plus tard. Il était de retour à Sonora, lui dit-il. Elle l'invita à venir à Boston, mais il la pressa de revenir dans le Connecticut si elle le pouvait.

Ce fut encore par une merveilleuse journée qu'elle passa la limite de l'État dans sa voiture, et cette fois elle put regarder autour d'elle et prendre plaisir à la beauté du paysage. Il était trop tôt pour que l'automne arbore toute la palette de ses couleurs, mais on voyait déjà de petites taches rosées dans le feuillage, promesse certaine de ce qui allait suivre.

Ils étaient convenus de se retrouver à Salisbury, à *The Saddlery*. Il l'attendait dehors et en le voyant elle eut le souffle coupé. Il était appuyé contre un mur, le visage au soleil, et Francesca se dit que jamais elle n'avait vu un homme aussi beau.

Il sourit en la découvrant, et le regard sombre, chaud, de ses yeux couleur chocolat s'éclaira de plaisir. Elle remarqua la blancheur de ses dents sur sa peau bronzée, et tandis qu'il arrivait vers elle, elle remarqua aussi la souplesse de sa démarche, la largeur de ses épaules et elle se sentit toute faible, de nouveau, et son cœur se mit à cogner dans sa poitrine.

— Je suis venu avec une Jeep, lui dit-il en approchant son visage tout près du sien. Tu pourras te garer juste derrière ce bâtiment gris et blanc.

Ils prirent Undermountain Road puis la 41 vers la ferme. Ils roulèrent pendant des kilomètres, leur sembla-t-il. À l'endroit où Francesca avait tourné à droite sur la route menant à Sonora, Nick prit à gauche et après un moment le chemin se fit plus terreux, plus accidenté.

— Où allons-nous? demanda-t-elle, d'une voix qu'elle avait du mal à conserver normale, tout comme elle avait du mal à détacher les yeux du visage de Nick.

— Tu le verras, répondit-il en riant, de ce même rire pétillant qu'elle avait adoré étant enfant.

Ils s'arrêtèrent enfin, sur un chemin de terre menant à un petit enclos où deux magnifiques chevaux au pelage doré étaient attachés à la barrière.

— De quelle race sont-ils? demanda Francesca.

— Ce sont des Palominos, répondit Nick en coupant le moteur. La couleur de leur robe doit être celle de «pièces d'or fraîchement frappées», ainsi qu'on la décrit. Laisse ton sac dans la Jeep, ajouta-t-il en ouvrant la portière.

— On monte? Je ne suis plus montée à cheval depuis l'Italie. Et sans selle?

— Tu n'avais pas besoin de selle quand tu montais les *Maremmane*.

— J'étais une enfant! protesta-t-elle, consternée. Et je n'étais pas bien forte. Je ne pourrais pas monter à cru maintenant!

Gentiment mais fermement, il lui prit la main et l'entraîna vers l'enclos.

— Ces chevaux sont faciles à monter, ils sont très dociles et calmes. Celle-ci, notamment.

Francesca regarda le cheval d'un blond exquis, avec sa crinière et sa queue parfaites.

— Je ne sais même plus grimper, dit-elle, plus effrayée que jamais.

— Facile, dit Nick, et d'un mouvement rapide et souple il la prit dans ses bras et la planta sur le dos de l'animal. La jument broncha à peine et parut ne pas s'en soucier.

— Nick, je ne peux pas!

— Je croyais que cela te plairait, dit-il, soudain inquiet. Tu montais très bien, en Italie. Veux-tu que je t'aide à descendre?

— Non.

Elle avait déjà un peu moins peur.

— Tu avais l'habitude de me mouiller les jambes pour que ça adhère mieux.

— J'ai mis un seau d'eau, là, dit Nick, souriant et caressant la tête veloutée de la jument. Sois bien gentille avec elle, *bellezza*, recommanda-t-il à l'animal.

En vingt minutes, Francesca avait retrouvé sa confiance et sa dextérité. Nick avait eu raison, bien sûr. Elle n'avait rien oublié. Mais elle avait oublié, en revanche, le merveilleux sentiment de calme et la sensation de ne faire qu'un avec un bon cheval par une belle journée.

Ils allèrent au pas, au petit galop, puis partirent enfin en un joyeux galop, Nick menant le train jusqu'à une colline boisée, ralentissant à un petit trot dans un sentier envahi par les herbes, évitant les branches et laissant les chevaux avancer avec précaution. Et puis ils arrivèrent à une clairière.

Francesca poussa un petit cri de surprise et de ravissement.

Il avait préparé un pique-nique pour deux, dans un endroit idyllique, à quelques mètres d'un petit lac aux eaux claires, baigné par le soleil. Francesca vit une nappe blanche disposée sur l'herbe verte, un panier d'osier, une couverture pour s'asseoir.

— Tu aimes? demanda-t-il doucement.

Avidement, elle descendit de sa jument, l'attacha à un arbre à l'ombre et alla ouvrir le panier, découvrant un vrai festin.

— Oh, Nick.

Elle se tourna vers lui, incapable d'en dire plus, les larmes aux yeux. Tant d'attention et de soins, simplement pour elle.

— Tu aimes, dit-il.

Ils dévorèrent avidement le poulet frit et le pain tout frais, avec quatre salades différentes, du maïs sucré et de grosses pommes croquantes, et Nick tira une bouteille de champagne qu'il avait attachée par le goulot et mise à rafraîchir dans l'eau du lac. Jamais Francesca ne s'était sentie si détendue tandis qu'ils bavardaient, riaient et chantaient de vieilles chansons d'amour italiennes. Et le champagne et le chaud soleil leur tourna délicieusement la tête. Ils marchèrent, main dans la main, au bord de l'eau, retirèrent leurs chaussures de tennis et marchèrent pieds nus dans l'eau fraîche. Et, de nouveau, Francesca regarda Nick, toutes ses défenses et ses doutes ayant fondu comme neige au soleil.

— Je suis plus heureuse que je ne l'ai jamais été de toute ma vie, lui dit-elle.

Nick lui prit le visage entre ses deux mains et, pour la première fois, lui baisa les lèvres.

— J'ai fait l'amour à quatorze femmes dans ma vie, lui dit-il, la voix rauque, sans la lâcher.

— Tu les as comptées? demanda-t-elle, avec, tout à la fois, l'envie de rire et de pleurer, les lèvres brûlantes de plaisir et de désir.

— Mais chaque fois je fermais les yeux et je revoyais ton visage, comme tu étais alors, si belle et si débordante de joie et de peur, et si pleine d'amour, comme maintenant. Et je me sentais terriblement coupable de t'avoir évoquée à ces instants, pas à cause des autres femmes, Dieu me pardonne, mais parce que je crois que tu as toujours été un peu sacrée pour moi.

— Moi, sacrée?

— Tu étais si totalement innocente, comme je l'étais moi-même, si pure, dit-il, les yeux comme des charbons ardents. Mais tu étais également la créature la plus ensorcelante, comme tu l'es encore.

Elle sentit son souffle, tiède et doux de la douceur du vin, contre sa joue et elle frissonna d'impatience.

— Et maintenant, continua Nick, rêveusement, j'ai envie de te faire l'amour plus que ce que j'ai jamais pu désirer, et en même temps j'ai presque peur de te toucher.

— Nick, souffla Francesca.

— Quoi, mon amour?

— Si tu ne me touches pas, si tu ne m'embrasses pas encore, je crois que je vais me trouver mal.

— *Veramente*?

— *Assolutamente*.

Il l'embrassa de nouveau, lui baisant la bouche cette fois, et pas seulement les lèvres, d'un baiser avide mais cependant doux. Il effleura de ses lèvres son front, chacune de ses paupières closes et regarda battre ses cils, et il pencha la tête pour pouvoir lui baiser le menton, puis le cou.

— Je ne sais pas ce que j'aime le plus chez toi, murmura-t-il.

Leurs pieds remuaient dans l'eau et Francesca se pencha davantage encore, se pressant contre lui.

— Il y a autre chose à découvrir, dit-elle, riant.

Elle ne portait qu'un chemisier léger, à manches courtes et bouffantes, un jean bleu et une large ceinture de toile qui affinait encore la minceur de sa taille. Nick sortit ses pieds de l'eau et s'agenouilla à côté d'elle, sans cesser de la regarder.

— Nick?

Il la fit taire, d'un doigt sur sa bouche.

— Rien ne presse.

Francesca remua ses doigts de pieds dans l'eau, ridant la surface.

— Je brûle, Nick, dit-elle, surprise par son manque total d'inhibition.

— Bien, dit-il, et il se mit enfin à déboutonner son chemisier. Non, ne bouge pas, reste comme ça.

Elle ferma les yeux.

Le chemisier tomba sur le bord du lac et, avec des doigts si légers que, les yeux toujours clos, elle aurait pu croire que c'étaient les ailes d'un papillon, il dégrafa son soutien-gorge et elle l'entendit souffler doucement.

— *Perfetta*, murmura-t-il. Puis : Lève-toi, Francesca.

Elle ouvrit les yeux et obéit. Sa voix était belle et irrésistible, comme le reste de sa personne, et elle se rendit compte du pouvoir qu'il exerçait sur elle, qu'aussi doux et tendre qu'il puisse être, il pouvait toujours lui imposer sa volonté...

Il défit la ceinture de Francesca, baissa la fermeture à glissière de son jean, et elle crut devenir folle de désir impatient, car on aurait dit qu'il déshabillait un enfant pour aller au lit, tant il évitait de toucher sa peau.

— Mes vêtements maintenant, dit-il, et Francesca frissonna de plaisir et de désir, et elle déboutonna sa chemise, tira sur la boucle de sa ceinture de cuir, comme si elle défaisait le cadeau le plus exquis de sa vie. Et quand il se débarrassa de son jean et se dressa devant elle, complètement nu, elle perçut son propre petit cri car sa nudité réveilla en elle des appétits que jamais elle n'aurait cru posséder.

Il l'emporta à l'ombre et la coucha dans l'herbe, ses longs cheveux étalés autour de sa tête en un halo sombre. Il s'allongea à côté d'elle, suivit d'un doigt la ligne de ses sourcils, puis le menton aristocratique que Letizia avait tant jalousé, et puis ce même doigt descendit sur son cou, entre ses seins, ronds et pleins, avec leurs mamelons qui dardaient.

— Si blancs, dit-il en souriant, car elle avait pris des bains de soleil à Revere Beach l'été précédent, en bikini, et les étroites surfaces de peau blanche l'excitaient plus encore que si elle eût été entièrement bronzée.

— Nick, je suis en feu, gémit-elle doucement, suppliante, tandis qu'involontairement ses hanches se tendaient vers lui.

— Je sais, dit-il, et Francesca vit qu'il était dur comme un roc et elle l'imagina en elle, sentant son désir couler de ses cuisses dans l'herbe.

Enfin, Nick Dante lui fit l'amour, et enfin il s'abandonna au désir qui le consumait, lui baisant voracement la bouche, savourant la douceur de sa langue, laissant ses mains courir librement sur son corps, effleurant, caressant chaque courbe, chaque vallée. Et Francesca, stupéfaite par sa propre sexualité, dévorait son corps des yeux, des mains, de la bouche, goûtant chaque pouce de ces muscles durs, tendus, de cette chair plus douce, et elle souffla sur la toison de sa poitrine, baisa les pointes durcies de ses seins, laissa courir ses mains sur ses fesses fermes et remarqua qu'il était bronzé jusque là. Elle ferma de nouveau les yeux un instant pour l'imaginer, chevauchant nu à travers un champ de maïs, et elle prit son pénis dans sa main, l'entendit gémir de plaisir.

Quand il lui demanda de s'allonger de nouveau, elle le fit aussitôt, frissonnant violemment. De ses deux mains il lui ouvrit les cuisses, lui écarta les jambes et, conscient que ni l'un ni l'autre ne supporterait d'attendre un instant de plus, il entra en elle qui était humide de désir, serrée et jeune, et il se mit à se mouvoir, la pénétrant de ses coups de reins, se retirant, revenant, tandis que Francesca creusait son dos pour aller vers lui en un spasme violent à l'instant où Nick arrivait en elle au sommet de son plaisir. Elle fit entendre un petit cri, et les stridulations des grillons montèrent en un crescendo, les palominos hennirent tandis qu'un couple de magnifiques oiseaux aux ailes bleues s'envolaient, surpris, dans le ciel clair.

— Suis-je réelle? murmura-t-elle contre la poitrine de Nick alors qu'ils étaient étendus dans les bras l'un de l'autre sous les arbres. Es-tu réel?

— Je n'en suis pas certain.

— Je l'espère, soupira Francesca avec ferveur, frottant sa joue caressée par la toison de Nick. Et puis, lentement, elle se redressa, sans cesser de l'observer. C'est étrange, dit-elle.

— Quoi, mon amour?

— Tu n'es plus mon Niccolo. Je l'ai su il y a un mois, mais je crois que je ne pouvais supporter de le laisser partir.

— Et maintenant?

— Maintenant, tu es Nick Dante.

Il demeura immobile et ses yeux étaient très noirs.

— Oui, se borna-t-il à dire.

Ils nagèrent ensemble dans le lac, jouant et cabriolant comme de jeunes phoques, insouciants, et ils retournèrent s'étendre sur l'herbe, côte à côte, somnolant et laissant le soleil sécher leur corps et leurs cheveux...

Et plus tard, quand ils s'éveillèrent au hennissement des chevaux, Nick se leva pour les faire boire, et Francesca se leva aussi, légèrement appuyée contre lui, lui passant les bras autour du cou. Nick la prit dans ses bras et la hissa sur le dos de la jument.

— Mais je suis nue, protesta Francesca alors qu'elle se sentait si légère qu'elle avait l'impression d'être ivre de miel doré.

— La jument ne s'en offensera pas.

Francesca rit, ravie, tandis que Nick montait derrière elle.

— N'est-ce pas trop pour elle?

— Elle est solide et bien entraînée, elle supporterait presque n'importe quoi.

Il lui entoura la taille de ses bras et, piquant doucement le palomino de ses talons, le fit avancer au pas, lentement, à travers les arbres, à travers les sentiers vierges et couverts de feuilles, revenant toujours à la même clairière. Et leurs corps nus, l'un contre l'autre, le contact de l'animal musculeux et magnifique entre leurs cuisses, le balancement lent et rythmé, tout cela se mêlait dans la plus sensuelle, la plus voluptueuse des sensations.

— Tu as une éraflure sur le dos, dit doucement Nick qui baisa d'abord puis lécha la minuscule blessure. Il la sentit frissonner et ses mains quittèrent la taille de Francesca, montèrent prendre ses seins, et il l'entendit gémir.

Ils se retrouvaient dans la clairière, près du panier du pique-nique vide et de la nappe blanche, dont des fourmis, les mouches et de bourdonnantes abeilles exploraient maintenant les plis à la recherche de reliefs du repas. D'une légère pression des jambes, Nick fit arrêter le palomino et enfouit son visage dans le nuage noir de la chevelure de Francesca.

— Ne bouge pas, lui dit-il, alors quelle tentait de se retourner pour lui faire face.

— Je veux t'embrasser.

— Plus tard, dit-il, caressant de sa bouche les épaules de Francesca. Celle-ci prit une des mains de Nick qui se trouvait toujours sur son sein et la guida plus bas, sur la toison serrée, humide de nouveau. La jument broncha légèrement sous eux, toujours calme et patiente. Les doigts de Nick trouvèrent ce qu'ils cherchaient et doucement, légèrement, il caressa, agaça, et Francesca gémit, rejeta la tête en arrière. Nick retira alors ses mains, prit les fesses de Francesca et les souleva du dos du cheval. Francesca sentit le pénis de Nick, raide et exigeant, et elle enfonça ses genoux dans les flancs de l'animal pour se soulever. Quand Nick la pénétra, elle eut la sensation d'avoir été percée, et quand il la laissa retomber, s'enfonçant en elle, se mouvant, avec des rotations du corps, roulant des hanches, elle ferma les yeux en un merveilleux supplice. Francesca cria encore. La jument palomino dorée rejeta sa grosse tête en arrière, secoua sa blanche crinière de soie et agita sa queue.

Nick tenait toujours Francesca serrée contre lui, le corps brûlant, et il sentit les premières vagues de son plaisir commencer à déferler en elle, et de nouveau elle eut envie de crier. La jument, enfin, fit entendre un grand gémissement de protestation et se cabra violemment. Les deux amants glissèrent au sol, le souffle coupé, tandis que le palomino filait au galop.

Dès que Nick eut retrouvé son souffle, il rampa vers Francesca et la prit dans ses bras, inquiet.

— As-tu mal?

— Non, mon amour, murmura-t-elle, et malgré les larmes sur ses joues, elle souriait, radieuse. Serre-moi fort, demanda-t-elle.

Alors qu'il s'approchait davantage, Francesca vit qu'il n'avait pas perdu son érection et, vivement, elle le guida en elle, car son corps demeurait douloureux, brûlant de désir. Ils étaient face à face, elle garda les yeux ouverts, regardant le visage de Nick, observant sa douleur, sa joie, sa libération. Et son cœur se serra sous le plus formidable amour qu'elle eût jamais connu.

Le soleil avait un peu baissé dans le ciel quand ils ramassèrent les reliefs du pique-nique et partirent, silencieux, sur leurs chevaux, pour regagner la Jeep. Tandis que Nick roulait vers Sonora par la 41, une brise fraîche se leva et soudain, alors qu'elle le regardait, Francesca se sentit envahie par une inexplicable tristesse.

Elle lui avait dit, au téléphone, qu'elle aimerait passer la nuit dans la région cette fois, et Nick lui avait réservé une chambre à la White Hart Inn, à Salisbury; aussi fut-elle surprise, après être passée à la réception, qu'il lui annonce qu'il devait rentrer à la ferme.

— Mais je pensais...

Toute l'aisance de leurs contacts avait disparu, et Nick paraissait bizarrement tendu.

— J'ai du travail.

Elle se sentit glacée sous la douleur.

— Est-ce que tu reviendras?

— Bien sûr. Puis il ajouta : Plus tard.

Un bref baiser léger et il était parti, laissant Francesca seule et déconcertée. Et quand il avait appelé, deux heures plus tard, pour dire qu'il était retenu par quelque chose d'imprévisible et ne pourrait la voir avant le lendemain matin, elle s'était sentie plus troublée que jamais.

On aurait dit qu'on avait allumé en elle un grand feu éclatant et que, brutalement ensuite, on l'avait aspergé d'eau glacée. Pendant un moment, elle se sentit furieuse et trompée, et puis elle se mit à se mépriser, après quoi elle se sentit simplement, désespérément triste.

Elle descendit au restaurant, mais vit qu'elle ne pourrait rien avaler et elle remonta dans sa chambre pour s'étendre sur le lit. Elle avait l'intérieur des cuisses comme contusionné, et si elle savait qu'elle aurait savouré cette douleur si Nick avait été près d'elle, cela l'empêchait simplement maintenant d'oublier, ne fût-ce qu'un instant, cet après-midi.

Un peu après onze heures, quand Francesca eut pris une douche chaude avant de se mettre au lit, sachant que malgré toute sa fatigue elle n'allait probablement pas dormir longtemps, le téléphone sonna de nouveau.

— Tu dormais?

— Oui, prétendit-elle.

— Il faut que je te voie.

Elle se dressa dans son lit, se drapant dans les couvertures pour se protéger du froid de la nuit.

— Il est tard.

— Je sais, dit-il, et sa voix paraissait bizarre. Je t'appelle d'une cabine près de l'auberge.

— Pourquoi n'es-tu pas entré?

— Francesca, descends, je t'en prie. Je sais qu'il est tard, mais il faut que je te parle tout de suite.

Elle sentit la peur courir dans son dos.

— Je m'habille.

Il l'attendait à la porte de l'auberge, la Jeep garée un peu plus loin dans la rue. Francesca le regarda et lut de la douleur sur son visage et une espèce de désespoir dans ses yeux, et la peur l'envahit davantage encore, alla se loger, comme une boule dure, dans son estomac.

Sans un mot, ils marchèrent jusqu'à la Jeep. Il ouvrit la porte, côté passager, et alla grimper derrière le volant.

— Est-ce que tu pourrais mettre le chauffage? demanda Francesca, plus glacée que jamais.

Il tourna la clé. Le moteur ronronna et après un instant une certaine tiédeur commença à se répandre dans la voiture.

Francesca attendit.

— Je t'ai raconté des histoires, commença Nick, la voix lourde. Je ne peux te le dire que très vite.

Il jeta un rapide coup d'œil sur Francesca qui attendait, le visage anxieux, puis se détourna de nouveau.

— Je ne suis pas gérant de ferme. Je suis le propriétaire d'un ranch en Californie qui s'appelle Sonora. Toute cette histoire de chevaux, le croisement des Arabes et des Morgans est vraie. Mais j'ai acheté la ferme, ici, il y a quelques mois à peine. Elle est à moi.

Il s'arrêta un instant, le regard plus noir, plus désespéré. On aurait dit un enfant ayant envie de pleurer ou de fuir, mais piégé.

Un couple passa, bras dessus, bras dessous. Ils fumaient l'un et l'autre, et riaient, et devant la Jeep l'homme se baissa et regarda à travers la vitre, grimaçant un sourire, comme s'il espérait voir les occupants en train de s'ébattre sur le siège arrière.

Francesca eut l'impression de s'être arrêtée de respirer.

— Je suis marié, continua Nick, et cet aveu parut fou. Et j'ai un fils et une fille.

Le chauffage marchait, soufflant son air chaud, et le pare-brise commença à se désembuer. Francesca demeura immobile comme une statue de pierre tandis que Nick Dante racontait son histoire, d'une voix lointaine, comme s'il récitait

338

un texte.

Le jeu, lui dit-il, lui avait permis de traverser les premières années pénibles aux États-Unis, mais avait également fini par provoquer sa chute, car c'était au cours d'une partie de poker marathon avec un groupe de riches et puissants New-Yorkais qu'il avait brièvement perdu l'esprit et tout ce qu'il pouvait perdre, au profit d'un homme du nom de Richard Brass.

Riccardo Brazzi de son vrai nom, fils d'un immigré italien, Brass avait bénéficié de l'excellente éducation que son père avait lutté pour lui donner, et était devenu un brillant et féroce homme d'affaires dans l'immobilier. Il s'était employé à se débarrasser au plus vite de son nom, de son accent et de son passé italien. Il avait épousé une femme convenable : blonde, les yeux bleus, sophistiquée, études à Radcliffe, qui lui avait donné une fille prénommée Eleanor, une jeune femme appétissante, au caractère très affirmé, avec un goût particulier qui gênait beaucoup son père et sa mère : elle était irrésistiblement attirée par les hommes aux yeux sombres, manifestement virils et Italiens de préférence.

Les passions d'Eleanor, aussi bien physiques que sentimentales, étaient intenses, mais la jeune femme demeurait inconstante, papillonnant dans la vie comme une enfant gâtée, même pour ce qui concernait les hommes. Elle voyait, elle voulait, elle obtenait ou l'on avait des ennuis. Eleanor avait rencontré Nick Dante alors qu'il négociait la première affaire de sa carrière; après avoir travaillé, joué et économisé durement pendant cinq ans, il était prêt à acheter une petite école d'équitation à Narragansett, dans l'État de Rhode Island. Il avait passé la journée avec le propriétaire, à examiner les chevaux, les installations et les livres de comptes, quand Eleanor Brass, accompagnée d'une amie, était venue faire un tour, avait jeté un regard sur Nick et décidé qu'il lui fallait l'avoir.

— Nous sommes sortis ensemble pendant deux semaines,

dit Nick à Francesca, la voix toujours sourde et bizarre, et je me suis rendu compte que je ne l'aimais pas beaucoup. Je lui ai dit que c'était fini entre nous, et j'ai cru qu'elle avait accepté, mais elle n'en avait nullement l'intention.

Eleanor avait voulu Nick plus que jamais, pas seulement pour l'amour physique ou pour le plaisir, mais pour le garder. Elle était donc allée trouver son père, qui n'avait jamais rien pu lui refuser. Mais le problème, dans ce cas précis, était de faire surmonter à Richard Brass son mépris personnel et irraisonné des Italiens.

Eleanor avait dit à Richard qu'elle était follement, irrépressiblement amoureuse, et que rien de ce qu'il pourrait dire ne la ferait changer d'avis. Si elle ne pouvait avoir Nick, elle préférait mourir. Brass en avait été consterné. Cela allait certainement lui passer, s'était-il dit. Après s'être bien assurée qu'on la découvrirait à temps, Eleanor avait avalé une forte dose de barbituriques. Dans la salle des urgences de l'hôpital de New York, Brass avait pleuré, prié, fulminé, et juré que Nick épouserait sa fille ou serait détruit.

Une semaine plus tard, Brass avait mis sur pied une partie bien spéciale de poker dans une suite d'un hôtel de Manhattan. On acheta les contacts de Nick qui fut amené à la table comme un agneau au sacrifice, ignorant du rôle joué par le père d'Eleanor. Cela avait été pour Nick une nuit longue et épuisante, car ses adversaires étaient des experts, non seulement comme tricheurs mais aussi dans l'art de pousser un homme jusqu'à ses limites et au-delà. Nick ne s'en rendit pratiquement pas compte car ils opérèrent lentement et à fond, laissant le whisky, l'ivresse du jeu et l'orgueil les aider dans leur tâche de lui faire dépasser les bornes et de le précipiter dans l'abîme.

Brass se montra sans pitié. Nick n'était pas encore citoyen américain. Cette partie de poker avait été tout aussi illégale que toutes les autres auxquelles il avait pu participer sur sa longue route vers la respectabilité. Brass était riche et puissant; s'il le voulait, Nick pouvait être expulsé et ce serait pour lui la fin. Ou il pouvait épouser Eleanor. Ce qu'il avait fait par une pluvieuse journée de novembre 1960.

— L'ironie, c'est que Richard est mort d'une crise cardiaque quelques mois plus tard. Eleanor était enceinte. Dès le début ce fut un mariage raté, tout autant par ma faute que par la sienne.

Pour la première fois, la voix de Nick perdit sa monotonie.

— Mais nous avons deux enfants, Kevin qui a presque dix ans, et Alicia, huit ans. Jusqu'à il y a un mois de cela, ils étaient les seuls êtres au monde pour lesquels j'aurais donné ma vie.

Francesca n'avait encore rien dit. Elle ne pouvait pas parler, ni même continuer à regarder Nick. Elle fixait devant elle le pare-brise débarrassé de sa buée.

Après la naissance des enfants, Eleanor s'était rendu compte que la vie de Mme Nick Dante était bien différente de celle d'une fille gâtée. Elle détesta Nick pour avoir vendu leur maison de Long Island et acheté un ranch et du terrain en Californie, bien trop loin de sa mère et de la Cinquième Avenue et, bien qu'ayant fini par apprécier ses visites à Los Angeles, elle avait continué à mépriser son mari. Les préjugés de son père et ses propres frustrations couvaient en elle, la rendant de plus en plus méchante. Il exerçait toujours sur elle une attirance physique, mais elle se mit à le railler, à l'injurier, à le détester d'autant plus qu'il refusait de s'en formaliser, et elle se mit à avoir de fréquentes aventures avec d'autres hommes.

Il avait patienté des années, à cause des enfants, mais leur vie commune devenant insupportable, il avait été convaincu qu'ils seraient plus heureux séparés. Nick avait donc demandé le divorce, mais Eleanor avait menacé de se suicider.

— Notre mariage, finit-il amèrement, est une totale comédie qui tient par le chantage affectif. Mais, malgré tous ses défauts, Eleanor est une bonne mère et les enfants l'adorent. Alors comment pourrais-je risquer de les priver d'elle?

Il avait tout dit à Francesca, jusqu'aux moindres détails du premier Sonora, le ranch californien, qu'il avait aimé passionnément dès qu'ils s'y étaient installés.

— En un sens, je crois, j'ai créé Sonora-Est comme un refuge, pour éviter de devenir fou. Il s'arrêta un instant et reprit : Jamais, jusqu'alors, je n'avais réalisé à quel point j'étais lâche. Il continua, plus doucement : Et, jusqu'à ce que je descende Newbury Street, à Boston, ce jour d'août, et découvre la photo que Johnny Chase avait faite de toi, j'avais renoncé à te retrouver. Tu n'étais qu'un autre rêve.

Francesca demeura immobile. Elle se demanda si son sang n'avait pas cessé de circuler dans ses veines. Tout son corps semblait engourdi.

— J'aurais dû te le dire tout de suite, je le sais. Mais je n'ai pu supporter de gâcher la magie de l'instant.

— Et aujourd'hui? parvint-elle à demander. Quel genre de magie était-ce, aujourd'hui?

— Ce qui s'est passé entre nous aujourd'hui fut comme un ouragan.

— Une œuvre de Dieu? dit-elle, l'amertume débordant enfin, comme de l'acide. Ou de Nick Dante. Tu as tout arrangé, Nick, tout, le pique-nique, les chevaux...

Ses lèvres commencèrent à trembler et elle s'arrêta, ne voulant pas pleurer, pas encore.

— Si tu savais comme je le regrette. Oh, mon Dieu, pas seulement aujourd'hui, mais tout, Eleanor, le mariage.

— Pourquoi le regretter? demanda Francesca, ironique. Cela t'a permis d'avoir la terre que tu as toujours rêvé de posséder et de devenir riche.

La mâchoire de Nick se crispa.

— J'ai travaillé dur pour rendre au père d'Eleanor ce que je lui devais. J'ai gagné ce ranch et cette ferme, mais bien que je pense que tu ne me croiras pas, je les donnerais volontiers pour t'avoir, toi.

— Comment pourrais-je te croire? demanda Francesca en le regardant, tandis qu'un instant l'image de Robert lui revint à l'esprit. Le cher et honnête Robert à qui elle avait fait tant de mal, un mois plus tôt à peine. Elle comprenait ce qu'il avait ressenti. Elle savait.

En un soudain accès de désespoir, Nick ferma son poing droit et se mit à en marteler le volant.

— Francesca, je ne peux supporter de te perdre. Nous avons déjà perdu tellement d'années.

Il se contraignit à se calmer avant de poursuivre :

— Mais j'ai gâché toutes nos chances, non?

Les larmes commencèrent à couler, et un peu de la froideur glaciale de Francesca disparut.

— Quelle chance pensais-tu que nous pouvions avoir? demanda-t-elle d'une voix étouffée. Nick, je ne t'en veux pas pour ce qui s'est passé il y a plus de dix ans, je t'en veux de m'avoir menti.

— Je n'ai pas menti.

— Tu ne m'as pas dit la vérité. Qu'est-ce que ça change? Tu m'as prouvé que je ne te connaissais pas du tout. Tu n'es pas le garçon auquel j'aurais confié mon cœur, ma vie.

— Écoute-moi.

— Je t'ai assez écouté! coupa Francesca, tremblante. Je ne veux plus rien entendre.

— Je t'en prie, laisse-moi finir! Écoute ce que j'ai à te dire et dis-moi ensuite d'aller au diable.

Elle ne répondit pas.

— J'ai essayé de convaincre Eleanor de voir un psychiatre, pour mettre fin à ses menaces. Elle n'a pas voulu, mais je vais continuer. — Il parlait très vite maintenant. — En attendant, tout ce que je peux te promettre c'est mon temps ici, à Sonora. Eleanor adore la Californie maintenant — sa mère a acheté une maison sur la plage pour être près d'elle et des enfants. Elle déteste la Nouvelle-Angleterre.

— Nick...

— La maison, à la ferme, est merveilleuse mais il n'y a ni piscine, ni solarium, ni Jacuzzi, et lorsque Eleanor vient sur la côte est, elle reste à Manhattan.

— Qu'est-ce que tu proposes, Nick?

— Je ne propose rien, dit-il, frénétique. J'essaie seulement de te dire que je t'aime, Francesca.

De nouveau, il voulut lui prendre la main et, cette fois, ne la laissa pas la retirer.

— Quand j'avais quatorze ans, que j'étais un petit bohémien, dans un autre monde, je t'ai vue pour la première fois, maigre, débraillée, terrifiée, avec tes grands yeux sombres, et, même alors, j'ai su que je t'aimais.

— Nick, je t'en prie.

Les larmes revinrent, elle ne pouvait plus les arrêter.

— Et tu étais si remarquable. Tu avait un tel courage dans tout ce que tu faisais. J'ai su que je ne pourrais supporter d'être séparé de toi. Quand je t'ai vue pour la dernière fois dans cette rue de Naples, que j'ai vu ton visage marqué par l'angoisse et la solitude, j'ai juré qu'un jour, peu importait quand, je te retrouverais.

— Trop tard, dit Francesca, que les sanglots commençaient à secouer. Il est trop tard.

— Non! Je ne veux pas le croire! Je vais divorcer d'Eleanor.

— Arrête! hurla soudain Francesca. Je ne veux plus entendre son nom!

— Et je vais venir ici à Sonora, et y revenir, et j'attendrai, et même si tu ne viens jamais, jamais je ne cesserai d'attendre et d'espérer.

— Non! cria Francesca qui se libéra et lutta pour ouvrir la portière, les doigts gourds, les yeux pleins des larmes qui ruisselaient sur ses joues.

— Attends, je vais t'aider, dit-il, et vivement, bien que tremblant très fort lui aussi, il ouvrit sa portière et fit le tour. L'autre portière s'ouvrit violemment, lui heurtant le bras et il grimaça de douleur. Francesca, tu ne peux partir ainsi.

Une fois descendue de la Jeep, elle s'arrêta un instant, le regarda, et d'une main tremblante lui caressa fugitivement la joue.

344

— Je voudrais pouvoir faire autrement.

Et, sans un autre regard, elle se retourna et repartit lentement vers l'auberge.

24

Ce ne fut que quatre semaines après la sortie de l'édition américaine que Zachary Holt fit son apparition dans la liste des «best sellers» du *New York Times*, mais il y demeura ensuite pendant trois mois, préparant la voie à une édition de poche. Dans tous les États-unis, les lecteurs se prirent de sympathie pour le détective au grand cœur et ses tumultueuses aventures à Paris, ville que presque tout le monde, presque partout, pouvait s'imaginer.

— On le trouve également partout à Londres, annoncèrent Kate et Bruno à Luciano après des vacances de quelques jours, tandis que Victor Pillement s'abandonnait joyeusement au plaisir de recevoir des chèques et de négocier des accords pour des traductions.

— Est-ce que vous travaillez, mon ami? demandait-il régulièrement à Luciano au téléphone depuis Paris.

— Évidemment que je travaille.

— C'est bien sûr? Vous ne consacrez pas trop de temps à la belle Claudine?

— Vous retardez, Victor. C'est Suzette maintenant.

— Quoi qu'il en soit, mon garçon, n'oubliez pas que vous avez des obligations désormais.

Luciano n'avait nulle intention d'oublier et il ne le

souhaitait pas. La vie se déroulait, d'ordinaire, plus merveilleuse que jamais. Après une rupture qu'il savait inévitable avec Le Rocher, il avait acheté un appartement face à la mer sur le Promenade des Anglais, à Nice, une superbe suite de pièces avec tout le confort que l'on pouvait souhaiter et, bien qu'il fût moderne et quelque peu dépourvu d'âme, Luciano l'aimait bien. Les maisons comme Le Rocher, qu'il considérait toujours comme chez lui, étaient faites pour des familles, et malgré les constantes allées et venues de petites amies dans sa vie, Luciano était un authentique romanesque; il lui tardait de connaître le plaisir de rechercher une telle maison, dans l'avenir, avec sa femme.

Nice fut une joie profonde. Luciano en aimait la grâce, le charme et l'agitation, sa sublime et inépuisable cuisine et son vin, ses cafés, bars et restaurants où l'on s'entassait, ses jolies femmes. Rarement il allait faire de la voile ou se baigner en Méditerranée, mais il adorait l'avoir à ses pieds tous les matins en s'éveillant, savourer les bruits et les odeurs ainsi que les merveilleuses lumières qui dégringolaient sur la Baie des Anges.

La vie était belle. Bruno et Kate se trouvaient à quelques minutes de voiture de là; Francesca écrivait et téléphonait régulièrement et venait quand elle le pouvait; le travail sur le deuxième Zachary Holt avançait bien, et il avait déjà les grandes lignes de l'intrigue prêtes pour trois autres ouvrages.

Dans ces conditions, Luciano aurait dû se sentir merveilleusement heureux; mais il ne l'était pas.

Il était profondément troublé.

Il ne pouvait dire, exactement, quand les pensées vagabondes qui lui avaient toujours trotté par l'esprit avaient vraiment commencé à provoquer chez lui une véritable angoisse. Toujours il avait été un rêveur et, bien sûr, puisqu'il était romancier, que serait-il devenu si ces idées n'étaient pas arrivées en lui comme des visiteurs inattendus? Mais les pensées qui le troublaient de plus en plus depuis un an ou deux n'avaient aucun rapport avec le jeune et naïf détective de ses œuvres de fiction.

Les idées troublantes qui lui arrivaient à toute heure du jour ou de la nuit, qu'il soit en train de rêver ou éveillé dans son lit, ou en train de préparer une bouillabaisse, ou au volant de sa MG décapotable sur la Grande Corniche, ou en train de nager dans la piscine au dernier étage de son immeuble, ces idées arrivaient comme des intruses, plus utiles à un écrivain de drames psychologiques ou, peut-être, de mélancoliques histoires d'amour.

Il en prenait toujours note du mieux qu'il le pouvait car, que faire d'autre quand on est écrivain? Mais il se demandait parfois si une visite chez un psychiatre ne conviendrait pas mieux, car depuis quelque temps il connaissait des émotions qui, tout bonnement, ne pouvaient rien avoir à faire avec lui-même ou Zachary. Assis avec son oncle et sa tante au Rocher, il se sentait assailli par un sentiment de désespoir et de solitude; au lit avec Suzette, alors même qu'ils étaient en train de faire l'amour, il se sentait brutalement solitaire et rejeté; assis sur son balcon, en train de taper son dernier chapitre, il lui fallait se lever et aller marcher, tant lui semblait intense et choquante la vague d'amertume et de colère qui déferlait en lui.

Kate, qui ressentait toujours parfaitement ses humeurs, lui demanda si quelque chose le troublait, mais il ne put se décider à se confier à elle. Peut-être aurait-il pu le faire avec Francesca, mais sa sœur se trouvait à des milliers de kilomètres de là. Peut-être ferait-il mieux de cesser de prendre des notes sur ces pensées, peut-être devrait-il les déchirer, détruire les témoignages bizarres et confus de son instabilité, mais il savait qu'il n'en ferait rien.

En tout état de cause, cela serait inutile, car ses petits démons, comme il les appelait, faisaient partie de lui et arrivaient sans bruit, railleurs, envahissants.

Il ne pouvait que continuer à tenter de les exorciser en les notant, en les mettant de côté, puis en essayant de se concentrer sur Zachary Holt.

Que ferais-je sans toi pour m'occuper, Zack? se demanda-t-il, lugubre.

Il ne souhaitait pas le savoir.

25

Après la mort d'Elizabeth, et après les funérailles au cimetière de Dorking, où sa mère allait reposer à côté de son bien-aimé Edward, Juliet était retournée à Kaikoura pour y passer la nuit avant de rentrer à Londres.

Elle avait demandé à Hilda Loom de rentrer chez elle, et la maison était silencieuse et froide, mais Juliet n'avait pas allumé de feu ni le chauffage central que sa mère avait fait installer pour elle au cours de leur premier hiver ensemble. Elle s'était assise à la table de la cuisine, la table de pin balafrée où elles avaient partagé tant d'heureux moments, ces instants paisibles que Juliet avait chéris au-dessus de tout. Et là, seule, assise sur la chaise dure, elle avait levé la tête et hurlé comme un animal blessé, à la perte de sa mère. Et puis elle avait croisé les bras sur la table et pleuré longtemps, jusqu'à ce que vienne le sommeil. Et le lendemain matin de bonne heure, elle s'était réveillée, ankylosée et glacée, tout le corps douloureux, et elle avait laissé Kaikoura derrière elle, incapable d'y demeurer un instant de plus.

Deux ans s'étaient écoulés depuis et elle refusait toujours de vendre la maison. C'était son oasis, son refuge, la preuve de sa vie avec Elizabeth.

Elle avait, enfin, connu vaguement le succès, mais un

succès bien pâle à côté de celui dont elle avait rêvé aux premiers jours de sa carrière. Après le scandale Brayfield, elle avait, semblait-il, commencé à se faire une réputation. À un instant, elle avait été une jeune journaliste en disgrâce, réprimandée et rejetée; l'instant d'après, elle était devenue une habile et rusée spécialiste des scandales, avec un nez particulièrement fin pour l'endroit le plus vulnérable et un œil acéré et dur qui convenait pour suivre une histoire jusqu'à sa plus substantielle conclusion. Elle ne se contentait pas de rapporter des histoires; elle écrivait bien. Si Juliet déterrait les histoires, la presse à scandales, nationale et étrangère, était prête à les imprimer et à payer.

Son refus de vendre Kaikoura avaient rendu plus difficile le règlement des droits de succession, mais elle possédait toujours la maison et elle avait pu louer un élégant appartement à Little Venice. Malgré cela, Juliet se considérait comme une ratée, au plan professionnel comme au plan personnel. Depuis longtemps elle avait abandonné tout espoir de jamais trouver un homme qui l'aimerait. Sa rencontre avec Ray Donnelly l'avait marquée si fort que jamais elle n'avait permis à aucun homme de coucher avec elle depuis cette désastreuse nuit.

Jusqu'à un mois après la mort d'Elizabeth, où elle s'était sentie abattue à un point tel que son désir d'une libération physique l'avait soudain submergée. Elle avait oublié le farouche émoi sexuel que Ray avait éveillé en elle, elle s'était contrainte à chasser cela de son esprit, mais quand le besoin était réapparu, il lui avait été impossible d'en faire fi.

Juliet finit par admettre que tant qu'on ne voyait pas ses cicatrices, elle était séduisante, presque belle, et elle avait commencé à s'essayer dans l'art de séduire les hommes. Elle était devenue une aguicheuse experte, jusqu'à ce qu'elle finisse par comprendre qu'elle se privait beaucoup plus qu'elle ne privait les hommes.

Elle prit une décision réfléchie. Si elle ne pouvait connaître l'amour, elle pouvait avoir des aventures, même pour une nuit. Mais jamais aucun homme n'aurait l'occasion de ressentir de la répulsion devant ses cicatrices, car aucun ne les verrait jamais. Elle se souvint d'avoir vu, l'année précédente, dans un magazine, un bustier Lurex sans couture conçu par Mary Quant. Une idée séduisante commença à se faire jour dans l'esprit de Juliet; il lui fallait, se dit-elle, quelque chose qui soit fait sur mesure pour elle. Elle commença avec quatre : quatre bustiers d'un fin tissu de soie qui lui faisait comme une deuxième peau parfaite.

La première fois qu'elle fit l'amour à un homme, car il en serait désormais ainsi; ce serait elle qui provoquerait ses aventures, elle qui en établirait les règles et qui, ainsi, resterait maîtresse du jeu, Juliet se rendit compte de ce qu'elle avait perdu. Elle se souvint de Ray lui disant qu'elle était faite pour l'amour, qu'elle était naturellement douée et elle avait plaisir à s'en rendre compte. Elle trouvait à l'acte grande satisfaction et elle en usait avec largesse. L'amour physique devint son passe-temps favori, son «hobby», et elle en devint sans cesse plus avide; plus elle avait d'hommes et plus elle en voulait. Mais quoi que puissent faire son partenaire et elle, quel que soit son degré d'excitation, et aussi désespérément que l'homme la suppliât, Juliet refusait de retirer son provoquant bustier. Elle faisait presque tout ce qu'ils voulaient, elle les amenait à la frénésie et au-delà, mais jamais elle ne montrait son corps.

Sa vie la répugnait, elle la détestait.

Elle se détestait.

Un dimanche matin de septembre 1972, alors que Juliet goûtait sans se presser un petit déjeuner solitaire, tout en parcourant les journaux, son téléphone sonna.

— Juliet, c'est Joe Chapplin.

Elle bâilla, puis sourit. Chapplin était un photographe de trente-six ans avec lequel elle avait connu une brève liaison quelques mois plus tôt à Francfort, alors qu'ils travaillaient ensemble pour l'un des plus célèbres magazines allemands à scandales. Si elle s'en souvenait bien, ses performances avaient été au-dessus de la moyenne.

— Les affaires ou le plaisir, chéri? demanda-t-elle.

— Les affaires. Et une grosse. Une très grosse.

Ils se retrouvèrent le lendemain soir chez Boulestin, avec deux hommes d'affaires américains qui, exposa Chapplin, avaient une proposition à lui faire. La soirée avançant, sa curiosité ne fit que croître. Les Américains, charmants mais assez guindés, se trouvaient à Londres pour représenter une multinationale qui avait l'intention de se lancer dans l'industrie de la presse.

— Imaginez un *Private Eye* sur papier glacé, mais plus audacieux, percutant, européen et en couleurs, et vous aurez une idée de la chose.

Quand ils offrirent à Juliet le poste de directrice de la publication, elle crut avoir mal compris.

— Qu'en dites-vous, miss Austen?

Elle tourna un regard vide vers Joe Chapplin qui souriait.

— Miss Austen?

— Je ne sais quoi répondre, dit-elle, et la tête lui tournait.

L'un des Américains, un homme imposant et direct, tourna sur elle un regard perçant.

— Nous ne vous demandons pas de vous engager tout de suite, mais simplement de nous dire si vous pourriez être intéressée.

Juliet avala une gorgée de chablis pour se donner du courage.

— Pourquoi moi?

Le deuxième homme, au regard aigu, avec une coupe en brosse, tira un livre de presse des articles de Juliet : tous ses articles depuis le début, les succès, les articles plus médiocres, les ratés.

— Cela ne m'explique toujours pas pourquoi vous avez pris contact avec moi, dit Juliet, le pouls plus rapide.

— Nous aimons votre style, miss Austen. Et, bien sûr, poursuivit-il franchement, si l'on trouve, comme vous le savez, nombre de gens de talent et peut-être plus qualifiés que vous, tous n'ont pas un capital à investir.

— Pardon? demanda-t-elle.

Le nouveau magazine, expliquèrent-ils plus avant, devait être une entreprise où chacun aurait des intérêts financiers, et le succès de l'affaire en serait d'autant plus important.

— Quel chiffre aviez-vous en tête?

— Trente mille livres et l'affaire est faite en ce qui vous concerne.

Juliet rougit. Fâchée, elle jeta un coup d'œil vers Chapplin puis revint aux Américains.

— Je crains, messieurs, que l'on vous ait mal renseignés. Je ne dispose pas d'une telle somme.

— Excusez-moi, dit le plus direct, mais n'êtes-vous pas propriétaire d'une importante demeure non hypothéquée dans le Surrey?

Juliet se hérissa à la mention de Kaikoura.

— Je ne vois pas en quoi cela vous regarde.

Joe Chapplin lui prit la main par dessus la table.

— Ces messieurs suggèrent simplement que tu demandes un prêt, chérie. Les banques n'aiment rien tant que de prêter de l'argent pour de solides affaires, quand elles ont des garanties.

— Je ne sais pas, dit-elle, secouant la tête, confuse.

— Ainsi que nous vous l'avons dit, miss Austen, nous ne vous demandons pas une décision immédiate, simplement une réponse de principe.

Dans le taxi qu'ils partageaient pour rentrer à Little Venice, Joe Chapplin lui dit qu'on avait pris contact avec lui un mois plus tôt pour lui faire également une offre.

— Tu as devant toi le directeur artistique.

— Tu as accepté?

— Disons que j'ai plus ou moins apporté ma part, dit-il, haussant les épaules. Si Juliet se décidait, ajouta-t-il, elle serait invitée à rencontrer les investisseurs à Genève dans un mois.

— Mais pourquoi nous? demanda-t-elle, toujours

incrédule. Tu es très bon, Joe, mais est-ce que tu n'as pas été surpris?

— Peut-être que je me débine moins que toi. On ne parle pas de Condé Nast, et ce n'est pas *Cosmo*, ni certainement pas *Woman's Own*. Il s'agit d'un magazine à scandales devenu plus ou moins respectable. C'est ce que tu fais, pour l'amour de Dieu.

— Je pense, oui, convint-elle, désabusée.

— Ces gens connaissent leur boulot, mon chou, et on se bouscule déjà pour les publicités. C'est cela qui compte, comme tu le sais parfaitement.

Pour la première fois, Juliet se sentit envahie par un véritable enthousiasme. Peut-être avait-il raison. Pourquoi lui était-il si difficile de croire qu'on pouvait lui faire autant confiance? Cela arrivait bien aux autres, pourquoi pas à elle?

Quand le taxi s'arrêta dans sa rue, Joe s'attarda un peu dans son baiser et même si Juliet se dégagea, son regard brillait quand elle descendit et dit au chauffeur de continuer.

Pour la première fois depuis des années, elle se sentait émoustillée par autre chose que l'amour physique.

La sensation était trop agréable pour qu'on la laisse filer.

Avec le temps pour y réfléchir, son sentiment de jubilation et de triomphe ne fit que croître. Joe Chapplin avait raison, même si elle écrivait des saletés, elle y excellait.

Elle se demanda s'il était sage d'utiliser Kaikoura à ces fins, mais quoi de mieux que de laisser la maison qu'elle aimait travailler pour elle, lui permettre d'avancer dans sa carrière. Elle pensa à sa mère, qui la poussait toujours quand l'occasion se présentait, qui l'encourageait à faire de nouveaux pas.

Directrice de l'édition. Elizabeth aurait été si fière.

Sans grand enthousiasme, elle alla consulter Walter Schuster, tout naturellement devenu son homme de loi après la mort de sa mère. Elle devina qu'il se montrerait prudent. Elle ne voulait pas se montrer prudente.

Elle ne se trompait pas. Walter l'abreuva d'une foule de questions auxquelles Juliet fut incapable de répondre, puis il hocha sa tête grise.

— Vous ne pouvez investir trente mille livres dans une société dont vous ignorez tout.

— Je sais que c'est ce qu'il me faut faire, Walter, répondit-elle en le regardant dans les yeux, je le sais.

— Et peut-être avez-vous raison, dit-il, souriant. Promettez-moi seulement de ne pas vous engager davantage tant que je n'aurai pas procédé à quelques vérifications.

— Promis, dit-elle.

Ce fut un mensonge. C'était là sa seule chance. Elle en était plus convaincue qu'elle ne l'avait jamais été de sa vie. Elle ne voulait pas que Walter ait le temps de vérifier — elle ne voulait rien savoir des rapports financiers de la société en ce qui concernait les dix dernières années. C'était de l'histoire. Le nouveau magazine, c'était l'avenir. Son avenir.

Elle négocia le prêt avec une société financière. Une semaine plus tard, elle remettait l'acte concernant Kaïkoura et, le soir-même, dans les salons du Ritz, devant plusieurs verres de champagne, Joe Chapplin et elle portèrent des toasts à chacun d'eux et dirent leur impatience de se rendre à Genève.

La rencontre la laissa plus étourdie que jamais. Chapplin et elle voyagèrent en première classe sur la Swissair et se retrouvèrent dans des suites communicantes à l'Hôtel de la Paix, tous frais payés. Ce sentiment d'avoir affaire à des professionnels de haut vol se confirma dans la salle lambrissée du conseil d'administration de la société, rue Jean-Jacques Rousseau. À part les deux Américains déjà rencontrés à Londres, Juliet ne connaissait personne de ceux qui se trouvaient autour de la grande table, et elle ne sut préciser qui, de la douzaine d'autres personnages présents, étaient des investisseurs, des employés ou des cadres de la société, mais la plupart exsudaient le pouvoir et la confiance. Ses nouveaux collègues, se dit Juliet, ravie.

357

Elle remit son chèque et signa cinq exemplaires de son contrat. Elle ne savait toujours pas grand-chose sinon que le siège du magazine serait installé à Mayfair, à Londres, et qu'elle pouvait s'attendre à se mettre au travail dès le début de 1973. Tous les autres détails, y compris le titre de la publication, ne seraient dévoilés que lorsque les premiers déménageurs seraient sur place.

C'était ainsi que les choses se passaient dans les grandes affaires.

Toujours rayonnante, Juliet rentra chez elle pour attendre.

Les craintes commencèrent à naître avec la série de messages laissés sur son répondeur par Walter Schuster et lui demandant de rappeler d'urgence. Elle ne voulut pas lui parler, mais il lui fut difficile d'ignorer les termes de sa lettre lui disant qu'en aucun cas elle ne devait envisager le moindre investissement dans cette publication.

Juliet téléphona à Joe Chapplin. Un message enregistré l'informa que le photographe était parti pour le Moyen-Orient y effectuer un travail et qu'il serait absent plusieurs mois.

La crainte se changea en panique. Elle appela les numéros qu'on lui avait donnés à Genève, dont deux ne répondirent pas et les autres se révélèrent ceux de citoyens suisses sans aucun lien avec la société.

— Mais ils doivent figurer à l'annuaire! protesta-t-elle auprès de la demoiselle des renseignements, répétant le nom et l'adresse de la société jusqu'à ce qu'on coupe la communication.

— Mais j'ai un contrat! dit-elle enfin à Walter Schuster, éperdue et désespérée. Je suis allée dans leurs bureaux — je ne les ai pas rêvés — ils étaient lambrissés et il y avait des tapis persans par terre, et des secrétaires, et un standard téléphonique!

Schuster était horrifié, son visage taillé à la serpe exprimant clairement ce qu'il pensait. Comment pouvait-on, surtout quand on était une jeune femme élevée par Elizabeth Austen, se laisser ainsi colossalement duper?

Tandis qu'elle réalisait l'énormité de sa folie, Juliet sombra dans le noir le plus total. En pleine nuit, alors qu'elle fixait l'obscurité, les yeux secs, de vieux souvenirs épars revinrent la hanter, des éclairs d'angoisse et de solitude, et elle se dressait, essayant de retrouver son souffle, bien consciente d'en être la seule responsable.

Elle ne pouvait dire ce qui était le plus insupportable de la perte de sa bien-aimée Kaikoura, sa seule oasis dans un monde haïssable, ou l'incontestable fait qu'elle était, et serait toujours, une ratée.

Pendant des jours, elle resta, blottie sur elle-même et frissonnante, dans son appartement, trop frappée par le sentiment de sa culpabilité pour songer à approcher de la maison. Mangeant à peine, pleurant jusqu'à l'épuisement total, elle plongea dans sa misère, léchant ses blessures comme quelque créature affligée.

Walter Schuster appela pour confirmer ce qu'ils savaient déjà : son contrat était sans valeur et son seul recours était les tribunaux.

— Encore que, franchement, je n'aie guère d'espoir que l'on en retrouve aucun, sauf peut-être Chapplin, et ce sera alors votre parole contre la sienne, lui dit l'avocat qui ajouta, d'une voix plus douce : vous savez que je ferai tout ce qui est en mon pouvoir pour vous aider, Juliet.

— Oui, Walter, répondit-elle, tout engourdie, et elle le remercia.

Il n'y avait rien que quiconque puisse faire pour lui rendre justice. C'était son erreur, sa naïveté, son avidité. Il s'agissait d'une affaire privée.

Elle retourna à sa peine et sa solitude, mais un mot revenait sans cesse dans son esprit. Justice. La seule chose qui importait encore. Et peu à peu, alors que le plus fort de sa douleur s'apaisait, Juliet se mit à trouver refuge dans les deux sentiments qui avaient déjà fait son salut.

La fureur. Et le désir de vengeance.

Joe Chapplin rentra à Londres au début mars, et alla s'installer dans un nouveau studio au loyer élevé, à Pimlico. Son nom commença à paraître, avec une certaine régularité, dans des publications professionnelles et dans la presse nationale. Il était le photographe qui montait, la coqueluche du moment; les grands noms du théâtre faisaient la queue pour se faire photographier par lui.

Juliet fut convaincue que les hauts que connaissait la fortune de l'homme au moment où la sienne connaissait ces bas n'étaient pas pure coïncidence. Mais elle savait aussi qu'il lui serait quasiment impossible de prouver sa participation mineure mais essentielle dans l'escroquerie. Toute sa fureur contre la société invisible était impuissante et inutile. Il n'existait qu'une seule personne que Juliet pouvait punir.

Ce ne fut pas avant le mois de mai qu'elle parvint à le rencontrer seule à seul. Elle s'était montrée chaleureuse au téléphone : ils avaient été l'un et l'autre des victimes, après tout, et si, bien sûr, elle était pleine d'amertume pour ce qu'elle avait perdu, elle était heureuse pour Joe de ses récents succès.

Il ouvrit sa porte avec un grand sourire et les bras ouverts.

— Entre, mon pauvre chou.

Elle le laissa la serrer dans ses bras, sentit sa tension.

— Contente de te voir, Joe, lui dit-elle en lui offrant une bouteille.

— Rioja, superbe. Installe-toi pendant que je vais l'ouvrir, lui dit-il, la prenant par la main pour la conduire au salon.

Juliet regarda autour d'elle : tout était blanc ou noir.

— C'est très beau. Tu es vraiment retombé sur tes pieds.

Alors qu'il lui passait un verre à vin à long pied, elle crut qu'il essayait de déceler sur son visage des marques d'hostilité.

— J'étais sincère quand je t'ai dit que j'étais heureuse pour toi, Joe, lui dit-elle, et elle le vit se détendre.

— C'était fou, expliqua-t-il, s'asseyant à côté d'elle et étendant ses longues jambes dans leur jean de grand couturier. Quand nous sommes rentrés de Genève, je n'avais pas le moindre travail, je ne pouvais attendre le Nouvel An.

— Mais tu es parti pour le Moyen-Orient. C'était bien un boulot, non? demanda Juliet d'un ton qu'elle essaya de conserver intéressé et amical.

— On peut se le demander, dit Joe, avalant une gorgée de son vin. Un producteur de film espagnol que je connaissais m'a demandé de faire quelques photos de publicité pour un film qu'il tournait en Egypte, alors j'ai câblé à nos amis de Genève pour leur dire où on pouvait me joindre et je me suis envolé pour Le Caire, où j'ai vraiment pris mon pied, ce qui était aussi bien étant donné les circonstances. Inutile de dire qu'ils ne m'ont jamais appelé, et quand je suis rentré, le ciel m'est tombé sur la tête.

— Mais tu t'en es bien sorti.

Chapplin haussa les épaules.

— Le cinéma et tous ces boulots alimentaires que je faisais depuis des années se sont mis à payer, tout d'un coup. Bon Dieu, Juliet, ce que j'ai été malheureux pour toi.

— Pourquoi? Ce n'était pas ta faute.

— Bien sûr que non, mais c'est moi qui t'es mise en rapport avec eux, pour l'amour de Dieu. Je présume que tu as perdu ta maison, ajouta-t-il après un instant.

— Il m'a fallu la vendre pour rembourser mon prêt, bien sûr.

— Merde, dit Chapplin en se servant un nouveau verre de vin.

— Oui. Mais j'en ai tiré un bon prix. Assez pour un premier versement pour un appartement. Du moins n'aurai-je plus de loyer à payer.

Chapplin se rapprocha un peu.

— Je pense que tu es foutrement brave, et généreuse,

aussi. Si je m'étais trouvé à ta place, et si j'avais presque tout perdu, j'aurais probablement été sacrement furieux contre toi, même si ce n'aurait pas été raisonnable.

Juliet leva la main droite et lui caressa doucement la joue.

— Mais tu n'as pas tout perdu, non? Tu as eu une sacrée veine, hein, Joe?

Il se sentit davantage à l'aise encore. Il y avait trois choses qui marchaient toujours avec la plupart des hommes qu'elle avait connus : l'alcool, la perspective de faire l'amour et leur demander de parler d'eux.

— Laissons tomber tout cela, dit-elle, prenant la bouteille de Rioja pour remplir le verre de Joe. Je voudrais que tu me parles de toi, ajouta-t-elle d'une voix plus rauque. Tu es un gagneur, Joe Chapplin, et j'adore me trouver en compagnie de gagneurs. — Elle effleura brièvement sa cuisse. — Pour le cas où quelque chose me gênerait.

C'était si facile que c'en était risible. Plus Chapplin fanfaronnait à propos de sa nouvelle carrière et plus il se montrait détendu. Plus Juliet lui posait de questions, plus il buvait, et plus il faisait la roue. C'était vraiment le succès pour lui, comprit Juliet tandis qu'il donnait les noms de ses récents clients; tout l'argent investi dans cette fanfare de publicité et dans cette prestigieuse adresse ne l'avait pas été en vain.

— Où est le studio? demanda-t-elle, et Joe lui passa les mains dans les cheveux et s'appuya langoureusement contre le coussin de soie blanche.

Il eut un geste de la tête en direction de la porte à gauche du canapé.

— Par là, grand studio, merveilleuse lumière, la meilleure chambre noire que j'aie jamais eue.

Juliet fixa la bosse sous le jean de Joe, goûtant par avance un venimeux plaisir.

— Tu y as déjà fait l'amour? lui souffla-t-elle à l'oreille.

— Avec ma superbe chambre à coucher?

Elle était coûteusement décorée et meublée, mais pas le

moins du monde superbe, se dit Juliet tandis qu'elle déshabillait Chapplin et lui demandait de s'étendre sur son couvre-lit de satin cousu main noir et écarlate, étrangement assorti au nouveau bustier qu'elle avait fait faire pour la circonstance.

— Je vais te faire un massage, chéri, roucoula-t-elle, remarquant que la chair de la taille et des fesses, encore ferme à Genève, était devenue plus lâche avec la trop bonne vie. Est-ce que ça te plairait?

— Je voudrais te baiser, dit Chapplin, roulant sur lui-même pour la regarder. Je voudrais déchirer ce foutu truc que tu portes.

— Tu connais les règles, mauvais garçon, lui rappela-t-elle en le menaçant du doigt, écœurée par la vue de son érection. L'amour était la dernière chose au monde à laquelle elle pensait en cet instant. Joe Chapplin ne poserait pas la main sur elle.

Il lui sourit et elle se dit que ses dents ressemblaient à celles d'un loup.

— Tu es la meilleure, Juliet, j'avais presque oublié à quel point tu étais fabuleuse en Allemagne.

— Est-ce que tu as de l'huile?

— Mmm. Dans la salle de bains, répondit Joe, qui se remit sur le ventre, attendant.

Entourée de marbre et de miroirs, Juliet regarda son image. Son visage était pâle et mince, mais ses yeux bleus plus grands que jamais, et son regard brillait de détermination.

Elle se retourna vers la porte, constata qu'elle était dotée d'une serrure et d'une clé à l'ancienne. Parfait. Elle trouva la bouteille d'huile dans l'armoire, glissa la clé entre ses seins et retourna à son affaire.

Quel dommage, se dit-elle, qu'elle ne lui ait pas laissé le temps de goûter la chose davantage, mais elle n'avait pas le choix. Elle avait appris l'art du massage, étant enfant, pour redonner du tonus à ses membres; elle se souvenait des fois où elle s'était sentie agitée, pressée qu'une séance finisse, et d'autres où elle s'était sentie si bien.

Son intention n'était ni de lasser Joe ni de le bercer. Elle se fichait bien qu'il se réveille le lendemain le corps douloureux ou même contusionné, elle avait seulement l'intention de le rendre fou, de l'amener totalement à sa merci.

— Attention au couvre-lit, recommanda-t-il alors qu'elle versait de l'huile dans ses mains.

— Ne t'inquiète pas, répondit-elle, rassurante, en regardant les premières gouttes dégouliner sur le satin.

C'était dur et c'était lassant. Elle savait qu'il prenait du bon temps. Non, mieux que cela encore. Mais il était en train de s'assoupir, faisant entendre de petits grognements indignés quand elle lui pinçait la peau pour l'exciter.

— Tourne-toi, ordonna-t-elle, et elle eut confirmation de ce qu'elle savait déjà : il avait perdu son érection. Trop de ce foutu vin, se dit-elle, fâchée, et elle se mit au travail sur ses pieds, frottant et pétrissant, lui chatouillant la plante pour le réveiller avant de passer finalement, car elle ignorait combien de temps elle allait encore supporter cela, aux testicules.

Chapplin était éveillé. Tout à fait éveillé.

— Bon Dieu, qu'est-ce que tu me fais? gémit-il.

— Tu n'aimes pas?

— Mais foutre oui. Viens ici, mon chou.

Non, fit-elle de la tête. Le pénis de Joe était comme une tige d'acier dans sa main. Il se mit à gigoter.

— Bon Dieu, Juliet, viens ici!

— Pas encore, chéri. Joe, où est ta cuisine?

— Quoi?

Elle y fit un aller et retour rapide, ne s'arrêtant que pour ouvrir la porte du congélateur et pour gratter de la glace aux parois.

— Où es-tu passée? demanda Chapplin, brûlant de désir et la regardant. Bon Dieu, tu ressembles à la putain de mes rêves! Veux-tu retirer ça, s'il te plaît?

— Tu le veux vraiment, Joe?

— Tu le sais bien, mon chou.

— Et est-ce que tu me veux? Veux-tu venir en moi.

Joe Chapplin ferma les yeux.

Juliet laissa tomber deux poignées de glace sur son sexe en érection.

Chapplin poussa un cri.

— Putain de salope! jeta-t-il, bondissant sur ses pieds, les deux mains crispées sur son entre-jambes. Putain de sadique!

Juliet se mit à rire et il essaya de l'attraper, mais elle se mit hors de sa portée.

— Tu vas voir, ça va être ton tour!

— Si tu peux m'attraper.

Elle passa la porte, fila dans la salle de bains où elle se tint, provocante, devant le mur couvert de miroirs.

Chapplin bondit, mais il avait encore la plante des pieds pleine d'huile et il glissa sur les carreaux italiens et tomba sur le derrière avec un bruit sourd et douloureux.

Juliet gagna lentement la porte, la ferma et retira la clé.

— À ta place, je prendrais un bain avant d'essayer de sortir par la fenêtre, conseilla-t-elle.

Tranquillement, elle s'approcha de l'un des pots de céramique de Chapplin et y enfouit profondément la clé.

Après quoi elle passa dans le studio.

Elle se livra à une destruction méthodique et calme, utilisant un extincteur, une paire de cisailles, quatre flacons de produits chimiques et ses mains nues. Pendant tout ce temps, elle entendait Chapplin hurler dans la salle de bains, mais jamais elle n'eut la moindre hésitation, ne marqua jamais la moindre pause avant d'avoir tout détruit de ce qu'elle pouvait atteindre ou voir dans le studio et la chambre noire.

Avant de sortir de l'appartement, après s'être lavé les mains à l'évier de la cuisine et s'être rhabillée, elle resta un instant devant la porte de la salle de bains. Chapplin avait cessé de hurler sa fureur.

— Tu m'entends? demanda-t-elle.

— Je t'entends, espèce de putain de folle.

— Tu aurais dû te douter que je te revaudrais ça, dit-elle, ressentant maintenant le premier accès d'épuisement. Ce n'est rien comparé à ce que tu m'as fait, mais je doute que ton assurance couvre les dégâts, et j'imagine que tes nouveaux clients vont avoir des doutes sur ton sérieux après cela.

— Qu'est-ce qui te fait penser que je ne vais pas appeler la police? demanda-t-il, et il paraissait amer mais faible, et elle l'imagina avachi sur son précieux sol carrelé, drapé dans une serviette.

— Si tu le fais, je m'assurerai de faire savoir à tout le monde ce que tu es exactement, un sale petit escroc.

Chapplin ne répondit pas.

— Comme cela, avec un peu de chance tu ne seras plus qu'un *paparazzo* de bas étage, une pauvre victime, un paumé. Exactement comme moi, ajouta-t-elle après un instant.

Quand elle rentra à Little Venice, la première chose qu'elle fit fut de tirer de sa commode chacun des coûteux bustiers provocants et de les amener dans sa salle de séjour.

La soirée était douce, mais elle alluma un feu dans la cheminée, la cheminée qui avait constitué, pour elle, l'un des attraits de l'appartement, et quand il brûla bien, elle prit les chatoyants objets et les y jeta, l'un après l'autre, dans les flammes jusqu'à ce qu'ils y disparaissent.

Il n'en restait qu'un seul, le plus récent, commandé pour cette journée et qu'elle portait encore. Elle allait le conserver, enveloppé dans un tissu, dans le tiroir du bas. Pas pour s'en servir — car plus jamais elle ne le porterait — mais comme souvenir, si jamais elle en avait besoin, des profondeurs où elle était tombée.

Elle ne le retira cependant pas, car la journée n'était pas encore terminée. Il restait encore quelque chose à faire.

Elle brancha la bouilloire électrique et se fit une tasse de thé. Et puis elle passa dans son bureau, s'assit à la table et se mit à écrire son article.

Elle essaya plusieurs titres, jusqu'à trouver celui qui la

satisfit :

Chapplin, de «New Bailey», Ruiné.

C'était dérisoire, comparé à la perte de Kaikoura, et de
la foi d'Elizabeth en elle.
Mais c'était mieux que rien.

26

Francesca ne put s'en empêcher.

Sachant que Nick passait tout le temps dont il pouvait disposer à la Ferme Sonora, sans perdre l'espoir qu'elle viendrait le rejoindre, il lui avait été impossible de garder en elle cette rage et cette douleur ressenties quand elle avait appris qu'il était marié.

Elle savait toujours quand il se trouvait dans le Connecticut, car il lui faisait parvenir de petits mots pour l'en aviser; pas des lettres d'amour : elle lui avait demandé de ne pas écrire ni appeler. Les mots étaient donc brefs et laconiques : il était là, il souhaitait, plus que tout, la voir, selon les termes qu'elle voudrait.

Le jour où elle était retournée à Sonora, six mois après avoir pris la résolution de ne plus revoir Nick, Francesca savait parfaitement bien qu'elle allait connaître une vie encore moins brillante que ce qu'elle avait espéré. Mais à l'instant où ils se retrouvèrent dans les bras l'un de l'autre, elle sut qu'elle ne ferait pas demi-tour, car leur passé et le long et torride après-midi qu'ils avaient partagé en septembre l'avait liée à lui à jamais.

Ce premier soir, dans la maison de Sonora, face à Nick devant un dîner qu'il avait préparé pour elle, elle songea à ses réactions avec Robert, à ses fréquents désirs d'être seule. Et une joie intense, indéniable, l'envahit, car elle comprit à quel point elle avait eu raison de revenir. Elle ne pouvait imaginer qu'elle souhaiterait jamais se trouver séparée de cet homme.

Quand Nick se trouvait à la ferme, Francesca et lui vivaient comme mari et femme. Lorsqu'il repartait pour Sonora Ouest, elle retournait à son appartement de Mount Vernon Street et à son studio de Joy Street et se plongeait dans le travail pour tenter d'oublier sa solitude. Ses plus récentes séries de photos, des gens en train de manger, de boire ou simplement en train de tuer le temps dans des bars, cafés et restaurants, avaient été exposées à l'Institute of Contemporary Arts, et Francesca savait qu'elle se trouvait à un instant où elle aurait pu se faire un nom enviable; mais sa passion pour Nick avait noyé son ambition. Elle aimait toujours son travail, mais elle désirait avant tout vivre avec lui.

Eleanor Dante n'avait pas davantage de raison d'accepter le divorce maintenant qu'auparavant. Nick avait tenté plusieurs fois de convaincre sa femme que son refus de les libérer l'un et l'autre d'une situation où ils n'étaient pas heureux n'était pas raisonnable, et qu'elle avait besoin d'être traitée pour ses problèmes émotionnels, mais Eleanor ne s'en était montrée que plus hystérique et insupportable encore. Si jamais Nick lui parlait encore de divorce, elle mettrait fin à ses jours, jura-t-elle.

— Un de ces jours je vais lui dire qu'elle bluffe, dit Nick à Francesca un soir à la ferme, alors qu'ils étaient tranquillement assis après le dîner. Je ne crois pas qu'elle ferait cela aux enfants.

— Mais tu n'en es pas sûr.

— Non.

— Dans ce cas il n'y a rien à faire, dit doucement Francesca.

Ils étaient assis l'un contre l'autre sur un large canapé confortable acheté lors d'une escapade à Newport. Pour la première fois, Francesca avait voulu imposer son goût sur la maison de Sonora. Il lui était difficile d'admettre qu'elle appartenait à Nick plutôt qu'à Eleanor, mais alors que les mois passaient et qu'Eleanor ne dépassait pas New York, Francesca avait commencé à se détendre dans la merveilleuse maison blanche et grise, avec ses superbes jardins paysagés privés.

— Es-tu tout de même heureuse comme ça? lui demanda Nick.

— Comme quoi?

— Ce mariage à temps partiel.

— Nous ne sommes pas mariés, lui fit gentiment observer Francesca. Mais, oui, je suis tout de même heureuse, pas de notre situation, mais d'être avec toi.

Elle le regarda et sourit, ajoutant :

— Je n'ai guère le choix, mon chéri. C'est cela ou rien.

Le dernier jour d'avril 1974, Eleanor, abandonnée par son dernier amant en date, un dessinateur de mode italien de Los Angeles, décida qu'il était temps de semer un peu la perturbation dans ce qu'elle appelait le nid d'amour de la Nouvelle-Angleterre que Nick et Francesca partageaient depuis deux ans.

— Il est totalement impossible de la raisonner, dit Nick à Francesca au téléphone depuis la Californie. Je crois bien qu'elle nous a traités de tous les noms devant les enfants, ce qu'elle avait juré de ne jamais faire.

Francesca perçut toute l'amertume de sa voix.

— Comment Kevin et Alicia ont-ils réagi?

— Mal. Ils connaissent ton existence depuis longtemps, bien sûr, du moins comme ma meilleure amie mais Eleanor en a fait quelque chose de moche et de sale.

— Qu'est-ce que tu vas faire?

— J'aimerais les envoyer...

— Ici? demanda Francesca qui ne put cacher son inquiétude.

— Ce sont des êtres tout à fait raisonnables, chérie. Je

voudrais que tu fasses leur connaissance, Dieu sait que cela aurait dû se faire depuis longtemps, et qu'ils voient la ferme. Ils faut qu'ils découvrent la vérité par eux-mêmes, sans quoi ils n'auront jamais l'esprit en paix.

Elle était toute pâle et pleine d'appréhension quand elle ouvrit la porte pour les accueillir. Elle avait dit à Nick qu'elle ne jugeait pas opportun de se trouver à la maison quand ils arriveraient, mais il avait insisté pour que Kevin et Alicia n'aient pas l'impression qu'on leur avait menti. Francesca n'était pas une invitée à Sonora. Pour Nick, elle était chez elle, et le but de cette visite était de se montrer honnêtes.

Elle ne s'était pas attendue à ressentir une telle chaleur dès leur première rencontre; elle avait pensé que pour elle ils seraient les enfants d'Eleanor, pas de Nick.

— Entrez donc, dit-elle, détestant cette gaieté forcée qu'elle savait mettre dans sa voix.

Nick l'embrassa et fit les présentations. Très cérémonieusement, les deux enfants lui serrèrent la main, Kevin fermement, sa sœur plus fermement encore.

— Je suis très heureuse de faire votre connaissance, dit Francesca, consciente de les dévisager mais sans pouvoir s'en empêcher.

Kevin, à douze ans, était un garçon d'une étonnante beauté. Tout comme Billy Chase, il avait hérité, en parts égales, de traits de chacun de ses parents : des cheveux lisses et dorés, naturellement rendus plus clairs par le soleil de la Californie; sa peau, bien que bronzée, était beaucoup plus claire que celle de Nick, mais il avait, de son père, les yeux sombres et brillants et le nez droit. Alicia, pouvait-on penser, ressemblait à Eleanor avec ses cheveux blonds et ses yeux bleus, mais quand elle souriait à Nick, de son sourire bref et vrai, Francesca pouvait voir la lumière de son père rayonner de son visage.

Elle les conduisit à leur chambre, essayant de tenir compte de ce qu'ils pouvaient ressentir, se souvenant de son arrivée au Palazzo Speroza et du fait que, si sa situation avait été bien plus tragique, l'épreuve ne devait pas en être moins traumatisante à leur âge.

— Cela doit être très pénible pour vous, leur dit-elle doucement, dans le couloir devant leurs chambres. Et je ne vais pas vous imposer ce que je ressens, simplement pour me faire plaisir.

Elle s'arrêta, croisa leurs regards francs.

— Je vais donc vous dire trois choses parce qu'il le faut.

Kevin et Alicia attendirent, en silence.

— Tout d'abord, je suis vraiment contente de faire votre connaissance. Je ne puis vous dire depuis combien de temps j'attends cet instant. — Elle perçut un certain tremblement dans sa voix. — En second lieu, j'aime votre père plus que vous pouvez l'imaginer.

Elle prit une profonde respiration et termina :

— Et, en troisième lieu, la dernière chose au monde que je souhaite est de vous faire davantage de peine.

Le dîner se passa étonnamment bien, la sincère bonne volonté de Francesca mettant Kevin et Alicia à l'aise. Avec Nick, Francesca se montra affectueuse mais prit bien garde de ne pas paraître intime, et avec les enfants elle prit bien soin de ne pas leur témoigner plus de chaleur que, selon elle, ils en admettraient d'une femme qu'ils devaient, quoi qu'en dise Nick, considérer comme une briseuse de foyer. Elle avait préparé un vrai dîner de la Nouvelle-Angleterre, avec du pain de maïs, un canard rôti aux pêches du verger, et un gâteau indien. Elle s'était inquiétée du fait qu'ils seraient peut-être trop perturbés pour manger, mais, Dieu merci, ils semblèrent avoir conservé tout leur appétit.

Ils ne me détestent pas, se dit-elle, avec une gratitude timide, sans quoi ils ne mangeraient pas ma cuisine d'un aussi bon cœur. Et cependant elle savait que cette soirée se passait bien parce qu'ils se contentaient d'échanger des banalités sur les chevaux et l'équitation, et le temps en Nouvelle-Angleterre, et l'affaire Patty Hearst. Ce n'était qu'une question de temps, se dit-elle, avant que quelqu'un parle d'Eleanor et alors le visage des enfants allait se rembrunir, et ils allaient regarder Francesca d'un regard froid, et elle saurait qu'ils la croiraient leur ennemie.

— Qu'en penses-tu? demanda-t-elle à Nick qui l'aidait à mettre de l'ordre dans la cuisine. Ils semblent presque m'aimer, alors que je sais qu'ils doivent me détester.

Nick posa son torchon et lui caressa la joue.

— Je crois qu'ils étaient prêts à te détester, mais je savais qu'ils n'en feraient rien quand ils t'auraient rencontrée.

— Je crois qu'ils aiment la maison.

— Ils aiment l'atmosphère. Ils perçoivent la différence.

— Ce doit être dur pour eux, toutes ces querelles.

— C'est dur pour nous tous, ma chérie.

— Mais pire encore pour Kevin et Alicia, dit Francesca, emplissant la bouilloire avant de se tourner pour lui faire face. Je leur ai dit que je ne voulais pas leur faire de mal, Nick et j'étais sincère. Au fait, ce sont eux qui doivent passer d'abord.

Le téléphone sonna.

Nick prit la communication dans son bureau. Quand il revint à la cuisine, il était blême.

— Eleanor — commença-t-il.

— Quoi? demanda Francesca, avec un frisson de peur.

— Elle a dit qu'elle avait avalé des pilules. Une trop forte dose.

— Seigneur. Est-ce que tu la crois?

— Je ne sais pas. Elle a tellement menacé, si souvent, mais sa voix paraissait...

— Comment?

— Étrange.

Il regarda Francesca dans les yeux.

— Comme une voix de droguée.

— Il faut que tu y ailles!

— À l'entendre, elle semble à des milliers de kilomètres.

Si c'est vrai, ce sera trop tard.

Conscient de la présence des enfants dans le salon, il continua à parler bas :

— J'ai rappelé, mais on ne répond pas, alors j'ai appelé la mère d'Eleanor et je lui ai dit d'envoyer immédiatement le Service d'assistance médicale d'urgence.

— Et maintenant? demanda Francesca, qui se sentait mal.

— Nous attendons, dit Nick, le regard angoissé.

— Est-ce que tu vas le leur dire?

Non, fit-il.

— Pas tant que je n'y suis pas obligé. Nous ne pouvons même pas prendre un vol avant le matin.

— Je vais appeler l'aéroport Bradley, dit Francesca, tremblante. Il faudra que tu gardes Kevin et Alicia occupés. Fais-les mettre au lit aussitôt que tu pourras.

— Je suis désolé, mon amour, dit Nick, en la prenant par les épaules et en fermant les yeux. Je me sens si impuissant. Eleanor nous en a trop fait voir, et j'ai eu parfois envie de l'étrangler, mais je ne souhaite pas sa mort.

— Ils arriveront peut-être à temps, dit Francesca, sa voix étouffée contre l'épaule de Nick. Peut-être n'est-ce même pas vrai.

Mais elle savait déjà que c'était vrai.

Le coup de téléphone depuis la Californie arriva quatre heures plus tard, à deux heures du matin. Eleanor était dans le coma et on pensait qu'elle ne survivrait pas. Nick réveilla les enfants une demi-heure plus tard, et Francesca les conduisit, dans un silence de mort, à travers la campagne plongée dans l'obscurité et vide, jusqu'à l'aéroport, sachant qu'ils allaient affronter des heures affreuses dans leur siège avant leur arrivée à Los Angeles.

Elle pouvait à peine regarder Kevin et Alicia quand, bizarrement, avec des manières d'une grande politesse, ils la remercièrent de son hospitalité et se tournèrent vers la porte des départs.

— Je ne sais pas quoi te dire, dit Nick, tendu, dangereusement près de craquer. Il allait embrasser Francesca, mais elle se dégagea rapidement.

— Pas maintenant. Il faut que tu partes, dit-elle d'une voix brusque.

Les enfants se tenaient à quelques pas de là, attendant leur père.

— J'aurais préféré ne pas te quitter, surtout pas maintenant.

— Surtout maintenant, il faut que tu me quittes. Ta femme est mourante.

Francesca avait les yeux brûlants. Les mots sortirent, durs, brutaux, mais elle ne put s'en empêcher :

— La mère de tes enfants.

Le visage de Nick vira au rouge foncé.

— Je t'appelle dès que je le peux.

Il était au bord des larmes.

— Est-ce que tu vas rester à la ferme?

— Peut-être.

— Ça va? demanda-t-il, fouillant son visage d'un regard anxieux.

— Ne t'inquiète pas de moi. Occupe-toi de tes enfants, Nick, dit-elle, toujours de ce ton dont la froideur rendait les mots plus tranchants.

— Nous nous sortirons de tout cela, je te le jure, dit-il, déchiré, lui prenant la main.

Francesca aurait bien voulu se laisser fléchir, le prendre contre elle, le rassurer, mais elle en fut empêchée par le spectre d'Eleanor, par l'épée de Damoclès qui, depuis le début, était suspendue au-dessus d'eux. Et Kevin et Alicia qui attendaient.

— Va, maintenant, souffla-t-elle. Je t'en prie.

Ils partirent.

Il était midi en Californie quand ils arrivèrent. Eleanor était morte deux heures plus tôt.

Nick téléphona à Francesca peu après huit heures du soir.

— Je n'ai pu t'appeler avant, c'était impossible.

— Évidemment, dit-elle, serrant le téléphone au point qu'elle en avait les doigts gourds. Comment les enfants réagissent-ils?

Elle hocha la tête, fâchée contre elle.

— Quelle question idiote, idiote... je suis désolée.

— Tu n'as pas à être désolée.

— J'aimerais que tu aies raison.

— Je voudrais tant être avec toi, dit Nick, d'une voix étouffée.

— Ce n'est pas possible.

Sa voix était plus douce maintenant. Elle avait le cœur douloureux pour lui et elle se détesta pour son ton glacé à l'aéroport.

— Il faut que tu t'occupes de tout, et tu ne peux songer à laisser les enfants.

— Pas pendant quelque temps.

— Pendant longtemps. Ce sont eux qui doivent désormais passer d'abord, Nick. Ils sont très jeunes, ils ont besoin de stabilité. Ils ont besoin de leur père.

— Leur père a besoin de toi, dit-il, et on pouvait sentir à quel point il était malheureux.

Francesca fit appel à toute sa force pour lui répondre :

— Quand le moment viendra.

Elle se sentait envahie, consumée par un sentiment de culpabilité. Tous les remords qu'elle avait tenté d'étouffer depuis le début de sa liaison avec Nick, roulèrent en elle comme une vague puissante qui la frappa, l'étouffa.

Jamais elle n'avait dormi à Sonora sans Nick, et bien qu'elle se sentît complètement épuisée, toute envie de dormir s'envola dès qu'elle se retrouva dans le grand lit, seule, et chaque fois qu'elle fermait les yeux elle revoyait devant elle des images de Nick et des enfants.

Jamais encore elle n'avait remarqué les bruits. Toutes les

maisons font entendre des bruits la nuit, des craquements, des canalisations qui jouent, des volets de bois qui grincent, des insectes qui viennent frapper les fenêtres, mais jamais Francesca n'avait autant été énervée par tous ces bruits.

Elle sortit de nouveau du lit, descendit se verser un grand cognac. Ses mains tremblaient toujours. La salle de séjour paraissait réprobatrice. Hier soir, elle était pleine d'espoir, jusqu'à hier soir, elle était pleine d'amour.

Et maintenant tout était fini.

Quand le temps viendra, avait-elle dit à Nick.

Jamais le temps ne viendrait. Ils le savaient l'un et l'autre. Eleanor, la pauvre Eleanor, malveillante et décédée, avait remporté son ultime victoire.

Cette nuit-là, elle ne put dormir.

Elle rentra à Boston le lendemain matin et fila tout droit à Joy Street pour voir Johnny.

— Je pars pour la France, voir Luciano.

— Combien de temps?

— Je ne sais pas. Je sais seulement qu'il faut que je m'éloigne de Nick le plus possible et aussi longtemps que possible.

— Est-ce qu'il le sait? demanda Johnny, fronçant les sourcils?

— Non, fit-elle.

— Tu ne penses pas qu'il devrait savoir?

— Il le comprendra assez tôt, répondit Francesca, le visage tout pâle. Il sait que si jamais il y eut le moindre espoir pour nous, il est mort avec Eleanor.

— C'est complètement insensé.

Elle le regarda.

— Est-ce que tu t'imagines que ses enfants me pardonneront jamais? Les enfants de Nick.

Johnny ne répondit pas.

— Et quand ils lui demanderont de choisir, comme ils ne manqueront pas de le faire, crois-tu que Nick les abandonnera pour moi?

— On n'en arrivera peut-être pas là.

— Mais si.

Le tremblement, qui avait disparu avec l'activité et les décisions, revint.

— Et que va-t-on dire exactement à Nick quand il appellera pour nous demander où tu es? insista Johnny.

— Dis-lui ce qu'il doit déjà savoir, même s'il ne l'a pas encore admis. Dis-lui que c'est fini.

27

La plupart des gens conviennent que le mois de mai est le plus agréable sur la Côte d'Azur. Le temps y était doux, l'air saturé du parfum des fleurs, les rues — à part les jours de folie du Grand Prix de Monaco et du Festival de Cannes — n'étaient pas envahies, et à Nice régnait une espèce de sentiment de camaraderie qui disparaîtrait avec l'arrivée de l'été, car les Niçois comprenaient que les visiteurs du printemps témoignaient à leur ville un véritable amour et y étaient donc chez eux.

— J'ai choisi une bonne époque, dit Francesca à Luciano, deux semaines après son arrivée, alors qu'ils se tenaient sur la terrasse, à déjeuner de langouste froide et de salade et à boire du vin blanc frais.

— Il n'y a pas de mauvaise époque ici, dit Luciano, sauf en août peut-être, et alors je vais d'ordinaire me retirer au Rocher. J'adore ce coin, même en hiver; voir la Méditerranée virer au gris, devenir sauvage et froide, et les gens se blottir sous leur parapluie, cela rend le lieu plus humain, en quelque sorte.

— Je ne parlais pas du lieu, dit Francesca. Je pensais à toi.

— À moi?

— Et au fait que tu as besoin de moi.

Elle s'arrêta, le regarda, d'un regard intense.

— Est-ce que je me trompe? Tu n'as pas besoin de parler à ta grande sœur.

— Comment le sais-tu?

— Parce que je suis ta sœur. Et que j'ai remarqué que l'image d'insouciance et de jovialité que tu affiches à la face du monde n'est pas tout. L'homme qui m'emmène déjeuner et dîner en public est bien cette personne — elle hésita brièvement — mais le frère que je vois le matin en me levant et le soir en me couchant, le frère que j'ai observé quand il ne s'en rendait pas compte, est profondément troublé.

Luciano garda le silence.

— Par quoi, *caro*? demanda Francesca, inquiète. Qu'est-ce qui se passe? Es-tu malade?

— Non, dit Luciano avec un petit haussement d'épaules. Ou pas malade dans le sens où tu l'entends.

— Comment, alors? Pour l'amour de Dieu, il faut me le dire ou c'est moi qui vais tomber malade du souci que je me fais. Qu'y a-t-il? Ce sont tes livres? Tu as des problèmes avec le dernier? — Elle attendit qu'il lui réponde. — Jamais je ne t'ai vu ainsi. Tu es si introverti, et tu feins d'être heureux, mais tu es malheureux au fond de toi.

— Ce ne sont pas mes livres, avoua enfin Luciano, doucement.

Il lui raconta. Il lui fallut du temps pour se soulager de son fardeau, car il savait qu'il révélait la partie de lui-même qu'il s'était efforcé de garder absolument secrète. Il était difficile d'expliquer, même à Francesca, ses petits démons, difficile de dire que ces pensées et sentiments qui avaient fait partie de son processus mental depuis l'enfance s'étaient accélérés de façon si incontrôlable qu'ils en étaient devenus inquiétants.

— Ce qui n'arrivait que goutte à goutte est devenu un torrent, ce qui était amusant, même si c'était un peu fou, est devenu aberrant et effrayant.

— Ces pensées sont donc si affreuses? demanda gentiment Francesca.

— Parfois, oui; mais bien qu'elles soient, évidemment, la cause de ma peur, ce n'est pas ce qui m'alarme vraiment, expliqua Luciano, le regard sombre. C'est l'idée que je puisse devenir fou, c'est cela qui est plus effrayant que tout ce que j'ai pu imaginer. Cela m'empêche de dormir paisiblement, de vivre normalement. Suzette m'a quitté du fait de mes humeurs imprévisibles. Je ne peux conserver bien longtemps des relations normales, tout cela parce que je suis secrètement terrorisé à l'idée que je puisse être fou.

Francesca le regarda un moment. Puis elle prit la bouteille de vin blanc et remplit leurs verres.

— D'abord, dit-elle d'une voix calme, tu es l'un des êtres les plus stables que je connaisse. Je ne trouve pas d'explication immédiate à ce que tu as, et je ne peux t'empêcher de te faire du souci pour ta santé mentale, mais je peux te dire que je n'ai pas peur pour toi.

— Tu ne peux prétendre que tout cela est normal.

— Qu'est-ce qui est normal? Le simple fait que tu connaisses des expériences insolites ne fait pas de toi un malade mental. Tu es un écrivain, pour l'amour de Dieu. Même si ces idées ne sont pas agréables, l'explication la plus rationnelle reste toujours une quelconque inspiration profonde.

— Mais j'ai essayé de te dire que ce ne sont pas mes pensées!

— Pourquoi? Parce qu'elles sont désagréables?

— Parce qu'elles sont bien plus que désagréables : ce sont les pensées d'un mélancolique, d'un être solitaire, amer. Elles me sont si étrangères que je ne pourrais imaginer les utiliser dans un livre.

— Pas dans un Zachary Holt, bien sûr, dit Francesca qui vit toute l'acuité de sa détresse et pensa trouver une réponse qui l'apaiserait. Luciano, cela signifie peut-être que tu devrais écrire une autre sorte de livre. Holt est un délicieux personnage de fiction, les ouvrages sont de merveilleuses distractions, et ils t'ont apporté le succès, mais...

— Mais quoi? demanda Luciano, avec un cynisme insolite avant de boire une gorgée de vin. Tu veux que je le laisse tomber? Que je me détourne de ce que j'aime, de ce que je sais bien faire?

— Allons, arrête, mon chéri.

Francesca se leva et vint lui passer un bras autour des épaules.

— Tu réagis trop violemment, et je sous-estime peut-être ton bouleversement.

Elle sentit une tension dans son corps.

— J'essaie seulement de te dire que tu es bien plus profond qu'on peut le penser à la lecture de tes romans policiers, mais je ne te suggère surtout pas de laisser tomber Zachary Holt.

— Quoi alors? demanda Luciano qui se dégagea du bras de sa sœur, alluma une Gitane et se mit à marcher de long en large sur la terrasse.

Francesca s'assit dans son fauteuil et le regarda.

— Est-ce que tu penses parfois à ton enfance?

— Bien sûr.

— Est-ce que tu te rends compte à quel point elle a été traumatisante?

Elle secoua la tête, fâchée contre elle.

Évidemment que tu t'en rends compte, mais tu ne sembles pas tenir compte de son incidence sur toi.

— Tu as connu la même chose, et pire encore, fit observer Luciano en tirant une bouffée de sa cigarette. Et cependant je ne t'entends pas me raconter que tu es tourmentée par des pensées folles.

— Non, dit Francesca avec un sourire désabusé. Tout est rose dans mon jardin, Luciano.

— Excuse-moi, dit-il en soupirant. Je n'ai pas réfléchi.

— Moi aussi je me trouve prise dans le passé, pas de la même façon, bien sûr. Chacun réagit différemment, et de toute façon je ne suis pas écrivain, je ne peux pas me débarrasser de mes sentiments dans un roman.

Elle se leva et marcha jusqu'au bord de la terrasse.

— Je crois que tu fais un complexe de culpabilité parce que notre oncle a trouvé Kate, et t'a amené dans ce jardin d'Éden. Je crois que tu te tortures depuis des années parce que tu es heureux et vivant tandis que les autres sont morts.

Luciano écrasa sa cigarette sous le pied et vint rejoindre sa sœur au bord de la terrasse.

— Qu'est-ce que tu penses de tout cela? lui demanda Francesca doucement. Que c'est de la psychologie à deux sous, de la psychologie d'amateur?

— Non, pas vraiment, dit-il, le regard perdu sur la Baie des Anges. Je suppose que ça tient debout.

Il eut un sourire forcé.

— Eh bien, dis-moi donc ce qu'il faut faire.

— Trois choses, répondit Francesca en se tournant vers lui. D'abord, je pense qu'il te faut continuer à écrire, n'importe quoi. Écris ce que tu veux, termine le dernier Holt, bien sûr, et mets sur papier tous tes petits démons également, si tu penses que c'est bon.

— Deuxièmement, coupa Luciano, voir un psychiatre.

— Peut-être un psychanalyste ou un psychologue. Tu n'es pas un malade mental, tu n'es pas dérangé, mais peut-être qu'un professionnel pourrait te faire retrouver la paix de l'esprit, t'aider à comprendre ce qui se passe en toi.

— Et troisièmement?

— Cesse de refouler tes problèmes. Cesse de te leurrer en te disant que Luciano Cesaretti doit vivre dans l'insouciance simplement parce qu'il habite l'un des plus beaux endroits de la terre et qu'il a écrit quatre succès de librairie internationaux. Appelle-moi quand tu auras envie de me parler, ou écris-moi, ou viens à Boston ou demande-moi de venir ici.

— Tu n'as pas l'intention de partir déjà, non?

— Non.

Le soleil était tiède sur le visage de Francesca, mais la

profonde tristesse personnelle qu'elle avait refoulée un certain temps lui glaçait de nouveau les os.

— Je ne rentrerai pas avant quelque temps encore. — Elle aussi eut un sourire forcé. — C'est une cachette bien trop agréable pour qu'on l'abandonne si vite.

— En ce qui me concerne, tu peux rester pour toujours.

— Toujours? je ne crois pas, soupira Francesca. J'ai trop pris l'habitude de l'Amérique. Chez moi, c'est là-bas, et j'y ai mon travail et...

— Et Nick.

Elle regarda le visage de son frère, et ses yeux, soudain, s'emplirent de larmes.

— Il me manque, murmura-t-elle. Je sais que je ne peux vivre avec lui, je sais que ce doit être terminé, mais ça fait tellement mal.

— Tu ne veux donc pas lui parler?

Depuis son arrivée, elle avait refusé tous les coups de fil insistants de Nick.

— Pour quoi faire? Pour prolonger la peine?

— Mais cela paraît si cruel pour vous deux... et peut-être n'est-ce même pas nécessaire. Ses enfants comprendront peut-être...

— Jamais, dit-elle, véhémente. C'est impossible!

— Comment le sais-tu?

— Je le sais.

Nick arriva au début de juin, l'air hagard et malheureux, et Francesca eut mal au cœur de le voir ainsi.

— Je t'avais dit de ne pas venir.

— Je ne pouvais pas rester loin de toi.

— Tu n'as pas le choix. Il n'y a aucun avenir pour nous.

— Luciano dit que tu sors à peine de l'appartement, dit Nick en la regardant, que tu es tout aussi malheureuse que moi.

— Évidemment. Mais cela ne change rien.

Elle se détourna.

— Je voudrais que tu repartes.

— Les enfants ne te tiennent pas pour responsable, lui dit Nick, d'une voix calme mais désespérée. Ils adoraient Eleanor, mais ils savaient bien qu'elle était hystérique et irrationnelle.

— Ils ne nous en veulent pas pour avoir eu une liaison? Pour avoir provoqué une situation où leur mère s'est sentie si désespérée et trahie qu'elle s'est donné la mort?

— Nous ne sommes même pas sûrs qu'Eleanor avait l'intention de mourir. Je crois qu'elle voulait être sauvée. Dieu sait qu'elle l'avait déjà fait, après tout.

— Sommes-nous pour autant moins coupables de sa mort?

— Tu n'étais pas coupable! s'écria passionnément Nick. Elle menaçait de se suicider depuis des années avant que nous nous retrouvions, tu le sais bien. Et les enfants le savent aussi.

Non, fit Francesca.

— Tout cela me semble si laid maintenant. J'ai toujours détesté notre situation. Je t'aimais, toi, mais je détestais être ta maîtresse, et cependant, en dépit de tout, cela m'a toujours paru beau jusqu'à...

Elle s'arrêta, incapable de poursuivre.

Luciano les avait laissés seuls au salon et les volets à demi-tirés donnaient à la pièce un air étrange, irréel.

Nick s'approcha de Francesca et lui passa un bras timide autour de la taille. Elle se raidit mais ne se dégagea pas, son désir d'être près de lui étant trop fort pour qu'elle puisse totalement l'ignorer.

— Kevin et Alicia ont été remarquables, lui dit-il doucement. J'ai essayé de me montrer honnête avec eux, et je sais qu'il t'est difficile de le croire, mais ils ne semblent pas nous en vouloir. C'est l'instabilité de leur mère, le fait qu'ils ne pouvaient rien pour elle, qui leur fut le plus pénible à admettre, pas le fait que je t'aime.

— Simplement parce qu'ils savent que c'est fini, dit-elle, se laissant aller un instant contre son épaule avant de se reculer. S'ils m'avaient devant eux, Nick, tout cela reviendrait les hanter et je ne pourrais supporter de les regarder.

— Tu as tort, tu sais.

Elle le regarda, les yeux brillants de larmes.

— Jamais je n'aurais dû revenir à Sonora après la première fois. J'aurais dû me fier à mes instincts et me tenir à l'écart. Tout comme j'espère que tu te tiendras à l'écart de moi désormais.

Elle ouvrit la porte et quitta la pièce. Un instant plus tard, Nick entendit une autre porte qui se refermait doucement, puis ce fut le silence.

Il sut qu'elle ne reviendrait pas.

Un mois plus tard, pour le premier dimanche de juillet, Francesca rentrait de faire des courses, les bras chargés de paquets. Luciano ouvrit la porte à l'instant où elle glissait la clé dans la serrure.

— Tu as des visiteurs.

— Qui donc?

— Viens voir par toi-même, dit-il en la débarrassant de ses paquets. À la terrasse.

— C'est Nick? demanda-t-elle, l'estomac retourné.

— Non. Sur la terrasse, répéta-t-il en gagnant la cuisine.

Lentement, elle traversa le salon, les talons de ses chaussures claquant sur le sol de marbre. Et puis elle les vit, assis à la table blanche de son frère, en train de boire de la limonade.

Son cœur se mit à cogner et elle se sentit les jambes molles, mais elle continua, passa la porte-fenêtre. En l'apercevant, ils se levèrent de leurs chaises à coussins blancs.

— Alicia, dit-elle d'une voix faible. Kevin.

Ce fut le garçon qui s'avança le premier, les joues rouges, les yeux cernés mais tout aussi beau qu'elle s'en souvenait, avec ses cheveux d'or et ses yeux noirs. Poliment, il tendit la main.

— Bonjour, dit-il, d'une voix légèrement plus sourde que deux mois plus tôt. J'espère que l'on ne vous dérange pas en arrivant comme cela.

Francesca lui serra la main, puis celle d'Alicia. La fillette avait le regard brillant. Elle paraissait nerveuse.

— C'est... commença Francesca, la bouche sèche, et elle se passa la langue sur les lèvres. C'est une surprise, continua-t-elle sans pouvoir s'empêcher de les regarder. Qu'est-ce que vous faites ici? Vous êtes en vacances?

— C'est le week-end du 4 juillet, répondit Kevin. Mais nous ne sommes pas vraiment en vacances.

— Nous sommes venus vous voir, dit Alicia, qui paraissait nerveuse.

— Oh, fit Francesca qui se sentait un peu idiote, comme si c'était elle l'enfant et eux les adultes. Qui vous a accompagnés?

— Personne, dit Kevin qui rougit encore davantage. C'est-à-dire que nous sommes partis tout seuls, mais papa nous a rejoints.

— Votre père est ici?

— Pas exactement, dit Alicia.

— Je vois

Pendant un instant encore, ils demeurèrent tous les trois raides comme des statues et soudain l'énormité de la situation frappa Francesca.

— *Dio*, murmura-t-elle doucement, pour elle seule, et puis elle bougea enfin. Asseyez-vous, dit-elle. Quand êtes-vous arrivés? Comment êtes-vous venus ici? J'ai dit «Je vois», mais je ne vois rien du tout. Elle bredouillait. Je vous en prie, ne vous méprenez pas. Je suis très heureuse de vous voir ici. En fait, je ne sais pas pourquoi vous êtes ici, mais...

Comme en réponse à sa prière, Luciano apparut avec un plateau de café, croissants et confiture.

— Ils sont venus te parler, dit-il simplement.

Francesca les regarda, les yeux vides.

— Ils sont arrivés un instant avant que tu ne rentres de tes courses et nous avons eu l'occasion de faire connaissance, expliqua Luciano qui posa le plateau et retira la carafe de limonade. Et ils m'ont tout expliqué... Du café, Alicia?

— Qu'est-ce qu'ils t'ont expliqué, Luciano?

— Qu'ils espèrent que tu vas changer d'avis.

Kevin et Alicia, apprit Francesca, avaient décidé de prendre les choses en main quelques jours plus tôt. Leur père était malheureux sans elle, et puisqu'ils ne l'avaient jamais vu aussi heureux et bien dans sa peau que lors des quelques heures passées à la ferme du Connecticut, ils avaient décidé de faire ce qu'ils pourraient pour la convaincre de revenir auprès de lui.

Ils avaient leurs propres passeports et avaient réservé les places d'avion avec la Carte Or de l'American Express de Nick, avaient secrètement fait leurs valises et pris un taxi pour l'aéroport de Los Angeles.

— Ils avaient déjà voyagé plusieurs fois sans être accompagnés, expliqua Luciano, et ils n'ont donc pas eu de problèmes tant que leur père n'a pas découvert leur disparition.

Au guichet d'embarquement, cependant, un agent de la compagnie aérienne s'était montré soupçonneux et avait appelé le ranch. Nick s'était précipité à l'aéroport avec l'intention de les ramener à la maison, mais après avoir appris leur intention il avait changé d'avis, espérant qu'ils réussiraient peut-être où il avait échoué.

— Et où est donc votre père? demanda Francesca, bouleversée.

— À l'hôtel, dit Kevin.

— Au Negresco, précisa Luciano.

Francesca regarda les enfants. Elle se sentait le cœur si débordant qu'elle ne savait comment réagir à une telle générosité et une telle franchise.

— Votre père avait raison, dit-elle enfin. Il m'a dit que vous étiez des enfants remarquables. Je crains de n'avoir pas cru qu'on pouvait se montrer aussi clément.

— Ce n'était pas de votre faute, ce qui est arrivé, dit Alicia, la bouche tremblante.

— Nous avons besoin de voir papa de nouveau heureux,

dit Kevin, le regard rivé à celui de Francesca.

— Et vous? demanda celle-ci, les yeux embués. Vos besoins, vos sentiments. Que ressentez-vous pour moi? Je sais que vous aimez votre père, mais je vous ai dit, ce soir-là à la ferme, que je ne voulais pas vous causer davantage de peine. — Sa voix trembla. — Et que je vous en aie causé ou pas, vous n'avez connu que peine depuis ce jour. Pensez-vous sincèrement que vous pourriez supporter de vivre avec moi?

Ils restèrent silencieux un instant.

— Je ne sais pas, répondit franchement Alicia. Nous ne vous connaissons pas. Sauf qu'on vous a bien aimée, ce soir-là, et que vous vous êtes donné bien du mal.

— Vous aviez fait un dîner super, ajouta Kevin.

Francesca sourit pour la première fois. Et puis elle se leva de sa chaise.

— Tu vas quelque part? demanda Luciano.

— Au Negresco, dit-elle.

Jamais la grande terrasse du Rocher n'avait paru plus belle ni plus romanesque. Kate avait allumé des chandelles et disposé d'énormes coupes de roses partout. Francesca, Alicia et elle buvaient du champagne rosé tandis que Kevin s'occupait du barbecue, aidé par son père et sous l'œil admiratif de Bruno et Luciano.

— Les Californiens ont toujours su faire cela mieux que quiconque, observa Kate. C'est l'habitude de vivre dehors, comme le camping.

— T'arrive-t-il d'aller camper, Alicia? demanda Francesca.

— Non. Maman n'aimait pas tellement cette idée. Elle a permis à Kevin d'y aller, quelquefois, mais pas moi. J'aimerais bien, ajouta-t-elle.

— Qu'est-ce que tu aimerais bien? demanda Nick qui apportait à table un plateau de légumes épicés cuits au barbecue.

— Nous parlons de camping, dit Kate.

— Vraiment? demanda Nick en s'asseyant. Tu aimerais ça, Alicia?

— Bien sûr.

— Il se trouve que je viens d'avoir une idée qui collera parfaitement.

— Quoi, papa?

— Attendons que tout le monde soit à table, comme cela nous pourrons voter.

Nick avait envie de voir son frère et le reste de la famille, et ce serait pour lui un grand plaisir si ses enfants pouvaient, par contact direct, connaître les mondes très différents dans lesquels il avait vécu son adolescence.

— Je suis un bohémien, dit-il doucement, son regard plein d'amour posé sur Francesca, et mes enfants vivent dans un ranch de Californie et font leurs achats sur Rodeo Drive.

— Tu aimes bien faire les boutiques, papa, dit Kevin en riant. Tu portes des costumes de chez Cerrutti et des jeans de couturiers, et je sais que tu adores le caviar.

— Je sais m'adapter.

Et, silencieusement, Francesca s'en réjouit.

La dernière lettre que Nick avait reçue d'Emilio portait le cachet de Padoue. Une semaine après leur arrivée à Nice, Francesca, Luciano, les enfants et lui prirent l'avion pour Milan où ils louèrent une voiture et filèrent deux cents kilomètres plus à l'est pour apprendre que les *Zingari* étaient partis un mois plus tôt pour s'installer juste au nord de Vérone, sur les bords de l'Adige.

À la tombée de la nuit, ils se retrouvaient au camp et la chaleur d'Emilio et Antonia avait depuis longtemps dissipé toute l'anxiété ressentie par Kevin et Alicia quand leurs regards s'étaient posés sur ces curieux personnages qui campaient près du fleuve.

— C'est incroyable! ne cessait de répéter Emilio, regardant Francesca et Luciano, s'étonnant des prodiges de la destinée qui les avait ramenés à leur *vitsa* avec Nick et ses deux merveilleux enfants.

— C'est si romanesque, souffla Alicia à Kevin assis ce soir-là autour du feu bien brillant des Dante, à manger un délicieux porc rôti à la flamme et à boire du vin coupé d'eau, pendant que Francesca prenait des rouleaux et des rouleaux de film, se plongeant avidement dans ce qui avait été la plus grande et la plus heureuse des aventures de son enfance.

— C'est mieux que le camping, c'est sûr, papa, dit Kevin à Nick qui ne quittait pas Francesca des yeux tandis qu'elle réglait et reréglait son Pentax, et discutait, pleine d'animation, avec Antonia et Luciano, tournant son regard vers Nick de temps à autre, comme pour se convaincre que cette nuit était bien réelle.

Ils restèrent cinq jours et six nuits au camp. Pendant la journée, ils exploraient la région, visitant Vérone, l'ouest du lac de Garde et montant à cheval; le soir, ils s'asseyaient tous ensemble autour du feu, à échanger des histoires et à boire et la nuit, Francesca et Nick faisaient l'amour, sans fin, sous les étoiles, et puis, comme Luciano et les enfants, ils dormaient comme des bébés heureux dans la tsara prêtée par Emilio et Antonia.

Tard ce soir-là, alors que Kevin et Alicia étaient allés se coucher, une vieille bohémienne au visage ridé et au regard vif avec ses yeux d'aigle, s'approcha de Luciano et lui prit la main.

— C'est une *Drabarna*, expliqua Nick. Une diseuse de bonne aventure. Elle est très vieille, et très sage.

La vieille femme retourna la main de Luciano et regarda sa paume. Un instant, elle se raidit puis se détendit.

— Tu peux lui faire confiance, dit Nick. Chacun possède une paume, des lignes et des signes particuliers qu'elle interprète comme si elle lisait un livre. Nous appelons cela le «livre de la destinée».

—Est-ce que je peux la photographier? murmura Francesca.

— Pas maintenant, laisse-la se concentrer. Peut-être va-t-elle seulement lire dans sa main, ou peut-être va-t-elle utiliser les cartes. Ou peut-être entrer en transe pour communiquer avec ses ancêtres.

La vieille femme regarda Nick et lui parla en romani. Vivement, il se leva, demanda à Francesca de faire de même.

— Elle veut que nous les laissions seuls.

— Ça ne te dérange pas? demanda Francesca à Luciano.

— Pourquoi est-ce que cela me dérangerait?

Ils attendirent, à côté de leur *tsara*, regardant de loin. Pendant un instant, ils ne virent rien de particulier; la *Drabarna* avait la tête penchée sur la main de Luciano et l'on voyait remuer ses lèvres. Celui-ci, assis tranquillement, écoutait. Soudain, brusquement, les choses changèrent. Luciano leva les yeux et montra Francesca. La diseuse de bonne aventure secoua vigoureusement la tête, et puis, fermant les yeux, elle continua de parler, manifestement agitée, jusqu'à ce que, enfin, Luciano se lève et s'éloigne.

— Qu'est-ce qui s'est passé? Qu'a-t-elle dit? demanda Francesca qui l'avait suivi.

Même dans la pénombre, Luciano paraissait affreusement pâle.

— Elle répétait sans cesse le mot *phen*. Elle disait que cela signifie «sœur» en romani.

— C'est là que tu m'as montrée.

— Oui. Mais ce n'était pas de toi qu'elle parlait. Elle a dit que j'avais une autre sœur.

— Et tu lui as parlé de Giulietta?

— Bien sûr, mais elle a insisté : elle parlait de quelqu'un de vivant, pas de mort.

— Tu l'as peut-être mal comprise. Nick dit qu'ils parlent parfois des morts, même de lointains ancêtres.

— Non, elle a été très claire. Elle a dit que ma sœur est vivante. Qu'elle est entourée d'une aura de ténèbres et de solitude.

— Crois-tu qu'elle ait pu voir les derniers jours de

Giulietta? demanda Francesca, qui frissonna malgré la douceur de la nuit et la chaleur des feux. Vous étiez jumeaux, *caro*, vous étiez particulièrement proches.

— J'aurais préféré qu'elle ne me touche pas, dit Luciano tout bas mais avec violence. Giulietta est morte depuis près de vingt-trois ans. Elle m'a donné l'impression que jamais elle n'avait connu la paix.

Mais le matin, quand ils se réveillèrent aux rires des enfants et aux chants des oiseaux, le trouble de la nuit s'était déjà estompé dans leur mémoire. Quelques heures plus tard, de retour sur la route principale conduisant à Milan, avec Kevin et Alicia qui chantaient des chansons folkloriques, il était impossible de se sentir morose.

Le temps qu'ils se retrouvent dans l'avion de New York, totalement replongés dans le vingtième siècle, les visions de la diseuse de bonne aventure étaient presque complètement oubliées.

Leur vie changea complètement.

En novembre, Nick avait vendu le ranch de Californie, et la maison de la ferme de Sonora était devenue son vrai foyer, ainsi que celui de Francesca et des enfants. Kevin et Alicia, avait-on décidé d'un commun accord, continueraient leur scolarité sur la côte ouest et vivraient avec la mère d'Eleanor à Laguna Beach, mais viendraient passer de longues vacances dans l'est.

Francesca avait abandonné son appartement de Boston et cédé son studio de Joy Street à Johnny, avait transformé le dernier étage de la ferme en un studio superbement équipé, avec chambre noire, et se plongeait pour l'instant sur ses études de la nature et ses portraits sur le vif des hommes et des femmes qui travaillaient à Sonora. Nick faisait de la petite école d'équitation de la ferme un centre équestre et, avec Francesca, avait ouvert un refuge pour les chevaux maltraités ou abandonnés.

La veille du jour de l'An, dans la maison nouvellement décorée et pleine de tiédeur et de joie, Francesca et Nick se marièrent en présence de leurs proches et amis, y compris Emilio, Antonia et leurs enfants. Ce soir-là, alors que 1974 tirait à sa fin et que commençait la nouvelle année, Francesca, rayonnante d'amour, les embrassa tous, Bruno et Kate, son frère, les Chase et le cher Robert Stern, venu de Boston avec sa fiancée avant de se tourner vers son mari.

Niccolo le bohémien. Nick l'énigmatique. Et maintenant...

Son cœur se serra de joie.

Seul Luciano, malgré son plaisir de voir la joie de sa sœur, n'était pas parfaitement heureux en cette soirée, car ses démons le troublaient plus que jamais, dansant dans sa tête et piétinant la joie qu'il aurait dû ressentir.

Alors que sonnait minuit, que tout le monde formait la chaîne et chantait «Ce n'est qu'un au revoir», il se tint là, Francesca à sa gauche, Kate à sa droite, et ses lèvres remuaient au rythme des paroles, mais il sentait un vide horrible au creux de son estomac.

Et il se demanda pourquoi, au milieu d'une telle joie, il se sentait si profondément, si misérablement seul.

LA RÉUNION

1975-1978

28

Une nouvelle génération était née.

Le dernier jour de septembre 1975, des jumeaux naquirent à Francesca et à Nick. Leur fille, la première née, fut appelée Andrea Juliette, comme la mère de Nick et Giulietta; ils appelèrent leur fils Joseph Victor, comme le père de Nick et le frère de Francesca.

L'un et l'autre avaient les cheveux noirs, de beaux yeux d'un marron profond et une peau douce et claire. Kevin et Alicia les aimèrent passionnément dès le premier jour, comme tous les membres de la famille qui se retrouvèrent, dix jours plus tard, pour le baptême à l'église catholique de Salisbury.

Aux premières heures du matin, après la cérémonie, Nick fut doucement réveillé par Francesca. Il se leva, aussitôt alerte.

— Qu'est-ce qui se passe? Les bébés vont bien?

— Il ne se passe rien, lui dit-elle. Je veux que tu viennes avec moi.

— Où?

— Viens, c'est tout.

Troublé, il se laissa conduire dans la chambre des enfants. Dans les deux berceaux, côte à côte, les jumeaux dormaient paisiblement, leurs petites têtes aux cheveux duveteux faisant un contraste avec le blanc des couvre-lits.

— Ils vont bientôt se réveiller, dit doucement Francesca, mais je voulais que nous partagions quelque chose de bien particulier avant leur tétée.

Elle montra la commode où étaient posées deux petites coiffes, quatre brins de laine rouge et une paire d'amulettes rouges.

— Où est-ce que tu as eu cela? demanda Nick.

— C'est Emilio qui me les a donnés, le jour de notre mariage, dit Francesca en souriant. Il a dit qu'il savait que nous avions laissé leur monde derrière nous, mais il ne voulait pas que son frère se sente jamais coupé de lui. Je me suis souvenu que tu m'avais dit, quand nous étions gosses, que tu n'étais pas né selon le rituel des bohémiens et que certains des membres les plus superstitieux de la famille de ton père croyaient que cela portait malheur.

— Nous sommes la preuve qu'ils avaient tort, dit-il, le regard très sombre.

— Je le sais. Et je sais aussi que je ne serai jamais qu'une *Gadja*, et que pour qu'il porte vraiment bonheur, ce rituel aurait dû être accompli juste après la naissance des enfants mais ce n'est qu'un symbole.

Elle lui secoua les mains.

— Oh, par mon amour pour toi, et pour ce que tu es, pour chaque partie de toi. — Elle sourit. — Et parce que je veux qu'Andi et Joe aient dans leur vie toute la chance et le bonheur possible.

Ils se jetèrent dans les bras l'un de l'autre et s'embrassèrent tendrement, et ils pleuraient l'un et l'autre, leurs larmes mêlées, mettant un goût de sel sur leur langue.

— J'ai pensé que nous devions être seuls, souffla Francesca. Je ne voulais pas exclure Kevin et Alicia, mais j'ai pensé que ce serait peut-être trop...

— Tu as eu raison, dit Nick en lui caressant les cheveux. Mais pour toi, demanda-t-il en se penchant pour regarder son visage, n'est-ce pas trop pour toi?

— Pour moi? dit Francesca, le regard brillant, farouche,

plein d'amour. Il n'y a rien de trop.

Ils prirent alors les bébés dans leurs berceaux, tièdes et endormis, qui collèrent doucement leur nez dans le cou de Francesca, laquelle les tenait, chacun sur un bras, tandis que Nick prenait les coiffes rouges et les posait doucement sur leurs têtes.

La laine maintenant.

Il leur passa les brins autour des bras, très lâches, et seulement alors, pour la première fois, Joe fit entendre sa protestation.

— C'est presque fini, dit son père, passant les amulettes par-dessus leurs têtes tandis qu'Andrea, bien réveillée, se mettait à pleurer.

— D'accord, *piccolina*, dit Francesca, apaisante, embrassant la joue de sa fille. Puis se tournant vers Nick : Et maintenant?

— Maintenant tu vas leur donner le sein.

— Mais, est-ce que tu ne devrais... pas dire quelque chose? N'y a-t-il pas autre chose dans cette cérémonie?

— Je ne sais pas, dit Nick qui se mit soudain à rire. Je suis un éleveur de chevaux du Connecticut.

Les deux jumeaux pleuraient vigoureusement maintenant.

— Ils n'aiment pas les coiffes, dit Francesca, et Nick les leur retira. Pauvres petits, l'eau bénite ce matin et le rituel bohémien au milieu de la nuit.

Peut-être qu'ils pleurent parce qu'ils savent qu'ils sont des *Gadje*, aussi, ils ne sont qu'un quart bohémiens. Ils désapprouvent peut-être les rites païens, dit Nick, qui défit les brins de laine et retira les amulettes.

— Ou peut-être parce qu'ils ont des parents fous.

— Ou simplement parce qu'ils s'impatientent.

Nick prit Joe des bras de Francesca et, de sa main libre, défit le haut de son déshabillé, exposant ses seins pleins, lourds de lait. Il se baissa et baisa chacune des pointes.

Les cris d'Andrea redoublèrent, son mignon visage se tordant de fureur. Francesca eut un sourire de regret en repoussant son mari. La bouche de l'enfant se colla avidement au sein, les yeux fermés, et elle se mit à téter avant même que sa mère se soit assise sur sa chaise.

— Prête pour ton fils?

Francesca tendit son bras libre et Joe s'y retrouva bientôt niché.

— J'adore regarder cela plus que tout au monde, dit Nick, la voix enrouée.

Eleanor avait été rebutée par l'allaitement, et si Nick avait compris son attitude, et reconnu que ni Kevin ni Alicia n'en avaient souffert, il rayonnait devant le plaisir instinctif de Francesca.

Pendant un instant, ils demeurèrent dans un silence sympathique, Francesca tout absorbée par les jumeaux mais son regard toujours posé sur le visage de son mari.

— Parfois, dit-elle doucement, je pense que notre vie est quelque chose d'incroyable. Toute notre vie. Comment elle a commencé, ce que nous sommes devenus maintenant.

Nick la regarda. Il regarda sa femme, les jumeaux.

— Il est difficile de ne pas être superstitieux, dit-il, de ne pas craindre de perdre cela.

Il se tut et demanda un instant plus tard, les amulettes toujours dans sa main :

— N'est-ce pas, en partie, pourquoi tu as fait cela ce soir? Tu as également ce sentiment?

— La peur? Non, fit Francesca de la tête. Si je songeais seulement que je puisse te perdre, perdre tout cela, je ne pourrais pas le supporter. Je perdrais toute joie.

Nick ne put dire un mot. De nouveau, ses yeux étaient pleins de larmes.

Ce soir, poursuivit Francesca, c'était simplement ce que je t'ai dit. L'amour, purement et simplement. Et une espèce de pacte, je pense, avec le passé. — Elle se tut un instant et ajouta : Et avec l'avenir.

29

Le temps n'avait pas guéri les blessures de Juliet.

Deux années avaient passé depuis qu'elle avait été contrainte de vendre Kaikoura, et bien qu'à l'aise financièrement car on recherchait toujours ses talents dans le monde douteux des journaux à scandales, Juliet détestait sa vie et se méfiait du monde. Puisqu'elle s'était habituée à son isolement sentimental, elle s'était juré que plus personne ne l'approcherait jamais.

Jusqu'à sa rencontre avec Kurt.

Il sonna à l'interphone de l'entrée juste avant sept heures, un soir de la dernière semaine de septembre.

— Miss Austen? demanda-t-il, de sa voix douce teintée d'un accent.

— Qui est là?

— Le Dr Kurt Lindauer.

— Qui?

— Un vieil ami d'Elizabeth.

Juliet hésita.

— Montez.

Il était grand et mince, avec les épaules un peu voûtées. Les cheveux bruns, avec des mèches grises, il avait des yeux gris de myope d'une beauté remarquable derrière ses lunettes à monture d'écaille. Allemand de naissance, il vivait à Berlin et à Bâle et était venu à Londres pour un symposium quand il avait décidé, sur l'inspiration de l'instant, de revoir Elizabeth Austen. Après avoir appris sa mort, il avait voulu retrouver sa fille, en partie pour lui exprimer toute sa sympathie, et en partie pour revoir la femme qu'il avait connue comme jeune patiente à l'hôpital Stoke Mandeville.

— Vous y étiez? demanda Juliet avec un frisson à l'évocation de souvenirs depuis longtemps enfouis.

— Oui, comme interne. C'est là que j'ai rencontré le Dr Austen et que j'en suis venu à l'admirer. Jamais je n'ai oublié son dévouement pour vous ni sa détermination à vous adopter.

Juliet lui offrit un verre de xérès sec. Sa main tremblait légèrement. Elle espéra qu'il ne s'attarderait pas.

— J'ai revu votre mère à de multiples occasions, d'ordinaire lors de conférences en Europe, et une fois à Great Ormond Street; mais ensuite, hélas, nous nous sommes perdus de vue. Mais je ne l'ai jamais oubliée, ni vous.

C'était vrai. Il se souvenait toujours des blessures de l'enfant et notamment de ses brûlures. Kurt Lindauer oubliait rarement les cicatrices et leur retentissement sur le psychisme. Jamais il n'avait oublié un seul de ses patients, bien qu'il en eût traité plusieurs centaines au cours de plus de vingt années de chirurgie plastique.

Juliet, bien sûr, ne se souvenait pas de lui, et elle détestait instinctivement tout ce qui pouvait lui rappeler un passé lointain et douloureux, mais d'un autre côté il y avait bien longtemps que personne n'avait évoqué Elizabeth. Parfois, c'était comme si elle n'avait jamais existé, comme si elle n'avait été que pure invention dans l'esprit sevré d'amour de Juliet.

— Voulez-vous rester dîner, Dr Lindauer? demanda-t-elle en se levant de sa chaise.

— Je ne voudrais pas vous déranger.

— Vous ne me dérangez pas. Il faut que je dîne, de toute

façon. Je n'ai pas déjeuné aujourd'hui.

Elle essaya de se souvenir de ce qu'il pouvait y avoir dans le réfrigérateur.

— Aimez-vous l'agneau, Dr Lindauer?

— J'aime tout, dit-il, retirant un instant ses lunettes, ce qui changea totalement son expression. Appelez-moi donc Kurt, je vous prie.

Juliet demeura immobile, figée par son regard. Par le regard de ces yeux gris, intelligents, qui lui donnèrent l'impression qu'ils voyaient à travers elle, qu'ils lisaient dans son esprit. Mais des yeux bons, cependant, malgré l'acuité du regard, des yeux tendres, doux et surpris.

Elle se reprit et gagna la cuisine.

Elle mit la table sur une jolie nappe suisse brodée que sa mère lui avait offerte, avec l'argenterie d'Elizabeth, et elle alluma une chandelle, sans très bien savoir pourquoi elle faisait cela. Ni pourquoi elle passa discrètement dans sa chambre pour mettre, à la place du jean et du pull over qu'elle portait à l'arrivée de Kurt, sa jupe de daim bleu favorite et son chemisier de batiste.

— J'ai découvert un melon dans le réfrigérateur, et nous avons donc une entrée, lui dit-elle en l'invitant à passer à table. Préférez-vous le vin rouge ou le blanc, Dr Lindauer.

— Kurt, s'il vous plaît.

— Bien sûr, Kurt.

— Rouge, si vous en prenez aussi. Je crains de trouver Londres froide et très humide.

Il s'assit, face à elle, comme elle le lui indiquait.

— Vous vous êtes dérangée. Je me sens coupable.

— Il n'y a pas de quoi, dit Juliet, servant deux verres de vin. J'ai seulement mis l'agneau au four avec quelques pommes de terre, ce n'est pas vraiment de la cuisine.

— Et vous vous êtes changée, observa-t-il, en la regardant de nouveau intensément.

— J'étais dans un tel état, dit Juliet, rougissante.

Les yeux, de nouveau derrière leurs lunettes, appréciè-
rent.

— Vous êtes très belle, si vous me permettez.

— Merci, dit-elle, posant la serviette sur ses genoux,
prenant sa cuillère et ajoutant : *Guten Appetit*.

— *Danke schön*, répondit Lindauer en souriant.

La conversation se déroula sans contrainte, et Juliet se
sentit plus détendue qu'elle ne l'avait été en compagnie d'un
homme depuis des années. Et puis, réalisa-t-elle, Kurt Lindauer
n'était pas comme les autres hommes. Il était beaucoup plus
âgé qu'elle; elle avait vingt-neuf ans et lui, estima-t-elle, devait
en avoir quinze ou vingt de plus. C'était aussi, de toute évidence, un homme cultivé, une personne de qualité et, se dit-elle,
pleine de sagesse.

Et il avait envie d'elle.

Elle l'avait vu immédiatement, quand il l'avait regardée,
après leur troisième verre de xérès. Et bien qu'elle s'en était
sentie énervée, elle n'avait pas été troublée, bien au contraire;
c'est cela qui avait constitué l'aiguillon qui l'avait poussée à
changer de vêtements et à allumer la chandelle.

Ce n'était cependant pas ce désir qui le rendait différent
des autres hommes. Malgré la longue abstinence qu'elle s'était
imposée au cours des deux années écoulées, Juliet était consciente d'avoir conservé un air impudique que nombre d'hommes trouvaient irrésistible.

Mais elle plaisait à cet homme.

Les trois soirs suivants, ils dînèrent ensemble, dehors,
une fois dans un petit restaurant italien proche de l'appartement
de Juliet à Little Venice, le lendemain au Gavroche, le troisième soir au Grill du Connaught où Kurt était descendu.

Leurs conversations se poursuivaient, toujours sans contrainte. Ils parlèrent, dans une ambiance sympathique, évoquant
Elizabeth, dont le nom semblait briller au-dessus d'eux, aimait
à se dire Juliet, comme un phare et une approbation. Kurt parla

de sa vie et de sa carrière, et il pressa Juliet de parler de la sienne, bien que ce fût un domaine où elle ne se montrait pas bavarde car elle savait que le genre de journalisme qui était le sien demeurait indigne de sa vocation.

— Vous avez grand tort de vous déprécier ainsi, lui dit-il fermement. Le fait que vous ayez choisi, comme nombre d'écrivains doivent le faire, de vivre de votre art, ne diminue en rien votre talent. Quand le temps viendra, vous prendrez une autre direction.

Kurt Lindauer ne croyait pas qu'il était bon de juger les autres; dans son travail, en Allemagne, en Grande-Bretagne et en Suisse, où il possédait une clinique privée, il avait soigné des victimes d'accidents, des adolescents timides, des hommes et des femmes d'âge mûr qui souhaitaient retrouver une jeunesse perdue, des prostituées gravement battues et des détenus tailladés au rasoir, tous avec un égal respect.

— Je ne comprends pas, dit Juliet tandis qu'on débarrassait leurs assiettes.

— Qu'est-ce que vous ne comprenez pas?

Elle hésita un instant avant de répondre :

— Pourquoi vous me regardez ainsi.

— Qu'entendez-vous par «ainsi»? demanda-t-il avec son doux sourire.

— Comme si vous vous intéressiez à moi.

Le sommelier leur resservit du Volnay 1969 et Juliet se sentit brûler d'une chaleur rare. Tout ce que Kurt avait prévu au cours de ces derniers jours était luxueux et parfait, mais elle savait que ce n'était pas seulement une question d'argent; un chirurgien plastique, qui possédait sa propre clinique en Suisse, devait être, bien sûr, très à l'aise et habitué aux meilleures choses de la vie, mais Juliet sentait que Kurt prenait un plaisir particulier à lui faire plaisir.

Le sommelier se retira.

— Mais je m'intéresse à vous, répondit enfin Kurt qui ajouta après un silence : Pouvez-vous me dire pourquoi cela vous semblerait si difficile à comprendre?

— Je ne veux pas parler de moi, dit Juliet, ses yeux dans les siens. Je préfèrerais en savoir davantage sur vous.

— Que voulez-vous que je vous dise?

— Vous avez dit que vous aviez été marié.

— Oui. J'avais vingt-huit ans. Elle s'appelait Marianne, et je l'aimais beaucoup. Elle est morte juste trois ans après notre mariage dans une catastrophe ferroviaire. Notre petite fille, Elise, a été tuée avec elle.

— Je suis tellement navrée, dit doucement Juliet et elle fut surprise de découvrir qu'elle était vraiment navrée. Il lui était difficile de se souvenir de la dernière fois où elle avait ressenti quelque chose pour un être humain. Pas depuis Elizabeth.

— C'est arrivé il y a bien longtemps.

— Et vous ne vous êtes jamais remarié? demanda-t-elle, incapable de cacher sa curiosité. Vous avez dû rencontrer nombre de jolies femmes au cours de votre carrière.

— Beaucoup, dit Kurt, souriant. Mais je n'ai jamais eu envie d'en épouser aucune. Je n'y ai jamais pensé.

Il regarda l'ovale délicieux et grave du visage de Juliet, encadré par ses beaux cheveux dorés, et son regard gris était plus aigu et plus tendre que jamais. Et il ajouta :

— Jusqu'à maintenant.

Il la raccompagna chez elle.

— Voulez-vous entrer? lui demanda Juliet à la porte. Pour prendre un cognac?

— J'entre.

Elle le laissa dans le salon, se rendit dans la chambre et ouvrit le tiroir du bas de sa coiffeuse. Le bustier écarlate et noir s'y trouvait toujours, enveloppé dans du papier de soie, là où elle l'avait rangé la nuit où elle s'était vengée de Joe Chapplin. Elle avait fait du chemin depuis, elle avait acheté son appartement, tout près de celui qu'elle louait à l'époque; mais bien qu'elle eût soigneusement rangé toutes ses affaires dans des valises et autres, jamais elle n'avait touché au léger paquet du tiroir du bas de sa commode.

Un instant, Juliet resta assise sur le bord du lit.

Elle avait envie de Kurt. Jamais elle n'avait eu envie d'un homme avec une telle intensité, aussi complètement, depuis Ray Donnelly. Chaque fois qu'elle regardait les mains fines de Kurt, ou le corps gracieux et légèrement voûté dans ses élégants costumes de soie, elle brûlait de le caresser et d'être caressée par lui.

Il lui avait dit, la première fois qu'il était venu chez elle, qu'il l'avait vue à Stoke Mandeville, qu'il n'avait pas oublié.

Elle regarda le tiroir ouvert. Inutile de se cacher de Kurt. Il savait. Il l'avait vue.

Et cependant, la douleur d'une enfant était poignante et émouvante, tandis que la laideur d'une femme...

Kurt était bon et sage, et peut-être l'aimait-il vraiment.

Mais il n'en restait pas moins un homme.

Il était assis dans le fauteuil de chintz à côté de la fausse cheminée au gaz, les jambes croisées de façon désinvolte, la cravate légèrement desserrée, l'un des beaux verres à cognac de cristal d'Elizabeth dans sa main droite.

Juliet le regarda un instant depuis la porte. Il paraissait content, se dit-elle. Elle se prit à souhaiter, de tout son cœur, qu'elle pourrait être ce qu'il avait espéré. Mais elle savait que c'était impossible.

— Kurt, dit-elle, et elle aima le son de son nom.

En entendant sa voix, il se leva, ses bonnes manières arrivant naturellement, et se tourna vers elle, et ses yeux s'ouvrirent tout grands derrière les lunettes d'écaille.

Elle s'avança vers lui comme une chatte, le corps souple. Le bustier agissait sur elle comme un costume de théâtre, jamais elle ne s'était sentie si physiquement maîtresse d'elle-même depuis la dernière fois qu'elle l'avait porté.

Kurt posa son verre sur la table basse et se redressa, plusieurs sentiments différents lisibles sur son visage : la surprise, d'abord, puis le désir, puis la déception et la tristesse.

— Juliet, dit-il.

La confiance de Juliet venait de s'évanouir. Ce fut son cou qui s'empourpra d'abord, puis ses joues.

— Je ne veux pas parler.

— Que voulez-vous faire?

— Je veux que vous m'embrassiez.

Il ne dit rien, continuant à la regarder, et Juliet sut qu'il voyait au travers d'elle.

— Je vous en prie, dit-elle.

Kurt l'embrassa, légèrement. Il avait les lèvres minces et fraîches et il se retira après un bref instant.

La peur la rendit agressive.

— Pas comme un oncle, dit-elle, sa voix profonde, comme un grondement dans sa gorge.

— Non, dit-il doucement. Pas comme un oncle.

Il se pencha de nouveau, et Juliet, voyant son reflet dans ses lunettes, leva les bras et les lui retira. Les yeux gris la contemplèrent gravement. Le deuxième baiser fut plus long, mais toujours chaste.

— Vous n'avez pas envie de moi? lui lança Juliet, comme un défi.

— Bien sûr.

— Eh bien, viens, dit-elle, souriante.

Elle le prit par la main, le conduisit dans sa chambre et s'allongea, à demi-soulevée par les coussins, sur le couvre-lit. Elle replia son genou droit, glissant son pied sous elle, s'exposant à lui pour qu'il n'ait plus aucun doute.

Kurt s'assit sur le bord du lit, toujours avec la même expression. Il regarda le visage et non les cuisses ouvertes.

— Caresse-moi, souffla Juliet, la gorge serrée.

Il ne bougea pas.

Elle avait les joues brûlantes. Elle laissa son pied droit glisser de nouveau sur le couvre-lit. Elle avait envie de disparaître, de mourir.

— Vous avez dit que vous aviez envie de moi.

— C'est vrai.

Elle le regarda.

— Pas comme cela, dit-il.

— Il n'y a pas d'autre façon.

— Bien sûr que si.

Et puis, brusquement, il se maudit. Soudain, le souvenir lui revint, clair comme du cristal. L'enfant sur son lit d'hôpital, le drap rejeté pour révéler les laides cicatrices sur la poitrine, la petite main qui, même alors, avait tiré ce drap pour se couvrir, les larmes d'humiliation dans ces grands yeux bleus.

Il avait cru se rappeler, mais vingt années avaient brouillé ses souvenirs et en la rencontrant après tant d'années, il n'avait vu que sa beauté et sa sensualité, il avait été touché par la femme intelligente, brillante, sensible. Il savait que de telles cicatrices pouvaient marquer plus que la chair, mais il s'était permis d'oublier. Il avait regardé Juliet non pas comme un chirurgien, mais comme un homme.

— Pardonnez-moi, dit-il, et il vit qu'elle pleurait. Je suis un idiot maladroit.

Elle lui faisait mal au cœur, à l'âme.

Elle ne pouvait parler. Les larmes coulaient silencieusement sur ses joues et elle ne faisait rien pour les essuyer.

Kurt se redressa et regarda autour de lui. Une robe de chambre en satin était pendue à un porte-manteau derrière la porte de la chambre. Il la prit et la posa sur le lit.

— Mettez-la, lui dit-il doucement, lui tendant son grand mouchoir blanc. Mettez-la et redevenez Juliet. Et puis nous pourrons parler.

— De quoi? demanda-t-elle, la voix rauque.

— De savoir si je puis vous aider ou pas. De savoir si vous voulez que je vous aide ou pas.

Elle le crut, finalement.

Il était difficile d'analyser ce qui lui fit ressentir qu'elle pouvait faire confiance à cet homme : peut-être son lien avec Elizabeth, peut-être son propre désespoir, sa conviction que si

411

elle ne lui permettait pas au moins de l'examiner, elle allait le perdre.

— D'accord, dit-elle.

Cela lui parut durer une éternité alors qu'il ne fallut que quelques minutes.

Quand il regarda le corps nu de Juliet, son visage était celui du chirurgien, concentré, objectif. Quand il leva les yeux pour la regarder de nouveau, son visage était celui d'un amant.

— Vous êtes aussi belle que je le savais, dit-il doucement.

— Je suis laide.

— Vos cicatrices sont laides, mais elles ne représentent qu'une si petite partie de vous-même.

Juliet détourna le regard.

— Un autre homme m'a dit cela une fois. Il n'était pas sincère.

— Est-ce qu'il vous aimait?

— Non, dit-elle avec un petit sourire désabusé.

— C'est là toute la différence.

Doucement, Kurt lui retourna le visage vers lui.

— Juliet, je suis un spécialiste de la chirurgie plastique. Pour rien au monde je ne voudrais sous-estimer l'aversion que vous ressentez pour vos cicatrices.

— L'aversion? répéta-t-elle, riant doucement. Vous sous-estimez déjà. Je hais mes cicatrices, je prendrais un couteau et les taillerais moi-même si je le pouvais.

— Notamment celles du sein gauche.

Juliet frissonna.

— Mais votre sein droit est exquis, plein, rond, sans le moindre fléchissement, et cependant vous ne le regardez pas non plus.

Il baissa les yeux sur ce sein, regarda l'aréole pâle qui se gonfla sous une érection involontaire, bien qu'il ne l'eût pas touchée.

La gêne revint, brûlante, et Juliet referma sa robe de chambre.

— Mon corps me répugne, dit-elle, et sa voix trembla. Comme il répugne aux hommes.

— Comment le savez-vous si vous vous êtes cachée d'eux comme vous avez essayé de le faire avec moi. Peut-être est-ce vous qui avez mésestimé les hommes.

Juliet garda le silence.

— Certes, je suis peut-être une exception, car je suppose que j'ai pris l'habitude de voir des cicatrices de brûlures, dont beaucoup infiniment pires que les vôtres. Mais elles ne me répugnent pas, Juliet.

— C'est à moi qu'elles répugnent, dit-elle, les yeux de nouveau brillants de larmes.

— Eh bien, voulez-vous que je vous aide? demanda calmement Kurt.

— Comment?

— Ça ne devrait pas être si difficile.

Juliet se figea.

— Vous voulez dire, comme chirurgien?

— Certainement. Je parie que vous n'avez pas consulté un spécialiste depuis des années.

— Pas depuis que j'étais enfant.

— Cela se comprend. Nombre de personnes qui ont effectué de longs séjours à l'hôpital étant enfants fuient devant toute suggestion de nouveau traitement; mais, ce faisant, elles passent parfois à côté de nouveaux progrès.

— Quel genre de progrès?

— De nombreux progrès, dit Kurt, le regard brillant d'enthousiasme. Dans les années cinquante, lorsque vous avez eu votre accident, on ne pouvait pas faire grand chose. Mais nous vivons dans un monde nouveau. Avez-vous entendu parler de la chirurgie micro-vasculaire, Juliet?

Non, fit-elle.

— C'est un domaine remarquable. En termes simples, nous prélevons un morceau de tissu sain, en général à l'aine, et nous aboutons les vaisseaux sanguins à ceux de la chair lésée. Lorsque l'opération est réussie , on obtient un tissu tout à fait lisse et qui ne se contracte pas.

— Mais en quoi cela pourrait-il m'être utile? Mes cicatrices remontent à près de vingt-cinq ans.

— Dans votre cas, nous nous trouvons confrontés à deux problèmes : bien que votre sein ait pu, malgré les cicatrices, se développer, sa croissance a été gênée dans une certaine mesure, ce qui en a quelque peu affecté la forme, et le tissu cicatriciel est rugueux et disgracieux. — Kurt marqua une pause. — J'aimerais essayer deux choses, si vous êtes d'accord : la chirurgie micro-vasculaire, suivie par le port d'un vêtement compressif.

— Qu'est-ce que c'est? demanda Juliet, méfiante.

— Le progrès le plus récent et peut-être le plus intéressant de tous, et également le plus simple. Le mot dit bien ce qu'il veut dire : il s'agit d'une espèce de vêtement fait spécialement pour le patient, qui plaque étroitement la zone lésée et maintient la chair plate et lisse.

— Je vois.

— Non, vous ne voyez pas, dit Kurt qui lui prit la main et la garda dans la sienne. Vous êtes en plein trouble émotionnel. Je vous fais des propositions qui me semblent toutes naturelles parce que je ne suis que le chirurgien, mais pour vous, elles sont synonymes d'horreur, de douleur et de déception.

Juliet avait recommencé à pleurer.

— Je suis désolée, dit-elle.

— Pourquoi seriez-vous désolée? Est-il obligatoire que vous soyez forte en permanence? N'avez-vous pas droit à un peu de fragilité humaine?

Elle eut un rire amer à travers ses larmes.

— Je déborde de fragilité, Kurt. Si seulement vous saviez...

— Je veux vous aider, Juliet, dit-il, lui tenant toujours la main. Et je le peux, ce qui est plus important.

Elle leva sur lui ses yeux rougis.

— Vous croyez que cela marcherait, même sur des cicatrices aussi anciennes?

— Je crois que nous pourrions en arriver à une sérieuse amélioration.

Il hésita un instant puis reprit :

— Comprenez bien que je ne parle pas de perfection, mais d'un substantiel changement.

Juliet prit le mouchoir de Kurt et se moucha.

— Vous avez raison, pour ce qui est de mon esprit. Je ne sais plus que penser.

— Pas encore, mais cela viendra.

— Vraiment?

— Quand vous serez prête.

Elle lui donna son accord.

Kurt était reparti trois jours pour Berlin, et à son retour Juliet avait décidé de sa réponse.

— Je vous fais confiance, se borna-t-elle à dire.

— En êtes-vous sûre? Ne souhaitez-vous pas que je vous explique à nouveau en quoi cela consiste?

— Non. Je ne veux pas en entendre davantage, ni en parler davantage. Je veux seulement qu'on le fasse.

— Et vous avez bien compris que je ne peux rien vous garantir?

— Mais vous croyez que ça marchera, non?

— Certainement, oui.

— Eh bien, moi aussi.

Bien que conscients l'un et l'autre de leur profonde attirance mutuelle, ils semblaient avoir tacitement décidé de laisser de côté l'aspect physique de leur aventure jusqu'après l'opération. Pour l'instant, Kurt était d'abord et avant tout son chirurgien, et Juliet avait en lui une confiance absolue. Avec Kurt elle se sentait en bonnes mains, il pouvait faire des miracles.

Il aurait souhaité la faire admettre à la Lindauer Klinik, dans les environs de Bâle, mais le souvenir de son voyage à Genève la mettait mal à l'aise. Aussi, une semaine plus tard,

Kurt fit entrer Juliet au Fodor-Krantz Nursing Home, une clinique privée voisine de Cromwell Road.

Sans rien omettre, il lui dit à quoi elle devait s'attendre, bien que Juliet, soudain affreusement nerveuse, écoutât à peine.

— N'en dites pas plus, supplia-t-elle, ou je risquerais de m'en aller. Je veux seulement qu'on en termine.

Kurt insista : elle allait l'écouter, ou il n'y aurait pas d'opération.

Juliet écouta, mais ne voulut pas entendre.

Il était assis dans sa chambre, ce soir-là, après qu'on eut pris les mesures pour son vêtement compressif et que l'anesthésiste fut passé la voir, et il attendait qu'elle s'endorme avant de rentrer à son hôtel.

Juliet se réveilla dès que la porte se referma et elle alluma la lampe au-dessus d'elle. On lui avait donné un cachet, mais elle savait qu'elle ne pourrait dormir cette nuit.

— Ça va, *Liebling*?

Elle ouvrit les yeux. On venait de lui faire une piqûre et elle se sentait envahie d'une curieuse et pesante tranquillité. Elle leva les yeux et vit le visage doux et tendre de Kurt.

— Pas de question? demanda-t-il de nouveau.

— Aucune, répondit-elle, somnolente.

— Dans ce cas je vous verrai quand ce sera terminé.

Elle s'éveilla, brièvement, en salle de réveil, quand une infirmière, à la voix claire et rassurante, lui demanda de lui parler avant de la laisser se rendormir.

Quand elle revit Kurt, elle était de retour dans sa chambre et il faisait sombre, la seule lumière étant celle qui filtrait du couloir par la porte entrebâillée.

— Comment vous sentez-vous, *Liebling*? demanda-t-il doucement.

— Ça fait mal.

D'une caresse, il repoussa les cheveux de son front.

— Nous allons vous donner quelque chose pour la douleur. Avez-vous très mal?

— Pas très.

— Parfait. L'opération s'est bien passée, Juliet, dit-il,
apaisant. Maintenant il nous faut tous être patients, surtout
vous.

— Je le sais.

La douleur à l'aine, où l'on avait prélevé la peau pour la
greffe, était plus pénible que celle du sein. Et l'angoisse en ce
qui concernait l'incertitude du résultat dépassait toute souffrance physique.

— Nous n'allons même pas regarder la plaie pendant deux
jours, lui dit Kurt le surlendemain de l'opération. Après quoi
je n'y toucherai pas pendant une semaine.

— Je ne pourrai pas voir, dit Juliet, tendue.

— Je ne le souhaite pas, pas avant que je vous le dise.

— Est-ce qu'il faut que je reste à l'hôpital?

— Absolument. D'abord il faut surveiller la zone du
prélèvement et il ne faut pas gêner la prise de la greffe.

— Je déteste cet endroit.

— Vous détestez tous les hôpitaux, dit-il, lui baisant
doucement la joue. Je ne vous en blâme pas.

La première fois qu'il examina son sein, il demanda à une
infirmière de placer une bande de gaze stérile devant le visage
de Juliet pour qu'elle ne voie pas.

— Comment est-ce que cela se présente? demanda-t-elle
avec beaucoup de mal.

Il avait la tête penchée, derrière la gaze.

— C'est excellent, dit-il d'une voix lointaine. Tout à fait
excellent.

— Vraiment?

Kurt posa une nouvelle compresse sur la greffe et l'infirmière retira le champ protecteur.

— Jamais je ne vous mentirai, Juliet.

— Je le sais, dit-elle, la bouche tremblante.

Chaque jour, il lui apportait des fleurs et des cadeaux; du parfum, des livres de poche, pour leur légèreté, un superbe déshabillé de soie blanche et dentelle, et un rang de perles fines.

— Kurt, c'est trop, souffla-t-elle en les voyant.

— Rien n'est trop beau. Je voudrais seulement vous les voir porter bientôt, *Liebling*.

— Est-ce que je ne peux pas les porter maintenant?

— Non, pas maintenant, dit-il avec un mouvement de tête.

Le septième soir, il apporta un plateau dans la chambre.

— Du béluga, et un peu de champagne, annonça-t-il.

— Que fêtons-nous?

— Une nouvelle étape. Demain, le vêtement de compression redouté.

— Est-ce que ce sera si affreux?

— Pas du tout, dit Kurt en riant. Un peu gênant, au début, mais pas douloureux.

Il versa du champagne Krug dans deux verres.

— Mais vous pourrez porter votre déshabillé et le collier de perles, et c'est pour cela que j'ai envie de fêter l'événement.

Juliet prit le verre de champagne. Elle se sentait toute timide, soudain.

— Je sais que je paraissais... que je voulais paraître confiante avant l'opération, et ce n'est pas que je n'aie pas confiance en vous, mais je me suis sentie...

— Terrifiée.

— Oui.

— Vous croyez que je ne le savais pas?

— Non, dit-elle, et elle avala un peu de champagne. Je commence à penser que vous savez tout.

Le regard de Kurt se fit soudain sombre.

— Si seulement c'était vrai.

Il devait arriver à neuf heures le lendemain matin, mais il n'était pas là. Quelques minutes avant dix heures, un autre médecin entra dans la chambre avec une infirmière.

— Où est le Dr Lindauer? demanda Juliet, dont l'estomac commençait à se nouer sous l'inquiétude.

— En route pour l'Allemagne, lui répondit le médecin. Pour une urgence, à Berlin.

— Mais il devait être ici.

— Je crains que vous deviez vous contenter de moi, dit le médecin — une trentaine d'années et très séduisant — avec un sourire jovial. Je suis interne ici et l'on me dit que vous devez essayer ce matin le vêtement compressif.

— Non, dit-elle tout net.

— C'est pour aujourd'hui, insista-t-il avec un sourire patient. C'est décidé.

— Mais le Dr Lindauer devait être là, répéta-t-elle.

— Et je suis certain qu'il y serait s'il le pouvait. Ce n'est rien, savez-vous, miss Austen. Avez-vous déjà porté un bandage élastique?

— Non.

Elle n'avait pas eu l'intention de mettre tant de rudesse dans son ton, mais elle avait trop peur pour s'en soucier.

— Ce n'est pas tellement différent. Je suis convaincu que le Dr Lindauer vous a déjà expliqué tout cela, mais j'ajouterai que c'est un complément inestimable à votre opération.

Il continua, comme l'avait fait Kurt avant lui, soulevant la légère compresse et la déposant dans une cuvette que lui présenta l'infirmière.

— Très joli, dit-il, appréciateur.

Juliet avait attendu que l'infirmière glisse devant son visage le champ protecteur, mais comme elle n'en fit rien, elle ferma les yeux, ce qui lui parut la meilleure chose.

— Regardez donc, dit l'interne.

Juliet garda les yeux étroitement fermés.

— Allez-y, encouragea-t-il. Il n'y a pas de quoi avoir peur et c'est votre dernière occasion avant que nous placions le vêtement. Regardez donc.

Juliet ouvrit les yeux.

— Tenez, dit l'infirmière en lui passant un miroir.

Juliet regarda...

Et se mit à hurler.

On avait essayé de la calmer, de lui dire que ce qu'elle voyait n'était que du sang séché et des points de suture, qu'il restait encore une longue route à parcourir avant que la peau semble normale, mais Juliet ne les avait pas entendus.

Elle avait pensé que rien ne pouvait paraître pire que les cicatrices avec lesquelles elle vivait depuis deux décennies et demie, mais cette horreur sanglante semblait une monstruosité née de ses pires cauchemars.

Ils laissèrent de côté le vêtement compressif, sortirent rapidement de la chambre pour revenir lui faire une piqûre calmante, attendant jusqu'à ce qu'elle fasse son effet.

Et, quelques instants plus tard, Juliet avait cessé de hurler et demeurait immobile.

Kurt lui avait menti.

Il avait su, en regardant la greffe, que cela s'était mal passé, qu'il l'avait davantage mutilée encore. Et il avait filé, ne voulant pas être témoin de son horreur, craignant de se retrouver face à elle.

Kurt Lindauer lui avait promis le salut, elle avait mis toute sa foi en lui. Et il l'avait trahie.

Il aurait pu tout aussi bien la détruire.

Quand ils revinrent, une heure plus tard, la chambre était vide, les vêtements et le sac avaient disparu. Il ne restait que les cadeaux de Kurt, les vestiges de sa perfidie.

Juliet était partie.

De retour à Little Venice, elle referma sa porte, décrocha le téléphone, ouvrit son armoire à pharmacie et avala ce qu'il restait d'un flacon d'aspirine et d'un autre de paracétamol.

Elle ne mourut pas, mais vomit affreusement avant de se traîner jusqu'à son lit où elle se blottit en position fœtale et sombra miséricordieusement dans le sommeil.

Quand elle se réveilla, elle n'avait plus envie de mourir. Il ne subsistait en elle que la haine la plus grande, la plus glaciale qu'elle eût jamais ressentie. Personne ne lui avait jamais fait une chose pareille.

Kurt Lindauer était un homme dangereux sous sa prétendue tendresse, sa feinte générosité et sa persuasion mystique; mais il avait le pouvoir de mutiler, de détruire la confiance et de briser l'espoir. Il fallait l'arrêter.

Elle allait l'arrêter.

Elle savait qu'il allait venir. Quand il apprendrait qu'elle avait quitté l'hôpital, il n'aurait pas le choix. Il allait venir et il allait jouer de tous ses artifices pour la persuader de retourner.

Mais elle était prête. Elle l'attendait.

Kurt fut éperdu et furieux contre lui. Il s'était rendu machinalement à son urgence de Berlin, dès qu'on l'avait appelé, sachant qu'il pourrait revenir à Londres dans un jour ou deux.

Il aurait dû se rendre compte de la fragilité de l'état émotionnel de Juliet. Il aurait dû prévoir que l'opération pouvait faire ressurgir de vieilles terreurs, que ce pourrait être comme traiter un enfant de nouveau traumatisé. Il aurait dû prendre le temps, malgré l'urgence, de bien préciser à l'interne de Fodor-Krantz qu'elle n'était peut-être pas prête à voir la greffe. Il aurait dû être présent.

À Heathrow, il passa devant la queue pour les taxis et offrit vingt livres de plus au chauffeur pour qu'il arrive le plus tôt possible à Maida Vale.

L'équipe de l'hôpital lui avait dit qu'elle avait décroché son téléphone et demandé s'il voulait qu'ils se rendent à son appartement, mais Kurt avait pris le risque de répondre qu'il était déjà en route.

Il avait été élevé dans la religion luthérienne et, bien que non pratiquant, il pria pour que Juliet ne se soit pas fait de mal tandis que le chauffeur de son taxi essayait de se glisser à travers les embarras de la circulation.

Sans quoi jamais il ne se le pardonnerait.

Elle était assise, toute droite, sur une chaise dans le couloir, près de la porte d'entrée. Il y avait des heures qu'elle se trouvait là, mais elle ne s'était pas endormie une seule fois. La douleur l'avait maintenue éveillée.

Quand la sonnette se fit entendre, elle se leva, raide, et décrocha l'interphone.

— *Gott sei Dank*, dit-il, les jambes tremblantes de soulagement.

— Montez, dit Juliet.

Le flacon se trouvait sur la chaise. Doucement, elle la prit et ouvrit le bouchon. L'odeur s'éleva, âcre.

La sonnette retentit et elle ouvrit la porte.

— Dieu merci, répéta Kurt qui s'avança pour la prendre dans ses bras, follement reconnaissant, quand elle leva la main gauche pour lui retirer ses lunettes avant de l'embrasser sur la bouche.

Le baiser fut long, mais les lèvres glacées. À regret, il se libéra et recula pour la regarder.

— Vous devez avoir mal, lui dit-il.

— Oui, dit-elle doucement, j'ai mal.

Et, ramenant sa main droite, brutalement, vicieusement, elle lui projeta l'eau de Javel au visage, dans ses beaux yeux trompeurs et perfides.

Cris terribles. Hurlement des sirènes violent dans le

paisible quartier de Little Venice. Les mains de Juliet dures, et implacables les voix des deux agents de police l'avisant de ses droits.

Mais Juliet n'entendit rien, ne ressentit rien. Elle ne ressentit ni soulagement, si satisfaction, ni honte, ni douleur physique, ni chagrin.

Rien.

Elle aurait pu tout aussi bien être morte.

30

Jamais Luciano ne s'était senti aussi mal.

L'automne était l'une des saisons qu'il préférait sur la Côte d'Azur, mais cette année, cette beauté n'avait pas réussi à dissiper sa mélancolie. Le dernier Holt était sorti en France, en Grande-Bretagne et aux États-unis, et avait obtenu des critiques étonnamment bonnes. Mais même cela n'avait rien changé.

Il avait essayé de voir une psychanalyste, s'était rendu une fois par semaine pendant un an à son cabinet parisien, mais il pouvait parler aussi longtemps qu'il le voulait, se montrer aussi honnête qu'il le pouvait et lutter de toutes ses forces pour faire remonter ses vieux problèmes et ses anciennes peurs, jamais il n'avait senti le moindre progrès. Peut-être n'existait-il tout simplement pas de solution, se dit-il. Aussi n'essayait-il plus de lutter contre ses démons, désormais. Il se bornait à traduire, passivement, des sentiments abstraits en mots sur le papier, pour les conserver jusqu'à ce qu'arrive le moment, si jamais il arriverait, où il pourrait les comprendre.

Il était venu à Sonora au début octobre, pour le baptême, espérant que sa dépression pourrait s'atténuer quand il serait entouré de toute la famille. Cela avait marché pendant quelques semaines, mais une fois Bruno et Kate repartis au Rocher, et

Alicia et Kevin de retour à l'école en Californie, il avait replongé plus profondément que jamais dans sa mélancolie.

Par un calme après-midi, alors que les jumeaux dormaient, Francesca et lui étaient assis sur le grand canapé un peu avachi du salon. Il avait à côté de lui le classeur où il rangeait ses notes.

— C'est devenu pire depuis une semaine, dit-il d'une voix morne, les yeux cernés.

— Même ici? loin de tout.

— Pas loin de moi.

— Je peux voir? demanda Francesca, prenant le classeur.

— Je le souhaite, oui, dit-il, la mâchoire crispée. J'ai besoin que tu le voies.

Elle ouvrit le classeur. Plus d'une centaine de pages, nettement rangées et couvertes de l'écriture de Luciano.

— C'est si bien ordonné, dit-elle, surprise. Je pensais que tu jetais ce que tu ressentais sur le papier au fur et à mesure que cela se présentait, mais c'est une véritable analyse.

— Ou un essai de psychanalyse. Au début, bien sûr, je gribouillais où je pouvais, mais très vite j'ai commencé à faire des colonnes pour pouvoir les lier et les interpréter.

— Cela devait prendre du temps.

— C'était une obsession, tu veux dire. Mais qui pouvait en valoir la peine, si cela s'était révélé efficace.

Il se leva et se détourna.

— En fait, je n'ai ni exorcisé mes démons ni découvert une explication.

Il la laissa seule pour qu'elle lise, et Francesca vit à peine passer l'après-midi. Les notes lui parurent troublantes, certaines n'étaient guère plus que quelques simples mots, d'autres plus détaillées, et avec environ cinq pensées par page, les listes apparaissaient comme un curieux voyage à travers les neuf dernières années de l'univers particulier et perturbé de Luciano.

Francesca lut chaque page d'idées, émotions, sentiments

péniblement décrits, de sensations abstraites dont certaines hallucinatoires, de sentiments de douleur, de froid et d'humidité souvent répétés. Certaines apparaissaient comme des expériences visuelles bien précises; Luciano voyait des lieux mystérieux avec une surprenante précision, des pièces inconnues de maisons tout aussi inconnues; des rues, parcs et jardins étranges; un lieu de travail vaste, sans cloisons et où régnait une intense activité; une chambre d'hôpital, un restaurant...

Les peintures des personnages étaient moins précises, plus proches du flou des rêves; mais ce furent les passages relatifs aux émotions qui troublèrent le plus Francesca, ceux qui avaient provoqué chez son frère le plus d'angoisse, qui avaient commencé à dominer sa vie. Des amours contrariées, le désir, une ambition forcenée, la haine, l'amertume, le désir de vengeance, le désir sexuel sans amour, une affligeante détresse, la défaite.

Il s'agissait incontestablement des sentiments, des aspects du caractère, des expériences, d'un unique individu. Mais, de toute évidence, Luciano avait raison quand il disait que ce n'était pas les siens, qu'ils lui étaient étrangers.

Francesca entrevit une autre possibilité. Peut-être fallait-il chercher dans une autre direction. Peut-être son frère était-il doté de pouvoirs psychiques dont il n'était pas conscient, peut-être, involontairement, se glissait-il dans l'esprit de quelqu'un d'autre.

Cette hypothèse épouvanta Luciano.

— Tu crois que je fourre mon nez dans le cerveau de quelque inconnu? demanda-t-il avec un haussement d'épaules. C'est une idée horrible, plus choquante que les pensées elles-mêmes.

— Mais pas impossible. Je me suis demandé s'il ne serait pas utile de voir quelqu'un qui s'occupe de recherches psychiques. Je suis convaincue qu'il serait vivement intéressé.

— C'est certain, dit Luciano, tout pâle. Et l'on voudrait me fouiller le cerveau et me faire faire des tours, comme un chien savant, mais je n'ai pas la moindre envie de mettre en lumière cet aspect de moi-même. Je veux seulement que cela finisse.

Arrivée à cette conclusion, Francesca ne parvint pas à l'oublier. Outre la détresse persistante de Luciano, un autre aspect de la question la harcelait : si, par hasard, elle avait raison, et si son frère souffrait d'un transfert inconscient de la pensée de quelqu'un d'autre, il semblait que ce quelqu'un, si l'on en croyait les notes de Luciano, était doté d'une personnalité devenue particulièrement violente.

Les toutes dernières notes de son frère lui avaient littéralement fait dresser les cheveux sur la tête et, bizarrement, avaient éveillé aussi en elle un curieux sentiment de familiarité.

La dernière page, en particulier, rapportait l'une des manifestations les plus désagréables que Luciano eût connues. Selon lui, l'événement s'était produit le 18 octobre, six jours plus tôt, et on aurait dit un cauchemar éveillé, noté en une espèce de sténographie : «En sueur. Envie de hurler. La douleur — la haine! Il faut attendre — se maîtriser.»

Le reste était écrit au passé, comme si l'intensité de ce qu'il avait connu l'avait empêché de le retranscrire immédiatement.

«Je tenais un flacon — en plastique, je crois. Un homme était debout devant moi. Je lui ai lancé le contenu du flacon. Je l'ai entendu hurler. Et puis une odeur — forte, âcre, une odeur de chlore — »

Et, à côté, Luciano avait écrit un nom.

— Selon ta... vision, lui dit Francesca plus tard, ce... Curt... était la victime.

— Je ne veux pas en parler, dit Luciano, lugubre. Je ne veux plus y penser.

— Je sais. C'est seulement qu'après avoir lu ces notes, j'ai commencé à comprendre, enfin, ce qui t'arrivait. C'est tout à la fois terrible et fascinant. Je voudrais t'aider à remonter à la source, à l'origine de tout cela.

— Non, dit-il sèchement. Et je ne veux pas que tu le fasses. Ce n'est pas pour cela que je t'ai demandé de lire ces notes. Je voulais seulement partager l'expérience avec toi, c'est tout. Laisse tomber, Francesca, ajouta-t-il, le regard brillant.

Elle ne put laisser tomber. Elle ne cessait de penser à ces dernières notes troublantes, et cette impression de déjà-vu la harcelait. Elle n'en parla plus à Luciano. Elle s'occupa de la maison, d'Andrea et de Joe, aida Aggie Cooper, leur gouvernante, et essaya de se concentrer sur de nouveaux projets de photos, mais, malgré elle, ces dernières notes lui revenaient sans cesse à l'esprit et l'inquiétaient.

Nick s'en inquiéta aussi. Il savait seulement que Luciano s'était décidé à faire partager ses problèmes émotionnels les plus profonds à Francesca, mais parce qu'il n'était pas curieux, non pas indifférent, mais respectueux de l'intimité de chacun, il avait gardé le silence jusque là.

— Qu'y a-t-il, *amore*?

Il était plus de deux heures du matin, et il se rendait bien compte que sa femme n'avait pu fermer l'œil.

— Qu'est-ce qui te trouble?

— Mon frère, répondit-elle, se tournant vers lui.

— Est-ce que je peux t'être utile?

— Pas avec cette histoire.

— Tu n'es plus la même depuis quelques jours. Je ne veux pas que tu tombes malade, lui dit-il en la prenant dans ses bras. Je m'occupe rarement des affaires des autres, et je ne te demande pas de trahir sa confiance, mais...

— Tu es mon ami le plus cher. Tu sais que tu es ma vie et mon âme, et Luciano te considère comme son frère.

— Eh bien, raconte, dit Nick en lui baisant les cheveux.

— Cela paraît fou, dit-elle en se dressant sur un coude, cela n'est probablement pas plus sensé que le reste, mais j'ai le sentiment qu'il y a dans cette dernière histoire quelque chose de terriblement important.

Et elle lui raconta.

— Pauvre Luciano. Et tu crois que ça pourrait être psychique.

— C'est possible.

— Je ne discute pas. Je ne suis qu'un bohémien, après tout. Tu te souviens de la *Drabarna*, au camp près de Vérone? Elle était attirée par Luciano, elle disait qu'il avait une aura.

— Je me souviens.

— Et tu as maintenant l'impression que cette vision te rappelle quelque chose.

— Cela a réveillé comme un souvenir.

— Peut-être un film, quelque chose que tu as vu à la télé?

— Peut-être.

— Mais tu crois qu'il y a autre chose.

Le front de Francesca se plissa sous l'effort de concentration.

— Je crois que c'est quelque chose que j'ai lu.

— Un livre, un roman? Ou une nouvelle, un article dans une revue ou un journal.

Il s'arrêta, la regarda

— C'est ça, hein?

— Je crois que c'est bien possible, dit-elle, fronçant davantage le front encore pour essayer de retrouver un détail qui la fuyait. Mais qu'est-ce que c'était, et où l'ai-je vu?

— Ce n'est pas si difficile à retrouver.

— Comment cela?

— En allant à la bibliothèque, lui dit Nick en la repoussant sous les couvertures.

Elle se trouvait à la bibliothèque d'Hartford depuis une heure environ. Elle avait revu toutes les éditions des journaux du 18 octobre qu'elle lisait régulièrement : le *Boston Globe*, le *New York Times* et le *Daily Press* et elle n'avait rien trouvé.

Et puis cela lui revint.

Elle rentra à Sonora, allaita les enfants et s'enferma dans son bureau. Les journaux étaient en tas sur le rebord de la fenêtre, les journaux arrivés la veille du jour où elle avait lu les notes de Luciano. Des journaux français et britanniques avec les récentes critiques du dernier Zachary Holt. Elle les avait lus et laissés là pour se rappeler de découper les articles pour ses dossiers.

Elle prit le *Daily Express* du 18 octobre. Elle savait maintenant que c'était le bon, que ce qu'elle cherchait se trouvait dans l'une des pages qu'elle avait feuilletées pour en arriver à la page consacrée aux livres. Et elle trouva.

UN CHIRURGIEN VITRIOLÉ

L'article rendait compte d'un fait divers survenu la veille, au cours duquel une patiente mentalement perturbée, dont on ne précisait pas le nom, avait projeté de l'eau de javel domestique dans les yeux d'un éminent spécialiste allemand de la chirurgie plastique, le Dr Kurt Lindauer.

Francesca regardait le journal, incrédule.

Kurt.

Elle ferma les yeux, se rappelant les mots de Luciano : «... une odeur — forte, âcre, une odeur de chlore.»

Et la précision de la date.

Elle demanda à Luciano de venir dans son bureau.

— Je suis désolée, lui dit-elle aussitôt. Je sais que que tu ne veux plus y penser, mais il faut que je te pose deux questions à propos des notes.

— Pourquoi? demanda-t-il, et il paraissait las.

— Je t'en prie, *caro*, sois patient avec moi.

Il s'assit, comme apathique, sur le canapé.

— Les journaux, dit-elle, s'asseyant à côté de lui. Tes notes faisaient mention de journaux, plusieurs fois...

— Et de revues.

— En quelle langue?

— Je ne sais pas, dit-il, irrité.

— Essaie de te souvenir. Etaient-ce des journaux en

431

français, en anglais, en italien?

— Je ne lisais pas les journaux, Francesca, je les voyais, simplement. Parfois, ce n'était que quelque chose de flou, d'autres fois — Il s'arrêta. — En anglais, certains étaient des journaux anglais, je crois. — Il haussa les épaules. — Je n'en suis pas sûr.

— Américains ou britanniques?

— Je ne sais pas, dit-il après avoir réfléchi.

— Très bien.

Francesca sentit une veine battre à sa tempe droite.

— Les rues maintenant. Tu vois parfois des rues que tu es certain de n'avoir jamais vues dans la réalité.

— Souvent.

— Est-ce que les voitures roulaient à droite ou à gauche?

— Est-ce que je ne l'ai pas noté?

Non, fit-elle.

Luciano ferma les yeux et Francesca retint son souffle.

— À gauche, dit-il tranquillement, puis il ouvrit les yeux et parut surpris. J'en suis certain. C'est curieux que je ne l'aie pas remarqué avant.

Il regarda sa sœur.

— Tu crois que l'origine se situe en Angleterre? — Il réfléchit un instant. — Je ne suis allé que trois fois à Londres. Je n'y ai jamais eu d'impression de déjà-vu.

— Mais si ce ne sont pas tes pensées, ainsi que tu l'as toujours soutenu, pourquoi aurais-tu eu une telle impression? N'est-ce pas une confirmation?

— Mais cela ne nous aide pas, hein? demanda Luciano dont la lassitude sembla revenue. Ça ne m'en débarrasse pas.

— Pas encore.

— Qu'est-ce que tu veux dire?

Il attendit un instant puis :

— Je te l'ai déjà dit, Francesca, laisse tomber.

Elle ne répondit pas.

— Il est inutile que tu te rendes en Angleterre, lui dit

432

Nick, souriant devant son impulsivité. Mes hommes de loi ont un cabinet à Londres, ils pourront effectuer toutes les recherches que tu souhaites sur ton affaire.

— D'accord. Mais je ne veux pas que Luciano le sache.

— Je ne lui dirai rien.

Le premier renseignement arriva très vite. La personne accusée d'avoir provoqué des blessures sur la personne du Dr Kurt Lindauer était une femme du nom de Juliet Austen, journaliste, habitant Maida Vale, à l'ouest de la capitale. On ne disposait pas d'autres détails, mais les hommes de loi londoniens se disaient prêts à poursuivre leurs recherches si Francesca le souhaitait.

Luciano quitta Sonora le 1er novembre. Le lendemain matin, Francesca reçut, par exprès, le paquet qu'elle attendait, contenant une photocopie de tous les articles écrits par la journaliste anglaise. On lui donnait également l'assurance que d'autres détails concernant miss Austen suivaient par courrier séparé.

Il fallut à Francesca plus longtemps que prévu pour lire le paquet d'articles de journaux et de magazines. La journaliste avait un certain talent, mais la plupart des articles rapportaient des scandales et frisaient la calomnie. Francesca commença à se persuader qu'il s'agissait d'une pure coïncidence quand elle tomba sur un article qui la figea.

Austen l'avait écrit pour le numéro de juin 1973 d'une revue de photo britannique appelée *Focus*. Il s'agissait du récit, insolitement dépouillé, de la ruine d'un photographe londonien du nom de Joe Chapplin à la suite de la destruction volontaire de son studio et de la plupart de ses travaux en cours. La journaliste laissait entendre que le photographe s'était montré naïf et insouciant à l'égard de la sécurité et des assurances et était responsable de la catastrophe.

Francesca avait étalé les articles sur le sol de son bureau et elle était maintenant accroupie sur ses talons à fouiller dans ses souvenirs, essayant de retrouver ce qu'elle avait lu dans les notes de Luciano qui venait de déclencher une nouvelle fièvre.

Il s'agissait du nom, bien sûr — Chaplin était un de ceux qu'elle avait lus. Et Francesca était presque convaincue qu'il était lié à une série d'émotions et sentiments particulièrement vifs, troublants, violents.

Elle téléphona à Luciano.

— J'ai besoin que tu consultes quelque chose dans tes notes.

— *Merda*! lança-t-il sans se soucier de masquer sa fureur. Je t'ai demandé de laisser tomber, Francesca. Jamais tu ne résoudras ce problème et tu n'as certainement pas la possibilité d'y mettre un terme. Et c'est tout ce qui m'importe.

— Simplement une date, s'il te plaît.

— Pour l'amour de Dieu!

— Je t'en prie, insista-t-elle, retenant son souffle.

— Je t'écoute.

— Un nom, Chaplin. Je voudrais savoir la date à laquelle tu l'as noté. C'est peut-être en 1973.

— Ne quitte pas.

Il lui parut que s'écoulait une éternité avant que son frère revienne à l'appareil.

— C'est bien 1973. Le 14 mai.

Francesca ne dit rien.

— Qu'est-ce qui se passe?

— Je ne sais pas encore.

— Tu ne crois pas que j'aurais le droit de savoir à quoi tu joues avec ma tête?

— Même si cela ne donne rien? Souhaiterais-tu toujours savoir si cela ne se traduisait que par une aggravation de ton état et de ta détresse?

— Tu crois toujours que je suis un cas psychique? demanda-t-il après un instant.

— Je crois que c'est une possibilité.

— Et tu essaies de découvrir l'individu dont je vole les pensées et les craintes les plus intimes.

— C'est ça.

— Tu ne réussiras pas.

Nick apporta le courrier à la table du petit déjeuner le lendemain matin.

— Une pour toi, de Londres, dit-il, passant une enveloppe à Francesca tout en finissant son café, debout.

— Les hommes de loi, dit Francesca qui reposa son toast. Les jumeaux les avaient maintenus éveillés l'un et l'autre pendant plusieurs heures au cours de la nuit et elle était épuisée.

Nick, qui avait pris son petit déjeuner trois heures plus tôt, mais qui revenait toujours à la maison quand Francesca descendait, lui passa les bras autour du cou.

— Tu l'ouvres maintenant ou plus tard?

— Plus tard, je crois. Il faut que tu partes?

— Hélas, lui dit-il, et il lui baisa le lobe de l'oreille. Elle descendait toujours prendre son petit déjeuner en robe de chambre d'éponge ou en déshabillé, les cheveux simplement noués en chignon. Nick aimait voir sa femme ainsi, sans maquillage, sans être parfumée.

Aggie entra dans la cuisine.

— Ils ont encore pleuré.

Les enfants pleuraient rarement l'un sans l'autre. Quand Joe commençait, Andrea suivait invariablement quelques secondes plus tard. Francesca se souvenait, vaguement, d'avoir connu déjà cela dans sa petite enfance.

— Il va falloir que je te laisse, lui dit Nick, la ramenant à la réalité présente. Si tu as besoin de moi, je serai aux écuries.

— Je viendrai probablement t'y rejoindre dans un instant, dit-elle, posant la main sur son bras et l'y laissant, car jamais elle ne se lassait de le toucher.

Les jumeaux se mirent à pleurer encore plus fort.

Il fallut attendre environ une heure encore avant que Francesca ne puisse lire sa lettre. Assise dans un fauteuil dans sa chambre, elle ouvrit l'enveloppe.

435

L'homme de loi anglais écrivait dans un style officiel et poli; s'il n'était pas dans ses habitudes de se voir demander des renseignements confidentiels sur des citoyens britanniques par des épouses d'éleveurs de chevaux américains, il n'en laissait rien paraître.

Juliet Austen, écrivait-il, avait été adoptée par le Dr Elizabeth Austen, éminent pédiatre, le 15 juin 1954. Elle était née le 9 juin 1946, et sa première adresse connue était celle de l'Ospedale San Felice di Dio de Turin, Italie, où elle se trouvait en traitement pour des brûlures et blessures consécutives à un accident de la route dans lequel ses parents avaient trouvé la mort.

Avant son adoption, elle s'appelait Giulietta Volpi.

La lettre continuait, mais Francesca s'était arrêtée de lire. Assise immobile, toute droite, elle laissa la lettre glisser de ses doigts sur ses genoux.

Elle perçut, dehors, le bruit d'un camion qui arrivait, puis Aggie qui venait prendre livraison d'une commande d'épicerie et qui plaisantait avec le chauffeur. Quelque part dans la maison, en bas, l'un des bébés s'était remis à pleurer.

Mais elle ne pouvait bouger.

Ce n'était pas possible.
Giulietta. 9 juin 1946.
Impossible, de toute façon. Le nom était Volpi, pas Cesaretti.
Brûlures et blessures.
Un accident de la route.

Elle se dit qu'elle était probablement en état de choc. C'était pour cela qu'elle ne pouvait bouger. Elle avait l'impression d'avoir cessé de respirer, comme si la vie elle-même venait de s'arrêter.

Et puis elle se souvint de la *Drabarna* — la diseuse de bonne aventure au camp des bohémiens.

Une autre sœur, avait-elle dit à Luciano. Entourée d'obscurité et de solitude.

Francesca bondit sur ses pieds, brusquement, et la lettre glissa de ses genoux sur le tapis. Elle alla à la fenêtre et l'ouvrit en grand. Elle se mit à respirer profondément, aspirant l'air dans ses poumons figés. Une feuille frôla son visage, tomba dans la chambre, mais elle ne la vit pas. Elle regardait droit devant elle et respirait, sentant le sang qui revenait, battant de plus en plus régulièrement dans ses veines.

Et puis elle baissa les yeux et vit Aggie, qui poussait le grand landau double où Joe et Andrea étaient douillettement installés à l'abri de la fraîcheur de novembre.

— Aggie! appela Francesca.

Sa voix porta, claire comme une cloche, et la gouvernante leva les yeux et lui fit un signe de la main.

— J'ai besoin de Nick!

— Je crois qu'il est allé à l'écurie.

— J'ai besoin de lui, Aggie!

— Qu'est-ce qui se passe? Est-ce que je peux vous aider?

— Ramenez les jumeaux et allez le chercher.

Elle savait qu'elle serait incapable de conduire, elle pouvait à peine tenir sur ses jambes.

Aggie comprit toute l'urgence et tourna le landau.

— Je vous en prie, dit Francesca. Ramenez-le.

Nick grimpa les escaliers en courant et pénétra dans la chambre.

— Qu'est-ce qui se passe? demanda-t-il, le regard plein d'inquiétude. Es-tu malade?

Francesca s'était assise dans son fauteuil, de nouveau, et elle paraissait hébétée.

— Il faut que nous partions pour la France, dit-elle. Tout de suite.

— Luciano? demanda Nick qui s'agenouilla à côté d'elle. Est-ce qu'il lui est arrivé quelque chose?

Il attendit une réponse.

— Ou à Bruno?

Non, fit-elle.

— C'est Giulietta, dit-elle, d'une voix tremblante.

— Qui?

— Notre sœur.

Et elle lui tendit la lettre.

— Luciano ne doit pas savoir, lui dit-elle plus tard. Il faut que nous parlions à Bruno, d'abord, sans que mon frère sache que nous serons là.

Nick lui avait apporté un verre de cognac.

— Tu sais bien que ce n'est tout bonnement pas possible, *amore*?

— Je le sais.

— Et tu persistes à croire que c'est elle?

— Pas toi? demanda-t-elle, secouant lentement la tête. Tu crois que ce ne sont que des coïncidences?

Nick avait le regard très sombre.

— Et avec qui Luciano serait-il plus mentalement lié qu'avec sa jumelle?

Ils avaient téléphoné à Kate, d'abord, pour lui annoncer qu'ils étaient en route et que Luciano ne devait pas se douter de leur présence. Troublée, mais calme comme toujours, Kate leur avait dit qu'il était inutile de s'inquiéter puisque Luciano se trouvait à Paris pour voir son agent et qu'on ne l'attendait pas avant quatre jours au moins.

Si Francesca avait soupçonné, ne fût-ce qu'un instant, que Bruno aurait pu être au courant que Giulietta était toujours vivante, ses soupçons s'évanouirent rapidement quand elle vit son expression incrédule et bouleversée.

Sans cesse, Nick et Francesca poussaient doucement mais fermement cet homme de soixante-seize ans à se replonger dans le passé, le contraignant à retrouver ces jours affreux de Florence en 1951.

— Nous savions que l'on avait emmené Giulietta au

même hôpital que Vittorio après l'incendie, lui rappela Francesca. Mais jamais on ne nous a permis de lui rendre visite.

— Ses blessures étaient si terribles, expliqua Bruno, hochant sa tête chauve tandis que Kate lui tenait la main, protectrice. Et vous étiez tous si jeunes, cela vous aurait trop profondément affectés de la voir.

Il avait l'esprit parfaitement clair, et les souvenirs enfouis depuis plus de vingt ans revenaient, tout à fait précis. Il se souvint de sa peine et de son désir d'aider les enfants de son frère et il se souvenait des difficultés qu'il rencontrait pour ses visites à l'hôpital, ainsi que de sa surprise et de sa gratitude quand sa femme s'en était occupée à sa place.

— Cela ne changeait rien pour Giulietta, expliqua-t-il, comme si on l'avait accusé de négligence. Elle était inconsciente, elle n'a jamais su qui venait la voir. En un sens, je pouvais davantage m'occuper de vous trois si je n'avais pas à faire sans cesse l'aller-retour entre Florence et Pise.

— Et quand elle est morte? demanda doucement Nick. Étiez-vous avec elle, alors?

— Non, dit Bruno qui resta un instant silencieux, son visage ineffablement triste. Personne ne se trouvait avec elle. On a téléphoné à Livia et elle m'a appelé au magasin pour me demander de rentrer.

— Mais son corps, insista Nick. Avez-vous vu son corps?

— Non. Tout s'est fait très vite, on l'a enterrée le même jour.

— C'est curieux, non? demanda Kate.

— Il y avait des raisons. L'hôpital a dit que c'était préférable.

— C'est ce qu'ils t'ont dit? demanda Francesca.

— Ils l'ont dit à Livia. C'est elle qui s'est occupée de tout.

— Y compris de nous empêcher d'assister aux obsèques, observa Francesca qui sentait remonter sa vieille amertume.

Bruno avait les mains qui tremblaient, ses yeux marron

insistants.

— Mais j'ai vu son cercueil que l'on descendait en terre. Il était petit et brillait sous son vernis, dit-il, la bouche également tremblante. Je me souviens que j'étais fâché contre Livia. Je lui ai dit que la sœur et les frères de l'enfant auraient dû se trouver là, qu'elle aurait dû être enterrée avec Giulio, Serafina et le bébé.

— Et qu'a répondu Livia? demanda Nick.

— Que cela vous aurait été trop pénible à supporter, si peu de temps après les autres deuils.

Bruno regarda Francesca.

— Mais vous êtes venus au cimetière, plus tard, pour un service à sa mémoire, vous avez vu la tombe. Et Vittorio est enterré à côté d'elle, ajouta-t-il, les yeux pleins de larmes.

— Il reste donc toujours une tombe, dit Kate.

Francesca ressentit un vide curieux dans sa poitrine.

— Mais il y a aussi Juliet Austen, qui est vivante en Angleterre.

Bruno ouvrit un meuble contenant des vieux dossiers et Nick y fouilla jusqu'à tomber sur le certificat de décès de Giulietta.

— Peux-tu lire la signature? demanda-t-il à Francesca.

Elle fronça les sourcils.

— C. Clemenza, dit-elle, et elle la montra à son oncle.

— Oui, confirma-t-il. On dirait Clemenza.

On avait fermé l'hôpital de Pise au début des années soixante, mais les archives conservées au *municipio* apprirent à Nick et Francesca que l'un des fonctionnaires, au cours des années cinquante, s'appelait bien Carlo Clemenza. Jamais, en outre, il n'avait été autorisé à signer des certificats de décès, et, en fait, il avait été révoqué en 1957 pour fraude et corruption. Il n'existait pas de dossier d'une patiente du nom de Giulietta Cesaretti.

Ils se rendirent à Turin, à l'Ospedale San Felice di Dio,

pour des recherches sur une enfant du nom de Volpi. Quarante-huit heures après leur arrivée, on retrouva son dossier dans les archives de l'hôpital. Giulietta Volpi avait été admise le 19 septembre 1951. Il s'agissait d'une orpheline qui était demeurée hospitalisée un peu plus de deux ans, après quoi elle avait été transférée en Angleterre grâce aux soins du Dr Elizabeth Austen.

Il y avait, dans le dossier, une copie du certificat d'admission. La signature indispensable d'un adulte demandant l'admission était celle d'un C. Clemenza.

De retour à Pise, ils téléphonèrent la nouvelle à Kate.

— Et maintenant? demanda-t-elle, bien que le sachant déjà.

— Nick va demander demain un permis d'exhumation, lui répondit Francesca. Je ne pense pas que Bruno devrait être présent.

— Non, dit Kate. Mais je dois le lui dire. Jamais il ne me lo pardonnerait si je lui cachais cela. Mais s'il veut partir pour Pise, je l'attacherai, si nécessaire.

Comme toujours, sa voix était parfaitement calme.

— Et Luciano? Est-ce qu'il n'est pas temps de lui annoncer la nouvelle?

— Non, pas avant que nous soyons sûrs. Je ne vois pas de mal à attendre un peu plus longtemps.

— Vous en êtes bien certaine, maintenant, n'est-ce pas?

— Oui, répondit Francesca.

Ils durent attendre douze jours.

— Tu n'as pas à venir, dit Nick, le matin de l'exhumation, le visage soucieux, inquiet pour Francesca.

— Il le faut.

Chaque heure de chaque jour qui passait était une obsession. Francesca ne pouvait avoir l'esprit en repos, incapable de chasser son inquiétude, ne fût-ce qu'un instant. La vie quotidienne normale avait cessé de compter. Ils téléphonaient à

Sonora tous les matins et tous les soirs, mais même si Andi et Joe n'avaient pas été en parfaite santé, Francesca se demanda si elle aurait pu ressentir son inquiétude habituelle. Les bébés et Nick constituaient le centre de son univers et d'elle-même, et malgré cela elle se sentait figée, bloquée comme dans un cauchemar, et elle savait que seule l'ouverture d'un cercueil enterré vingt-deux ans plus tôt la tirerait de là.

Nick se pencha et lui baisa le dessus de la tête.

— Dans ce cas, il est l'heure d'y aller, dit-il.

On avait commencé à creuser, pour que la famille ne soit pas obligée d'attendre trop longtemps. Un prêtre était présent, et deux fonctionnaires du *municipio*, le visage sombre, les lèvres pincées. Seuls les deux fossoyeurs paraissaient impassibles; Francesca se rendit compte qu'il leur était difficile de s'empêcher de bavarder tranquillement tandis qu'ils plongeaient leurs pelles dans la terre.

Il tombait une pluie froide, mais seul le prêtre se protégeait sous un parapluie. Il le proposa à Francesca, mais elle refusa et le remercia. Elle aurait souhaité que la pluie la cingle davantage, que le vent soit plus froid, qu'il lui gifle le visage.

— *Finito*.

Les deux hommes avaient fini de creuser. Francesca et les autres s'approchèrent un peu plus de la tombe ouverte et regardèrent.

Le cercueil était intact. Du moins Livia n'avait-elle pas lésiné sur la qualité du bois. Les fossoyeurs le débarrassèrent des dernières mottes de terre avec leur pelle, et l'un d'eux, un homme grand et solide, se baissa pour ramasser un gros ver de terre gigotant. La sueur de son front tomba sur le couvercle et, pendant un instant, ils crurent qu'il allait l'essuyer, mais il se redressa.

Nick sentit Francesca qui se raidissait contre lui, il sentait le froid glacial de sa main.

— Ouvrez-le, s'il vous plaît, dit-il.

Il fallut briser les fermetures du cercueil pour pouvoir soulever le couvercle. Cela prit moins d'une minute, mais elle parut durer une éternité à ceux qui attendaient.

Le prêtre se signa.

On ouvrit le cercueil.

Ils virent la paille et les pierres, bien serrées. La paille avait pourri et de la mousse collait aux pierres.

Le prêtre, choqué mais soulagé, murmura une prière. Les deux fonctionnaires se regardèrent, s'agitèrent un peu, silencieux et mal à l'aise. Nick ne dit rien mais s'approcha davantage de Francesca, lui laissant le temps de réagir.

Lentement, elle détourna les yeux du cercueil et regarda vers la tombe de Vittorio.

— Que Livia Cesaretti rôtisse en enfer, dit-elle.

— Amen, fit Nick.

Quand ils annoncèrent la nouvelle à Luciano, il sauta dans sa voiture, sortit de Nice et prit par la Grande Corniche en direction du Belvédère d'Eze. C'était un des plus beaux paysages de la région, et il s'y rendait de temps à autre quand il avait le plus besoin de s'évader. D'ordinaire, il s'asseyait à une table du Café Belvédère, buvait un verre et contemplait la Tête de Chien, le Cap Ferrat et le Cap d'Antibes, et le bleu infini de la Méditerranée.

Cette fois, il ne s'arrêta pas au café. Il demeura longtemps à regarder le panorama, sans le voir vraiment, et puis il alla s'asseoir un moment au bord de la route. Le patron du café, qui l'observait, s'inquiéta et vint voir s'il était malade. Et Luciano hocha la tête, sans un mot, se leva et regagna sa voiture, grimpa à La Turbie où il gara son véhicule pour se rendre à l'église de Saint-Michel-l'Archange.

Il resta un instant à contempler la copie du Saint Michel de Raphaël, mais il resta surtout assis, sans rien voir, dans le silence et la fraîcheur de l'église, essayant de réfléchir, essayant de ressentir quelque chose. Mais il ne finit par sentir que la fraîcheur du soir. Alors, roulant lentement, il rentra à

Nice.

Ils étaient tous là à l'attendre, le visage anxieux, son oncle agité et vieux.

Francesca le serra dans ses bras.

— Ça va? demanda-t-elle en pleurant.

— Je suppose, oui. Je ne sais pas. J'ai l'impression de ne plus rien ressentir.

— Je sais.

Luciano regarda sa sœur.

— Je crois que je ne peux tout simplement pas y croire. Je n'arrive pas à croire qu'elle est vivante. Et si j'y crois, que va-t-il se passer ensuite?

— Tu as peur?

— Terriblement.

— Moi aussi.

Ils essayèrent de parler d'elle, de la sortir d'entre les morts. Luciano se souvenait à peine d'elle. Il n'en avait conservé que le souvenir flou d'une enfant rieuse, aux cheveux d'or, qui hurlait de terreur la dernière fois qu'il l'avait vue.

Il se souvenait davantage de sa mort que de sa vie.

Francesca lui avait dit qu'ils étaient inséparables. Sa jumelle. La personne qui aurait dû être plus proche de lui que quiconque. Et qui, en quelque sorte, miraculeusement, était demeurée enfermée dans son esprit en dépit de tout.

Ils discutèrent de ce qu'il convenait de faire.

— Comment allons-nous prendre contact avec elle? demanda Nick. Après tout, nous ne pouvons savoir quel souvenir elle a gardé de ses cinq premières années, si toutefois elle en a. Si Luciano n'avait eu Francesca et Vittorio comme lien avec son passé, il n'aurait peut-être conservé de Giulietta aucun souvenir.

— Et elle n'est plus Giulietta, fit observer Kate avec un regard chargé de malaise à Bruno, qui semblait avoir vieilli de dix ans depuis le choc. Elle est arrivée à Turin avec un autre nom de famille, et elle est devenue Juliet Austen trois ans plus tard. C'est une Anglaise, une étrangère.

— Et elle a des ennuis, ajouta Francesca. Elle est peut-être même en prison.

Luciano s'avança jusqu'à la porte-fenêtre et regarda la nuit.

— Tant de souffrance, dit-il doucement. Je l'ai ressentie pendant toutes ces années, sans jamais le savoir.

— Il faut que j'aille la voir, dit Bruno en se levant.

Kate se leva également et posa une main sur celle de son mari.

— Si tu y vas, je vais avec toi.

— Personne n'ira, dit Luciano, d'une voix soudain sourde. Le choc serait insupportable, elle est trop instable, trop agitée, trop vulnérable.

Tous le regardèrent.

— Peux-tu toujours ressentir ce qu'elle ressent? lui demanda doucement Nick.

— Évidemment, presque tout le temps. Et, plus encore, je me souviens de toutes ses pensées et émotions au cours des années, de toutes ses souffrances, de l'amertume, de la défaite.

Sa voix se brisa, il ne put continuer tant était insupportable cette prise de conscience.

— Je vais lui écrire, dit Francesca. Si Luciano est d'accord. — Elle le regarda. — Ce serait trop douloureux pour toi.

— Qu'est-ce que tu vas lui écrire? demanda Nick.

— Simplement la vérité, dit Francesca, le regard lointain.

Elle attendit que Bruno et Kate soient rentrés au Rocher et, laissant Nick avec Luciano sur la terrasse, elle se rendit dans la chambre d'amis et s'assit au bureau.

Elle posa une feuille de papier sur le sous-main.

Chère Giulietta,

Elle recommença.

Chère Juliet,

Elle froissa les deux feuilles et les jeta dans la corbeille de papier à ses pieds.

Ma chère sœur,
Et elle continua.

Elle écrivit pendant plus de trois heures. Elle avait la main douloureuse, le dos raide, les yeux qui brûlaient et elle n'en avait toujours pas fini.

Jamais elle ne s'était attelée à une tâche plus difficile — car comment réduire deux décennies et demie à quelques feuilles de papier? Comment dire à une sœur, à une étrangère, que pendant toutes ces années avait existé une tombe, avec une pierre tombale portant son nom?

Elle joignit deux photos — cela, c'était facile — de toute la famille, y compris Kate, Kevin et Alicia, et même de Johnny, Della et Billy qui, eux aussi, faisaient partie de son histoire.

Et tandis que s'avançait la nuit, que Luciano et Nick attendaient, patiemment, qu'elle en eût terminé, avec une bouteille de Chivas Regal à côté d'eux, la lettre de Francesca en arrivait à sa fin.

Je n'ai plus rien à ajouter, pour le moment du moins. Nous étions tous persuadés que tu avais disparu à jamais, et nous sommes reconnaissants à Dieu que tu sois vivante. Et il nous tarde, surtout, d'être auprès de toi, mais il nous faut attendre que tu nous dises ce que tu souhaites.

Il nous est douloureux de laisser s'écouler encore une heure, une minute, car nous sommes ta famille, et nous voulons te voir, te serrer dans nos bras, t'aimer.

Mais nous savons qu'il nous faut attendre encore un peu. Dieu te protège.

Francesca Cesaretti Dante
Ta sœur.

31

On avait ramené Juliet à l'hôpital, non pas dans le luxe de la clinique Fodor-Krantz, mais à un hôpital local du ministère de la Santé, où elle était demeurée deux semaines encore, sous la garde de la police, jusqu'à ce qu'on juge qu'elle pouvait sortir.

Elle avait été une patiente modèle.

Elle était demeurée tranquille, sans jamais discuter ni se plaindre, elle avait accepté tout ce qu'on lui avait demandé. Le tissu greffé sur son sein, bien que prématurément touché, n'avait pas été endommagé, et le vêtement compressif, envoyé par Fodor-Krantz, s'était révélé efficace.

Après l'hôpital, on l'avait ramenée au poste de police de Harrow Road, où elle avait été officiellement inculpée de coups et blessures volontaires et conduite au tribunal puis à la prison de Holloway où on l'avait gardée pendant la durée d'un examen psychiatrique.

Elle s'était montrée une détenue modèle.

Il était inutile de ne pas se montrer coopérative, inutile de protester, car Juliet savait pourquoi elle se trouvait là. Elle s'était rendu compte, presque aussitôt après le plus fort de son choc, de l'énormité de son crime contre Kurt. Elle avait revu son visage, sa souffrance, chaque fois qu'elle avait fermé les yeux, et elle avait eu envie de hurler, mais elle n'en avait rien fait. Elle avait souhaité mourir, mais elle n'était pas morte.

Et elle avait renoncé.

C'était compter sans Kurt.

L'eau de Javel qu'elle lui avait projeté dans les yeux n'avait provoqué aucune lésion permanente car le chirurgien, sachant parfaitement ce qu'il convenait de faire, avait gagné en titubant la cuisine avant même que le plus proche voisin de Juliet ait appelé la police, et il s'était baigné les yeux avec de l'eau en attendant les secours.

S'il était demeuré aveugle, peut-être eût-il été incapable de pardonner. En fait, c'était lui-même qu'il rendait responsable. C'était une erreur de jugement, une faute professionnelle, et il se sentait également coupable d'avoir poussé Juliet à la limite. Son esprit en avait été momentanément perturbé. C'était lui qu'il fallait blâmer.

Quand Kurt Lindauer aimait, c'était pour de bon.

Du fait qu'il refusa de porter plainte, et plaida de façon convaincante le cas de Juliet devant la police, elle fut libérée avant qu'on ait fixé une date pour son procès.

Ce fut Kurt qui vint l'attendre à sa sortie de prison, Kurt qui l'installa doucement à l'arrière d'une limousine et la ramena chez elle. Ce fut Kurt qui lui fit une soupe, qui la déshabilla, la baigna.

Et lui fit l'amour.

— Comment est-ce possible.

— Quoi, *Liebling*?

— Que tu sois là. Que tu m'aies pardonnée, dit-elle, les yeux pleins de larmes. Que je ne t'aie pas perdu.

— Tu ne peux me perdre. Tu ne me perdras jamais.

— Mais pourquoi?

— *Liebe*, répondit-il simplement. L'amour.

— Mais j'ai essayé de te rendre aveugle, de te détruire. Comment peux-tu m'aimer après cela?

448

— Tu étais devenue folle de douleur et de terreur, dit doucement Kurt. Tu avais oublié que tu pouvais me faire confiance.

— Et toi, pourras-tu jamais me refaire confiance?

— Tu ne tenteras plus jamais de me faire du mal.

— Tu parais si sûr, dit Juliet en le regardant, émerveillée.

— Je le suis.

Il l'emmena avec lui à Berlin puis en Suisse, sachant qu'il était trop tôt pour la laisser seule. Il voulait qu'elle partage tout avec lui, qu'elle apprenne tout sur lui, qu'elle voie où elle pourrait être la plus heureuse pour bâtir un foyer avec lui.

— Si tu pouvais vivre dans le lieu de ton choix, lui dit-il, que choisirais-tu?

— N'importe où, du moment que nous sommes ensemble.

— Mais tu peux choisir, insista-t-il. Mon appartement de Berlin, ou ici. Aimes-tu Bâle?

— C'est une très jolie ville.

— Ou nous pourrions acheter une maison en Angleterre. Ta Kaikoura, ajouta-t-il après un instant.

Le cœur de Juliet se mit à battre plus vite.

— Mais ton travail...

— Je dois me déplacer, de toute façon. Je pourrais acheter un avion privé, et même apprendre à piloter.

— Non, dit-elle fermement, craintivement. Il te faut un pilote.

— Puisqu'il le faut, dit Kurt en souriant.

Ils faisaient l'amour de façon exquise. À la fin de la première semaine, la haine obsessionnelle de Juliet pour son corps avait commencé à s'estomper. Quand Kurt la caressait, il caressait tout son corps. S'il lui baisait l'épaule droite, il lui baisait également la gauche en s'attardant tout autant. S'il restait simplement à l'admirer, comme il le faisait souvent, ses yeux se posaient également sur ses deux seins, et parfois il la regardait en médecin et jugeait son art tandis que d'autres fois il goûtait sa beauté, tout simplement, comme un homme.

— Comment est-ce? demandait Juliet, hésitante, sachant bien que le seul fait qu'elle puisse poser la question constituait déjà un miracle en soi.

— C'est bien.

— Est-ce que ça va s'améliorer?

— Cela va s'améliorer... un peu.

Et une fois, après avoir fait l'amour, Juliet plongea profondément son regard dans les yeux qu'elle aimait et dit, doucement :

— Désormais, cela ne m'inquiète même plus.

Au cours des années pendant lesquelles elle avait donné libre cours à sa sexualité de la seule façon possible, Juliet avait traité son corps comme un simple réceptacle. Elle avait appris à titiller et à exciter jusqu'au tourment, à rendre ses partenaires fous, mais maintenant, elle se sentait presque comme une débutante naïve, comme une novice en amour.

Kurt ne lui permettait pas de faire usage de ses artifices pour son plaisir; il voulait qu'elle retrouve la chaleur et l'amour, il voulait lui enseigner les joies de la sérénité tout autant que le plaisir physique.

— Il faut apprendre à accepter, *Liebling*, à te détendre.

Parfois il la massait avec des huiles, sur différentes parties du corps, comme si chaque millimètre de ce corps était vital pour lui et avait droit à son propre assouvissement. Il lui avait enseigné des techniques simples de yoga, la faisant allonger sur une couverture près du feu, lui disant de fermer les yeux et d'écouter sa voix. Et Juliet apprit à sombrer dans une relaxation presque euphorique, où les vibrations de la voix de Kurt la berçaient dans une sorte de sensualité nouvelle, après quoi il s'allongeait à côté d'elle et lui faisait de nouveau l'amour.

Et, peu à peu, Kurt lui permit de retrouver ses dons pour la sensualité et de les mettre en pratique, et Juliet tirait les plus grandes joies du corps et du visage de Kurt. Elle aimait tout de lui, le sommet de son crâne, les oreilles plates et bien dessinées, sa nuque, les poils blancs sur sa poitrine, les plis autour de sa taille, la cicatrice de son appendicectomie, la force de ses muscles.

— Est-ce que tu me quitteras? lui demandait-elle parfois, incapable de s'en empêcher.

— *Niemals*, répondait-il toujours. Jamais.

— C'est vrai?

— C'est vrai.

Même cela ne le gênait pas, il comprenait sa vulnérabilité, peut-être même mieux qu'elle la comprenait elle-même.

— Jusqu'à la mort.

— J'espère mourir la première, lui disait-elle, passionnée.

Et tous les soirs, quand la lampe de chevet était éteinte, les lèvres de Juliet bougeaient silencieusement pour que Kurt n'entende pas, et elle priait pour qu'elle meure avant lui.

La lettre de Francesca était posée sur le paillasson de l'entrée quand Juliet et Kurt rentrèrent, fin novembre. Juliet la ramassa gaiement, avec le reste du courrier, et la jeta sur la table de la cuisine.

— Des factures, pour la plupart, dit-elle. Cela peut attendre.

Ils allèrent dîner à un petit restaurant hongrois de Hampstead, puis ils rentrèrent, allèrent au lit et firent l'amour jusqu'à ce qu'ils s'endorment.

Il était un peu plus de trois heures du matin quand Kurt s'éveilla, soudain, et entendit des bruits dans la cuisine.

— Juliet?

Il la trouva à la table, la lettre devant elle. Elle avait les yeux ouverts mais ne semblait pas le voir. Elle se balançait d'arrière en avant et elle chantonnait doucement, un air de désolation.

— *Liebling*, qu'y a-t-il?

Elle paraissait incapable de parler, à part cet horrible son

451

qui émanait de sa gorge, un bruit d'animal.

— *Was hast Du*? lui demanda-t-il, consterné.

Elle cessa de se balancer et demeura immobile, toute raide, le visage tourné vers Kurt. Sa peau était d'une pâleur mortelle, ses yeux bleus exorbités sous le choc. Kurt s'agenouilla à côté de sa chaise et la prit dans ses bras, mais son corps était raide, presque comme un cadavre.

— Mon Dieu, Juliet, qu'est-ce qui t'est arrivé?

Et puis il vit la lettre.

Un certain nombre de feuilles de papier blanc, du papier léger pour la correspondance par avion, couvertes d'une écriture manuscrite bleue.

— Est-ce que je peux lire? demanda-t-il.

Elle ne répondit toujours pas.

Il ramassa la première feuille.

«Ma chère sœur,»

Kurt revint au visage blême de Juliet. Et commença à comprendre.

Il la ramena au lit, la portant, l'enveloppa dans des couvertures, lui apporta du thé avec un peu de cognac, et après quelques instants il lui donna un somnifère. Elle ne dit pas un mot et quand, enfin, elle s'endormit, il retourna à la cuisine et lut la lettre.

Juliet se réveilla, deux heures plus tard, et vomit violemment. Elle tremblait et frissonnait, et Kurt régla le chauffage central et lui fit une bouillotte. Elle commença à transpirer et il retira les couvertures, ôta la bouillotte, lui donna un peu d'eau fraîche à boire, mais elle eut de nouveaux haut-le-cœur. Il l'adossa à ses oreillers, s'assit à côté d'elle et lui caressa les cheveux jusqu'à ce qu'elle se rendorme.

Le matin apporta le soleil et le chant des oiseaux, mais Juliet supplia Kurt de garder les rideaux tirés et les fenêtres fermées. À part cela, et une plainte légère qu'elle avait mal à la tête, elle ne dit rien d'autre. Sa température avait légèrement monté, et elle était incapable de garder la nourriture qu'elle avalait, mais Kurt savait que ce qu'elle avait ne pouvait se soigner avec des médicaments.

Vers le milieu de l'après-midi, quand le soleil fut moins vif, Kurt ouvrit les rideaux et les fenêtres.

— Il faut que nous parlions, lui dit-il doucement. De la lettre.

— Non.

— Elle ne va pas disparaître. Il faut regarder les choses en face, dit Kurt qui lui prit la main, mais elle était toute molle.

Elle retira sa main.

— Il n'y a rien à en dire.

— Mais il va falloir que tu lui répondes.

— Jamais, dit-elle.

Elle se leva le lendemain matin et sembla rétablie, mieux même, se montrant affectueuse avec Kurt. Elle sortit, vers midi, pour faire des courses pour l'appartement vide, et elle revint en fredonnant, emplit le réfrigérateur, passa l'aspirateur et fit la poussière.

— Je vais faire la cuisine, ce soir, dit-elle d'un ton léger. Le boucher avait du merveilleux foie de veau.

— Tu es sûre d'avoir envie de le faire? demanda Kurt.

— Je me sens très bien.

— Parfait. Dans ce cas nous pouvons parler.

— Bien sûr.

— De la lettre.

— Non, dit-elle, devenant toute pâle.

— De Francesca et Luciano, de ta sœur, de ton jumeau.

— Non! répéta-t-elle, et pendant un instant ses yeux furent pleins de haine.

Kurt répondit à Francesca.

Il écrivit une lettre pleine de chaleur, de courtoisie, de sensibilité, car on ne pouvait douter de la sincérité des mots de Francesca elle-même. Il lui dit toute sa joie, pour Juliet, d'avoir appris la miraculeuse nouvelle, et il tenta d'expliquer, avec autant de gentillesse que possible, que Juliet avait connu beaucoup trop de traumatismes ces derniers temps pour en supporter davantage.

Je suis convaincu qu'elle pourra très bientôt prendre contact avec vous elle-même, écrivit-il. Il est simplement trop tôt.

Il n'avoua pas à Francesca toute la vérité, que selon lui Juliet était sortie de son choc émotionnel avec les deux mêmes sentiments qui avaient gouverné et ruiné quasiment toute sa vie d'adulte.

L'amertume et la haine.

Cela finit par éclater, en une brève mais violente explosion, tandis que Kurt était sorti poster sa lettre pour les États-Unis. Il rentra à l'appartement et trouva Juliet blottie sur elle-même sur le tapis de la salle de séjour, au milieu de morceaux de papiers. Elle avait déchiré la lettre de Francesca ainsi que les photos qui y étaient jointes.

Kurt en ressentit un choc au cœur. En un sens, cette réaction était prévisible, elle traduisait le désir de détruire une réalité envahissante; elle aurait pu apporter un soulagement sain à une trop forte tension. Mais à la voir assise blottie là, tout avachie, faible et lointaine, ses cheveux dorés lui tombant sur le visage, Kurt songea, un instant, à d'autres patiénts repliés sur eux-mêmes qu'il avait vus dans les services psychiatriques des hôpitaux au cours des années.

— *Liebling*, dit-il, la relevant pour la prendre dans ses bras, souhaitant qu'elle pleure, ou hurle, même, qu'elle fasse n'importe quoi pour lui permettre de l'aider à affronter une nouvelle évolution de sa vie.

Mais elle ne fit rien, ne dit rien. Et, plus tard, quand elle fut endormie, il s'assit à la table de la cuisine et recolla patiemment les morceaux de la lettre et les photos avant de les ranger dans un tiroir du buffet pour le jour où, peut-être, elle souhaiterait les voir.

Elle en parla, finalement, le lendemain.

— D'abord, commença-t-elle, si doucement que Kurt l'entendit à peine, je me suis dit que ce n'était pas vrai. Que c'était impossible, fou. Rien d'aussi monstrueux ne se produit dans la vie réelle, aucun être humain ne peut être aussi mauvais que Livia Cesaretti.

— C'est difficile à croire.

— Ne dis rien, s'il te plaît. Je sais combien tu veux m'aider, mais ne dis rien, pas encore.

Kurt garda le silence.

— Je savais, bien sûr, que j'avais tort, qu'après tout cela devait être vrai, car personne ne pourrait inventer une telle histoire. Et je me suis effondrée.

Elle lui adressa un petit sourire timide.

— Et tu t'es occupé de moi, tu m'as soignée, comme toujours, et tu m'as rendue à moi-même, à toi.

Kurt lui caressa la joue. Un instant, Juliet leva la main pour la poser sur celle du chirurgien puis la laissa retomber.

— Tu as voulu que je t'en parle, que je te dise ce que je ressentais. Mais je ne le savais pas vraiment, jusqu'à maintenant.

Elle eut un petit hochement de tête énigmatique.

— Maintenant je peux te le dire, si tu es certain de vouloir l'entendre.

— Je le veux.

— Trois choses. Il s'est écoulé tant d'années et elle a écrit tant de pages, cette femme qui prétend être ma sœur. Et cependant cela se résume à trois faits.

Kurt garda le silence.

— Ils veulent me dire, ces étrangers, que je ne suis pas la fille d'Elizabeth Austen.

Elle s'interrompit un instant.

— Je sais mieux que quiconque que j'ai été adoptée. Mais

je sais aussi qu'Elizabeth fut la seule mère que j'aie jamais connue, ou voulue.

Pendant un instant, on put lire toute son amertume sur son visage.

— Je ne leur permettrai jamais de changer cela.

— Je ne pense pas qu'ils veuillent changer quoi que ce soit te concernant.

— Je t'en prie, coupa-t-elle, farouche. Laisse-moi parler.

— Continue.

— Le deuxième fait, poursuivit-elle d'une voix crispée, c'est qu'ils m'ont abandonnée. Même mon frère jumeau, qui prétend avoir mystérieusement capté mes pensées les plus personnelles, qui prétend avoir ressenti ma douleur, n'a rien fait pour cela pendant près de vingt-cinq ans.

— Il te croyait morte, Juliet.

— La troisième vérité, poursuivit-elle, la bouche crispée, c'est qu'ils m'ont enterrée. Ou du moins ils ont enterré une fillette du nom de Giulietta Cesaretti.

La glace remplaça l'amertume dans ses yeux bleus.

— Je ne me souviens pas d'avoir jamais été cette fillette. Je ne me souviens pas d'eux. Et je ne veux pas m'en souvenir.

— Pas maintenant, peut-être, mais...

— Ni maintenant, ni jamais.

Elle poursuivit, d'un ton plus doux :

— Tu m'as sauvée, Kurt. Tu m'as apporté le plus grand bonheur que j'aie jamais connu, sauf peut-être avec Elizabeth. Je t'aime. Je veux passer ma vie avec toi.

Kurt se sentit envahi d'une immense tristesse.

— Mais cela n'exclut pas forcément...

Elle lui posa un doigt sur les lèvres, pour le faire taire.

— Je m'appelle Juliet Austen, dit-elle, d'une voix douce et claire. Je ne souhaite être personne d'autre.

La lettre de Kurt arriva à Sonora le 5 décembre. Francesca l'ouvrit à la table du petit déjeuner, les doigts gourds, le cœur battant.

Nick l'observait, souhaitant que cette lettre lui apporte la joie.

— Eh bien? demanda-t-il doucement. Que dit-elle?

— C'est de lui, du chirurgien, Lindauer, dit Francesca qui tenta, en vain, de dissimuler sa déception. Elle ne veut pas nous connaître, ajouta-t-elle, la bouche tremblante.

— C'est ce qu'il dit?

— Pas exactement, dit-elle, et elle lui passa la lettre.

Les mâchoires de Nick se crispèrent tandis qu'il parcourait la lettre de rejet, courtoise, écrite en des termes pleins de tact.

— Il dit qu'il faut lui laisser le temps, observa-t-il en se tournant vers sa femme, le cœur douloureux pour elle.

— Cela se comprend, je suppose, dit calmement Francesca, le visage très pâle. Après un tel choc.

— Veux-tu aller la voir?

— Je ne sais pas, dit-elle, avec un regard désespéré. Je ne sais quoi penser. Je croyais qu'elle serait heureuse, Nick. Je croyais qu'elle voudrait de nous autant que nous voulons d'elle.

— Il me paraît inutile d'aller la trouver maintenant, dit Luciano quand Francesca lui eut lu la lettre au téléphone.

Il semblait abattu et las, mais pas totalement surpris.

— Je savais ce qu'elle ressentait, ce qu'elle ressent maintenant.

— Lindauer dit qu'il est simplement trop tôt.

— Il ment, dit Luciano.

— Qu'est-ce que tu veux dire? demanda Francesca, l'estomac noué par ce qu'elle entrevoyait.

— Elle nous déteste. Peut-être n'est-ce pas ce qu'écrit Lindauer, peut-être est-il trop bon, ou peut-être ne le sait-il même pas, mais notre sœur nous déteste de tout son cœur.

— Ce n'est pas possible, dit farouchement Francesca. Et même si c'est vrai, nous la ferons changer. Nous irons à Londres, et elle verra nos sentiments pour elle, et elle comprendra.

— Peut-être, dit Luciano, d'une voix faible.

— Cela semble si terrible d'attendre encore une minute nous avons déjà attendu si longtemps.

— Je crois qu'il nous faut respecter sa volonté.

— Combien de temps?

— Aussi longtemps que nous pourrons le supporter.

Une semaine avant Noël, Francesca, Nick et Luciano s'envolèrent pour Londres, puis prirent un taxi pour Little Venice. Kurt leur avait bien dit que ce serait peut-être inutile, mais ils étaient tout de même venus.

Le temps était froid et pluvieux, et un vent glacial du nord-est leur cinglait les joues quand ils arrivèrent à la grille de la maison blanche, de style victorien, et entendirent la voix de Kurt leur répondre à l'interphone.

— Je suis désolé, dit-il, de sa voix teintée d'un léger accent, il va me falloir descendre.

La porte s'ouvrit.

— Entrez au moins jusque là, dit Kurt en les introduisant. Ils se serrèrent la main. Et se sentirent tout drôles dans le long couloir ciré et silencieux.

— Elle ne veut pas nous voir? demanda Francesca.

— Je crains que non, répondit Kurt, qui paraissait las et triste.

— Bien que nous venions de si loin?

Nick savait qu'il y avait dans sa voix du reproche, mais il ne put s'en empêcher.

— Ne peut-on seulement monter? demanda Luciano.

— À vrai dire, si vous pénétrez dans l'appartement, je crains les conséquences.

— Est-elle si instable? demanda Francesca, lasse et triste.

— Elle est calme. Trop calme. Elle a l'air tout à fait normal. Nous sommes très heureux ensemble, elle et moi. Mais elle refuse d'entendre parler de vous, et plus encore de vous rencontrer.

— Mais sans doute, si nous lui parlions, commença Nick

qui n'avait jamais cru à la nécessité de cacher ses émotions profondes. Sans doute que si elle se trouvait face à face avec son frère et sa sœur...

— Je ne pense pas que ce soit souhaitable, dit fermement Kurt, malgré la tristesse de son regard. J'ai essayé de vous expliquer cela au téléphone, de vous dire qu'il serait préférable de ne pas insister pour l'instant.

— Mais nous n'avons pu attendre plus longtemps, éclata Luciano dont la frustration était presque insupportable.

— Je le sais.

— Voulez-vous que nous allions quelque part, déjeuner, peut-être? proposa Francesca qui ressentait de la sympathie pour Kurt du fait de son évidente sensibilité et délicatesse.

— Je la laisse rarement bien longtemps, s'excusa Kurt. Quand je voyage, pour mon travail, Juliet m'accompagne. Nous ne nous quittons pratiquement pas. J'aimerais pouvoir venir avec vous.

Il haussa les épaules, impuissant.

C'est fou, dit Francesca, dont Nick put sentir la peine.

— Est-ce qu'elle nous déteste à ce point? demanda Luciano, au bord des larmes.

— Je crois que cette aversion est un mur qu'elle dresse contre la peine que vous représentez. Elle vous tient pour responsables du crime de votre tante contre elle.

— Mais c'est tout à fait irrationnel, s'emporta Nick.

— Juliet est irrationnelle.

— Vous avez dit que nous représentons la peine et la douleur pour elle, dit Francesca, plus abattue que jamais. Et nous ne voulons que l'aimer.

— Je le sais, dit Kurt, avec un regard inquiet vers les escaliers. Mais pour que Juliet en soit persuadée, elle doit d'abord accepter le passé, avec toute cette douleur enfouie. Le plus grand miracle de sa vie a été sa transformation d'une fillette italienne infirme et terrorisée en la fille chérie d'Elizabeth Austen. Elle est terrifiée à l'idée de perdre sa précieuse identité.

— Mais rien ne peut lui enlever cela, dit Francesca. Nous ne voulons pas la changer, nous souhaitons seulement la retrouver, passer quelque temps avec elle.

— Je suis désolé, répéta Kurt. Il est trop tôt. — Il soupira. — Ecrivez-lui, aussi souvent que vous le pourrez. Peut-être cela l'aidera-t-elle à mieux vous accepter. Je puis vous assurer qu'en ce qui me concerne je ferai tout ce qui est en mon pouvoir.

— J'en suis convaincue, dit Francesca qui, impulsivement, se dressa sur la pointe des pieds et lui baisa la joue. Merci, ajouta-t-elle, pour tout.

— Je voudrais seulement pouvoir faire davantage.

— Du moins l'aidez-vous, ajouta Luciano d'une voix morne.

Ils sortirent, ensemble, descendirent les escaliers, suivirent l'allée jusqu'à la grille. La pluie tombait avec plus de force encore, mais nul ne s'en souciait.

— Que pensez-vous qu'il aurait pu arriver, demanda Nick, un peu curieux, si vous nous aviez invités à entrer dans l'appartement? Que craignez-vous exactement?

— Je crains pour son équilibre mental. Il existe toujours une limite. À ne pas franchir. Je n'ai pas l'intention de pousser Juliet au-delà.

Nick et Kurt se serrèrent la main, et Francesca embrassa de nouveau le chirurgien.

— J'espère que vous comprenez à quel point nous... Elle s'arrêta, cherchant Luciano.

Il était un peu plus loin, les yeux levés sur la vieille maison blanche, regardant une silhouette derrière une fenêtre au premier étage, à demi-dissimulée par un fin rideau en mailles.

C'était une femme, mince et vêtue de noir. Doucement, elle souleva un coin du rideau. Elle avait de longs cheveux blonds et un visage pâle et sans expression.

Elle les regardait.

Giulietta. Sa sœur jumelle. Une étrangère dont, malgré

lui, il partageait depuis vingt-cinq ans les pensées et les sentiments.

Jusqu'à cet instant.

Maintenant, alors qu'il voulait le plus savoir ce qu'elle avait en tête, et lui faire savoir ce qu'il avait dans son cœur, il n'y avait plus le moindre contact.

Rien.

32

Francesca et Luciano continuèrent d'écrire à Juliet. Ils lui racontaient tout ce qu'ils pouvaient afin qu'elle se sente comme un membre de la famille. Ils partageaient avec elle leurs joies et leurs tristesses. Quand Luciano reçut le Prix Edgar, il écrivit pour l'annoncer à Juliet. Quand Joe et Andrea percèrent leur première dent la même semaine, Francesca écrivit et envoya des photos. Quand Bruno mourut, au cours de sa sieste par un bel après-midi de juillet, Kate écrivit à Juliet pour lui dire combien il avait été touché d'apprendre qu'elle vivait et combien il avait souhaité son bonheur. Francesca lui parla de l'arrivée au Rocher, pour les obsèques, de Fabio et Letizia. Ils étaient venus seuls, sans leur époux ni leurs enfants, avaient à peine parlé à Kate et pas du tout à Luciano et Francesca, étaient restés jusqu'à la lecture du testament de Bruno avant de rentrer, furieux, en Italie, car leur père avait également laissé une part de sa fortune à Juliet.

Ils lui racontaient tout. Juliet ne leur disait rien.

Elle ne dit rien de son mariage avec Kurt en février, ni de leur magnifique nouvelle maison de Hampstead Heath, ni du Learjet que Kurt avait acheté, conformément à ce qu'il avait dit à Juliet, et qui permettait, outre le transport de patients, de rendre plus faciles et moins longs les déplacements entre

Londres, Berlin et Bâle.

À bien des égards, Juliet était devenue une femme nouvelle, qui s'épanouissait sous l'amour et les soins de Kurt ainsi que dans sa nouvelle vie de prospérité. Elle avait découvert les plaisirs de la prodigalité et des achats. Des cadeaux pour Kurt, de nouveaux meubles ou objets pour la maison, des vêtements pour elle, notamment des chaussures et des sacs; quand elle se trouvait à Londres, elle fréquentait régulièrement Knightsbridge et Bond Street et devint une cliente bien connue de chez Harvey Nichols, Harrods et Gucci. Juliet savait que jamais plus elle n'aurait à écrire un article à scandale, ni à s'humilier avec des hommes qu'elle méprisait. Elle était Mme Kurt Lindauer désormais, l'épouse d'un chirurgien mondialement célèbre et elle disposait de la maison, des atours et des cartes de crédit pour en témoigner.

Les lettres arrivaient, nombreuses, de Francesca et Luciano, y compris des invitations à tous les événements familiaux, souvent accompagnées de nouvelles photos des bébés, mais malgré les prières réitérées de Kurt pour qu'elle accepte, Juliet n'y répondait jamais. Son mari, lui, répondait régulièrement, mais Juliet faisait comme s'ils n'existaient pas. Elle ne leur disait rien.

Pas même qu'elle était enceinte.

Leur fille naquit au début de décembre 1976. Ils l'appelèrent Elizabeth. Elle avait les yeux gris de son père — et de la première Elizabeth — et les cheveux d'or de Juliet. Dès le premier jour, elle se montra facile à vivre, calme et gentille. Kurt était au septième ciel, adorant cette enfant qui l'enchantait, profondément heureux de son second mariage et de sa paternité. À la naissance, Juliet s'était montrée débordante d'émotion, et euphorique pendant les cinq premiers jours. Après quoi, tout avait basculé.

Cela commença par des changements d'humeur brutaux; à un instant elle se sentait profondément heureuse, rayonnante de la joie de la maternité, et l'instant d'après elle devenait irritable, maussade et larmoyante.

— Ce n'est que la dépression normale qui suit les naissances, lui dit Kurt pour la rassurer. La plupart des mères en souffrent quelque temps, il ne s'agit que d'une remise en place des hormones après la grossesse.

— Mais je me sens si perdue, lui dit Juliet. J'ai déjà été déprimée, nous le savons tous les deux, mais jamais je n'ai rien ressenti de tel.

— Tu n'as encore jamais été mère.

Elle se trouvait dans la chambre d'enfant, en train de poudrer le derrière d'Elizabeth, quand cela commença pour de bon. Une profonde misère paralysante s'abattit sur elle, l'enveloppa comme un brouillard. Toutes ses terminaisons nerveuses semblaient envoyer d'agaçants avertissements menaçants à son esprit soudain brouillé. Elle regarda le bébé qui gigotait sur la serviette éponge blanche étalée sur la table à langer — sa fille, l'être le plus précieux qu'elle eût jamais connu. Et soudain, les quelque cinquante centimètres de soyeuse perfection semblèrent se changer en un pauvre petit exemplaire d'humanité, pesant, terriblement écrasant.

Juliet regarda sa fille, totalement incapable de mener à bien la tâche toute simple de changer ses langes. Elle se sentit tout à la fois paniquée et épuisée, ses membres étaient de plomb, elle crut qu'elle allait suffoquer. Et puis, bizarrement, elle se souvint que Francesca Dante avait écrit, lui parlant de sa tombe à Pise, et elle ferma les yeux, et eut l'impression d'être couchée en terre, avec des pelletées de terre qui tombaient sur son corps, lui couvraient le visage, lui emplissant le nez et la bouche.

Elizabeth se mit à pleurer.

Juliet se mit à hurler.

Kurt, profondément inquiet, se confia par téléphone à Francesca.

— Serafina, dit-elle. Notre mère. L'oncle Bruno nous

avait dit, il y a des années de cela, qu'elle souffrait de terribles dépressions post-partum après la naissance de chacun de nous.

— Avez-vous souffert après la naissance de vos jumeaux?

— Non, dit Francesca, qui s'en sentit un peu coupable. Cela s'est parfaitement passé. J'étais fatiguée, bien sûr, mais jamais je n'ai été si heureuse.

Elle se tut un instant, profondément déprimée.

— Je suis si désolée, Kurt. Je voudrais seulement pouvoir vous aider.

Kurt, bien sûr, s'assura de faire donner à sa femme les meilleurs soins, les tout derniers médicaments, ainsi que toute l'aide pratique possible, mais bien conscient qu'elle allait instinctivement rejeter tout conseil et traitement médical, il lutta pour la sortir de son nuage noir par d'autres moyens. On embaucha une nurse compréhensive et bienveillante pour veiller à ce qu'Elizabeth ne manque de rien; une masseuse vint à domicile tous les matins, armée de flacons d'huiles aromatiques pour apaiser et stimuler; chaque après-midi, dans la piscine de marbre de leur sous-sol, Kurt encourageait Juliet à nager à côté de lui, la laissait passivement faire la planche puis la provoquait en l'éclaboussant violemment, conscient que d'occasionnelles éruptions de colère contre lui constituaient une thérapie bien plus efficace que la sinistre léthargie dans laquelle elle aurait sombré sans cela.

Juliet se sentait tourmentée par la gentillesse de son mari, par sa rudesse, mais surtout par sa propre incapacité, son inadaptation. Parfois, elle pensait qu'elle allait exploser, et puis elle allait et venait, comme un animal en cage, dans les longs couloirs de leur maison; mais la plupart du temps, elle se sentait apathique, inutile et honteuse. Elle n'était pas digne de Kurt, ni de leur fille. Elle voulait mourir.

Kurt refusait de la laisser abandonner. Il faisait montre d'un amour inflexible, d'une patience inépuisable. Il craignait, follement, que le fantôme de Serafina fût parmi eux. L'infortunée femme qui avait donné naissance à Juliet était morte dans un état d'angoisse émotionnelle, avait brisé presque toutes les vies de sa famille. Mais Kurt se disait maintenant qu'elle avait aussi, involontairement, été davantage la cause du malheur persistant de la vie de Juliet que quiconque ne s'en était jamais douté.

Mais Serafina Cesaretti avait vécu en un lieu et à une époque où personne ne l'avait assez comprise pour pouvoir l'aider, et elle avait été détruite.

Kurt ne permettrait pas que cela arrive à Juliet.

Elle émergea des ténèbres, vulnérable et hésitante, mais vivante de nouveau. Elizabeth, âgée de presque quatre mois, était toute douce, potelée et pleine de santé. Juliet se sentait timide avec elle, craignant que le bébé ne la rejette, lui préfère la nounou à laquelle elle était habituée, mais sa fille conservait la docilité et la bonne nature dont elle était dotée depuis sa naissance. Juliet avait l'impression d'avoir connu un autre miracle.

La vie reprit.

— Il faut que nous prenions des vacances, lui dit Kurt à la fin du mois d'avril.

— Pas sans Elizabeth, dit vivement Juliet.

— Bien sûr que non, si tu souhaites que nous l'emmenions.

— Oui. Je ne veux plus être séparée d'elle, nous avons déjà passé trop de temps l'une sans l'autre.

— Je vais arranger cela, *Liebling*.

Juliet se sentit envahie de plaisir.

— Où irons-nous?

— J'ai quelques idées, dit Kurt, mystérieux. Veux-tu me faire confiance?

— Toujours.

Pour Kurt il s'agissait de bien plus que de simples vacances. Il avait soigneusement et tendrement préparé un voyage dans le passé qui, espérait-il de tout son cœur, pourrait contribuer à vaincre la résistance de Juliet à l'égard de sa famille.

En retenant son souffle, il proposa à sa femme un périple qui commençait par Venise — le Palais Gritti, le Grand Canal, Santa Maria della Salute et la Place Saint-Marc. Puis Rome, Florence et Milan pour l'aspect culturel, les magasins et quelques-uns des plus romantiques restaurants du monde.

Et ensuite, quelques jours de tranquille promenade en voiture à travers le Chianti, l'Ombrie et la région de Lucques.

— Je vois ce que tu as voulu faire, lui dit Juliet.

— Quoi donc, *Liebling*?

— Faire resurgir de vieux souvenirs oubliés, dit-elle en souriant.

Kurt la regarda, surpris.

— Ça ne te gêne pas?

— Pourquoi cela me gênerait-il? Cela ne peut me toucher, mon chéri, ni me faire de mal. J'avais cinq ans. Même si je voulais me souvenir, je ne le pourrais pas.

Elle le serra dans ses bras.

— Ce sera un merveilleux voyage pour deux amants. Pour moi, c'est tout ce qui compte.

Ce fut parfait. Ils partirent en mai, alors qu'il faisait assez frais pour le bébé, et ils emmenèrent la nounou tandis que Kurt se coupait des cliniques et de son univers habituel. Partout où ils passèrent, ils prirent de grandes suites, avec chambre et salle de bains séparée pour la nounou et Elizabeth et ils se reposèrent, allèrent manger et boire, se rendirent à l'opéra, et Juliet acheta des mètres et des mètres de soie, des costumes et des cravates pour Kurt, d'exquis vêtements pour sa fille et une douzaine de paires de chaussures pour elle. Et leurs suites étaient pleines de roses rouges, le bébé gazouillait et s'agitait sur les beaux draps de lin posés pour lui sur les tapis de l'hôtel, et Juliet et Kurt faisaient l'amour tous les matins et tous les soirs.

Et puis Kurt risqua le tout pour le tout.

Ils laissèrent le bébé à l'hôtel avec la nounou et il l'emmena au *cimitero* près de Pise.

— Non, dit-elle quand il arrêta la voiture.

— Je t'en prie. Pour moi.

Ils trouvèrent facilement la tombe de Vittorio. On avait planté, à côté, des fleurs sauvages de Toscane, des coquelicots rouges, des glaïeuls roses, des iris bleus, des primevères et des bleuets, des anémones et des ancolies.

— C'était là ta tombe, Juliet, dit doucement Kurt, lui tenant fermement le bras. On a enterré ton frère à côté de toi au lieu de l'enterrer avec tes parents, pour que tu ne sois pas seule. Et quand ils ont appris que tu étais vivante, ils ont fait briser en morceaux ta pierre tombale et ont pris toutes dispositions pour que personne ne soit inhumé à cet endroit et que l'on y plante des fleurs.

Juliet avait le visage très pâle et figé.

— Des fleurs, répéta Kurt. Pour symboliser la vie.

Il la prit dans ses bras et ajouta :

— Giulietta n'est pas morte, *Liebling*. Elle est vivante, et même si tu ne te souviens pas d'elle, elle est en toi, elle est une partie de Juliet Lindauer, ma femme.

Et quand Juliet se mit à pleurer, doucement, contre son épaule, Kurt sentit qu'ils avaient, du moins, brisé la barrière et il en fut immensément heureux.

Ce fut là une des plus graves erreurs de sa vie. Car au lieu de pousser Juliet doucement en avant, ainsi qu'il l'avait espéré, vers un avenir paisible, il l'avait dangereusement mais irrévocablement plongée dans un passé dangereux.

La dernière lettre de Francesca les attendait à leur retour à Londres. Juliet et Kurt se consacrèrent d'abord au plaisir de voir Elizabeth dans son bain, après quoi Juliet l'allaita et la coucha dans son berceau avant de descendre au salon où Kurt, à leur piano demi-queue, jouait et chantait du Lehar de sa voix de ténor.

Juliet entra et lui passa les bras autour du cou. Il continua à jouer, doucement.

— J'ai mis ton courrier là, dit-il, montrant le secrétaire.

— Sa lettre, tu veux dire.

Son ton était très calme.

— Et d'autres. Veux-tu un verre, *Liebling*? proposa-t-il, fermant le piano.

Elle poussa un petit soupir et se redressa.

— Je vais la lire maintenant, dit-elle. Sans cela elle va rester entre nous, comme un reproche.

C'était une nouvelle invitation. Nick, écrivait Francesca, était sur le point de réaliser l'ambition de sa vie : participer au Palio de Sienne. Il avait trouvé un cheval, une magnifique jument du nom de Tosca, parfaite pour la course du palio.

La famille de sa mère habite toujours à Sienne, et Nick a persuadé son cousin, personnage important de la contrada — c'est un des quartiers de Sienne, qui en compte dix-sept — que Tosca devrait être présentée pour une éventuelle sélection au Palio, au mois d'août.

Ils ne sauraient que trois jours avant la course si Tosca était choisie, mais Nick l'avait déjà emmenée en Italie pour sa préparation. Au début du mois d'août, Nick et Francesca, qui avait été chargée des photos de l'événement pour *Newsweek*, devaient se rendre avec les jumeaux en Toscane, où Nick avait loué une villa proche de la ville pour toute la famille.

On aurait beaucoup de place à la villa. Ils allaient connaître un événement passionnant et mémorable, et chacun espérait de tout son cœur — surtout Luciano et elle — que Juliet et Kurt et leur petite Elizabeth voudraient bien, enfin, les rencontrer.

Juliet lut la lettre deux fois, la passa à Kurt, sans un mot, et quitta la pièce pour monter dans la chambre d'enfant.

Elizabeth dormait paisiblement dans son berceau, faisant entendre des petits bruits de bouche. Des éléphants roses volaient sur les murs, un tas de nounours sympathiques la regardaient depuis leur coin.

Elle resta assise là plus d'une demi-heure, puis quitta la chambre et redescendit.

Kurt s'était servi un whisky et attendait, assis.

— Aimerais-tu aller à Sienne? lui demanda-t-elle.

— Oui. Cela me plairait bien. Je crois cependant que nous ne pourrions amener Elizabeth avec nous cette fois, il y a aura trop de monde et il fera trop chaud.

— Non, nous ne pourrons amener Elizabeth avec nous.

Elle alla s'asseoir à côté de lui sur le canapé. Ils restèrent plusieurs minutes, silencieux et immobiles, à regarder la cheminée vide. Puis elle leva la tête et se tourna de nouveau vers Kurt.

— Oui, dit-elle, et son visage était tout à fait calme. Nous irons à Sienne.

Kurt avait meublé et arrangé un bureau pour sa femme, avec une grande table et deux murs tapissés de rayons de livres, en noyer ciré, espérant qu'elle serait tentée de se remettre au travail, mais Juliet n'avait pas écrit un mot depuis qu'elle l'avait rencontré. Et voilà que Kurt laissait entendre maintenant que le Palio pourrait être le catalyseur qui réveillerait sa créativité assoupie. Il s'agissait de bien plus qu'une course de chevaux, c'était un des aspects vitaux de la vie quotidienne de la plupart des Siennois, et c'était unique.

— Il va falloir que je passe pas mal de temps à Berlin et à la clinique avant le mois d'août, lui dit-il. Tu pourrais peut-être faire quelques recherches. Cela pourrait faire un projet intéressant.

— Peut-être.

Juliet avait déjà commencé à lire pour se documenter sur

cette course au galop à cru autour de la Piazza del Campo, ainsi que sur les fêtes et rituels qui l'entouraient. Plus elle lisait et plus elle se sentait attirée dans ses rets. Elle consacra de plus en plus de temps à son étude, lisant, laissant la nounou d'Elizabeth s'occuper de bien des choses qu'elle insistait auparavant pour faire elle-même.

Elle avait lu les récits des dîners de réjouissances, de l'éternelle rivalité entre les différents quartiers, de la fabrication des fouets avec des pénis étirés et séchés de veaux vierges, la description des *carabinieri* montés, comme au siècle précédent, faisant le tour de la piste avant la course, sabre au clair, et de la course elle-même, avec sa foule immense qui hurlait de passion non contenue, qui criait et perdait connaissance tandis que cavaliers et chevaux faisaient trois fois le tour du Campo avant l'arrivée.

Et, de fait, l'imagination de Juliet avait été titillée, et elle se sentit presque le cerveau en ébullition, car en lisant les récits du grand dîner, elle pensait poison et agonie; et en lisant le récit des *carabinieri* sabre au clair, elle voyait le sang répandu; et avec le galop frénétique des chevaux, elle imaginait un corps piétiné sous les sabots qui frappaient, martelaient...

Les photos de Francesca se trouvaient sur son bureau, debout contre ses livres, ainsi qu'une lettre de Luciano, pleine de joie, lui parlant de la bizarrerie du destin qui allait, enfin, les réunir; car la *contrada* de la famille de Nick, Lupa, représentait la louve qui avait allaité Romulus et Rémus, et l'on avait toujours particulièrement associé la fondation de Sienne aux jumeaux.

Et Juliet regardait les photos, qu'elle avait déchirées et que Kurt avait recollées, de ces heureux et affectueux étrangers, et elle savait qu'elle les méprisait plus que jamais.

Et elle regardait Luciano, le visage séduisant et souriant de son frère jumeau. Et Francesca, si belle, si pleine d'assurance et si heureuse. Et son cœur et son esprit se serraient sous la vieille haine familière et le désir de vengeance ressentis pendant si longtemps au cours de sa vie. Et jamais dirigés contre quelqu'un de précis.

Jusqu'à maintenant.

33

Luciano en était arrivé à un tournant dans sa carrière.

Libéré des craintes de la folie qui l'avaient hanté si longtemps, et qui l'avaient bien décidé à conserver les deux pieds fermement plantés sur le sol sain de ses aventures de Zachary Holt, il s'était lancé dans un genre de roman tout à fait différent.

En temps normal, il travaillait avec précision, suivant les lignes d'une intrigue bien définie; tandis que pour son nouveau projet, il avait l'intention de puiser dans ses propres expériences et émotions, d'écrire sur deux jumeaux. De la fiction, toujours, mais fondée sur l'étrange réalité qu'il se sentait maintenant contraint de transmettre à la page imprimée.

Leur vie avait été changée, vingt-cinq ans plus tôt, leur destin brisé par un acte de folie, et un autre acte de malveillance, et malgré cela, à travers toutes ces années, Giulietta l'avait, sans qu'il le sache, maintenue dans sa servitude, l'avait inextricablement lié à elle, contre toute logique, toute rationalité. Elle était demeurée, et resterait toujours, une part de lui-même, et Luciano avait l'intention de lui dédier ce nouveau roman.

Il n'avait plus connu le moindre contact psychique avec elle depuis cet instant de décembre 1975 où il avait levé les yeux et vu Juliet, fugitivement, à sa fenêtre, mais bien qu'il en eût surtout ressenti du soulagement, il avait eu parfois le sentiment d'être privé de quelque chose d'essentiel pour lui. Cependant, quand au début de juillet revinrent les pensées fantômes, Luciano se prit à souhaiter, avec ferveur, qu'elles ne soient jamais revenues.

Dans le passé, elles avaient varié en intensité et en nature. Maintenant, il était plus impossible que jamais de les ignorer, tant elles s'imposaient, intenses, et tant elles portaient le même indéniable cachet d'une inquiétante violence.

Pendant des semaines il lutta contre ces pensées avec un désespoir nouveau. Il se sentit incapable d'en parler à quiconque, pas même à Francesca, car maintenant qu'il savait qu'il s'agissait des émotions de Juliet, cela lui eût paru une trahison. Toutes les nuits, il demeurait éveillé, se demandant quoi faire, si, peut-être, il pourrait tenter d'écrire à Juliet, de lui faire part de son inquiétude. Mais il savait que c'était impossible.

Il ne pouvait dire à une virtuelle étrangère qu'il savait ce qu'elle avait en tête — du moins l'essentiel, son essence — et qu'il savait combien c'était terrible et que cela l'épouvantait.

Et qu'il la suppliait d'arrêter.

34

Jamais Francesca n'avait ressenti une telle appréhension.

La Villa Bel Canto était carrée, rose et paisible. Et parfaitement située, symétriquement encadrée de cyprès, avec un bosquet de chênes verts à l'est et quelques pins à l'ouest.

Ils étaient arrivés pleins d'optimisme, Nick et elle, Alicia, Kevin et les bébés, le premier jour d'août. Nick se sentait stimulé par la réalisation du rêve de son enfance, ne s'inquiétant pas trop de savoir si Tosca allait l'emporter ou pas, l'important étant qu'ils se trouvent là, enfin, que tout cela lui arrive, tout ce qu'il souhaitait avec tant d'ardeur depuis tant d'années. Et son effervescence avait gagné sa femme et ses enfants, et pendant les premiers jours, tandis que Nick et Kevin se plongeaient dans les affaires de la *contrada*, Francesca et Alicia s'étaient préoccupées de rendre la villa aussi chaleureusement accueillante que possible.

Luciano était arrivé le huit, une semaine avant le Palio. Il était venu seul, car Kate n'était pas très bien depuis quelque temps et elle s'était sentie incapable d'affronter le climat du mois d'août. Francesca avait su immédiatement, à voir les traits fatigués et tendus de son frère, que cela avait recommencé.

Ils allèrent se promener ensemble dans les jardins en

terrasse. Il avait fait une chaleur étouffante pendant toute la journée, mais le pire de la chaleur commençait à céder tandis qu'ils s'asseyaient sur un banc de pierre, face au mur tapissé de lierre de la villa. C'était un jardin agréable, sa rigueur tempérée par ses couleurs pastel, tous ses tons de rose, de beige, de verts doux, jusqu'aux mousses qui sortaient d'entre les vieux pavés et les moisissures autour des sculptures de terre cuite.

— Je pensais que c'était terminé, dit Francesca.

— Ça l'était. Jusqu'il y a un mois. Je me sentais tout bizarre, de vivre sans mes démons, comme si je l'avais trouvée et perdue en même temps. Peut-être était-elle en paix pendant tous ces mois.

— Kurt disait qu'elle avait été très déprimée pendant quelque temps.

— Je n'ai aucune explication, dit Luciano, hochant la tête.

— Et maintenant, comment est-ce?

— Je crois qu'elle est bien près du bord, comme avant, mais en bien pire. Quand arrivent-ils?

— Demain. Kurt arrive avec son avion depuis Pérouse. Ils seront avec nous juste après le déjeuner.

— Comment te sens-tu?

Francesca prit la main de son frère et la serra.

— Très nerveuse. Et coupable de me sentir nerveuse.

Une abeille vint bourdonner près de son visage et elle la chassa.

— Kurt dit que Juliet semble impatiente de nous voir, qu'elle est tout à fait calme.

— Je n'y crois pas, dit Luciano, le visage triste.

Ils sortirent par le haut portail voûté de l'entrée pour aller les attendre dans la cour carrée, au sol de terre battue. Les jumeaux, âgés maintenant de presque deux ans, étaient vêtus des mêmes tee-shirts et shorts bleu et rose et tenaient la main de leur mère, pressés de retourner vers la liberté et la fraîcheur du jardin. Kevin et Alicia, seize ans et quatorze ans, avaient l'air très californiens dans leurs tenues de tennis blanches, et brûlaient de curiosité de voir la mystérieuse sœur de leur belle-mère.

— On dirait un comité de réception. C'est peut-être trop pour elle, observa Francesca.

Nick se baissa pour prendre la petite main tiède d'Andrea.

— On dirait une famille désireuse de lui souhaiter la bienvenue. Cesse de te tourmenter.

— Ça va? demanda Francesca à Luciano.

Il avait le visage tiré.

— Je vais attendre à l'intérieur, dit-il, et il retourna d'un pas vif vers la villa.

Ce fut, ainsi qu'ils s'en doutaient, forcé et décevant, chacun prenant bien garde de ne pas afficher ses émotions. Il n'y eut rien de cette chaleur ravie qu'avaient connue Luciano et Francesca lors de leurs retrouvailles après ces années passées loin l'un de l'autre, ni de la joie explosive ressentie par Nick et Francesca. Ce fut tout à fait différent.

— Bienvenue à la Villa Bel Canto, dit Nick, qui serra la main de Kurt avant d'embrasser la joue de Juliet.

Francesca s'avança et prit sa sœur dans ses bras.

— Bienvenue dans ta famille, Juliet, lui dit-elle d'une voix qui tremblait.

Juliet demeura très raide dans sa robe de lin noire sans manches, serrée par une ceinture blanche, les cheveux tirés en arrière en un chignon à la française qui dégageait l'ovale de son visage. Elle paraissait calme, presque détachée.

— Merci, dit-elle.

Derrière ses lunettes, Kurt fixait sa femme.

— C'est un instant exceptionnel, dit-il calmement.

— Pour nous tous, ajouta Francesca en souriant, consciente de la rougeur de ses joues. Excuse-moi de te regarder ainsi, Juliet, je ne puis m'en empêcher.

— Je comprends.

On présenta Kevin et Alicia, puis Nick rattrapa Andrea et prit le bras potelé de Joe juste à l'instant où il partait trotter vers le jardin.

— Et voici les jumeaux, Andi et Joe.

— Aller au jardin! dit Joe, rayonnant.

— Comme c'est dommage qu'Elizabeth ne soit pas là, dit Nick.

— Elle est habituée au climat de l'Angleterre, répondit Kurt, pour essayer de maintenir la conversation. Nous avons pensé qu'il ferait trop chaud pour elle.

— Il semble que nous ayons eu raison, observa Juliet en levant brièvement le visage vers le soleil. Puis elle se tourna vers Francesca et demanda : Où est Luciano?

— Il nous attend à l'intérieur, répondit Francesca, hésitante. Je crois qu'il voulait te rencontrer seule. Il est terriblement excité, et plutôt nerveux, je le crains.

— Je crois que nous sommes tous très nerveux, dit Nick, à l'aise. Cela va bientôt s'arranger.

— J'avais tellement envie de vous connaître, dit Alicia, qui n'était jamais gênée très longtemps avec avec les nouveaux visages. Vous êtes journaliste, non?

— C'est exact.

— J'envisage de faire des études de journalisme. Peut-être pourriez-vous me donner quelques conseils?

— Évitez cela, dit Juliet en regardant la jeune fille. C'est un monde très dur. C'est le meilleur conseil que je puisse vous donner.

Elle toucha le bras de Kurt.

— Pouvons-nous entrer?

— Dans la maison, dit Andrea, en écho.

Le vestibule principal était voûté, blanc et agréablement plongé dans une demi-pénombre après l'implacable soleil d'août. Nick et Kurt montèrent les valises par l'escalier circulaire de pierre, tandis qu'Alicia et Kevin passaient sur la terrasse par le *salotto* peint à fresque.

Francesca et Juliet restèrent dans le vestibule.

— Luciano est dans la bibliothèque, annonça Francesca, qui avait envie d'en dire davantage, de se montrer physiquement plus démonstrative, mais que rebutait la raideur de Juliet. Par là, ajouta-t-elle doucement.

Nick montra à Kurt leur chambre, avec sa salle de bains attenante et sa baignoire de marbre noir.

— Elle paraît très calme, dit-il. L'est-elle ou est-ce seulement une façade?

— Bien sûr qu'elle n'est pas calme, répondit Kurt en retirant ses lunettes pour se frotter les yeux. Cela a été une difficile décision pour elle, vous le savez.

— Oui.

— Mais la bonne, j'en suis convaincu, dit Kurt qui se massa légèrement l'arête du nez avant de rechausser ses lunettes. Elle a travaillé, pour la première fois depuis notre rencontre.

Ça doit être un bon signe.

— Oui, j'en suis sûr.

Elle entra dans la bibliothèque, les talons de ses chaussures de chez Ferregamo claquant sur le dallage de pierre ciré. La pièce était comme taillée dans le marbre noir, avec ses rayonnages pleins de vieux livres à l'odeur de renfermé. Une majestueuse horloge dorée, à la décoration tarabiscotée, tictaquait bruyamment.

Luciano et Juliet se retrouvèrent face à face.

— Es-tu vraiment mon jumeau? demanda-t-elle.

— Tu le sais bien, répondit Luciano, la gorge serrée.

— Seulement parce que tu me l'as dit. Je ne te reconnais pas du tout, ajouta-t-elle, légèrement rêveuse, avec une froideur tout anglaise dans la voix. Je me demandais si j'allais retrouver quelque chose, un vieux souvenir enfoui, peut-être. Mais non, rien.

— Pas encore.

— Non.

Elle eut un petit sourire.

— Peux-tu vraiment lire dans mon esprit? demanda-t-elle, curieuse.

— Parfois.

— Maintenant?

— Non. Pas maintenant.

De nouveau, elle sourit, sans aucune chaleur.

— J'en suis heureuse.

Il ne le pouvait pas. Tout comme cela avait cessé à Londres quand il l'avait aperçue à la fenêtre, les horribles pensées avaient de nouveau cessé de lui arriver.

Mais il n'en ressentait aucun soulagement. Car à leur place venait de s'installer quelque chose dont il était infiniment plus difficile de s'accommoder, parce qu'il ne pouvait le partager avec personne, et que cela l'emplissait de honte.

Il avait peur d'elle.

— Jamais je ne me suis senti aussi déçu, dit-il plus tard à Francesca tandis qu'ils couchaient les jumeaux.

— Je suppose qu'il ne pouvait en être autrement. Nous le savions tous, mais nous espérions tout de même que les choses seraient différentes.

— Elle n'est pas exactement hostile, observa Luciano. Mais elle est si glaciale.

— Pas avec Kurt, ni Elizabeth. Du moins savons-nous, par lui, qu'elle est capable de chaleur, dit Francesca en soupirant. Elle n'a aucune raison de nous aimer. Pas avant même de nous connaître.

— Il nous faut être patients, dit tristement Luciano.

— Je crois que nous n'avons pas le choix.

Kurt regardait Juliet qui se changeait pour le dîner. Il aimait bien la voir s'habiller, ou se maquiller, ou se brosser les dents, ou même se raser les jambes. Cela faisait partie de ces petites choses, se disait-il toujours, qui marquaient leur intimité.

Il hésita, puis lui dit :

— Ne pourrais-tu te montrer un peu plus aimable, *Liebling*? Ils font tous tant d'efforts.

— Je sais.

Elle tira soigneusement ses bas sur ses longues jambes.

— C'est très pénible pour toi, je m'en rends compte plus que quiconque, mais tu paraissais si froide, si lointaine.

— Je me sens lointaine.

Un de ses ongles vernis perça son bas droit et elle l'ôta et le jeta dans la corbeille.

— Kurt, je t'en prie, je suis simplement moi-même.

— Ce n'est pas vrai. Ma Juliet est une femme chaleureuse, affectueuse.

— Pour toi. Je suis ta Juliet, pas la leur. Ils veulent autre chose, quelqu'un d'autre. Quelqu'un que je ne suis pas.

— Tu te trompes, *Liebling*. Ils te veulent, toi.

Nick et Francesca étaient couchés dans le grand lit à colonnes, avec son matelas mou, proches l'un de l'autre mais sans se toucher. Il était trois heures du matin.

— Ça va? demanda-t-il.

— Je ne sais pas.

— Nous savions que ce serait difficile.

— Mais pas aussi difficile, dit Francesca qui, dans l'obscurité, essuya des larmes de ses cils. Elle ressemble tellement à Luciano, mais elle pourrait tout aussi bien porter un masque. Exactement les mêmes cheveux, les mêmes jolis yeux bleus. Mais je peux voir à travers les yeux de Luciano, jusqu'à son âme. Avec Juliet, je ne vois rien, pas même la haine.

— Ce n'est que le premier jour.

— J'ai entendu Alicia et Kevin parler. Il dit avoir l'impression qu'elle est «vraiment curieuse». Ils se sont arrêtés quand ils m'ont vue.

— Ils n'ont pas voulu froisser tes sentiments pour elle.

— C'est justement, dit Francesca, roulant en boule un coin du drap. Je crois que je ne ressens aucun véritable sentiment pour elle. J'en étais si certaine...

Nick se rapprocha d'elle. Leurs corps, nus, se touchèrent des épaules aux pieds, en un contact réconfortant.

— C'est ton sentiment de culpabilité, dit-il. Accumulé depuis des années. Quand tu étais enfant, parce qu'elle était morte; quand tu es devenue adulte, parce que tu étais heureuse; quand tu as découvert qu'elle était vivante, parce que tu l'ignorais.

Il s'arrêta un instant.

— Et maintenant, parce que tu ne ressens rien pour elle.

— Si, dit Francesca, s'accrochant à lui, essayant d'expliquer. Mais je ressens ce que je ressentirais pour quiconque est passé par toutes ces épreuves, pas ce que je devrais ressentir pour ma propre sœur.

— Laisse faire le temps, *amore*, dit Nick en lui caressant le dos. Laisse faire le temps.

Luciano commença à souffrir de migraines.

Partout où ils se trouvaient, près de la piscine, sur la terrasse, assis au *salotto* sous le lustre étincelant, tandis que Kurt essayait de jouer du Mozart à la harpe, Luciano était frappé par de soudaines et violentes douleurs dans la tête chaque fois que Juliet et lui se trouvaient physiquement proches l'un de l'autre.

Francesca commença à s'en inquiéter.

— Encore de l'aspirine? Tu devrais peut-être demander à Kurt.

— Il est chirurgien, pas généraliste, dit-il, avalant un autre cachet avec de l'*acqua minerale*. Et puis ce n'est qu'un mal de tête. Probablement dû à la chaleur.

— Il fait chaud à Nice, aussi et tu n'y souffres pas de maux de tête, non?

— Parce qu'il y a la mer.

— Peut-être.

L'aspirine cessa de faire de l'effet.
Et la peur de Luciano empira.

35

On avait répandu de la terre jaune sur le Campo, et chaque soir les Siennois venaient, comme ils le faisaient depuis des siècles, pour la toucher. On avait dressé les barricades de bois autour du centre de la *piazza*; les bancs avaient été mis en place et montée l'estrade des juges. D'épais matelas avaient été disposés à San Martino et à Casato, les deux coins les plus dangereux de la piste, où les jockeys risquaient le plus de chuter.

L'heure était venue de la *tratta*.

Un matin, trois jours avant le Palio, Nick, comme les autres propriétaires de chevaux, amena Tosca, sa jument alezane, au Cortile della Podestà. Le vétérinaire d'abord, puis les *capitani* des dix *contrade* participantes examinèrent les animaux et votèrent. La plupart avaient déjà vu les chevaux à l'œuvre, certains lors des entraînements secrets et nocturnes de ces derniers jours.

Tosca fut choisie. Ensuite, il fallait attribuer les chevaux aux *contrade*. Par pur hasard, car c'était le sort qui, avant tout, décidait de l'issue du Palio, la jument de Nick fut attribuée au quartier de sa famille. Les Lupaioli applaudirent follement, car on disait que Tosca était un cheval de *palio* prometteur, tandis que ceux d'Istrice, leurs pires ennemis, gémissaient, car même si, eux aussi, disposaient d'une excellente monture, leur adversaire avait une bonne chance.

Ce même soir se déroula sur la *piazza* la première des *prove* — des six courses — où Tosca se classa à la quatrième place. Après chaque course, chaque cheval était reconduit dans son box bien gardé, entouré de *contradaioli* qui chantaient et criaient leur joie, dans une sorte de défilé improvisé qui s'aventurait souvent, délibérément provocateur, en territoire ennemi. La frénésie montait un peu plus chez les Siennois après chacune des *prove*, et des bagarres entre quartiers rivaux ajoutaient à l'effervescence.

— C'est vraiment pousser les choses très loin, dit Kevin, enthousiaste, à Alicia alors qu'ils suivaient Tosca du Campo jusqu'à son écurie après la troisième course. Cela tient de la fête et de la guerre, certains de ces gens sont à demi-fous.

Arrivé en haut de la Via de Vallerozzi, il y eut une soudaine agitation quand Tosca, effrayée par quelque chose, lança brusquement une ruade, frappant un mur de pierre d'une de ses jambes postérieures et dispersant la foule.

— Qu'est-ce qui s'est passé? demanda Alicia, qui tendit le cou, essayant d'apercevoir Nick. Est-ce que Tosca n'a rien?

— Je crois que c'était un chat! Papa nous a dit qu'elle en avait peur, expliqua Kevin qui, malgré la foule, parvint à rester à côté de sa sœur, en lui tenant le bras.

Nick se fraya un chemin jusqu'à eux.

— Je crois qu'il est temps de filer d'ici, ils ont commencé à échanger des coups de poings devant!

— Kevin a vu un chat, papa! cria Alicia.

— C'est ce qui a provoqué la bagarre : un idiot, de notre côté, a accusé Istrice d'avoir jeté délibérément le chat dans les jambes de Tosca pour lui faire peur.

— Des séquelles? demanda Francesca à Nick le lendemain matin, à son retour d'une visite, à l'aube, à l'écurie de Tosca.

Toute la famille se trouvait rassemblée sur la terrasse pour le petit déjeuner.

— Un boulet un peu touché, mais ça ira.

— Penses-tu que quelqu'un aurait volontairement essayé de nuire à Tosca? demanda Kevin à son père.

— J'en doute. Sienne est pleine de chats.

— J'adore les intrigues, dit Alicia. Combien de personnes connaissaient la phobie de Tosca?

Nick haussa les épaules.

— Son *barbaresco*, c'est-à-dire son palefrenier, le jockey, le *capitano*, et nous.

— Quelqu'un a-t-il été blessé? demanda Kurt.

— Le palefrenier a un bel œil au beurre noir.

Ce fut alors que Francesca remarqua que Luciano regardait furtivement Juliet qui, debout à la table de desserte se servait des pêches et des prunes. La matinée était déjà très chaude, et Juliet avait relevé les manches longues de son corsage blanc de style paysan. Son bras gauche portait plusieurs fines égratignures.

Aux yeux de Francesca, cela ressemblait à des marques de griffes de chat.

— Qui vient à la Tour Mangia? demanda Francesca, une heure après le déjeuner, ce même jour. Je vais y prendre quelques rouleaux de photos.

— Je porterai ton appareil, dit Nick.

— Et les jumeaux?

— Je pourrais rester les garder, proposa Kurt.

— J'aimerais bien y aller, dit Juliet.

— D'accord, *Liebling*. Je serais heureux de rester tout seul ici. J'ai des coups de téléphone à passer, de toute façon.

— Quelle hauteur fait la tour? demanda Alicia à Francesca.

— Cinq cent trois marches.

— Avec cette chaleur? dit Alicia, regardant Kevin. Que dirais-tu d'un bain et d'une partie de tennis?

Avant d'arriver au sommet, ils surent qu'ils avaient fait

une erreur. On aurait dit que la moitié au moins de la population de Sienne voulait se donner de l'appétit pour le dîner de fête que chacun des quartiers allait organiser le soir-même.

— Pourquoi n'avons-nous pas été aussi malins que nos enfants? demanda Francesca, soufflante, les joues écarlates sous l'effort. Il était impossible de s'arrêter plus d'un bref instant sans provoquer un embouteillage de touristes dans les escaliers.

— Ce n'est plus très haut, dit Nick pour l'encourager.

— Tu sais où sont les deux autres? demanda Francesca avec un coup d'œil par-dessus son épaule?

Juliet et Luciano avaient commencé l'ascension en même temps qu'eux, mais ils avaient été dépassés par un énergique groupe de touristes suisses.

— Laisse, haleta Nick. Garde ton souffle.

— Jamais je ne pourrai prendre des photos décentes avec tout ce monde, se plaignit Francesca. Et ce que je peux avoir mal aux jambes!

— Tu ne le regretteras pas en découvrant la vue.

De fait, quand ils purent se caser, au sommet, la vue en valait l'effort. Là-bas, au-dessous d'eux, chatoyaient sous le chaud soleil de l'après-midi les magnifiques pierres rouges de toute la ville de Sienne et, alors qu'ils faisaient lentement le tour du sommet, se déroulait à l'horizon le vert brumeux de la campagne toscane.

— De quel côté se trouve Monte Amiata? demanda Nick. Je voudrais jeter un coup d'œil.

— De l'autre côté, je crois. Je reste ici, dit Francesca, levant son posemètre. Il faudra que je remonte, un de ces soirs, ajouta-t-elle pour elle seule, puis, se penchant par dessus le parapet, elle cadra dans son viseur la *piazza* qui se trouvait bien à quatre-vingt-dix mètres au-dessous de la plate-forme.

Il y avait du monde tout autour d'elle, des corps qui la frôlaient, des coudes qui la poussaient, des souffles contre son oreille.

Elle sentit une main dans le creux de son dos.

Elle allait se retourner. L'instant d'avant, la main était là, semblant se positionner, bien se caler, et l'instant d'après, cette main la poussait, la projetait en avant...

Elle trébucha, perdit l'équilibre. Poussée par la main invisible, elle partit vers le vide...

— Nick! hurla-t-elle, griffant l'air chaud.

Il la saisit par la taille, par les cheveux, par un bras, pour la retirer en arrière.

— Mon Dieu, haleta-t-il, les lèvres toutes pâles, qu'est-ce que tu faisais?

Il la serra contre sa poitrine.

— Tu aurais pu te tuer.

Francesca le regarda, les yeux encore tout grands sous le choc et la frayeur.

— Il y avait une main, Nick, souffla-t-elle.

— Tu ne risques plus rien maintenant, dit-il, l'attirant contre lui, mais elle se dégagea.

— Quelqu'un m'a poussée, dit-elle.

Les touristes qui avaient vu l'incident leur laissèrent le passage pour qu'ils regagnent les escaliers, et Nick, après s'être assuré que Francesca avait suffisamment récupéré pour redescendre, passa devant.

Arrivés en bas, ils traînèrent un peu dans la cour de la Podestà et ils aperçurent Luciano assis sur le sol.

Ils hâtèrent le pas.

— Qu'est-ce qu'il y a? demanda Francesca en s'agenouillant à côté de son frère. Ta tête?

Oui, fit-il, le front plissé sous la douleur.

— Je me suis senti vraiment très mal à mi-chemin du sommet, alors je suis redescendu.

Avec un effort, il se redressa un peu.

— Ça va mieux maintenant. Trop chaud et trop de monde.

— Où est Juliet? demanda Francesca.

— Je crois qu'elle est montée jusqu'en haut.

— Nous ne l'avons pas vue.

Nick aida Luciano à se relever.

— Tu devrais vraiment parler à Kurt de tes migraines.

— Mon frère est trop têtu, dit Francesca. Il préfère souffrir.

— Je vais lui en parler; il va me conseiller de prendre de l'aspirine, et de ne pas escalader de hautes tours sous la chaleur.

Francesca regarda le visage fatigué de son frère et ferma les yeux, sentant de nouveau la pression de la main dans le bas de son dos. Et puis elle les rouvrit et regarda vers la foule des touristes qui redescendaient de la tour et venaient s'attrouper autour de la Chapelle de la Place.

Elle ne vit pas Juliet.

De retour dans la fraîcheur de la Villa Bel Canto, ils retrouvèrent Kurt qui leur dit que Juliet venait de rentrer, fatiguée par la chaleur, et était allée s'allonger.

— Je crois que nous n'assisterons pas au dîner de la *contrada* ce soir, dit-il à Nick. Nous voulons conserver toute notre énergie pour le Palio.

— C'est dommage, observa Nick. Pour nombre de gens, ce soir est la partie la plus agréable du rituel, la meilleure soirée de l'année.

— Je sais, dit Kurt en souriant. On chante, on danse, on fait des discours. Trop à manger et trop de vin. Autant de bonnes raisons de rester ici à nous reposer. La journée de demain est trop importante pour la gâcher par une gueule de bois. En outre, nous pourrons garder les enfants pour vous.

— Francesca a déjà demandé à quelqu'un de venir.

— Eh bien, vous pourrez annuler. Nous en serons très heureux, je vous assure.

— Elizabeth vous manque? demanda Nick.

— Terriblement.

Plus tard, dans la cuisine, Francesca trouva Juliet qui sortait du réfrigérateur des viandes froides et des fromages.

— Tout va bien? demanda Francesca.

— Parfait, dit Juliet, posant les fromages sur un plateau. Nous allons dîner de bonne heure, sur la terrasse. Comme cela nous pourrons entendre les petits s'ils pleurent.

— Merveilleux! Merci.

Francesca se baissa et renifla le morceau de *pecorino*.

— Ça me rappelle toujours des souvenirs, dit-elle. C'est l'une des choses que nous avons volées dans le garde-manger du Palazzo Speroza avant de nous enfuir. Ça nous a permis de tenir toute une semaine. Nous avions tellement faim, tes frères et moi.

— C'était tout aussi bien que je ne sois pas là.

Francesca regarda sa sœur. C'était la première fois que Juliet parlait, volontairement, du passé.

— Tu ne sauras jamais combien nous aurions souhaité que tu sois avec nous, dit-elle doucement.

— Je te crois, dit Juliet, qui prit un couteau bien affûté et tailla de fines tranches de jambon de Parme dans une assiette avant de le remettre dans le réfrigérateur. Cependant, ajouta-t-elle en souriant, un cadavre enterré était probablement beaucoup moins gênant.

Francesca et Nick donnaient ensemble le bain aux jumeaux. Andrea et Joe barbotaient joyeusement dans l'eau tiède, leurs cheveux noirs collés autour de leurs visages ronds aux joues roses, leurs petites mains battant l'eau et provoquant des vagues en miniature.

— Je crois que nous n'aurions pas dû annuler la jeune fille qui devait garder les enfants, observa Francesca. Je suis inquiète de les laisser.

— De les laisser simplement, ou de les laisser avec Juliet?

— Elle était glaciale, Nick. Elle avait l'intention de me faire de la peine.

Francesca laissa tomber un peu de shampooing dans le

creux de sa main et le passa sur la tête de ses enfants. Joe en gloussa de plaisir; jamais sa sœur ni lui ne s'étaient souciés de l'eau sur leur visage.

— Ils sont bizarres l'un et l'autre, tu ne trouves pas? demanda Francesca, mal à l'aise. Cette idée de ne pas vouloir assister au dîner. Et ce n'était pas seulement Juliet, Kurt aussi semblait préférer rester ici. C'est un couple très uni.

— Nous aussi, dit Nick en finissant de rincer les cheveux d'Andrea.

— Papa canards! demanda l'enfant.

Francesca laissa tomber dans l'eau deux canards en plastique.

— Mais nous sommes également proches avec les autres. Jamais nous ne les avons exclus de notre vie. J'ai l'impression que Juliet et Kurt pourraient vivre cloîtrés avec Elizabeth, sans jamais avoir besoin de quelqu'un d'autre.

— Il doit voir des tas de gens, tous les jours.

— Mais je ne suis pas certaine que cela le gênerait s'il ne voyait personne.

— Tu as peut-être raison, dit Nick. Peut-être devrions-nous rester ici.

— Mais le dîner, c'est si important.

— Pas autant que ta tranquillité d'esprit, *amore*, dit Nick en retirant de la baignoire la bonde dont Joe s'empara.

Francesca le regarda. Ce soir, elle le savait, c'était pour lui l'apothéose de la fête, quand chacun pouvait encore rêver de gagner. Toute sa vie Nick avait attendu ce Palio. Elle savait qu'il n'irait pas au dîner sans elle.

— Tu crois que je m'inquiète sans raison, hein?

Nick sortit Andrea du bain et la serra douillettement dans une grande serviette contre sa poitrine.

— Franchement, si Kurt n'était pas là, je ne voudrais pas laisser ta sœur seule avec ces deux amours, mais...

— Nous irons, coupa Francesca qui se décida soudain et se força à prendre un ton léger. Je m'inquiétais inutilement.

— Tu en es sûre? demanda Nick.

— Maman va! dit Joe.

Une heure plus tard, assis sur la terrasse, Kurt et Juliet dînaient tranquillement.

— Tu aurais pu aller avec eux, dit Juliet. Cela ne m'aurait pas gênée.

— Je préfère rester avec toi, *Liebling*, tu le sais bien.

— Nick est très excité à propos de la course.

— C'est la réalisation de l'ambition de toute une vie, et le Palio excite bien des gens.

Kurt avala une gorgée de vin.

— J'imagine que demain ce sera comme dans le Colisée antique : presque une lutte à mort, avec ces passions déchaînées.

— C'est un homme étrange. Bohémien, éleveur américain, un Siennois maintenant.

— Je crois qu'il a toujours souhaité cela, pour sa mère. Je crois qu'elle avait une forte influence sur lui. Comme ta mère sur toi, ajouta Kurt en se tournant vers sa femme.

Une ombre passa sur le visage de Juliet.

— Laquelle? demanda-t-elle.

Elle quitta la table peu après, disant qu'elle allait voir les jumeaux et prendre ensuite un long bain pour se détendre. Elle embrassa Kurt et pressa sa joue contre la sienne. Et partit.

Dans la chambre, elle se déshabilla et resta, nue, devant l'un des miroirs anciens. Bien que davantage à l'aise avec ses cicatrices, jamais elle n'avait pu contempler son corps nu sans que ressurgisse ce vieux sentiment de honte et de dégoût. Deux années n'avaient pas suffi pour faire passer l'habitude de toute une vie : détourner son regard de sa propre image. Et après tout, ce n'était pas nécessaire tant que Kurt pouvait la regarder avec admiration, avec amour.

Là, elle se contraignit à regarder.

Les cicatrices demeuraient laides. Améliorées par l'opération, mais laides tout de même. La différence, c'était que cela n'avait plus d'importance. Ce qui, peut-être, avait été le plus grand cadeau que Kurt lui eût fait.

Elle se détourna, s'assit sur le bord du lit. La douleur, dans son esprit, dans son âme, empirait à chaque minute qui passait.

Laquelle?

C'était cela qui, en un sens, la tourmentait. Ce qui avait tout changé, tout détruit. Qui avait commencé avec la lettre de Francesca, pour se terminer avec la visite au cimetière, sur la tombe.

Kurt l'avait aidée à surmonter l'épreuve de la lettre, mais c'était lui qui, avec son amour sans bornes, avait achevé. Achevé la lettre et Juliet. Il lui avait retiré, irrévocablement, la possibilité de continuer à prétendre qu'elle était Juliet Austen Lindauer, une identité qui lui avait permis de supporter sa vie. Et il ne s'était même pas rendu compte de ce qu'il avait fait.

Elle ne pouvait le lui dire. C'était bien là le plus triste, car leur honnêteté et leur confiance mutuelle lui avaient toujours été précieuses. Mais cela aussi, maintenant, comme tout ce qu'elle avait connu de bon dans sa vie, se trouvait gâché, ruiné.

Elle les détestait tellement. Sa sœur, si suffisante à propos de son mariage, de sa vie parfaite. Son frère, son parasite, qui la craignait plus qu'il ne l'aimait, elle le voyait bien dans ses yeux. Sa haine était si forte qu'elle pouvait en sentir le goût dans sa bouche, comme du sang chaud et amer. Chaque instant passé avec eux, à ravaler cette haine, avait été un écœurement, une souffrance. Elle n'avait supporté tout cela que parce qu'elle savait qu'elle allait, enfin, pouvoir les punir. C'était pour cela qu'elle était venue à Sienne.

Bagatelles, jusqu'à présent. Le chat, pour leur gâcher leur plaisir familial. La poussée, à la Tour Mangia, pour leur faire peur.

Et maintenant, l'enfant.

Elle passa dans la salle de bains et fit couler l'eau dans la grande baignoire de marbre, et puis elle se rhabilla, passant de simples vêtements de toile blanche, se chaussant d'espadrilles blanches, ôtant son maquillage, se brossant les cheveux, longs, raides et coiffés simplement. Et puis, calmement, elle gagna la chambre des enfants.

Ils dormaient profondément, couchés sur le dos par-dessus leurs draps, les bras au-dessus de la tête. Des jumeaux, comme Luciano et elle, mais si semblables.

Elle regarda la fillette. Andrea Juliette, comme elle. Lorsqu'elle la prit, le garçon s'agita dans son sommeil, mais ne s'éveilla pas. Et quand Andrea ouvrit les yeux et regarda Juliet, sans pleurer, Joe ouvrit aussi les yeux, mais demeura silencieux.

L'enfant était lourd et endormi dans ses bras, sa peau était douce et soyeuse, et il sentait le talc et le savon. Et Juliet pensa à Elizabeth, son exquis bébé doré, et les larmes débordèrent de ses yeux pour tomber sur les cheveux noirs de sa nièce.

Rapidement et sans bruit, Juliet sortit avec Andrea de la chambre, descendit l'escalier circulaire, passa la porte d'entrée et sortit dans la nuit.

Dans le *salotto*, Kurt jouait un nocturne de Chopin à la harpe. Dans la salle de bains, l'eau commençait à déborder de la baignoire de marbre noir.

Et dans la chambre des enfants, Joe commença, enfin, à pleurer.

Nick et Francesca, Kevin et Alicia, chantaient en chœur avec les autres *contradaioli* de Lupa, assis à l'une des longues tables recouvertes de nappes et disposées dans la rue sous les guirlandes et les drapeaux, des chansons bruyantes et pleines de provocation, quand, soudain, Luciano se leva.

— Giulietta, dit-il, d'une voix rauque.

Francesca s'arrêta de chanter.

— Luciano? fit-elle, le frisson chassé par le vin et l'atmosphère revenant lui glacer le ventre.

— Il faut partir, dit-il, l'urgence se lisant dans son regard

497

bleu.

— Qu'est-ce qui se passe? demanda Nick, qui se tourna vers son beau-frère et sentit sa peau se hérisser.

— Les bébés, dit Luciano, qui paraissait au bord de la nausée.

— Oh, mon Dieu, dit Francesca, bondissant sur ses pieds. Je le savais. Oh, mon Dieu!

— Qu'y a-t-il? demanda Alicia, confuse et incapable d'entendre ce qui se disait au milieu du vacarme.

— Il est arrivé quelque chose. Je crois que nous partons, lui cria Kevin.

Les chants reprirent de plus belle.

Nick renversa sa chaise et prit la main de sa femme.

— Tout de suite! dit-il.

Nul ne dit mot tandis que Nick roulait à toute vitesse au volant de sa Mercedes de location, sortant des murs de la vieille ville, filant vers la Villa Bel Canto. La lune était haute et pleine, les étoiles nombreuses et brillantes, les sommets des cyprès ourlés d'argent, les pierres jaunes des maisons avaient viré au blanc, les toits de tuiles rouges au rose.

Kurt se tenait dans la cour carrée, près de l'arche du portail, les attendant. Francesca ouvrit la portière et bondit vers lui.

— Que s'est-il passé?

— Ils sont partis, dit-il, le visage crayeux. Juliet et Andi.

Francesca s'accrocha à son bras tandis que claquaient les portières de la voiture et que les autres se précipitaient.

— Partis? Qu'est ce que vous voulez dire par partis?

— Pas Joe, dit doucement Kurt. Elle a laissé Joe.

Francesca fit entendre un cri étouffé et courut vers la maison, Alicia derrière elle.

— Qu'est-ce qui s'est passé? demanda Nick, avec l'impression d'être glacé jusqu'aux os. Nom de Dieu, Kurt, dites-moi exactement ce qui s'est passé.

— Je suis désolé, dit Kurt, hochant la tête, manifestement

en pleine détresse. J'ai voulu la laisser seule un moment, lui laisser prendre son bain en paix, c'est tout.

— Il y a combien de temps?

— J'ai entendu le bruit habituel de l'eau dans les tuyaux, comme lorsqu'on ouvre les robinets, mais cela ne s'est pas arrêté, et quand j'ai...

— Combien de temps? répéta Nick qui l'empoigna violemment par le bras.

— Environ une heure, peut-être un peu plus.

— Doucement, papa, dit Kevin, et Nick laissa retomber son bras.

— Avez-vous appelé la police? s'enquit Luciano, dont le cœur battait follement et que sa tête faisait atrocement souffrir.

— Il y a une demi-heure. J'ai attendu un peu. Je pensais qu'elle pourrait revenir, mais...

Francesca revint en courant, les cheveux et le regard fous.

— Joe n'a rien.

— Ne t'en fais pas. Nous allons les retrouver, lui dit Nick, qui la serra brièvement contre lui. Toi et Kurt, prenez une voiture, dit-il à Luciano.

Il se tourna vers Francesca :

— Tu veux rester ici?

— Non! cria-t-elle, luttant contre les larmes. Alicia a dit qu'elle allait veiller sur Joe.

— Venez, dit Kevin, qui avait déjà ouvert la portière de la Mercedes.

Ils partirent dans des directions opposées, leurs phares allumés en plein chaque fois que cela était possible, roulant lentement à travers les routes noires de campagne, vitres baissées pour le cas où ils entendraient quelque chose d'insolite, la voix d'une femme, les pleurs d'un enfant.

Et, plus tard, ils garèrent leurs voitures et avancèrent à pied, séparément, dans la ville qui avait retrouvé son calme maintenant que la plupart des Siennois cuvaient le vin avalé au cours de la soirée. Ils fouillèrent les ruelles obscures, regardèrent attentivement toutes les femmes qu'ils rencontrèrent, entrèrent dans chaque bar, chaque porte cochère, chaque église avant de rentrer à la villa pour avaler du café noir, voir si la police avait trouvé quelque chose et repartir.

Mais bien qu'ils continuèrent à chercher toute la nuit, et jusqu'au lever du soleil sur la Toscane, ils ne les retrouvèrent pas; et quand l'archevêque de Sienne vint dire la messe au pied de la Tour Mangia, et tandis que se déroulait l'ultime *prova* sur le Campo, les Dante, Luciano et Kurt scrutaient la foule, le regard las, désespéré, mais toujours sans voir ni Juliet ni sa petite nièce.

— Comment espérer les retrouver au milieu de dizaines de milliers d'étrangers?! éclata Francesca. On ne les retrouvera pas, sauf si Juliet le veut bien.

Kevin ne discuta pas, car Kurt lui avait dit la même chose. Ce jour était le plus éprouvant de l'année pour la police, le plus frénétique, le plus imprévisible.

Le rituel se poursuivait.

Au début de l'après-midi, on emmena Tosca à l'église de San Rocco pour être bénie, avant d'être escortée, par un groupe de Lupaioli vêtus de magnifiques costumes, à travers la ville jusqu'au Cortile della Prefettura, où se rassemblaient les groupes et les chevaux avant le défilé.

Le Sunto, la cloche de la Tour Mangia, se mit à sonner, appelant toutes les *contrade* sur la place. On agita des drapeaux, on frappa sur des tambours, et, comme par magie, les rues de Sienne se vidèrent de toute vie, le cœur et l'âme de la cité aspirés vers le Campo qui battait, qui fumait.

À cinq heures, toute la famille se rassembla dans le *salotto* de la villa, dans une atmosphère chargée de tension, de fatigue et de peur.

— Elle est dangereuse, dit Francesca, se rendant compte que Joe, qu'elle tenait sur ses genoux, voulait descendre, mais ne le lui permettant pas. Je le savais, Luciano l'avait bien senti. Jamais nous n'aurions dû les laisser avec elle.

— J'aurais dû t'écouter, dit Nick, la voix brisée.

Kurt se leva de sa chaise, le regard insondable derrière ses lunettes.

— Juliet ne fera pas de mal à Andi, dit-il.

— Comment pouvez-vous en être sûr? demanda Alicia, rougissant aussitôt en voyant sa peine.

— Il n'en sait rien, dit Francesca, d'une voix morne.

Soudain, Nick regarda sa montre.

— Je crois qu'il faut y aller. Je sais que cela paraît idiot, mais je crois que nous devrions aller au Palio.

Francesca le regarda, incrédule.

— Pas pour la course, continua Nick. Nous avons des places sur le piano mobile. Avec des jumelles, nous serons au meilleur endroit possible pour scruter toute la place.

— Papa a raison, dit doucement Kevin. Si tante Juliet est toujours à Sienne, c'est certainement au Campo qu'elle se trouvera.

— Qu'en pensez-vous, Kurt? demanda Nick.

— C'est possible.

— Descendre! protesta Joe, qui se mit à pleurer.

Francesca le libéra. Elle regardait Luciano, qui ne disait rien depuis plusieurs minutes.

— Et toi, Luciano? Tu as su, au cours du dîner, qu'il se passait quelque chose. Ne sais-tu pas où elle est maintenant? Ne le sens-tu pas?

— Non, dit Luciano, blême sous son bronzage et les yeux pleins de larmes. Je ne la sens pas du tout. Je suis désolé.

Et il se détourna. La pression, dans sa tête, était plus intolérable que jamais.

36

Le crépuscule était tombé.

Le Campo était plein à craquer. Chaque fenêtre et balcon donnant sur la *piazza* était bourré de spectateurs, même les toits étaient dangereusement occupés. Après plus de deux heures, le défilé tirait à sa fin, et les dévoués *contradaioli* tournaient leur regard vers la girouette au sommet de la Tour Mangia, pour voir vers quelle *contrada* elle pointait, car on disait que ce serait là le quartier victorieux.

On tira le *mortaretto* pour la première fois, afin de dégager la piste. Les pigeons s'élevèrent dans le ciel, et, de nouveau, les plus superstitieux regardèrent dans quelle direction, pour un augure. Sienne était au sommet de sa fièvre.

Sur le Cortile della Podestà, jockeys et chevaux attendaient, nerveux. Les *fantini* avaient retiré leurs habits de cérémonie et portaient maintenant les couleurs de leurs *contrada* respective. Ils mouillaient l'intérieur de leurs jambes de pantalon pour mieux coller aux flancs de leur monture.

— *A cavallo!* arriva l'ordre, et ils montèrent à cheval.

On tira de nouveau le *mortaretto*. Les dix *fantini* commencèrent à gagner la piste. On remit à chacun son *nerbo*, la cravache spéciale du *palio*. Étaient chargés de la leur remettre les deux mêmes policiers qui, quelques instants plus tôt, les avaient fouillés pour voir s'ils ne portaient pas d'armes cachées.

Ils approchèrent du départ.

— Voilà Tosca, dit Kevin qui, le premier, repéra la jument avec ses couleurs éclatantes, son bonnet spécial de Palio sur la tête, que l'on conduisait au départ.

Nul ne dit mot. Francesca, Nick, Luciano et Kurt étaient assis, raides, dans leurs chaises, les jumelles rivées aux yeux, scrutant la foule du nord au sud, d'est en ouest. Les yeux brûlants sous la tension, les lèvres serrées, la transpiration dégoulinant le long de leur dos douloureux, ils cherchaient.

Kevin se tourna vers Alicia qui, assise derrière à l'ombre, jouait avec Joe. Nick aurait préféré qu'ils restent à la villa, mais Francesca avait refusé de se séparer de son fils. Alicia croisa le regard de Kevin et lui sourit.

— Voir les chevaux, dit Joe.

— Plus tard, chéri, lui répondit Alicia.

Tout Sienne avait les yeux fixés sur la corde de départ. Nick, Luciano et Kurt scrutaient la foule, au-dessous d'eux.

Francesca baissa ses jumelles et tourna la tête.

Soudain, c'était Luciano qu'elle regardait.

En bas sur le Campo, noyée au milieu d'un océan de gens, sourde au tumulte, aveugle aux drapeaux, aux vibrantes couleurs et aux bouches ouvertes qui hurlaient, elle se tenait près de la barrière qui séparait les spectateurs de la piste. Son sort, à la différence de celui des dix jockeys, était déjà scellé.

Elle leva les yeux sur le piano mobile, vit les riches bannières de velours rouges, vit sa famille. Elle ne pouvait distinguer leurs expressions sur leurs visages, mais elle savait qu'ils souhaitaient qu'elle leur revienne.

Mais elle ne le pouvait pas.

Toute sa haine, son intention de se venger, sa malveillance avaient disparu. L'enfant lui avait fait retrouver ses esprits, lui avait montré ce qu'elle devait faire. Si innocent, si pur, comme elle avait dû l'être à son âge. Elle avait compris, alors, qu'elle ne pouvait faire de mal à l'enfant. Elle avait su, avec une absolue et triste certitude, que lorsque, il y avait de cela plusieurs mois, dans leur maison de Hampstead, elle avait lu des ouvrages sur le Palio et imaginé un corps écrasé sous les sabots des chevaux, ce n'était pas celui de sa sœur, ni de son frère, ni du doux petit enfant.

Jamais elle ne pourrait retourner. Car elle ne savait plus qui elle était.

Je ne suis pas Giulietta. Cette pensée roulait dans son esprit comme une bille lourde et dure. Et si jamais j'ai été Giulietta, vous m'avez enterrée, dans une tombe solitaire. Abandonnée. Ensevelie.

Elle avança, poussant, se glissant au milieu des hommes et des femmes qui hurlaient, s'approchant...

Je ne voulais pas faire partie de vous. Je suis la fille d'un médecin anglais, l'épouse de Kurt Lindauer, la mère d'Elizabeth. J'aurais pu être heureuse, enfin, mais vous ne m'avez pas laissée.

Il n'y avait plus personne pour l'arrêter, maintenant, pas même pour voir, avant qu'il ne soit trop tard.

Vous m'avez enterrée, mais vous ne m'avez pas laissée reposer. Il a fallu que même Kurt, ce pauvre et affectionné Kurt, me montre la vérité. Ou le mensonge.

Elle avait les mains sur les barres de bois. Des corps se pressaient contre le sien, tièdes, suants, collants. L'air bouillonnait, le sang cognait dans sa tête. Elle pouvait voir les jockeys au départ, le visage tendu. Elle pouvait voir Tosca, l'écume à la bouche.

Si j'étais Giulietta, je suis en train de pourrir dans une tombe près de Pise.

Le dixième cheval avait commencé à galoper. L'homme chargé de donner le départ laissa tomber la corde.

Ce fut un bon départ.

La foule hurla.

Istrice, Bruco et Aquila chutèrent à Castato, les chevaux

hennissant de panique, leurs jockeys allant percuter les matelas. Les autres continuèrent, en trombe.

Elle les vit approcher, pour la seconde fois.
Donc, si je suis Juliet, comment puis-je être vivante?

Tosca et son jockey étaient tombés à San Martino. Kevin avait jailli de son siège, pris pendant un instant dans la fièvre du Palio, tandis que Nick et Kurt fouillaient à travers leurs jumelles dans un silence lugubre et concentré.

Mais Francesca, de nouveau, regardait Luciano, fascinée, incapable de bouger, de respirer.

Et puis, brusquement, il se mit à crier, et ses jumelles tombèrent et se brisèrent sur le sol tandis que, les yeux exorbités par l'angoisse, il étendait les bras en un signe de désespoir.

— Giulietta!

Et Francesca reprit ses esprits.

— Est-ce qu'Andi est avec elle? demanda-t-elle, fouillant de ses propres jumelles. Peux-tu voir Andi?! cria-t-elle à son frère.

— Là! dit Nick, qui lui saisit le bras, la tira au bord de la rampe, pointa son doigt vers la piste.

Et, seuls les spectateurs qui se trouvaient au-dessus, ou ceux qui se trouvaient les plus proches de la terre rouge, furent témoins de toute l'horreur, virent le corps écrasé de la femme et le sang qui se répandait, les chevaux qui hennissaient, rendus fous, les visages blêmes et terrifiés des jockeys.

Francesca s'accrocha à Nick, ses jumelles tombèrent lourdement sur sa poitrine, les larmes jaillirent de ses yeux et elle s'entendit gémir, pleurer. Elle vit l'expression hagarde, comme possédée, de Luciano, et elle se tourna un instant vers Kurt.

Mais il était déjà parti.

Et à sa place se tenait un policier avec une fillette dans les bras. Elle avait les cheveux noirs et bouclés et portait une chemise de nuit couleur citron pâle.

Francesca était dans un état indicible. Nick, le teint cireux, pleurant ouvertement, fut le premier à réagir, et il alla prendre Andrea des bras du policier. Elle était couverte de poussière et avait sommeil, mais elle n'avait aucun mal. Pendant un instant, Nick tint sa fille serrée contre lui, sentit son cœur battre contre le sien ainsi que les petits bras forts qui le serraient aussi, et puis il repoussa doucement Francesca sur un siège et déposa Andrea sur ses genoux.

— *Amore*, souffla-t-il.

On l'avait découverte, lui dit le policier, après que la Piazza del Campo se fut vidée, en haut des escaliers du Duomo, au pied de la seule colonne portant une sculpture de la louve avec Romulus et Rémus.

On n'avait vu nulle trace de sa tante, mais Andrea tenait, serré dans son poing, un morceau de papier, un mot.

Puisse-t-elle être comme Romulus, le plus chanceux des jumeaux.

Giulietta

Et Luciano sut, maintenant qu'il était trop tard, combien il avait eu tort, comme il avait mal lu dans ses pensées. Il comprit que même lui, qui croyait pouvoir lire dans son esprit, ne l'avait jamais tout à fait comprise.

Il avait eu tellement peur de sa sœur, vers la fin. Mais il aurait dû, surtout, avoir peur pour elle. Car s'il lui avait été possible de comprendre cette seule chose, il aurait pu la sauver.

Et maintenant il était trop tard.

Il y eut pour elle deux services funèbres.

Le premier dans un paisible cimetière anglais, sous un ciel gris et des arbres d'un riche vert d'été, tandis qu'un couple de pies observaient depuis un marronnier voisin le cercueil de Juliet Austen Lindauer que l'on mettait en terre à côté de la tombe de sa mère.

Le second se tint dans un chaud cimetière italien, voisin de Pise, où l'on prononça des mots de paix et où l'on versa des larmes sur un carré de fleurs sauvages de Toscane, en souvenir d'une enfant depuis longtemps disparue, du nom de Giulietta.

37

Kurt l'avait fait pour elle, par amour.

Il avait vu ses yeux suppliants, ses yeux bleus au regard brûlant au milieu des chairs sanglantes de son visage, et avant même qu'elle pût lui murmurer ses mots, il comprit ce qu'elle voulait qu'il fît pour elle. Et, bien que cela eût été impensable, constituât un affront à tout ce qu'il avait cru ou pratiqué, il avait su que lui, plus que quiconque, avait le pouvoir de l'aider.

Il avait dit aux médecins, quand ils étaient arrivés à l'*ospedale*, qu'il allait s'en occuper, la transférer à sa clinique, qu'il en prenait toute la responsabilité. Et, le temps que Francesca, Nick et Luciano arrivent d'un pas hésitant à l'hôpital de Sienne, Juliet et lui se trouvaient déjà dans une ambulance privée sur la route de Pérouse.

Et il l'avait ramenée, dans son Learjet, à la Lindauer Klinik, et l'avait opérée, pour la première fois, une heure plus tard. Ce même soir, très tard, il avait téléphoné à Francesca pour lui annoncer qu'il n'avait pu sauver Juliet et qu'ils ne devaient pas venir, qu'elle l'avait supplié, avant de mourir, de ne pas les laisser la voir telle qu'elle était. Elle voulait qu'ils se souviennent d'elle telle qu'ils l'avaient connue.

Il était rentré à Londres en avion, quelques jours plus tard, avec un cercueil plombé. Après les funérailles et le service, il avait fermé la maison de Hampstead, pris Elizabeth et ramené Juliet en Suisse.

Il avait bouclé toute l'aile ouest de sa clinique pour elle, et seuls ses collègues les plus proches pouvaient y pénétrer, tandis que les opérations continuaient.

Et ils avaient réparé les os brisés et la chair déchirée. Et Kurt lui avait donné un nouveau nom, et lentement, un nouveau visage ainsi que la promesse d'une vie nouvelle, loin du passé.

Et elle réagissait, presque comme un enfant, avec un stoïcisme silencieux contre la souffrance, avec la triste torpeur du calme conféré par les drogues. Et Kurt ne savait pas si son âme guérirait jamais. Ni si elle lui pardonnerait.

Mais il allait réparer son corps. Et la protéger, prendre soin d'elle, et de leur fille, le reste de sa vie, quoi qu'il arrive.

Livia l'avait fait par haine.
Là, c'était différent.

38

Le dernier jour de l'année 1977, la veille du jour de l'An et le troisième anniversaire de mariage de Nick et Francesca, la famille et les amis les plus proches, à l'exception de Kurt et de la petite Elizabeth, se retrouvaient à Sonora pour une petite fête, car s'il était une chose qu'ils avaient tous appris de cette tragédie, c'était que, plus que jamais, ils avaient besoin de se retrouver ensemble chaque fois qu'ils le pouvaient.

Très tard cette nuit là, aux premières heures de 1978, quand les autres furent allés au lit, Francesca demanda à Nick de sortir de la maison avec elle.

— Pour quoi faire? demanda-t-il.

— Tu le verras.

Et elle le conduisit, stupéfié et glacé, dans une Jeep ouverte, à travers les sentiers silencieux et couverts de givre de Sonora, dépassant les écuries, les châteaux d'eau et les communs, jusqu'à une clairière dans la forêt.

— Je n'arrive pas à y croire, dit Nick.

Car c'était la même clairière où il avait préparé ce pique-nique si précieux, qui devait sceller leur destin, en ce jour d'été de 1971, où il l'avait séduite, sachant qu'il avait tort de faire cela, mais espérant cependant, au-delà de tout espoir, qu'il avait raison.

Au lieu du soleil, ils avaient les étoiles, et Francesca avait planté un cercle de torches pour les éclairer et les réchauffer. Mais tout le reste était identique, de la nappe blanche et empesée posée sur l'herbe jusqu'au panier d'osier, au poulet frit et au champagne.

Francesca disparut quelques instants dans l'obscurité et revint, tenant un cheval par la bride.

Et Nick reconnut la même jument palomino qu'en cet après-midi idyllique d'été, et puis il vit la lumière dans les beaux yeux sombres de sa femme.

— C'est l'hiver, dit-il. C'est le milieu de la nuit, nous allons geler à mort.

— Oh, non, dit-elle en le tirant sur ses pieds.

— Nous sommes des parents maintenant, protesta-t-il.

Mais Francesca se borna à sourire et le baisa sur la bouche.

Dans la chambre d'amis, à la maison, Luciano se trouvait à la fenêtre quand la Jeep rentra de la forêt. Et il vit Nick aider Francesca à descendre, les vit partir bras dessus bras dessous, vit sa sœur poser sa tête sur l'épaule de son mari. Et les yeux de Luciano s'emplirent de larmes d'envie et de désespoir.

Sur le bureau, à l'autre bout de la pièce, gisaient les pages froissées et raturées de son nouveau roman, abandonnées après une nouvelle tentative avortée.

Il avait tellement besoin de réaliser cette unique chose pour elle. Mais il ne pouvait travailler sur ce manuscrit, ni sur aucun autre.

Il avait pensé que cela s'arrêterait après sa mort.

Mais cela ne s'était pas arrêté. Cela avait continué, sans cesse, et c'était maintenant plus fort, plus puissant que jamais. Comme si, presque, tout recommençait depuis le début, la souffrance, la peur, le désespoir et la solitude. Elle était dans sa tête, dans son cerveau, envahissant son âme, même depuis la tombe. Et Luciano savait que jamais il n'en serait libéré.

Et il se demandait s'il allait pouvoir le supporter.

IMPRIMERIE

ARTH▲BASKA

Achevé   Sur les Presses
d'imprimer   Imprimerie d'Arthabaska
au Canada   Arthabaska